L'AMANT DE LA GRANDE OURSE

SERGIUSZ PIASECKI

L'AMANT DE LA GRANDE OURSE

Traduit du polonais par
Jacqueline Kochan

LES ÉDITIONS NOIR SUR BLANC

Titre original: *Kochanek Wielkiej Niedźwiedzicy*

ISBN 2-88250-036-X

Nous vivions comme des rois. Buvant la vodka à pleins verres. Aimés par de belles filles. Nous arpentions le gouffre d'or. Nous payions en or, en argent, en dollars. Nous payions pour tout: pour la vodka et pour la musique. Nous payions amour pour amour et haine pour haine.

J'aimais mes camarades car ils ne me décevaient jamais. C'étaient des hommes simples, peu instruits. Mais quelquefois, ils savaient se montrer si épatants que j'en restais ébahi. Je remerciais alors la Nature de m'avoir fait homme.

J'aimais les jolis matins de printemps, quand le soleil s'amusait comme un enfant à répandre couleurs et éclats par tout le ciel.

J'aimais les couchers tardifs d'été, quand la terre exhalait des bouffées torrides tandis que le vent caressait et rafraîchissait doucement les champs embaumés.

J'aimais aussi l'automne bariolé, enchanteur, quand l'or et la pourpre s'envolaient des arbres pour tisser sur les chemins des tapis aux riches motifs et que les brumes argentées se balançaient aux branches des sapins.

J'aimais aussi la froidure des nuits d'hiver, quand l'air était englué de silence et que la lune songeuse parait de diamants la blancheur de la neige.

Et parmi ces merveilles et ces trésors, parmi les éclats et les couleurs, nous vivions comme des enfants égarés dans un conte de fées. Nous vivions et luttions, non pour la charpente de l'existence mais pour le libre mouvement et pour l'amitié librement choisie... Les bourrasques chantaient dans nos têtes, les éclairs jouaient dans nos yeux, pour nous les nuages dansaient, les étoiles riaient. Des salves de carabines nous accueillaient et nous raccompagnaient — souvent vers la mort, qui dansait en rond, indécise sur le choix de celui qu'elle nous arracherait en premier.

J'en avais souvent le souffle coupé, du plaisir de vivre. Parfois, c'est bête, on avait tout à coup les larmes aux yeux. Parfois quelqu'un lançait un juron brutal, mais il offrait un sourire d'enfant en tendant fermement une main fidèle.

Et les paroles étaient rares. Mais c'étaient de vraies paroles, que je comprenais sans peine, et je savais que ce n'étaient jamais des paroles d'honneur ou de serment, je pouvais donc m'y fier...

Ainsi filaient dans un tourbillon coloré les journées bêtes et les nuits folles dont Quelqu'un, pour une raison quelconque, nous avait gratifiés.

Et c'est au-dessus de tout cela, au-dessus de nous, de la Terre et des nuages, que filait, dans la partie septentrionale du ciel, l'étrange Grand Chariot... que régnait la superbe, l'unique, la magique Grande Ourse.

C'est d'Elle, de nous, les contrebandiers, et de la frontière que je parlerai dans ce roman, tiré du regret douloureux de la beauté dont rayonnent la Vérité, la Nature et l'Homme.

PREMIÈRE PARTIE

SOUS LES ROUES DU GRAND CHARIOT

A la frontière, la pluie nous lave,
Le soleil nous séchera,
La forêt nous protège des salves,
Le vent couvre nos pas.

(Complainte des contrebandiers)

I

C'était mon premier passage. Nous marchions à douze: moi et neuf autres contrebandiers; le parti était mené par Józef Trofida, le «chauffeur»; la marchandise était sous la garde du «juif», Lowka le Gibus. Nos «bâts» étaient légers mais assez gros: chacun pesait trente livres. C'étaient des articles chers: bas, écharpes, gants, bretelles, cravates, peignes.

Plongés dans le noir, nous étions assis au fond d'une canalisation étroite et humide qui passait sous le remblai de l'ancienne voie ferrée et menait vers la frontière. A l'arrière, on voyait cligner les feux du village de Pomorszczyzna; devant nous, c'était la frontière.

Nous nous reposions avant de passer. Les gars fumaient en cachant le bout de leur cigarette dans leur manche: une dernière avant le passage de la frontière. Tous aspiraient la fumée du tabac à grandes goulées hâtives. Certains avaient fait vite et en étaient à leur seconde cigarette. Nous étions recroquevillés, adossés aux parois humides du canal. Nous avions au dos de grands bâts enfilés comme des cartables.

J'étais le deuxième de la file. A côté de moi, à la sortie du canal, se profilait vaguement la silhouette de Trofida. Il tourna vers moi son visage blême et chuchota de sa voix rauque, comme enrhumée:

— Colle-toi bien à moi... Compris?... Et s'ils nous font cavaler, ne touche pas à ton bât. Sauve-toi avec... Si les bolcheviks te prennent sans rien, tu es bon pour espionnage. Alors là, c'est cuit... ils feront de toi une loque...

Je hochai la tête pour montrer que j'avais compris.

Quelques minutes plus tard, nous nous remîmes en route. Nous nous glissions à travers champs en longeant le lit d'un ruisseau. Trofida menait le train. De temps en temps, il s'arrêtait; alors nous marquions tous le pas et, la vue et l'ouïe tendues, nous tentions de percer les ténèbres qui nous entouraient.

La soirée était douce. Les étoiles mettaient une lueur voilée sur le fond obscur du ciel. J'essayais de serrer notre guide au plus près. Je m'appliquais à ne pas perdre de vue la tache grise du bât que Trofida portait au dos. Du reste, je n'aurais rien pu voir d'autre. J'écarquillais les yeux, mais dans le noir, les distances mêmes n'étaient pas faciles à sentir, si bien qu'à plusieurs reprises, j'étais venu donner de la poitrine contre le dos de notre chef. Soudain, loin devant nous, je vis un feu. Trofida s'arrêta. Je me retrouvai à côté de lui.

— Qu'est-ce que c'est? demandai-je tout bas.

— La frontière... on arrive, me répondit-il dans un murmure.

Les autres garçons s'étaient rapprochés. Je n'arrivais pas bien à distinguer le reste de notre bande. Nous nous assîmes dans l'herbe humide. Trofida disparut dans l'obscurité: il était parti examiner la frontière. Il revint au bout de quelques minutes pour nous dire tout bas mais d'un ton enjoué:

— En avant, les gars. Les troufions en écrasent... Ils ronflent à réveiller toute la frontière...

Nous repartîmes, d'un pas assez rapide maintenant. Je n'avais pas peur, mais j'étais sur les nerfs. Bien entendu, je ne comprenais pas le danger. Mais j'étais excité par le silence, notre défilé mystérieux, et par le mot même de frontière.

Trofida s'arrêta encore. Je me rappprochai de lui. Nous restâmes un moment immobiles, puis notre guide fit un geste ample, comme pour fendre l'air du nord au sud, et me jeta à mi-voix:

— La frontière...

Après quoi il se remit à avancer, d'abord lentement, puis de plus en plus vite. Je courais presque derrière lui sans ressentir le poids de mon bât. Je regardais et j'écoutais de tout mon être, j'étais concentré sur une seule idée: surtout ne pas perdre de vue le carré gris du bât sur le dos de Trofida.

Le chauffeur ralentit à nouveau. Je compris que nous étions en face d'un nouveau danger, mais je n'arrivais pas à en saisir la nature.

Le guide s'arrêta et resta un long moment à écouter. Puis il revint vers nous et nous dépassa. Je voulus le suivre, mais il m'arrêta d'un: «Attends.» Il revint avec le Rat. C'était un contrebandier petit, maigre, plein d'astuce et d'audace. Ils s'arrêtèrent tous deux à mes côtés.

— Traverse le bourbier, va jusqu'à la rivière et prends le gué. Là où il y a les pierres, conseillait Trofida.

— Vers la Tête de jument?

— Oui. Attends-nous de l'autre côté.

— Ça colle, répondit gaiement le Rat, puis il disparut dans les ténèbres.

Nous avançâmes lentement, nous aussi. Trofida avait envoyé le Rat en appât. S'il était aperçu par les gardes-frontière, il devait se sauver. Mais s'il était tout de même pris, il ferait un tel tapage pour nous avertir que nous aurions le temps de fuir.

Le gué était dangereux parce que les passages de ce genre étaient mieux gardés que d'autres; et c'est là qu'on guettait d'ordinaire les contrebandiers. C'était d'autant plus facile que nous avions peu de gués commodes, et les «verdets» le savaient bien: ils garnissaient souvent tous les gués en même temps. Les autres gués étaient moins surveillés parce que plus profonds. Mais nous n'avions pas envie de nous flanquer à l'eau pour continuer trempés. Nous préférions nous risquer dans un gué moins profond et plus commode, fût-il moins sûr.

Nous nous frayions lentement un chemin dans la roselière drue d'un marais. Il était impossible de garder un silence complet. On pouvait donc facilement nous repérer. Nous entendions déjà au loin le clapotis de l'eau qui dévalait le lit de pierres. Nous fûmes bientôt sur la rive. Je me cramponnais aux branches d'osier tout en m'évertuant à ne pas lâcher Trofida. Il se coucha sur le sol et se laissa glisser sans bruit. Puis j'entendis sa voix, assourdie par le bruit de l'eau:

— Allez, descends... vite.

Je me couchai sur la rive et me suspendis, les jambes dans le vide. Trofida m'aida à sauter, puis me fit passer le gué en me tenant le bras. Mes pieds glissaient sur les pierres mouillées qui branlaient et se déplaçaient. L'un après l'autre, nous prîmes pied sur la rive opposée. Tout à coup, je vis la silhouette d'un homme émerger d'un fourré. Je fis un bond de côté et faillis retomber à l'eau. Trofida me saisit fermement le bras.

— Tu es fou?... Allons, il est avec nous.

En effet, c'était le Rat, qui avait tâté le terrain de l'autre côté de la rivière.

— Tout va bien, on peut continuer, dit-il à Trofida.

Maintenant nous allions vite, sans précautions particulières. Le ciel s'était dégagé. Il faisait plus clair. A présent, je pouvais voir sans effort la silhouette du compagnon qui me précédait. Je remarquai qu'il changeait de direction de temps à autre, mais je ne comprenais pas pourquoi il le faisait.

Nous forçâmes l'allure. Je me sentais très las. J'avais mal aux pieds à cause de mes bottes percées qui avaient pris l'eau au passage de la petite rivière. J'aurais volontiers demandé un moment de repos à Trofida, mais la honte me retenait. Les dents serrées et le souffle court, j'avançais, le désespoir au cœur.

Nous entrâmes dans un grand bois. Le noir y était presque complet. Nous gravissions des collines abruptes. Nous descendions des raidillons. Mes pieds s'embarrassaient dans la fougère épaisse, dérapaient sur des racines à fleur du sol. Je ne sentais plus la fatigue mais une pesanteur de tout mon corps. J'avançais en automate, mû par la force de ma volonté plutôt que par celle de mes muscles.

Nous nous trouvâmes enfin à l'orée d'une énorme clairière. Trofida s'arrêta.

— Repos, les gars!

Les contrebandiers rejetèrent leurs bâts et s'étendirent dans l'herbe. Je suivis leur exemple en libérant mes épaules des larges bretelles de toile de mon bât.

Allongé, je regardais le ciel. J'aspirais l'air frais à pleins poumons. Une seule pensée me tournait dans la cervelle: pouvoir me reposer ainsi le plus longtemps possible... ne pas me relever... ne pas être forcé à reprendre la marche...

Trofida vint me voir:

— Alors, très fatigué?

— Non.

— Sans charres. Je sais bien que la première fois, c'est dur pour tout le monde.

— Mes bottes sont percées et j'ai mal aux pieds.

— Des bottes, on t'en paiera des neuves, ex-tra ! Du meilleur cuir. Tu vas te nipper aux petits oignons. Tu auras l'air d'un grand seigneur.

Les contrebandiers causaient à mi-voix. Quelques-uns fumaient.

— Hé, les gars, et si on se réchauffait un peu? dit Wańka le Bolchevik.

— Pas bête ! appuya le Lord, qui ne laissait jamais passer une occasion de boire.

J'entendis des paumes claquer contre le fond des bouteilles pour faire sauter les bouchons. Trofida but à longs traits au goulot, la tête rejetée en arrière. Puis il me passa la bouteille.

— Tape-toi un bon coup... ça te fera du bien...

Pour la première fois de ma vie, je buvais de la vodka directement au goulot.

— Tète jusqu'au bout, m'encourageait mon compagnon.

Quand j'eus fini, il me donna un beau morceau de saucisson. Il n'y avait pas de pain. Je mangeai le saucisson avec plaisir, sans même ôter la peau. Puis j'allumai une cigarette qui me parut délicieuse. Je me sentis tout à coup débordant de gaieté, de force et de santé. La vodka m'avait réchauffé le corps et redonné des forces. Après le temps de repos, qui avait duré presque une heure, nous repartîmes. On y voyait mieux, maintenant. Je marchais avec aisance. Ma fatigue avait complètement disparu. Je n'avais plus peur du tout et j'éprouvais une confiance sans bornes pour notre guide.

Józef Trofida était connu des frontaliers comme contrebandier plein d'astuce et de prudence. Il ne prenait de risques que s'il lui était impossible de se tirer autrement d'un pas difficile. Il ne laissait rien au hasard. Il connaissait par cœur tous les chemins et les sentiers et il ne s'égarait jamais. Les garçons travaillaient plus volontiers avec lui qu'avec d'autres chauffeurs, et les commanditaires lui confiaient leurs articles les plus chers. De plus, il passait pour veinard. Mais cette veine était due à sa prudence. Il ne prenait presque jamais deux fois le même chemin. Et au cours des nuits d'automne les plus sombres, il s'orientait aussi bien sur le terrain qu'il l'aurait fait de jour dans des rues familières. Il semblait posséder un sens particulier de l'orientation.

C'était mon unique connaissance à la bourgade. Nous avions fait autrefois la guerre ensemble. Plus tard, je l'avais rencontré à Wilno, où je cherchais vainement du travail. Il était venu y faire des achats. Quand il avait appris dans quelle misère je me trouvais, il m'avait proposé de me joindre à lui pour aller au pays frontalier. Je n'avais pas hésité un seul instant. J'en avais assez de la faim et des nuits passées sous les ponts. Assez de cette vie de chien.

C'est ainsi que nous avions commencé à travailler ensemble. En fait, il ne voulait pas m'emmener tout de suite au travail. Il m'engageait à me reposer, à reprendre des forces. Mais je m'étais entêté à vouloir le suivre.

Le groupe de Trofida n'était pas homogène. Des gars s'en séparaient souvent pour aller travailler seuls ou en compagnie d'autres contrebandiers. Leur place était aussitôt prise par d'autres. C'est ainsi que marchaient les affaires. Trofida menait d'ordinaire un parti de sept à douze hommes. Selon la quantité de marchandises à passer.

Quand je revis Trofida pour la première fois après nos deux ans de séparation, j'eus peine à le reconnaître, amaigri et tanné qu'il était. Il avait la tête comme engoncée dans les épaules et tendue en avant, les yeux mi-clos. En le regardant de plus près, je lui trouvai le visage plein de rides et l'air bien vieilli, alors qu'il n'avait que cinq ans de plus que moi. Pourtant il était toujours gai, il aimait plaisanter et faire des niches; mais on sentait que ses pensées tournaient au loin. Je fus plusieurs années avant de comprendre ce qui se cachait dans les yeux mi-clos de mon ami, blessés par la lumière du jour.

Nous traversions des champs et des prés. Nos pieds dérapaient sur l'herbe mouillée et s'embourbaient dans les sentiers étroits. Nous évitions les obstacles que nous apercevions, et d'autres que Trofida était le seul à voir. Il me semblait par moments que nous marchions au hasard, que nous avions perdu notre direction. Nous venions par exemple de gravir une colline avec un grand bouleau à son sommet, et voilà que nous remontions sur une colline surmontée, elle aussi, d'un bouleau. J'aurais voulu attirer l'attention de Józef sur ce fait, mais je n'osais pas l'arrêter.

Nous nous faufilions près d'un village. Dans le noir, on pouvait distinguer les contours des constructions. Nous franchissions des clôtures, nous traversions des routes. De temps à autre, l'obscurité était trouée par des lumières: les fenêtres des maisons à moins de vingt pas. Je m'efforçais de ne pas les regarder car la nuit me semblait ensuite encore plus noire. Je craignais de perdre de vue la silhouette de Trofida.

Soudain les chiens aboyèrent tout près de nous. Malgré l'absence de vent, ils nous avaient sentis. Nous forçâmes le pas pour nous engager sur un sentier argileux, au milieu des champs. Le sol détrempé entravait nos pieds et chaque pas nous coûtait un effort. J'avais envie de me pencher pour retenir le haut de mes bottes, qui me glissaient des pieds de façon très désagréable. L'un des chiens nous poursuivit en aboyant. «Heureusement que je ne suis pas le dernier», pensai-je. Puis j'entendis le chien glapir. Quelqu'un l'avait atteint d'une pierre.

Nous replongeâmes dans le noir pour continuer en plein bourbier, sans trace de chemin. Alentour, tout semblait plein de mystère. Tout à coup, je me rendis compte que j'avais perdu Trofida. Je bondis en avant. Personne. A gauche. Toujours personne. J'allais appeler Józef, quand je sentis une main me saisir le bras.

— Qu'est-ce qui t'est arrivé? dit la voix de mon ami.

— Il fait noir... j'ai perdu ta trace.

— Attends, tu vas mieux voir, répondit Trofida.

En effet, ça allait mieux maintenant. Je voyais nettement devant moi une tache blanche qui dansait dans l'air. Je ne sais pourquoi cela me fit penser à des pigeons voletant dans les airs. C'était Józef qui, pour m'aider à me repérer, avait accroché un mouchoir blanc au col de son paletot. Je ne voyais rien alentour, à part cette tache blanche clignotante dans le noir, qui s'éloignait ou se rapprochait de mes yeux.

L'effet de l'alcool s'était dissipé. Je me sentais à nouveau affreusement fatigué et somnolent. Je rajustai les bretelles de mon bât et continuai à suivre, courbé, le mouchoir qui flottait dans la nuit. Je butais, je titubais de droite et de gauche, et je marchais, je marchais vers le lointain inconnu...

II

Au bout de sept heures de marche depuis le passage de la frontière, nous atteignîmes la ferme isolée de la Bombina. C'était la planque de Trofida. Nous franchîmes la clôture d'un grand verger. Je me protégeais le visage, cinglé par les branches des arbres fruitiers. Encore une clôture, et nous étions rendus. J'entendis la voix de Trofida:

— Lord, va voir si tout va bien à la grange. Et vite!

Le contrebandier nous dépassa et disparut derrière la construction. Nous distinguâmes le grincement léger du verrou. Puis le Lord revint et lança un bref:

— Venez.

Il faisait très chaud dans la grange. Cela sentait le foin. Les lumières des torches électriques abritées par des mains luisaient autour de moi. J'entendis la voix de Trofida:

— Jetez vos bâts en tas. Et vite!

Je me libérai du fardeau insupportable avec une sensation de soulagement et je m'approchai de Józef en disant:

— J'ai une de ces envies de dormir!

— Grimpe là-haut, sur le foin.

Il me désigna une échelle et je montai sur le tas. J'ôtai mes bottes, je me couvris de mon paletot et je sombrai dans le sommeil comme dans un bain chaud.

Je me réveillai tard. La grange était plongée dans la pénombre. A quelques pas de moi, des contrebandiers assis causaient à mi-voix. Je tendis l'oreille. Wańka le Bolchevik racontait une historiette paillarde. Son sujet favori. Il parlait toujours soit de Doumenko ou de son successeur Boudienny (il avait servi autrefois dans la cavalerie de Boudienny), soit des femmes. Felek la Lanterne écoutait son histoire. C'était un contrebandier grand, costaud, plus très jeune. L'autre auditeur était Julek le Dingue, un garçon doué d'une imagination fertile, et le troisième le Rossignol, de petite taille, tout jeune, toujours souriant. Le Rossignol possédait une voix merveilleuse et chantait à ravir.

Wańka le Bolchevik racontait en passant la langue sur ses lèvres sensuelles:

— Je vous assure, les gars, cette bonne femme, on aurait dit un moulage de caoutchouc: pas moyen de la pincer nulle part. Tu lui claques le fessier, ça sonne comme une cloche. Ça fait des étincelles!...

— Ça alors! dit Felek la Lanterne, admiratif.

Julek le Dingue hoche la tête, songeur, les yeux béants.

Près de ce groupe, une tête émerge d'une niche creusée dans le foin, celle de Bolek le Lord. Il cligne des yeux avec ironie, mais Wańka, qui ne le voit pas, poursuit:

— Ce corps, les gars, ce corps! De l'albâtre, pour dire.

Il claque la langue et flatte l'air de la main comme s'il caressait les formes de la femme qu'il décrit. Bolek n'y tient plus:

— Tu parles, de-l'al-bâtre! Elle a une frime de passoire, pleine de taches de son. Les talons tout crevassés. Du purin entre les orteils. Des genoux comme de l'émeri. Ça sent le fromage à cinq cents mètres. Et l'autre: «De-l'al-bâtre!»

Et il cracha.

— Et qu'est-ce que ça peut te faire?

— Rien. Tu as trouvé des auditeurs, quoi, et tu les charries, et ces idiots-là te croient.

Ce fut la prise de bec. Je me levai, j'enfilai mes bottes et je m'avançai vers le groupe:

— Où est Józef? demandai-je au Rossignol.

— Il est allé à la ferme.

— Voir la Bombina, ajouta le Lord.

— Faire de la balançoire sur du nichon, précisa Wańka.

— Pourquoi on ne nous donne pas à manger? demanda Felek la Lanterne, changeant de sujet.

— Il ne pense qu'à bouffer, celui-là!

Bientôt les autres contrebandiers s'extirpèrent de leurs niches. Ils s'étiraient en bâillant. Puis ils se joignirent à nous. Il ne manquait que Józef et le juif Lowka. Le Rat tira de sa poche un jeu de cartes et proposa une partie de soixante-six. Il étala son paletot sur une poutre, à côté d'une bougie allumée, et les garçons se mirent à jouer.

Le Lord faisait bande à part: il enseignait à Julek le Dingue la façon de chasser le lièvre sans fusil. Il gardait un air de grand sérieux.

— Tu achètes, je te dis, un paquet de tabac à priser, et le matin très tôt, quand les lièvres dorment encore, il faut, impératif, que tu ailles dans les champs et que tu saupoudres les pierres de tabac. Le lièvre se réveille, s'étire, se gratte derrière l'oreille avec sa patte, se lève et va faire pipi. Et il fait toujours ça contre une pierre, comme les chiens. Il renifle. Il aspire le tabac, éternue un bon coup, se beugne la tête contre la pierre, et le voilà raide mort. Et toi, tu n'as plus qu'à passer les ramasser dans ta besace.

— Tu charries!...

— C'est la vérité, je te dis. Et les ours, ça se chasse autrement. En automne, quand les feuilles tombent, tu prends un seau de colle, tu vas dans la forêt et tu en mets une bonne couche sur les feuilles. Puis tu te caches derrière un buisson et tu attends. L'ours s'amène, se balade, tranquille. Clap, clap, clap, clap, et les feuilles lui collent aux pattes, en veux-tu en voilà. A la fin, c'est tellement lourd qu'il ne peut plus remuer. Alors toi, pépère, tu sors de ta cachette, tu le ligotes, tu le flanques sur ta charrette, et allez! tu le ramènes chez toi.

Le Rat n'y tint plus et s'écria sans interrompre son jeu:

— Je crois bien que dans cette compagnie, il y a deux dingues au lieu d'un.

— Comment, des dingues? Des messieurs dingues, dit le Lord.

— Un monsieur comme ça, ça dort sur du foin et ça s'épuce avec ses dents.

Ce fut une nouvelle prise de bec, mais on s'invectivait à coups de plaisanteries. Et vers midi, on vit arriver Józef Trofida. Il était très gai. On voyait qu'il en tenait un sérieux coup.

— Venez, mes trésors! cria-t-il. La bouffe arrive.

Nous nous laissâmes glisser sur le sol.

— Quelle camelote on ramène? demanda le Lord.

— On l'amène tout de suite, tu verras bien. Lowka y travaille avec la Bombina, qui nous a fait à manger.

— Tu t'es bien amusé avec elle, hein?

— Je m'en fous, de cette dondon.

Des pas rapides se firent entendre au dehors, puis on vit entrer dans la grange une femme d'environ trente-cinq ans. Elle était grande et forte. Sa démarche était étonnamment légère pour sa carrure. Elle était endimanchée. L'odeur de son parfum emplit toute la grange. Elle portait des bas de soie et sa robe mettait en valeur ses formes opulentes.

— Salut, les gars! dit-elle gaiement d'une voix forte, en montrant dans un sourire deux rangées de belles dents blanches.

Tout le monde la salua. Wańka le Bolchevik s'avança pour la débarrasser de deux grands paniers. Il les déposa à terre, puis il fit mine de vouloir la prendre dans ses bras pour l'embrasser. Elle lui envoya une telle bourrade qu'il en perdit l'équilibre.

— Bien fait! dit Józef.

— Tu t'es échaudé? se moquait le Rat.

La Bombina riait en nous observant l'un après l'autre. Ses yeux s'arrêtèrent un moment sur moi. Elle se tourna vers Trofida:

— Un nouveau, celui-là?

— Oui... un gars bien.

La femme me salua de la tête. Puis elle quitta la grange dans un balancement outré des hanches.

— Ça, c'est de la bonne femme, un vrai matelas, dit Wańka, admiratif.

— Une jument, oui, rectifia le Rat.

Les gars vidaient les paniers. Il y avait une gamelle pleine d'œufs brouillés au lard, une autre de viande braisée au chou, et des blinis tout chauds. Et puis trois miches de pain et un beau morceau de poitrine.

Trofida tira du foin plusieurs bouteilles d'alcool pur. Il le coupa d'eau qu'il prit dans un tonneau à l'entrée de la grange. Pendant ce temps, le Lord découpait le pain.

Nous commençâmes à manger et à boire. Nous mangions comme des machines à mastiquer. Le plus vorace était Felek la Lanterne. De temps en temps, il se léchait les doigts.

— Regardez-le boulotter, dit le Lord en se torchant la bouche du revers de la main. Ça lui en craque derrière les oreilles, et son nez fait une bosse. Dernier pour travailler, mais premier pour la bouffe.

— Il fait bien, laisse donc travailler les chevaux, ils ont une grosse tête, une queue et quatre pattes.

Les contrebandiers terminaient leur repas. Seul Felek la Lanterne, sans s'occuper de rien, continuait à manger. Bolek le Lord commença à raconter:

— Vous savez, les gars, j'ai connu une femme qui mangeait chaque jour une omelette de trente œufs.

— C'est sûrement la Bombina, dit Julek en allumant une cigarette.

— ... Un jour, son mari a voulu lui faire une farce et il a rajouté aux trente œufs qui cuisaient dans la poêle encore trente œufs. Sa femme s'est mise à table, mais elle a eu du mal à finir.

— Et elle a éclaté? dit le Rossignol.

— Elle a quand même tenu le coup, poursuivit Bolek. Alors une voisine arrive et lui dit: «Pourquoi tu es si rouge?» Et l'autre dit: «Je dois être malade, ou alors je couve quelque chose: une malheureuse omelette de trente œufs, j'ai eu du mal à aller jusqu'au bout.»

Les gars riaient, fumaient et racontaient toutes sortes d'histoires sur des cas de gloutonnerie qu'ils avaient connus. Tout à coup, la porte de la grange s'écarta à nouveau et la Bombina entra avec deux paniers: des pommes et des prunes.

— Tenez, les gars! Voilà pour vous dégraisser les dents!... Qu'est-ce que vous enfumez! N'allez pas me brûler la grange!

— On fume juste sur le sol... On se surveille... la rassure Józef.

— Bon, bon! Faites attention, hein?

Elle se passe les mains derrière la nuque et resserre longuement le nœud de son fichu, exprès pour faire saillir sa poitrine altière. Les gars éméchés la dévorent des yeux. Cela l'excite. Elle ferme à demi les yeux. Se balance d'avant en arrière, roule des hanches. Puis elle prend les paniers remplis de gamelles vides et quitte la grange.

Il m'a semblé qu'avant de sortir, elle m'a dévisagé avec une attention particulière et qu'elle m'a souri. Ou peut-être me suis-je trompé? Peut-être ce sourire était-il destiné à nous tous?

*

* *

Józef Trofida pensait que nous passerions la nuit à la planque de la Bombina pour ne repartir que le lendemain soir. Mais les juifs de Minsk n'avaient pas livré la marchandise que nous devions rapporter en Pologne. Lowka vint nous voir à la nuit tombante. Il frottait nerveusement ses mains sèches l'une contre l'autre en rouspétant:

— Du travail comme ça, ils se fichent de nous!... Ils pensent qu'on fait le voyage en train!

Il s'isola avec Trofida dans un coin de la grange, où ils discutèrent longuement à mi-voix. Je saisis quelques phrases de Józef:

— Pour moi, c'est du pareil au même, qu'on parte avec

ou sans camelote!... Tu me paies, là! Et les gars aussi!... Le travail, je ne cours pas après... Si vous faites des embrouilles, je laisse tout tomber, et c'est classe!

A la tombée de la nuit, nous nous apprêtâmes à partir. Lowka resterait chez la Bombina et devrait préparer nos bâts pour la fois suivante. Et nous, nous rentrerions à Raków pour repartir le surlendemain avec un autre lot de marchandise.

Nous reprîmes le chemin du retour. La marche était facile car nous n'avions aucun fardeau. Trofida adopta d'emblée une allure soutenue. Je restais dans son sillage, m'appliquant à avancer d'un pas ample et égal.

L'air était frais. La nuit superbe. Des nuées d'étoiles luisaient dans le ciel. Au bout d'un certain temps, je m'étais adapté au mouvement régulier et j'avançais en automate. Le balancement régulier de mon corps et le silence environnant agissaient sur moi comme un soporifique. Je me mettais à faire toutes sortes de rêves. Je souriais, gesticulais. Quand je me surpris sur le fait, j'éclatai de rire. Trofida tourna la tête vers moi sans ralentir et dit doucement:

— Tu disais?

— Rien... Rien...

A cinq kilomètres de la frontière, nous nous reposâmes. Nous nous étions arrêtés au bord d'un ruisseau, près d'un épais fourré. Il n'y avait plus de vodka, nous allumâmes donc nos cigarettes avec précaution et nous nous reposâmes, allongés dans l'herbe épaisse.

Trofida était près de moi. Il resta longtemps sans parler, puis il se tourna vers moi:

— Les étoiles, tu t'y connais?

— Les étoiles? demandai-je, surpris. Non... Pas du tout...

— Dommage... Si jamais on doit se cavaler, il faut que tu saches comment passer la frontière... Tu vois ces étoiles, là?

— Lesquelles?

Il me désigna du doigt, dans la partie nord du ciel, assez bas à l'horizon, la constellation du Grand Chariot: sept grandes étoiles qui forment quelque chose comme quatre roues, et le timon par-devant. En dessinant du doigt sur le ciel, au point de toucher, à ce qu'il me semblait, chaque étoile, il m'indiqua exactement celles dont il me parlait.

— Oui... Je vois... Et alors?

— S'ils nous font la courette et qu'ils nous dispersent, dirige-toi de façon à les avoir à ta droite!... Tu peux prendre n'importe quel chemin, tu passeras toujours la frontière. A ta droite, compris?

— Compris.

Je contemplai longuement les étoiles qu'il m'avait indiquées. Elles étaient belles. Elles brillaient d'un éclat merveilleux. Je leur découvrais des nuances singulières. Une question m'intriguait: pourquoi ces étoiles s'étaient si curieusement assemblées?... Elles étaient peut-être amies, comme des personnes quelquefois, et voyageaient ensemble dans le ciel? Elles se parlaient peut-être... se clignaient de l'œil?... A force de les regarder, je leur trouvai la forme d'un cygne.

Bientôt nous repartîmes. A présent Trofida allait lentement. Il s'arrêtait de temps à autre pour tendre l'oreille. Alors tout le monde s'arrêtait.

Peu après minuit, nous atteignîmes la frontière. Trofida s'arrêta entre deux poteaux. Je le rattrapai.

— Voilà les poteaux-frontière... et voilà la frontière, me dit-il tout bas.

J'examinai avec intérêt les poteaux carrés placés sur de petits monticules. Ils portaient en haut les armes des Etats et des numéros d'ordre. Sur le poteau polonais, on avait peint l'aigle blanc sur champ rouge. Sur le soviétique, on avait gravé dans le métal une étoile à cinq branches avec faucille et marteau.

Après la frontière, nous prîmes un étroit sentier qui menait à Pomorszczyzna. A un moment donné, nous nous arrêtâmes. Soudain j'entendis derrière moi un chuchotement étouffé:

— Hé, les gars!...

C'était la voix du Rossignol. Je regardai à droite et je vis quelque chose se déplacer rapidement dans les ténèbres. Ce n'était pas une forme humaine car elle était trop petite et elle tourbillonnait bizarrement dans l'air, montant et descendant tour à tour. Ce devait être un fantôme.

Le cœur battant, je regardais l'étrange phénomène. Puis je me rapprochai de Trofida:

— Qu'est-ce que c'est, Józef?

— Va savoir ce que c'est, répondit mon camarade. Un fantôme peut-être, ou alors le diable?... On dit que c'est l'âme du Capitaine... Ceux des bataillons douaniers en ont peur, eux aussi!

Plus tard, Józef me raconta l'histoire suivante. Un capitaine russe, de souche polonaise, avait quitté la Russie au moment de la révolution. Comme les bolcheviks avaient pris le pouvoir, il ne pouvait plus retourner chez les Soviets. Il y avait laissé sa fille et sa femme. Il voulait absolument les en ramener, c'est pourquoi il était venu près de la frontière.

Il s'était installé chez des paysans, dans une ferme près de Wygonicze, il y avait fait venir ses affaires car il comptait y rester jusqu'au moment où il pourrait ramener sa famille des Soviets. Il essayait de le faire par l'intermédiaire de paysans car les autres moyens s'étaient révélés infructueux.

Le fils du fermier qui logeait le Capitaine avait jadis servi dans l'armée russe et connaissait bien les chemins pour aller à Minsk. Il accepta d'aider le Capitaine à ramener sa famille en Pologne... Ils entreprirent le grand voyage. Ils purent arriver à Minsk, puis, beaucoup plus tard, après bien des aventures, à Nijni Novgorod, où le Capitaine avait laissé sa famille. Ils y apprirent que sa femme était morte et que sa fille, Irena, habitait chez leur ancien concierge, quelque part dans les faubourgs. Après l'avoir retrouvée à grand-peine, ils reprirent le chemin du retour.

Quand ils arrivèrent à Moscou, leur compagnon de voyage avait contracté la fièvre typhoïde. On le transporta de la gare directement à l'hôpital, où il mourut. Le Capitaine et sa fille réussirent à rallier Minsk, puis ils partirent à pied pour Raków. Ils s'égarèrent dans la nuit et, aux environs de Wielkie Sioło, près de la frontière, ils tombèrent sur une patrouille soviétique. Ils furent arrêtés. Le Capitaine se défendit. Il tua deux soldats et s'enfuit avec sa fille. On le cribla de balles et on continua à le poursuivre, blessé, du côté polonais. Il tomba à deux cents pas de la frontière, sur un tumulus élevé aux temps anciens. Déjà agonisant, il put encore crier «sauve-toi» à sa fille et couvrir sa fuite jusqu'à l'épuisement de ses forces et de ses munitions. Les bolcheviks enlevèrent son cadavre du tertre pour le traîner de leur côté. La fille du Capitaine leur avait échappé et avait retrouvé la ferme où son père avait logé avant son équipée chez les Soviets. Elle y était restée et y vivait encore. On l'y considérait comme anormale mais bonne et travailleuse, et on l'aimait bien. Et la colline où était tombé le Capitaine, on l'appela depuis «le Tombeau du Capitaine».

Depuis cet événement, le fantôme avait fait son apparition aux environs du tertre et de la frontière. Un soldat des bataillons avait voulu l'atteindre. Il lui avait envoyé cinq coups de carabine. Le fantôme avait disparu. Et le lendemain, le soldat avait été déchiqueté par une grenade qu'il manipulait à la caserne. Deux autres braves lui avaient encore tendu une embuscade et lui avaient envoyé une grêle de balles. Le surlendemain, l'un d'eux avait reçu une balle lors de sa ronde; l'autre était tombé gravement malade et était mort à l'hôpital. Et depuis, personne n'avait plus fait la chasse au fantôme de la frontière.

Voilà l'histoire que Józef me raconta à notre retour à la maison. Je la trouvai très intéressante, car elle avait l'air d'un conte, et pourtant elle était vraie. Elle me fut confirmée plus tard par bien d'autres personnes.

Nous restâmes longtemps plantés en plein champ, près de la frontière, à regarder le fantôme s'éloigner.

Avec toutes les précautions requises, nous coupâmes le remblai de la route qui menait à la frontière pour rejoindre, peu après, celle qui reliait Pomorszczyzna à Raków. Puis, par la rive de l'Isłocza, nous nous dirigeâmes posément vers notre bourg.

Près du moulin, les gars se dispersèrent. Moi et Józef, nous allâmes vers son logis, dans le faubourg de Słobódka. Pour ne réveiller personne, nous n'entrâmes pas dans la maison mais dans la grange, et nous nous endormîmes sur le foin frais et embaumé.

III

Au matin, je fus réveillé par Janinka, la sœur cadette de Trofida. C'était une fillette étrange: à douze ans, elle avait le sérieux d'une adulte. Elle posait quelquefois des questions si bizarres qu'il était difficile de trouver une réponse.

— Venez déjeuner, le soleil est déjà en train de transpirer, me dit-elle.

Je lui demandai de m'apporter une serviette et du savon. Puis j'allai à la petite rivière à travers les jardins. Elle me suivait.

— Rentre à la maison... je reviens tout de suite...

— Je vais juste m'asseoir là... Je ne regarderai pas... Pour ce que ça m'intéresse... Józef ne me chasse jamais... C'est pas beau de persécuter les plus jeunes.

— Bon, reste... Que tu es bête, encore!

— Tant mieux. Si tous les gens étaient malins, ils deviendraient fous!

Je la laissai sous un saule et je suivis le fil de l'eau. Je me baignai, puis je repartis vers la maison. Janinka trottinait à mes côtés.

— Hela a dit que vous êtes pauvre, dit-elle tout à coup.

— Pourquoi?

— Parce que vous n'avez pas de maman, ni de frère ni de sœur...

— Mais j'ai Józef.

— C'est vrai... Mais vous n'avez pas de sœur.

— Je t'ai, toi.

Elle réfléchit un instant et dit:

— Mais vous ne m'aimez pas!

— Parce que tu es petite et bête... Quand tu deviendras grande, je t'aimerai... Et pas seulement moi, beaucoup d'autres garçons aussi.

Elle déclara tout à coup:

— Eh bien moi, je m'en fiche, de ça!

Elle avait dû entendre cette expression dans la bouche de filles plus âgées.

A la maison, j'étais attendu par Hela, l'aînée des sœurs de Józef. Une assez belle fille, une blonde, elle avait dix-huit ans. C'était tout l'opposé de Janinka. L'autre ne riait jamais, alors que Hela éclatait à tout propos d'un rire irrépressible et riait jusqu'aux larmes, bien souvent pour un rien.

Hela m'apporta une théière, du pain, du beurre et un fromage campagnard.

— Déjeunez, s'il vous plaît. Je vous ai attendu, et je veux aller au verger.

— Et Józef, où est-il?

— Il est allé en ville. Il ne va sans doute pas tarder. Il a dit de ne pas vous réveiller. Mais comment on peut rester si longtemps sans manger!

Bientôt Hela alla au verger, et moi, je restai à la maison avec Janinka. Je buvais mon thé, et Janinka grimpa sur le canapé, s'y accroupit et, la joue appuyée sur la main, elle me dévisagea avec insistance.

— Qu'est-ce que tu as à me regarder comme ça?

— Vous avez l'air d'un lièvre.

— D'un lièvre?

— D'un petit levraut... J'en ai vu un qui mangeait un chou... C'est Józef qui l'avait pris et l'avait apporté. Il remuait son petit museau, juste comme vous...

Janinka se mit à remuer la mâchoire et le nez.

— Et toi, tu as l'air d'une pie.

— Ah, bon?

— Une pie, ça se pose sur la clôture, ça tourne sa petite tête à droite, à gauche... ça espionne les gens.

— Non, ce n'est pas ça. Elle n'espionne pas.

— Qu'est-ce qu'elle fait, alors?

— Elle combine des choses dans sa tête.

— Elle combine quoi?

— Plein de choses. Je sais, moi. J'ai entendu plein de choses que les pies se racontaient sur les gens.

La mère appela Janinka à la cuisine, et je restai seul dans la salle. Je me mis à arpenter la grande pièce. Par la fenêtre de devant, je voyais passer dans la rue de longues files de charrettes, quelquefois à plusieurs de front. Je me souvins que c'était jour de kermesse au bourg.

J'allumai une cigarette et j'allai m'asseoir sur une chaise devant la fenêtre qui donnait sur le verger, séparé de la maison par le passage étroit de la cour. Je vis Hela, sur une échelle dressée contre le pommier, qui cueillait les fruits et les mettait dans un grand panier qu'elle tenait devant elle, coincé contre un barreau. Je l'observai longuement par l'espace entre deux pots de fleurs placés sur l'appui de la fenêtre.

J'entendis le portillon de l'entrée s'ouvrir. Je crus que c'était Józef qui rentrait. Le visage collé à la vitre, je regardai dans la cour. Je vis passer un homme d'environ trente-deux ans portant un complet marine, des souliers vernis et une casquette blanche à visière laquée. Il tenait un stick dont il se frappait la jambe en marchant. Il avait les traits parfaitement réguliers, ornés d'une fine moustache mais déparés par des yeux qui couraient en tous sens.

«Qui est ce gommeux?» pensai-je.

Je n'eus alors aucun pressentiment de tous les désagréments que cet homme allait causer, à moi et à mes amis.

L'inconnu salua Hela avec une espèce de grâce ridicule, de la tête, de la casquette et du stick à la fois, puis il lui dit quelque chose. La jeune fille tourna la tête vers lui et son visage s'épanouit dans un joyeux sourire... Cela m'ennuya. Je n'étais pas épris de Hela mais je l'aimais beaucoup, comme sœur de mon ami et comme fille sympathique.

L'inconnu était entré dans le verger et, planté aux pieds de l'échelle, il parlait à Hela. Elle riait. Elle secouait sa tête ornée d'une tresse longue et épaisse en lui lançant des répliques.

«Les pigeons roucoulent», pensai-je avec un brin de colère.

Tout à coup, je vis l'inconnu tendre le bras et faire descendre sa main le long du mollet de la jeune fille. J'en eus chaud. Je vis Hela jeter un coup d'œil vers les fenêtres de la maison et sauter à bas de l'échelle. Le visage en feu, elle disait quelque chose à son adorateur. Sans doute lui reprochait-elle son inconvenance... ou peut-être aussi son imprudence?

Elle prit le panier de pommes et se dirigea vers la maison, et son adorateur la regardait partir, le sourire aux lèvres et les poings sur les hanches. Puis il fendit l'air d'un grand coup de son stick et repartit vers le portail.

Je me mis à marcher dans la pièce. Puis j'allai vers la fenêtre de devant, et je vis l'homme au stick planté de l'autre côté de la rue en train de regarder passer les charrettes. Soudain j'aperçus Józef qui marchait vite dans la rue. L'homme au stick alla à sa rencontre. Ils se saluèrent et discutèrent pendant quelques minutes. Puis ils se séparèrent. Józef se mit à traverser pour rentrer à la maison.

Il entra.

— Déjà levé?

— Depuis longtemps.

— Je suis un peu en retard. Des ennuis avec les juifs. J'ai touché l'argent pour le travail et je l'ai passé aux garçons... On repart demain. Ils préparent la camelote...

Il tira de sa poche deux pièces de dix roubles-or et me les tendit.

— Voilà deux «boutons» pour toi... Ton premier gain... Crache pour te porter chance!

Je pris l'argent. Je voulus lui laisser dix roubles qu'il donnerait à sa mère pour les courses, puisque je vivais et mangeais avec eux, mais Józef refusa. Il dit que c'était une affaire réglée et que nous ferions nos comptes plus tard, quand j'aurais gagné davantage.

Puis je questionnai Józef sur l'homme au stick que j'avais vu dans la rue. Il se mit à rire.

— Un sacré numéro, celui-là!... Comment tu le connais?

— Je ne le connais pas du tout... Je l'ai juste vu te parler.

— C'est le fiancé de Hela... Je ne l'aime pas, mais cette fille en est toquée... Va faire entendre raison aux bonnes femmes!

— Il fait aussi de la contrebande?

— Oui. C'est Alfred Alińczuk. Ils sont cinq frères: Alfred, Albin, Adolf, Alfons et Ambroży. Que des A. Même le nom: Alińczuk. Ils ne prennent personne avec eux pour aller de l'autre côté. Ils y vont armés... De bons contrebandiers mais des vauriens. Ils crânent, ces carnes, et ils prennent les autres pour moins que rien! Ça joue les grands seigneurs, et ça a les pieds qui puent le goudron. Leur grand-père était «goudronneux» et leur père vendait des harnais et du goudron... Bon, on s'en fiche! Viens au marché. Il faut qu'on t'achète des bottes.

Je pris ma casquette et nous sortîmes dans la rue.

Nous arrivâmes sur une place immense, encombrée à perte de vue par des charrettes. Le centre en était occupé par un grand rectangle d'un étage qui regroupait les boutiques. La place était également bordée par des échoppes de juifs, des maisons de thé, une auberge et des restaurants. Près des boutiques, les marchands et les cordonniers ambulants avaient dressé leurs éventaires. Nous fendions à grand-peine la foule compacte.

Au-dessus du marché, on aurait pu déployer un énorme étendard de Bacchus. Tout le monde buvait. On buvait partout. On buvait sur les charrettes, entre les charrettes, sous les charrettes. On buvait, hommes et femmes. Les mères faisaient boire les petits pour qu'ils s'amusent aussi à la kermesse; elles faisaient boire jusqu'aux bébés pour les empêcher de pleurer. Je vis même un paysan ivre soulever la tête de son cheval pour lui verser une bouteille de vodka dans la gorge. Il s'apprêtait à rentrer chez lui et voulait faire de la vitesse pour épater *le monde*.

Trofida m'amena devant l'éventaire d'un cordonnier. Il salua le propriétaire et dit:

— Il nous faut des bottes. Mais des bottes ex-tra, compris? Du premier choix... De l'article en or, travail en or! C'est pour un gars en or, pour aller faire des affaires en or!

— Bon, dit le cordonnier.

Et, sans toucher les bottes exposées, il tira un petit coffre de sous son éventaire. Il en sortit une paire de bottes en cuir souple.

— Même à Wilno, ils n'en font pas de meilleures! Mais est-ce qu'elles iront?

J'essayai les bottes. Elle m'étaient un peu grandes, mais Józef me conseilla de ne pas les prendre trop justes, car l'hiver approchait et je pourrais y loger d'épaisses bandes molletières.

— Combien tu en veux, de tes pompes? demande Józef au cordonnier.

— Quinze roubles.

Józef rit:

— Tu vois, Władek: c'est le gouffre d'or. Tout se vend, partout, pour des dollars et de l'or. Le Pérou, merde! La bouteille de vodka vaut un rouble d'argent, la bouteille d'alcool un rouble-or, et pour ces grolles, monsieur l'artisan demande quinze bûchettes d'or. Et tout à l'avenant!

On marchanda les bottes pour dix roubles et un dollar. Avec mes vieilles bottes en prime au cordonnier.

Józef examina mes pieds avec satisfaction.

— Du travail d'orfèvre, merde! Le roi d'Angleterre lui-même n'a pas de pompes comme ça!... Tu veux peut-être acheter autre chose?

— Non.

— Alors ça va. La prochaine fois, on t'achètera un complet soi-soi. Tu seras nippé comme môssieur le baron! J'en fais mon affaire. Et tes bottes, ça s'arrose! pour qu'elles te portent bien et qu'elles te portent chance! On va chez Ginta!

Nous dépassâmes deux filles qui flânaient le long des éventaires. Elles croquaient des graines et crachaient les enveloppes sur les côtés. L'une portait une robe rouge et un fichu vert sur la tête. L'autre avait une robe verte et un fichu jaune. Elles avaient de grands sacs à main de cuir aux fermoirs de nickel brillant. Elles nous dévisagèrent avec une audace outrée, presque provocante.

— Nos hommages les plus plats à Mańcia et Helcia! les apostropha gaiement Józef.

— Les nôtres en double! répliqua l'une.

— Nos fro-hommages, ajouta l'autre.

— C'est qui, celles-là? demandai-je.

— Des contrebandières, Hela le Caniche et Mania Chichi.

— Alors les femmes aussi font de la contrebande?

— Et comment! Certaines «farguent» mieux que les garçons. Mais elles sont rares. Dans toute la ville, tu n'en trouveras pas dix. Ce sont celles qui ont de la famille de l'autre côté.

Nous arrivâmes au restaurant de Ginta. Devant l'entrée se pressait une foule de paysans avec des bouteilles dans les mains et dans les poches. La porte était grande ouverte; la buée des respirations et la fumée du tabac gris s'en échappaient, mêlées au brouhaha des voix et aux cris d'ivrognes.

Nous fûmes rejoints par le Rat. L'œil brillant et les lèvres minces entrouvertes sur des dents toutes droites et jaunes, il nous serra la main de ses doigts froids et décharnés, envoya un jet de salive sur les bottes d'un paysan qui passait, puis demanda:

— On va chez cette chère Ginta, hein?...

— Oui.

— Alors je vous suis.

Le Rat avait une drôle de dégaine. Il portait une grande casquette américaine à carreaux en peluche et, autour du cou, un foulard rouge noué à l'apache. Il gardait toujours les mains dans les poches de son pantalon. Il roulait des épaules en marchant. C'était un voleur de Rostov-sur-le-Don au passé sombre et tumultueux. Il était balafré de partout et lui-même ne se séparait jamais de son couteau. Il ne laissait jamais passer une occasion de rixe, même quand il se savait perdant d'avance.

Nous traversâmes la cour noyée dans la gadoue, puis une entrée sombre aux odeurs infectes, pour pénétrer dans la grande salle. Je ne pus d'abord rien voir car l'intérieur disparaissait dans un nuage de fumée de tabac. Enfin je distinguai quelques tables et des gens assis autour. Il n'y avait que des contrebandiers.

Tout à coup, à l'autre bout de la salle, un accordéon se déchaîna pour remplir tout l'espace des accords d'une vieille marche russe. C'était Antoni, l'accordéoniste, un petit homme d'âge incertain, au visage verdâtre et aux cheveux pleins d'épis, qui saluait l'entrée de Trofida.

— Salut, les gars! cria Józef en faisant le tour des tables pour dire bonjour à chacun.

Il lança cinq roubles-or à Antoni. Sans cesser de jouer, l'accordéoniste attrapa prestement la pièce au vol.

— Pour ta marche! dit Józef.

Je fis comme lui le tour des tables pour serrer la main des contrebandiers. Je ne pus saisir celle du Mammouth, et lui évita de serrer la mienne, soucieux à l'évidence de ne pas me faire de mal.

Les contrebandiers réunirent trois tables, y disposèrent des bouteilles de bière et de vodka, puis des assiettes de pain, de saucisson et de concombres aigres-doux.

Au début, je ne vis que quelques gars de notre parti, Bolek le Lord, Felek la Lanterne, le Bouledogue et le Mammouth.

Le haut bout de la table était occupé par Bolek la Comète, contrebandier fameux, un homme de cinquante ans avec de longues moustaches noires. Sa réputation de buveur et de noceur s'étendait à tout le pays frontalier. J'appris plus tard que son surnom de Comète datait de 1912: alors que la comète de Halley «marchait» sur la Terre et que la fin du monde était annoncée, il avait, pour ce motif valable, vendu et bu sa ferme. A côté de lui était assis le Chinois, un garçon grand et mince au teint olivâtre et aux beaux yeux noirs un peu bridés. Il y avait encore quelques autres gars, mais c'est plus tard que j'appris à mieux les connaître.

— Je vous dis et vous déclare, dit la Comète en écarquillant les yeux et en remuant la pointe de ses moustaches, que celui qui ne boit goutte s'encroûte.

— Pas bête! approuva le Lord, qui fit jaillir les bouchons de deux bouteilles à la fois en frappant le fond contre ses genoux.

Il servit à tous des demi-verres à thé.

En marmonnant quelque chose pour lui-même et en inclinant la tête de côté, le Mammouth attira un verre de la paume et but avec précaution, comme s'il craignait de broyer le verre fragile dans sa main. Il avala la vodka, souffla énergiquement, puis me fit un clin d'œil en marmonnant quelque chose. Je n'ai jamais entendu le Mammouth dire plus d'une courte phrase. Il s'en tenait d'ordinaire à un seul mot, ou bien il s'exprimait par des gestes, des clins d'œil.

— Vous savez, les gars, dit le Chinois, ce qu'il vient de me dire, Felek la Lanterne?

— Qu'il combinait comment bouffer un balai, gronda le Bouledogue.

— Non... Il a dit que l'oie, c'est la volaille la plus bête du monde!

— ...? lui demanda le Mammouth d'un geste de la main et d'un sourcillement.

— Parce que... une seule, c'est juste, et deux, c'est trop! Les poules, les canards, on peut toujours trouver la dose: si deux c'est juste, tu en manges trois; si trois c'est juste, tu en bouffes quatre; les oies, par contre, c'est plus dur.

— Tu as dû te tromper, dit le Rat. Il a dû parler des veaux, pas des oiseaux.

Sans s'occuper de leurs piques, la Lanterne s'expliquait avec l'oie en croquant les petits os et en se léchant les doigts.

Bolek le Lord remplissait l'office de l'hôte. Il apportait du buffet la vodka et les amuse-gueule, servait des tournées de vodka et de bière et faisait de son mieux pour amuser les gars. Il n'oubliait pas non plus la musique: de temps en temps, il portait un verre de vodka et des amuse-gueule à Antoni. Il allait à lui en chantant:

Maître Antoni, roi du flonflon,
Zizique sur son accordéon!
Im-tam-turlu! Im-tam-turlu!
Im-tam-turlu! Hou-ha-ha!

Antoni faisait une pause. Il prenait le verre. Il buvait cul sec et se mettait à manger, accoudé à la caisse de son accordéon. Il me faisait penser à un rat en train de grignoter une tranche de pain.

Le soir tombait. Il faisait de plus en plus noir derrière les carreaux. Les gars tirèrent les rideaux. Ginta alluma la lampe à pétrole suspendue au plafond par un crochet de fil de fer.

On buvait toujours.

Soudain le Chinois se mit à vomir. D'abord sur la table, puis sur le plancher.

— Il en a fait, de la pâtée pour chien! dit le Lord en installant le Chinois près de la fenêtre, sur une banquette étroite tendue de toile cirée noire.

— Antoni, joue une marche funèbre! cria le Rat.

— A la santé du mort, les gars! ... Vive le mort!...

— Pas bête! appuya le Lord en prenant son verre.

Je n'avais jamais vu boire de telles quantités de vodka. Les plus actifs étaient le Mammouth et Bolek la Comète. Felek la Lanterne et le Bouledogue ne perdaient pas leur temps non plus. Celui qui buvait le moins, c'était Józef — et puis moi.

A un moment donné, j'entendis le rugissement de plusieurs gosiers à la fois:

— Hourra!

— Vivat!

— Amenez-le par ici!

Je me retournai et vis le Rossignol. C'était un garçon tout jeune. Avec un petit sourire, gêné par un accueil aussi fracassant, il arriva à la table. Il nous serra la main à tous. Bolek la Comète se mit à le supplier:

— Rossignol! Mon petit cœur! Chante, frérot.

Il arriva une chose étrange. Ces hommes bruyants, ivres, se calmèrent d'un seul coup, et ce fut le silence dans la salle. Une Ginta affolée entrouvrit la porte de l'autre pièce, mais voyant que tout allait bien, elle la referma.

Le garçon resta un instant immobile au milieu de la salle, puis il chanta, d'une voix assourdie, légèrement vibrante, qui gagnait peu à peu en force et en sentiment, la complainte des contrebandiers:

Au travail les gars sont partis,
Les filles sont désolées.
Elles pensent le jour, elles pensent la nuit:
«Est-ce qu'ils vont tous rentrer?»

Le Rossignol levait les yeux au ciel. Sa voix, chargée de tristesse, vibrait comme une plainte poignante. Je sentais des fourmis me parcourir le dos et le crâne. Je ne voyais plus rien dans la pièce à part ces yeux étranges du Rossignol et je ressentais par chaque fibre le ton triste de la chanson.

Quand le Rossignol eut cessé de chanter, il y eut un long silence. Je jetai un coup d'œil au Mammouth et je vis des larmes couler le long de ses joues informes, grises, comme taillées dans la pierre. J'entendis la voix du Rat :

— Eh ben, la vache !

— Mon petit Rossignol chéri ! disait Bolek la Comète en tendant les bras vers lui, chante, mon petit cœur ! Chante encore ! Chante pour l'amour de Dieu ! Allez, chante !

— Laissez-le souffler, dit le Lord. Puis il cria : Antoni ! Joue-nous *Les Flots du Danube* pour changer.

Antoni joua la valse, et le Lord installait le Rossignol à table, l'abreuvait de vodka. J'observais le contrebandier. Il avait des yeux d'enfant. Un léger sourire errait sur ses lèvres. Il avait l'air d'un prince déguisé et non d'un vulgaire contrebandier. Je pensai qu'il y avait sans doute quelque part des princes aux grosses joues, aux yeux bovins et à la bouche laide.

Plus tard, le Rossignol chanta une autre chanson de la frontière, un peu plus gaie.

— Je vous dis et vous déclare, les gars, que si je ne bois pas la double dose, mon cœur va se fendre ! dit la Comète quand le Rossignol eut fini de chanter.

— Pas bête ! répliqua le Lord en remplissant les verres presque à ras bords.

Puis je vis le Mammouth tirer d'une poche de sa vareuse un billet de vingt dollars et le glisser en soufflant fort dans la main du Rossignol. Celui-ci regarda l'argent, étonné, et le jeta sur la table.

— Ça ne va pas ?... Pour quoi faire ?... Si c'est comme ça, je ne chanterai plus !...

— Reprends cet argent, dit sèchement Józef Trofida au Mammouth. Il est des nôtres... il fargue lui-même... Il ne chante pas pour l'argent.

Le Mammouth se leva lourdement, prit le billet sur la table et alla l'offrir à l'accordéoniste. Antoni le fourra négligemment dans sa poche, sans même remercier. Pour lui, c'était sans importance. Il aurait aussi bien joué pour rien. Du moment qu'il y avait autour de lui du rire et du tapage, que la vodka clapotait dans les verres, que tout le monde était joyeux.

Józef voulait aller voir son marchand ; il me demanda :

— Tu sauras rentrer tout seul ?

— Pourquoi pas... bien sûr...

— Alors ça va... Tu ne dois rien, ici... J'ai tout payé.

Trofida salua ses camarades et quitta notre «salon».

On s'amusait toujours. J'étais complètement ivre. J'avais très chaud et j'étais très gai. Je buvais, je mangeais, je riais, j'écoutais les chansons du Rossignol et l'accordéon. Je ne me souviens pas du moment où je quittai le salon de Ginta pour me retrouver dans la rue.

Je marchais lourdement dans une ruelle sombre. Je pataugeais pas à pas dans une gadoue collante. Tout à coup, j'entendis devant moi un cri de surprise et je vis à une quinzaine de pas un groupe d'hommes qui se battaient dans la lumière projetée par une fenêtre. Trois hommes en frappaient un quatrième renversé à terre, dont la résistance faiblissait. Sans plus réfléchir, je bondis en avant. Je culbutai un agresseur d'un coup d'épaule, et l'autre, je lui flanquai un tel coup de poing à la figure qu'il partit en arrière et s'assit dans la boue. Le troisième me sauta dessus: il était ivre, lui aussi. Il se mit à mordre. Je lui martelai le crâne de mes poings. Il me lâcha. Je sautai sur mes pieds, prêt à lutter encore, mais les jambes flageolantes et à demi conscient. Soudain je me mis à vomir. Plus tard, je me sentis mené par le bras. C'était l'homme à qui j'étais venu en aide. Il me demandait quelque chose, mais je n'arrivais pas à saisir.

Ensuite, je me souviens qu'on m'essuyait le visage avec une serviette mouillée. Des visages inconnus se penchaient sur moi. Puis l'alcool m'avait ôté le reste de conscience.

Au matin, je me réveillai dans un logis inconnu. J'étais ébahi de m'y trouver. Je dis à haute voix:

— Il y a quelqu'un?

Une tête comique, ronde et presque complètement pelée par une maladie de peau, apparut dans la porte de la cuisine.

— Vous étiez tellement ivre, hier... Vous ne compreniez rien, me dit le juif inconnu en venant vers moi.

— Mais comment je suis venu ici?

— C'est moi qui vous y ai amené... Vous n'êtes sans doute pas d'ici, car je ne vous connais pas... Des chenapans ont voulu me tuer hier soir, et vous m'avez défendu.

— J'habite à Słobódka, chez Trofida.

— Alors vous êtes un camarade de Trofida?

— Oui.

— C'est un homme bien. Un homme en or! Aïe, quel homme! Aïe!... Moi, je m'appelle Josek, et là, c'est ma maison.

Quand je me fus rhabillé, Josek insista pour que je déjeune avec lui. Il me fallut accepter. Josek mit sur la table une bouteille de prune et tira du buffet un brochet farci. Peu après, sa femme sortit de la cuisine et vint s'asseoir à table. C'était une jeune juive très belle, avec un petit enfant sur le bras. Je me mis à causer avec eux. La femme me remercia, elle aussi, de l'aide que j'avais apportée à son mari.

— De quoi c'est parti? demandai-je à Josek.

— On jouait aux cartes. Je les ai plumés... à la régulière, je n'ai pas triché, m'expliqua-t-il. Et eux, ils ont voulu me reprendre l'argent. S'ils n'avaient pas été ivres, ils n'auraient pas fait ça... Mais là, ils étaient partis pour me tuer!

Josek me montra les bosses qu'il avait sur le crâne et les bleus aux bras et au cou. Au moment où je quittais le logis, Josek me raccompagna dans l'entrée.

— Vous aurez peut-être besoin d'un coup de main pour vos affaires... alors venez me voir. Je ferai tout ce qu'il faudra!

— Et dans quelle partie êtes-vous? demandai-je.

Il sourit, me posa la main sur l'épaule et dit:

— Demandez donc à Józef, à quoi s'occupe Josek la Volaille... Il vous le dira... Bonne route!

Józef Trofida m'apprit que c'était un voleur professionnel.

— Il a été autrefois un voleur fameux, mais il a fait un mariage d'amour et il s'est rangé. Il joue principalement aux cartes. Il vit de la brême.

IV

Je fis la rencontre de Saszka Weblin, le roi de la frontière, celle des contrebandiers, dans des circonstances singulières. Je le rencontrai en son royaume: sur la frontière.

Je partais pour la quatrième fois avec le parti de Trofida. Nous avions passé la frontière aux environs d'Olszynka. La nuit était sombre. Le ciel était couvert de nuages au sud. Le vent d'est nous cinglait les yeux, ce qui rendait notre avance pénible.

Je marchais sur les talons de Józef. Avant de quitter notre planque de la zone frontière où nous entreposions nos bâts, nous avions bu chacun une demi-bouteille de vodka. Je me sentais gai et réchauffé. Je m'étais fait à notre travail et j'y avais pris goût. J'étais attiré par ces randonnées lointaines. Fasciné par le mystère de nos marches. J'aimais ressentir la légère excitation que provoque le danger. J'aimais les haltes dans les bois et les «journées» d'attente dans les planques. J'aimais mes camarades, et nos divertissements bruyants et frustes.

Quelques jours auparavant, je m'étais payé un nouveau complet. J'avais maintenant *à mon compte* une lampe de poche et une montre. Et quand je prenais la piste, je garnissais mes poches d'une bouteille ou deux d'alcool. J'étais devenu un contrebandier professionnel. Je farguais aussi bien que les autres gars.

Tout en suivant Józef, je pensais à des tas de choses. Je n'avais plus de peine à garder sa trace. Je m'étais aussi aguerri à porter des bâts pesants. Et puis, j'étudiais le terrain à ma droite et à ma gauche, l'œil et l'oreille aux aguets — l'avant et l'arrière étant assurés.

A quelques dizaines de pas de la frontière, nous entrâmes dans un fourré. J'entendis un bruissement d'eau à l'avant. Trofida marchait très lentement et s'arrêtait souvent. Jamais il n'avait avancé avec autant de précaution. A un endroit, il s'arrêta pour rester très longtemps immobile. Je commençais à prendre froid... Il repartit en avant. Le bruit de l'eau augmentait. Soudain Józef se mit à reculer. Il arriva sur moi. Il me saisit le bras et me fit accroupir dans le fourré... J'entendis nettement un grand plouf à l'avant et, à l'instant même, le silence de la nuit fut troublé par un coup de carabine et un cri, presque un rugissement vibrant de peur:

— Ha-alte!

Au même moment, plusieurs coups de revolver claquèrent. Puis ce fut le grondement de coups de carabines. J'entendis derrière moi le bruit d'une galopade. La terre résonne. Les buissons craquent. On crie sans arrêt:

— Halte!... Halte!... Halte!...

C'était la sarabande autour de nous. On avait peine à saisir ce qui se passait dans le noir. Trofida se releva et, m'entraînant par le bras, partit vite sur le côté. Puis il reprit sa marche en avant. Je le suivais. Je sentis que nous passions dans une eau qui m'arrivait au-dessus du genou. Je m'appliquais à ne pas perdre de vue mon camarade qui me précédait.

Nous atteignîmes la rive bourbeuse, couverte de roseaux, d'une petite rivière. Nous sortîmes de l'eau. A cet instant, il se passa une chose étonnante. Un coup retentissant partit juste devant moi, et je sentis un corps me bouler dessus. Le choc avait été si imprévu et si puissant que je roulai à terre pour retomber à l'eau. Je fus écrasé par le poids de mon bât. On courait à grands éclaboussements dans le lit de la rivière. Tout autour de moi, j'entendais le fracas d'un feu roulant et l'écho de voix excitées. Abrité par le bord escarpé de la rivière, je restais assis dans la vase gluante.

Au bout de quelques minutes, le silence retomba autour de moi. Les cris et les détonations avaient reflué sur ma gauche. Alors je sortis lentement de l'eau et repris la direction opposée, pour m'éloigner de la frontière.

Je m'engageai dans la forêt. J'avais peine à avancer. Mon chemin se trouvait à tout instant barré par des arbres, des fourrés ou des tas de bois mort. Peu familier du terrain, je redoutais de tomber aux mains des verdets.

A un moment donné, je m'assis sur un pin écroulé et pris un long repos. Puis je repartis droit devant moi, au jugé, en m'efforçant de garder la même direction. Je comptais me sortir ainsi de la forêt.

Au bout d'une longue marche, je m'arrêtai dans un fouillis de broussailles à l'orée du bois. Je me souvenais qu'à l'aller, le vent m'arrivait de face. Autrement dit, il soufflait de l'est. Je me dis qu'en allant dans le sens du vent, je repasserais la frontière. Réflexion faite, je trouvai que le moyen n'était pas sûr, car le vent pouvait avoir tourné. J'eus un accès de désespoir. Je me sentais entièrement démuni, perdu dans un océan de ténèbres, où des dangers inconnus me guettaient à chaque pas. De toutes parts, des ennemis cruels travaillaient à ma perte. Si Józef avait été avec moi, il m'aurait facilement tiré de là. Mais où était-il? Peut-être me cherchait-il en vain?

Tout à coup, je me souvins de ce qu'il m'avait dit des étoiles à notre premier retour de l'autre côté. Je me hâtai d'avancer, de façon à m'éloigner le plus possible de la forêt.

Je m'arrêtai en terrain découvert et regardai bien le ciel. Plus de la moitié en était couverte, mais dans l'autre partie, je vis la constellation (comme me l'apprit plus tard Pietrek le Philosophe) du Grand Chariot et de la Grande Ourse. Sept grandes étoiles luisaient sur le fond sombre du ciel, et je les contemplai longuement, le souffle coupé et la poitrine gonflée par la joie. Je me rappelai les paroles de Józef: «S'ils nous font la courette et qu'ils nous dispersent, dirige-toi de façon à les avoir à ta droite!... Tu peux prendre n'importe quel chemin, tu passeras toujours la frontière.»

Je me plaçai de façon à avoir les étoiles à ma droite, et je sentis le vent me souffler dans la nuque. Eh oui, voilà la direction de l'ouest, c'est bien ça.

Je repartis. J'avançais lentement, pour ne pas faire de bruit, car j'ignorais où je me trouvais, et pour éviter toute fatigue inutile.

Je franchissais des champs, des prés, des collines... Je passai un ruisseau, mais je ne savais toujours pas où j'étais. Toujours chez les Soviets peut-être, ou alors déjà en Pologne? Je décidai d'aller le plus loin possible. J'aimais mieux tomber aux mains de ceux des «bataillons» en Pologne, où les peines pour contrebande, surtout la première fois, étaient moins lourdes que chez les Soviets, où elles étaient très sévères.

Dans le noir, lentement, pas à pas, sans un bruit, j'allais de l'avant. De temps en temps, je m'arrêtais pour tendre longuement l'oreille. Je m'efforçais de percer du regard, le plus loin possible, l'obscurité qui m'enveloppait.

Je me retrouvai au pied d'un tertre. Je montai jusqu'à son sommet. Je me rappelai ce que Józef m'avait dit du Capitaine et du fantôme. «Mais c'est le Tombeau du Capitaine!» pensai-je.

Je compris que j'étais en Pologne. Il me serait facile, maintenant, de retrouver le chemin du bourg.

Je m'assis, le bât appuyé contre la pente de la colline, et je regardai longuement vers le nord-ouest... là où, largement campée dans le ciel, brillait, dans une féerie de couleurs, la superbe Grande Ourse. Je ne connaissais pas encore son nom mais j'en devenais très épris. C'est bien simple, je ne pouvais plus détacher mes yeux de ces étoiles-là.

Pendant que je restais immobile à contempler les étoiles, je perçus un froissement au pied du tertre. Je me redressai et rajustai les bretelles de mon bât, prêt à fuir. Le bruit ténu continuait. Je descendis doucement et m'allongeai dans un creux au pied de la colline. J'aperçus bientôt une silhouette qui rampait lentement au bas du tertre. C'était un homme.

«Ce n'est sûrement pas un verdet mais un contrebandier, pensai-je. Les verdets ont des manteaux kakis que la nuit rend plus clairs que leurs visages... Et puis ça n'a aucun sens de ramper ainsi en pleine nuit, loin de la frontière... C'est peut-être quelqu'un de notre parti, quelqu'un que je connais?»

L'homme s'assit. Je voyais sa silhouette noire, pelotonnée. Puis j'aperçus sur son dos le rectangle gris d'un bât.

J'entendis une légère plainte et comme un juron brusquement étouffé. «Et si c'était Józef?» Sans plus hésiter, j'appelai:

— C'est toi, Józef?

La forme sombre eut un soubresaut. Il y eut un instant de silence, puis j'entendis une voix étouffée:

— Qui est-ce?... Viens là... Oh, la vache!...

Je m'approchai de l'homme assis dans l'herbe. Je me penchai sur lui. L'inconnu me demanda:

— Tu es qui, toi?

— Moi?... Władek... un camarade de Józef Trofida.

— D'où tu viens?... De chez les rouges?

— Non... On partait avec la camelote... C'était Trofida qui conduisait... Les verdets nous ont fait cavaler à Olszynka.

— Ah!... C'était donc vous?... fit la voix étonnée.

— Allez, viens, dis-je au contrebandier.

— Je ne peux pas, vacherie! Je me suis foulé la cheville.

— Alors je vais t'aider.

— C'est bon. Prends mon bât.

Il fit glisser les bretelles de ses épaules et jeta son bât dans l'herbe. Après un instant de silence, il dit:

— Prends-le et va le déposer sur la colline... Compris? Le tien avec... Pas moyen de faire autrement... Après, je les enverrai prendre... Sûr!...

Je remontai la pente et déposai les deux bâts au sommet. Puis je rejoignis le contrebandier.

— Tu arriveras à me porter jusqu'à la ville? me demanda-t-il d'une voix rauque.

— Pourquoi pas? On peut toujours faire des haltes.

Je le pris à califourchon sur mon dos et partis lentement à

travers champs du côté de Raków. De temps en temps, le contrebandier m'indiquait le chemin: «A droite... A gauche...» Et nous peinions dans l'obscurité de la nuit. Par moments, le contrebandier émettait des sifflements de douleur, surtout quand je bronchais ou quand je le remontais d'une secousse sur mon dos.

Je le portai jusqu'au cimetière. Nous nous y reposâmes, puis je le repris sur mon dos. La marche n'en finissait pas. J'étais fourbu.

Je débouchai enfin dans une ruelle, puis dans la cour d'une belle maison. Je le fis glisser à terre près d'une fenêtre. Il frappa doucement au carreau. Peu après, une voix de femme mécontente résonna à l'intérieur:

— Qui est-ce qui frappe?

— Ouvre, Fela. Et vite!

— Je viens... Tu as le temps, non?

Nous nous retrouvâmes à l'intérieur. C'était une grande pièce bien tenue dont la plus petite partie était séparée par une longue cloison. A droite, je vis deux portes: une qui menait à la cuisine, et l'autre à la pièce d'angle.

Fela, la sœur de Saszka Weblin, alluma la lampe et tira soigneusement les rideaux. Quand je la regardai à la lumière de la lampe, je restai sans mouvement, incapable d'en détacher les yeux. C'était une grande femme élancée d'environ vingt-huit ans. Sa chevelure noire descendait dans son dos en nattes épaisses. Elle n'était pas habillée: elle avait simplement passé une jupe et enfilé des chaussons, mais elle n'était pas gênée par ma présence. Elle s'affairait dans la pièce à remettre les choses en ordre. Son visage altier était ravissant: allongé, régulier, d'une pâleur mate, orné de grands yeux expressifs, de sourcils sombres et d'une bouche joliment dessinée. Mon attention se fixa en particulier sur ses bras nus et son cou élancé. Je n'avais encore jamais vu de plus belle femme. C'est ce qu'il me sembla alors et c'est ce que je pensai. Et, de fait, Fela Weblin était la plus belle jeune fille du bourg. Tous les garçons du lieu en pinçaient pour elle. Mais elle avait tôt fait de les rebuter par ses moqueries et par le regard froid et railleur de ses superbes yeux verts, où se cachait une force singulière qui attirait... et repoussait... On y plongeait le regard comme dans un gouffre!

Fela m'aida à installer Saszka sur la banquette et se mit à lui ouvrir sa botte droite avec des ciseaux. J'étais penché auprès d'elle. J'épiais les mouvements de ses beaux bras pleins, bien faits, éclatants dans tout le charme de leur nudité. Elle interrompit brusquement son travail, remarqua mes regards gourmands et cria presque:

— Qu'est-ce que tu as à me lorgner? Aide-moi!... Toujours des ennuis, flûte!... C'est à se pendre!

— Calme-toi voir! lui dit Saszka avec une vilaine lueur dans le regard. Ou je vais te calmer, moi!

Fela lança les ciseaux sur la banquette et passa dans la pièce d'angle. Elle revint peu après en boutonnant un corsage sur sa poitrine. Son visage était méconnaissable. Ses yeux lançaient des éclairs froids. Ses lèvres étaient étroitement pincées.

Quand nous eûmes ôté la botte de la cheville foulée de Saszka qui, de douleur, s'était mordu les lèvres au sang, celui-ci dit à sa sœur:

— File chercher la Résine. Et qu'il s'amène tout de suite! Si tu ne le trouves pas chez lui, fonce chez le Mammouth. Et que ça saute!... Allez, ouste!

En grommelant quelque chose, Fela enfila son manteau et jeta sur sa tête un grand fichu épais. Elle quitta la maison en claquant la porte.

— Bon sang de vipère! gronda Saszka; puis il se mit à examiner sa cheville foulée, qui avait fortement enflé.

Saszka Weblin était le contrebandier le plus fameux dans tout le pays frontalier, de Radoszkowice à Stołpce. C'était un guide parfait car il connaissait bien la frontière et les deux zones frontière, mais il effrayait les marchands et la plupart des contrebandiers. Ils le craignaient à cause de son audace téméraire, casse-cou, qui le poussait à des actions extraordinaires, presque insensées. Au bourg et dans le reste du pays frontalier, il avait bien des ennemis qui, tout en le détestant, respectaient et admiraient ce roi de la contrebande. Il avait aussi quelques amis dévoués qui l'aimaient pour son courage, pour la largeur de son geste, sa prodigalité et sa *fantaisie*. Son ami le plus proche était la Résine, l'homme le plus fort de tout le pays frontalier. C'était tout l'opposé de Saszka, et je me demandais souvent avec étonnement ce que pouvaient bien avoir en commun ces deux hommes aux caractères aussi tranchés.

Saszka avait trente-cinq ans. Il était grand et mince. Il marchait légèrement penché en avant. Il avait les yeux gris, toujours mi-clos, où étaient tapies des choses si étranges qu'il valait mieux ne pas y regarder de trop près. Il aimait plaisanter et riait souvent, mais avec les seuls traits de son visage... Ses yeux restaient toujours froids. Son sourire avait l'air d'une grimace.

Saszka gagnait souvent de fortes sommes. Mais il mettait une telle rage à les dilapider qu'il ne lui restait bientôt plus rien. Personne ne jouait aux cartes comme lui! Personne ne jetait autant d'argent aux femmes. Personne n'en buvait autant.

Quand je restai seul avec lui, il regarda longtemps en silence sa cheville enflée avec un étrange sourire avant de dire:

— Notre belle fortune tourne toujours en rond: quand c'est pas une beigne, elle te fout un gnon.

— Eh oui, approuvai-je.

— Donc c'est Józef qu'ils ont fait cavaler à Olszynka? demanda-t-il après un silence.

— Eh oui, c'est lui.

— Vous étiez combien? Dix?

— Onze.

— Hé ben... Est-ce que tout le monde reviendra?... Les troufions canardaient dru!...

— Quelqu'un les flinguait aussi.

Il leva les yeux vers moi.

— Quelqu'un les canardait, tu dis?

— Oui.

— Alors tant mieux... Ils sont un peu trop hardis! Ils pourraient oublier qu'il y a la frontière, et qu'on y fargue, nous... Ils nous tireraient comme des garennes!...

Je ne le compris pas tout à fait.

Bientôt Fela rentra; sur ses talons, un costaud de trente ans se précipita dans la pièce. Sa force était cachée sous un complet noir, mais on devinait sous le costume les torsades d'acier de ses muscles.

C'était le fameux contrebandier la Résine qui passait la frontière avec trois bâts à la fois. Le Mammouth était, lui aussi, très fort, mais il était lourdaud, alors que la Résine, malgré sa stature massive, était très déluré. Voilà une histoire qu'on m'avait racontée sur lui. Un jour qu'il était un peu parti, il avait parié avec Jurlin, un chauffeur assez aisé, qu'il lui porterait son cheval de la rue de Wilno jusque chez sa mère, rue de Minsk. S'il y arrivait, le cheval lui resterait en toute propriété, sinon il devrait à Jurlin cinquante roubles-or. On lia les jambes avant et arrière du cheval. La Résine passa sous son ventre et le souleva. Légèrement courbé, retenant les cordes qui liaient les jambes du cheval, il avançait lentement dans la rue. Il avait accompli le plus gros du trajet, mais tout à coup, sur la place du marché, le cheval avait rué, et ils avaient tous les deux roulé au sol... La Résine avait perdu son pari, mais il aurait pu le gagner. C'était un jeu pour lui que de briser des fers à cheval ou des roubles d'argent.

C'était cet homme-là que je voyais devant moi. Il avait un visage doux avec de bons yeux d'enfant qui vous regardaient avec gaieté et bienveillance. Ses larges et épais sourcils se relevaient. Il avait un très beau sourire. Quand il apparaissait sur son visage, on avait du mal à ne pas le lui rendre. Je remarquai qu'il avait beaucoup de peine à exprimer ses pensées; cela me rappela le Mammouth, qui ne parlait presque pas et se contentait de gesticuler.

La Résine vint vers la banquette où reposait Saszka; il lui demanda presque en chuchotant, avec une inquiétude visible:

— Alors?... Qu'est-ce que tu as?... Hein?...

— Rien... Je me suis foulé la cheville... Il y a eu un os... Je me trissais... A Olszynka, ils se sont pointés, les troufions. Ils ont fait un sacré raffut! Je me taillais, et je me suis pris un gadin, sur une souche... Celui-là m'a trimballé jusqu'à la crèche... Je ne sais pas comment j'aurais pu m'amener tout seul jusqu'ici.

Saszka me désigna d'un mouvement de tête. Les yeux de la Résine lancèrent un éclair de gaieté; il me serra le coude à me faire mal et hocha la tête.

— Epatant!... Oui!... Là, je te suis!...

Puis Saszka dit à la Résine:

— Va récupérer les bâts... Deux bâts, le sien et le mien... Tu vas sur le Tombeau du Capitaine; ils y sont, en vue, par terre... Tu ramèneras ça ici.

— C'est bon... j'y vais...

La Résine se releva d'un bond et marcha vers la porte.

— Prends un soufflant, dit Saszka. Si quelqu'un se pointait?

La Résine resta un moment à réfléchir sur le seuil, puis il

fit un geste insouciant de la main, découvrant ses dents dans un sourire et dit:

— Personne ne se pointera...

Il rentra au bout d'une heure. Il rapportait les deux bâts. Il les avait portés sans effort. Son visage était en sueur parce qu'il avait été très vite. Il déposa les bâts près de la porte et vint s'asseoir avec précaution sur la banquette, à côté de Saszka.

Fela n'était pas dans la pièce. A l'arrivée de la Résine, Saszka l'avait envoyée au lit. La Résine me dévisagea un bon moment, puis il me demanda:

— Tu es d'où?

— C'est le camarade de Józef Trofida, de Słobódka, lui répondit Saszka. Un gars en or, lui aussi, on dirait.

— Eh bien, c'est impec! dit la Résine en me donnant une claque sur le genou.

— Fais-nous un petit casse-graine, lui dit Saszka. La vodka, le pain et le saucisson, c'est dans le placard; les concombres, dans une assiette, sur le rayon... Mon pied, on verra ça au matin. Fela fera venir le chirurgien... Je peux bien tenir... Je n'ai déjà plus si mal.

La Résine disposa les verres et les assiettes sur la table, que nous plaçâmes ensuite contre la banquette. A nous trois, nous vidâmes quatre bouteilles de vodka. Plus tard, Saszka me demanda:

— Qu'est-ce que tu veux faire de ton bât?

— Le rendre à Józef... La camelote n'est pas à moi...

— Maintenant, si! dit Saszka en appuyant sur les mots. Ce n'est pas de la «chauffe». Personne ne la rendra... sauf les jobards... C'est ton aubaine. Tu comprends? Le juif n'en mourra pas... Il se retapera vite fait. Et toi, tu te mettras un peu de foin dans les bottes... Pigé?

— Je vais demander à Józef.

— Bon, demande. Et ton bât, tu peux le laisser chez moi. Je pousserai ça de l'autre côté. Tu y gagneras, tu verras... Dis-moi ça demain... Je le connais bien, votre marchand, moi. Un pignouf, lui! Sa chance, c'est de travailler avec Trofida. Il a déjà gagné des mille et des cents!... Avant, il y a deux ans, le Szloma Bergier était dans le chiffon et la bouteille vide. Et maintenant, c'est le *grojse* négociant, Szloma Bergier: à Wilno qu'il ouvre des commerces et qu'il achète des immeubles!

Il se tut, songeur, fixa longuement un coin de la pièce. Puis il dit :

— Bon, eh bien vas-y... Et demain, tu me diras... Je voudrais te faire gagner plus.

Je dis au revoir à Saszka et la Résine, et je rentrai à la maison.

Józef ne dormait pas encore. Quand je frappai à la porte du logis, où j'avais vu de la lumière derrière les volets, mon camarade, qui vint lui-même m'ouvrir, faillit m'étouffer de joie dans ses bras.

— C'est chouette, ça, frérot !... Et moi qui me faisais déjà de drôles d'idées !... Deux heures que je me suis baguenaudé autour de la frontière, à te chercher. J'ai failli me faire alpaguer... Et toi... Allez, raconte, comment ça s'est passé ?

Quand je lui eus raconté en détail mon errance dans les bois et ma rencontre avec Saszka près de la frontière, ainsi que tout ce qui était arrivé ensuite, Józef devint songeur... Puis il dit :

— Tu sais, vieux frère, ce sont de chouettes gars, et tu as bien fait de l'aider. Mais ne va pas te lier avec Saszka, c'est un vrai braque. Plus d'un est allé à sa perte avec lui ! Ce n'est pas de la «compagnie» pour toi. Là !

— Il ne m'a pas du tout proposé de farguer avec lui...

— Alors tant mieux. Pour ta camelote, ça, tu es bien tombé ! Il va vendre ça de l'autre côté, parce qu'ici, si tu écoules ça à gauche, tu n'en auras pas grand-chose. Saszka en tirera cinq fois autant. Il veut t'aider. Il voit qu'il est tombé sur un gars bien, alors hein ?...

— Alors j'y vais demain.

— C'est bon.

— Je pensais, moi, qu'il fallait la rendre, la camelote.

Józef sourit et dit exactement ce que j'avais entendu dire à Saszka :

— Ce n'est pas de la chauffe ! Bergier n'en mourra pas. Il se refera en deux voyages. Et nous, on se remplumera un peu... Plusieurs gars ont abandonné leurs bâts pour de vrai... Tu veux boire un coup ?

— Non. J'ai bu chez Saszka avec la Résine.

Après une pause, Józef me demanda avec un sourire :

— Tu l'as vue, Fela ?

— Oui.

— Et alors, comment tu l'as trouvée ?

— Jolie!... Très jolie!

— Eh, oui... Une fille belle à peindre, mais une fichue peste! Puisque tu y vas, ne va pas t'enticher d'elle. Elle aime faire tourner les garçons en bourrique.

— Elle ne m'a pas regardé, moi.

— Elle ne regarde personne, parce qu'elle a des yeux affreux... Si tu y regardes, tu deviens fou!

Trofida soupira et se tut. Il s'amourachait peut-être d'elle, lui aussi.

Quand j'allai me coucher, je fus long à m'endormir. Toutes sortes d'images et de silhouettes défilaient devant mes yeux. Je voyais tour à tour les sept étoiles de la constellation de la Grande Ourse, le visage comique de Josek la Volaille, le Rossignol en train de chanter, le Lord qui plaisantait, Antoni en train de jouer de l'accordéon, Saszka, la Résine. Puis tout le monde fut éclipsé par Fela. Elle avait de jolis bras nus, un superbe visage hautain, une chevelure aile de corbeau... Et elle me souriait si joliment!

V

Le lendemain, après le petit déjeuner, je me rendis chez Saszka. Je le trouvai allongé sur la banquette. Il avait le pied bandé.

— Comment va la santé? lui demandai-je.

— Bien. Le chirurgien est venu, il m'a soigné le pied. Dans quelques jours, je pourrai marcher.

— Impeccable!

— Alors, pour ta camelote?

— Ça m'est égal, moi. Józef m'a dit que tu la fourguerais mieux, toi. Mais je veux pas te donner du travail en plus.

— Tu parles d'un travail!... Je la fourguerai en même temps que la mienne. Je vais laisser passer une semaine.... Mais tu as peut-être besoin de pèze tout de suite?

— J'ai un peu de fric... Ça me suffit, moi.

— Alors ça biche!

Fela entra dans la pièce. Elle portait une jolie robe bleu marine et des souliers vernis. Je la saluai. Je remarquai qu'elle avait les yeux verts. Elle se mit à ranger la pièce. Je suivais avec plaisir ses mouvements lestes. Elle me jeta plusieurs regards en coulisse.

Au bout d'un moment, Saszka se tourna vers sa sœur:

— Tu vas à l'église?

— Bien sûr, j'y vais.

— Toute seule?

— Avec qui veux-tu?

— Tiens, mon copain t'y accompagnera. Tu iras avec Fela? me demanda-t-il.

Un peu gêné, je répondis vite:

— D'accord, avec plaisir.

Je quittai bientôt la maison avec Fela. La journée était splendide. Dans les rues, beaucoup de monde se dirigeait vers l'église, surtout des jeunes. Je ne savais pas de quoi parler avec Fela, nous marchions donc en silence. A mesure que nous nous approchions de l'église, beaucoup de gens nous dépassaient. Presque tous saluaient ma compagne:

— Mes hommages, mademoiselle Felicja!

— Bonjour, mademoiselle Fela!

Elle leur répondait d'un signe de tête nonchalant.

Aux abords de l'église, je remarquai un groupe de cinq hommes de vingt-cinq à trente-cinq ans. Il y avait Alfred Alińczuk, que j'avais vu avec Hela dans le verger de Trofida. Je compris aussitôt que c'étaient les frères Alińczuk. Ils étaient vêtus avec une élégance bourgeoise et prétentieuse: bottes ou souliers vernis, complets de couleur, cravates voyantes, casquettes de cycliste, feutres. Et tous avaient des sticks à la main.

Quand Alfred Alińczuk me vit venir avec la sœur de Saszka, il s'avança et son visage prit un air mauvais, provocant. Quand nous approchâmes encore, il s'y forma un sourire mielleux, artificiel. Il salua, comme il avait salué Hela, à la fois du chapeau, du stick et de la tête.

— Mes hommages, mademoiselle Fela!

Fela le salua de la tête et dit avec bienveillance:

— Bonjour, monsieur.

Puis elle se tourna vers moi:

— Je vais y aller toute seule. Vous pouvez m'attendre si vous en avez le temps et l'envie. Sinon, au revoir.

— J'attendrai.

— Bien.

Elle entra à l'église, et moi, je me mis à faire les cent pas dans les parages. Des groupes pittoresques de filles en robes de couleurs claires avaient pris place sur les marches de l'église. Les gars se rengorgeaient comme des paons et défilaient, seuls ou par groupes, devant le perron de l'église, l'air d'ignorer les filles tout en les lorgnant sans cesse à la dérobée.

Quelqu'un me tira par la manche. Je vis le Lord. Il me serra la main.

— Qu'est-ce que tu fais là? me demanda-t-il.

— J'attends Fela Weblin.

— Ah! Tu la connais?

— Oui.

— Hé ben!... Une gonzesse du tonnerre!

Puis il hocha la tête vers les filles massées sur les degrés et dit:

— Voilà toute une séquelle de bonnes femmes réunie! De toute couleur, de tout calibre! Pour tous les goûts. Il y a le choix!

Il s'éloigna en tiraillant sa petite moustache à l'anglaise.

Je me remis à faire les cent pas dans la cour en jetant à tout bout de champ des coups d'œil sur le portail de l'église pour guetter la sortie de Fela.

A un moment donné, je me trouvai près du groupe des frères Alińczuk. Alfred se plaça sur mon chemin et me fixa droit dans les yeux en fronçant ses sourcils étroits. Je voulus l'écarter et passer, mais il dit:

— C'est toi qui as amené Fela?

— Oui, c'est moi... Ça te regarde?

— Alors trisse chez toi!

— Et pourquoi ça?

— Parce que c'est moi qui vais la ramener.

— Ça, si elle veut, elle.

Alińczuk inclina vers moi son visage empourpré et grinça entre ses dents:

— Arrête de ruer, marmot, ou je te dresserai, moi!...

— Essaye voir!

Je fis un pas en arrière. Les frères Alińczuk sortirent tous les mains de leurs poches. A l'instant même, l'un des frères fit une embardée, bousculé, et le Rat vint se planter devant Alfred. Il rapprocha son visage du sien et lui siffla au nez d'un air de défi en clignant des yeux. Alfred recula, les poings serrés. Et le Rat déclara en scandant lentement à travers ses dents :

— Qu'est-ce que tu as à faire du foin comme ça, espèce de frimeur ?

— Pas bête ! résonna la voix du Lord, qui s'était rapproché.

— Non mais regarde-le ! Quel brave ! dit le Rat plein d'ironie en désignant Alfred d'un mouvement de tête.

— C'est quelqu'un, à deux contre un ! Quand il passe, les mouches trépassent ! dit le Lord. Puis il ajouta : fais gaffe, le Rat, ils pourraient te filer une trempe. Tu les vois, ces cinq fortiches ?

— Je les ai là où la poule a son œuf ! Tous les cinq ! Ils sont forts, mais en gueule !

— Oh, ne dis pas ça ! Si Frédo n'est pas un brave, alors un cochon n'est pas beau. C'est un dangereux chercheur de crosses.

— Pour trousser les queues aux vaches.

*
*   *

Des badauds commençaient à s'attrouper autour de nous. On entendait des éclats de rire. Les Alińczuk sortirent de l'enclos dans la rue. Ils redoutaient de faire du scandale car ils savaient que le Rat ne se battrait pas à poings nus, mais qu'il était toujours prêt à tirer son couteau. Et le Rat, comme une mouche importune, tournait dans les parages en se déhanchant, les mains dans les poches.

Le Lord se promenait avec moi.

— Fais gaffe aux Alińczuk, dis. Et surtout à Alfred. C'est des ordures !... Il en pince pour Fela. Il a voulu te faire fuir... Achète-toi un surin, on ne sait pas ce qui peut arriver.

Le lendemain, je suivis le conseil du Lord et m'achetai un grand couteau à cran d'arrêt. Józef me l'affûta comme un rasoir, au point qu'il rasait les poils sur le bras.

Quand Fela sortit de l'église, nous la raccompagnâmes chez elle, le Lord et moi. Elle nous invita à entrer.

Saszka était seul et s'ennuyait visiblement. Il nous proposa une partie de mille, à cinq roubles la mise. Nous jouâmes aux cartes jusqu'au crépuscule. Puis je saluai

Saszka et partis avec le Lord. Fela ne quitta pas sa chambre pour nous saluer.

Quand nous eûmes quitté la maison de Saszka, il se mit à pleuvoir et à venter.

— Zut, quel temps de chien! dit le Lord.

— Oui... un temps pourri!

Nous pataugions lentement dans la ruelle étroite. Nos pieds enfonçaient dans la gadoue. Le Lord s'arrêta pour me demander:

— Ça te dit, d'aller voir les demoiselles Kalisz?

— Qui est-ce?

— De joyeuses filles. Elles gagnent leur vie avec leurs jambes!... C'est à deux pas. Viens!

*
*   *

A la sortie de la ville, nous atteignîmes une maison isolée. Le Lord frappa au volet. Une voix enjouée se fit entendre à l'intérieur:

— Qui est là?

— Moi, Son Excellence le comte Bolesław, avec un ami!

— Ah, bon! J'arrive.

Nous fûmes bientôt dans une grande pièce. Elle était assez propre. C'était plein de tableaux et de chromos aux murs. Dans un coin de la pièce, il y avait une grande table recouverte d'une toile cirée bleue.

— Vive Franka! s'écria le Lord.

Il saisit par la taille la fille qui nous avait fait entrer, la souleva de terre et se mit à tourner si vite dans la pièce que la fille battait des jambes en l'air.

— Lâche-moi, espèce de fou, ou je te flanque un coup sur le crâne! criait-elle.

Je vis Bolek la Comète attablé. Le Lord, qui l'avait lui aussi remarqué, écarta largement les bras et dit en se tournant vers moi:

— Tiens-toi bien, Władek, on est au ciel!

Il désigna de la main une forte femme et dit: «Le soleil!», puis, désignant tour à tour les trois filles présentes dans la salle: «Les étoiles!» Enfin il désigna le contrebandier et dit: «Et voilà la Comète! Tous au complet!»

Zuzia Kalisz, la maîtresse du logis, préparait à dîner. Elle déposa sur la table un plat de pommes de terre qui fumaient jusqu'au plafond et une grande jatte de lait caillé.

— Du lait caillé avec des patates, quel régal! dit le Lord en lui baisant le bout des doigts. Qu'est-ce que tu en dis, la Comète?

— Hum… répliqua le contrebandier qui, comme je l'avais remarqué, était déjà ivre.

— Zuzia, mon petit chou! dit le Lord à l'hôtesse, et si tu nous dénichais un bon petit flacon de vodka?

— Ben voyons! répondit la femme, pour qu'ils me fassent du chambard après!

— Allons, tu nous connais, mon petit ange, dit le Lord avec douceur.

— Justement, je vous connais. C'est bien pour ça que je ne vous en donnerai pas.

Mais madame Zuzia ne résista pas longtemps et apporta bientôt une bouteille de vodka. La Comète s'anima et retrouva la parole.

— Je vous dis et vous déclare, les gars, que le monde est mal fait, dit-il d'une voix rauque. On se demande où tout est planqué: pas moyen de boire un coup ni de s'amuser, même Antoni n'est pas là.

— Non. Mais on s'en passera. En si bonne compagnie (et le Lord fit un clin d'œil aux femmes), même sans musique, on ne s'ennuiera pas.

Depuis une quinzaine d'années, mademoiselle Zuzia Kalisz exerçait la profession de marchande d'amour. Ses trois filles l'avaient suivie dans cette voie. Quand je regardais ces quatre femmes, je ressentais une curieuse impression. Je n'arrivais pas à croire que c'était la même famille, la mère et les trois filles. La fille cadette, Olesia, était une blonde potelée. La moyenne, Franka, était rousse et presque aussi grande et corpulente que sa mère. Et leur mère était une grande et forte brune. En dépit de son âge mûr, Zuzia tenait encore bien le coup et «travaillait» à l'égal de ses filles. Certains habitués la demandaient même davantage que ses filles, car elle était orfèvre en l'art d'aimer.

Cette nuit chez les demoiselles Kalisz, je la passai avec Olesia. Elle me plaisait beaucoup. Elle avait un faux air de Hela, la sœur de Trofida.

Bolek la Comète s'était éclipsé du logis dès que nous avions eu terminé la vodka.

— Quel soiffard! dit le Lord. Pour avoir de la vodka, il irait au bout du monde.

VI

C'est l'automne.

L'or pend aux arbres. L'or craque sous les pieds. Une mer d'or s'étale partout.

Nous foulons des tapis d'or. Et cette saison de nuits noires qui enveloppent longuement la terre, on l'appelle aussi la «saison d'or».

La frontière frémit d'animation. L'un après l'autre, nuit après nuit, les partis vont de l'autre côté. Les contrebandiers travaillent avec rage. Ils ont à peine le temps de boire l'argent gagné. Nous ne voyons pratiquement pas le jour car, dans la journée, nous dormons après la fatigue des longues nuits.

J'ai maigri, noirci. Trofida aussi. Mais je suis en bien meilleure santé, j'ai bien plus de forces que la première fois où je m'étais trouvé à la frontière. C'est de la broutille pour moi que de franchir maintenant trente kilomètres, de nuit, hors des sentiers, avec un bât de trente ou quarante livres sur le dos. J'ai déjà été onze fois de l'autre côté. A plusieurs reprises, on nous a tiré dessus... Quand pour la première fois, dans le noir, j'entendis les balles siffler dans l'air, je me sentis tout joyeux. Je savais qu'ils auraient du mal à me toucher de nuit, du reste je ne me souciais pas du tout de moi-même.

Quand nous partions à plus ou moins d'une dizaine et que nous nous enfoncions dans l'obscurité, il me semblait que nous marchions plongés dans l'eau. Comme des marins, nous étions exposés à toutes sortes de dangers, mais nous les évitions avec adresse pour rentrer à bon port.

Si on avait pu rejeter le voile des ténèbres par une de ces nuits noires d'automne, on aurait pu voir sur une longue section des partis de contrebandiers tirer vers la frontière... Les voilà, par trois, par cinq, voire dix et plus. Les partis les plus forts sont conduits par des chauffeurs qui connaissent parfaitement la frontière et la zone frontière. Les petits partis marchent en général *à leur compte*. Il y a même des femmes, à plusieurs de compagnie, qui, pour de l'argent, de l'or ou des dollars, viennent acheter en Pologne des articles qu'on peut revendre à grand profit chez les Soviets. Il y a même des partis armés, mais très rares. Les contrebandiers ne portent pas d'armes. Et même si certains emportent un soufflant, en cas d'interception, dès qu'ils voient qu'ils n'ont pas affaire à des «bouseux», dont ils redoutent plus que tout les «canons sciés», ils s'en délestent en douce. Les Alińczuk partent chargés, ainsi que Saszka et encore quelques autres contrebandiers qui ont pour cela de bons motifs.

Après avoir écarté le rideau d'obscurité au-dessus de la frontière, on aurait vu les requins de la frontière, les «terreux» armés de «canons sciés», de carabines, revolvers, haches, fourches ou pieux, prêts à la curée. On aurait même vu quelquefois une bande de contre-révolutionnaires d'une ou de plusieurs dizaines d'hommes armés de revolvers, carabines, voire de mitrailleuses. On aurait pu voir aussi des voleurs de chevaux qui passaient leurs prises de Pologne chez les Soviets et des Soviets en Pologne. On aurait aperçu enfin un personnage singulier... l'homme qui arpentait la zone frontière et passait la frontière en solitaire... Il emprunte souvent les chemins les plus dangereux. Il marche avec un revolver à chaque poing, des grenades au ceinturon, un stylet au côté. C'est un espion... Un vieux de la vieille plein d'expérience, échappé par miracle à des dizaines d'incidents, résolu comme un diable, téméraire à la folie, le flibustier de la frontière!... Il est craint de tous: des contrebandiers, des gardes, des agents de toutes les institutions de renseignement et de contre-espionnage, des péquenots... Coincer un contrebandier, voilà l'aubaine rêvée, mais tomber sur un tel démon, c'est la chose la plus terrifiante!... On aurait vu encore bien des choses intéressantes... J'en raconterai quelques-unes dans la suite de mon récit.

*

* *

Depuis quelque temps, j'étais devenu très ami avec Pietrek le Philosophe. C'était un jeune garçon de dix-neuf ans. Il avait des yeux extraordinaires, attentifs et graves. Je ne l'ai jamais vu boire de la vodka ou faire la fête avec les autres garçons du bourg. Bien sûr, il buvait, lui aussi, mais juste pour se réchauffer ou pour se mettre en train, jamais pour s'amuser. Il ne plaisantait pas. Il se taisait la plupart du temps, ne se mêlait pas aux conversations générales. Quand on lui posait une question, il donnait une réponse complète et très sérieuse. J'avais remarqué que, même pendant nos courses, il emportait des livres, qu'il lisait dès qu'il en avait le temps. Julek le Dingue restait toujours près de lui, et ils discutaient souvent. Les garçons m'avaient appris que Pietrek avait de l'instruction, et qu'il s'était établi au pays frontalier en 1920, après avoir perdu son père et sa mère lors de l'avance des bolcheviks sur Varsovie. Il logeait avec Julek le Dingue chez un émigré, Mużański, qui réparait bien les montres pour des sommes modiques et qui passait pour timbré.

Je vais raconter plus en détail les débuts de mon amitié avec Pietrek le Philosophe. J'ai déjà raconté comment Józef Trofida m'avait montré dans le ciel les sept étoiles qui m'avaient aidé plusieurs fois à me repérer pour passer la frontière. Je m'y étais beaucoup attaché, et je les regardais chaque fois que le ciel était dégagé: je me sentais alors aussi joyeux que si j'avais regardé mon meilleur ami dans les yeux. En revanche, quand le ciel était voilé, je me sentais tout triste.

Par une belle nuit sereine où le ciel scintillait d'étoiles, je m'adressai à Wańka le Bolchevik qui se reposait près de moi, adossé à son bât jeté dans l'herbe. Je lui désignai exactement les sept étoiles. Quand il finit par comprendre de quelles étoiles je parlais, il demanda:

— Ben oui, je les vois... Et alors?

— A quoi elles te font penser?

Le Bolchevik garda le silence un bon moment, les yeux mi-clos fixés sur le ciel. Puis il déclara avec une moue:

— A une oie... Une oie grasse avec un long cou.

Cela me vexa. Je m'aperçus d'un seul coup qu'il avait de vilaines oreilles décollées, un long nez bleuâtre, une grosse lippe et qu'il était... stupide... Je le trouvai odieux et physiquement repoussant. Je cessai de lui parler.

Une autre fois, je posai la même question à Felek la Lanterne. Il fut long à saisir de quelles étoiles je parlais, et quand il finit par comprendre, il dit:

— ... Je vois... La casserole, là-bas!...

Celui-là me mit en colère. Il n'avait que des casseroles pleines de bouffe en tête. Et puis, pouvait-on questionner sur les étoiles des gens qui ne regardaient jamais le ciel et ne voyaient rien, sortis de la mangeaille et de la vodka?!

Pendant longtemps, j'eus envie de parler de ces étoiles à Pietrek le Philosophe, dont les dehors et le sérieux m'impressionnaient. Un jour où j'en trouvais l'occasion, je lui posai ma question. Il me comprit au vol et répondit:

— Ces étoiles ont un nom commun. Un nom de constellation. Elles s'appellent le Grand Chariot.

— Le Grand Chariot? répétai-je avec joie.

— Oui. On a aussi un autre nom, un nom latin: *Ursa Major*.

— Là, je ne comprends pas.

— Ça veut dire la Grande Ourse... et c'est le nom exact de cette constellation.

La Grande Ourse! La Grande Ourse! Le joli nom que les gens savants lui avaient donné!... La Grande Ourse! répétais-je, ravi.

— Vous vous intéressez aux étoiles? me demanda Pietrek. Je peux vous prêter une cosmographie. Vous y lirez bien des choses intéressantes sur les étoiles.

— Non, ce n'est pas la peine, répondis-je. C'est juste ces étoiles-là qui m'intéressent.

C'est de ce jour que date mon amitié avec Pietrek le Philosophe et avec son compagnon inséparable, Julek le Dingue.

VII

Nous voilà à notre planque, la grange de la Bombina. Nous venons de déjeuner. La nourriture nous a échauffés et la vodka excités. Nous fumons. Soudain Julek le Dingue se met à parler d'une voix admirative:

— Vous savez, les gars, hier j'ai lu un truc sur la pucelle d'Orléans... Une sacrée bonne femme, les gars, une sacrée bonne femme!

— Et alors, qu'est-ce qu'elle a, cette pucelle... d'Arménie? demanda Wańka le Bolchevik, intéressé. C'était une fière sauteuse?

Pietrek le Philosophe vint en aide à son ami, que la question de Wańka avait tout bonnement estomaqué:

— Pas du tout. Ce n'était pas une sauteuse. Puisque son nom même indique qu'elle était pucelle. Et puis elle ne s'appelait pas la pucelle d'Arménie, mais la pucelle d'Orléans, du nom de la ville d'Orléans, en France.

Wańka le Bolchevik hocha la tête d'un air de doute:

— Oh, hé! Il y a quelque chose qui cloche!... Personne ne l'a examinée, non?... Et si elle était pucelle, pourquoi on lui donnait le nom de toute une ville?

Alors Julek le Dingue se lança dans l'histoire de Jeanne d'Arc. Il s'enflammait de plus en plus. Il gesticulait. S'embrouillait... Puis il en vint au moment où on la brûla sur le bûcher. Le contrebandier ivre ne put y tenir et fondit en larmes. Personne ne s'y serait attendu. Nous restâmes un instant sans voix, à regarder le garçon qui pleurait. Puis j'entendis Wańka le Bolchevik émettre une sorte d'ébrouement interrogatif. Cela suffit pour nous faire piquer à tous un fou rire.

Julek cessa de pleurer. Il blêmit. Les yeux béants, brillants de larmes, il nous regardait. Puis il se leva et dit:

— Vous savez?... Vous savez?... Je ne vous l'ai jamais dit, mais je l'ai pensé... Oui... Et je vais vous le dire: vous êtes des ploucs! des ploucs!... Parce que des choses comme ça, on ne peut pas en rire... Oui... des ploucs, là! Il n'y a que Pietrek...

— Un dingue comme toi, répliqua le Rat avec calme en faisant passer sa cigarette de l'autre côté d'un mouvement des lèvres.

— Pas bête! approuva le Lord.

Et moi, je me sentais honteux, puisque moi aussi, je m'étais moqué de Julek. Depuis, je pris mieux garde à ne pas faire de choses qui auraient pu le blesser.

Le soir, Józef arriva dans la grange et vint me dire:

— Viens, Władek, tu vas aider à faire des «bandages» pour les porteuses. Il y a la camelote de trois voyages. Lowka et la Bombina n'y arriveront pas tout seuls. Tu gagneras autant que pour un voyage.

Je réfléchis un moment, puis je quittai la grange avec

Józef. Nous prîmes le sentier le long du verger. J'aperçus de loin une grande maison. Et autour, tout était propre et bien tenu.

Alors que nous sortions de la grange, le Bolchevik avait crié en claquant des mains et en toussant d'un air entendu:

— Bien le bonjour à la Bombina!... Et bonne chance!

La Bombina nous accueillit dans l'entrée. Elle me précéda aussitôt dans la salle et se mit à m'expliquer avec une vivacité forcée:

— Tout ce travail, et personne pour nous aider. Józef m'a conseillé de vous secouer un peu!...

Józef souriait en coin. Je surpris ce sourire et me sentis confus. Je comprenais qu'ils mentaient tous. Et la Bombina continuait à débiter:

— Vous n'allez pas me refuser... C'est du travail facile... On fait des bandages pour les porteuses... Il y en a tellement... On ne peut plus prendre d'autre marchandise!...

— D'accord. Je vous aiderai. Mais je ne sais pas si je saurai m'y prendre.

— Ça n'a rien de compliqué. Vous verrez.

De la grande pièce, nous passons dans une petite pièce d'angle. L'unique fenêtre est éclairée par une lampe suspendue au plafond et je vois à sa lumière le juif Lowka penché au-dessus de la table. Tout autour de moi s'empilent toutes sortes de choses: bas, bretelles, gants, écharpes, peignes, rasoirs, tondeuses mécaniques, ceintures, buffle, chevreau, cuir verni.

A notre entrée, le juif se redresse et frotte l'une contre l'autre ses mains décharnées:

— J'en ai assez, maintenant! Que la peste étouffe tout ça! Qu'est-ce que ça me donne? Un pourcentage ridicule.

Il renifla d'un air de mépris et se repencha sur la table.

Józef se mit au travail, lui aussi. La Bombina commença à m'apprendre comment «charger les bandages». Elle me touchait les bras de ses mains, appuyait sa poitrine contre mon épaule. Je sentais ses cheveux m'effleurer le visage et je ne comprenais plus grand-chose à ce qu'elle me disait. Elle s'en aperçut, sourit et me dit:

— Pour l'instant, occupez-vous donc des bas. Par douzaines. En paquets. C'est tout. Plus tard, vous vous y retrouverez mieux.

Bientôt Józef s'apprêta à partir. Lowka écrivit et lui remit un biff pour le marchand. Józef salua la Bombina et Lowka, puis il se tourna vers moi:

— Viens voir un instant.

Je le suivis dans la cour. Il me dit à voix basse:

— C'est la Bombina qui m'a demandé de te laisser... Pour aider, soi-disant. Tu comprends? Si tu n'as vraiment pas envie de rester là, tu peux revenir avec nous... C'est comme tu veux... Mais je te conseille de rester... Ça vaut le coup... Tu ne le regretteras pas!...

— Comment ça?

— Comme ça... Tu ne comprends pas, ou quoi? Un vieux canasson comme toi, vingt-trois ans sur les endosses, et ça fait des manières comme une jeunette de quinze ans!... Et tâche d'être à la hauteur, surtout!

— Quoi, quoi? dis-je, éberlué.

— Rien, rien, répondit Józef, et il disparut dans le noir.

Après son départ, je me sentis tout triste. Je regardais la partie nord du ciel. Des étoiles jetaient çà et là des regards curieux par les fentes entre les nuages. Je n'arrivais pas à apercevoir la Grande Ourse. Je restai longtemps immobile, à écouter les aboiements lointains des chiens et à regarder cligner les lumières aux fenêtres des maisons. J'entendis un concert d'aboiements furieux dans le village voisin.

«Les nôtres qui passent», pensai-je.

Un vent frais d'est se leva. Il fit noir. Je rentrai vivement au logis.

— Où étiez-vous passé? me demanda la Bombina.

— J'ai raccompagné Józef.

— Pas la peine de le raccompagner. Il trouve toujours son chemin tout seul. Vous avez sûrement dit du mal de moi.

— Absolument pas.

Elle cligna des yeux et me donna un coup de coude dans les côtes.

— Je sais ce que je sais... Je vous connais, moi... J'ai entendu de quoi vous parliez entre vous!... Mais peu importe... Pour le tort que ça me fait...

Nous travaillâmes d'arrache-pied jusqu'à dix heures. Puis la Bombina alla nous faire à dîner. A part nous deux, deux autres personnes travaillaient dans la partie «sombre» de la maison: une fille complètement sourde et un valet de ferme travailleur et silencieux, un parent éloigné de la Bombina. Ils s'occupaient de la ferme, et la Bombina, des affaires de contrebande.

Comme je restai seul avec Lowka dans le réduit, nous continuâmes sans un mot à remplir les bandages. Ce sont des ceintures pour les filles qui portent la marchandise au dépôt de la ville. Ils consistent en une sorte d'énormes gilets doubles qui vont de la poitrine aux cuisses. Ce sont des sacs de toile doubles dont l'espace vide est bourré de marchandise. La porteuse enfile un tel gilet pesant de vingt à trente livres, retenu aux épaules par des brides. Après quoi elle passe sa pelisse de mouton et se met en route. Par des sentiers et des chemins écartés, seule ou avec des amies, elle va à la ville. Une telle porteuse fait deux, trois, voire quatre voyages dans sa journée et gagne cinq à vingt roubles-or.

La Bombina avait sept porteuses qui menaient leur travail bon train et ne se faisaient jamais pincer car elles connaissaient parfaitement le terrain. La tâche leur était facilitée par les forêts proches qui leur servaient d'écran et d'abri sûr. La route était si sûre que les filles y allaient même de jour, et pas seulement le soir ou la nuit.

La Bombina nous appela pour dîner, moi et Lowka. Nous achevâmes notre ouvrage et passâmes dans la grande pièce où je vis une grande table recouverte d'une nappe éclatante de blancheur. Le dîner était copieux mais très simple. Il y avait de la vodka parfumée avec un sirop de fruit. Lowka mangeait peu et sans entrain. Il était songeur, et on le voyait faire des calculs dans sa tête: il grimaçait, plissait le front et remuait les doigts. En observant ses mines, j'avais envie de pouffer de rire. Cet homme ne voyait rien et n'entendait rien, absorbé par une seule chose: faire des affaires, faire de l'argent.

La Bombina m'encourageait à manger. Elle me versait de la vodka sans répit. Au début, je buvais avec retenue, puis je me déridai et me mis à manger et à boire sans aucune gêne. A un moment donné, je sentis la Bombina, assise au bout de la table, me poser la jambe sur les genoux. Je fourrai la main sous la table et me mis à flatter son mollet rebondi. J'essayai de glisser ma main plus haut, au-dessus du genou, mais j'étais mal placé. La Bombina rougit; elle me lançait des œillades, souriait en découvrant ses jolies dents et riait de bon cœur. Elle me faisait des clins d'œil, puis, désignant Lowka d'un mouvement des sourcils, elle me tira la langue. Cela me fit pouffer de rire. Le juif songeur revint à la réalité et dit à la Bombina:

— Je vais y aller... J'ai sommeil...

— Bien, bien!

La Bombina quitta vivement sa place, prit une lampe de poche sur l'appui de la fenêtre et quitta la pièce avec Lowka. Elle l'emmena dans l'autre partie de la maison, où Lowka couchait dans un réduit.

Elle fut bientôt de retour. Elle ferma la porte d'entrée avec un épais verrou de fer. Puis elle écarta le rideau qui cachait le lit placé dans l'angle de la pièce, y arrangea les oreillers, rabattit la courtepointe et commença à ôter son tricot. Je la regardais.

— Allez, viens! dit-elle en me tutoyant pour la première fois.

— J'éteins la lampe?

— Non. Pas la peine. Je le ferai tout à l'heure.

La femme était superbe, le lit douillet, propre et chaud. Mais mes pensées suivaient toujours le parti de Józef Trofida, qui se faufilait dans les ténèbres de la nuit à travers toutes sortes de dangers... Les gars fendent la nuit noire, marchant à l'ouest. Le vent leur siffle aux oreilles, des balles pourraient bien en faire autant, je ne suis pas avec eux.

Maintenant, les gars contournent sûrement Stare Sioło. Józef va en tête, d'un pas ample et sûr. Il cligne des yeux, tend l'oreille et hume l'air. Derrière lui, le Lord se balance avec flegme, la lippe en avant. Puis c'est le Bouledogue qui trottine, la mine renfrognée. Derrière lui fonce, tête baissée, le lourd et sombre Mammouth. Suit d'un pas sautillant Wańka le Bolchevik, il sourit toujours, il se rappelle quelque aventure érotique rare. «Dommage de n'avoir personne à qui la raconter!» Puis c'est le Rat, qui traîne en se déhanchant, la main droite dans la poche et le couteau dans la main. Derrière lui, Pietrek le Philosophe, le sourcil froncé, il réfléchit à quelque chose. Puis s'avance son ami inséparable, Julek le Dingue: il va d'un pas léger, alerte, un pas de danse. Puis, se dandinant lourdement, le juif qui surveille la marchandise, Izaak le Consul; il rentre son cou maigre dans les épaules et jette un coup d'œil soupçonneux de côté: il déteste particulièrement la forêt, où il doit se frayer un chemin dans les fourrés, et par-dessus tout, l'eau... «Allez savoir ce qui peut s'y cacher, la nuit?» Puis le Rossignol avance, léger, d'un pas menu... il a toujours le sourire. Plus loin, c'est Bolek la Comète, la moustache au vent, qui rêve du retour en ville et d'une bonne soûlographie. Puis, à la traîne, Felek la Lanterne. Il avance en hochant la tête d'avant en arrière comme s'il saluait constamment quelqu'un; il s'aperçoit de temps en temps qu'il est lâché par le groupe, alors il court après ses camarades. Et il a un tel flair qu'il retrouve toujours la queue du parti. Il évente la trace de ses camarades à l'odeur, comme les chiens... Quand il les rattrape au pas de course et qu'il vient buter sur la Comète, l'autre rouspète:

— Il traîne, l'abruti, comme l'odeur des pieds derrière l'armée. Et après, il cavale comme un dératé.

— Si tu veux, on peut échanger nos paletots, réplique la Lanterne. Je mets un dollar par-dessus le marché.

— Quel dingue! crache la Comète, et il repart.

Je reste allongé, les yeux clos, et je pense à bien des choses. A Saszka, à l'accordéoniste Antoni, aux femmes: à Hela, à Olesia Kalisz, à Fela Weblin... je les compare en pensée, je cherche les différences et les points communs. Soudain j'entends la voix de la Bombina:

— Pousse-toi un peu!

Elle me passe par-dessus. Elle va vers la table. Elle est juste en chemise. Elle étale sa belle chair rosée. Elle fait exprès de traverser plusieurs fois la pièce. Elle monte sur le banc pour ôter quelque chose du rayon. Elle se met sur la pointe des pieds. Je sais qu'elle fait tout cela sans nécessité, juste pour m'exciter. Et elle sait que je m'en doute. J'ai envie de bondir du lit et de la saisir par les bras... de la mordre ou de l'embrasser... Je ne sais plus. Enfin elle éteint la lampe et court vers le lit.

— Ouh!... Quel froid!

Elle serre contre moi son corps brûlant, ferme.

Et les gars, maintenant, longent sans doute le village de Smolarnia. Ils flottent comme un long serpent dans les ténèbres de la nuit et pensent, pensent, pensent. Chacun transporte en soi des tas de pensées. Chacun, loin de son corps, est parti là où planent ses rêveries.

Au retour de notre parti, le surlendemain, j'avais honte d'aller retrouver les gars. Je savais qu'ils allaient se moquer de moi. Et j'étais dans le vrai. A mon entrée dans la grange, je fus accueilli par un tonitruant:

— Hourra!

— Vive Władek!
— Comment va la douce Bombina?
— Tu es bon pour une tournée de liqueur. Ça vaut bien ça!

Je fis l'outragé:

— Laissez tomber, les gars! On pourrait croire que vraiment...

— Allez, arrête... On sait, nous... On ne nous la fait pas!...

— Je ne vous fais rien du tout, simplement je n'ai pas de quoi me vanter! Et alors, il faut que je vous mente, comme Wańka?

Mon attitude finit par les induire en erreur. Plus tard, Wańka le Bolchevik me demanda dans un coin:

— Dis-moi la vérité, Władek. Je ne le dirai à personne... Que je crève si j'en souffle un mot à quelqu'un!...

— Eh bien, qu'est-ce que tu veux?

— Dis-moi la vérité, est-ce qu'ils sont beaux ses nichons?... Parce que le reste, je le sais... ça saute aux yeux!...

— Tu sais, répondis-je, je t'ai toujours trouvé un peu cloche. Et maintenant, je vois que tu es un idiot complet!... Si tu veux savoir comment sont les nichons de la Bombina, tu n'as qu'à lui demander. Peut-être qu'elle te les montrera, ou alors elle te le dira.

Quand la Bombina vint porter le petit déjeuner dans la grange, elle salua gaiement les gars comme d'habitude. Tout le monde nous observait avec attention. Mais elle plaisantait gaiement et faisait l'aguicheuse, comme d'habitude. Et moi, comme d'habitude, je me taisais. Les gars étaient étonnés. Même Józef, je réussis à l'induire en erreur. Plus tard, quand j'allai avec lui à la maison pour emballer les bandages, il me demanda:

— Et alors, comment ça a été avec la Bombina?
— Bien.
— Elle vaut bien un péché, hein?
— Elle en vaut cent!
— Alors c'est bon. Ça assouplira la bonne femme... Tu as vu les paniers de bouffe qu'elle nous a coltinés?

VIII

Voilà plus de huit jours que je ne vais plus au travail.

Il est arrivé un malheur. Notre parti a été cassé. Voilà comment c'est arrivé. Nous revenions à vide. Nous avions passé sans encombre tous les endroits dangereux et nous approchions de la frontière. Alors que nous étions près d'Olszynka, des coups de feu et des cris partirent sur notre gauche. Nous étions déjà sur la frontière, mais à cet endroit, elle était garnie d'une ligne de barbelés. Tandis que nous les longions à la recherche d'un passage praticable, les gars de l'armée rouge bondirent au-devant de nous et nous dûmes fuir à l'aveuglette, dans le noir complet.

Je restai seul. Je n'allai pas loin. Je me plaquai délibérément au sol, tout contre les barbelés, et quand les poursuivants m'eurent dépassé, je me frayai un passage à travers les barbelés en déchirant mes vêtements et en m'écorchant bras et jambes.

Je rentrai à la maison, mais je n'y trouvai pas Józef. Il ne rentra pas de la nuit, et dans la journée, j'appris qu'il avait été arrêté par les douaniers polonais. On l'avait pris dans les barbelés où il était resté coincé. Le lendemain, on l'envoya à Stołpce, à la starostie. C'était la deuxième fois qu'il se faisait pincer, et il pouvait récolter plusieurs mois, pour contrebande. Encore heureux qu'il ne soit pas tombé aux mains des bolcheviks. A part lui, le Bouledogue et le Chinois se sont fait coincer, eux aussi. C'est pis, dans leur cas, car ils ont été pris du côté soviétique. Le Rossignol m'a dit que le Bouledogue était soit blessé soit tué, car il courait juste devant lui et, après un coup de feu, il l'avait entendu tomber en râlant. Le Rossignol l'avait abandonné pour assurer son propre salut. Du Chinois, personne ne sait rien: il a sans doute été pris chez les Soviets car il n'est toujours pas rentré.

Bolek la Comète m'a proposé d'entrer dans le fameux et nombreux parti du Clou, avec lequel il a commencé à passer après le plongeon de Trofida, mais j'ai refusé pour l'instant. J'attends de voir venir. J'ai pas mal d'argent, plus de cinq cents roubles, car pour le bât que Saszka Weblin m'a vendu chez les Soviets, j'ai reçu quatre cent vingt roubles; rien ne me force donc à me précipiter au travail.

Bolek le Lord m'a dit qu'il voulait constituer un nouveau

parti, qu'il mènerait à la place de Trofida. Il en a déjà parlé avec Bergier.

J'étais à la maison. Hela cousait à la machine. Janinka bavardait comme d'habitude, et moi, je buvais du thé. Nous parlions de Józef, qu'on avait envoyé sous escorte à Stołpce. Soudain la porte s'ouvrit et Alfred Alińczuk entra dans la pièce. Il m'aperçut et se renfrogna. Il ignorait apparemment que je logeais dans la famille de Józef Trofida.

Alińczuk salua Hela et Janinka, puis se tourna vers moi, indécis. Il me tendit la main pour me saluer. Alors je pris mon verre de thé d'une main, et de l'autre, une tartine de pain beurré, puis je dis sans lui tendre la main:

— Ah, c'est vous?... Je ne vous dis pas bonjour puisque je sors justement.

Hela nous jeta un regard étonné. Janinka renifla et dit avec un grand sérieux:

— C'est vrai ça! Pourquoi se dire bonjour s'il faut tout de suite se dire au revoir? Je ne dis jamais bonjour à Hela, moi!...

Alors je pris ma casquette et je quittai la maison, y laissant Alińczuk et Hela, qui me suivait d'un regard ébahi.

J'allai chez Saszka Weblin. J'avais envie de voir Fela, mais je ne la trouvai pas chez elle.

Je saluai Saszka. Debout à côté de la table, il affilait son rasoir sur sa ceinture.

— Qu'est-ce que tu racontes de beau? me demanda-t-il.

— Rien de beau! Józef s'est fait piquer...

— Oui, je sais... Les gars ont dit que le Bouledogue avait été tué, mais ce n'est pas vrai. Ils l'ont touché à la jambe et transporté à Minsk.

— Comment tu le sais?

— Je le sais, là.

Saszka cessa de repasser son rasoir et l'essaya, d'abord sur son pouce, puis sur ses cheveux, sur la nuque, enfin il passa la langue sur le fil, de bas en haut. Il le trouva apparemment bien affilé car il le posa et commença à se savonner.

— Tu ne vas plus de l'autre côté? me demanda-t-il en s'enduisant soigneusement le visage de mousse.

— Non.

— Pourquoi?

— Je ne suis pas pressé... Du fric, j'en ai...

— Tu as raison!... Tu as de l'oseille, alors fais la fête.

Pour le boulot, tu as bien le temps!... Si un jour tu manques de travail, viens me voir... Et pour l'instant, amuse-toi! Le travail, mon vieux, ça fait crever les chevaux!...

Il commença à se raser en gonflant ses joues maigres avec sa langue.

— Où tu vas? demanda-t-il plus tard.

— J'allais chez Pietrek le Philosophe. Il m'a promis un livre. Alors je suis entré en passant.

— Alors c'est bon. On ira ensemble. J'ai ma montre à faire réparer... et il habite chez l'horloger.

Il se tut à nouveau et continua à se raser. Au bout d'un moment, il dit:

— Ah, j'allais oublier de t'en parler. Dimanche prochain, on fait une soirée chez nous. Alors il faut que tu viennes. Je compte sur toi...

— Bon.

— Parce que demain, je me rends à Rubieżewicze. J'ai à faire, là-bas. On ne se verra peut-être pas avant... avant la soirée...

Quand Saszka eut fini de se raser et de se laver, Fela arriva. Elle portait une jolie robe vert-sombre. Elle était très belle. Elle était de bonne humeur et me salua d'assez bonne grâce. Je serais volontiers resté avec elle au logis, mais j'avais honte de dire à Saszka que je n'avais plus envie d'aller voir Pietrek. Je saluai donc Fela à regret et je sortis avec Saszka.

Nous marchions dans la rue de Minsk. Je remarquai que tous les passants regardaient Saszka avec une attention particulière et se retournaient sur lui. Cela m'épatait. Nous nous trouvâmes dans une ruelle étroite et tordue.

A un moment donné, en passant le coin d'une maison, je vis un cordonnier qui battait un gamin de dix ans avec un tire-pied.

Il avait l'air ivre et frappait l'enfant sans pitié. Soudain Saszka bondit en avant, repoussa le cordonnier et lui arracha le tire-pied des mains.

— Pourquoi tu le bats?

— De quoi je me mêle?

— Eh, calme-toi, dis! Ou je te fais voir tout de suite si ça fait du bien!

Saszka leva le tire-pied sur le cordonnier.

— Mais il m'a cassé ma lampe, le garnement!

Le cordonnier montra les bouts de verre qui jonchaient le

sol. Saszka mit la main à sa poche. Il en tira un billet de cinq dollars et, penché sur le gamin qui écarquillait les yeux sur son défenseur, il dit:

— Tiens, loupiot! Fiche-toi de ton père et donne-lui cet argent. Qu'il en achète dix, de lampes! Et quand tu auras grandi, tape-lui dessus, à ce peigne-cul! Tu m'entends: cogne-lui dessus, comme il t'a fait!

Nous repartîmes. Et le tire-pied, Saszka le jeta dans une flaque d'eau.

*

* *

Je me retrouvai dans une grande pièce claire blanchie à la chaux. Il y avait là une multitude de pendules aux murs, et près d'une fenêtre était assis un petit homme au crâne dégarni qui faisait quelque chose penché au-dessus d'une table encombrée de montres et de différents instruments servant à les réparer.

Je vis Pietrek et Julek assis à la longue table. Julek notait quelque chose dans un cahier, et Pietrek regardait par-dessus son épaule et corrigeait.

Nous les saluâmes tous. Saszka alla présenter sa montre à Mużański. Celui-ci l'examina minutieusement et déclara:

— Excellente montre! Un objet de prix... Elle manque un peu d'entretien. Elle a besoin d'un nettoyage.

— Et vous pourrez le faire pour quand?

— Pour ce soir, je ne pourrai pas. J'ai un travail urgent. Pour demain, plutôt.

— Avant midi?

— D'accord, elle sera prête pour dix heures.

Ils s'accordèrent sur le prix et Saszka quitta le logis.

— Quoi de neuf, les gars? demandai-je à Pietrek et à Julek.

— Ce soir on y va.

— Avec qui?

— Le Mammouth, le Rossignol et nous.

— Et qui vous conduira?

— Le Mammouth. Il connaît bien les différents chemins... Dans le temps, il y allait tout seul... avec de l'alcool.

— C'est à lui, la camelote?

— A nous. On y va à notre compte...

— A vous?

— Eh, oui. On portera de l'alcool. On gagnera mieux que chez le juif. Tu veux peut-être venir avec nous?

J'hésitai un instant.

— Viens, dit Julek. Ce sera plus gai pour nous. Et puis tu gagneras aussi.

— Mais je n'ai pas d'alcool, moi.

— Nous non plus. On attend le Mammouth. On va aller en chercher chez le Gris.

En effet, le Mammouth arriva au bout d'un quart d'heure, et un peu plus tard, le Rossignol. Le Mammouth nous salua de la tête et s'assit sur le banc, contre le mur.

— Il vient aussi avec nous, celui-là, dit Julek.

Le Mammouth me regarda longuement, puis il opina de la tête et dit avec un effort visible:

— Alors, cent?...

— Oui, répliqua Julek. On prendra cent bouteilles. On peut y aller tout de suite.

Ils prirent des sacs et quittèrent la maison avec le Rossignol. Ils rentrèrent au bout d'une heure. Ils tirèrent des bouteilles d'alcool de leurs sacs et les empilèrent sur un fauteuil. On les compta. Il y en avait cent quinze.

— C'est plus qu'il n'en faut, dis-je à Julek.

— Le Mammouth en prend trente, et cinq pour nous, à consommer.

On commença à faire les bâts. On posait d'abord les bouteilles sur la table, par vingtaines. Puis on les débouchait pour les remplir à ras. On faisait ça pour avoir moins de bouteilles et pour éviter les glouglous pendant la marche. Puis on confectionna cinq bâts pratiques où les bouteilles étaient calées avec du feutre épais et du foin. C'était le Mammouth qui les emballait, avec la routine d'un «porte-alcool» professionnel.

Nous attendîmes le soir. La route serait longue. Nous devions aller jusqu'à un faubourg de Minsk, nous tenions donc à partir le plus tôt possible.

A deux heures de l'après-midi, des «gueux» gris parurent à l'est et vinrent recouvrir tout le ciel. La pluie se mit à tomber. L'eau cinglait les fenêtres. Il faisait de plus en plus gris. Le Mammouth se frottait joyeusement les mains. Un tel temps, s'il ajoutait aux difficultés du voyage, était quasiment le garant d'une parfaite sécurité.

A la tombée de la nuit, nous dînâmes en vidant une bouteille d'alcool coupé d'eau. Puis nous prîmes nos bâts. En nous fixant de ses yeux bleus pleins de bonté, Mużański, petit et comique, nous serra les mains:

— Je vous souhaite bonne chance, messieurs. Ne traînez pas, là-bas. Revenez au plus vite. Je me sentirais bien triste, sans vous...

Nous partîmes. Nous allions très lentement en contournant toutes sortes d'obstacles invisibles dans le noir et nous efforçant d'accoutumer nos yeux à l'obscurité. Mais elle était si épaisse que nous ne pouvions avancer qu'à l'aveuglette.

La pluie tombait de plus en plus dru. Le vent se renforçait. Il était impossible de distinguer les choses devant soi. Tout à coup, le Mammouth s'arrêta; j'allais derrière lui, suivi de Pietrek, puis de Julek; le Rossignol fermait la marche.

— Tiens, me dit notre guide en me fourrant dans la main le bout d'une ficelle.

Je compris son idée et fis passer la ficelle de main en main. Nous marchions à présent en tenant la ficelle. C'était incommode, mais nous étions sûrs, ainsi, de ne pas nous perdre.

Nous commençâmes à peiner parmi les cépées avant de nous enfoncer dans la forêt. Puis la forêt se termina. Le Mammouth me saisit le bras, qu'il serra avec force. Je le compris: nous abordions la frontière. Je fis passer l'avertissement à Pietrek, qui fit suivre.

Il pleuvait de plus belle. Nous étions déjà complètement trempés, et seul le mouvement nous réchauffait. Le chemin n'avait jamais été aussi dur. Nous peinions dans un terrain imbibé d'eau, sans positivement rien voir autour de nous. Mais le Mammouth semblait sûr de lui. De temps en temps, il s'arrêtait, raclait le sol de ses pieds, marmonnait quelque chose, puis repartait.

Quand la forêt fut terminée, le chemin devint plus facile. Du moins je ne butais plus contre toutes sortes d'obstacles au sol et je n'étais plus forcé de me protéger constamment les yeux des branches invisibles qui me cinglaient dans le noir.

Après trois heures de marche, nous nous reposâmes et bûmes de l'alcool. Plus tard, nous fîmes une autre halte, et c'est au point du jour, après avoir franchi trente-trois verstes d'un chemin épouvantable, dix heures après notre départ de Raków, que nous finîmes par atteindre Minsk. Et pourtant nous avions l'habitude des marches.

*
* *

Je passai deux fois avec de l'alcool, puis nous fîmes une pause car le Mammouth et le Rossignol s'étaient joints au parti du Clou. Le travail y était moins dur et plus sûr car ils allaient moins loin et n'avaient à se soucier de rien.

Un samedi soir, j'étais en train de boire avec les gars au salon de Ginta. L'ambiance était joyeuse. Antoni malmenait son accordéon au point de faire sauter les verres sur la table. Soudain je reçus un coup de pied sous la table. C'était le Mammouth. Je le regardai. Le contrebandier se mordit l'ongle du pouce gauche tandis que du pouce droit et des yeux il me désignait la porte. J'y jetai un coup d'œil. Alfred s'y encadrait. Tout à coup, le Mammouth dit avec un rire rauque:

— Greluchon!

Tout le monde éclata de rire. Alfred disparut aussitôt derrière la porte.

Nous buvions toujours. La fête battait son plein. Le Lord chantait:

Ohé, la bière! Et la vodka!
Ohé, flonflons d'accordéon!
Ohé, ma p'tite Marysienka
Qui bat la cloche contre un litron!

Tard dans la nuit, je rentrais à la maison. Il faisait noir. Les étoiles brillaient dans le ciel. J'entrai dans la cour de chez Trofida. Je poussais la barre du portail. A cet instant, un coup de feu partit à ma droite... puis un autre, un troisième, un quatrième. Je tombai à terre contre le portail. J'entendis la galopade d'une fuite dans le verger. Je bondis sur mes pieds, tirai mon couteau de ma poche et franchis en courant le portillon ouvert du verger. C'était le silence. J'écoutai un moment, puis je revins au portail et retournai dans la rue. Je ne vis personne dans les parages. Je regrettai de ne pas avoir ma torche. J'aurais peut-être pu poursuivre mon agresseur dans le verger, et là, je ne pouvais rien faire. Depuis, je portai toujours une torche électrique sur moi.

Le lendemain, j'examinai avec soin le portail et le tour de la porte. Toutes les balles s'étaient logées dans les rondins. Je réussis à en extraire une, que je mis dans ma poche.

Quand je frappai à la porte, Hela m'ouvrit et demanda, affolée :

— C'est vous qui avez tiré?

— Non... C'est un imbécile qui fait des blagues... Il voulait me faire peur...

— Ce soir, j'ai vu du monde louche traîner sous les fenêtres, dit la jeune fille.

Le lendemain, Janinka me réveilla de bonne heure :

— Il y a un fou, là-bas, qui vous appelle.

— Quel fou? Pourquoi un fou?

— Eh ben, parce qu'il fait que de rire.

— Alors tous ceux qui rient, c'est des fous pour toi?

— Non... Mais on peut rire un petit peu, et lui, c'est tout le temps...

— Où est-ce qu'il m'attend?

— Derrière la grange... Il a dit de ne rien dire à personne, sauf à Władek, et que c'est trè-ès important!

Je m'habillai à la hâte et quittai la maison. Derrière la grange, je vis Josek la Volaille assis dans un fouillis de bardanes. Son crâne lisse et brillant passait entre les larges feuilles comme la lune entre les nuages.

— Qu'est-ce que tu racontes de beau? lui demandai-je en le saluant.

— C'est pour une affaire. Très importante!

— Je t'en prie... Je t'écoute...

— Mais c'est un secret. Je peux te le dire, mais juré-craché que tu ne diras à personne que tu l'as su par moi.

— Tu as ma parole, que je n'en parlerai à personne.

Josek jeta un coup d'œil de tous côtés et dit tout bas :

— Les Alińczuk veulent te dégommer. Alfred a demandé à plusieurs de nos gars de te balancer. Il en donnait cent roubles...

— Comment tu le sais?

— Ils sont venus me demander mon avis. Tout le monde me connaît... ils m'ont demandé quel genre de type tu étais. Je leur ai dit de ne surtout pas faire ça, et que tu étais un copain de Józef Trofida... Maintenant, tu dois bien te garder, parce que les Alińczuk, c'est des vrais carnes!

— Tu as bien fait de me dire ça, lui répondis-je. Au moins je sais qui m'en veut. Comme ça, je me méfierai... Cette nuit, au moment où je rentrais à la maison, on m'a tiré dessus!

Josek proféra, ébahi:

— Tiré?!... Ça, c'est pas nos gars... Ils ont fait ça eux-mêmes! Méfie-toi! Si tu veux un bon feu, je peux t'en donner un... J'en ai plusieurs...

Je saluai Josek, qui repartit avec précaution le long de la rivière pour contourner le bourg. Je rentrai déjeuner. Je continuais à ruminer ce que Josek m'avait dit.

IX

Le soir, je m'habillai extra. Je mis un gilet marron à fleurettes dorées et fis un nœud fantaisie à ma cravate violet-foncé à petites rayures roses. Je quittai la maison, ma canne à la main.

Sur la grand-place, je rencontrai le Rat.

— Tu vas où? me demanda le contrebandier.

— Chez Saszka.

— Ah, à la soirée? J'y vais aussi, moi.

Le Rat était nippé comme monsieur le comte. Complet gris, souliers vernis, cravate verte. Il était coiffé d'un feutre clair à larges bords.

En approchant de la maison de Saszka, nous entendîmes de loin le son de l'accordéon.

— C'est Antoni qui chauffe! dit le Rat.

La porte du logis était ouverte et une large traînée de lumière s'en déversait dans la cour. Près de la maison, on voyait passer des ombres humaines. On entendait chuchoter et rire.

Nous entrâmes au logis. Nous fûmes assourdis par l'accordéon qu'Antoni maniait, le visage inspiré et les yeux mi-clos.

C'était le brouhaha, le tapage, le vacarme. Le martèlement des pieds faisait trembler les cloisons. Le milieu de la grande salle était bondé de couples qui tournoyaient. Antoni jouait le *Karapet*, alors très en vogue par chez nous. Certains sifflaient ou fredonnaient l'air de cette danse.

Je me plaçai contre le mur avec le Rat pour observer les danseurs. Le Rat me désigna d'un mouvement de tête un grand escogriffe au visage hâlé de Tsigane et aux cheveux coiffés à la cosaque.

— C'est le Clou... le chauffeur, me dit mon copain.

Le Clou dansait avec une jeune fille qui pouvait avoir quinze ans, dont la tête lui arrivait tout juste à la poitrine. Elle était très bien faite et avait une jolie frimousse. Elle trottinait de façon amusante autour du contrebandier qui, par moments, la soulevait de terre. Le Clou dansait avec élan, tour à tour déhanché, frétillant, trépidant.

— C'est sa bonne amie, dit encore le Rat.

— Hein? dis-je éberlué.

Dans l'ensemble, je ne voyais pas de laiderons ici. Les contrebandiers avaient pour amies les plus belles filles du bourg.

J'aperçus le Lord, dont la tête pommadée brillait furieusement, en train de danser, l'air nonchalant et sans entrain, avec une grande et forte fille en robe vert-foncé. Elle était très bien faite, mais son visage inanimé de spectre faisait penser à un masque. Peut-être avait-elle mis trop de poudre qui ne convenait pas à son teint.

Je vis aussi Wańka le Bolchevik qui serrait contre lui avec un sourire lubrique une fille charnue aux bras nus, gras et roses. Il la serrait si étroitement qu'elle était forcée de détourner la tête.

Je remarquai deux filles qui dansaient ensemble. Elles n'étaient pas jolies. Elles affectaient des allures provocantes. L'une d'elles sifflait l'air de la danse, l'autre frappait du pied en secouant ses cheveux coupés court.

— Qui est-ce, ces numéros-là?

— Andzia le Troupier et Helka le Caniche... Des contrebandières.

J'observai mieux les jeunes filles. Andzia le Troupier était large d'épaules et étroite de hanches. Elle avait l'air d'un homme déguisé en femme. Elle portait une robe très courte de couleur orange. A ses doigts, j'aperçus plein de bagues, et plein de bracelets à ses bras. Andzia le Troupier était grande et mince, Helka le Caniche, en revanche, petite et râblée. Son visage était gai et sympathique, son nez un peu retroussé. Elle portait une robe bleue et un ruban noir autour du cou. Je m'amusai bien à regarder ce couple comique.

Il y avait encore bien d'autres danseurs, garçons et filles que je ne connaissais pas personnellement.

Tout autour de la salle, il y avait des garçons et des filles, debout ou assis sur des bancs. Les filles étaient vêtues de couleurs criardes, et celles qui avaient de belles jambes portaient des robes très courtes. Les garçons étaient généralement vêtus de complets bleu marine, marron ou clairs. Les gilets et les cravates qu'on voyait sous les vestes déboutonnées avaient les couleurs et les motifs les plus fantastiques.

Je cherchai Fela des yeux, mais en vain. Antoni cessa de jouer. Les danses s'interrompirent. La salle s'emplit du bourdonnement des conversations. Les filles commencèrent à se masser à part, dans un coin de la pièce. Les gars se tenaient contre les murs. Certains allaient et venaient à plusieurs au milieu de la pièce. Leur maintien était affecté. Ils avaient une cambrure et une raideur outrées. Ils étaient gonflés de leur «gloire de contrebandiers».

Les filles chuchotaient avec de petits rires et lançaient des œillades aux garçons. Et eux faisaient mine de parler affaires et de ne pas prêter la moindre attention aux filles. Cela relevait du bon ton.

Le Rat me tira par la manche. Je regardai par la porte. Alfred Alińczuk faisait son entrée, vêtu avec chic et lustre, pommadé, rasé de frais, laqué pour ainsi dire. Derrière lui venaient ses frères: Albin, Adolf, Alfons et Ambroży. Ils formèrent un groupe compact près de la porte. Les conversations baissèrent d'un ton. Les gars pointaient leurs regards vers les Alińczuk; seules les «mamzel», comme disait le Lord, se remirent à chuchoter et à rioter avec une ardeur redoublée, puis à lancer des sourires encore plus enjôleurs et des œillades du côté des Alińczuk.

C'est alors que je vis Bolek la Comète. Il alla se planter au milieu de la salle, lissa ses moustaches, examina gravement l'assistance et, tout à coup, sans raison apparente, il éclata d'un rire joyeux. Ce fut assez pour faire sourire et pouffer les filles. Les gars éclatèrent de rire, pas tous d'ailleurs, car certains, qui allaient jusqu'à se mordre les joues pour s'en empêcher, «conservaient leur gravité».

Bolek la Comète arrêta son regard sur Antoni, assis dans un coin de la pièce, le menton appuyé sur son instrument.

— Ah... cher maestro! Nos hommages!... Je vous prie de jouer le morceau *Dans les monts de la Mandchourie*... Eins, zwei, drei!...

La Comète lança une pièce d'or à l'accordéoniste. Et quand Antoni attaqua avec ampleur la vieille valse russe, il saisit par la taille la première fille rencontrée et se mit à la faire tournoyer dans la salle. C'était Helka le Caniche. La fille était toute rouge. Elle était comique, à gigoter en l'air en essayant de repousser la Comète. La salle fut secouée par un éclat de rire général. La Comète lâcha Helka, qui bondit du côté des filles, et de là, lui tira la langue.

— Je ne comprends pas le français, dit la Comète avec sérieux, et la salle fut à nouveau secouée par un éclat de rire.

La Comète alla vers la porte qui ouvrait sur l'autre pièce. Bientôt, couple après couple, les danseurs s'avancèrent au milieu de la salle. La fête interrompue avait repris. Moi et le Rat, nous nous casâmes sur un banc. A ma droite, Mania Chichi se tenait debout avec sa moue habituelle qui lui donnait l'air de bouder. Je l'avais vue une fois sur la grand-place avec Helka le Caniche. Elle était maintenant à côté d'une fille trapue dont les yeux noirs pleins d'audace lançaient des regards provocants.

— Qui est-ce? demandai-je au Rat.

— En jaune, c'est Mania Chichi... une contrebandière...

— Je la connais, elle.... Et l'autre, en rose?

— C'est Belka... Une autre contrebandière. Chauffeur, chez les filles... un hetman de bonne femme.

Belka sentit sans doute que nous parlions d'elle et regarda de notre côté. Le Rat la salua de la tête. Elle lui répondit en soulevant légèrement la main. Puis elle se redressa et, pointant en avant sa forte poitrine, qui tremblait à chacun de ses mouvements et excitait terriblement les gars, elle se mit à regarder les danseurs.

— Tiens... voilà Saszka, dit le Rat.

Je vis Saszka Weblin qui entrait par la porte derrière laquelle venait de disparaître Bolek la Comète. Il avançait lentement, serrant les mains qui se tendaient vers lui. Il vint à nous.

— Et pourquoi tu ne danses pas, toi? me souffla-t-il.

— J'ai le temps...

— Avec qui veux-tu qu'il danse... Avec toi? dit le Rat.

— Comment ça, avec qui? dit Saszka en montrant la salle de la main. Tu as là des filles comme des fleurs... Tiens, mademoiselle Bela s'ennuie... Invite-la!

Je laissai le Rat et me mis à danser avec Belka.

— Vous n'êtes pas d'ici? me demanda la jeune fille.

— Non... Je suis venu chez Józef Trofida.

— Ils l'ont coffré, lui?

— Oui.

— C'est triste pour lui.

— On n'y peut rien...

Je vis Saszka rejoindre les Alińczuk et retraverser la salle avec eux pour entrer dans la pièce d'où il était venu.

— Vous connaissez les Alińczuk? demandai-je à Belka.

— Oui.

— Les gars n'en disent pas du bien.

— C'est des ordures! répliqua la jeune fille.

Je la serrai plus fort. Elle ne protesta pas. Je me dis que je devais lui faire un compliment et je déclarai:

— Vous avez de beaux yeux.

— Tiens? dit-elle en souriant.

— C'est la vérité! dis-je, sincère.

Elle rit et rejeta ses cheveux en arrière d'un mouvement de la tête. Puis elle dit:

— J'ai tout, de beau... pas seulement les yeux.

— Hé... mademoiselle Belka, vous êtes bien... franche... donc, et sûre de vous?...

— Parfaitement...

— Je vous aime bien pour votre audace. Si personne ne nous voyait, je vous embrasserais pour ça!

— Et puis vous iriez vous en vanter par toute la ville!

— Pas du tout! Parole...

— Hé bien, on verra! dit-elle mystérieuse.

Je sentis qu'elle m'était très sympathique et que j'aurais pu danser longtemps avec elle; mais elle dit:

— Bon, assez tournicoté. J'ai mal aux pieds. Je viens de rentrer hier, et demain, je dois reprendre la piste.

— Vous allez loin?

— Du côté de Piotrowszczyzna.

C'était très loin du bourg, trois verstes avant Minsk.

Je raccompagnai Belka vers son amie, qui lui fit de la place sur le banc. La fête continuait. Il faisait très chaud dans la salle. Les visages de l'assistance luisaient de sueur. Je remarquai que certains garçons étaient éméchés. Je ne compris pas tout de suite comment ils avaient pu s'enivrer. Puis je les vis entrer, à deux, à trois, dans la pièce sur cour d'où ils ressortaient en riant aux anges. Je cherchai le Rat des yeux, mais je ne pus le découvrir nulle part. Et plus tard, il vint me voir de lui-même. Il me fit un clin d'œil et dit:

— Viens voir un instant.

Je le suivis dans l'autre chambre.

Je me retrouvai dans un nuage de fumée de tabac. Au début, j'eus du mal à trouver de l'air, tellement c'était irrespirable dans cette pièce qui semblait remplie d'hommes à ras bords. Quand je me fus un peu repéré, je vis une longue table et, tout autour, des contrebandiers assis ou debout. J'en connaissais certains personnellement, certains de vue, et j'en voyais quelques-uns pour la première fois.

Les gars pintaient à qui mieux mieux. La place d'honneur était occupée par la Comète qui pérorait, un grand verre dans une main et une bouteille dans l'autre:

— Notre chance est boiteuse, les gars, alors on la soutiendra avec des bouteilles!

— Pas bête! répliqua le Lord.

— Qui ne fume ni ne boit goutte s'encroûte!

— Pas bête! bramait le Lord, puis il ajoutait: En signe de quoi, une autre tournée!

Le Rat me tira vers la table et me fit asseoir à côté de lui sur un banc étroit. Le Lord posa devant moi un verre plein de vodka et me dit:

— Au rattrapage!

A l'autre bout de la table, on jouait aux cartes. Il y avait là les frères Alińczuk, Saszka, la Résine, Wańka le Bolchevik et encore quelques autres personnes que je ne connaissais pas. Ils jouaient au cinquante et un. La table était jonchée de liasses de banknotes et de pièces d'or.

Saszka tenait la banque. Il avait les joues rouges mais il jouait calmement, battait et donnait les cartes avec soin. Devant lui, il y avait un joli tas d'argent. A un moment donné, Bolek la Comète lui lança:

— Tu me donnes cinquante pour cinquante?

Saszka hocha la tête:

— Même pour cinq cents!

— C'est parti pour cinquante.

La Comète prit trois cartes et perdit. Il régla sa perte.

— Je vous dis et vous déclare, les gars, que je n'ai pas de veine, ni pour les cartes, ni pour les femmes!... Que pour la vodka! Dès que je me tourne quelque part, les chères bouteilles et les chers verres tintent et me font de l'œil... Allez, une autre tournée!

— Pas bête!

Le Lord se mit à siffler. Il sifflait très bien et cela valait la peine de l'écouter. Mais il faisait rarement étalage de son art. Il s'interrompit et chanta d'une voix avinée, rauque et comme enrhumée:

Quand j'arrivai, c'était la notche,
Sapé mylord, surin en poche...

Un contrebandier au visage enfantin que je ne connaissais pas, un jeunot, se mit à l'aider d'une voix sonore d'alto:

Les poteaux me sautent sur le râble
Et me font mettre à table:
«Hé, Bolek, t'es un chouette gars,
Bois au moins un p'tit caoua...»

Au mot de *caoua*, Bolek la Comète fit une horrible grimace et feignit de vomir. Quelques-uns rirent; et Bolek le Lord poursuivait:

... Car la gnôle, on l'a liquidée,
La compagnie a tout sifflé...

— C'est faux! cria Bolek la Comète. Je vous dis et vous déclare, les gars, que tant qu'il y aura la frontière, on manquera plus vite d'eau que de vodka!

— Pas bête! répliqua quelqu'un à la place du Lord, qui continuait à chanter:

... Comme un p'tit ange j'ai fait la fête
Moi qui ai sept trous dans la tête!...

— Fela n'en a qu'un, mais un chouette! lança de l'autre bout de la table Wańka le Bolchevik en montrant toutes ses dents.

— Toi, laisse Fela où elle est! dit Saszka avec un éclair mauvais dans les yeux.

— J'ai rien fait... C'était juste pour dire... Je joue, moi...

— Alors joue... Et méfie-toi!

Tout le monde était échauffé par l'alcool. Il y avait des explosions de fou rire. Des plaisanteries lestes couraient dans l'air. On fumait sans répit. Le plancher était jonché de mégots et de paquets vides. Des flaques de vodka et de bière luisaient sur la table.

Le Mammouth, la Comète, le Rat et le Lord buvaient sans arrêt.

Felek la Lanterne bouffait avec lenteur et gravité un énorme morceau de fromage de tête. Le Rat me donna une bourrade et dit:

— Regarde-le jouer de l'harmonica!

Bolek la Comète l'entendit et dit à la Lanterne:

— Felek, mon mignon! Tu as l'air, là, d'un lion rugissant et morfalant dans le désert.

— Et où est-ce que tu as vu un lion, toi? lui demanda la Lanterne.

— Sur une image.

— Quelle image?

— C'est Jésus qui va dessus à Jérusalem.

— Mais c'est un âne! dit le Rat.

— Et moi, je pensais que c'était un lion, répondit la Comète.

La Lanterne s'arracha à sa mangeaille. Il mâcha longuement. Déglutit. Puis il proféra avec le plus grand sérieux:

— Et toi, tu as l'air du treizième apôtre!

Ayant dit, il se remit à manger. Tout le monde hurla de rire. L'expression de la Lanterne, comme quoi la Comète avait l'air du treizième apôtre, nous avait semblé à tous, allez savoir pourquoi, du plus haut comique.

Les voix des contrebandiers fusèrent:

— Bien jeté!

— Bien envoyé!

— Il ne l'a pas raté!

— Vieux forban, va! Quand il se tait, il se tait, mais quand il s'y met...

— C'est comme un diable qui dégueule dans la gadoue.

Bolek la Comète avala un demi-verre de vodka. Il s'essuya

la bouche du revers de la main. Il arrangea sa moustache et dit:

— C'est un gars de la ville, lui, bien poli...

Le Rat saisit la balle au bond:

— Oui, il a charrié son blé au moulin!

— Il a mené sa vache au taureau! ajouta le Lord.

La Comète poursuivit:

— Bien dégrossi!

— A coups de serpe! compléta le Rat.

— Et bien lancé, dit la Comète.

— Après ses cochons, vers la grange, compléta le Lord.

La Lanterne finit de manger, se lécha les doigts avec délice et déclara avec flegme:

— Je vous ai tous là où la poule a son œuf.

Nouvelle explosion de fou rire. A cet instant, Fela entra dans la chambre. Elle s'arrêta sur le seuil et resta un moment à cligner des yeux pour essayer de distinguer les choses dans le nuage de fumée. Le rire s'éteignit. Les conversations s'assourdirent. Tous les regards se tournèrent vers l'entrée.

Fela portait une robe de soie noire, des bas de soie noirs et des escarpins vernis. Au cou, elle avait une chaîne de montre en or, et plein de bracelets et de bagues aux bras et aux doigts. Elle s'avança lentement. Elle allait d'un pas majestueux, relevant fièrement sa tête d'une beauté rare. Les regards des gars s'agglutinèrent tout autour d'elle, ils la suivaient, épiaient chacun de ses mouvements, de ses gestes. Wańka le Bolchevik en béait d'admiration. Le jeu et la beuverie s'étaient interrompus. Et elle, satisfaite de l'effet produit par sa présence, vint à son frère d'un pas léger.

Saszka se rembrunit.

— Eh bien... Qu'est-ce que tu veux?

— Vous avez peut-être besoin de quelque chose?

— Non, de rien... Va-t'en d'ici!

Fela fit la moue et secoua la tête. Elle dévisagea l'assistance. Je rencontrai son regard et j'en eus froid dans le dos... Je manquai soudain d'air.

La voix de la Lanterne résonna, inattendue:

— Des concombres, je dirais pas...

Le Rat pouffa de rire. Saszka rit aussi et cria à sa sœur qui retraversait la pièce:

— Attends, Fela! Apporte des concombres... Tout un seau... Pour l'ami la Lanterne. Et vite!

— Bon, répondit Fela.

Puis elle alla vers la porte. Elle s'y arrêta et se retourna vers son frère.

— Alors viens m'aider.

Saszka se leva et posa les cartes sur la table. Il hésita un instant, puis vint vers moi:

— Vas-y, Władek, tu aideras Fela à nous le porter.

Je me levai précipitamment pour aller rejoindre la jeune fille qui m'attendait près de la porte.

X

Je me retrouvai avec Fela dans la vaste entrée.

— Tu as une torche? me demanda la jeune fille.

— Oui.

Nous parlions debout, dans l'entrée. Je m'aperçus vite que la jeune fille avait bu. Elle tituba à plusieurs reprises et son pas était mal assuré. Elle trouva à tâtons la porte de la resserre et l'ouvrit. J'éclairai l'intérieur avec ma torche. J'entendis un cri étouffé de femme et je vis un garçon et une fille allongés sur le plancher. Il bondit sur ses genoux, et elle se couvrit le visage de ses mains pour ne pas être reconnue. Fela me saisit par le bras et me tira dans l'entrée.

— Eteins ta torche... Viens!...

Je la suivis dans la cour. Appuyé contre la maison, un autre couple s'étreignait. A notre apparition, ils se séparèrent d'un bond pour disparaître aussitôt dans l'obscurité.

Je perçus le rire discret de Fela. Elle riait tout bas pour que je ne l'entende pas. J'eus envie de lui éclairer le visage avec ma torche, mais je n'osai pas le faire. Son rire me produisit une drôle d'impression. J'en eus une bouffée de chaleur et les genoux ramollis. Soudain je sentis sa main me toucher et je l'entendis chuchoter d'une voix changée, nerveuse:

— Vas-y... dans la resserre... Prends un seau et une lanterne... Allez...

— Mais eux, là-bas... et je m'interrompis.

Fela pouffa de rire:

— Quel ballot... Vas-y...

La resserre était vide. J'y trouvai un grand seau étamé et la lanterne. Je les pris et ressortis dans la cour.

— Ça y est?

— Ça y est.

— Alors viens!

Elle marchait vite. Nous nous retrouvâmes dans le potager, derrière la maison. Je vis le toit incliné de la cave recouvert de terre. Fela ouvrit le cadenas et entra en se courbant fortement. Je la suivis. Nous nous heurtâmes dans le noir. Sans me rendre compte de ce que je faisais, je la saisis dans mes bras et l'attirai contre moi. Elle se taisait. Puis elle dit:

— Allez, lâche-moi!

Je la lâchai aussitôt. Elle alluma la lanterne et ouvrit la petite porte de la cave. Elle tourna vers moi son visage pâli et dit d'une voix bizarre que je ne lui avais jamais entendue:

— Descends!... Tiens, prends la lanterne!...

Je descendis par une simple échelle presque verticale. Je déposai la lanterne à terre.

— Attrape! me cria-t-elle d'en haut.

Elle me lança le seau et se mit à descendre. La cave sentait le moisi. La lumière de la lanterne se perdait dans les recoins sombres.

Je regardais, en haut, la jeune fille qui descendait l'échelle. Je voyais ses jambes fines. D'une main, elle tenait sa robe relevée... plus haut qu'il n'était nécessaire pour être libre de ses mouvements.

Quand elle fut sur l'avant-dernière marche, je l'enlevai dans mes bras et jetai un coup d'œil autour de moi. Je vis une grande caisse retournée. Je l'y fis asseoir et me mis à lui embrasser le visage, la bouche, le cou. Je la regardai. Elle avait les yeux mi-clos. Je commençai à lui déboutonner sa robe. Elle ne m'en empêchait pas...

C'est simple, je n'en croyais pas mes yeux, de la voir si belle, et de me dire que c'était elle... la fière et inaccessible Fela... Ses yeux restaient mi-clos, son visage encore pâli. Je la vis se mordre la lèvre inférieure... Mais ensuite... au dernier moment pour ainsi dire, elle lança d'une voix parfaitement calme qui me fit l'effet d'un coup de massue:

— Lâche-moi... Ça suffit!...

La colère me saisit. Je tentai de la prendre de force. Soudain elle se mit à crier d'une voix étrangement désagréable:

— Lâche-moi donc, bon sang!... Il faut te supplier, ou quoi? Je vais crier!... Allez, ouste!

Je bondis en arrière, tremblant de tout mon corps. Et elle, sans se préoccuper de moi, remit sa robe en ordre et la reboutonna. Elle s'examina avec soin, puis elle prit le seau pour aller vers le tonneau placé dans un coin de la cave.

Elle se mit à lancer des concombres dans le seau. Elle comptait avec un calme parfait:

— Un, deux, trois, quatre...

C'est ce qui m'exaspérait le plus. J'observais avec rage ses mouvements lestes et dégagés.

— ... vingt-deux, vingt-trois, vingt-quatre, vingt-cinq...

Les concombres volaient dans le seau. Furieux, je serrais les poings et me mordais les lèvres. Je m'efforçais de la voir d'un œil critique... Elle était penchée, les jambes largement écartées, me tournant le dos. Je cherchais à me convaincre que cette pose était laide et qu'en fait, il n'y avait en elle, en Fela, rien de bien beau. Je me mentais à moi-même et je le savais. Et dans le coin de la cave, j'entendais toujours:

— ... quarante-six, quarante-sept, quarante-huit, quarante-neuf, cinquante... là!

Elle remit la bonde sur les concombres et la pressa avec une grosse pierre.

— Prends le seau, me dit-elle.

— Prends-le toi-même, ... madame la comtesse!

Elle me fixa pendant une quinzaine de secondes, puis elle éclata de rire. Jamais jusque-là, ni depuis, je ne lui entendis un si joli rire, et jamais je ne lui vis un si joli visage. Elle vint à moi et me plongea dans les cheveux les doigts écartés de sa main droite. De la gauche, elle me caressa la joue.

— Tu as vu comment je suis?

— Et alors?

— Tu as vu? insista-t-elle.

— Oui, et alors?

— Je te plais?

— Oui.

— Bon... alors après le mariage. Tu auras tout... Tout ce que tu voudras.

— Alors pourquoi tu m'as... tourmenté?

Elle rit tout bas, puis elle m'attira contre elle. Je sentis son bras sur mon cou, et sur ma bouche, un baiser. Long. Passionné. Je ne savais pas embrasser comme ça, moi. Elle colla contre moi son corps chaud et ferme. Mais quand je voulus la reprendre dans mes bras, elle me repoussa et dit:

— Ça, mon gars, c'est pour que tu saches comment je suis, que tu ne seras pas volé!... Allez, prends le seau et viens.

Je me taisais sans bouger de place. Elle me prit le bras et dit avec gravité:

— Tu comprends, c'est non. Je ne veux pas devenir une serpillière à soldats!... C'est peut-être pis pour moi que pour toi... Réfléchis-y un de ces jours... Allez, prends le seau!...

Je le pris et m'engageai sur l'échelle. Fela m'éclairait d'en bas, puis elle monta rapidement. Je lui tendis la main et l'aidai à refermer la porte de la cave. Puis nous allâmes vers la maison.

Plus tard, j'essayai de réfléchir à froid à ce qui s'était passé entre nous à la cave. Mais j'avais peine à comprendre. Il me semblait, peut-être à tort, que tout était arrivé à cause de ce que nous avions vu avant, dans la resserre. Car, à n'en pas douter, elle en avait été très émoustillée; mais la suite semblait le démentir... Ou peut-être avait-elle eu son compte? Ce qui avait eu lieu entre nous lui suffisait peut-être tout à fait? Si j'avais eu une sœur aînée ou une femme que j'aurais pu librement interroger là-dessus, je l'aurais fait... Mais tout seul, je comprenais mal.

J'aurais pu interroger la Bombina ou Olesia Kalisz, mais il m'aurait fallu tout raconter pour me faire comprendre. Et comment pouvais-je raconter cela?

*
* *

Le seau de concombres à la main, j'allai retrouver les garçons. La pièce était pleine de brouhaha. La beuverie continuait de plus belle.

Je posai le seau de concombres sur la table, devant Felek la Lanterne:

— Tiens! Boulotte!

Sans se faire prier, il allongea la main vers le seau.

— Celui-là, servez-le dans un tonneau, il ne refusera pas non plus! dit le Lord.

Je jetai un regard circulaire pour chercher le Rat. Je le vis à l'autre bout de la table, près des Alińczuk. Il me fit un clin d'œil. J'allai vers les joueurs. Alfred Alińczuk tenait la banque. Il tira de sa poche deux jeux neufs. Il déchira les bandes. Il battit les cartes et déposa deux cents roubles.

— Deux cents en banque! dit-il aux pontes.

Il donna les cartes. J'en pris une, moi aussi. C'était au Rat de commencer.

— Donne pour cinquante.

Alfred dit d'un ton sec:

— Le tapis brûle!

— N'aie pas peur. Je ne t'enrôlerai pas.

Le Rat posa cinquante roubles sur la table, acheta deux cartes et perdit, car il avait plus de vingt et un. Alfred ramena son argent sur le tas.

La Résine joua en second. On me tira par la manche. Je me retournai. Je vis le visage jeune, enfantin, du contrebandier qui avait aidé le Lord à chanter.

— Qu'est-ce que tu veux? demandai-je.

— Montre-moi ta carte. Je voudrais miser, me dit le contrebandier.

Je lui montrai un dix.

— Bon, dit-il. Je mise un bouton.

Il me donna la pièce d'or.

La Résine perdit. C'était à moi. Je misai trente roubles et gagnai. Je donnai vingt roubles à mon associé, mais il ne les prit pas.

— Ça restera pour le prochain tour, dit-il.

— Bon. Comment tu t'appelles? lui demandai-je.

— Le Corbelet, répondit le garçon.

Le jeu continuait. Presque tout le monde perdait, du moins ceux qui jouaient gros. Saszka misa cent roubles et perdit, lui aussi. C'était le dernier à jouer.

Alfred battit les cartes. On entama le second tour. Le Rat suivait ses mouvements avec attention. On donna les cartes. Le Rat posa cent roubles sur la table.

— C'est parti pour cent!

Alfred lui donna une carte.

— Suffit! dit le Rat.

Alfred prit deux cartes et dit en les retournant:

— Dix-neuf.

Le Rat perdit. Il n'avait que dix-sept.

Puis la Résine perdit cinquante roubles. Et moi, j'ajoutai trente roubles aux vingt roubles du Corbelet. Le Rat me dit:

— Je mise pour cinquante.

Je gagnai cent roubles et rendis leur gain à mes associés.

Vers la fin du second tour, la banque s'était grossie presque sept fois. Il y avait plus de treize cents roubles. Alfred s'énervait. Il avait le visage cramoisi. Des gouttes de sueur y perlaient. Il battit et donna les cartes. C'était parti pour le troisième et dernier tour.

Le Rat misa soixante-dix roubles d'un seul coup. Tout ce qu'il possédait. Il prit les cartes et perdit. La Résine perdit également. Il se tourna vers moi:

— Montre-moi ta carte.

J'avais un as. La Résine dit:

— Je marche pour trois cents roubles.

Il me donna l'argent. De l'autre côté, Saszka poussa vers moi deux billets de cent dollars. Le Corbelet me donna cinquante roubles. En voyant cela, je compris qu'ils voulaient se refaire et ébranler la banque. Je misai cent roubles. Le Rat s'approcha de moi:

— Tu peux miser deux cents roubles pour moi?... Si je perds, je te les rends demain.

— Bon.

Je misai en tout deux cents dollars et six cent cinquante roubles. Les mains d'Alfred tremblaient. Le Rat se pencha sur la table et suivit attentivement chacun de ses mouvements.

Alfred prit une carte, puis il hésita un instant en me donnant la deuxième carte. Le Rat ne quittait pas ses mains des yeux. Alfred me donna la carte. C'était un dix... Je gagnai.

D'une voix rauque, Alfred me compta mon argent:

— Impec, dit le Lord. Tu as du pot, mon vieux!

La banque avait fondu de moitié. Après quelques nouvelles séries, elle se regonfla. Ce fut le tour de Saszka. Il lança un bref:

— Banco.

— Comment? dit Alfred en blêmissant.

— Je dis: banco.

— Hein, tout?

— Oui.

Saszka posa son portefeuille sur la table. Alfred compta l'argent de la banque et annonça:

— Mille quarante roubles et trois cent soixante-dix dollars!

— Va-tout, dit Saszka.

Alfred, blême, lui donna une carte. Il en prit une lui-même. Puis il en donna une deuxième et une troisième à Saszka. Saszka les abattit sur la table. Il avait vingt-quatre.

— J'ai perdu, dit-il, et il tendit la main vers son portefeuille pour régler sa perte.

A cet instant, il arriva une chose inattendue. Le Rat arracha les cartes des mains d'Alfred en criant:

— Hé, les gars! C'est des brêmes quillées!

Alfred se figea. La Résine posa son énorme patte sur l'argent de la banque, Saszka se pencha en avant.

— Des brêmes quillées?... Hein?... scanda-t-il d'une voix sourde.

Alfred recula.

— Il ment, la vermine! couina-t-il d'une voix pleurarde.

— Lope toi-même! cria le Rat.

— Il m'en veut et me cherche une «querelle de reître»!

A cet instant, je vis le Corbelet, qui avait observé l'incident de ses yeux d'enfant rieur, saisir une bouteille vide sur la table et bondir en avant.

— Hé, c'est comme ça que tu joues avec les gars?

Il frappa Alfred avec la bouteille et le verre vola en éclats. Alfred se couvrit le visage de ses mains car le Corbelet brandissait un tesson du goulot. Les frères Alińczuk bondirent en avant. L'un d'entre eux arriva dans le dos du Corbelet et le cravata. Soudain le Rat fit briller son couteau en criant:

— Arrière, pedzouilles!

Aussitôt la Résine se retrouva au milieu d'eux et, de quelques mouvements des bras, il les envoya tous au loin.

— Tout doux... tout doux... dit-il tranquillement.

Saszka se leva de table et dit:

— Bon, ça suffit!... On va voir ça tout de suite... Alfred, viens là.

Alfred s'approcha de la table. Il épongeait le sang de son front avec un mouchoir.

— Elles sont quillées, ces brêmes? lui demanda Saszka.

— Je n'en sais rien... Je les ai achetées...

— Il les a achetées, mais il les a quillées lui-même! lança le Rat de son coin.

— Tu les as achetées où? interrogeait Saszka.

Les yeux d'Alfred couraient en tous sens.

— A Wilno.

Le Rat pouffa de rire.

Saszka, le Lord et Bolek la Comète examinèrent minutieusement les cartes.

— C'est bien des brêmes truquées! déclara Saszka.

— Je vous le disais bien! dit le Rat, et il voulut se jeter sur Alfred.

Soudain Saszka frappa du pied. Le Rat recula. Saszka toisa l'assistance.

— Je ne laisserai pas faire le bordel chez moi!... Compris? Ceux qui veulent régler leurs comptes, ils peuvent le faire ailleurs!... Tu as mis deux cents roubles dans la banque?

— Oui.

Saszka prit cent dollars dans la banque et mis le billet à part.

— Voilà tes deux cents roubles... A peu de choses près.

Puis il s'adressa à l'assistance:

— Et maintenant, les gars, à la loyale. Ce que chacun a perdu avec Alfred, il va le toucher. Ceux qui ont gagné avec lui, amenez ça par ici! A la loyale, hein! On n'est pas des entôleurs ni des Alphonses, nous, mais des fargueurs propres! Allez, à la loyale!

On entendit un murmure d'approbation.

On compta l'argent de la banque. Puis on calcula tous les gains et toutes les pertes. Saszka répartit la banque et les tas des gains entre les perdants. Puis il prit les cent dollars et s'adressa à Alfred:

— Et ça, c'est à toi!

Alfred se taisait. Saszka se tourna ver le Rat:

— Craque une allumette et brûle-moi cette ordure!

Quand le Rat eût brûlé le billet, Saszka s'adressa encore à Alfred:

— Et maintenant, fais attention! Plus question que tu joues avec les gars! Compris? Parce qu'on te réglera ça autrement... Moi, je réglerai ça!... Et vous, les gars, je vous demande de ne pas moufter sur ce qui vient de se passer... C'est notre affaire et ça restera entre nous!

Alfred voulut dire quelque chose. Saszka le coupa:

— Silence! Tu as des yeux de chien et une langue de chien!

Il se tut un instant, puis reprit à l'adresse des frères Alińczuk:

— Je vous remercie de m'avoir rendu visite... avec des brêmes quillées! Vous vouliez nous repasser à tous les coups!... Plus jamais, on ne jouera ni ne boira ensemble!

Il se tourna vers la Résine:

— Ouvre la fenêtre.

La Résine alla vivement à la fenêtre et l'ouvrit en grand.

— Ça ne serait pas bien de ma part si je vous laissais sortir par la porte, dit Saszka aux Alińczuk. Des hôtes comme ça, je les invite à sortir par la fenêtre... Allez, caltez, volaille!... Chacun son tour.

Il leur désigna du doigt la fenêtre ouverte.

Les Alińczuk se mirent à sortir par la fenêtre l'un après l'autre, et le Rat restait posté à côté et riait. D'un rire joyeux, irrépressible, contagieux. Aussi tout le monde éclata de rire. Les seuls à garder leur sérieux étaient Saszka, la Résine, le Mammouth, et Felek la Lanterne, qui continuait à manger, insensible à tout le reste.

*

* *

Le jeu s'était interrompu. Après la «sortie» des Alińczuk, les gars se mirent à manger et à boire. Les commentaires sur l'incident allaient bon train.

— Il a l'œil, ce Rat! dit Wańka le Bolchevik.

Le Rat renifla:

— Ça me connaît, les lopes de son espèce, je le surveillais!

Le Lord se mit à rire.

— Et le Corbelet lui a collé un beau coup de bouteille!

— Il lui a payé un coup à boire! dit la Comète.

Le Corbelet riait, ses yeux lançaient de joyeux éclairs.

— Et qu'est-ce qu'ils ont à entôler les gars, ces pignoufs?

— Pas bête! approuva le Lord.

Je m'approchai de Saszka et lui dit:

— J'ai à te parler. Tu veux sortir un instant de la crèche?

— Quelque chose d'important?

— Oui... A propos d'Alfred...

— Ah! Va m'attendre près du portail.

Je traversai la salle où se tenait la fête générale. J'attendis Saszka près du portail. Des garçons et des filles sortaient de temps en temps dans la cour. Dans les recoins, on entendait des chuchotis, des rires, des piaillements de filles.

Bientôt Saszka me rejoignit.

— Alors, raconte.
— Hier, tard le soir, je rentrais à la maison. Il faisait noir. Au moment où je fermais le portail, on m'a tiré dessus du verger... Quatre coups.
— Hein?
— Si. Je sais que c'est le travail d'Alfred.
— Comment tu le sais? me demanda vivement Saszka.
— Je le sais. Ce n'est peut-être pas lui qui a tiré. Un de ses frères, peut-être, ou quelqu'un qu'il aurait payé. C'est un gars qui m'a averti ce matin.
— Qui?
— Il m'a demandé de ne parler de lui à personne.
— Et de quoi il t'a averti?
— Qu'Alfred a donné cent roubles à des mariols pour me liquider. Ils sont venus le voir pour lui demander qui j'étais. Il leur a dit de ne pas faire ça.
Saszka se tut un instant, puis il dit:
— Je sais qui t'a dit ça.
— ?...
— Josek la Volaille.
Je ne protestai pas. Saszka réfléchissait, et moi, je tirai de ma poche la balle que j'avais extraite du rondin et la lui tendis. Le contrebandier dit:
— Au browning, il canardait! Du sept!
Puis il me demanda:
— Quelle histoire tu as eue avec Alfred?... Vous étiez donc en bisbille?...
Je lui racontai en détail la prise de bec que j'avais eue avec Alfred quand j'avais accompagné Fela à l'église. Et aussi comment je l'avais salué chez les Trofida quand il était venu voir Hela.
— Tu as bien fait de me dire ça, dit Saszka. J'en parlerai avec la Résine. On l'aura à l'œil. Et toi, ne te fais pas de bile.
Je me mis à rire.
— Je me fiche de ces mariols qui tirent en traître, la nuit! Mais il pourrait m'envoyer je ne sais quelles ordures... Je voulais que tu sois au courant.
— C'est bon. On verra ce qui va se passer. Et s'il le faut, on aura vite fait de l'assouplir!
Saszka allait me quitter, mais j'eus soudain envie de lui parler de Fela. Je trouvais que ce serait bien d'être tout à fait franc avec lui. Je dis:

— Il y a encore une chose. Seulement je ne sais pas comment te le dire.
— Comme tu voudras... Tu n'es pas obligé...
— Si tu ne le dis pas à Fela, je te le dirai.
Son étonnement était visible.
— Ne pas le dire à Fela?... Bon, je ne lui dirai pas.
— Parole?
— Je te dis que non... C'est suffisant. Si tu ne me crois pas, ne me dis rien.
— J'ai été à la cave avec Fela... C'est toi qui m'as envoyé chercher les concombres...
— Et alors?
— J'y suis allé... C'est toi qui le demandais...
— Et puis?
— Et puis, enfin, bref...
— Quoi?
— Eh bien, tu comprends...
— Tu lui as fait du rentre-dedans?
— Oui.
— Et alors?
— Elle a dit que... après le mariage.
Saszka éclata de rire. Puis il dit en me posant la main sur l'épaule:
— Fela n'est pas une oie blanche. Elle a vingt-sept ans. Elle s'est offert du bon temps plus d'une fois. Je te le dis carrément... Tant pis si c'est ma sœur... Et qu'est-ce que ça fait? Mieux vaut avoir une femme comme ça qu'une autre. Tu auras une bonne épouse et la plus belle gonzesse de la ville. Oh, je n'insiste pas. C'est comme tu voudras... Mais tu es le premier à qui Fela ait dit ça... Ne laisse pas passer l'occasion, elle peut changer d'avis...
Il s'interrompit un instant, puis il reprit:
— Fela aurait pu se marier cent fois, mais elle n'a pas voulu... Je ne sais pas ce qui lui prend maintenant... Les gars lui courent après... Et puis elle a sa dot... Je lui donne toute la maison et quinze mille roubles. Tu comprends? Je n'en ai pas besoin, moi! Si tu te décides un jour, va lui parler et faites l'affaire. Je ne vais pas m'en mêler. C'est vous que ça regarde. Alfred en pinçait pour elle, lui aussi. Pendant deux ans, elle l'a promené, et rien du tout... Bon, je rejoins les gars.
— Je ne pense pas encore à me marier. Je veux m'amuser un peu... Je suis trop jeune!

— C'est ton affaire! Viens boire un coup, ou plutôt va jeter un coup d'œil à Fela.

Saszka me laissa près du portail et rentra dans la maison. Je le suivis bientôt. Je m'arrêtai dans la salle commune.

La fête continuait. Antoni enlevait une polka à l'arraché et les jeunes dansaient jusqu'à l'épuisement. La vodka et le mouvement mettaient les visages en feu. J'aperçus Fela qui dansait avec le Clou. Je me mis à l'observer. Ce qui venait de se passer entre nous me semblait maintenant tout bonnement invraisemblable. Elle avait le visage si froid et si fier, et elle gardait une telle réserve en dansant que j'avais peine à croire moi-même que l'autre événement avait eu lieu.

Fela aperçut mon regard et fronça le sourcil. Je vis qu'elle s'était mise, de son côté, à m'observer à la dérobée. Sa façon de danser changea, elle aussi. Elle était devenue plus belle et... plus fougueuse. Elle me taquinait. Je m'en rendis compte. Je regardai alentour, et je vis Belka assise sur un banc avec Mania Chichi. J'allai devant elle:

— Veuillez m'accorder cette danse, mademoiselle Belka.

— Ouille, je n'en ai pas envie... J'ai mal aux pieds, à force de danser...

— Mais j'y tiens vraiment!... Vraiment!...

Elle me regarda, un peu étonnée. Elle sourit.

— Bon, d'accord. Mais pas longtemps.

Nous nous mîmes à danser. J'attirai délibérément la jeune fille contre moi, puis j'essayai de montrer à quel point elle accaparait mon attention. J'essayais en même temps, tout en dansant, de rester près de Fela. Je remarquai qu'elle s'était, elle aussi, engagée dans un entretien animé avec le Clou; elle riait même en lui parlant.

La fête s'acheva très tard. J'allai raccompagner Belka chez elle. Elle logeait à l'autre bout de la ville.

Elle poussa la porte d'entrée, et là, elle commença à ouvrir le cadenas sur la porte menant à son logement. Je l'éclairais avec ma torche.

— Tu habites seule? demandai-je.

— Oui. Ma mère et les petits occupent l'autre partie de la maison.

Je l'attirai contre moi. Elle me repoussa des deux bras.

— Je sais ce que tu veux, mon gars. Mais aujourd'hui, pas question! Je dois me reposer... Demain, je m'appuie la piste...

— Quand, alors?

— Un jour... Tu as bien le temps... Allez, va-t'en, je vais fermer la porte d'entrée.

Elle me salua d'une forte poignée de main, toute masculine.

— Je vous souhaite bonne route, mademoiselle Bela!

— Merci. Faites de beaux rêves.

Je ressortis dans la rue. La petite ville était silencieuse. La «chauve», songeuse et comme ennuyée, voguait entre les nuages. Dans la partie nord-ouest du ciel brillait la Grande Ourse. Je la contemplai longuement... Avec un soupir, je pris le chemin de la maison.

XI

La saison d'or touchait à son terme. Les contrebandiers le sentaient et travaillaient d'arrache-pied.

Bolek le Lord a ressoudé notre parti. C'est lui le chauffeur, maintenant. Le Mammouth et Wańka le Bolchevik, qui avaient commencé à suivre le parti du Clou, l'ont laissé tomber pour nous rejoindre. Maintenant nous n'avons plus Józef Trofida, le Bouledogue ni le Chinois qui sont en prison. Il nous manque aussi Pietrek le Philosophe, qui est tombé malade et qui reste au logis, soigné par l'horloger Mużański, et puis le Rossignol est parti dans sa famille, à Mołodeczno. Nous avons en revanche un novice. C'est un jeune et grand garçon de mon âge, toujours tiré à quatre épingles... même au travail. On l'appelle, pour cette raison sans doute, l'Alégant. C'est son premier passage. La marchandise est gardée par Lowka. C'est un lot bon marché: crayons, poudre, savonnettes, peignes et batiste. Bergier n'a pas voulu risquer des articles chers pour un premier voyage. Nos bâts sont légers: vingt-cinq livres chacun. En comptant le Lord, notre chauffeur, et Lowka, le convoyeur, nous sommes dix.

Nous nous sommes rassemblés dans une grange de la rue Zagumienna, à la sortie du bourg. C'est là qu'étaient planqués nos bâts.

La nuit venue, nous partons de la grange pour nous

diriger au nord. Bolek le Lord nous mène par un nouveau chemin qu'il a longuement utilisé autrefois avec le parti de Bułyga, un fameux contrebandier, chauffeur et passeur, tué par les bolcheviks au printemps 1922, alors qu'il amenait des «figurines» des Soviets en Pologne.

Je marche perdu dans mes pensées, je regarde les sept merveilleuses étoiles du Grand Chariot et je leur donne, je ne sais pourquoi, des prénoms féminins. La première, en haut à gauche, je l'appelle Ewa; la deuxième, Irena; la troisième, Zofia; la quatrième, la «roue» avant supérieure, Maria; la cinquième, la «roue» inférieure, Helena; la sixième, la «roue» arrière supérieure, Lidia; la septième enfin, la «roue» inférieure, Leonia. Je m'efforce de retenir ces prénoms.

«Heureusement que les gars ne savent pas à quoi je pense. Ils se moqueraient de moi! Ce sera mon secret.»

Je souris aux étoiles et il me semble qu'elles me rendent mon sourire en rayonnant comme de beaux yeux.

Après une «journée» dans la forêt, nous repartons à la nuit, et deux heures après notre sortie de la forêt, nous atteignons la ferme de la Bombina. Nous sommes en nage car nous avons marché très vite.

Nous nous engouffrons dans la grange et nous y jetons nos bâts près de la porte. Nous nous asseyons sur la paille et nous nous reposons. Puis à trois, moi, le Lord et Lowka, nous allons vers la ferme. Nous arrivons en catimini sous les fenêtres de la maison et observons ce qui se passe à l'intérieur... Il n'y a pas d'étrangers au logis. La Bombina est devant la table où elle fait quelque chose, tournée vers nous de profil. Une grande lampe à pétrole brûle sous le plafond. Nous pénétrons dans l'entrée, puis dans la pièce.

— Bonsoir, notre chère hôtesse! dit le Lord.

La Bombina se retourne vers la porte. Elle nous regarde un instant, puis elle bat des mains avec un joyeux sourire.

— Bonsoir!... Si je m'attendais!... Asseyez-vous...

— Quoi de neuf, chez vous? lui demande le Lord.

— Tout va bien... Et chez vous?

Nous lui racontons ce qui est arrivé à notre dernier passage. La chute de Trofida, du Bouledogue et du Chinois. La Bombina nous exprime ses regrets.

— Et maintenant, vous vous y remettez? lui demande-t-elle après un instant.

— Bien sûr, on s'y remet, lui répond le Lord.

— Vous voulez manger? demande-t-elle.
— Et comment! dit le Lord.
— Vous êtes combien?
— A part nous trois, il y en a encore sept autres.
La Bombina se mit à l'ouvrage. Elle prépara des œufs brouillés. Lowka dit qu'il était fatigué et qu'il ne mangerait pas. Il alla se coucher dans l'autre moitié de la maison.
Au bout d'une demi-heure, pliant sous la charge de deux paniers de victuailles, nous allâmes à la grange. La Bombina nous précédait, une lanterne à la main.
Les gars la saluèrent avec joie. Wańka le Bolchevik s'agitait autour de notre hôtesse en lui débitant force compliments. A un moment donné, il lui dit quelque chose. Je n'entendis pas ses paroles.
— C'est pas du mouron pour tes serins! répliqua la Bombina.
— Pas bête! appuya le Lord.
— Je vous dis et vous déclare, les gars, dit la Comète avec onction, que notre Bombina, c'est un puits de sagesse! Ce n'est pas une femme, c'est un coffre d'or!
— En plein dans le mille! ajouta le Rat.
— En signe de quoi, dit la Comète, il nous faut boire un coup. A notre chère Bombina, longue vie de cent ans!
— Cinq cents ans! rectifia le Lord.
— Mille ans! brailla le Rat.
La Bombina rit et boit avec nous un grand verre de vodka. Nous avons fini de dîner. La Bombina se lève et prend la lanterne.
— Bonne nuit, les gars! N'allez pas mettre le feu là-dedans!
Puis elle se tourne vers moi et dit:
— S'il vous plaît, aidez-moi à reporter les paniers à la maison.
J'entasse la vaisselle dans les paniers et nous quittons la grange. Au moment où nous repoussons le battant, j'entends la voix du Bolchevik. Puis le Rat pouffe de rire et lui répond quelque chose.
— Pas bête! dit la voix du Lord.
— Je vous dis et vous déclare, les gars... commence la Comète.
Mais je n'entendis pas ce qu'il «disait et déclarait» car nous étions partis vers la maison.

Arrivé au logis, je déposai les paniers sur un banc et voulus retourner à la grange.

— Où tu vas? m'appela la Bombina.

— Vers les gars... Dormir...

— Et avec moi, c'est-y pas mieux?

— Si, c'est mieux, mais...

— Mais quoi?

— Ça me gêne... Qu'est-ce qu'ils diront, les gars?... Ils vont rire... me mettre en boîte...

— Laisse-les rire! Du moment qu'ils ne pleurent pas!... Qu'est-ce que tu as? Tu es donc si vert que tu crains leurs parlottes?... Moi, je ne les crains pas, là... Je me moque de tout ça!

Tard dans la soirée, alors que la Bombina avait éteint la lampe et qu'elle commençait à s'endormir, je repensai à la Grande Ourse et aux prénoms que j'avais donnés aux différentes étoiles. Je me rendis compte que je ne connaissais toujours pas celui de ma maîtresse. Et oui, Bombina, ce n'est pas un prénom. Elle dormait déjà. Je la réveillai. Elle s'étira paresseusement.

— Hein?... Qu'est-ce que tu veux?

— C'est comment, ton prénom?

— Pour quoi faire, donc?... C'est juste pour ça que tu m'as réveillée?

— Ben, oui... Pour savoir...

Elle éclata de rire, puis me dit:

— Lonia.

— Lonia?... C'est-à-dire Leonia? C'est ça?

— Oui... Ça te plaît?

— Beaucoup! dis-je, sincère.

Elle se mit à rire, puis elle me serra dans ses bras, avec plus de fougue encore que d'habitude.

Depuis, je l'appelai par son prénom, mais seulement quand nous étions seuls. Et quand je contemplais la constellation de la Grande Ourse, au moment où je regardais la septième étoile, je me souvenais de Lonia... et elle me manquait.

Je remarquai que, depuis cette nuit-là, il s'était glissé dans nos relations plus de chaleur et d'attachement.

XII

La saison d'or était finie. La neige tomba deux fois mais ne resta pas. Le «sentier blanc» pouvait s'installer d'un jour à l'autre. Cela nous compliquerait beaucoup la tâche.

Les gars travaillaient d'arrache-pied. Ils voulaient profiter au mieux du reste de l'automne.

Vers la fin de la saison d'or, une vague d'insuccès frappa les contrebandiers. Pour commencer, le Clou fit plonger tout son parti. Ils s'étaient fait coincer à leur planque soviétique proche de la frontière. Ils avait été dépistés par le confident Makarov. Je ne l'avais jamais vu, mais les gars m'en avaient beaucoup parlé.

Makarov avait été autrefois contrebandier lui-même et avait fait la piste avec un parti. Puis il était entré en contact avec ceux de la Tchéka et s'était mis à coincer parti sur parti. Comme il connaissait bien la façon de travailler des contrebandiers et leurs planques, il nous avait valu bien des déboires. Il savait aussi pister les contrebandiers pour son compte personnel. Il évoluait sans cesse dans la zone frontière et nous tendait des traquenards astucieux.

Les gars m'avaient décrit Makarov. C'était un homme grand et trapu de quarante ans. Il avait un collier de barbe roux et une grande balafre, due à un coup de couteau, à la joue gauche.

La nouvelle de la chute du Clou et de tout son parti de quatorze hommes nous arriva par Bronek le Goujon, le seul à s'en être tiré. La nuit, il allait sortir de la grange quand il entendit bouger et chuchoter près de la porte. Sans savoir encore de quoi il retournait, il s'était à tout hasard éloigné de la porte pour se glisser sous le hache-paille placé à droite de l'entrée. Quand ceux de la Tchéka avaient fait irruption et tiré les gars ensommeillés du foin, il était resté dans l'ombre sous son hache-paille, grelottant de peur, jusqu'au bout de la perquisition. Et quand les tchékistes avaient quitté la grange avec les contrebandiers arrêtés, il s'était échappé en soulevant la longue planche qui bouchait le trou sous la porte. Avant le jour, presque au pas de course, il avait réussi à repasser en Pologne et il avait raconté le désastre. Des juifs de Raków (le commanditaire et des parents du convoyeur Judka le Paleron) avaient envoyé Szloma le Poulain à

Minsk, où il avait bien des relations au bras long, pour tenter de racheter Judka en priorité et, s'il le pouvait, le parti tout entier. Le jour même, Szloma, qui avait cousu cinq mille dollars dans la tige de ses bottes, partit pour la frontière avec le frère du Clou, Michał le Bossu.

Ce fut la première grosse chute. La nuit suivante, sur la frontière, aux environs de Wołma, nos douaniers avaient fait cavaler le parti de Kosma Sterdoń, de Duszkowo. Deux gars avaient plongé chez nous, et trois chez les Soviets; quatre s'en étaient tirés. Puis ce fut le tour de Helka le Caniche, du parti de Belka: elle s'était perdue dans la forêt près de Zatyczno, côté soviétique, et n'était toujours pas rentrée. Quelques jours plus tard, nous apprîmes une nouvelle horrible. A cinq kilomètres de la frontière, dans la forêt près de Gorań, on venait de trouver dans un marais les cadavres de cinq hommes. C'était un parti venu de Kuczkuny. La Tchéka avait ouvert une enquête sur cette affaire et avait arrêté six paysans de Krasne, de Lachy et de Borsuki. Ces hommes chassaient ensemble les contrebandiers, et ils avaient coincé au matin le parti de Kuczkuny. Ils leur avaient pris argent et marchandise, puis ils les avaient menés dans le marais. Ils les y avaient tués au Nagan, avaient piétiné les cadavres pour les faire enfoncer, puis les avaient masqués avec du bois mort. Ils avaient fait cela pour étouffer l'affaire, puisque les morts ne parlent pas.

A nous aussi, il nous arriva un malheur. Nous allions passer avec notre marchandise. Nous étions à dix. Sur la frontière, on nous fit cavaler. On commença à mettre les bouts. Des tirs tonnaient derrière nous. On jambonnait dans le noir complet, on trouvait son chemin d'instinct et on s'orientait au bruit des pas pour éviter de se disperser. On était déjà à un kilomètre de la frontière, mais le feu roulant se faisait toujours entendre. C'était une forte embuscade. Soudain j'entendis gémir. Puis je butai dans un homme assis par terre. Je sautai par-dessus.

— Hé, les gars! entendis-je. Ils m'ont eu.

Je m'arrêtai et appelai mes camarades.

— Halte, les gars! On n'est plus poursuivis.

Tous s'arrêtèrent. Nous revînmes vers le blessé. C'était l'Alégant. La balle lui avait traversé le mollet gauche. Il ne pouvait plus avancer. Après un bref conciliabule, nous décidâmes de rentrer en nous relayant pour porter le blessé. Alors on entendit le Mammouth:

— Je le porte tout seul à Raków. J'y arriverai... Et vous, continuez...

Nous nous remîmes à discuter. On en vint à la solution suivante: le Rat et le Mammouth ramèneraient l'Alégant au bourg, et nous, nous porterions la marchandise à destination. Avec une chemise déchirée en lambeaux, nous pansâmes le blessé, puis le Mammouth le prit à califourchon sur son dos. Le Rat partit en éclaireur. Ils nous laissèrent leurs bâts. Le Lord voulut en prendre un second, mais c'était trop pour lui qui nous guidait. Alors nous fîmes ainsi: Bolek la Comète, Wańka le Bolchevik et moi, nous prîmes deux bâts chacun.

Nous arrivâmes sans encombre à notre dépôt. Et au retour, nous essuyâmes de nouveaux tirs. Sans dommage, cette fois-ci. Le Mammouth et le Rat avaient fait «sauter en douceur» la frontière à l'Alégant blessé et l'avaient porté chez lui.

Alors que nous avions repris notre route après avoir renvoyé l'Alégant, j'avançais péniblement avec ma double charge en m'efforçant de ne pas perdre de vue le rectangle gris du bât au dos du Lord. Il me sembla tout à coup que c'était une pierre tombale et que les nom, prénom, date de naissance et de décès devaient s'y trouver gravés. Mon imagination commença à me faire voir sur cette dalle le signe de la croix et des mots. Je pensai: «Nous marchons, de nuit, avec des pierres tombales sur le dos. Et moi, j'en porte deux!»

Eh, oui. Dur et dangereux métier que celui de contrebandier! Mais je sentais que j'aurais eu de la peine à le quitter. Il m'attirait comme la cocaïne... Je suis sous le charme de nos mystérieux voyages nocturnes. Je suis pris par le jeu des nerfs et le jeu avec la mort et le danger. J'aime les retours d'expéditions lointaines et difficiles. Et ensuite la vodka, le chant, l'accordéon, les visages joyeux des copains, et les filles... qui nous aiment non pour notre argent mais pour notre audace, notre mépris du fric... Nous ne lisons rien. La politique est le cadet de nos soucis. Je n'ai pas vu un journal depuis des mois. Toutes nos pensées tournent autour d'un seul sujet: la frontière. Et nos sentiments tournent autour de quelques autres sujets, selon les goûts et les tempéraments: la vodka, la musique, les cartes, les femmes...

J'ai remarqué que depuis quinze jours, depuis le départ de la vague de nos insuccès, la Grande Ourse n'a pas paru dans le ciel, masquée par les nuages.

La fois où les troufions avaient blessé l'Alégant, dès mon retour de l'autre côté, j'étais allé voir le Mammouth pour lui demander comment avait marché le «saut» de la frontière avec le blessé. En entrant dans son pauvre logis, je vis un tableau singulier. Lourdaud comme un plantigrade, le Mammouth était au milieu de la pièce. Sur ses épaules, il avait un garçonnet de cinq ans qui stimulait son «dada» avec un petit fouet. Un autre garçon, un peu plus grand, trottinait et aiguillonnait son papa par-derrière. Une fillette assise sur un pétrin retourné regardait ce jeu en riant de bon cœur. Et le Mammouth qui faisait le cheval galopait et hennissait dans la chambre, lourd et pataud. C'était le plus doux et le meilleur des hommes de ma connaissance, que chacun aurait pu duper, léser. Et c'était en même temps un type lombrosien, dont l'apparition dans l'enceinte d'un tribunal aurait fait parler dans les journaux de «regard patibulaire d'un criminel au visage de pierre dénué d'expression humaine, marqué des stigmates du crime» et des «instincts bestiaux d'un dégénéré» etc., à propos d'un pauvre homme vulnérable comme un enfant malade.

Quand j'entrai dans la pièce, la femme du Mammouth, un petit bout de femme maigre, me dit en le désignant de la main:

— Le voilà fou! Complètement fou! Il est toujours comme ça... Aucune jugeote... Quand je ne le bats pas, il fait l'idiot!... Sans une bonne volée, ça ne va pas!

Et Mammouth le cheval restait planté au milieu de la pièce, massif, lourd, pataud, convaincu de sa terrible faute. Un sourire tendre errait sur ses lèvres. Il suppliait sa femme des yeux de le laisser tranquille devant un étranger, un hôte. Je ne savais pas que le Mammouth avait une famille aussi nombreuse: car j'aperçus un autre enfant au berceau.

De retour à la maison, j'appris que Józef Trofida avait envoyé une lettre dans laquelle il apprenait à sa famille qu'il avait été condamné à six mois de réclusion et qu'il purgeait sa peine à la prison de Nowogródek.

La sœur de Trofida, Hela, m'inquiète beaucoup. La jeune fille est triste, songeuse. Je l'ai vue plusieurs fois avec les yeux rougis. A plusieurs reprises, je l'ai vue s'échapper le soir de la maison. Un jour, je me mis à l'épier. J'aurais mieux fait de m'en abstenir!... Au crépuscule, je la vis rejoindre Alińczuk sur le pont et sortir du bourg avec lui. Si Józef avait été là, je lui aurais dit d'avertir sa sœur d'avoir à se méfier d'Alfred, de lui raconter comment il faisait la cour à d'autres filles de la ville et à Fela. Je ne peux pas lui en parler moi-même car elle me comprendrait sûrement de travers. Elle penserait que j'agis par jalousie. Hela est revenue de son rendez-vous pâle et défaite. Je lui ai vu des traces de larmes sur le visage. Et je ne peux rien y faire.

Avec Janinka, je suis très ami. Quand je suis là, le soir, la fillette vient me voir et me raconte toutes sortes d'histoires fantastiques d'oiseaux, de bêtes, de ce que disent les arbres et les fleurs. D'où vient autant d'imagination à cette petite? Je suis curieux de savoir comment elle sera dans quelques années, quand elle sera devenue une grande jeune fille.

Ce matin, j'ai eu la visite du Lord. Il remarqua la présence de Janinka et me dit:

— Sors un instant, j'ai quelque chose à te dire.

La fillette nous regarda et dit avec le plus grand sérieux:

— Vous pouvez tout vous dire. Je sais ce que c'est... Je n'écoute pas et je ne répète pas les secrets des autres, moi!

Le Lord éclata de rire, la saisit sous les bras et la souleva de terre.

— Je n'aime pas ces façons, moi! dit Janinka.

— Excusez-moi, madame, dit le Lord avec une profonde révérence.

— Je vous en prie. Je ne suis pas fâchée... Et maintenant, je vous laisse, vous pourrez vous parler sans embarras.

Elle sortit de la pièce.

— Ça va faire un sacré numéro, dit le Lord.

— C'est une gentille enfant, répliquai-je.

— Enfant? répondit le Lord. Elle enfoncera toutes nos Maroussia, cette pisseuse... Ce sérieux... Alors là, pardon!...

— Qu'est-ce que tu voulais me dire? demandai-je.

— Il va y avoir une chauffe.

— Quand?

— Ce soir, on y va. Au retour, on porte des peaux. Tu me suis?

— Oui.

— Bon. On fera donc la chauffe dans le bois près de la

frontière. La saison se tire, il faut bien se retaper un peu avant l'hiver.

— Les gars sont au courant?

— C'est eux qui l'ont demandé... La Comète, Le Rat et le Mammouth sont dans le coup.

— Et si quelqu'un se fait piquer?

— Oh, tant pis, on se débrouillera. Il faut bien se remplumer. On a eu le nez propre pendant sept mois. Un seul transport, on engourdira. Je te préviens pour que tu le saches. Quand on les mettra, colle-moi bien.

— Bon.

Le soir même, nous prîmes la piste. C'étaient des articles chers: chevreau, cuir verni, buffle, batiste et bas de soie. Nous avions des bâts de quarante livres. Nous arrivâmes à notre dépôt à trois heures du matin. Les gars allèrent à la grange; moi et Lowka, nous nous dirigeâmes vers la ferme. Au début, les gars m'avaient mis en boîte au sujet de mon intrigue avec la Bombina. Wańka le Bolchevik en particulier. Mais un jour, le Rat lui dit:

— Et toi, ça t'embête?... Tu en baves de jalousie. Elle avait raison la Bombina: c'est pas du mouron pour tes serins!

Puis tous finirent par s'y faire, surtout quand ils s'aperçurent que la Bombina s'était mise à mieux soigner nos auges. Maintenant, quand nous arrivions à la planque, ils se dirigeaient vers la grange, et moi, avec Lowka, j'allais au logis. Seul le Bolchevik n'arrivait pas toujours à retenir un: «En avant pour les petits petons chauds!»

La Bombina nous ouvrit la porte. Sans se formaliser de la présence de Lowka, elle me prit dans ses bras potelés et brûlants. Puis elle expédia vite Lowka dans son réduit et, joyeuse, émoustillée, impatiente, elle revint vers moi. Elle m'aida à ôter mes bottes et mes habits crottés jusqu'aux genoux. Et le matin, je retrouvai le tout propre et sec. J'étais bien avec elle. Avec le temps, je remarquai qu'elle commençait à m'aimer différemment, avec plus de tendresse, de douceur. Je m'y attachais de plus en plus, moi aussi. Je m'étais rendu compte que nos âges ne faisaient pas une grande différence. Et, par moments, elle me semblait plus jeune que moi, tant il y avait en elle de verve, de rire et d'insouciance de petite fille.

Le lendemain nous prîmes le chemin du retour. Nous portions des peaux. J'avais au dos un bât de trois cent quatre-vingts peaux de petits-gris de l'Altaï (dix-neuf paquets de vingt peaux). Mon bât n'était pas très lourd. Les autres gars portaient également des peaux, rien que des écureuils.

Le chemin était particulièrement pénible. La nuit noire comme du goudron. Le terrain visqueux et collant comme de la glu. Nous pataugions comme des mouches sur du papier collant, arrachant à grand-peine nos pieds du sol bourbeux. Nous fîmes trois haltes avant d'arriver à la forêt frontalière aux environs de Zatyczno, où devait avoir lieu la chauffe.

Nous entrâmes dans la forêt. Nous commençâmes à nous faufiler par un sentier étroit dans une sapinière touffue. Puis nous débouchâmes dans une vaste clairière que nous coupâmes par le milieu. Nous marchâmes ensuite sur un large chemin charretier. Des planches résonnèrent sous nos pas. «Le pont», pensai-je en essayant de marcher plus doucement.

Quelqu'un me dépassa rapidement pour aller se fondre dans l'obscurité. C'était le Rat. Le Lord s'arrêta un instant et me saisit le bras. Il tendit son visage vers moi et murmura: «Ça y est.» Nous repartîmes côte à côte. Soudain une torche électrique brilla à gauche de la route. Elle balaya comme un éclair le long serpent des gars qui se suivaient au milieu de la route. Au même instant, on entendit un rugissement sauvage:

— Ha-alte!... Ou je tire!... Halte!...

La torche s'éteignit. Deux coups de revolver aboyèrent, puis deux autres. Ce fut le tumulte. Des cris fusaient, les buissons bordant la route craquaient. Le tapage se propageait dans la forêt. Moi et le Lord, nous bondîmes à gauche, d'où étaient partis les cris et les coups de feu. Et les gars galopaient vers la droite.

Au bout de quelques minutes, le calme revint. Nous nous relevâmes. Un sifflement se fit entendre tout près. Le Lord y répondit. Le Rat vint nous rejoindre. C'était lui qui avait tiré et crié. Je l'entendis rire doucement.

— Ça a été? demanda-t-il au Lord.

— Impec! Ils ont eu les chocottes du tonnerre! De la chauffe de première bourre!

Nous franchîmes la frontière sans encombre. Le lendemain, Bolek la Comète transporta les peaux à Wilno. On pouvait les y vendre à bien meilleur compte qu'au bourg.

Moi, le Lord, le Rat et le Mammouth, nous lui remîmes notre part. Avec ses peaux à lui, cela faisait mille huit cent quarante pièces.

— Il ne va pas se trisser? dit le Rat.

— Lui, se trisser? répondit le Lord. Jamais! Même pour des millions, on le virerait pas d'ici, de la frontière.

Le surlendemain, la Comète était de retour. Il avait vendu les peaux pour deux mille vingt-quatre dollars. À un dollar dix la peau. Nous comptâmes à la Comète vingt-quatre dollars pour sa route, et le reste, les deux mille dollars, nous nous les partageâmes. Quatre cents dollars le fade.

Nous n'étions que cinq à être dans le coup de la chauffe. Les autres gars croyaient qu'on nous avait vraiment coursés. Certains disaient même que c'était le travail de Makarov, le confident. Et Wańka le Bolchevik jurait ses grands dieux qu'il avait vu à la lumière de la torche sa barbe rousse et la balafre sur sa joue gauche. Tout le monde était revenu au bourg sans encombre. Seulement on ne rendit pas la marchandise au commanditaire: «On l'a perdue, jetée» — d'ailleurs ils ne donnèrent aucune explication.

XIII

La neige revint et resta pour de bon. L'hiver fut rude, glacial, très enneigé. Il s'installa ferme sur la frontière et recouvrit la terre pour son long sommeil d'une épaisse couche de duvet.

C'était maintenant le sentier blanc. La saison d'or était finie. Les gars s'amusaient, buvaient, faisaient du chambard, couraient les filles. Chacun semblait tout faire pour laisser filer au plus vite l'argent gagné.

Ginta avait un succès particulier. Notre salon ne désemplissait pas, la porte ne fermait plus, pour ainsi dire. Les contrebandiers baignaient dans la vodka. Bolek la Comète était dans son élément. Il buvait, buvait, buvait. On se demandait quand il se reposait. Felek la Lanterne lui tenait compagnie, mais il buvait moins car il était occupé à manger. Antoni jouait sans arrêt. La Comète lui avait rapporté un accordéon neuf, très cher, et lui en avait fait présent. Alors l'accordéoniste le faisait ronfler, chauffer, fumer comme un enragé.

Un soir, je rencontrai Josek la Volaille sur la grand-place. Il me salua avec joie.

— Où vas-tu? me demanda-t-il.

— Je rentre.

— Il est encore tôt. Viens chez moi. Je te dirai un truc intéressant.

J'hésitai un instant.

— Un truc sur Alfred Alińczuk! ajouta-t-il.

Je le suivis.

Sa femme l'attendait avec le dîner. Nous nous mîmes à table. Josek se tourna vers sa femme:

— Va au lit, Dora. On a à causer, nous.

Puis, quand elle eut quitté la pièce, Josek prit une expression grave et dit:

— Méfiez-vous, Alfred veut vous balancer!

— Comment ça, nous balancer? Moucharder à la police?

Josek sourit:

— Non... Il veut vous faire coffrer pour de bon... De l'autre côté...

— Comment tu le sais?

— Il essaie de savoir où vous allez... où se planque le Lord avec son parti.

— Il est capable de faire ça?

— Lui?... Tu le connais mal! Il est capable de faire n'importe quelle saloperie!

— C'est incroyable!... Lui, un fargueur!...

— Un fargueur, lui?... C'est la dernière des charognes!... Tu crois qu'il se cache, de l'autre côté?... Penses-tu: pour lui, c'est du tout cuit!...

— Pourtant ils y vont avec des flingues!

— Et alors? Ils prennent des seringues parce qu'ils ont peur des ploucs. Et pour se renseigner sur votre parti, il y va à l'oseille. Comme quoi il cherche une autre planque pour lui-même. Mais en fait, il veut vous faire coffrer... Méfiez-vous!... Moi, j'ai un soupçon...

Josek s'interrompit.

— Quel soupçon?

— Tu ne le diras à personne?

— Non.
— Juré?
— Juré.
— C'est lui qui a balancé le parti du Clou, parce qu'il voulait lui piquer Andzia Zawitek.
— Qu'est-ce que tu racontes?
— Je ne suis pas tout à fait sûr. Je sais seulement qu'il rencontre le confident Makarov à Minsk. Ils s'y amusent ensemble. Makarov aide les Alińczuk à passer leur contrebande, et eux, ils lui «mâchent» son travail... Ils balancent les gars!
J'étais effrayé. Je réfléchis un moment, puis je dis:
— Tu sais, Josek? C'est une affaire très importante. Il faut que j'en parle à Saszka et au Lord.
— Non, tu ne peux pas, maintenant! Tu as donné ta parole... Tu ne peux pas! Je vais me renseigner mieux, et alors vous réglerez l'histoire d'Alfred. Pas maintenant... je vais juste dire au Lord de se méfier dans les tournants et de changer de planque. Tu n'as qu'à dire que tu as entendu qu'Alfred demandait aux «bleus» où vous alliez. Qu'il prévienne les gars de tenir leur langue... Alfred veut vous balancer, comme il a balancé le Clou!
Tard dans la nuit, je rentrais à la maison, la tête pleine de toutes sortes de plans. Je me demandais comment agir. Je craignais de dégoûter les gars de la planque chez Lonia. Je n'aurais plus l'occasion d'aller la voir.
Le lendemain, j'allai voir le Lord. Je le trouvai chez lui. Après la soûlographie de la veille, il avait mal aux cheveux. Il me fit part de son envie de se refaire un moral.
— Tu sais, Bolek, lui dis-je, on doit faire attention, à la planque. Alfred cherche à savoir où est notre dépôt chez les Soviets. Il veut nous donner.
— Comment tu le sais?
— Par un gars.
— Quelle poisse, cet Alfred!... oh, la salope!...
— On doit se méfier!
— Oui... On sera plus prudents, maintenant. Il peut toujours courir! Il ne l'aura pas, notre parti! Il peut faire piquer un gars, c'est tout... C'est du sûr, tes tuyaux?
— Non. C'est juste des suppositions.
Je ne voulais pas trop inquiéter le Lord, pour qu'il ne change pas de dépôt.

— Il faut prévenir les gars pour qu'ils ne disent à personne où on descend chez les Soviets, dit le Lord.

— Justement. Fais-le. Qu'ils se surveillent. Motus et bouche cousue! D'ailleurs personne ne connaît le nom de la Bombina, personne ne peut dire exactement où se trouve sa ferme.

Nous changeâmes de conversation. Et un peu plus tard, nous allâmes boire chez Ginta.

Le surlendemain, nous partîmes pour la première fois au travail sur le sentier blanc. C'était le Lord qui menait le parti, comme d'habitude. Lowka surveillait la marchandise. C'était du bon marché: semelles, gilets de femme, écharpes de laine... pour l'hiver. A part moi, Lowka et le Lord, il y avait le Mammouth, le Rat, Bolek la Comète, Wańka le Bolchevik, Felek la Lanterne. Neuf en tout. Pietrek le Philosophe était toujours malade et l'Alégant n'était pas encore guéri de sa blessure. Maintenant nous sommes plus prudents. Nous n'allons plus vers les bâtiments de la ferme et les arbres du verger à travers champs, mais en suivant l'orée d'un bosquet, nous rallions la route damée par les traîneaux et la suivons jusqu'à la ferme pour ne pas laisser de traces.

Nous partîmes de Bokrówka, d'une grange située à la sortie du bourg où nos bâts avaient été transportés dans la journée. Nous nous mîmes en route de bonne heure, à la nuit tombante. Nous le faisions par calcul, dans l'idée que les verdets n'attendraient pas de contrebandiers de si bonne heure.

A deux heures du matin, nous arrivâmes à la ferme de la Bombina.

Le Lord fait arrêter le parti. Il vient à moi:

— Tu veux bien y aller en éclaireur?... Tu verras si tout va bien à la planque, à la grange et au jardin... Tu regarderas toute la ferme. Demande à la Bombina si personne n'est venu rôder dans la journée. Et si tout va bien, sors sur la route et fais trois grands cercles avec ta torche allumée... Tu veux bien y aller en premier?

— Bon. J'y vais.

— Laisse ton bât. Tu seras plus à l'aise.

Je rejette le sac de mon dos et je m'avance sur la route. Il y a environ trois cents pas jusqu'à la ferme. Je vais d'un pas rapide et joyeux. Il est tellement facile de se mouvoir sans le bât. Je regarde la Grande Ourse sur ma gauche et je souris.

Je repasse les prénoms des étoiles: Ewa, Irena, Zofia, Maria, Helena, Lidia et Leonia... Lonia. Puis je redis plusieurs fois «Lonia» et je ris. «Elle est sans doute en train de dormir sans se douter que j'arrive.»

Je force l'allure. Le portail et le portillon sont fermés. Je passe dans la cour par la palissade. Un grand chien s'élance vers moi. Je l'appelle:

— Nero! Nero!

Il vient vers moi en sautillant, se dresse sur ses pattes de derrière avec un glapissement de joie et essaie de me lécher le visage. Je le repousse.

Je frappe doucement à la fenêtre. Au bout d'un moment, je vois derrière la vitre la tache blanche d'un visage.

— Qui est là?

— Moi.

— Władek?

— Oui. Ouvre, Lonia.

— Voilà, voilà!

Les tirettes claquent et j'entre dans la pièce chaude. Lonia vient de quitter son lit. Elle m'embrasse avec fougue.

— Tu es d'un froid!... Ils sont là, les gars?...

— Je suis venu seul.

— Seul?

— Oui.

— Vraiment? Pour quoi faire?

— Je m'ennuyais de toi, et hop! me voilà parti!

Elle rit, puis elle reprend son sérieux:

— Pas possible! Tu mens!

Je lui dis ce qu'il en était. Elle m'assura que tout allait bien à la ferme. Je fis cependant le tour de la cour et du jardin et j'examinai la grange avant de ressortir sur la route.

Je sors ma torche de ma poche, je l'allume et je fais trois grands cercles en l'air.

J'attends.

Bientôt, sur le banc neigeux de la route, apparaissent, un à un, mes camarades. Je les fais entrer dans la cour et je repousse la barre du portillon.

Les gars sont allés à la grange, et moi avec Lowka, au logis.

Lonia s'est habillée. Elle s'active dans la pièce. Elle allume le feu dans le poêle. Elle fait à manger pour moi, car Lowka et les autres sont allés dormir.

Plus tard, quand nous allâmes nous coucher, Lonia me dit :

— Tu sais, Władek?... J'ai pensé à quelque chose... reste avec moi pour toujours !

— Comment ça?

— J'ai réfléchi à tout... Je vais fermer le dépôt... J'en ai assez, de tout ça... J'ai bien assez d'argent, et tu n'en manqueras pas non plus. On va bien vivre... Je te ferai faire des papiers... J'ai des amis au *Volispolkom* [1] de Zasławek... C'est faisable...

— Non, je n'y tiens pas.

— Tu ne m'aimes pas?... Hein?...

— C'est autre chose, ça. Mais j'aime autant vivre chez moi... de l'autre côté...

Lonia me raisonna longtemps pour que j'accepte sa proposition. Elle me priait, avançait toutes sortes d'arguments. Je finis par lui dire que je réfléchirais. Mais je savais d'avance que je n'y consentirais jamais... Là, je me serais ennuyé à mourir. Même Lonia, j'aurais peut-être fini par en avoir assez. Mais cela, je ne le lui dis pas.

XIV

Nous passâmes de bien joyeuses fêtes de Noël et du Nouvel An. Et les fêtes passées, bien peu de gars n'avaient pas les poches vides.

En janvier, les gars reprirent leurs voyages. Ils y étaient poussés par la misère. Ils partaient malgré la grande difficulté du chemin, malgré les tempêtes de neige et les loups qui rôdaient à travers champs et forêts. Les marchands nous donnaient maintenant de bien piètres articles. Ils ne tenaient pas à prendre de risques. Ils savaient les chemins très dangereux, et les gars panés tout disposés à leur faire une chauffe.

Les partis étaient peu nombreux et les départs rares. En

1. «Comité exécutif de canton» *(N.D.T.)*.

revanche, les gars passaient souvent à leur compte. Ils portaient de l'alcool, qui était très demandé et facile à écouler chez les Soviets.

La veille des Rois, le Lord vint me voir. Il dit:

— Je viens de la part de Fela...

J'étais abasourdi.

— Qu'est-ce qu'elle me veut?

— Elle t'invite à une fête, demain.

— Mais Saszka n'est pas là! Il est parti à Stołpce.

— Ça ne fait rien. Elle donne une petite soirée. Il y aura quelques filles et quelques garçons.

— Tu y vas, toi?

— Bon. Alors j'y vais aussi.

Le lendemain, je m'habillai avec un soin particulier et j'allai chez Fela avec le Lord. Il était sept heures du soir. Nous trouvâmes tout le monde au complet. Je remarquai que Fela avait choisi les garçons et les filles avec soin, de façon à éviter tout chambard et pour qu'on puisse s'amuser *comme il faut*.

A part moi et le Lord, il y avait d'autres copains: Pietrek le Philosophe, Julek le Dingue, l'Alégant. Et puis j'y vis les frères Fabiński, Karol et Zygmunt. C'étaient des parents éloignés des Weblin, arrivés depuis peu de Wilno, qui affectaient vis-à-vis de nous un maintien réservé et condescendant.

Comme filles, il y avait Fela, Belka, Andzia le Troupier, Mania Chichi. A part elles, il y avait Lutka Żubik: dans le parti de Belka, elle remplaçait Helka le Caniche qui avait plongé chez les Soviets et qui était maintenant à la prison de Minsk. C'était une dondon charnue dont le corps plantureux tremblait à chaque pas, ce qui suscitait des idées érotiques dans les esprits des gars. Il y avait aussi une cousine de Fela, une jeune fille de seize ans à peine, une jolie blonde gracile. De très beaux yeux ornaient son visage. Elle s'appelait Zosia.

Quand nous entrâmes, la jeunesse s'amusait. Sur la commode, un phono à l'énorme pavillon rutilant de nickel jouait une valse. Deux couples dansaient au milieu de la salle. L'Alégant avec Zosia, et Karol Fabiński avec Fela.

Nous saluâmes une à une les personnes présentes et fîmes connaissance avec les nouveaux. Zygmunt Fabiński me tendit nonchalamment, comme s'il me faisait une grâce, une douce menotte de femme. Il fit la moue et dit avec une intonation chantante :

— Fa-abiński...

Il m'était antipathique. Je n'aime pas les freluquets trop bien léchés. Je lui serrai la main, si fort qu'il faillit crier, en disant :

— Ła-abrowicz !

Je m'assis à une petite table occupée par Belka et Andzia le Troupier. Je me mis à bavarder avec Belka tout en observant à la dérobée Fela qui dansait toujours avec Karol Fabiński. Elle était ravissante. Elle portait une robe noire. Les couleurs sombres l'avantagent le mieux, elles semblent encadrer sa silhouette svelte, la beauté de sa tête et de son cou. Elle dansait avec tant d'aisance que la danse semblait être la seule façon qui lui convînt pour se mouvoir. Je ne pouvais en détacher les yeux. J'écoutais distraitement les propos de Belka sans cesser de regarder Fela. La jeune fille s'en aperçut sans doute et dit :

— Vous êtes malpoli, monsieur Władek, vous ne m'écoutez pas !

Je me repris et me lançai dans une conversation animée avec elle, manifestant un intérêt particulier pour sa personne. Je lui proposai de danser.

— Ça ne vous suffit pas, les danses de la frontière ? me demanda-t-elle.

— Vous avez raison.

Je me penche au-dessus de la table et dis, en la tutoyant comme on fait entre amis qui ne se gênent pas :

— Ma petite Bela, quand ?

— Quoi donc ?

— Allons... ce que tu m'as promis l'autre fois, quand je t'ai raccompagnée...

Elle rit.

— Tu es pressé ?

— Très pressé.

— Eh bien, patiente un peu, ou bois de l'eau fraîche !

Fela remarque la tournure familière de notre entretien. Elle regarde à plusieurs reprises de notre côté, puis elle cesse de danser et vient à nous avec son cavalier. Elle me salue.

— Bonsoir, monsieur Władek.

— Bonsoir.

— Faites connaissance, messieurs, dit-elle en me désignant Fabiński d'un mouvement de tête.

Comme son frère, il me tend une petite main mignardée et dit en traînant :

— Fa-abiński.

Et moi, je réponds d'une voix de basse en imitant d'un air de défi son intonation :

— Ła-abrowicz.

Belka éclate de rire. Fela me lance un regard éberlué. Karol recule.

— Vous êtes très nerveux ! dis-je à Karol.

— Comme un petit loulou, ajoute le Lord avec l'air de ne pas y toucher, et il poursuit, tourné vers Andzia le Troupier : Il était mignon et trognon, couard et froussard.

Belka rit. Fela fronce le sourcil. Puis elle se dirige vers le phono et met un nouveau disque. Karol s'assoit à côté de Zosia, et ils parlent à voix basse tout en jetant des regards critiques sur l'assistance. Ils sont choqués.

Tout à coup, le pavillon laisse fuser le hurlement passionné d'un ténor :

Où es-tu ma bien-aimée?
Où est ton logis, mon ange?

— Dans un phare, répond gravement le Lord.

Les filles de rire. Les gars rient aussi. Les Fabiński se renfrognent.

J'ai envie de boire un coup. Je le dis au Lord.

— Pas bête ! me répond mon camarade.

Il s'approche de Fela. Il lui dit quelque chose en riant. Puis ils vont dans l'autre pièce. Je la suis des yeux — elle a une silhouette élancée, de belles jambes, des hanches qui oscillent légèrement quand elle marche — et je me sens de plus en plus attiré par elle, mais en même temps, je la crains et... je la déteste... Du diable si je m'y retrouve !

Quelques minutes plus tard, Fela ressort seule et vient à moi à travers la pièce. Je la regarde dans les yeux. La jeune fille me dit avec un léger sourire, ironique, je crois :

— Monsieur Bolesław vous demande un instant.

Je vais dans l'autre pièce, où il y avait eu l'autre fois le scandale des brêmes quillées d'Alińczuk. Maintenant la table est placée près de la fenêtre, et c'est là que je vois le Lord.

— Viens, mon vieux! m'appelle-t-il. Il faut qu'on s'en jette quelques-uns!

Sur la table, je vois une énorme carafe de vodka parfumée au sirop de cerise. Du pain, des concombres et de grosses tranches de jambon sont servis sur des assiettes.

Le Lord fait un large geste des bras:

— A la fortune du pot!

Nous commençons à boire la vodka à pleins verres à thé. Les petits verres à vodka restent à l'écart et nous observent d'un air penaud.

— Fela m'a dit de ne pas te faire enivrer, dit le Lord, le bec plein.

— Ah?

— Hum!... Tu as du succès... Passe à l'assaut... Une sacrée femme!... Alfred l'a poursuivie pendant deux ans... Il l'aura mauvaise!...

Nous mangeons et buvons avec avidité. La vodka s'épuise. Je me sens de plus en plus gai. Le Lord mange, me regarde et dit:

— Saute sur l'occasion!... Je connais Fela comme ma poche... C'est pour toi qu'elle a donné cette soirée... Elle se tient à distance pour mieux t'attirer. Tu comprends? Souviens-toi du onzième commandement!... Avec les bonnes femmes, il faut savoir y faire!...

Il se met à m'endoctriner sur le ton péremptoire du Don Juan consommé. Cela me peine, mais je ne lui dis rien car je sais qu'il le fait par sincère sympathie pour moi.

*

*   *

Nous retournons dans la salle. Le phono joue une polka. Fela danse avec Zygmunt Fabiński. Elle jette de fréquents coups d'œil vers moi. Drôle de femme: son corps attire irrésistiblement, ses yeux repoussent. Les gars en sont fous, et elle se moque de nous tous.

La vodka m'a mis de bonne humeur. Je mène une conversation animée avec Belka et je souris à Fela. Je décèle une pointe d'inquiétude sur son visage: elle se demande si je n'ai pas trop bu!

Au bout d'un certain temps, elle cesse de danser pour aller s'asseoir à côté du Lord. Un sourire artificiel aux lèvres, elle cause avec lui. J'observe ses yeux et je sens tout à coup qu'elle veut que je l'invite à danser... Des couples tournoient dans la pièce. Zosia danse avec Julek. Lutka Żubik, courtaude, pulpeuse, agitant ses gros mollets de façon comique qui appelle le sourire sur les visages de l'assistance, danse avec l'Alégant, qui conduit sa dame avec une grande distinction, la tête *élégamment* penchée sur le côté.

Fela me fixe toujours. Je sens sa prière... ou son ordre, et je vais me planter devant elle:

— Mademoiselle Fela, accordez-moi cette danse.

Elle me fixe un moment. Ses yeux changent d'expression. Et soudain elle dit d'un ton froid qui frise la raillerie:

— Je vous remercie!... Je veux me reposer!...

Je me sens tout bête. C'est presque honteux que je retourne auprès de Belka. Je saisis son léger sourire:

— Mademoiselle Belka! Vous permettez?

La jeune fille se lève. Nous commençons à tourner dans la pièce. Je m'efforce de ne pas penser à Fela, je pense donc à Belka. «Elle a un visage si sympathique, de beaux yeux, et elle est si bien faite!... Les gars l'admirent. Ça les excite, sa haute poitrine... Elle est peut-être mieux que Lonia!» Je l'attire de plus en plus fort contre moi sans m'occuper du reste. Belka me dit doucement:

— Espèce de dingue... Arrête donc, ou je te laisse tomber!... On nous regarde!...

Je vois que nous sommes les seuls à danser. Tout le monde nous regarde. J'aperçois des sourires aux lèvres des filles et des gars. Karol et Zygmunt Fabiński ont une moue méprisante.

Je dis doucement à la jeune fille:

— Moque-toi d'eux, chérie. Laisse-les regarder!

— Tu en parles à ton aise, mais c'est moi qui ferais marcher les langues!

Nous cessons de danser pour aller nous asseoir près de la fenêtre. Je m'efforce de me montrer complètement absorbé par elle. Fela et Zosia quittent la pièce. Elles vont préparer le thé. Les frères Fabiński se tiennent à l'écart du reste de la société. Le Lord est vautré sur une chaise entre Andzia le Troupier et Mania Chichi. Il leur raconte quelque chose. Elles pouffent de rire.

Fela et Zosia reviennent. Avec notre aide, elles dressent une grande table au milieu de la pièce. Elles la préparent pour le thé. Il y a des confitures, des biscuits, des gâteaux, des bonbons, des noix.

Fela nous invite à passer à table. Nous commençons à prendre le thé. Tout le monde, excepté moi et le Lord, se compose un maintien grave. Karol et Zygmunt Fabiński, leur verre à la main, écartent fortement le petit doigt. Les filles s'appliquent à boire sans faire de bruit. Elles mangent biscuits et gâteaux lentement, comme à contrecœur. La conversation tombe coup sur coup. On sent une gêne générale. Les airs pincés des frères Fabiński et leurs regards ironiques gênent l'ambiance. Fela se dirige vers le phono et met un nouveau disque. Les joyeux flonflons de la *Polka des bois* éclatent.

Je dansai avec Belka, Zosia et Lutka.

Tout en dansant, je demandai à Belka:

— Je peux te raccompagner?

Elle sourit:

— Je sais à quoi tu penses!

— Qu'est-ce qu'il y a de mal?... Tu me plais énormément!

— Tu sais au moins tenir ta langue?

— Parole! Je n'en soufflerai mot à personne! Sinon, que la première balle sur la frontière soit pour moi!

— Allons, ne jure pas!... Je te crois... Je dis au revoir à tout le monde, et toi, reste encore dix minutes, fais danser Lutka, puis va-t'en chez toi. Je t'attendrai dans la première ruelle à gauche. Il n'y a personne, là-bas...

Nous cessâmes de danser. Je me joignis au groupe du Lord et des contrebandières. Fela causait avec Zosia et les frères Fabiński. Je me mis à faire la cour à Mania Chichi. Belka ne tarda pas à saluer tout le monde et à sortir. Elle disait qu'elle avait mal à la tête. On se remit à danser. Je remarquai que l'Alégant s'apprêtait également à rentrer. Alors je saluai moi aussi l'assistance et je sortis avec lui. Dans la rue, je lui dis:

— J'ai oublié de dire quelque chose au Lord!... Vas-y, j'en ai pour quelques minutes.

Je rentrai dans la cour et, caché derrière le portail, je laissai l'Alégant s'éloigner, puis j'allai vite vers la ruelle. Je n'espérais plus y trouver la jeune fille car il gelait très fort.

J'avance vite dans la ruelle et je ne vois personne. Soudain j'entends un léger sifflet et je vois Belka sortir de l'obscurité, où elle était cachée entre un appentis et une clôture.

— Tu dois être gelée? lui demandai-je.

— Bah… Je suis une bouillante. Le gel ne m'aura pas.

J'attire la jeune fille contre moi et j'embrasse ses lèvres froides, fermes, lisses comme l'ivoire. Puis je lui donne le bras et nous avançons vite par les ruelles en évitant les rues plus importantes.

La neige crisse sous nos pas. Le froid nous pince les joues. Les étoiles luisent dans le ciel, elles nous font des clins d'œil malicieux. La Grande Ourse a un éclat merveilleux… Je la regarde et je pense: «Dommage que je n'aie pas appelé une étoile Bela.»

XV

A la mi-février, je pris la piste pour la première fois en ce mois-là. Je n'imaginais pas que ce voyage aurait pour moi une fin tragique et que je me retrouverais pour longtemps derrière les barreaux.

J'y allai, comme d'habitude, avec le parti du Lord. Nous étions neuf: moi, le Lord, Lowka, le Rat, Bolek la Comète, Wańka le Bolchevik, le Mammouth, Felek la Lanterne et l'Alégant. Pour différentes raisons, les autres gars n'étaient pas partis. Nous avions des articles de prix: chevreau, cuir verni et buffle. Le tout de première qualité. Nos bâts étaient lourds, de quarante livres, mais peu volumineux et bien emballés.

Nous partîmes dès la tombée de la nuit. Il y avait un petit vent chasse-neige. Cela nous avantageait. Mais peu après notre passage de la deuxième ligne, une forte tempête se déclara. Elle allait se renforçant, et soudain elle gagna une telle puissance qu'elle changea le terrain en une immense mer de neige.

A un moment donné, notre parti s'arrêta. Les gars s'agglutinèrent. En s'efforçant de couvrir les hurlements du vent, Lowka nous proposa de rentrer au bourg. Le Lord refusa. Il dit que nous avions fait le tiers du chemin et qu'il était maintenant plus dangereux de revenir que de continuer, car on aurait du mal à apercevoir la frontière et on pourrait se faire avoir... Ce n'était pas vrai puisque, par un temps pareil, les troufions restent en général terrés dans leurs gourbis où ils font du feu. Ils savent que par une nuit pareille il est impossible de prendre des contrebandiers, alors qu'on peut tomber sur une meute de loups. La frontière n'est inspectée que de temps en temps par de fortes patrouilles.

Nous repartîmes. Le Lord, le Mammouth et la Comète se relayaient pour conduire le parti car le premier avait la tâche la plus ardue: il devait ouvrir aux autres une piste dans la neige profonde.

Au bout d'un certain temps, la tempête se mua en un véritable ouragan. Autour de nous, il se passait des choses bizarres. Le vent arrachait d'un seul coup la neige sur des espaces énormes pour la projeter à de grandes hauteurs, et nous, éreintés, aveuglés, nous marchions sur un sol raboteux et gelé... nous glissions, tombions. Chaque pas représentait un risque. Au bout de quelques minutes, l'ouragan nous envoyait sur la tête toute la masse de neige qui avait tournoyé dans les airs, et nous étions par moments ensevelis jusqu'au cou dans la masse de neige poudreuse, frémissante. Nous nous arrêtions, nous reposions. Puis nous repartions lentement, pas à pas, sombrant dans ces montagnes de neige.

On aurait dit que l'ouragan s'était fixé comme but de nous empêcher d'arriver à notre dépôt... Il se met tout à coup à nous pousser dans le dos, comme pour nous aider à avancer. Il pousse plus fort, encore et encore plus fort, et soudain, sifflant et ricanant, il s'écarte; et nous, surpris, nous tombons à la renverse dans la neige. Il reste ensuite tapi quelques secondes, puis, au moment où nous nous relevons et repartons, d'une seule claque en pleine face, il nous force à l'arrêt. Au bout d'un moment, penchés en avant, nous tentons de continuer, les bras largement écartés pour garder l'équilibre. Nous avons l'air de nager dans un énorme tourbillon blanc. Alors le vent fuse en l'air. Il rit, joyeux, triomphant; et nous, nous retombons par terre, trempés de sueur, suffocants... Nous restons assis dans la neige. Et le vent se déchaîne en hauteur. Il feint de ne pas nous prêter la moindre attention... De s'amuser simplement, de chanter, siffloter, rire, de souffler en douceur et de courir après les flocons de neige.

Nous nous relevons... La feinte vole en éclats... Il se lève, lui aussi... Furieux, glacé, tranchant, sans pitié... Son premier assaut est dirigé en plein dans nos yeux. Il nous assène toute une congère. Nous courbons la tête: nous le saluons et l'implorons. Il ne se laisse pas fléchir... Une seule congère ne lui suffit pas, alors furieux, mauvais, ivre, il rafle toute la neige sur l'espace d'un kilomètre et nous balance ce déluge sur la tête. Maintenant, nous l'entendons triompher, gronder, rugir... Nous sommes assourdis, aveuglés. Nous aspirons convulsivement ce duvet fin, froid, piquant...

Nous nous dégageons à la force de nos bras. Nous retrouvons nos camarades à tâtons et, enfonçant dans la neige jusqu'à la poitrine, nous descendons une grande colline qui continue d'avancer lentement.

Le vent se tait, et ce silence est terrible: il nous prépare une surprise... Et je ne me trompais pas. Je ne sais d'où vient le coup: quelques centaines de tonnes de neige précipitées sur nos têtes. Nous n'avons pas le temps de nous écrouler car, aussitôt, arrive une effroyable rafale. «Il veut nous avoir!» Deuxième frappe. De nouveau des montagnes de neige croulent sur nous. Et nouvelle rafale, et nouvelle frappe!... Et ainsi de suite, coup sur coup, frappe sur frappe.

Un homme pourrait également s'amuser ainsi. Il jetterait neuf hannetons dans une grande cuvette, puis il les bombarderait de poignées de farine qu'il soufflerait ensuite. Ce serait un jeu de fou. Stupide et cruel. Notre adversaire, lui non plus, n'avait aucune pitié. Il avait changé plus de dix fois sa tactique de combat, alors que nous n'étions même pas en état de nous défendre. Il nous tendait des pièges. S'embusquait. Dressait sur notre chemin des montagnes de neige. Il essayait de nous aveugler, de nous culbuter, de nous briser, de nous broyer... Il se déchaînait. Se démenait. Emettait tour à tour des ricanements sataniques, des plaintes, des sifflements.

Je marchais les yeux mi-clos, le bonnet tiré sur les oreilles, la tête courbée. Je titubais, tombais, m'enlisais dans les congères, mais j'avançais tout de même tant bien que mal, saisissant la moindre occasion de faire quelques pas. De temps en temps, nous nous arrêtions pour voir si personne ne manquait.

Nous évitions la rase campagne et prenions par les bois. Nous y étions abrités par les arbres qui brisaient les assauts furieux de la tempête. Il était plus facile d'y avancer. Mais on arrivait au bout, et il fallait ressortir en plein champ et reprendre la lutte obstinée, les dents serrées, les poings crispés.

Nous avancions sans aucune précaution. «Qui aurait bien pu nous poursuivre? Qui serait sorti par une telle nuit?» Nous étions les seuls êtres vivants dans l'immense plaine engloutie par un déluge de neige.

Nous nous arrêtâmes à plusieurs reprises pour boire de l'alcool. Cela nous redonnait des forces, nous versait du feu dans le corps et nous encourageait à reprendre la lutte avec la tempête de neige. Je me sentais brûlant et essoufflé. Mon visage était baigné de sueur. Des larmes coulaient de mes yeux endoloris. Je ne marchais pas, je me frayais un chemin en avant. Et alentour, le vent grondait, pleurait, hurlait, chantait, sifflait. Il nous déchirait les vêtements. Nous arrachait les bâts des épaules. Il secouait le terrain devant nous comme une grande bâche blanche. Il chuintait comme la mer, grondait comme le tonnerre et riait, riait, riait...

J'avais l'impression que nous n'en sortirions pas, que nous resterions à jamais dans cet horrible enfer blanc... Et bizarrement, quand, aveuglé, je fermais parfois les yeux, je voyais le bleu du ciel, l'éclat du soleil, les couleurs des fleurs...

Je voyais le visage ravissant de Fela. Je voyais le sourire de Belka. J'entendais la musique de l'accordéon, le chant du Rossignol. Et c'est Lonia qui revenait le plus souvent. Je la voyais nettement, j'entendais sa voix et son rire... C'est à elle que je pensais le plus. Peut-être parce que c'était auprès d'elle que j'éprouvais le plus de bien-être, de chaleur, de paix.

«Dans une heure ou deux, j'arriverai peut-être chez elle!... Ou peut-être jamais!»

La nuit touchait à sa fin quand nous arrivâmes péniblement à la ferme de la Bombina, complètement fourbus. Nous avions mis quatorze heures.

Les gars s'assirent dans la neige et on les aurait crus incapables d'aller plus loin. Ils avaient piteuse mine.

Le Lord se tourna vers moi:

— Tu vas à la ferme? dit-il d'une voix rauque.

— J'y vais.

— Vas-y et méfie-toi!... C'est dur de remarquer quoi que ce soit par une nuit pareille: pas de traces...

— Bon.

— Tu feras trois cercles... Mais bien nets...

*
* *

J'avalai une goulée d'alcool, jetai mon bât dans la neige et pris la direction de la ferme. Je franchis la palissade et me retrouvai dans la cour. Je fus un peu surpris de ne pas voir le chien accourir. «Il s'est peut-être fourré dans quelque trou et il dort?» pensai-je. J'allai à la fenêtre et frappai doucement au carreau. Pas de réponse. Je frappai plus fort. On alluma une lampe dans la salle, mais les fenêtres étaient masquées à l'intérieur et je ne pus rien y voir. Je fus surpris de ne pas entendre Lonia me parler à la fenêtre. «Elle ne nous attend peut-être pas si tard, elle pense que c'est un étranger, alors elle s'habille.»

J'allai sur le balcon. Je trouvai la porte d'entrée ouverte. L'autre porte, celle de la salle, n'était pas fermée non plus. J'entrai. Je vis Lonia, debout à côté de la table, qui me fixait d'un drôle d'air, sans venir à ma rencontre comme elle le faisait toujours.

«Curieux!... Elle a drôlement vite fait de s'habiller!... Et pourquoi ne me salue-t-elle pas?»

— Bonjour, dis-je.

— Bonjour. Qu'est-ce que vous voulez? me demanda-t-elle en louchant sur sa droite.

Il y avait là le long rideau qui masquait le lit de Lonia. On pouvait le faire coulisser sur un fil de fer car il était suspendu à plusieurs anneaux. On le tirait pour la journée, et la nuit, il était toujours repoussé. À présent, il cachait entièrement le lit alors qu'il était encore très tôt.

Le bas du rideau n'atteignait pas le sol. J'y jetai un coup d'œil et j'y vis le bout de deux paires de bottes. Une pointe bougea. Aucun doute: des hommes se cachaient là.

«Le traquenard», pensai-je, et je dis calmement à Lonia:

— Dites-moi, la mère, quel est le chemin le plus court pour aller à Minsk?... Quelle tempête!... J'ai perdu ma route, et me voilà ici!... Je ne sais pas où je suis...

Lonia eut un léger sourire et dit:

— Prenez à gauche de la ferme, jusqu'au petit pont. Là-bas, vous prendrez à droite... Ça vous mène tout droit à la grand-route.

J'entendis des bruits dans mon dos, derrière la porte.

«Tiens, du monde aussi, dans l'entrée», pensai-je.

A cet instant, le rideau fut violemment écarté et je vis apparaître un homme grand, portant un long manteau gris et un bonnet à la Boudienny avec une grande étoile rouge. Derrière lui venait un gros homme carré portant un manteau noir à la hongroise et un énorme bonnet de mouton noir. Il avait un collier de barbe rousse et une cicatrice à la joue gauche. Il me vrillait d'un regard moqueur.

«Makarov», pensai-je.

— On le tient, l'oiseau! dit le confident avec un sourire en biais. On saute, on saute, et on se fait sauter!

Il approcha et brandit le poing, prêt à me frapper. J'esquivai le coup. Le militaire lui intima:

— Laisse-le. On va voir ce qu'il a dans le ventre.

Makarov ouvrit la porte de l'entrée et dit:

— Par ici, camarades. On en a un, de ces salauds.

Six soldats de l'armée rouge entrèrent dans la pièce, carabine courte de cavalerie au bras.

— *Khoroch gous*, dit l'un d'entre eux.

— *Nié gous, a mokraïa kouritsa* [1], ajouta un autre en voyant mes vêtements couverts de neige qui dégouttaient d'eau dans la chaleur de la pièce. Le militaire qui portait deux «cubes» à la manche gauche s'adressa à Makarov:

— Prends quatre hommes et va avec eux à la grange. Aujourd'hui, il ne viendra sans doute plus personne. Mais s'il en venait, laissez-les entrer.

Puis il se tourna vers les soldats restés dans la pièce:

— Surveillez ce type! Au moindre, geste, une balle dans le crâne.

Alors il me désigna la table:

— Va là-bas!... Dans le coin!...

Quand je fus assis derrière la table (il m'avait fait mettre là pour m'empêcher de fuir), il dit encore aux soldats:

— Surveillez aussi la femme!... Qu'ils ne parlent pas... Pas un mot!...

1. En russe dans le texte: «Jolie oie. — Une oie? Une poule mouillée, oui!» *(N.D.A.)*.

Après quoi il quitta la pièce.

Les soldats restèrent, l'arme au bras.

Je regardai Lonia. Elle avait l'air triste mais elle n'était pas effrayée. A un moment où les soldats ne nous regardaient pas, elle me sourit. Je lui rendis son sourire.

«Pourvu que les gars ne se fassent pas avoir», pensai-je sans arrêt tout en ruminant les réponses aux questions qu'on pourrait me poser.

Quand, au bout d'une demi-heure, le gradé aux cubes sur la manche revient dans la pièce avec Makarov et les soldats, je me rassurai tout à fait. «Les gars ont fait la belle!... Ils n'auraient pas attendu aussi longtemps... Ils ont compris qu'il est arrivé un malheur et ils ne viendront pas ici. Ils vont repasser la frontière. Ce qu'ils vont s'esquinter, les pauvres!... Quel métier!»

— Sors de ton coin! me dit le gradé.

Je me plaçai près du mur.

— Déshabille-toi!

Je commençai à ôter mes habits. Je ne gardai que mon linge.

— Enlève tout! cria Makarov

— Il y a une femme... dis-je.

— Qu'est-ce que ça peut te faire?... N'aie pas peur, ça la connaît, ces choses-là! ricana Makarov.

Je me déshabillai entièrement. On me fouilla avec soin. On me regarda dans la bouche, sous les bras, sous la plante des pieds; on m'examina même les cheveux. Puis on fouilla mon linge et on me le jeta.

— Remets ça! me dit le gradé.

On examina soigneusement, pièce par pièce, toutes mes affaires. On déposa sur la table mes bretelles, ma ceinture, mon portefeuille, mon argent, ma montre, mon canif et mon mouchoir. On me laissa me rhabiller.

— Permettez-moi de fumer, camarade, demandai-je au gradé.

— Pas de camarade entre une oie et un cochon, répliqua-t-il.

Makarov eut un rire gras.

J'avais envie de demander au gradé qui de nous deux était l'oie, et qui le cochon.

Plus tard, le gradé me tendit une cigarette de mon paquet et dit:

— Tiens... fume et dis la vérité... ou ça ira mal! On va cogner!...

J'allumai la cigarette.

Le militaire tira d'une grosse serviette une feuille de papier qu'il posa sur la table. C'était un formulaire imprimé.

Il se mit à me demander mes nom, prénom, date de naissance, etc.

Quand il eut fini de consigner ces données me concernant, il dit d'un ton menaçant:

— Tu viens de Pologne?

— Oui.

— Pourquoi tu es venu chez les Soviets?

Je me rappelai ce que le Lord m'avait raconté chez les demoiselles Kalisz sur son arrestation au poste de garde soviétique et sur ses interrogatoires à Kojdanów. Mais le Lord avait sa marchandise sur lui, et moi, je n'avais pas mon bât. C'était un point en faveur de Lonia, mais une charge contre moi.

— J'étais mal en Pologne, dis-je, alors je suis venu ici pour rester définitivement chez les Soviets.

— Et d'où vient ton argent?

— J'ai vendu tout ce que j'avais.

— Tu nous promènes, salaud!

— Je vous dis la vérité.

— Combien de fois tu es venu ici?

— C'est la première fois.

Le militaire se tourna vers Lonia:

— Tu le connais?

— Non, répondit-elle d'un ton bref et ferme.

Alors le militaire me dit:

— Ecoute bien ce que je vais te dire, toi! Dis la vérité, combien de fois as-tu porté de la contrebande ici, et où est ta marchandise? Ne t'en fais pas pour elle. (D'un mouvement de tête, il me désignait Lonia.) Pense à sauver ta peau, sinon ça ira mal. Comprends donc que si tu n'es pas contrebandier, alors tu es un espion!... Allez, cause!...

— Je ne suis ni un contrebandier ni un espion. Je suis venu ici parce que je voulais rester pour toujours en Russie.

— Et tu y resteras!... mais en terre! Compris?... dit Makarov.

Je ne lui répondis pas ni ne le regardai. Je ressentais de

l'aversion et de la haine pour cet homme. Mon silence l'exaspéra. Il dit au gradé:

— Qu'est-ce que tu as à t'amuser avec lui? Une bonne danse, et il changera d'air!

Il fit quelques pas vers moi. Il avait les poings serrés. Des dents jaunes pointaient entre ses lèvres entrouvertes. Je me souvins que le Clou s'était défendu et je pensai: «De toute façon, ils vont me frapper. Autant que ça ne soit pas pour rien!» J'étais debout dans mes vêtements trempés et je tremblais de froid. Makarov pensait que c'était par peur de lui. Cela ne fit que l'encourager et l'exciter. Quand le confident m'envoya son poing, je le contrai vite de la main, puis, de tout mon poids, je me ruai en avant... J'allai donner du front contre son nez et le bas de son visage. Cela s'appelle un *taureau* ou un *baiser danois*, et ses effets sont généralement désastreux. Je crus entendre un craquement d'os. Makarov gémit et s'écroula sur le plancher. Il se cacha le visage dans les mains.

Le militaire cria à ses subordonnés:

— Attrapez-le!

Je sautai sur le banc, et de là, sur la table. J'arrachai du mur un grand chromo lourdement encadré et le lançai contre la lampe suspendue au plafond, au milieu de la pièce. Il y eut un tintement de verre brisé et la pièce fut plongée dans le noir. J'explorai les murs à tâtons à la recherche d'une arme défensive. J'y rencontrai un grand crucifix de chêne. Je l'arrachai du mur. Il était assez lourd.

A cet instant, des lampes de poche brillèrent et un faisceau de lumière crue m'aveugla un moment.

— Attrapez-le! cria encore le militaire.

Je brandis le crucifix. Les soldats hésitèrent. J'en profitai pour renverser la table sur le plancher. Je me postai derrière comme si c'était une barricade.

— Rends-toi ou je te brûle la cervelle! cria le gradé.

— Vas-y, brutasse! Vous avez supprimé les cadennes, mais vous êtes des écorcheurs! Vas-y!...

— Attrapez-le! En avant!... Allez-y à la crosse!...

Les soldats bondirent vers moi. Je luttai comme un enragé... J'étais à nouveau au centre d'un ouragan. Mais maintenant, c'était le sang qui m'aveuglait. Je n'entendais plus les hurlements de la tempête mais les cris des soldats de l'armée rouge excités par la lutte, et les pleurs discrets de Lonia.

La table me protégeait un peu, mais elle fut bientôt tirée de côté.

Alors, je bondis en avant, frappant au petit bonheur à droite et à gauche avec mon crucifix. Je sentais à peine les coups de crosses de carabines qu'on m'assenait...

Soudain je me sentis défaillir. Le plancher fuyait sous mes pieds. Dans un dernier éclair de conscience, je sentis une jambe contre ma tête. J'y enfonçai les dents.

— Oh, fils de chienne! résonna la voix du gradé.

Je ne me souviens de rien d'autre... Tout fut noyé dans les ténèbres...

DEUXIÈME PARTIE

SUR LA PISTE DES LOUPS

La frontière nous abreuve,
La frontière nous donne du pain
La frontière nous console,
La frontière habille bien.

(Complainte des contrebandiers)

I

Le mois de mars tire à sa fin. Je sens l'approche du printemps. La nostalgie me fend le cœur.

C'est la sixième semaine que je passe au premier sous-sol, à la Tchéka de Minsk. La cellule où on m'a jeté est sombre et humide. L'eau dégouline sur les murs. Une petite fenêtre grillagée près du plafond laisse suinter chichement la lumière du jour à travers des vitres sales et troubles. Par la fenêtre, on aperçoit les bottes des soldats et des agents de la Tchéka qui passent dans la cour. Tout autour de moi, une saleté odieuse. Tout est collant de gadoue. Au début, je n'osais pas toucher les murs, la porte ou le châlit. Maintenant je m'y suis fait. L'air est infect, fétide, saturé d'humidité et des effluves de corps jamais lavés. Personne ne change de linge, et nous ne nous lavons jamais. Ce qui empoisonne surtout l'air, c'est la *paracha*, une grande tinette de bois qui ferme mal et qui fuit. L'urine en suinte sur le sol pour former une flaque que les prisonniers étalent avec leurs pieds par toute la cellule.

Nous y sommes onze. Nous avons peine à tenir dans la petite cellule. Sept d'entre nous dorment sur le châlit tandis que les quatre autres couchent à même le sol. On nous jette de temps en temps des nouveaux, mais on en libère et on en transfère ailleurs. Nous autres, nous sommes les plus anciens.

Il y a ici, à part moi, deux autres contrebandiers qui habitent de l'autre côté de la frontière, dans un village proche de Stołpce. Ce sont les frères Jan et Mikołaj Spłondzion. Ils sont jeunes, l'un a vingt ans et l'autre vingt-trois. Ils se sont fait prendre dans leur planque aux environs de Kojdanów.

Leur planqueur, Umieński, un gros paysan carré, est bouclé avec eux. Au début, ils étaient détenus séparément, mais maintenant, on les a réunis. J'en déduis que leur affaire n'a pas trop mauvaise allure.

Il y a un bouilleur de cru, Kasper Bunia, un énorme paysan ossu. Il habitait dans une goudronnerie aux alentours de Zasławek, où il faisait de l'alcool de grain. Il a été pris sur le fait, devant son alambic en marche. Il porte une grosse pelisse de mouton qui empeste de poix toute la cellule.

Près de la fenêtre se tient la Grenouille, un récidiviste du vol. Il siffle, les mains dans les poches. Il est difficile de lui donner un âge. Il peut aussi bien avoir quarante ans que cinquante, voire plus. Il a une tête énorme. Une bouche d'une oreille à l'autre. Ses yeux troubles, inexpressifs, sur le fond d'une peau sale et verdâtre, ont l'air de deux crachats. Il se tient toujours courbé. Il est malingre de corps, mais il se signale par sa grande débrouillardise.

Nous avons un bandit, Ivan Lobov. Il est détenu pour plusieurs vols à main armée. C'est un bel homme de trente-cinq ans. Il porte une barbiche noire en pointe. Il a toujours le sourire. Il fait penser à une icône populaire de Vladimir. On l'aurait depuis longtemps passé par profits et pertes, mais des parents riches font des démarches en sa faveur.

Il y a un technicien du télégraphe, Felicjan Kropka. Il a été accusé de sabotage pour avoir accidentellement grillé un rhéostat branché sur la force. C'est la victime d'un certain commissaire dont il parle souvent, qui le persécutait constamment et qui a saisi l'occasion pour le coller à la Tchéka. Kropka fait l'effet d'un homme atrocement terrorisé. Il tremble chaque fois qu'on ouvre la porte. Il est drôle: petit, fluet, il se frotte constamment les mains et reste bouche bée quand il écoute quelqu'un.

Nous avons aussi un contre-révolutionnaire, ancien officier de l'armée du tsar, Aleksander Kwaliński, qui servait dans une administration soviétique et qu'on a maintenant collé au trou. C'est un grand homme svelte de quarante ans. Il garde un mutisme constant. Il a un visage blême, las. Il reste presque tout le temps sur le châlit, mais sans dormir: il fixe le plafond pendant des heures. C'est lui qui m'inspire le plus de sympathie. Cela me peine de voir un homme aussi intelligent, poli et, comme j'ai pu m'en convaincre, aussi bon, croupir ici avec nous.

Il y a un juif. Gros et gras, il a cinquante ans passés. Son nom est Kober, et son prénom, Girsz. Il a été, avant la guerre, fabricant de cartes à jouer. Maintenant il est détenu pour spéculation. C'est le prisonnier le plus aisé de la cellule. Il reçoit chaque jour son déjeuner préparé en ville. On le convoque souvent pour «interrogatoire». Alors la Grenouille dit qu'ils vont encore le traire.

Le onzième homme de notre cellule est fou. Tout le monde, aussi bien nous que les tchékistes ou les soldats, l'appelle «le Fêlé». Personne ne connaît son prénom ni son nom. Il a été appréhendé dans le train, près de Słuck. C'est un grand jeune homme mince. Il a de grands yeux qui brillent de façon bizarre. Il arpente sans arrêt la cellule et éclate souvent d'un rire qui nous agace de plus en plus. Il a été soupçonné d'espionnage. A présent, on a complètement cessé de l'interroger. Sans doute l'a-t-on oublié, ou alors on espère l'avoir *à l'usure*.

Les journées se traînent, ennuyeuses, tristes, interminables. La nostalgie nous travaille, la faim nous ronge. La faim ne quitte jamais notre cellule. Nous rêvons de manger, nous pensons sans cesse à manger. Nos mouvements sont apathiques, ralentis. La faim nous a blanchi le visage, l'a poudré de vert et de jaune, nous a mis des ombres noires sous les yeux. Certains ont les bras et les jambes enflés. J'ai observé, moi aussi, que mes jambes commençaient à enfler. L'autre fléau qui nous éprouve beaucoup, ce sont les poux. Des poux de prison, énormes, paresseux, indolents comme nous, mais pas à cause de la faim, à cause de la satiété sans doute, car ils se repaissent de nos corps. Il y en a des masses. Ils se promènent même sur nos vêtements et sur les planches du châlit. Nous ne les tuons pas. Cela ne mène à rien. A la place de cent poux tués, il en paraît des milliers d'autres. Par plaisanterie, nous les appelons «vif-argent». A force de nous gratter constamment, nous avons la peau couverte de plaies. Et là où elle est mordue par les poux, dans la nuque et le cou, où la peau doit être plus fine, nous avons des croûtes.

Et la nuit, quand la lampe reste allumée dans la cellule et que nous nous allongeons à même les planches du châlit, des punaises sortent des fentes du bois et des murs. Celles-ci nous dévorent furieusement, elles nous brûlent le corps comme des orties. Elles harcèlent durement les prisonniers.

Une nuit que je me réveillai et ouvris les yeux, j'aperçus

le Fêlé assis dans un coin de la cellule. Il observait d'un air bizarre ses compagnons endormis sur le châlit. Je fis mine de dormir. Son visage était dans l'ombre. Je l'épiais, les paupières baissées. Le Fêlé nous observa longuement, attentivement. Je remarquai sur ses genoux sa veste, qu'il avait ôtée. Puis je vis le fou pencher la tête et, sans cesser d'observer la cellule, se mettre à déchiqueter à belles dents le col de sa veste. Cela devenait de plus en plus intéressant. Le garçon tira du col une bande de toile fine. En jetant de temps à autre un regard circulaire, il la déroula. J'y aperçus des inscriptions. Pendant un certain temps, le Fêlé déchiffra son morceau de toile, puis il se mit à le déchirer avec les dents. Quelques minutes plus tard, il n'avait plus dans la main qu'un petit paquet de fils. Il descendit du châlit pour le jeter dans la cuve.

Je compris qu'il y avait eu dessus quelque chose de très important et que le Fêlé se contentait de jouer le fou, qu'il était en fait bien plus sensé que nombre de ceux qui le prenaient pour un aliéné. Cette nuit-là, je ne dormis plus jusqu'au matin. La faim me torturait les tripes. «Comment tout cela tournera? Combien cela va-t-il durer?», pensais-je sans arrêt.

Dans mon sommeil, j'étais régulièrement visité par les visions de l'affamé. Je ne rêvais pas de cuisine fine, mais de gros chanteaux de pain noir, d'énormes tranches de viande ou de lard, d'écuellées de rata chaud, de casseroles fumantes pleines de patates cuites. Je me réveillais las, alourdi, encore plus tourmenté par la faim, encore plus sensible à mon infortune.

*

* *

Au début, on m'avait soupçonné d'espionnage. C'est ainsi que mon affaire avait été présentée par ceux qui m'avaient appréhendé. Mon affaire était instruite par le juge Stefan Niedbalski, un Polonais originaire de la bourgade de Mir, près de Stołpce. C'était un faraud joufflu portant vareuse marine et pantalon à la Gallifet. Je m'aperçus qu'il était sot, imbu de lui-même. Il m'interrogeait toujours de nuit. Il me questionnait des heures durant. Il me posait des questions «rouées», des pièges faciles à éventer et qui permettaient souvent au prévenu de se faire une idée de la situation. Il répétait le plus souvent les phrases suivantes:

— Parle! Allez, parle!... De toute façon nous apprendrons nous-mêmes la vérité!...

— Qu'est-ce que je dois vous dire? Puisque je dis la vérité!... Ou alors vous voulez que je vous mente?

Voilà ce que je lui répondais d'ordinaire.

On me confronta à plusieurs reprises avec différents individus. J'en connaissais certains de vue car ils étaient détenus dans d'autres cellules du premier sous-sol, ou au deuxième sous-sol. Puis on cessa complètement de m'interroger. Sur le conseil des frères Spłondzion, j'appelai le gardien-chef pour lui demander de m'obtenir un rendez-vous avec le juge d'instruction Stefan Niedbalski, pour affaire très importante. On m'appela le lendemain au soir. Encadré par deux soldats, j'entrai dans le cabinet où travaillait Niedbalski.

— Alors?... Tu as réfléchi? me demanda-t-il.

— Oui. Je veux dire toute la vérité.

— Bon. C'est ce que tu as de mieux à faire! Prends une chaise et assieds-toi là, dit-il en me désignant un endroit à gauche de la table.

J'aperçus un Nagan dans le tiroir ouvert de son bureau.

«Il prend ses précautions!» pensai-je.

— Tiens, une cigarette, dit Niedbalski.

Je l'allumai et j'eus la nausée.

— Allez, raconte! dit Niedbalski en préparant une feuille blanche.

J'entamai ma nouvelle déposition. Je lui racontai une histoire qui était en partie conforme à la vérité et que j'avais bien préparée... Je suis de Wilno. Par manque de travail, je suis allé chez un ami, un frontalier. Il m'a proposé de porter de la contrebande de l'autre côté. J'y suis allé plusieurs fois. Puis mon ami a été pris et il est actuellement détenu à Nowogródek. Alors j'ai cessé d'aller de l'autre côté et je loge chez la mère de mon ami. Après le nouvel an, j'ai passé trois fois la frontière avec quelques gars. La troisième fois, je me suis fait prendre.

— Où portiez-vous la marchandise? me demanda Niedbalski.

— Je ne sais pas où est la planque car le chauffeur nous y menait de nuit, et nous dormions toujours dans une grange que nous ne quittions pas le jour. Alors j'ignore à quoi ressemblait la ferme, où elle se trouvait, et le nom des fermiers… C'est une femme âgée qui nous apportait à manger dans la grange. Elle portait une longue pelisse jaune. La marchandise, c'est le chauffeur qui s'en occupait.

— J'ai l'impression que tu nous promènes! dit Niedbalski.

— Pas du tout, parce que je sais qu'avec vous ça ne prendrait pas. Vous êtes trop futés pour ça!

Niedbalski sourit. Il réfléchit un moment et dit:

— Et pourquoi tu es venu à la ferme de Leonia Bombińska? Elle recevait bien des contrebandiers, elle aussi!

— J'ignore si elle en recevait ou non. J'étais égaré… Il y avait une forte tempête de neige. J'avais marché toute la nuit et j'ai bien failli y rester… J'avais jeté mon sac parce que je ne pouvais plus avancer. Et au petit matin, j'ai enfin aperçu une ferme, alors j'y suis entré pour demander mon chemin.

Le juge d'instruction médita un moment. Puis, me fixant dans les yeux, il me posa coup sur coup plusieurs questions dans le but évident de me désarçonner.

— Dis seulement la vérité! Est-ce que les contrebandiers vont jusqu'à Minsk?

— Non.

— Votre bande y allait?

— Non.

— Jamais?

— Jamais.

— Alors toi, si tu n'avais pas besoin d'y aller, pourquoi tu as demandé la route de Minsk?… Hein?…

— Parce que j'avais peur que la fermière pense que je venais de l'autre côté et qu'elle appelle du monde pour me faire arrêter.

Au bout d'un moment Niedbalski demanda:

— Et pourquoi, au moment où on t'a arrêté, tu as raconté des bêtises, que tu étais venu chez les Soviets pour y vivre, que tu étais mal en Pologne?… Dis?…

— Parce que j'avais peur d'être coffré pour contrebande. Et comme ça, je pensais que vous me laisseriez ici, ou alors que vous me refouleriez en Pologne.

Niedbalski écrivit longuement, puis il se tourna encore vers moi pour me questionner, l'air indifférent mais avec un éclat rusé dans les yeux… Je sentis venir le piège…

— Combien de fois tu as passé la frontière?

— Deux fois, cette année. La troisième fois, je me suis fait piquer.

Longue pause. Le juge d'instruction allume lentement une cigarette.

— On t'a pris combien d'argent?

— Je ne me souviens plus.

Niedbalski tire de sa serviette une feuille de papier et lit:

— Soixante-dix dollars, quarante-cinq roubles-or et dix-huit cents marks polonais. C'est bien ça?

— Oui.

— Combien gagnais-tu pour un passage?

— On me donnait quinze roubles du bât.

— Bon. Donc pour deux sacs, ça fait trente roubles — et d'où vient le reste de ton argent? Allez, parle...

— En novembre dernier, on a fait une chauffe sur notre marchandise. Ça m'a fait une part de quatre cents dollars.

— Qu'est-ce que c'est, ta chauffe?

— On portait de la marchandise vers la Pologne, et on s'est enfuis avec. Et puis on l'a vendue...

— Quelle sorte de marchandise?

— Du petit-gris de l'Altaï. Moi, j'en avais trois cent quatre-vingts.

Niedbalski suspendit l'interrogatoire. Il me fit placer contre le mur.

— Surveillez-le! lança-t-il aux soldats en quittant le bureau.

Il revint au bout de vingt minutes.

— Tu connais le Clou? me demanda-t-il.

— Oui. Il est de chez nous, de Raków.

— Et lui, te reconnaîtra-t-il?

— Bien sûr qu'il me reconnaîtra. Il m'a vu plusieurs fois.

Niedbalski consigna ma déposition et me la fit signer.

— Je vais vérifier tout ça! dit-il pour finir, et il ordonna aux soldats de me reconduire à ma cellule.

Les frères Spłondzion m'attendaient. Je leur racontai en détail le déroulement de mon interrogatoire.

— Ça ira bien, maintenant, dit Jan. Pour sûr qu'ils laisseront tomber le coup de l'espionnage.

— Peut-être qu'ils te transporteront avec nous au *Dopr* [1],

1. *Dom prinouditielnykh rabot*: «Maison de travaux forcés», appellation d'époque des prisons de droit commun *(N.D.A.)*.

dans quelques jours. Ce sera mieux, là-bas. Il y a beaucoup de nos gars qui y sont, dit Mikołaj.

Cette nuit-là, je restai longtemps éveillé. Je me sentais un peu plus gai, maintenant. Jusque-là, j'avais redouté d'être jugé comme espion, ce qui m'aurait valu le verdict habituel, la peine de mort. Et je ne voulais pas avouer la vérité, à cause de Lonia. Je la savais arrêtée, elle aussi. Or bien des points sur lesquels on m'avait interrogé plus tôt m'avaient amené à conclure qu'il n'y avait aucune preuve contre elle.

II

Il est quatre heures de l'après-midi. La cellule est plongée dans la pénombre. Le Fêlé va et vient sans arrêt de la porte à la fenêtre. De temps en temps, il s'arrête et se met à rire. Un rire prolongé, joyeux. Au début, son rire nous faisait rire, nous aussi. Puis il ne fit que nous agacer, et maintenant, nous y sommes habitués. Mais moi, je sais parfaitement que c'est de la simulation et je l'observe souvent à la dérobée. J'ai remarqué bien des points de détail qui échappent aux autres prisonniers et qui ne font que renforcer ma conviction: le Fêlé se contente de jouer le fou.

Lobov a ôté sa chemise crasseuse, gris-jaune, collante de sueur, l'a étalée sur le châlit et la passe au rouleau avec une bouteille. Il écrase ainsi les poux en masse.

La Grenouille est assis sur le châlit et, les genoux serrés dans ses bras maigres, il chantonne:

Les voilà réunis
Et comme ils se complètent:
Elle, la prostituée,
Et lui, le pickpocket.

Felicjan Kropka se renfrogne comme s'il souffrait d'une rage de dents. La souffrance point sur son visage, chose qui arrive régulièrement quand la Grenouille se met à chanter. Car ce voleur fredonne surtout des chansons pleines de cynisme. Kwaliński reste allongé sur le châlit et ne cesse de fixer le plafond. Parfois il ferme les yeux: il a alors l'air d'un cadavre.

Et la Grenouille chante:

Elle, la prostituée,
Tout le monde la torgnole,
Et lui, le voleur,
On l'mène chez les guignols.

— Oh, quelle vie! quelle vie! soupire Bunia.

Il descend du châlit, grand, ossu, horriblement maigre, et il se met à clopiner dans la cellule avec ses lourds godillots.

Il fait complètement noir. Derrière la porte on entend le pas des soldats et des cris au fond du corridor.

— C'est la fête à quelqu'un! dit Spłondzion.

— Qu'est-ce qu'ils lui mettent! confirme la Grenouille.

La lampe s'allume. La cellule redevient visible et... plus gaie. Tout le monde se met à bouger. Même Kwaliński se lève et, faute de place au sol, il arpente le châlit. Seul le juif reste soucieux dans son coin, sans mot dire. On ne lui a pas apporté son déjeuner aujourd'hui, alors il est affamé et triste.

Je suis devant la fenêtre avec Umieński, le planqueur des environs de Kojdanów. Nous parlons de la contrebande et de ce qui «marche» vers les Soviets et vers la Pologne.

Le gardien-chef entre dans la cellule en compagnie de plusieurs soldats. Il nous regarde un moment avant de dire:

— Qui veut aller en ville chercher de la farine?

Lobov bondit en avant:

— Moi!...

— Tu es trop rapide, toi! dit le gardien-chef.

Il nous examine l'un après l'autre, puis il dit au Fêlé:

— Tiens, viens-y, toi!... Et puis toi!... dit-il en touchant la poitrine de Bunia. Travaillez donc un peu, vous ne faites que manger du pain gratis.

Ils quittèrent la cellule.

Deux heures plus tard, nous entendîmes dans le corridor un martèlement de pas et des jurons. La porte de la cellule s'ouvrit et on y propulsa Bunia. Il était terrorisé. Il resta longtemps immobile près de la porte, les bras écartés en signe d'impuissance. Puis il dit:

— Oh, quelle vie, quelle vie!... Et pourquoi ils nous tourmentent comme ça?

Nous fûmes étonnés de ne pas voir rentrer le Fêlé. Nous nous mîmes à questionner Bunia. Nous apprîmes que lui et Bunia étaient partis avec quatre soldats dans un grand camion vers les entrepôts de l'armée. On y avait chargé le camion de plusieurs dizaines de sacs de farine avant de repartir. Près du pont sur la Swisłocz, dans la rue Wesoła, le Fêlé avait sauté en marche pour s'enfuir vers la rivière. On avait arrêté le camion. Les soldats s'étaient mis à tirer sur le fugitif. Deux d'entre eux l'avaient poursuivi. Mais profitant de l'obscurité, il leur avait échappé. Quant à Bunia, on l'avait ramené, puis, tout au long du couloir et de l'escalier, on l'avait tabassé. Les soldats disaient qu'il avait aidé le Fêlé à s'enfuir.

Cette nouvelle nous impressionna. Nous nous mîmes à commenter longuement la fuite du Fêlé. Presque tous affirmaient avoir su depuis longtemps que le Fêlé simulait la folie. Ils mentaient. Tous l'avaient cru dérangé, et on l'avait traité comme tel.

— Ah, mes frères! dit Lobov, désolé. Quel dommage qu'ils ne m'aient pas pris, moi. Moi aussi j'aurais fait la belle. Je n'ai pas de chance, les gars! Il me faudra claboter ici!

La Grenouille était toujours recroquevillé sur le châlit et chantait d'une petite voix geignarde, aiguë et rauque:

Ah, ma mère chérie,
Pourquoi m'as-tu donné la vie?

— Et l'autre qui geint! se renfrogna Lobov.

— Si tu n'aimes pas, alors n'écoute pas! lui lance la Grenouille, et il continua à chanter, la joue appuyée sur la main et la tête dodelinant à droite et à gauche.

Je ne pus dormir de la nuit. J'étais dévoré par les poux et les punaises. Torturé par la faim. Travaillé par la fièvre. Mes pensées s'accrochaient au motif de l'espoir: on me transférerait peut-être bientôt au *Dopr*.

Derrière la fenêtre, j'entendais le glouglou de l'eau qui s'écoulait dans les gouttières... Le printemps vient. Il apporte une vie nouvelle, éveille de nouveaux espoirs. Et chez nous, c'est le noir, la crasse, la faim. Nous sommes abandonnés dans une cellule horrible, sordide, et nous y agonisons lentement, heure après heure... Heureux Fêlé! Où est-il maintenant?... Il est peut-être installé dans une planque, ou alors il va quelque part à travers champs et forêts, sous le couvert de la nuit...

Je m'assoupis au petit matin.

*
* *

Le lendemain, à une heure de l'après-midi, on me convoqua en haut. Escorté par deux soldats de l'armée rouge, j'entrai dans le bureau de Niedbalski. Le juge d'instruction m'ordonna de rester près de la porte et quitta la pièce. Il revint peu après. Il était suivi par deux soldats, baïonnette au canon. On fit entrer un escogriffe morose, légèrement voûté. Je reconnus aussitôt le Clou.

On nous plaça face à face.

Niedbalski s'adressa au Clou en me désignant du doigt:

— Tu le connais?

— Si lui me connaît, je le connais aussi, et s'il ne me connaît pas, alors moi non plus.

Niedbalski frappa du pied:

— Hé, toi, cesse de faire le malin!... Réponds aux questions!

— Et toi, arrête de brailler! Tu ne me fais pas peur... Va faire peur à ta bourgeoise! répliqua le Clou.

— Tu le connais? me demanda Niedbalski en me montrant le Clou du doigt.

— Oui.

— Où l'as-tu connu?

— C'est un gars de chez nous, de Raków.

— Je le connais aussi, lui, dit le Clou de lui-même.

— Pourquoi tu ne l'as pas dit plus tôt? lui dit Niedbalski.

— Parce que je ne suis pas ton indic... Peut-être que lui (le Clou hocha la tête de mon côté) n'aurait pas voulu que je le reconnaisse.

Niedbalski ordonna à l'escorte de faire sortir le Clou.

J'appris par la suite que le Clou était détenu au *Dopr* et qu'on l'en avait tiré pour la confrontation.

Le surlendemain, on me confronta avec Lonia. On me tira de ma cellule juste après le déjeuner. Quand j'entrai dans le bureau de Niedbalski, Lonia s'y trouvait déjà. Elle occupait une chaise près du bureau. Les soldats qui l'escortaient étaient restés dans le couloir. Le juge d'instruction lui parlait en riant. Lonia avait l'air grave. Elle avait bonne mine. Elle portait un manteau noir avec un col de fourrure. Elle tenait un gros colis.

Avec mon escorte, je m'arrêtai près de la porte. Niedbalski feuilleta des papiers pendant plusieurs minutes, puis il hocha la tête de mon côté:

— Approche!

J'allai vers son bureau.

— Tu connais cette femme?

— Oui, je la connais.

Niedbalski me fixa avec attention en clignant des yeux. Lonia, surprise par une telle réponse, montrait un étonnement visible.

— Où l'as-tu connue?

— Je suis entré chez elle pour demander mon chemin, et c'est là qu'on m'a arrêté.

— Et avant, tu as été chez elle?

— Non.

— Tu sais peut-être qu'elle détenait un dépôt?

— Je n'en sais rien. Et puis elle habite près de Minsk, et là-bas, il n'y a pas de dépôts! mentais-je pour décharger Lonia.

— Comment tu le sais?

— Par les gars.

— Alors tu ne la connais pas du tout?

— Non.

Le juge d'instruction s'adressa à Lonia:

— Et vous, citoyenne, vous le connaissez?

— Pas du tout. Mais il me fait de la peine. Un si jeune garçon, en prison!...

— Et vous aimez bien les «si jeunes garçons»? lui demanda Niedbalski, railleur.

— Ce n'est pas pour ça... Ça me fait de la peine pour n'importe qui... Ce n'est pas du miel, la prison!

Lonia s'interrompit un instant, puis demanda:

— Vous me permettrez peut-être, camarade juge, de donner un peu de nourriture au détenu?... Il a si mauvaise mine!...

— Pourquoi vous intéressez-vous tant à lui, citoyenne?

— C'est qu'il pâtit parce qu'il est entré chez moi pour demander son chemin... Peut-être qu'il m'en veut!...

— Parce qu'il est incarcéré à cause de vous, et vous à cause de lui... Vous êtes quittes... Et puis donnez-lui ça, au fond...

Lonia déplia vivement le papier et me donna deux bons kilos de saucisson et un grand pain natté. Puis on me ramena au sous-sol. Dans la cellule, je divisai la nourriture en onze parts que je distribuai à mes compagnons. Le juif n'accepta rien. L'officier ne voulait pas en prendre non plus, mais voyant qu'il me faisait de la peine, il accepta sa part.

A présent, je me sentais plus gai. J'avais bon espoir d'être transféré au *Dopr* dans les jours à venir. Mes compagnons me confirmaient dans cette idée.

III

Le deux est une cellule assez vaste. Elle possède deux grandes fenêtres. Si on monte sur l'appui d'une fenêtre les bras tendus en l'air, on n'atteint pas le haut du cadre. Dix-sept couchettes sont fixées aux murs. Nous les relevons pour la journée, alors il y a beaucoup de place pour marcher. Au centre, il y a une grande table sur tréteaux. Sur le mur extérieur, il y a un placard à vaisselle. Le sol est asphalté. Dans l'angle droit, il y a un grand poêle recouvert de tôle.

Nous sommes ici dix-sept détenus. Quelques voleurs. Quelques bandits. Plusieurs paysans, tous pour la même affaire, une accusation d'assassinat. Il y a un cheminot, un Ukrainien originaire de Poltava. Il s'appelle Koblenko. Il est là pour spéculation: il transportait dans son compartiment de service des denrées confiées par des colporteurs du marché noir.

Ici aussi, la faim a posé son empreinte sur tout. Les prisonniers se meuvent avec lenteur, ils sont engourdis, apathiques. Certains ont les traits bouffis, d'autres les jambes enflées. Les poux sont légion, ici aussi.

Au début, j'avais l'impression d'avoir à demi recouvré la liberté. La cellule était claire, l'air pur. J'allais à la promenade. Avec les autres détenus, je jouais aux cartes, de notre propre confection. Puis je m'habituai à tout cela.

Je perdais chaque jour un peu de mes forces, mes jambes

commencèrent à enfler. Et dehors, derrière les murs, le printemps battait son plein. Le soleil inondait de ses rayons la cour de la prison. Certains prisonniers étaient élargis. A leur place, on en amenait d'autres.

Le regret de la liberté me minait. Je remarquai que les détenus qui avaient souvent fait de la prison ne s'ennuyaient pas du tout. Ils savaient toujours se trouver une occupation. Ils jouaient aux cartes, au rams, ou bien ils parlaient de différentes choses. Ces conversations tournaient d'ordinaire autour de quelques sujets principaux: la mangeaille, leurs «travaux», les femmes, les affaires judiciaires, l'administration pénitentiaire. Ces conversations m'ennuyaient. La liberté me manquait cruellement et je maigrissais de plus en plus... Je m'asseyais généralement sur l'appui de la fenêtre et je contemplais le bleu lointain du ciel. A quoi pensais-je alors?... Je l'ignore... J'oubliais tout à ces moments-là. Au bout d'un certain temps, j'étais ramené à la réalité par une querelle dans la cellule ou par une chanson de la Grenouille.

Un jour, Błast vint m'aborder. C'était un voleur de Smolensk.

— Toi, mon gars, pense un peu moins... tu vas te tourner les sangs!... Et arrête de regarder par la fenêtre!... Qu'ils aillent se faire voir... Mais surtout, arrête de penser, sinon tu en claboteras!...

— Et qu'est-ce que je peux faire?

— Joue aux cartes!... Chante!... Fais n'importe quoi... Moi aussi, avant, ça m'a fait pareil... Ça ne mène à rien...

Le soir, après l'inspection, nous abaissions les couchettes et nous nous installions pour la nuit.

— Allez, plus que trois sonneries avant la ration! disait quelqu'un d'entre nous.

Alors tout le monde avalait sa salive en pensant à la portion du lendemain, deux cents grammes de mauvais pain mal cuit. Nous en partagions la croûte séparément, et la mie crue, nous la posions dessus à la cuiller. Cela me rappelait toujours des gâteaux, ou des glaces sur des gaufrettes. C'est la nuit qui passait le plus vite pour moi. Je m'endormais vite d'un sommeil lourd, plein de visions effrayantes et d'images dues à la faim. Au réveil, une première impression: la faim; une première pensée: «Deux sonneries avant la ration!»

*

* *

Quand nous recevions notre portion de pain, chacun avait les mains tremblantes. On pouvait manger sa part instantanément, mais chacun mangeait sans hâte, en grignotant lentement de tout petits morceaux. Pas une miette ne se perdait; du reste, il n'y avait pas de miettes puisque le pain n'était jamais cuit. Après le petit déjeuner, les pensées de tous se concentraient autour du déjeuner... De bien longues heures de faim se passaient à attendre le déjeuner. Enfin, on versait dans des gamelles de laiton un liquide clair et malodorant, de la soupe de légumes séchés ou de pommes de terre gelées. Une gamelle pour six. Nous commencions à manger, ou plutôt à boire, des cuillerées de ce brouet chaud, trouble et sans consistance. Nous nous brûlions la bouche et le gosier, mais nous finissions tout très vite. Pour le moment, une douce chaleur et une trompeuse impression de satiété nous envahissaient le corps. Et au bout d'un quart d'heure, les tiraillements d'estomac reprenaient de plus belle: à manger! à manger! L'estomac ne se laissait pas tromper. Le dîner était encore pire. «Ils nous donnent à boire, et reboire pour faire passer», disaient les prisonniers.

Un jour de visites, à dix heures, on me fit sortir dans le couloir. C'était la fin avril. On me mena au parloir. Il y avait là plein de gens misérablement vêtus. La longue pièce était séparée par des grillages entre lesquels se trouvaient les visiteurs.

Quand on commença à parler, la pièce fut remplie de pleurs, de vacarme et de cris au milieu desquels on avait peine à comprendre quelque chose. J'approchai du grillage pour essayer d'apercevoir de l'autre côté une tête connue. Je supposais qu'un des gars de Raków, aidé par sa famille ou par ses amis de Minsk, avait pu obtenir un permis de visite. Soudain j'aperçus le sourire joyeux et les yeux pétillants de Lonia. Je la saluai. En nous efforçant de couvrir la voix des autres, nous nous mîmes à *parler*.

— Quelles nouvelles, chez toi? demandai-je.

— Je suis libre!

— Ils t'ont libérée pour de bon?

— Oui... J'ai signé un papier comme quoi je ne quitterais pas mon lieu de résidence et je me présenterais à toute réquisition des autorités...

— Ça t'a coûté cher?

— Oui, bien cher... Mais ce n'est rien... Ça ne m'a pas appauvrie...

— Tu as bonne mine!

— Mais toi, tu as bien maigri!

J'écartai les bras en signe d'impuissance et dis:

— De quoi veux-tu que j'engraisse: deux cents grammes de pain par jour.

— Je t'ai apporté un colis... Je viendrai toutes les semaines... Le jour du marché...

— Merci, Lonia!

— Tu seras peut-être bientôt libre, toi aussi?

— Je ne sais pas... Je peux prendre plusieurs années de *Dopr*!...

— J'ai entendu dire que pour le 1er Mai, ils feraient une amnistie!

La visite fut bientôt interrompue. La venue de Lonia m'avait réconforté. Je me sentais plus gai. Je ne me sentais plus aussi impuissant, aussi abandonné. Et puis j'avais commencé à mieux me nourrir, car Lonia, qui savait sans doute à quel point il faisait faim en prison, m'avait apporté un tas de pain, de biscuits, de lard et de fromages.

Au bout d'une semaine, je reçus un nouveau colis de Lonia, mais il n'y eut pas de visite. Elle n'avait peut-être pas eu le temps, ou peut-être n'avait-elle pas obtenu l'autorisation.

Début mai, par sentence du Tribunal révolutionnaire, je fus condamné, pour fait de contrebande, à trois ans de déportation dans le gouvernement de Nijni Novgorod. Mon argent fut confisqué. Je m'étais attendu à ce verdict et je n'en étais pas abattu. J'aimais autant être déporté que purger ma peine au *Dopr*. Je décidai de m'enfuir à la première occasion de mon lieu de déportation.

Après mon jugement, Lonia me rendit une nouvelle visite. Elle promit de m'aider matériellement et, si elle en avait le loisir, de venir me voir à mon lieu de déportation. Elle me demanda de lui écrire souvent. Elle me dit que j'avais maintenant bien meilleure mine. Je me sentais moi-même en bien meilleure santé et bien plus fort qu'avant. Mes jambes avaient désenflé... La pire des maladies, c'était la faim. Et le meilleur remède contre elle, c'était la nourriture... pourvu qu'elle arrive à temps.

Les gars de ma cellule disent qu'on me transportera sans

doute bientôt par étapes à mon lieu de déportation. Ils me donnent toutes sortes d'indications pratiques. Ils me conseillent de fuir pendant le trajet en train. C'est à cela que je réfléchis le plus en ce moment.

A la mi-mai, on me fit rassembler toutes mes affaires et on me conduisit à l'écrou. A la porte de la prison, je vis mon escorte: huit soldats et un sous-officier portant trois triangles à la manche.

Il y avait six détenus. L'un partait pour Smolensk, trois pour Moscou et deux pour Nijni Novgorod. La première étape était Smolensk.

Après avoir accompli les formalités à la prison, on nous mena à la gare. On occupa deux compartiments. Dans chacun d'eux, on plaça quatre soldats et trois prisonniers. Le chef d'escorte alla faire viser les feuilles de route à la gare. J'avais un peu d'argent, que Lonia avait déposé pour moi à l'écrou.

Je demandai au chef de l'escorte de m'acheter deux paquets de cigarettes, une boîte d'allumettes, et des provisions avec le reste, des petits pains et du saucisson. Le sous-officier remit l'argent à un soldat qu'il envoya aux éventaires du quai de la gare. Le soldat me rapporta cinquante cigarettes, une boîte d'allumettes, quelque petits pains et un peu de saucisson.

— J'ai tout dépensé, me dit-il.

— Bon. Merci.

Je commençai à me restaurer. Je donnai quelques petits pains et un bout de saucisson à mes compagnons de voyage. Ils se les partagèrent.

A une heure de l'après-midi, le train démarra. J'étais assis sur la banquette de bois entre deux soldats de l'armée rouge. Deux soldats et deux détenus nous faisaient face. Nous étions dans le premier compartiment. Un petit couloir le séparait de la plate-forme. Sur toute la longueur du wagon, un passage assez large reliait tous les compartiments. L'autre moitié de l'escorte et le reste des détenus occupaient le deuxième compartiment.

Le wagon était bondé. Les compartiments étaient remplis à ras bords de voyageurs. Dans le passage, on avait empilé malles, paniers et gros sacs. Les gens étaient montés sur les planches-couchettes. Cris, jurons et insultes s'entrecroisaient dans l'air. Enfin tout le monde fut casé, et on commença à bavarder et à plaisanter.

Près de Borysów, une équipe ferroviaire de la Tchéka monta dans le wagon. On contrôlait les papiers des voyageurs. Quand les tchékistes arrivèrent à notre compartiment, le chef d'escorte, le sous-officier, leur tendit les documents en disant :

— Neuf hommes d'escorte, moi compris, et six détenus...

Les tchékistes examinèrent les documents, nous dévisagèrent et repartirent plus loin.

A Orcha, un autre contrôle de la Tchéka passa.

Alors que nous quittions Orcha pour Smolensk, la nuit tombait. En regardant par la fenêtre, en biais vers le haut, j'aperçus la Grande Ourse dans le ciel. J'en fus ému... Depuis le temps que je ne l'avais vue !... Elle me rappela tant de choses, gaies ou tristes, elle m'inspira toutes sortes de pensées. Je la contemplai longuement, jusqu'au moment où un soldat me fit quitter la fenêtre.

— Regarde toujours, ça ne te servira à rien !... Tu ne sauteras pas par là !...

— Des étoiles ?... En voilà, des étoiles ! dit un autre soldat en frappant de la main son bonnet à la Boudienny où était appliquée une grande étoile à cinq branches découpée dans du drap rouge.

Les autres soldats éclatèrent de rire. Et moi, je m'éloignais de la fenêtre. Les soldats fumaient du gris et parlaient sans entrain. Mes compagnons assis sur le banc d'en face s'étaient endormis. Les soldats somnolaient. Ils étaient convenus de veiller par deux à tour de rôle. Le sous-officier entra dans le compartiment et dit :

— Allez, les enfants, ne vous endormez pas !... Ouvrez l'œil !...

— T'en fais pas, on ne s'endormira pas ! répondit l'un des soldats.

— Attention, hein !...

Minuit approchait. Nous n'étions plus qu'à quelques stations de Smolensk. Tout en feignant de dormir, j'observais notre escorte. Trois soldats s'étaient assoupis, et un seul, assis près de la porte, avait placé ses jambes de façon à ce que personne ne puisse gagner la plate-forme sans le réveiller. Il somnolait aussi, mais, par moments, il ouvrait les yeux, inspectait le compartiment, puis les refermait. De temps à autre, un voyageur allait vers le petit couloir où se trouvaient les toilettes. Alors le soldat ouvrait les yeux, jetait un coup d'œil au passant et poussait ses genoux pour lui permettre d'ouvrir la porte.

Notre compartiment était à demi plongé dans le noir. Il ne recevait que la lumière oblique de la lanterne placée haut sur la paroi du couloir. Une bougie y brûlait.

A un certain moment, je me penchai fortement à droite du compartiment pour regarder dans le couloir. Il était encombré sur toute sa largeur par une masse de gens endormis à même le sol. Dans certains compartiments, on entendait un bruit de conversations. Je compris que j'aurais du mal à atteindre par là l'issue du wagon. Il y avait aussi le danger d'être vu par les soldats et le sous-officier de l'escorte qui gardaient les trois détenus dans le compartiment suivant et qui pouvaient être éveillés. Je ne pouvais pas voir ce compartiment de ma place, mais j'y entendais des murmures et des raclements de bottes.

«Et si je baissais la vitre?» pensai-je.

Mais, réflexion faite, je rejetai ce projet. En ouvrant la fenêtre, je pouvais réveiller un homme de l'escorte, et alors c'était fini. Je me repenchai dans le couloir. J'y vis une silhouette grise qui venait lentement du fond. C'était un soldat qui, le manteau jeté sur les épaules, progressait lentement vers la sortie en posant les pieds entre les gens endormis. Il se rapproche de plus en plus. Il est tout près de moi. Il ouvre la porte en repoussant les genoux du soldat de l'escorte, qui ouvre les yeux et le regarde.

— Hein, quoi?...

— Rien, camarade... Poussez vos jambes.

Le soldat le laisse passer, se remue sur la banquette, crache quelque part sur la cloison, fourre les mains dans les manches de son manteau et bâille bruyamment. Puis il se penche en avant et inspecte le compartiment avec soin. Je feins de dormir. Le soldat se recale contre la cloison et ferme les yeux. Il a la bretelle de sa carabine passée autour du genou et le canon coincé entre les cuisses. Il a oublié de barrer la porte avec ses jambes... Ou peut-être a-t-il voulu attendre le retour de celui qui venait de quitter le wagon.

J'observai le soldat avec attention. J'étais décidé à fuir même dans les pires conditions, mais j'espérais en trouver de meilleures. Je vis bientôt sa tête retomber sur sa poitrine.

Je me lève. Je fais deux pas pour sortir dans le couloir,

puis un pas en avant. Je pèse lentement sur la poignée de la porte, et j'ouvre... Je l'écarte un peu... encore un peu... Je regarde le soldat. Soudain, comme s'il sentait mon regard, le dormeur ouvre les yeux. Il fixe sur moi un regard brouillé; je fais vite un pas en avant.

— Tu vas où, toi!... Hein?... Ha-alte!...

Alors je claque la porte derrière moi et bondis en avant. J'ouvre la porte donnant sur la plate-forme. Vite, je la referme. A cet instant, la porte que je viens de claquer s'ouvre et j'entends un hurlement sauvage:

— Camarades!... Une évasion!... Debout!.. Cama...

Je bondis vers la porte donnant sur les marches. Je presse le loquet de toutes mes forces et je pousse en avant... Elle ne cède pas. Alors je me reprends: la porte s'ouvre vers l'intérieur, et moi je pousse vers l'extérieur. D'un coup sec, je la tire vers moi. La porte est ouverte. A l'arrière, l'obscurité est balafrée par un large faisceau de lumière. Des hommes armés font irruption sur la plate-forme. J'entends leurs voix:

— Halte, salaud!... Halte!...

Devant moi, c'est la nuit noire semée des points dorés des étoiles. D'un grand bond, je me lance en avant, dans les ténèbres épaisses, mystérieuses...

Je tombe dans un tourbillon d'air. Il me secoue et me projette quelque part de côté. Mon cœur se fige. Mes yeux reçoivent l'éclair d'une longue bande de lumières, puis tout plonge dans le noir et le silence... un profond silence...

IV

Je ne comprenais pas ce qui m'était arrivé. J'avais juste la sensation d'étouffer, d'aspirer par la bouche un liquide épais, gluant. Je fis un soubresaut éperdu à droite, à gauche, vers le haut... Je parvins à m'agenouiller... A aspirer... Je sentis l'air entrer dans mes poumons.

Je restai longtemps immobile. J'avais le corps plongé dans la boue et la tête qui dépassait. Je sortis mes bras de la boue. Avec les mains, j'ôtai de mon visage et de mes yeux la gadoue épaisse et gluante. A quelques centaines de pas, je vis en hauteur une longue rangée de feux aux reflets jaunâtres. C'était le train qu'on avait fait arrêter peu après mon saut hors du wagon. Je remarquai d'autres lumières, plus petites mais plus vives, qui se déplaçaient le long de la voie ferrée. C'étaient les lanternes portées par les hommes qui me recherchaient près de la voie.

Je commençai à m'extraire de la boue. Je me mis debout. Je faillis retomber dedans. Je fis deux enjambées et trouvai à tâtons le bord du fossé. Je sortis de la boue et fis lentement une quinzaine de pas pour m'écarter du fossé où j'avais roulé du haut du remblai. Cela avait sans doute amorti ma chute, mais j'avais failli étouffer dans la boue.

Je m'assis sur une butte et, seul en plein champ, je regardai longuement du côté de la voie. Les lumières des lanternes rampèrent lentement le long du remblai, puis commencèrent à reculer. J'entendais des voix excitées, mais je n'arrivais pas à distinguer les paroles.

Le sifflet de la locomotive résonna... sonore, prolongé, insistant. Les lumières sur la voie se mirent à bouger plus vite. Elles rejoignirent la rangée lumineuse des fenêtres du train. La locomotive siffla à nouveau et la longue rangée de lumières glissa dans l'obscurité; elle se fondit bientôt en une bande lumineuse mouvante, puis sombra dans l'obscurité.

Je me levai. Je me sentais encore étourdi. Je flageolais sur mes jambes. J'allai vers la voie ferrée invisible dans le noir. Le fossé me barra le chemin. Je le traversai. Il avait deux mètres de large, et son fond, qu'on n'avait pas épuré depuis longtemps, était tapissé d'une couche de boue liquide profonde de soixante-dix à quatre-vingt-dix centimètres. Je me trouvai au pied du versant raide du remblai. Je me demandai un moment si je marcherais en haut, sur la voie, ou en bas.

«Là-haut, je pourrais rencontrer du monde! C'est mieux, ici», pensai-je.

Je regardai le ciel. La Grande Ourse était parfaitement visible au nord. Le «timon du chariot» incliné vers le bas m'indiquait la direction de l'ouest.

J'avançai lentement. De temps en temps, je m'arrêtais pour tendre l'oreille. Je dépassai à plusieurs reprises des maisons de gardes-voie. Je contournai de loin une halte du train.

Après deux heures de marche, j'aperçus au loin les lumières d'une gare. Je ralentis. Je vis pas mal de constructions au voisinage de la gare. C'était un lotissement. Je le contournai de loin pour me retrouver près de la voie. Je m'assis sur un tas de vieilles traverses pour me reposer. J'avais l'intention d'attendre n'importe quel train pour y monter. C'était mon seul espoir. Car si, à pied, je pouvais parcourir dans la nuit trente à quarante kilomètres, en train, on pouvait en faire deux cent cinquante à trois cent cinquante dans le même temps.

Je décidai de ne pas aller plus loin et d'attendre là, jusqu'au matin s'il le fallait. Mais bien plus tôt que je ne l'espérais, j'entendis au loin le sifflet d'une locomotive. Un train de marchandises entrait en gare.

J'allai vers la station et longeai le train. En laissant la gare de l'autre côté du train, je me faufilai le long des voies, caché dans l'ombre des wagons. Je vis plusieurs longs trucks chargés de bois de charpente. Je grimpai sur l'un d'eux et me cachai entre le bout des poutres et le petit rebord. De là, je pouvais observer commodément tout ce qui se passait autour de moi. Et en cas d'alerte, il était facile de fuir dans n'importe quelle direction.

Le train fit un arrêt prolongé dans la gare. J'en attendais le départ avec impatience. Enfin il s'ébranla.

J'arrivai à Orcha avant le jour. Je quittai ma cachette et marchai vers la locomotive. Une conversation entre les cheminots m'apprit que le train n'allait pas plus loin. Alors je partis sur la voie, m'éloignant de plus en plus de la gare.

Je ne voulais pas être surpris par le jour à Orcha. Je savais qu'il y avait là de forts postes de la Tchéka et de la milice. Pendant mon trajet en train, j'avais dû rester immobile dans ma cachette et j'avais beaucoup souffert du froid. J'essayais maintenant de me réchauffer en marchant vite.

Au lever du jour, j'étais déjà à dix kilomètres d'Orcha. Je me sentais maintenant en sécurité. J'étais à plus de cent kilomètres de mon lieu d'évasion.

Je voulais arriver à la gare suivante après Orcha, je continuais donc à avancer. Je marchais tour à tour sur des sentiers bordant la voie ferrée et sur des chemins charretiers. Dès que j'apercevais au loin des constructions quelconques, je faisais un large détour.

Au bout de plusieurs heures, j'atteignis la gare. Sans trop m'en approcher, j'obliquai vers la forêt. Je me cachai dans un fourré pour dormir.

A la tombée de la nuit, je passai très au large de la gare

pour remonter sur la voie ferrée. La soirée était douce. Je m'allongeai dans un petit pré au bord de la voie pour attendre le premier train qui irait sur Minsk.

La faim me tenaillait, mais je n'avais rien à manger. Je n'avais pas d'argent non plus. A minuit passé, il arriva enfin un train de voyageurs. Il s'arrêta à la gare. En escaladant l'étroite échelle de fer fixée à l'arrière, je montai sur le toit d'un wagon et m'y allongeai. Bientôt le train quitta la gare. Le vent me sifflait aux oreilles. Le wagon tanguait. De temps en temps, la cheminée de la locomotive m'envoyait une gerbe d'étincelles dorées.

Quand le train s'arrêtait dans les gares, je me glissais vers le bord du wagon opposé au quai pour ne pas être aperçu... J'avais les mains gourdes. Il faisait très froid. Je grelottais de tout mon corps, mais je continuai mon voyage. Quand nous quittâmes Borysów, c'était le petit matin; et à Smolewicze, je dus abandonner mon train car on m'avait aperçu du quai... Je préférais ne prendre aucun risque. Je n'avais pas envie de me faire prendre après tant de fatigues.

Le train repartit, et moi, je marchai le long de la voie. De là à Minsk, il y avait encore plus de quarante kilomètres. La faim me tourmentait de plus en plus. Je me sentais très affaibli. Quand je me penchais, ma vue se brouillait.

A un moment donné, j'aperçus une maisonnette de garde-voie.

Par la porte entrebâillée, je vis une femme laver du linge dans un baquet en bois. Deux enfants jouaient sur le pas de la porte. J'hésitai un instant... puis je m'avançai vers la maison.

— Bonjour! dis-je à la femme.

— Bonjour. Qu'est-ce que vous voulez?

— Vous ne voulez pas me donner quelque chose à manger, ma bonne?

— D'où vous êtes donc?

— Moi, de Minsk. J'ai été travailler à Smolensk, et maintenant, il faut que je rentre chez moi... J'ai pris un billet jusqu'à Borysów parce que je n'avais pas assez d'argent pour le voyage. Je n'ai pas mangé depuis deux jours.

La maisonnette du garde-voie était séparée en deux par une cloison percée d'une petite porte. Pendant que je parlais à la femme, la porte s'ouvrit, laissant passer un homme de cinquante ans. Il avait le visage mince et clignait des yeux d'un air matois. Le cheminot m'examina avec attention et dit à sa femme:

— Allez, Dacha, donne-lui à manger. Quelque chose de solide!... Je reviens tout de suite... Asseyez-vous, vous... reposez-vous, me dit-il.

Je m'assis sur un tabouret près de la table, mais j'étais inquiet. Je n'aimais pas le regard du cheminot. Et les paroles qu'il avait dites à sa femme me semblaient suspectes. Je me penchai vers la fenêtre et regardai au-dehors. Je vis le cheminot se hâter vers les constructions dont les toits dépassaient au loin dans la verdure des arbres. Il tourna plusieurs fois la tête et força encore l'allure.

La femme tailla dans une demi-miche un gros chanteau de pain qu'elle posa sur la table. Je pris le pain et me mis à le manger avec précipitation.

— Attendez, je vous donne du lait!

Elle prit une grosse gamelle sur le rayon et me versa une timbale de lait. Je bus avec avidité. La femme m'en versa une autre. Je ne cessais de regarder par la fenêtre. Je mangeais le pain, je buvais le lait tout en suivant des yeux le cheminot qui arrivait au bouquet d'arbres d'où émergeait une bâtisse. Alors je mis le reste de mon pain dans ma poche en disant:

— Merci beaucoup, ma bonne, pour le pain et le lait. Si vous voulez, je peux vous laisser le paletot que j'ai sur moi, parce que de l'argent, je n'en ai pas...

— Vous ne devez rien... Mais où donc vous allez?... Je fais tout de suite à déjeuner!

— Je n'ai pas le temps d'attendre!

— Alors je vous fais des œufs brouillés.

— Merci bien. Je ne les aime pas... Au revoir!

Je quittai vite la maisonnette du garde-voie et repris la direction de Smolewicze. Quand je fus assez loin, je regardai en arrière. La femme était sur la voie et me suivait des yeux. Ensuite la voie amorçait un tournant. Dès que je fus caché par le tournant, je quittai la voie sans laisser de traces derrière moi pour me diriger vers les buissons qui marquaient la lisière d'un bois. Je repartis vivement en sens inverse en restant constamment à couvert. J'observais toujours la voie ferrée.

Ma marche à travers bois m'amena à la hauteur de la maison du garde-voie. Je vis trois hommes qui se hâtaient sur le sentier venu des bâtisses de la forêt. C'était le cheminot, accompagné de trois militaires. Près de la maisonnette, ils montèrent sur la voie. La femme du cheminot vint à leur rencontre. Elle leur disait quelque chose en leur montrant de la main la direction que j'avais prise pour m'éloigner. Ils y allèrent à vive allure. Et moi, je me remis en route en m'efforçant de côtoyer la forêt sans trop m'éloigner de la voie ferrée.

Je passai une rivière à gué et, à midi, je me trouvai près de la gare de Kołodiszcze. Alors j'entrai dans la forêt, décidé à y rester jusqu'au soir.

A la nuit tombée, j'atteignis Minsk. Sans entrer dans la ville, je pris à travers champs, d'abord vers l'ouest, puis le sud-ouest. Au bout de quatre heures, je débouchai sur la grand-route menant de Minsk à Raków. Je me trouvai près du village de Jarkowo, à neuf kilomètres de Minsk. Là, je descendis une haute colline. J'allai vers un puits que je connaissais en bas, pour étancher ma soif. Au moyen d'une perche à contrepoids, je tirai du puits une seille ferrée; je bus à longs traits. Puis je repartis. J'avançais assez vite par des sentiers de traverse en m'efforçant de ne pas perdre la grand-route de vue.

A la hauteur de la verste 14, je rentrai dans la forêt et me reposai car j'étais très las. Je fumai là ma dernière cigarette.

En laissant à ma gauche le village, j'entrai dans la forêt de Stare Sioło et je continuai près de la lisière. Je me trouvais maintenant sur un chemin familier et j'avançais sans hésiter. J'aurais du reste pu marcher aux étoiles car le ciel était dégagé. Il faisait de plus en plus clair. Je ne m'attendais pas si tôt au lever du jour, et ce fut pour moi une surprise désagréable. Il y avait encore une bonne trottée jusqu'à la frontière, et je me trouvais dans un endroit exposé. Je retournai dans la forêt de Stare Sioło et me reposai un peu.

*
* *

Je connaissais bien la forêt de Stare Sioło. J'y étais passé bien des fois avec des lots de marchandise; bien des fois, nous y avions fait des «journées». Je décidai de ne pas dormir de tout le jour. C'eût été un affreux désastre pour moi que d'être repris après avoir franchi une route aussi difficile et avoir réussi à m'évader du wagon. Et si je m'endormais ici, je pouvais être aperçu par des pâtres, qui amèneraient des confidents ou des miliciens.

Je me trouvai une bonne cachette et m'y installai pour la journée. J'avais sous la main un bon pieu avec lequel je me défendrais en cas de besoin. Je tombais de sommeil, mais dès que je sentais la somnolence m'envahir, je me levais pour faire lentement le tour des arbres et des buissons près de ma cachette.

J'entendis plus d'une fois les voix et les appels de petits pâtres qui traînaient dans la forêt. Je distinguai à plusieurs reprises le pas de personnes qui passaient près de ma cachette. Peu après midi, j'aperçus de mon fourré deux garçons qui musaient dans la forêt. L'un portait un panier d'osier, l'autre tenait un long bâton. Ils cherchaient quelque chose du regard dans la cime des arbres. Ils atteignirent ma cachette; j'étais sur le point de l'abandonner quand ils s'éloignèrent. Quand le soleil s'inclina vers l'ouest, je repartis dans la forêt. Je marchais lentement, en inspectant soigneusement le terrain devant moi.

La nuit tombait quand je sortis de la forêt de Stare Sioło. Je continuai à travers champs. Au bout d'un certain temps, je me sentis pris d'étranges frissons et j'eus très froid. Je devais bien serrer les mâchoires pour ne pas claquer des dents.

J'avançais toujours. J'avais de plus en plus froid et mon corps était baigné de sueur... Je m'allongeai entre deux champs, le corps secoué de frissons. J'étais de plus en plus mal... Et la frontière était encore loin.

Je me relevai pour repartir encore. Je claquais sans cesse des dents. J'avais grand-peine à me repérer dans le terrain qui m'entourait. Je m'arrêtais souvent pour regarder la Grande Ourse. Les étoiles ne faisaient que tourner sur place, ramper vers le haut, glisser quelque part vers le bas... Je les retrouvais enfin, et repartais presque machinalement, vers l'ouest.

J'ignore à quel moment je passai la seconde ligne ou quand je me retrouvai derrière la frontière. Je me souviens avoir entendu à un moment donné des tirs de carabines. C'était sur ma droite. Ces tirs aiguisèrent mes sens pour un temps, et je repris presque entièrement conscience. J'obliquai vite à gauche. Quand les coups de feu claquèrent à nouveau, tout près de moi, je me mis à ramper dans l'herbe, qui me semblait très froide.

Ensuite je me souviens avoir péniblement gravi une colline. Je m'écroulai à son sommet, complètement épuisé. Peu après, je me rendis compte que c'était le Tombeau du Capitaine... Alors je perdis presque entièrement connaissance. Puis je repris un instant conscience, et soudain... j'aperçus dans les ténèbres qui recouvraient les champs une étrange tache blanche qui s'agitait... Elle se déplace en avant, en arrière... descend, remonte, disparaît par moments de mon champ de vision puis reparaît pour se rapprocher de plus en plus. Un effort de mémoire me ramène le souvenir de ce que Józef Trofida et les autres contrebandiers racontaient du fantôme... Puis je me rappelle que c'est près de ce tertre que j'ai rencontré Saszka Weblin pour la première fois. «S'il savait que je suis là!» Et le fantôme se rapproche sans cesse de moi. Il est tout près... de plus en plus près.

Et puis... ensuite, je vois un visage penché sur moi: je distingue un regard calme, sévère, et des sourcils bruns. J'entends une voix... On me demande quelque chose et je réponds, mais je ne sais plus quoi.

Puis un dernier éclair de conscience; on me demande si je connais Pietrek... Je m'entends éclater de rire, un rire entrecoupé de claquements de dents.

— Et comment... si je le connais... si je le connais... Je ne connais que lui!... Ha!... Ha!... Ha!...

Puis tout fuit à une vitesse étourdissante, au loin, à l'infini... Jeu de couleurs... Lutte de sons... Orage déchaîné de voix... tourbillon de visages, d'images, de couleurs...

Course effrénée d'un horrible torrent chaud qui me soulève puis me précipite... dans un gouffre noir et froid...

V

Je revins à moi dans une petite chambre. Je vis une porte à droite, et devant moi, une fenêtre ouverte voilée d'un rideau agité par une brise légère.

Je tendis l'oreille. Je perçus au loin des voix de femmes

qui parlaient dans une cour. Je n'arrivais pas à saisir où j'étais. Je n'avais jamais été dans cette pièce. Je voulus me lever, mais les forces me manquèrent. Alors je dis à voix haute:

— Il y a quelqu'un?

La porte de la chambre s'ouvrit et j'y vis un petit homme amusant. Il me regardait à travers de grands verres de lunettes en me souriant.

— Tu es réveillé? dit-il au bout d'un moment.

— Oui.

Je me souviens que c'était l'horloger Mużański. C'est chez lui que logeaient Julek le Dingue et Pietrek le Philosophe. Je n'arrivais pas à comprendre comment j'étais venu là.

— Allez, avale ça! Les garçons viendront tout à l'heure.

Mużański versa une potion dans un verre et me la fit boire. Il quitta la chambre, et moi, je me rendormis.

Le soir, je me réveillai pour la deuxième fois. Il faisait noir dans la chambre. A travers la porte entrebâillée, j'entendis les voix de mes copains. Je les appelai. Julek et Pietrek entrèrent dans la chambre avec une lampe allumée.

— Comment tu te sens? me demanda Julek.

— Tu as assez dormi? dit Pietrek.

— Oui... j'ai assez dormi...

— Je te crois!... Tu as dormi longtemps... bien longtemps! dit Julek.

— Comment je suis venu ici?

Les amis se regardèrent, et Julek me demanda:

— Alors tu ne te rappelles rien?

— Non... Ou si, je me rappelle le Tombeau du Capitaine et... le fantôme... Il m'a parlé.

Pietrek sourit et dit:

— C'est le fantôme, justement, qui t'a sauvé, parce que là-bas, tu y serais passé, ou tu t'y serais fait ramasser par les verdets... Comment tu te sens?

— Bien.

— Ça ne te fatigue pas, de parler?

— Non.

— Alors raconte comment tu t'es retrouvé là-bas. Mais lentement et en détail. On a le temps, dit Pietrek.

Je me mis à leur raconter tout ce qui m'était arrivé depuis le matin où on m'avait arrêté à la planque de la Bombina.

Mes camarades interrompaient souvent mon récit pour me poser toutes sortes de questions.

Sur ces entrefaites, nous entendîmes la porte de la grande pièce s'ouvrir. Je reconnus la voix du Lord. Bientôt mon camarade me saluait avec joie.

— Et moi qui me faisais un de ces soucis pour toi! dit-il. Je n'arrivais pas à savoir ce que tu étais devenu.

On se mit à me bombarder de questions, et moi, je racontais en détail mon arrestation, mon séjour à la prison de la Tchéka et au *Dopr*, ma sentence de déportation, mon évasion du train et mon retour au pays.

Mes camarades me posèrent des tas de questions; ils se réjouissaient sincèrement de l'heureuse fin de toutes ces aventures. Puis je demandai au Lord ce qu'étaient devenus les autres après mon arrestation.

— Tu sais, dit-il, on a attendu cinq minutes, dix minutes, un quart d'heure: rien de rien... On se demande ce qu'on doit faire. Les uns disent de retourner, les autres d'envoyer un éclaireur à la planque. Alors le Rat y est allé voir. Par les champs, il est arrivé sur les arrières de la ferme, et de là, il est allé en douce dans la cour. Il a vu des soldats: ça se balade dans la cour, ça regarde dans la grange. L'affaire est claire: la tuile! Alors il fonce vers nous et nous raconte ça. Nous autres, on attrape les bâts, et allez! marche arrière. Mais les gars tombaient carrément de fatigue. On a tout juste réussi à se précipiter avant le jour dans la forêt de Stare Sioło. La tempête s'était un peu calmée. On s'est traînés jusqu'au milieu de la forêt. Il y avait des piles de bois coupé. On a fait du feu et on a un peu séché nos nippes. Après, il a bien fallu éteindre le feu: on avait peur que la fumée se voie de loin. On avait sur nous quatre bouteilles d'alcool et ça nous sauvait. On a tenu comme on a pu jusqu'au soir, et ouste! direction la frontière. On est rentrés à moitié morts. Lowka et l'Alégant en sont tombés malades...

— Il vous a payé le déplacement, le juif? demandai-je au Lord.

— Et comment!... Il a payé le double: trente roubles chacun. Mais la planque chez la Bombina est fermée pour de bon.

— Vous êtes allés où, après ça?

— Ça dépend. Moi, je vais maintenant avec le parti de Jurlin. Le Rat aussi. Mais on y va rarement. On gagne de quoi poivrer la vodka, mais pas assez pour la vodka... On attend l'automne.

— Personne des gars ne s'est fait piquer?

— Des nôtres, personne. Il n'y a pas grand-monde qui y va, maintenant...

— Quoi de neuf, à part ça?

Les gars se mirent à me raconter des tas de nouvelles. Puis ils me dirent qu'ils avaient fait courir le bruit dans la ville que j'étais parti pour Wilno. Maintenant, quand je serais guéri, il faudrait que je le confirme. Seuls des gars tout à fait sûrs étaient au courant de mon plongeon de l'autre côté. Le Lord me donna trente roubles-or.

— C'est pourquoi, ça? lui demandai-je.

— C'est pour ton dernier bât... aller et retour... Quand tu seras guéri, on ira voir Bergier. Tu as droit à une récompense pour avoir sauvé le lot. C'était de la camelote de prix. Tu lui as sauvé au moins trois mille dollars, au juif, et peut-être beaucoup plus... Je lui en ai parlé. A part les trente roubles, il m'en a donné soixante-dix autres.

Je l'écoutais d'une oreille distraite, puis je lui demandai:

— A ton idée, pourquoi il y avait un piège chez la Bombina?

— On nous a balancés, dit le Lord. Autrement, ils ne nous auraient jamais attendus comme ça, pile au bon moment... Ils ont fait exprès de ne pas allumer. Ils étaient cachés dans l'entrée, dans la grange, derrière le rideau... La Bombina et nous, quelqu'un nous a donnés!...

— Ça ne peut être que lui! dis-je en pensant à Alfred.

— Je pense comme toi, dit le Lord. Seulement, comment il a pu savoir où on avait notre planque?

— Un des gars aura bavardé devant la bouteille, et après, de bec en bec, ce sera venu jusqu'à Alfred, dit Julek.

— Comme ça, c'est possible, dit le Lord. Mais ça ne fait rien... Il en prendra pour ses vers, un de ces jours!... Pour tout, en bloc!...

Le lendemain, je me sentais si bien que je m'habillai et allai faire un tour en ville avec Julek. Il faisait chaud. Le soleil inondait le bourg d'un torrent de rayons. Nous passâmes prendre le Lord et nous allâmes avec lui à Bokrówka, chez Bergier.

— Il faut secouer un peu le prunier! dit Julek. Il a de quoi, et il y a de quoi. Tu lui as sauvé son lot de camelote.

Bergier était là. Nous le trouvâmes dans sa salle à manger, bourrée de meubles coûteux qui juraient avec l'intérieur d'une petite construction en bois. Tout était sculpté. De grandes chaises tendues de cuir, un splendide buffet, une table énorme.

Je vis un personnage typiquement juif. En se frottant les mains, Bergier nous invita à passer dans la petite pièce d'angle.

— Nous y serons plus à l'aise et personne ne nous verra de la rue.

Dans cette chambre, plusieurs coffres cadenassés s'alignaient le long des murs. Au centre, il y avait une longue table qui occupait presque tout l'espace libre. Par la porte entrebâillée de la pièce voisine, on entendait une voix pleine de jeune fille, teintée de mélancolie orientale:

Ô, bayadère, je t'aime!
Ô, bayadère, ta-rim ta-ra-ram!

Le Lord se mit à rire:

— Hé, Szloma, tu lui donnes une dot à combien, à cette bayadère-là?

— Aïe, ça ne vaut pas la peine d'en parler! Pour quoi faire, une dot?... C'est déjà une fille en or!

— Allons, ne raconte pas d'histoires! Elle pèsera bien sa demi-brique!

Le juif se caressa la barbe avec un petit sourire et dit:

— Que voulez-vous, monsieur Bolesław? Quelle affaire vous amène?

— Voilà un gars à nous qui vient de rentrer, dit le Lord en me désignant d'un mouvement de tête. Vous savez bien, Szloma... Celui qui nous a sauvé la mise en mars en se faisant coincer lui-même... Il a fait du *Dopr* et de la Tchéka. On lui a pris tout son argent et on l'a condamné à la déportation... Il leur a échappé pendant le transport!... Il mérite bien une prime, Szloma, pour conjurer la guigne...

— C'est lui, Władek?

— Oui.

— Je reviens tout de suite, dit Szloma en quittant la pièce.

Il revint bientôt en compagnie d'un jeune juif vêtu avec

une élégance outrée. Je reconnus Lowka et le saluai. Nous bavardâmes quelques minutes, puis le Lord dit:

— Allons, Szloma, secoue un peu ton sac: on voudrait aller arroser le retour de notre copain. A cause de ta marchandise, il s'est bien fait astiquer les côtelettes et il a nourri les poux plus de trois mois. Il a oublié le goût de la vodka...

Le juif tira de sa poche une longue bourse de verroterie, sans doute un cadeau pour sa fête confectionné par quelque parente. Il en sortit dix pièces de dix roubles qu'il aligna sur la table en caressant l'or du bout des doigts. Il les poussa vers moi.

— Tenez, pour vous porter chance, monsieur Władek...

Je pris l'argent, et nous saluâmes bien Szloma.

— Il est rat, ce «Tartare», dit le Lord une fois dans la rue. Tu lui as sauvé des milliers, et il t'allonge une jambe.

Il fit une pause, puis ajouta:

— C'est pour ça qu'on leur fait des chauffes, aux youpins!... Ça préfère tout perdre au lieu de bien rémunérer le travail!

Puis nous allâmes chez Ginta. Quand j'entrai dans notre salon, je vis les visages joyeux des gars. En m'apercevant, ils se mirent à crier:

— Hourra!

— Vive Władek!

— Amenez-le par ici!

Je vis à la table centrale les piliers du cabaret: Bolek la Comète, Felek la Lanterne, le Mammouth et le Rat. Il y avait aussi le Corbelet, le tout jeune contrebandier qui avait joué aux cartes avec moi à la soirée chez Saszka et qui avait flanqué un coup de bouteille sur le crâne d'Alfred pour lui apprendre à jouer avec des brêmes quillées. A côté de la Comète, il y avait Jurlin, un fameux chauffeur contrebandier, qui menait son parti depuis longtemps et qui partait même en été. C'était un homme de cinquante ans, grand, carré et roux. Il était ivre. Il riait très fort et répétait sans cesse: «Oui, mais tout doux!» Antoni, l'accordéoniste, somnolait dans un coin.

Tandis que je saluais tous les gars attablés, Bolek la Comète leva les bras et dit:

— Je vous dis et vous déclare, les gars, qu'en cet honneur (il pensait à mon évasion, que bien des gars connaissaient déjà), pendant trois jours et trois nuits, on doit siffler la vodka par verres... non, pas par verres, par seaux entiers!

— Pas bête! approuva le Lord.

— Oui, mais tout doux! ajouta Jurlin.

La foire commença. Je ne buvais que de la bière, et en petites quantités. Je ne me sentais pas encore bien vaillant. Antoni jouait de l'accordéon. C'était moi qui régalais, aujourd'hui.

Puis, las du tapage, je rentrai avec Julek. J'allai me coucher.

J'appris que Józef Trofida était rentré au bourg, sa peine purgée. Je demandai à Julek de me réveiller à huit heures du soir. Mais à huit heures moins le quart, je me réveillai tout seul. Je m'habillai et partis pour Słobódka avec Julek. Arrivé là, je m'arrêtai.

— Rentre à la maison, Julek; je rentrerai tout seul, moi.

— Fais attention de ne pas retomber malade.

— Je me sens bien. Et puis je vais juste chez les Trofida.

Julek repartit, et moi, j'entrai dans la cour des Trofida. Tout y était comme avant. Je vis par les fenêtres la lumière de la lampe qui brûlait dans la salle à manger. J'ouvris la porte de la pièce et entrai. Je vis sur la table une lampe sous cloche bleue et, dans sa lumière, la tête de Janinka appuyée sur ses mains. La fillette me fixa longuement à travers toute la largeur de la pièce, puis elle dit en abandonnant le livre qu'elle lisait:

— Je vous attendais!

— Tiens?... Comment tu savais que j'allais venir?

Elle sourit.

— Je savais, moi. C'est la chatte qui me l'a dit. Aujourd'hui, elle a attrapé des poissons près du moulin, puis elle s'est lavée et relavée.

Janinka me montrait avec les mains comment la chatte faisait sa toilette.

Là-dessus, j'entendis un pas dans l'entrée et Józef Trofida entra dans la pièce.

— Ah, c'est toi!... Je t'attendais. Je te savais rentré... C'est chouette, ça!... On se boit une petite vodka ou du thé?

— Du thé, ça vaut mieux.

— Bon, ça biche! On se l'organise tout de suite, ce petit rinçage.

Quand nous fûmes enfin attablés devant le thé, je me mis à questionner Józef sur la façon dont il avait passé le temps jusqu'à mon retour. En échange, je lui racontai mes aventures par le menu. Janinka nous écoutait avec attention sans jamais se mêler à la conversation. A un moment donné, je demandai à Józef:

— Et Hela, ça va, la santé?

Le visage de Józef fut parcouru par un spasme. Ses yeux s'agrandirent. Il me regarda longtemps sans répondre. J'entendis un petit sanglot et je vis Janinka se lever et passer dans sa chambre. Je ne comprenais pas ce qui se passait. Pourquoi ma question sur la santé de Hela les avait-elle tant émus? Enfin Józef parvint à balbutier:

— Alors... Tu ne sais vraiment pas?

— Non... Mais qu'est-ce qui s'est passé?

— Hela n'est plus là, dit Józef en courbant la tête. Plus là... Plus de Hela...

— Elle est morte?

— Non...

Józef remua la tête comme s'il étouffait, puis, sans raison apparente, il se leva et dit dans un souffle:

— Elle s'est pendue...

— Pendue?

— Oui... Sur le poirier...

J'étais horrifié par cette nouvelle. Je me sentis les jambes molles. Tout à coup, je ne sais pourquoi, je revis cette image: Hela cueille des pommes perchée sur une échelle dans le verger, et Alfred, tout plastronnant, une canne à la main, en train de la regarder. Il lui dit quelque chose. La jeune fille rougit. Puis Alfred étend la main et la passe sur le mollet de Hela...

— Pourquoi elle a fait ça? demandai-je à Józef.

Józef me fixe longuement. Je vois qu'il ne comprend pas ma question. Je la répète.

— Pourquoi?... dit-il tout bas. Puis il lance: Parce qu'elle était enceinte!... Voilà pourquoi!...

— Ah, bon...

— Oui! Elle était enceinte et elle avait peur des mauvaises langues!... Quelle idiote!... l'idiote... Personne ne lui aurait fait de mal tant que je suis là... et elle...

Je repartis tard le soir. Józef m'avait proposé de revenir loger chez lui, mais je lui avais dit que j'en parlerais avec Pietrek et Julek. J'étais consterné. Je sentais ma haine pour Alfred grandir dans mon cœur. Je marchais perdu dans mes pensées et je ne sais pas quand je déviai de la route que j'avais voulu suivre. Je m'arrêtai devant une maison. «Où je vais?» pensai-je. «Ah, oui, c'est là qu'habite Josek la Volaille!» J'allai à la porte et je secouai discrètement la poignée. J'entendis bientôt dans l'entrée la voix de Josek:

— Hé, qui est là?

— Moi, Władek...

— Ah!... J'arrive!...

Il ouvrit vite et me fit entrer. La salle était vide. Je vis sur la table un livre en hébreu, et dessus, des lunettes à monture de corne.

— Tu veux boire quelque chose? me demanda Josek. J'ai de la bonne cerise. C'est le travail de ma femme... Elle a des mains d'or!... Ouille, les mains qu'elle a, cette femme!... De-dia-mant!...

Josek apporta une carafe de cerise et nous en bûmes quelques petits verres. Les juifs n'aiment pas boire dans de grands verres. Puis nous parlâmes de choses et d'autres. Josek était au courant de mon plongeon.

— Quelqu'un nous a balancés avec la Bombina, lui dis-je. Autrement, ils n'auraient jamais trouvé la planque tout seuls!... Il y avait un piège... Ils y allaient au tuyau!... Tu comprends?

— C'est son travail à lui! dit Josek avec conviction.

Il n'avait mentionné ni le nom ni le prénom d'Alfred, mais je savais très bien à qui il pensait.

— A lui, tu dis?

— A lui. Sûr et certain, sur ma chance! Sur la tête de ma femme et de mes enfants!... A lui!...

Josek se tut. Je me taisais, moi aussi. Cela dura longtemps.

Puis je me surpris à dire:

— Il me faut un flingue.

Josek me regarda.

— Un flingue?...

— Je veux acheter un bon composteur. Mais du valable! Du garanti...

Les yeux de Josek lancèrent des éclairs.

— Je te comprends...

Il se lança dans une longue et savante dissertation sur les défauts et qualités des différents types d'arme à feu. J'interrompis son exposé.

— Cette bijouterie-là, je m'y connais aussi, dis-je. Je veux un bon Nagan. Je n'ai rien à faire d'un automatique. Je ne pars pas en guerre. Et le Nagan, c'est le soufflant le plus sûr.

— Oui, oui... c'est bien le plus sûr... Tu sais pas? Attends un peu. Reprends encore de cette cerise... C'est ma femme qui l'a faite... Elles sont en diamant, crois-moi...

— Oui, je sais: ses mains.

— C'est ça. Bon, je reviens...

Josek quitta la pièce.

J'ignore pourquoi je décidai de me procurer un revolver au moment où je venais d'apprendre le suicide de Hela. Il est vrai que j'avais toujours détesté Alfred, mais je n'avais jamais désiré le tuer. J'étais à cent lieues d'une telle idée, et même maintenant, j'achetais un revolver en pensant au travail de contrebande que je reprendrais bientôt. Déjà au temps de ma détention au *Dopr* et à la Tchéka, je m'étais dit que si j'arrivais à me faire la belle et à reprendre mes voyages, je les ferais comme les Alińczuk: armé. Je savais qu'Alfred ne raterait pas une occasion de me nuire et qu'il l'avait déjà fait plusieurs fois, mais de là à le tuer?... Je n'y avais jamais songé. L'idée même de tuer un homme m'était tout bonnement odieuse!... Lui passer une raclée, je ne dis pas, lui jouer un tour, mais pas le tuer.

Josek revint bientôt. Il ferma la porte. Il vérifia si les rideaux étaient bien tirés, et alors il sortit de la poche de son manteau un objet enveloppé de papier et généreusement ficelé. Avec son canif, il coupa la ficelle et éventra le paquet. Je vis apparaître un Nagan en acier oxydé aux reflets mats. C'était un revolver d'ordonnance à armement automatique. Josek actionna plusieurs fois la détente: le chien se relevait pour retomber avec un claquement sec.

J'examinai le revolver. Il était neuf et propre. Il fonctionnait sans défaut. On l'avait bien en main. Voyant que l'arme m'avait plu, Josek sourit, baisa le bout de ses doigts et dit:

— Une vraie horloge, ce feu!... Sept crânes garantis!...

— Et les munitions?

Josek tira de sa poche deux boîtes de carton.

— Là, j'en ai cinquante. S'il t'en faut d'autres, tu n'as qu'à venir me voir. On peut aussi bien en avoir mille.

— Combien je te dois?

— Ce que ça m'a coûté. Je ne suis pas un commerçant, moi.

— Combien, alors?

— Dix roubles.

— En voilà quinze.

Je lui tendis quinze roubles, mais Josek me rendit la pièce de cinq.

— Puisque je te dis que je ne veux pas gagner sur ton dos! Si tu n'avais pas eu d'argent, je t'aurais donné ce flingue pour rien.

Je pris congé de Josek. Quand je me retrouvai dans l'entrée avec lui, je lui dis:

— Ne va pas croire que c'est pour Alfred.

— Je n'ai jamais dit ça.

— C'est pour les Soviets. Pour ne pas tomber aux mains de la vermine. Les bouseux aiment bien nous tendre des pièges et ils peuvent nous zigouiller...

— Oui, oui... Je sais bien, répondit Josek en m'ouvrant la porte de la cour.

— Bonne nuit, dis-je. Et ta cerise, elle est très bonne!

— Bonne chance! répondit Josek. C'est ma femme... Des mains de-dia-mant...

Je pris une ruelle sombre. J'avais la tête bourdonnante à cause de la cerise. Je m'arrêtai. J'examinai le ciel. Je trouvai la Grande Ourse. Je tirai le Nagan de ma poche et je le chargeai. C'était agréable d'avoir en main la crosse arquée, rugueuse du revolver. L'œil gauche fermé, je visai les étoiles une à une. Soudain j'éclatai de rire. Je venais de penser que j'avais maintenant deux meilleurs amis: la Grande Ourse, formée de sept étoiles qui m'avaient plus d'une fois aidé sur la piste en m'indiquant la bonne direction, et le Nagan, chargé de sept balles, qui serait au besoin un défenseur efficace.

Pendant mon séjour au *Dopr*, j'avais entendu dire aux délinquants que le sept était le nombre faste des voleurs. Cette idée vient peut-être du fait que le nombre sept a une forme qui rappelle le rossignol.

VI

Cela fait trois semaines que je loge chez Mużański. Je n'ai pas voulu retourner chez les Trofida. Maintenant, il y règne constamment une ambiance morose, déprimante. Józef ne passe plus la frontière. Il craint pour sa mère, qui a sombré depuis la mort de Hela dans une sorte d'hébétude et qui a cessé de parler. Et puis on a toujours besoin de lui à la maison. Je n'ai pas voulu leur donner de tracas supplémentaire. Je l'ai dit à Józef. Mon ami a dû me donner raison.

Je ne me suis jamais aussi bien senti qu'à présent, depuis que je loge chez Mużański. Le vieil horloger a parcouru la moitié du globe. Il connaît beaucoup de pays intéressants, et le soir, devant le samovar, il nous raconte bien des histoires, elles aussi intéressantes. Chaque matin, je vais me baigner dans l'Isłocza avec Pietrek et Julek, et ensuite, après le petit déjeuner, nous allons dans les bois des environs. Nous y cueillons des baies et des champignons, puis nous nous étendons sur la mousse fine et nous restons longtemps immobiles, à contempler le fond lointain, profond du ciel où s'ébattent gaiement de légers petits nuages.

Pietrek emporte toujours un livre avec lui et il nous le lit pendant des heures. Nous l'écoutons. Il m'arrive de m'assoupir pendant la lecture, et après, je demande à Pietrek ce qui s'est passé depuis le moment où je m'étais endormi.

— Tu n'as qu'à ne pas dormir! dit-il; mais il se laisse fléchir et me raconte, pour renouer le fil, la partie du livre que j'ai manquée. Puis il reprend sa lecture.

A midi, nous nous déshabillons pour prendre un bain de soleil. Nous revenons plus tard pour déjeuner, rapportant avec nous le parfum de la forêt et une ambiance de gaieté. Basia, la bonne toute grêlée de Mużański, nous sert à déjeuner. Nous passons à table et chacun mange pour deux. Nous buvons de la bière. Depuis un bon bout de temps, je ne touche plus à la vodka.

Un tel mode de vie a bien réparé ma santé, mais j'ai commencé à m'ennuyer. Pietrek et Julek ont leurs occupations. Pietrek donne quelques leçons en ville et Julek aide Mużański, qui a promis de faire de lui un horloger. Et moi, je n'ai rien à faire. Le Lord est venu plusieurs fois me rappeler sur la piste (il passe de temps en temps la frontière), mais je lui ai dit que je voulais encore me reposer.

J'ai demandé plusieurs fois à mes camarades comment j'étais venu de la frontière jusque chez eux. Je suis très étonné qu'ils ne veuillent pas me l'expliquer. Julek m'a dit:

— C'est le fantôme qui nous a prévenus.

Et Pietrek:

— Tu l'apprendras un jour.

Ils me cachent quelque chose. Mais quoi? Je n'ai pas voulu trop insister. Ils m'en parleront peut-être d'eux-mêmes, plus tard.

Un jour que Julek travaillait avec Mużański et que Pietrek était en ville, je sortis avec l'idée d'aller chez Saszka Weblin. Je savais par les gars qu'il n'était pas là car il venait de partir pour Radoszkowice avec la Résine, mais j'avais envie de voir Fela. J'avais toujours pensé à elle, et la dernière semaine, j'avais été chaque jour sur le point d'y aller. J'étais intimidé par la fraîcheur de notre dernière séparation, en janvier, quand elle avait refusé de danser avec moi.

Je la trouvai chez elle. Elle était ravissante. Elle portait une jolie robe crème. J'avais peine à reconnaître en elle la fille fantasque d'avant. Ce qui m'étonnait, c'est qu'elle n'avait jamais le même air. Chaque nouvelle robe lui donnait un charme différent. Mais elle restait toujours belle. Aujourd'hui, son attitude était d'une étonnante gravité.

Lorsque j'entrai, je la vis en compagnie de Lutka Żubik, vêtue d'une robe jaune vif qui moulait étroitement son corps trapu, boudiné et tremblotant à chacun de ses mouvements. Elle était étroitement serrée par une large ceinture vernie à grande boucle nickelée. Cela donnait un relief comique à son ventre et à ses seins pointés sur les côtés.

Les jeunes filles prenaient le thé. Lutka éclatait à tout bout de champ d'un rire joyeux qui découvrait de grandes dents, assez jolies, et des gencives roses.

— Tu veux du thé? me demanda Fela.

— Je viens de déjeuner.

— Ça ne fait rien. Assieds-toi. Tu auras bien de la place pour un verre de thé... J'ai des confitures de fraises des bois... Je les ai faites moi-même...

Je pris un verre de thé.

— Il en met un temps, ce Bolek, dit Lutka.

— Il est encore tôt, dit Fela.

Je savais par les gars que Lutka était depuis quelque temps la bonne amie du Lord. Bolek n'avait pas l'intention de l'épouser, mais la jeune fille s'en moquait complètement car elle était tout à fait libre et ne craignait pas les ragots. Loin de cacher son union illégitime avec le Lord, elle l'affichait au contraire en se montrant partout avec lui.

Quand Fela eut débarrassé la table du petit déjeuner, le Lord arriva. Il était vêtu comme monsieur le comte: chapeau élégant, pantalon blanc, souliers vernis, petite canne, cravate japonaise, gilet chatoyant de toutes les couleurs de l'arc-en-ciel.

— Nos hommages! dit-il sur le pas de la porte.

Lutka couina, sauta sur ses pieds et, secouant son corps opulent, se précipita vers lui. Elle lui jeta ses bras roses et gras autour du cou et, la jambe gauche relevée en pliant le genou, elle l'embrassa sur la bouche. Le Lord la saisit dans ses bras et la promena en l'air à travers la pièce.

Fela eut un léger sourire et me lança un coup d'œil. Je lui rendis son sourire.

Nous sortîmes en ville. Nous croisions des tas de passants. Fela attirait tous les regards. Les hommes se retournaient sur elle. J'en étais flatté... Fela portait des boucles d'oreilles garnies de gros diamants. Sur la poitrine, elle avait un pendentif précieux, plusieurs bracelets aux poignets et pas mal de bagues aux doigts. La jeune fille raffolait de bijoux, et Saszka n'était pas chiche de présents pour sa sœur.

Nous rencontrions des groupes de plus en plus nombreux de passants. Nous saluions des connaissances. Près de l'église, j'aperçus Alfred qui venait vers nous. Il donnait le bras à Belka et lui disait quelque chose. La jeune fille riait aux éclats. Je regardai Fela. Elle fronçait le sourcil.

Alfred et Belka se rapprochaient de nous. Soudain Belka m'aperçut. Son rire se figea. Le Lord lui dit:

— Mes hommages, mademoiselle Belka!

Alfred salua Fela d'un coup de chapeau. Elle inclina la tête.

Depuis mon retour des Soviets, je n'avais pas rendu visite à Belka. Je la revoyais pour la première fois. J'étais sur le point d'aller la voir juste après mon retour, mais le Rat m'avait appris qu'elle «fréquentait» Alfred, et j'avais renoncé à mon projet. Maintenant, je voyais ça par moi-même. Cette circonstance, et surtout cette rencontre, relança mon intérêt pour Fela. Je savais qu'Alfred l'avait courtisée pendant deux ans et qu'il en avait été pour ses frais. Elle avait même refusé de l'épouser alors qu'il le lui avait proposé plusieurs fois.

«C'est une fille intelligente et rouée, pensais-je. Elle ne se laisse pas entortiller comme ça par une belle petite gueule et par une petite moustache noire!»

Fela et Lutka entrèrent dans l'église, et moi, je me mis à faire les cent pas avec le Lord au milieu des garçons endimanchés, qui allaient et venaient par groupes, rengorgés comme des dindons, en lorgnant à la dérobée les marches de l'église qui avaient l'air d'un parterre fleuri, occupées par les filles en robes de couleurs vives. Elles sont là à chuchoter, à rioter et à apprécier les garçons du regard. Et eux, ces regards les mettent en extase. Ils marchent comme des chevaux de course retenus par la main du jockey et louchent vers les demoiselles.

Jurlin vint nous rejoindre. Il salua, cracha de côté et atteignit (sciemment) le soulier verni du frère aîné d'Alfred, Albin Alińczuk, qui s'était retrouvé près de nous. L'autre rougit, décontenancé.

— Mes excuses, Albin, dit Jurlin avec calme.

— Ça me fait une belle jambe, ronchonna Albin en essuyant sa chaussure souillée avec un bout de papier.

— Bon, puisque tu n'aimes pas mes excuses, alors pas d'excuses.

Le Rat surgit à nos côtés.

— Ce qu'il n'aime pas, c'est que tu lui aies craché sur le bout du soulier! dit-il. Les Alińczuk aiment bien qu'on leur crache en pleine gueule!

Les frères d'Albin le rejoignirent tandis que le Rat poursuivait ses brocards:

— Pourquoi tu essuies ça avec du papier? Lèche-le avec ta langue! Ça brillera comme le soleil. Les gens se diront: Voilà un prince, pas un fils de forain!

— Son Altesse met les chiens en laisse! ajouta le Lord.

— Châtelain en peau de lapin! dit le Rat.

Les Alińczuk s'éloignèrent. Jurlin s'adressa au Lord:

— J'ai besoin de deux gars en plus. Il y a de la camelote à gogo, et personne pour la porter.

— Ça manque donc de gars, dans la ville?

— Je ne veux pas prendre n'importe qui.

— Et si tu y allais? me demanda le Lord.

Je réfléchis un instant. J'étais déjà à court d'argent. Il faudrait bien se remettre au travail. Et puis l'oisiveté prolongée commençait à m'ennuyer sérieusement.

— Tu pars quand? demandai-je à Jurlin.

— Mardi.

— Bon. J'en suis.

— Pas bête! dit le Lord. Je vais encore demander à l'Alégant. Il est raide. Peut-être qu'il ira aussi.

— On est dans les bons! dit Jurlin. Alors on prépare dix bâts. Mais pas de lapin, hein?

— Lui, c'est du sûr, dit le Lord. Et l'Alégant devrait en être aussi.

Jurlin alla chez Ginta, et nous, nous continuâmes à attendre la sortie des filles. Nous vîmes enfin Fela et Lutka avancer entre les filles qui leur faisaient place. Nous allâmes à leur rencontre et nous quittâmes la cour de l'église. Des tas de regards convergeaient vers nous. Lutka fascinait les garçons par sa silhouette sensuelle, et Fela par sa beauté. Le Lord était un contrebandier et un buveur fameux; moi, j'étais encore le nouveau venu intéressant et ma présence aux côtés de Fela relevait encore l'intérêt pour ma personne.

Nous défilâmes lentement par les rues de la ville. Le Lord entra en passant chez un fruitier, où il acheta des bonbons, du chocolat et des noix.

Nous rentrâmes à la maison. Fela servit le déjeuner qu'elle avait préparé le matin avec Lutka. Une carafe de vodka et une bouteille de cerise arrivèrent sur la table. Le Lord se mit à boire à la santé de nos dames, puis de leurs parents, «par l'épée et par la quenouille», ensuite à celle de la frontière et des contrebandiers. Il buvait au bonheur, au succès, et le diable sait à quoi encore! Du moment qu'il y avait prétexte à une tournée. Lutka nous égalait presque comme buveuse; Fela était plus sobre, mais elle avait tout de même bu pas mal de cerise. Elle avait le visage pâli, les yeux brillants, les lèvres pourpres. Je ne la quittais presque pas des yeux et je ne cessais de lui remplir son verre.

Plus tard, nous poussâmes la table et le Lord fit marcher le phono. Il y avait dessus une vieille valse. Il saisit Lutka par la taille et ils se mirent à tournoyer, étroitement enlacés. La jeune fille riait, la tête rejetée en arrière.

— Aïe, tu vas m'étouffer!

Mais elle se plaquait elle-même contre lui de tout son corps. J'invitai Fela à danser. Elle se leva. Nous nous mîmes à tournoyer dans la pièce. J'attirai la jeune fille de plus en plus fort contre moi. Elle ne résistait pas... A un certain moment, j'entendis sa voix qui semblait venir de très loin à mes oreilles:

— Ça suffit, non?... Tu vas prendre feu!...

Le soir, je raccompagnai Lutka chez elle, avec le Lord. Quand, plus tôt, j'avais pris congé de Fela, la jeune fille m'avait serré la main particulièrement fort en disant:

— Viens un jour.

— Quand?

— Quand tu voudras.

— Bien. Je viendrai.

Je me sentais joyeux. Je ne regrettais ni Belka ni Lonia. J'étais entièrement sous le charme de Fela. Néanmoins, quand, après avoir raccompagné Lutka, le Lord me lança avec un brin de gêne: «Et si, hein?... si on allait chez les petites Kalisz?», je lui répondis en dissimulant la vraie raison: «D'accord... on boirait bien quelque chose.»

— Tout juste... Pas bête! répondit le Lord.

Cette nuit-là, pour la première fois depuis mon retour de l'autre côté, je découchai.

VII

Nous sommes onze. Un gros parti ordinaire de contrebandiers. Nous allons à travers bois, dans une pénombre verte, sur la mousse souple comme le fond d'une mer. Nous nous faufilons sans bruit entre les arbres, comme des fantômes. Et en haut, les nuages se faufilent doucement, eux aussi... Ils ont laissé partir «en amorce» un petit nuage léger et ils glissent en masse derrière lui.

Jurlin marche en tête. Il avance lentement, d'un pas légèrement chaloupé. Il inspecte le terrain devant lui de ses yeux de lynx. Il est suivi par le Lord, qui va léger, comme sur un parquet de danse. Il jette des regards à droite et à gauche. Derrière eux, les deux chauffeurs fameux, il y a moi. Le Rat me suit en balançant les hanches. Il sourit sans arrêt. Il se rappelle quelque chose, une bagarre sans doute, ou il en projette une autre. Puis déboule la Comète. Il laisse flotter au vent sa longue moustache noire et avance d'un pas décidé. Derrière lui trotte Sonia, la femme de Jurlin. Nous la plaçons exprès au milieu du parti, où elle est moins exposée. La femme va d'un pas menu mais sûr. Elle est rompue à ces voyages car c'est la deuxième année qu'elle suit son mari. Après Sonia vient, pataud, Wańka le Bolchevik. Il marche l'œil rivé aux mollets de la femme, il observe l'ondulation provocante de ses hanches. Il a la tête pleine d'images érotiques et il casse souvent par inadvertance une brindille de bois mort sous sa botte. Alors le Rat tourne la tête, prend un air menaçant et lui montre le poing. Et Wańka de marmonner:

— Et allez, retourne-toi, comme la jument pour voir le loup!

Derrière Wańka arrive la Tétine, un garçon joyeux, comique, très naïf. Il a reçu ce sobriquet de la façon suivante. Un jour, il est allé de l'autre côté *à son compte*. Il avait une marchandise surprenante: plusieurs milliers de tétines pour bébés. Il s'était fait un bandage, garni de tétines enfilées sur des ficelles, qu'il portait sous son paletot.

C'était l'été. Le garçon ne put arriver de nuit à sa planque. Pour la journée, il se cacha dans le seigle. Puis il en eut assez et commença à se faufiler par les champs. Mais il fut aperçu par une patrouille montée. Les soldats voulurent l'arrêter, mais lui, comme un brochet saute dans l'eau, il plongea dans le seigle. On l'attrapa après bien des efforts et après avoir piétiné une bonne partie des champs. Après l'avoir bourré de coups de pieds, les soldats se mirent à le fouiller. Il ôta son paletot et se retrouva devant eux, tout couvert de tétines comme de décorations. Les bolcheviks éclatèrent de rire. Puis l'un d'entre eux déclara:

— Dites, camarades, ça vaut pas le coup d'arrêter un spéculateur comme lui!

Un autre appuya:

— Qu'il porte donc tout ça jusqu'au bout! Ça distraira les petits communards!

Et ils l'avaient relâché. On ne lui avait même pas confisqué sa marchandise. Revenu au bourg, le garçon avait raconté l'incident à ses camarades sans se douter qu'il allait devenir l'objet de risées et de quolibets. Depuis, tout le monde au bourg l'appela la Tétine.

Derrière la Tétine vient Leon Jubina. Les gars l'appellent le Cavalier, car il aime conter fleurette aux filles et passe son temps en leur compagnie dans toutes les soirées. Il va rarement de l'autre côté, juste quand la misère l'y pousse. Le gars redoute ces voyages. Après Jubina vient, d'un pas élégant, portant bottes et pantalon élégants, l'Alégant. Seuls son bonnet et son paletot, pour ne pas détonner, sont vieux. Au bout de la file roule le convoyeur Girsz la Mèche, un jeune juif, petit et joufflu. Il a la vue basse et il est peureux, alors il regarde constamment sur le côté en clignant des yeux. Il a du mal à suivre le parti et il a peur de rester trop en arrière: quelque chose pourrait jaillir des fourrés, on ne sait jamais, en forêt! Alors quand il voit qu'il a quelques pas de retard, il se met à courir après le parti en jouant de ses petites jambes comiques et en épongeant la sueur de son visage avec un mouchoir. Une fois, le Lord se retourna et vit Girsz s'essuyer le front de son mouchoir. Il alla le voir:

— Tu veux une beigne?

— De quoi?... Qu'est-ce que tu veux?

— Cache tout de suite ce mouchoir!... Un mouchoir blanc, ça se voit à un kilomètre, en forêt. S'il t'en faut un, prends-le jaune, ou vert!

Nos bâts font quarante-cinq livres. Seule Sonia en a un de trente. Nous portons des articles pas chers mais qui «marchent» bien chez les Soviets: mouchoirs, ciseaux, verroterie, aiguilles, peignes, dés à coudre, rasoirs, blaireaux. Nous gagnons autant que sur des articles chers: quinze roubles du bât. Le lot appartient à Rawa Glanc et à Fejga Jedwabna, qui tiennent ensemble une boutique sur la grand-place.

La femme de Jurlin, Sonia, a trente ans, mais elle paraît beaucoup plus jeune. Elle a la frimousse ronde et gaie, les yeux bleus, les lèvres cerise, les cheveux blonds et une fossette au menton. Elle est assez jolie et Jurlin la considère, allez savoir pourquoi? comme un comble de beauté; et s'il l'emmène, ce n'est pas pour gagner davantage mais parce qu'il est très jaloux et craint de la laisser seule au logis. Il sait qu'elle possède un tempérament de feu, un petit cœur facile à détourner et peu de respect pour les principes de la fidélité conjugale; aussi préfère-t-il l'avoir constamment à l'œil.

Moi, tout en marchant, je plonge de temps en temps la

main dans la poche latérale de mon paletot, et j'ai plaisir à serrer fort la crosse de mon Nagan. Je n'ai pas dit aux autres que j'emportais un revolver. Je sais qu'ils ont peur de voyager armés car, chez les Soviets, les contrebandiers pris avec des armes encourent des peines très sévères. Il est arrivé plusieurs fois qu'on les juge pour banditisme, pour les passer par «profits et pertes». C'est mon secret, que j'ai décidé de ne révéler à personne. Si jamais je suis pris chez les Soviets, je préfère lutter pour me dégager, ou y rester, plutôt que retourner souffrir la faim et nourrir les poux à la Tchéka ou au *Dopr*. Et encore, quel aurait été mon sort tout au long des trois années de déportation que j'avais pu éviter?

Les nuits sont courtes à présent, et comme nous ne pouvons atteindre notre planque d'une seule traite, nous faisons d'ordinaire une «journée» en route. Notre point de chute est à vingt-cinq kilomètres de la frontière, au nord-est de Stare Sioło.

Nous nous efforçons de rester à couvert et nous ne sortons dans les champs que si c'est indispensable. Jurlin est un guide accompli: il ne suit jamais les routes ou les sentiers, il va au plus court, je crois.

Après la journée d'attente en forêt, nous atteignons enfin, la nuit suivante, un grand verger. Jurlin écarte une planche de la clôture et nous nous glissons par ce trou dans le verger, où se trouve un grand hangar. Nous y entrons.

Jurlin et le Lord vont à la ferme. Ils reviennent au bout d'un quart d'heure et commencent à emporter les bâts, par deux à la fois. Ils font trois voyages. Nous nous couchons tous. Sonia dort dans un coin du hangar, près de son mari. Girsz la Mèche dort également dans le hangar.

VIII

On était en août. La saison d'or approchait. La frontière s'anima. Les contrebandiers partaient de plus en plus nombreux, de plus en plus souvent. Je continuais à farguer dans le parti de Jurlin. Les verdets nous avaient fait cavaler à plusieurs reprises, mais ils n'avaient coincé personne. Le Rat projetait de faire une chauffe aux deux juives, mais le Lord s'y opposait car la marchandise ne valait pas grand-chose et ça n'aurait pas payé.

Le travail était devenu plus dur qu'avant. La frontière venait d'être reprise par la police. Nos bataillons douaniers avaient été supprimés. Dès que les policiers commencèrent à assurer la garde des frontières, des querelles éclatèrent avec les soldats bolcheviks, qui jusque-là avaient fait bon ménage avec ceux des bataillons; ils faisaient leurs rondes sur le même sentier et bavardaient souvent en se rencontrant. Maintenant, des coups de feu s'entendaient de plus en plus souvent sur la frontière. Les bolcheviks tiraient sur nos gardes et leur jouaient toutes sortes de tours. Ceux de l'armée rouge traitaient la police des frontières de «corbeaux noirs» ou d'«escadron noir». Alors on fit retirer les gardes à plusieurs dizaines de mètres de la frontière proprement dite et on traça d'autres chemins de ronde. Ce fut fait simultanément par les Polonais et les bolcheviks. Et la frontière fut renforcée en bien des endroits par des chevaux de frise qui s'allongeaient souvent sur des distances considérables.

Il devenait de plus en plus ardu d'aller de l'autre côté. Les gardes-frontière travaillaient d'arrache-pied dans une ambiance de nervosité. Il y avait des pièges partout. Aux points de passage commodes, nous étions gênés par les barbelés et, pour pouvoir les franchir, nous devions emporter des nattes ou des pieux. Il nous arrivait de cisailler les barbelés, mais nous ne le faisions que par exception, peu désireux d'ennuyer les verdets sans motif ou de leur indiquer nos points de passage favoris.

Vers la fin août, je pris la piste pour la septième fois avec le parti de Jurlin. Nous partîmes de bonne heure. Les nuits allongeaient et nous voulions atteindre notre planque avant le jour. Le parti était au complet. Jurlin, le Lord, moi, la Comète, le Rat, Sonia, Wańka le Bolchevik, l'Alégant, la Tétine, Jubina et Girsz la Mèche. Nous avions des bâts de quarante livres.

Peu avant la frontière, le Lord et la Comète tirèrent d'un épais fourré une natte de plusieurs mètres de longueur. Elle était tressée de paille et d'osier et solidement ourlée de ficelle. Le Lord portait deux longues perches, et la Comète, la natte roulée comme un tapis.

En marchant très lentement dans la forêt, nous atteignîmes la frontière. La nuit était sombre. Le ciel embrumé. Nous restâmes longtemps à tendre l'oreille à la lisière de la forêt, puis nous traversâmes la percée jusqu'aux barbelés. Nous fixâmes les perches à un bout de la natte, puis nous les soulevâmes avec la natte pour coucher ce «ponton» sur les barbelés. Le bout de la natte le plus proche de nous fut également fixé aux perches.

On commença alors à passer. Les contrebandiers se hissaient tour à tour, puis, agrippés aux perches, franchissaient les barbelés à quatre pattes sur la natte. Cela se faisait vite et sans bruit. Quand tout le monde fut passé, on commença à soulever la natte. Puis on en détacha les perches. On roula la natte avant de s'enfoncer dans la forêt. Nous cachâmes les perches et la natte dans une framboisière touffue, à bonne distance de la frontière. Nous avions l'intention de les reprendre au retour. Nous traversâmes sans encombre la forêt frontalière et la rivière sur la deuxième ligne. A un endroit, Jurlin prit le raccourci d'un sentier étroit dans la forêt. La nuit était chaude et calme. Nous allions assez vite, et comme il faisait complètement noir dans la forêt, nous butions souvent sur le dos de celui qui nous précédait.

La forêt devenait de plus en plus claire. Nous nous engageâmes bientôt dans un petit pré étroit qui s'enfonçait en coin entre deux ailes de la forêt. Un ruisseau courait en son milieu. Jurlin nous en fit suivre la rive. La forêt disparut dans l'obscurité. Il faisait moins noir maintenant et je pouvais distinguer le terrain à quelques pas devant moi. Le pré allait s'élargissant.

Soudain j'entendis à l'avant un bruit métallique. Jurlin s'arrêta. Tout le parti se figea sur place. Le bruit se répéta plusieurs fois. Je compris que j'entendais tinter des entraves de fer aux jambes de chevaux mis en pâturage.

Jurlin franchit le ruisseau d'un bond à un endroit plus resserré, puis s'en écarta pour entrer dans le marais. Mais le sol ne tarda pas à s'enfoncer sous nos pieds et nous dûmes reprendre l'ancien chemin.

Quand nous nous retrouvâmes, l'oreille aux aguets, au bord du ruisseau, j'entendis nettement des pas d'hommes qui se hâtaient vers nous. Jurlin s'élança vers la droite presque au pas de course. Soudain une lampe de poche brilla devant nous. Dans sa lumière, je vis les silhouettes des camarades qui me précédaient. Jurlin reprit vers les marais. Alors une voix résonna sur le côté:

— Halte! Halte! Halte!... Dans la forêt, les gars! Et vite!

Il y eut encore les éclairs de plusieurs torches. On entendit une galopade et des jurons.

— Halte! Halte!...

— Halte, je vous dis, bon sang, ou on tire!

«Ils n'ont sans doute pas leurs carabines, pensai-je, car ils auraient tiré depuis longtemps!»

Nous nous engagions de plus en plus dans les marais. Nos pieds enfonçaient profondément dans la boue, tandis que nos poursuivants gagnaient de plus en plus sur nous.

Le Rat courait à côté de moi en jurant:

— Oh, les brutes! Les ploucs! Les ordures!

Je savais que nous ne pourrions nous échapper. Je fis un brusque saut de côté. Le Rat cria:

— Où tu vas?

Je ne répondis pas. Je restai seul un instant, puis je vis des silhouettes noires qui fonçaient sur moi. Je les éclairai avec ma torche, et en même temps, coup sur coup, je me mis à les canarder avec mon Nagan. Je vis nos poursuivants prendre la fuite. J'éjectai vite les douilles brûlées et je rechargeai mon revolver. J'entendis sur le côté, tout près de moi, un pas léger. Je faillis tirer, mais un bref éclair de ma torche fit émerger des ténèbres la silhouette du Rat.

— Bien envoyé! dit-il.

— Qui c'était? lui demandai-je.

— Ou des troufions qui faisaient paître des chevaux et n'avaient pas leurs carabines, ou de la vermine qui dormait par là... C'est plutôt ça! ajouta-t-il après un moment. Mais tu les as régalés de première. Ils nous auraient rattrapés! Ils connaissent chaque pas, ici, et ils n'ont pas de bâts. Mais c'est bien fait pour eux!... bien fait!

— On rejoint les nôtres? demandai-je.

Le Rat siffla doucement.

— Les nôtres?... Où est-ce que tu les trouveras, maintenant?... On rentre!... Et la marchandise, elle est à nous, et sans chauffe! ajouta-t-il encore avec un petit rire.

Nous marchâmes lentement dans le marais pour rejoindre le ruisseau, que nous longeâmes jusqu'à la forêt.

Nous étions de retour avant minuit.

— Où tu vas vendre la camelote? demandai-je au Rat.

Il renifla.

— Je t'en vends cent charretées. Amène-les seulement!

— Tu vendrais aussi la mienne?

— Ça colle! Aide-moi seulement à porter ça à la maison, et demain, tu auras ton fric.

Je saluai le Rat devant chez lui. Mon camarade retint ma main.

— Dis, hein... ne dis pas aux gars que tu les as flingués, les autres vermines... Ils auraient peur d'y aller avec toi!

— C'est bon.

— Et la camelote, dis que tu l'as laissée dans le marais parce que tu as déjà eu du mal à t'en sortir toi-même. Compris?... Pour qu'ils ne croient pas que c'est de la chauffe!

— C'est bon.

— Je viens chez toi ce soir.

Puis il disparut dans le fond de la cour avec les deux bâts sur le dos, et moi, je rentrai à la maison.

Voilà comment j'avais éprouvé mon revolver pour la première fois.

Le lendemain, le Rat vint me voir à midi.

— Tu as fourgué les bâts? demandai-je.

— Non... Pour toute la camelote, la tienne et la mienne, on me donne cent quatre-vingts roubles. Ils nous prennent à la gorge, les salauds, parce qu'ils savent que je suis pressé. Moi, je marcherais, mais je ne sais pas ce que tu en penses. Je ne voudrais pas que tu te fasses des idées.

— Quelles idées?

— Que j'ai engourdi une partie de ton fade.

— Je sais bien que tu ferais pas ça!... N'en parlons plus! Va chercher le fric.

Le Rat s'en alla, et le soir, il revint m'apporter quatre-vingt-dix roubles-or... Il riait joyeusement.

— Tu sais, le parti de Jurlin est revenu aussi!

— Tout le monde?

— Jurlin est rentré avec le Lord, le juif et la Comète. L'Alégant et la Tétine sont revenus ensemble. Et Sonia, c'est Wańka le Bolchevik qui l'a ramenée sur la fin de la nuit. Ils ont dû froisser toute l'herbe autour de la frontière. Ils se sont donné du mouvement!

— Et le Cavalier? dis-je en pensant à Jubina.

— Il n'est pas rentré, lui. Il s'est peut-être égaré.

— Et la camelote?

— Jurlin, le Lord et la Comète l'ont rendue, parce qu'ils étaient avec le juif. Et le reste, fuiiit! (Le Rat émit un long sifflement.) Mort aux cloches!

Ensuite nous allâmes chez Ginta. Le salon était plein de contrebandiers. Notre «bourse» travaillait à plein. C'est ici que l'on concluait toutes sortes d'affaires. Que l'on complétait son parti. Que s'amusaient aussi ceux qui avaient gagné de l'argent... Que jouait l'accordéon, que coulait la vodka, voire le sang quelquefois; c'est ici qu'on jouait aux cartes.

Quand nous fûmes entrés dans la salle enfumée, je vis tous les nôtres assis à la table centrale, avec Jurlin qui venait rarement ici. On nous fit de la place.

— Allez, buvez un coup, et puis on causera, dit le Lord d'un ton lourd de sous-entendu.

Nous bûmes deux verres de vodka chacun. Puis le Lord s'adressa au Rat.

— C'est toi qui as flingué les ploucs, hier?

— Non... c'est pas moi... Pourquoi?

— Pour rien.

Le Lord se tourna vers moi:

— C'est toi qui as canardé les vermines?

— Non.

Jurlin éleva la voix:

— C'est eux qui ont tiré... Ou l'un ou l'autre... Je le sais. J'étais tout près.

— Et peut-être que c'est eux qui nous ont flingués, dit le Rat.

— Et qui les a éclairés avec une torche? Hein? demanda Jurlin.

— Qu'est-ce que vous voulez, au juste? demandai-je au Lord, un peu agacé par cet interrogatoire.

— On veut qu'on est un parti tranquille. On fait du travail propre et on veut pas se charger... Si on doit emporter de l'artillerie, alors c'est tout le monde; autrement, s'ils en coincent un avec un flingue, c'est le poteau pour tout le monde! Tiens, le Cavalier qui n'est pas rentré. Si ça se trouve, il se sera fait coincer là-bas.

Le Rat se mit à rire.

— Espèce de lièvres, tiens! Et alors, si on nous coinçait tous?...

— Alors rien! répliqua Jurlin.

— Oui… rien pour toi. Toi, les juifs te rachèteront, et nous autres, on crèvera jusqu'au dernier à la Tchéka.

— Peut-être qu'ils te rachèteront aussi.

— Je ne suis pas leur larbin!

— Toi, ne parle pas comme ça! intervint la Comète. Jurlin est des nôtres et il sait ce qu'il dit!

Le Rat bondit:

— Il sait, oui, mais pour lui-même!… Et vous, vous vous rappelez les cinq gars de Kuczkuny que les vermines ont zigouillés dans les marais l'année dernière, près de Gorań? Hé? Vous vous rappelez? Hein!… Et nous, c'est bien près de Gorań qu'on nous a arrêtés!

Tout le monde se taisait. Alors je me levai et déclarai:

— C'est bien moi qui ai canardé les vermines!

Personne ne parla. Seul le Rat commenta d'un ton solennel:

— Et tu as bien fait!

Au bout d'un moment, le Lord prit la parole:

— Alors c'est différent… Tu ne savais pas, toi, que personne, chez nous, ne se chargeait sur la piste.

— Si.

— Surtout ne recommence pas.

— C'est mon affaire! répliquai-je. Tu ne vas pas me commander, toi! Je l'ai fait et je continuerai à me charger!

— Impec! dit le Rat.

— Alors tu n'iras plus avec mon parti à moi! déclara Jurlin.

— Pas la peine! répondit le Rat à ma place. Regardez-le, l'homme sans reproche! Le gars nous a peut-être sauvé la liberté, et l'autre qui fait la fine bouche!

Soudain une voix sonore retentit à la porte:

— Allons, on ne fait pas de bière avec du fiel!

Nous nous retournâmes. Sur le seuil, entouré d'un nuage de fumée, il y avait Saszka. Nous ignorions à quel moment il était entré car la porte du salon restait constamment ouverte pour assurer la ventilation. Alors, il vint lentement vers la table. Il était suivi par la Résine. Ils avaient tous les deux les mains dans les poches.

Des saluts fusèrent. On leur fit de la place à la table. Peu après leur arrivée, Jurlin quitta la pièce.

— Il a les jetons! dit Saszka en versant deux verres d'alcool.

Le Rat pouffa avec dédain.

— Il a les boyaux fins.

Saszka s'adressa à moi:

— C'est toi qui as canardé la vermine, hier?

— Oui.

— Alors tiens!

Il poussa un verre de mon côté et prit l'autre.

— Buvons à la chance!

Nous trinquâmes et nous avalâmes notre vodka cul sec. Puis Saszka alluma une cigarette et dit:

— Si j'ai du travail pour trois, tu viendras avec moi.

Je me sentis tout joyeux. Je regardai Saszka dans les yeux avec une sincère reconnaissance et je hochai la tête.

— D'accord.

Saszka quitta le salon pour le restaurant. Il revint bientôt et, quelques minutes plus tard, Ginta et Tekla commencèrent à apporter et à disposer sur la table des bouteilles de vodka, de bière et de liqueur. Puis elles apportèrent plein de plats de poisson et de viande.

— Il a racheté le buffet, Saszka! dit la Comète.

Et Saszka déclara:

— Allez, on boit, vieux frères! On boit et on mange! Aujourd'hui, personne ne paie!

Puis il fit venir Antoni à table et lui versa un grand verre de liqueur.

— Allez, tète!

L'accordéoniste but et mangea. Saszka lui fourra dans la main plusieurs pièces de dix roubles en disant:

— Allez, envoie-nous la *Polka du Sabbat*! Mais à la mode de chez nous, du feu, hein! Que la table en frappe du pied!

Bientôt la pièce fut remplie des accords entraînants de la *Polka du Sabbat* qui arrachaient les gars de leurs sièges. Les contrebandiers buvaient à mort. Ils accompagnaient la vodka de poires et de bonbons, les liqueurs de saucisson et de concombres.

— Allez, on boit, vieux frères, on boit! Tout doit disparaître! nous encourageait Saszka.

Et les gars ne restaient pas oisifs, ils ne laissaient pas perdre la vodka. Le Lord chantait sur l'air de *Qui se moque de nos gars*:

Regarde ma misère, Hela,
Je reviens d'une chouette fiesta:
Pieds nus, cul nu, dépenaillé,
Pinté, feinté, tout griffaillé!

Tard dans la nuit, je quittai le salon avec le Rat. Ça cognait dans ma tête. Le Rat était complètement ivre, lui aussi.

Nous nous arrêtâmes au milieu de la grand-place. Je dis à mon camarade:

— Alors, avec Jurlin, c'est fini?

— Ben oui...

— Merde! Avec qui on ira, maintenant! Et la saison d'or qui nous pend au nez!

— Ben, par exemple avec les «sauvages»!

— Tu les connais, toi? demandai-je.

— Qui je ne connais pas!... Pour chauffer, ça va chauffer! Au moins on va s'amuser!... Taï-da! Ta-ra di-ra...

Et, tout en fredonnant et sifflant la *Polka du Sabbat*, le Rat se mit à danser dans la gadoue de la grand-place.

Ensuite nous nous raccompagnâmes longuement à tour de rôle. Il me racontait des choses, je lui en racontais d'autres, mais je n'en ai gardé aucun souvenir par la suite.

IX

Il y avait dans la zone frontière un parti singulier. On l'appelait «sauvage», et les gars qui en étaient, les «sauvages» ou les dingues. Les sauvages n'observaient pratiquement aucune mesure de prudence et passaient la ligne «à l'arraché». Ils trinquaient souvent. Leurs chauffeurs changeaient tous les quelques mois. Mais, chose étrange, ce parti de dingues travaillait depuis trois ans. Cent fois disloqué, cent fois reconstitué pour continuer, à la nuit, à faire la loi sur la frontière et la zone frontière. Bien des partis avaient vécu et disparu, les chauffeurs les plus raffinés chutaient, et ces diables-là travaillaient sans interruption. Ils faisaient des fauches et des chauffes, et ils durèrent des années, même si leur composition changeait sans cesse.

Les sauvages étaient le refuge de ceux qu'on n'aurait pu obliger à marcher régulièrement avec un parti et de ceux qui, par esprit de contradiction, refusaient d'observer les lois et les règles de discipline qui avaient cours dans les partis, et de ceux encore qui avaient besoin de gagner un peu d'argent occasionnellement, comme aussi de ceux qui aimaient le grabuge et se moquaient de leur propre sécurité ou de rentrées régulières.

Le lendemain de notre altercation avec Jurlin, le Rat me présenta au chauffeur des sauvages, Wojciech l'Ange. Nous ne voulions pas perdre une seule semaine de la saison d'or et nous savions que les sauvages ne nous demanderaient pas si nous marchions armés ou non. Nous trouvâmes l'Ange chez lui. Il était assis dans un grand berceau à bascule placé au milieu de la pièce et il se balançait avec rage en lançant ses jambes d'avant en arrière. A sa lèvre inférieure était collée une cigarette de tabac gris roulé dans une feuille arrachée à l'éphéméride pendue au mur. Sur la table, un petit garçon complètement nu était couché sur sa petite couverture. Chose bizarre, il ne pleurait pas, peut-être parce qu'il était occupé à se fourrer le pied gauche dans la bouche.

— Salut, l'Ange! cria le Rat en entrant avec moi dans la salle.

L'Ange cligna de l'œil gauche et cracha dans un coin de la pièce.

— Et alors? dit-il.

— Quoi de neuf, chez toi? dit le Rat.

— Ça va, ça vient, répliqua l'Ange sans cesser de se balancer dans son berceau, sans doute pour illustrer son idée.

— On veut faire la piste avec vous, dit le Rat.

— Vous pouvez... Est-ce que je vous en empêche?... C'est du petit boulot d'anges!

— Alors, quand est-ce que vous partez?

— Aujourd'hui.

— D'où?

— Va-t'en savoir d'où.

— Alors comment on va vous trouver?

— Va-t'en savoir comment.

Le Rat tira de sa poche une bouteille de vodka.

— Alors on va arroser l'affaire.

L'Ange toussa en signe d'assentiment et lança un épais

nuage de fumée vers le plafond. Le Rat lui tendit la bouteille. D'un mouvement léger de la paume, l'Ange fit sauter le bouchon et il me regarda sans cesser de se balancer.

— Ça aussi, c'est dans le coup?

— Oui... bec compris.

— Non, je ne veux pas, répondis-je.

— Tant mieux, dit l'Ange.

Puis il plaça son ongle sur la bouteille de façon à marquer la moitié de son contenu, rejeta la tête en arrière et, sans cesser de se balancer, il se mit à boire. La vodka glougloutait dans son gosier, sa pomme d'Adam tressautait. Sans regarder la bouteille, l'Ange s'interrompit. Il la regarda à nouveau: il avait bu juste ce qu'il avait mesuré, jusqu'au bord de son ongle. Il passa la bouteille au Rat, qui avala sa part d'un seul trait puis demanda à l'Ange:

— Alors, on se retrouve où?

— Sur le soir... près de chez le Centaure... comme des anges..

— Ça biche! Dieu te garde!

— Allez au diable!

Quand nous fûmes sortis de chez l'Ange, je dis au Rat:

— Quel dingue!

— Pas bête, comme dingue! répliqua mon camarade.

Le soir, nous allâmes vers la maison de leur marchand, le Centaure, considéré, lui aussi, comme un fou dans la ville. Cela tenait à plusieurs raisons, surtout au fait qu'il confiait sa marchandise aux dingues. Il avait été contacté par d'autres partis, plus posés, mais lui nourrissait une sympathie particulière à l'égard des dingues, et cela faisait trois ans qu'il les commanditait... Les sauvages lui faisaient une chauffe, et lui, il clignait de l'œil: on sait ce que c'est!... Nouvelle chauffe. Avec un nouveau clin d'œil, il invitait plusieurs dingues à boire de la prune maison. Puis il leur disait:

— Bon, les gars, si vous refaites le coup, la prochaine fois, c'est de la paille que vous porterez de l'autre côté... Et moi avec vous!

Cela prenait les sauvages par les sentiments, et ils lui passaient cinq à huit lots proprement. Le Centaure se refaisait. Il fondait une fabrique de savon à Wilno, une fabrique d'encre à Lida, une fabrique de chocolat à Grodno. Les fabriques étaient sa marotte. A part le sobriquet de Centaure, la marque de ses nombreuses fabriques, on lui donnait encore celui de Fabricant... Les fabriques faisaient en général long feu: voyant qu'il avait refait sa bosse, puisqu'il fondait des fabriques, les sauvages se remettaient à lui faire des chauffes, et le Centaure périclitait. Il réinvitait ses dingues à boire de la prune, il leur reproposait de passer de la paille, il se retapait encore. Et ainsi de suite depuis trois ans.

Près de la maison du Centaure, des groupes de gars faisaient les cent pas. Ils passaient à deux, à trois, à plusieurs. Le Rat en saluait certains.

— Où est l'Ange? demanda-t-il à l'un d'entre eux.

— Chez le Centaure, avec le Poisson-Chat.

— Ils boivent de la prune, ajouta quelqu'un sur le côté.

Nous continuâmes à faire les cent pas devant les entrepôts et les maisons. Bientôt une grande charrette quitta la cour du marchand par la grande porte. L'Ange, le Poisson-Chat et un juif, le convoyeur Berek l'Endeuillé, y étaient assis. Kostek le Boiteux, le valet du Centaure, conduisait. L'Ange appela l'un des garçons et lui dit quelques mots. L'autre opina. La charrette s'ébranla et disparut bientôt au tournant.

Par petits groupes, les gars se dirigèrent vers Słobódka, où ils prirent la route de Duszkowo.

*

* *

Peu après Wygonicze, l'Ange sortit du bois et vint au-devant du premier groupe de contrebandiers. Ils attendirent ensemble le reste des gars, puis s'enfoncèrent dans la forêt.

L'Ange s'arrêta bientôt devant un énorme tas de bois mort, près duquel se tenaient le Poisson-Chat et Berek l'Endeuillé. L'Ange commença à tirer les bâts de sous les branches. Il les jetait négligemment à terre en comptant à haute voix: Un, deux, trois... Il en compta dix-huit et s'arrêta. Il se tourna vers nous:

— Allez, on prend les bâts! Comme des anges...

Il était trop tôt pour prendre la piste. Les gars s'égaillèrent dans la forêt pour se tailler de solides bâtons. Les sauvages le faisaient toujours. Ils partaient armés de bâtons, qui leur servaient bien souvent à chasser ou à frapper les paysans friands de butin facile qui leur barraient la route. Moi et le Rat, nous

nous taillâmes, nous aussi, deux gros bâtons. Ensuite les gars se rassemblèrent près du tas de bois mort et fumèrent, allongés sur la mousse.

Nous étions dix-neuf. La nuit approchait. Il faisait de plus en plus sombre dans la forêt. L'Ange alla au tas de bois et il en sortit avec précaution un gros sac. Il se mit à en tirer des bouteilles d'alcool et à les jeter tout autour sur la mousse.

Il en compta dix-neuf et dit:

— Une pour deux! Comme des petits anges...

Les gars se mirent aussitôt à boire et l'Ange ficela soigneusement le sac qu'il donna au Poisson-Chat en supplément de charge.

— C'est toi qui porteras ça!... Ne va pas le casser, ou te pinter!

Le Poisson-Chat marmonna quelque chose et prit le sac.

Les gars buvaient. Certains s'étouffaient avec l'alcool et toussaient. On entendait des voix joyeuses et des éclats de rire. La nuit tomba.

— Allez, les dingues, on charge! cria l'Ange.

Tous se levèrent et se passèrent aux épaules les bretelles de leurs bâts. C'était lourd. Nous portions du cuir à semelles. Article bon marché, mais qui rapportait de cent cinquante à trois cents pour cent.

— Allez, ouste!... Et pas un mot!... dit l'Ange en démarrant.

En réponse, quelqu'un éclata d'un rire sonore. Un autre siffla. Le parti s'ébranla. Les gars ne gardaient ni le silence ni leurs distances. Ils cassaient les buissons, craquaient des branches, toussaient, juraient, riaient, et ils s'étaient étirés sur deux cent cinquante mètres. L'Ange s'arrêta plusieurs fois pour leur montrer le poing, mais cela n'avait aucun effet et déclenchait des rires. Alors l'Ange partit aussi vite que s'il avait voulu nous semer. Nous dûmes le suivre en courant presque.

Moi et le Rat, nous marchions au milieu du parti. Au début, je fus étonné de voir des contrebandiers se comporter ainsi aux abords de la frontière, mais je ne tardai pas à me sentir joyeux, moi aussi. L'alcool m'avait échauffé et l'avance indisciplinée des gars éloignait l'idée du danger.

Quelqu'un qui me précédait qu'une quinzaine de pas entonna sur l'air de *Petite Pomme*:

Qu'est-ce que j'entends et qu'est-ce que j'vois?
V'là Trotski perché sur un toit
Qui braille comme ça au populo:
«La liberté, tu l'as dans l'dos!»

— Bravo!

— Vas-y, continue! criaient les voix des contrebandiers.

Et Waluś le Chimpanzé (c'était lui qui chantait) bramait d'une voix de ténor râpeuse d'autres couplets de *Petite Pomme*.

Soudain le parti s'arrêta. L'Ange arriva en courant devant le Chimpanzé.

— Ferme ta gueule, patate!

— Et après?

— Après, tu vas voir!... Dans les pattes des bolcheviks que je vais vous amener!... Comme des petits anges!... Tu fais exprès de gueuler, merde! On arrive à la frontière!... Les troufions vont nous barrer la route!...

L'Ange repart. Nous marchons vite. Personne ne chante plus maintenant, mais même sans cela, nous faisons beaucoup de tapage.

Au bout d'un moment, nous arrivons à la percée de la frontière. A la même vitesse, sans nous arrêter ni écouter, nous continuons. On y voit assez bien. On peut repérer le terrain sur quelques dizaines de pas. Je vois devant nous la levée, haute et large, des barbelés. L'Ange oblique à gauche et suit la percée. Nous longeons les poteaux-frontière. En les dépassant, les gars y donnent des claques ou frappent du bout de leurs bâtons les buttes qui les soutiennent.

L'Ange tourne à droite et s'arrête devant les barbelés. Nous le rejoignons.

— L'Amande, les cisailles! dit-il.

Kostek l'Amande tire des cisailles de sa ceinture et l'Ange se met à couper rapidement les fils, qui sonnent sous les lames et tombent de part et d'autre. Le travail avance vite. Les gars écartent de leurs bâtons les barbelés qui pendent.

La voie est libre. Nous passons de l'autre côté de la percée et poursuivons. Je remarque que tout le monde ne va pas à la queue leu leu: certains avancent côte à côte.

Devant moi, j'entends de gros éclaboussements. Ce sont les gars qui passent une petite rivière... sans aucune précaution... au galop. Je tombe dans l'eau qui m'arrive presque à la poitrine et je suis à toute vitesse le Rat qui me précède. Je grimpe sur la rive et je cours presque derrière mon camarade.

Nous voilà au bord d'une cépée. Tout à coup, j'entends sur le côté un cri geignard:

— Qui va là?

— On est du coin!

— Comment, du coin? demande-t-on là-bas.

— Coin-coin! braille le Poisson-Chat.

J'entends pouffer de rire en plusieurs endroits; et à quinze pas devant nous, un coup de carabine part d'une touffe sombre d'arbustes. De notre côté, plusieurs torches brillent en même temps et éclairent parfaitement le groupe d'arbustes. J'aperçois nettement les silhouettes de soldats en longs manteaux gris. Plusieurs bâtons volent de leur côté. L'un des gars crie:

— Hourra! Tout le monde sur eux!

Les soldats se cachèrent aussitôt dans les buissons. Tout cela s'était déroulé en pleine marche, sans le moindre temps d'arrêt.

Quand nous fûmes à plusieurs centaines de pas de cet endroit, des tirs et des cris résonnèrent derrière nous. Sans y prêter la moindre attention, nous avancions de plus en plus vite.

A deux kilomètres de la frontière, l'Ange continua sur un chemin charretier. Puis il tourna à droite et nous prîmes un étroit sentier à travers bois.

Les gars parlaient. De temps en temps, des torches brillaient. L'Ange ne marquait aucune réaction à tout cela, il avançait très vite, sa torche dans la main droite, prêt à éblouir tout homme qu'il rencontrerait, et dans la gauche, son bâton, pour s'y appuyer ou se défendre.

Depuis que le parti des sauvages existait, l'Ange en était le neuvième chauffeur. Le premier, et fondateur du parti, avait été Antoni le Mur (il employait constamment ce mot: Un vrai mur! allez, comme un mur! dur comme mur!). C'était un dingue dans le meilleur style. Il ne travaillait pas seulement pour l'argent, mais avant tout pour faire des blagues insensées. Il avait été capable de suivre la frontière sur plusieurs kilomètres avec son parti pour arracher tous les poteaux-frontière, qu'il avait portés avec les gars jusqu'à la deuxième ligne et jetés à la rivière. Les gars se souviennent toujours de ses blagues et ils reparlent souvent d'Antoni le Dingue. Il se fit tuer au poste de garde bolchevik où, complètement noir, il était allé demander son chemin et «chercher des crosses» aux soldats.

Après lui, il y avait eu six plus ou moins grands dingues. Aucun n'avait eu une fin heureuse. Les uns avaient été abattus, d'autres exécutés ou déportés. Le prédécesseur de l'Ange, le huitième dingue, avait été Wańka le Pétard (sobriquet de: Allez, les gars, il faut que ça pète! ça va faire un sacré pétard!). Il avait été déchiqueté par sa propre grenade qu'il portait à la ceinture: elle s'était accidentellement dégoupillée et avait explosé. L'Ange était le neuvième dingue (sobriquet dû à son affectionné: Allez, petits anges! comme des anges!).

La vie et l'histoire des chauffeurs chez les sauvages, de même que celles des gars qui y travaillaient régulièrement, sortaient de l'ordinaire. Parmi ceux que je connus mieux par la suite, je ne trouvai aucun type quelconque. C'étaient en général des natures fougueuses, qui n'entraient pas dans le cadre d'une vie normale en société, dont le véritable élément était la vie de partisans, la guerre, l'aventure... C'était un ramassis de toutes les régions de Russie et de Pologne. La majorité était faite de fugitifs qui, pour différentes raisons, ne pouvaient plus rentrer chez les Soviets et qui s'étaient établis dans la zone frontière. Certains d'entre eux avaient autrefois appartenu à la formation de Bałachowicz et avaient servi dans les détachements des «verts» [1]. La frontière les attirait comme l'aimant attire le fer. Ils y vivaient au jour le jour, ils y travaillaient, ils y périssaient. La vie de nombre d'entre eux pourrait faire le sujet d'un roman extraordinaire, haut en couleurs. Un homme de lettres trouverait là une source inépuisable de sujets et de personnages. Nous ne comprenions pas cela et nous n'y pensions même pas. Rares étaient ceux d'entre nous qui savaient écrire, personne ne lisait rien. La politique ne nous intéressait pas du tout. Bien des fois, en observant mes camarades et en voyant leurs caractères singuliers, leur extraordinaire énergie, je pensais à tout ce que ces gens auraient pu apporter si on avait dirigé leur énergie, leurs talents, leur fantaisie, vers un travail profitable à tous.

1. Organisation antibolchevique biélorusse du *Chêne vert (N.D.T.)*.

Et là, ils dilapidaient leurs forces, parfois considérables, sans rien faire d'utile.

A deux heures du matin, nous atteignîmes notre planque. C'était une ferme isolée, cernée de toutes parts par la forêt. Il y avait eu là autrefois une goudronnerie.

Tout près de la ferme, nous fûmes accueillis par les aboiements furieux des chiens. Nous nous arrêtâmes. L'Ange émit trois longs sifflements. Quelques minutes plus tard, on entendit dans l'obscurité une voix rauque qui calmait les chiens, puis une lampe de poche s'éclaira sept fois de suite. Nous avançâmes. Devant le portail de la ferme, une silhouette vague nous attendait. Les voix joyeuses des gars fusèrent:

— Salut, Bryła!

— Encore vivant?

— Les diables ne t'ont pas étouffé?

Une voix de basse rauque répondit:

— Pas besoin de diables pires que vous!

Contrairement aux usages des contrebandiers et des planqueurs, nous n'allâmes pas à la grange mais au logis. Là, dans une énorme pièce aux murs noirs de goudron, nous commençâmes à nous délester de nos bâts. Je vis un homme grand, carré, avec une épaisse tignasse sur le crâne et un poil abondant aux joues. Son nom, Bryła[1], correspondait parfaitement à ses dehors.

L'Ange et Bryła rangèrent les bâts sur un banc poussé contre le mur. Puis Bryła ajouta du petit bois résineux au foyer du poêle et on y vit un peu plus clair. Dans la pièce voisine, on entendait pleurer un enfant et une voix de femme qui le calmait.

Les contrebandiers placèrent les bancs autour de la table et se mirent à boire de l'alcool. Bryła posa sur la table une énorme «roue» de pain noir, qui allait chercher dans les vingt kilos, et apporta de la poitrine fumée. Les gars buvaient leur propre alcool, car en plus de la réserve que portait le Poisson-Chat, chacun en avait apporté deux bouteilles. Certains le coupaient d'eau.

Berek l'Endeuillé, l'Ange et Bryła déballaient la marchandise pour la ranger sur le banc.

Vers la fin de la nuit, Bryła nous fit sortir de la maison

1. «Masse, bloc» *(N.D.T.)*.

pour nous conduire en pleine forêt. Nous passâmes près d'une heure à peiner hors des sentiers. Au jour levé, nous débouchâmes dans une petite clairière. Nous y vîmes une grande hutte. Elle était en grande partie encombrée par un entassement de souches résineuses. Chacun s'installa de son mieux et se disposa à dormir.

*

* *

Au crépuscule, nous quittons la clairière pour nous enfoncer dans la forêt. Je me retourne plusieurs fois et je vois monter les flammes d'un énorme bûcher... C'est l'offrande des sauvages aux nombreux et inconstants petits dieux de la forêt, des champs, de la nuit et... de la frontière.

J'ai d'abord l'impression qu'il fait noir dans la forêt, mais mes yeux s'accoutument vite à l'obscurité et je vois qu'il ne fait pas encore nuit.

Nous quittons la forêt. On distingue au loin les contours sombres de constructions. Des lumières clignotent aux fenêtres de la ferme.

— Attendez ici, les petits anges! dit l'Ange, puis il va vers la ferme.

Il revient au bout d'un quart d'heure avec Berek l'Endeuillé. Il rapporte dix bouteilles de tord-boyau maison. Il en prend une pour lui, en passe une au Poisson-Chat (l'aristocrate du parti), et le reste est pour nous: une bouteille pour deux têtes de pipe.

Nous buvons sur place la gnôle qui pue le poisson. Elle est assez forte et nous remonte sensiblement le moral.

Nous partons. Nous allons, cigarette aux dents, en petits groupes, par deux, par trois. Certains s'appuient sur leurs bâtons, d'autres les portent comme des carabines, sur l'épaule. On entend un brouhaha de conversations.

La forêt se termine. Les champs s'ouvrent devant nous. Je regarde le ciel et j'y vois la Grande Ourse. Cela me rend joyeux. Je repasse en pensée le prénom de chaque étoile: Ewa, Irena, Zofia, Maria, Helena, Lidia, Leonia... Je repense à Lonia.

On attaque la marche, presque la course, à travers champs. Les gars vont sans leur bât et l'alcool nous échauffe de plus en plus. Nous laissons des villages à droite et à gauche, nous entendons des voix, nous voyons des lumières aux fenêtres.

Nous débouchons sur un chemin charretier. J'entends au loin un bruit de roues. Je m'attends à ce qu'on quitte la route, mais je me trompais. Nous continuons sur la route. Le bruit se rapproche toujours. Un cheval gris émerge de l'obscurité et, derrière lui, une longue charrette à ridelles. J'y vois trois paysans et une femme coiffée d'un fichu blanc. Ils arrêtent le cheval et contemplent notre défilé d'un œil ébahi. J'entends les voix des gars:

— Regardez: trois pour une!

— Qu'est-ce que vous vendez, une vache ou une génisse?

— Viens sur l'herbe, petite, qu'on se réchauffe!

Nous dépassons la charrette et nous plongeons dans le noir. L'air est doux, embaumé. Je glisse la main dans ma poche et je serre la crosse du Nagan, qui a pris la chaleur de mon corps. Tout à coup, une joie enfantine me saisit. J'ai envie de rire, de sauter, de faire des culbutes. Je me sens débordant de force et de santé. Et les dangers?... Je m'en moque!... J'ai un flingue qui ne me trahira jamais. Sept balles garanties... «Sept balles dans mon feu, sept étoiles dans le ciel!» Je fais une œillade à la Grande Ourse, puis je lui tire la langue. Puis je crache: «Bon sang, je dois être dingue, moi aussi!»

Nous marchons en forêt, vers l'ouest. J'avance, revolver au poing. Personne ne l'apercevra, et la deuxième ligne est proche. Nous traversons ruisseaux, ravines, fossés.

Soudain nous nous arrêtons: l'Ange d'abord, puis tous suivent son exemple. Nous sommes à deux cents pas de l'orée d'un grand bois. Les arbres y sont clairsemés, mais la vue ne porte qu'à vingt pas. Nous gardons longtemps le silence. Puis l'Ange repart d'un pas décidé. Le Poisson-Chat et le Chimpanzé marchent à ses côtés. Tout à coup, j'entendis un bruit à l'avant. L'un des nôtres cria: «Halte!». Plusieurs torches brillèrent. L'Ange, le Poisson-Chat et le Chimpanzé bondirent en avant, le bâton prêt à frapper. Nous aussi. On entendit craquer le bois mort... Le tapage se propageait dans la forêt, de plus en plus loin de nous. Nous arrivâmes près de la lisière. Je vis l'Ange, le Poisson-Chat et le Chimpanzé. Ils tenaient des sacs qu'ils examinaient. Je regardai mieux. C'étaient des bâts de contrebandiers.

— Ils se sont carapatés comme des anges! dit notre chauffeur.

— Ils ont détalé comme des lapins, ajouta le Chimpanzé.

— Qui c'était? demanda la Peluche.

— Sans doute des gars de chez nous, de Raków, dit le Poisson-Chat. On va voir ça.

L'Ange commença à défaire les bâts. Il y avait des bas, de la tricotine, du buffle...

— C'est le parti d'Adam Druniło. Il prend sa marchandise chez Aron, de la rue de Wilno, dit le Poisson-Chat.

— Allez, les gars, il va y avoir un gorgeon pour tous, et quelques boutons aussi.

Nous prîmes les bâts et allâmes vers la rivière à travers un vaste pré.

Deuxième ligne. L'eau est assez profonde, mais on ne va pas aux gués car plusieurs gars de différents partis s'y sont fait ramasser le mois dernier.

Les gars se déshabillent complètement et, leurs vêtements à la main, ils vont vers la rive opposée. Ils se plongent dans l'eau jusqu'à la poitrine. Je me hâte d'atteindre la rive et j'y jette mes vêtements. Je retourne à l'eau et j'y plonge, tête comprise, plusieurs fois de suite. Puis je cours sur la rive et je me rhabille vite.

Nous continuons à avancer vers la frontière. Nous nous hâtons, mais chacun s'efforce d'éviter tout bruit inutile pour qu'on ne nous entende pas venir. Presque tous ont leur torche à la main. Moi, je tiens mon Nagan enfoncé dans la manche de mon paletot.

La frontière est là... C'est presque au pas de course que nous déboulons sur la percée et que nous longeons les barbelés. Les lames des cisailles grincent à nouveau et les barbelés tranchés tombent sur les côtés... La voie est libre. En avant!

A deux heures du matin, nous arrivons au cimetière situé à l'entrée du bourg. Là, les gars se dispersent. Je vais dormir chez le Rat. Nous ne frappons pas au logis, nous allons à la grange pour nous installer sur le foin doux et parfumé... Je rêve des sauvages, de la frontière, de poursuites, d'évasions et de Lonia... Je la vois souvent en rêve. Elle pense peut-être à moi? J'aimerais tant la voir! Je n'ai toujours pas eu de ses nouvelles. Je suis bien décidé à lui rendre visite à la première occasion. Je voulais lui écrire et donner ma lettre à des gars qui vont à Minsk, mais j'ai craint qu'ils ne se fassent prendre en route. Alors Lonia aurait pu avoir des ennuis.

*
* *

Le lendemain matin, j'allai voir Pietrek et Julek, mais je ne les trouvai pas à la maison. Pendant mon absence, ils avaient pris la piste avec Jurlin. Après notre départ de ce parti, ils avaient commencé à y travailler. Cela me plaît beaucoup. C'est, après tout, le parti le plus sûr, et il a une bonne planque. Et les gars ont besoin de gagner un peu avant l'hiver. Je ne reconnais plus Julek le Dingue: sous l'influence de Pietrek, il s'est assagi, il étudie et lit beaucoup.

Le soir, j'allai chez Ginta et je m'amusai longtemps dans notre salon. Le Rat y était aussi. Il me donna quarante-cinq roubles: quinze pour le bât, et les trente autres, c'était mon fade pour les sacs que nous avions pris dans la forêt aux contrebandiers en fuite. Plus tard, je m'esquivai du salon. J'allai voir Saszka. Non... pas Saszka! Ce n'était qu'un prétexte... J'avais très envie de voir Fela.

Tout était éteint chez les Weblin. Je contournai la maison. Je vis une fenêtre éclairée. C'était celle de la chambre de Fela, côté jardin.

J'approchai en catimini. La fenêtre était masquée par un rideau un peu court. Je me penchai pour regarder à l'intérieur par cette fente. Je faillis reculer... Devant la fenêtre, il y avait une petite table. Une lampe y était posée et, dans sa lumière, je vis nettement le visage de Fela... Le menton appuyé sur les mains, elle lisait un livre. Son visage éclairé par la lampe était ravissant; je ne pouvais en détacher les yeux... Elle tourna une page... continua à lire... Puis un sourire joyeux illumina son visage. Ses yeux chatoyaient et brillaient comme des gemmes. Ils avaient une étrange profondeur d'où jaillissaient des rayons chaleureux qui m'emplissaient, moi aussi, de joie... Elle prit sa lèvre inférieure entre ses dents et la garda ainsi un moment... Puis son sourire disparut. Son visage se fit froid, presque sévère. Mais cette froideur me brûlait comme du feu et m'attirait irrésistiblement. J'étais prêt à rester longtemps comme ça, à m'enivrer de sa vue, mais je craignais d'être aperçu de la rue.

Je m'éloignai sans bruit de la fenêtre et restai planté au

milieu de la cour. Après une longue hésitation, je me dirigeai d'un pas résolu vers la porte du logis. Je saisis la poignée. Je restai ainsi un moment. Puis j'allai lentement vers le portail. Dans la rue, je restai longtemps immobile. La mince faucille de la lune glissait dans le ciel. Les étoiles brillaient avec éclat. La nuit embaumait. La Grande Ourse était particulièrement belle.

Je sentais que je ne pouvais m'en aller, qu'il me fallait voir Fela, entendre sa voix, lui dire quelque chose... Quelque chose de très important!

Je retournai vers la maison. Je pesai sur la poignée. Fermé. Puis la tentation: je peux encore reculer!... Que pourrais-je bien lui dire?... Mais en dépit de ce désir, j'allai à la fenêtre. La fenêtre où j'avais frappé l'an passé, quand j'avais apporté Saszka Weblin... Je frappe au carreau. Je sais que j'y vais trop fort. Cependant, je ne sais pourquoi, je me mets à frapper avec encore beaucoup plus de force et d'insistance.

J'entends bientôt des pas vifs à l'intérieur, puis la voix de Fela derrière la fenêtre:

— Qui est-ce?... Qu'est-ce que c'est?...

— C'est moi.

— Qui ça, moi?

— Władek.

— Władek?... J'arrive...

J'entends à nouveau ses pas. Elle va dans sa chambre. Puis elle entre dans la salle commune, une lampe allumée à la main. Elle la pose sur la table et passe vite dans l'entrée.

La tirette grince. J'ouvre la porte. Je passe dans l'entrée, puis dans la salle. J'ai oublié de saluer Fela. Je reste planté près de la porte, à la fixer.

— Qu'est-ce que vous avez?

Je me tais un bon moment. Fela m'a toujours tutoyé en tête-à-tête et voilà qu'elle me vouvoie! Puis je lui dis:

— De quoi?... Je n'ai rien!

Je lis de l'étonnement dans ses yeux.

— Je pensais qu'il était arrivé quelque chose!... Vous avez un air... Elle n'acheva pas.

— Je voulais vous demander où est Saszka. Je pensais qu'il serait peut-être là?

Elle me fixa un instant, puis elle dit:

— Tiens donc!... Vous pensiez?...

Je me sens devenir de plus en plus rouge. Je voudrais contrôler cela et je n'y arrive pas. Et ses yeux commencent tout à coup à rire:

— Alors vous êtes venu, monsieur Władek (elle prononça mon prénom avec une douceur presque caressante), demander après Saszka. C'est ça?

— Oui.

— Et moi, je ne vous intéresse pas du tout?

— Si, vous aussi.

— Ah, moi aussi?

Ses yeux ont une lueur de plus en plus espiègle. Et moi, quelle bouffée de chaleur! «Qu'est-ce que je suis venu faire ici? Elle se moque carrément de moi!» Mais je dis, sans savoir quoi ni pourquoi:

— Si... Vous aussi... Parce que vous avez dit l'autre jour... dimanche...

— Oui, dites?

— Vous avez dit... (et toujours ce *vous*, moi aussi!) de venir vous voir...

— Ah, oui!... Je m'en souviens. Si, si!... Alors, monsieur Władek, vous avez trouvé le temps...

— Justement.

— ... La nuit...

— Oui.

— Et pour être plus gai, vous avez bu un petit quelque chose. C'est ça?

«Elle se paie carrément ma tête!» La colère commence à me gagner. Je me sens acculé par ces questions. Je dis froidement:

— Je bois toujours quelque chose. J'en ai les moyens!

— Bien sûr! Vous êtes un fier fargueur, monsieur Władek...

Je vais pour parler, mais Fela m'arrête d'un mouvement de la main pour continuer:

— ... Et vous êtes toujours comme ça, monsieur Władek: quand vous avez bu quelque chose, vous allez voir les jeunes filles de votre connaissance?

Soudain je me sens perdre tout contrôle de moi-même. Je me mets à parler. Je voudrais m'arrêter, j'en suis incapable. Je m'emporte de plus en plus:

— Cela vous intéresse donc tant, mademoiselle Felicja, où je vais la nuit? Je ne surveille pas, moi, où vous allez, mademoiselle Felicja, quand vous avez bu. Et les jeunes gens, je ne les compte pas non plus.

— Ah, bon? dit Fela en se campant, une main sur la hanche. Mais c'est très bien, ça! Très bien!

— Je vous remercie de votre approbation! Et pour ce qui est de vous avoir importunée, mademoiselle Felicja, toutes mes excuses...

— Je vous en prie.

— Vous me coupez!

— Excusez-moi...

— Je vous en prie... Donc, je vous fais mes excuses, et à l'avenir, mademoiselle Felicja, je peux ne plus jamais vous importuner par ma société.

— Pour cela, c'est à vous de voir...

Je regarde son visage froid, calme, presque mort, et si merveilleux. Soudain, je remarque à son front une longue ride verticale. Elle n'y était pas à l'instant. «Qu'est-ce qu'elle me rappelle?... Ah, oui! Saszka a la même!»

— Bonne nuit, mademoiselle!

— Bonne nuit, monsieur!

Je fais demi-tour sur place et, d'un pas vif, décidé, je quitte le logis. Je m'arrête dans la cour et je sens une vague d'amertume me submerger le cœur. «Pourquoi ai-je dit tout cela? Pourquoi? Elle était de si bonne humeur, au début! Je ne lui avais jamais vu un regard aussi gai, lumineux! Elle plaisantait, c'est évident! et moi, j'ai été me vexer. Pourquoi? de quoi?... Que faire, maintenant?... Aller m'excuser... Non, je ne peux pas... Pour rien au monde!... non!»

Je regarde les fenêtres éclairées de la maison. Je vois sa silhouette se déplacer dans la salle. Une ombre mobile se projette sur les fenêtres. Puis j'entends s'ouvrir la porte de l'entrée. Puis... le grincement de la tirette me griffe le cœur. Bientôt le noir se fait dans la salle.

Je fais lentement le tour de la maison et, le cœur battant la chamade, je me faufile vers l'autre fenêtre. Je regarde à nouveau par l'espace entre le rideau et l'appui de la fenêtre.

Fela est assise à la table. Elle presse le livre ouvert de la paume de sa main gauche, et de la droite, serrée en poing, elle frappe la table. Son visage est froid. Ses yeux moroses. Cela se prolonge. Puis la jeune fille se penche sur le livre et se remet à lire... Soudain elle le referme violemment et se rejette sur le dossier de sa chaise. Elle laisse ses mains sur le bord de la table.

Je ne cesse de fixer son visage des yeux et le regret m'empoigne... Je me mords les lèvres... Soudain nos regards se croisent... «Mais non, elle ne peut pas me voir d'une chambre éclairée! Ou alors elle sent mon regard?» Je vois revenir sur son front la longue ride verticale et ses yeux reprendre leur air rapace... Je veux reculer... Mais d'un mouvement brusque, Fela ouvre le rideau. Je me baisse aussitôt et, dans l'ombre de la maison, je me glisse de côté. Je traverse le jardin en quelques bonds et je m'affale dans les herbes, près de la clôture.

La fenêtre s'ouvre. Dans son rectangle éclairé, je vois la silhouette de la jeune fille comme dans un cadre. Elle se penche en avant et essaie de percer l'obscurité du regard. Elle tend l'oreille. Elle reste longtemps sans bouger...

Puis la fenêtre se referma, après quoi la lampe s'éteignit.

Je me relevai. Je restai longtemps sans mouvement. La lune montait. Elle plongeait vite entre les nuages. Les étoiles avaient des regards expressifs et sereins. Le Grand Chariot fonçait sans répit vers l'ouest.

Je franchis la clôture et pris une ruelle étroite. On y voyait assez bien. Je ne rencontrai aucun passant. Au moment où j'arrivais à la rue de Minsk, je vis un groupe d'hommes venant à ma rencontre. Ils parlaient et riaient fort. Ils étaient visiblement ivres. Quand je fus plus près d'eux, je distinguai la voix d'Alfred. J'aurais voulu reculer, mais comme je savais qu'ils m'avaient vu, je continuai d'avancer.

En me rapprochant encore, je reconnus les frères Alińczuk: Alfred, Alfons et Albin. Il manquait Adolf et Ambroży pour compléter le tableau.

J'en étais à une quinzaine de pas; je commençai à dévier de mon chemin pour les contourner. Eux aussi se déportèrent, mais de façon à me barrer la route. Alors je pris à droite. Eux aussi. Alfred riait et titubait en braillant:

— On le tient, le connard!... Le ... de Fela — il dit ici plusieurs grossièretés.

Je sentis le sang me bondir au visage, mais je ne répondis pas et cherchai à les contourner. Mais Alfons me fit un croc-en-jambe et Alfred me bloqua par-devant.

— Qu'est-ce que tu veux? lui dis-je.

— Te bourrer la gueule, pedzouille! répliqua Alfred.

— Tu ne vas pas discuter avec lui! Cogne! cria Alfons en brandissant le poing.

Alors je lui flanquai un coup de pied dans le ventre. Alfons gémit et s'assit par terre, recroquevillé. A l'instant même, Alfred et Albin me sautèrent dessus. Ils me fauchèrent. Alors j'arrachai de ma poche le revolver, dont je tenais la crosse depuis longtemps. Alfred me serrait à la gorge. Je calai le canon du revolver contre sa cuisse et appuyai fort sur la détente. Le coup partit. Alfred fit un saut de carpe et retomba aussitôt. Je bondis sur mes jambes et envoyai des coups de pied à Alfred. Alors Albin courut à l'écart et hurla:

— Police!... Police!... A l'assassin!.. Police!...

Je laissai Alfred et Alfons par terre et je rebroussai chemin au plus vite. Albin me suivait de loin. Je fis quelques pas vers lui et tirai en l'air... Puis je repartis sans encombre du côté du cimetière juif. J'entendais crier dans mon dos:

— Police!... A l'assassin!... Police!...

— Attrapez-leee!

Un coup de sifflet strident résonna au loin.

Au lieu de retourner chez moi, je me dirigeai vers la campagne. Puis, en contournant le bourg, j'atteignis la maison du Rat. Je le trouvai dans la grange. Il dormait. Je le réveillai et lui racontai ma rencontre avec les Alińczuk.

— Comment faire, maintenant? lui demandai-je.

— Tu leur en as donné pour leurs vers! Bonne leçon pour ces saligauds! Mais te voilà mal parti!... Ils vont faire leur rapport à la police!

— Et si j'allais moi-même au commissariat pour raconter comment ils m'ont attaqué?

— Ça ne va pas, toi?... Tu n'as pas de témoins!... Tu en prendras pour port et usage d'armes... Tu feras bien un an de préventive! Je m'y connais, moi!

— Alors comment faire?

— Pour l'instant, tu dois te cacher, et après, on verra. On ne sait pas encore comment tu as blessé Alfred.

— J'ai praliné la jambe!

— Tu as praliné la jambe, mais tu as pu toucher le ventre! Demain, j'irai aux nouvelles, et toi, je vais te planquer dans une grange... Je connais un endroit... pas loin. Tu peux aussi bien t'y planquer pendant un an. Personne ne t'y trouvera.

Nous partîmes sur-le-champ. A un endroit, à la sortie du

bourg, nous arrivâmes devant une grosse grange. Elle était fermée par un lourd cadenas. Nous entrâmes par l'espace sous la porte en poussant une planche. Puis nous remîmes la planche en place.

Il faisait bon dans la grange silencieuse. Nous étions dans le noir. La grange était vaste. J'y distinguai bien des recoins.

— On pourrait planquer un bataillon entier, par ici. Alors toi, le diable lui-même ne t'y trouvera pas. Seulement ne bouge pas d'ici.

Le Rat me laissa et repartit en ville. Il revint au bout d'une heure. Il m'apportait un cent de cigarettes, une bouteille d'alcool, plusieurs bouteilles d'eau et un tas de nourriture. Nous montâmes sur le tas de foin où il m'aida à faire un trou profond. Puis il s'en alla en promettant de revenir le soir.

X

Quinze jours ont passé. C'est la mi-septembre. La saison d'or a commencé. La frontière s'est animée. Les contrebandiers travaillent avec rage. Il y a des partis qui font trois voyages par semaine. Moi, je me cache toujours dans la grange. Je passe des journées solitaires et je dors beaucoup. Et le soir, la nuit, je fais des incursions au bourg en prenant soin de ne pas me faire reconnaître.

Le lendemain de ma rencontre avec les Alińczuk, le Rat m'apprit qu'ils étaient allés dire à la police que je les avais attaqués dans la rue et que j'avais tiré sur Alfred. Sa blessure est légère: il a été touché à la cuisse gauche. L'os n'est pas atteint. D'autre part, je lui ai cassé plusieurs dents de devant, d'un coup de pied.

— Il se les fera refaire en or. Une aubaine! dit le Rat, hilare.

J'ai appris que j'étais recherché par la police. On avait perquisitionné chez l'horloger Mużański et chez Józef Trofida, mais je n'étais pas allé chez eux.

Le Rat raconte à toute la ville comment s'est véritablement passée ma rencontre avec les Alińczuk, et comment ce sont eux qui m'ont attaqué dans la rue. Presque tous les gars sont de mon côté. A présent, les frères Alińczuk ne peuvent plus se montrer dans la rue car les gars les raillent et les insultent. Par deux fois, le Rat et le Lord ont barbouillé de goudron la porte et les volets de leur maison: c'est ce qu'on fait d'ordinaire aux filles à qui on en veut. La porte ou les volets barbouillés de goudron signifient que la maison est habitée par une fille de mauvaise conduite. Et comme les Alińczuk n'ont pas de sœurs, toutes les suppositions se dirigent sur eux.

J'ai rencontré plusieurs fois le Lord, la Comète, Julek et Pietrek. Les gars sont pleins d'attentions pour moi. Ils me proposent de l'argent et des cachettes sûres. J'en suis ému. Je ne me savais pas autant d'amis. Une fois, le Rat m'a dit:

— Tu sais, si jamais un jour la police t'arrête, ne te défends pas. Tu comprends? S'ils t'arrêtent, je m'occuperai de toi. On trouvera bien des sous, des gros même, pour la caution et pour l'avocat. Les gars donneront quelques boutons chacun et ça fera plusieurs unités.

Malgré ma mise au vert, j'ai fait trois voyages de l'autre côté. J'ai fargué avec les sauvages. Ils n'ont pas peur de travailler avec moi, eux. Et si quelqu'un voulait me balancer, il en serait bien incapable. Personne ne connaît ma cachette, à part le Rat. Pour me remonter le moral, il vient souvent passer la nuit dans la grange. J'ai été deux fois chez les demoiselles Kalisz, mais pas pour la nuit: je me suis un peu amusé, et hop! direction la planque!

Je commence à souffrir d'avoir à me cacher tout le temps dans la grange. Tandis que j'y passe de longues journées solitaires, des pensées idiotes me passent par la tête. Il me prend souvent l'envie d'aller descendre tous les Alińczuk, puis de me livrer à la police. Mais c'est à Fela que je pense le plus. Surtout à la tombée du jour. Je ris, je lui parle à haute voix... Je suis peut-être fou?... Je bois de plus en plus. J'avale l'alcool comme de la vodka, la vodka comme de la bière, et la bière comme de l'eau. Cependant je ne m'enivre pas au point de perdre conscience. Je sais que ce serait très dangereux pour moi. Seule la présence du Rat me remonte. Je ne sais comment le remercier pour tout; et lui, si brutal et si grincheux avec d'autres, il est très gentil et poli avec moi. Il ne dit pas de grossièretés et ne jure pas sans *nécessité absolue*. Il s'interrompt souvent au milieu d'un juron qui lui vient à la bouche.

Un jour, il me dit que Józef Trofida voulait me voir. Je lui fis dire de m'attendre à dix heures du soir à Słobódka, sur le pont près du moulin.

La soirée était sombre. Je me faufilai avec le Rat, par des rues et des passages, vers le faubourg de Słobódka. Józef nous y attendait. Puis le Rat repartit en ville, et moi, je passai près du moulin avec Józef. Nous fûmes bientôt assis au bord de l'Isłocza. Nous gardâmes longtemps le silence, puis Józef demanda:

— Comment ça va?

— On fait aller.

— Tu veux peut-être partir d'ici?

— Où veux-tu que j'aille?

— J'ai de la famille à la campagne, près d'Iwieniec. Si tu veux, je peux t'installer chez eux.

— Non, je ne veux pas, j'y mourrais d'ennui.

Nous nous taisons encore. Puis Józef dit:

— Donne ta pogne!

Il me donne une forte poignée de main et dit avec une émotion contenue:

— Merci!

— De quoi?

— Ben, pour l'ami Alfred. Maintenant, tout le monde le considère comme un chien.

— Dommage que je ne l'aie pas tué, la vermine! dis-je haineux.

— Ne regrette rien! C'est mieux comme ça!

Nouveau silence prolongé. Puis je lui dis:

— Et toi, qu'est-ce que tu comptes faire? Tu ne remontes pas ton parti?

— Moi? demanda-t-il étonné. Non. Pour moi, mon vieux, c'est râpé. La frontière, je lui ai dit adieu pour toujours!

— Ah, bon?

— Oui, mon vieux!... J'ai perdu une sœur à force de rôder la nuit, comme un loup. L'autre, je ne lui laisserai pas faire de mal!... Ah non, bon sang!...

Je l'entendis grincer des dents. Il faisait noir. Je ne le voyais pas du tout, mais je le sentais souffrir. Il avait beaucoup aimé sa sœur. Moi aussi, j'en avais le cœur gros. Je dis tout à coup:

— Calme-toi, Józef. Alfred aura ce qu'il mérite... je n'en ai pas fini avec lui. Je t'assure...

J'hésitai un moment avant de reprendre:

— Mais ne le répète à personne: les Alińczuk sont en cheville avec les indics chez les Soviets.

— Ah bon?

— Oui... Je vais chercher à tout savoir. Alors on lui réglera son compte une bonne fois.

Nouveau silence prolongé. Puis Józef me dit:

— Tu as peut-être besoin de quelque chose?

— Non, j'ai tout ce qu'il faut.

— Et s'il te fallait quelque chose, tu n'as qu'à le dire.

— D'accord.

Puis Józef ajouta:

— Pourquoi j'ai été t'embarquer là-dedans? Tu serais plus heureux si tu n'avais pas connu la frontière!

Je protestai vivement:

— Ne dis pas ça. Je te remercie pour ton bon cœur et pour ton aide amicale. Je suis heureux, vieux frère! Je me sens triste par moments, mais ça, on n'y peut rien. N'y pense jamais et ne dis jamais ça!...

Nous parlons longtemps, assis dans le noir au bord de la rivière. Puis nous nous séparons, et je marche longuement, ému, au hasard des ruelles. La nuit est sombre. On ne distingue pas le visage des rares passants qu'on rencontre.

Tard dans la nuit, je rallie ma cachette. J'avale la moitié d'une bouteille de vodka et je m'enfouis dans le foin. Mais le sommeil ne vient pas vite.

Le lendemain, je rencontrai le Lord. Le Rat m'avait dit qu'il voulait me voir d'urgence. Il nous attendait au cimetière. Il avait apporté trois bouteilles de vodka et de quoi grignoter. Assis dans l'herbe près du muret de pierre, nous bûmes la vodka. Puis je lui demandai:

— Qu'est-ce que tu avais à me dire?

— Fela a demandé de tes nouvelles.

J'en perdis un instant la parole. Heureusement qu'ils ne voyaient pas mon visage. Puis je demandai avec une feinte indifférence:

— Qu'est-ce qu'elle me veut?

— Elle a entendu dire que tu as eu un jour un accrochage avec Alfred à propos d'elle, devant l'église, et un autre, la fois où tu lui as tiré dessus. Qu'il avait dit des choses offensantes sur elle et que c'est pour ça que tu lui as tiré dessus.

Je ne répondis pas tout de suite.

— Le premier accrochage, tu le connais comme moi. Et quand les Alińczuk m'ont cherché, la nuit, Alfred a dit des choses offensantes sur Fela et sur moi ensemble. Mais je n'en ai parlé à personne. Je ne sais pas comment elle a pu l'apprendre.

— Justement. Fela m'a prié de te demander ce qu'Alfred t'avait dit d'elle.

J'hésitais encore. Alors le Lord me dit:

— Parle. C'est une femme à qui on peut tout dire, Fela! Elle a besoin de savoir. Elle va peut-être le dire à Saszka...

— Alfred a dit que... et je répétai au Lord les paroles exactes d'Alfred.

— C'est bon, dit mon camarade. Je vais lui dire ça.

— Tu ferais mieux de ne pas lui dire. Elle peut se fâcher, qu'on cancane sur elle à cause de moi.

— Ne t'en fais pas pour ça. Elle n'a pas peur des cancans. Elle s'en arrangera. Elle veut savoir la vérité.

Bientôt le Lord nous salua.

— Tu vas la voir? lui demandai-je.

— Oui. Tu veux peut-être lui dire quelque chose?

— Non... Rien...

— Au revoir.

— Bonne chance!

Moi et le Rat, nous restâmes encore longtemps allongés dans le cimetière. Il me racontait les derniers événements de la frontière, les nouvelles du bourg, ce qui se passait chez les gars. Puis il me raccompagna à la grange avant de regagner la ville.

Cette nuit-là, je fus long à m'endormir. Je pensais toujours à Fela...

Le lendemain, le Rat arriva dès le crépuscule. Il était très gai, il me faisait des clins d'œil mystérieux sans cesser de sourire.

— On va tout de suite quelque part. Allez, apprête-toi vite!

— Où ça? Qu'est-ce qu'il y a?

— Tu vas bien voir.

— Qui? Quoi?

— Ce que tu es pressé!... Patiente un peu. Tu seras content.

Je marchais vite à côté de mon camarade en essayant de deviner de quoi il s'agissait. A un moment donné, nous franchîmes la clôture d'un jardin pour entrer dans la cour d'une maison. Nous fûmes bientôt sur le seuil d'une grande salle blanchie à la chaux.

J'y vis Saszka et la Résine attablés.

— Ah, le voilà! dit Saszka.

— Oui, dit le Rat.

J'allai à la table et je saluai Saszka et la Résine d'une poignée de main.

— Assieds-toi, dit Saszka. On va causer un peu.

Je me mis à table.

— Tu l'as bien arrangé! Chocolat-bleu-ciel, dit Saszka.

— Fallait bien... Ils m'ont attaqué...

— Ça va; quand il faut, il faut!

Saszka remplit à demi quatre verres à thé et fit un signe de la tête:

— Allez, cul sec!

Nous bûmes la vodka d'un trait.

— Alors, te voilà à l'étroit ici?... Tu te caches? dit Saszka.

— Oui, je me cache. Mais je m'en tire à peu près, et je vais travailler quand même. Il m'aide, lui! dis-je en désignant le Rat de la tête. S'il n'avait pas été là, je n'aurais pas su quoi faire!

Saszka lui donna une claque sur l'épaule et me dit:

— Avec qui tu fargues? Avec Jurlin?

— Non... Avec les sauvages...

La Résine eut un rire bref.

— Les sauvages? s'étonna Saszka.

— Oui... Bien obligé... Les autres ont peur. Ou alors il faudrait que j'y aille à mon compte...

Saszka réfléchit. Il fixa longuement un coin de la pièce. Soudain une longue ride verticale se creusa sur son front... comme chez Fela. Je le regarde, ému, et je me tais... Nous nous taisons tous. Le Rat se mordille la lèvre inférieure et nous regarde tour à tour, Saszka, moi ou la Résine, qui roule dans ses doigts une boulette de mie.

Puis Saszka me regarde dans les yeux et dit:

— Demain, tu vas au travail avec moi!

Sans réfléchir, je dis avec joie:

— Volontiers!

Je vois un sourire sur le visage du Rat. Saszka se tourne vers la Résine:

— Il nous sera utile, hein?

— Oui, dit la Résine avec un hochement approbateur de la tête.

— Alors, ta pogne!

Saszka me serre la main avec force. La Résine suit son exemple, mais il le fait légèrement. Une forte poignée de main de sa part pourrait me broyer les doigts. Saszka ressert de la vodka dans les verres et dit:

— Alors, à notre succès!... Cul sec!...

Nous buvons.

Je jette un coup d'œil au front de Saszka... Il est lisse... La ride a disparu. Plein de gaieté, je regarde mes camarades dans les yeux... J'entends encore la voix de Saszka:

— Allez, cul sec, les gars!

XI

Nous allons vers l'ouest. Les chevaux sont lancés dans une course avec le vent. C'est Jankiel la Teigne qui nous conduit. Les juifs du bourg l'appellent «*miszygine*»[1]. Jankiel la Teigne aime la vitesse, il aime les escapades risquées et, par-dessus tout, il aime Saszka, qu'il adore pour son audace, sa franchise, pour la largeur de son geste. Il travaille souvent avec lui.

Jankiel la Teigne est un ivrogne invétéré. Plus d'une fois, pris de boisson, il a crevé ou estropié des chevaux. Le consistoire lui a racheté des chevaux à plusieurs reprises. Mais quand il a laissé son état de roulier pour se mettre à farguer avec les contrebandiers, le consistoire l'a abandonné à sa propre industrie... Actuellement, il a une paire de chevaux moreaux, jeunes, forts, expérimentés.

La charrette est chargée de marchandise recouverte d'une épaisse couche de foin. Je suis assis à côté de la Résine. Saszka est couché à l'arrière, emmitouflé dans une grosse pelisse. Il somnole. La Résine se tait. Moi, je suis ravi par cette course rapide et par la perspective d'un travail intéres-

1. En yiddish dans le texte: «fou» *(N.D.A.)*.

sant avec Saszka et la Résine. Et puis je suis satisfait d'avoir bougé de place.

La soirée est douce. L'air embaumé.

La nuit monta de derrière la forêt, à l'est. Elle s'installa au-dessus de la terre, morose, énorme... D'un effort de ses deux bras, elle fit tomber le rideau noir..., lourd, froid... Puis, invisible, tapie dans l'ombre, elle ricane longtemps, triomphante...

— Allez, loupiots, allez!

Jankiel la Teigne encourage ses chevaux à la course et nous continuons à foncer dans l'ombre de la nuit.

Maintenant, nous allons au sud. Mes yeux se sont faits à l'obscurité et distinguent de mieux en mieux le terrain. Je pense à des tas de choses: à la frontière, à mes camarades, au Lord, au Rat, à la Comète. Je pense à la Tchéka et au *Dopr*. Je pense à Lonia, à Belka, à Fela. Je compte dans combien de partis j'ai déjà fargué. Józef Trofida — un, puis le Lord, puis le Mammouth, ensuite Jurlin, enfin les sauvages; et à présent, je vais travailler avec Saszka.

Je regarde au nord-ouest. La Grande Ourse, énorme, radieuse, est largement campée dans le ciel. Je glisse la main dans ma poche et je caresse l'acier de mon revolver, qui a pris la chaleur de mon corps.

Nous virons au sud. Nous suivons d'étroits chemins de campagne. A un certain endroit, Jankiel la Teigne tourne dans un pré, que nous traversons à toute allure. Les chevaux foncent en avant et le voiturier les encourage à aller encore plus vite. Nous entrons dans une petite rivière. L'eau gicle au loin sur les côtés. La voiture s'enfonce jusqu'au moyeu. Puis, écrasant des broussailles, nous débouchons sur l'espace ouvert des champs.

La voiture tangue, saute en l'air. Il me semble par moments que nous allons verser, mais Jankiel la Teigne est un maître conducteur, et nous filons toujours sans réduire l'allure.

— Allez, loupiots, allez!

Et les loupiots foncent comme l'orage, écrasant des broussailles et projetant en l'air des mottes de terre.

Puis nous virons à l'est. Des feux clignent par endroits aux fenêtres des maisons. Nous traversons plusieurs villages. Nous y sommes accueillis par les aboiements des chiens qui accourent au-devant de nous, mais qui bondissent aussitôt sur les côtés et se taisent.

J'ai une envie folle de chanter, mais je refrène ce désir. Ma poitrine se gonfle de ravissement et de l'envie d'agir. Je suis comme ivre.

Tard le soir, nous arrivons à une ferme isolée, loin après Wołma. Elle est cachée sur trois côtés par les ailes de la forêt. Le quatrième côté est masqué par un verger.

La voiture entre dans une vaste cour et s'arrête près de la maison. Nous voilà rendus. Nous descendons de la charrette. Un homme vient vers nous à travers la cour, une grande lanterne à la main. Il salue Saszka d'une poignée de main et dit:

— C'est signe, monsieur Aleksander, qu'il y aura du travail!

— Et comment! répond joyeusement Saszka.

La soirée est sombre. Moi, Saszka et la Résine, nous traversons lentement le grand verger. Les branches des arbres, invisibles dans le noir, me cinglent le visage. Je me protège la tête de mes mains et je vais très courbé.

Nous nous frayons un passage dans une framboisière touffue. A un endroit, Saszka s'arrête. Il ouvre une petite porte parfaitement dissimulée et, sans éclairer, il descend une échelle raide. Je suis son exemple. La Résine descend en dernier. Il repousse la porte derrière lui.

Nous sommes dans une petite cave. Ses parois sont boisées de planches épaisses et de pieux. Saszka a suspendu à un clou, dans un coin, une puissante torche électrique qui éclaire parfaitement la cave.

D'un côté, sur un gros banc de bois, je vois plusieurs ballots pleins. Sur un autre, il y a trois bâts. Saszka porte en bandoulière une grande sacoche de cuir. Il s'assoit sur le banc près de la torche pour en sortir trois revolvers. Un à canon long et deux ordinaires.

Il les dépose sur le banc et tire de sa sacoche une quinzaine de chargeurs. Il examine soigneusement les armes, puis les charge et les verrouille. Il me passe un Parabellum et demande:

— Tu connais ce pétard?

— Et comment!

— Alors, tiens!

Puis il me donne six chargeurs. Je tire mon Nagan de ma poche et le lui montre.

— J'ai encore ce flingue-là!

— Ça peut toujours servir! répond Saszka en passant l'autre Parabellum à la Résine.

Puis il se tourne vers moi:

— Fais bien attention que la poche où tu mets tes chargeurs soit propre. Le mieux, c'est la gauche...

Nous plaçons nos chargeurs et nos armes de manière pratique dans nos poches et nous vérifions le fonctionnement de nos torches. Puis Saszka me désigne le petit bât en disant:

— Voilà le tien... Tu le mettras quand on sera là-haut.

Nous remontons lentement l'échelle. Je charge le bât sur mon dos. Il pèse bien ses quarante livres. Celui de Saszka est bien plus gros. Et celui de la Résine pèse environ cent livres.

Nous revoilà dans le verger. Nous allons lentement quelque part dans l'obscurité. Au bord du verger, nous nous arrêtons. Saszka siffle doucement. Au bout d'un moment, une silhouette vague émerge de l'ombre. J'entends la voix du fermier:

— Tout va bien, en somme... Prenez la forêt, puis le pré... Vous ne serez sûrement pas revenus avant le jour?

— Non, c'est trop juste, dit Saszka, puis il ajoute: Alors portez-vous bien!

— A la grâce de Dieu! répond le fermier.

Saszka se met à avancer; la Résine suit, je ferme la marche. Nous suivons les lisières pour ne pas laisser de traces en plein champ. Au bout d'un quart d'heure, nous entrons dans une vieille futaie. En haut court le bruit assourdi des cimes. Cela sent le moisi et l'humidité. Nos pieds foulent sans bruit des mousses épaisses. Il fait de plus en plus noir.

Au bout d'une demi-heure, nous arrivons à l'orée du bois. Un grand pré s'étend devant nous. Je n'en vois que le bout car le reste du terrain est caché dans les ténèbres.

Nouvelle marche. Nous allons d'un pas régulier, lent, très rapprochés.

C'est le début d'un marais. Nous allons encore plus lentement.

Par endroits, je vois luire des flaques. Des étoiles s'y mirent; elles luisent vaguement, en bas, comme dans un gouffre.

Nous entrons dans les champs. Nous ralentissons encore. J'en déduis que la frontière est proche. Un chien aboie quelque part, loin de nous. Il jappe longuement, avec furie.

Nous nous traînons pas à pas. Je serre la crosse de mon

revolver en regardant sur les côtés, mais je ne peux rien apercevoir dans le noir.

Je vois que la Résine s'est arrêté. J'en fais autant. Nous restons très longtemps ainsi, immobiles.

J'entends de légers froissements sur le côté. Puis je distingue des pas. Je regarde attentivement dans cette direction, mais je n'arrive pas à voir quoi que ce soit. La forme noire de la Résine, sur le fond sombre du ciel, ressemble au fût d'un arbre. Saszka, je ne le vois même pas. Et les pas se rapprochent toujours. J'entends toussoter. On crache. Je tiens mes deux revolvers tout prêts et je m'étonne que nous restions là, sans reculer ou repartir pour éviter les verdets invisibles dans le noir.

Les pas se rapprochent encore. Ils vont sans entrain, ils traînent longuement. Il me semble qu'ils sont tout contre nous.

Soudain, le bruit de pas cesse et j'entends nettement une voix parlant russe avec l'accent le plus pur:

— On dirait un floc?

Au bout de quelques secondes, une basse rauque répond:

— Dans ta tête, oui!...

De nouveau, le bruit de pas. Ils raclent le sol, longuement, lourdement. Il me semble que nous sommes sur le point d'entrer en contact avec les gens qui viennent sur nous. C'est une illusion. Les pas commencent à s'éloigner. Puis au bout de quelques minutes, nous sommes environnés par le silence complet. Alors la forme sombre de la Résine se met à avancer, et moi, je repars à sa suite.

Au bout de quelques pas, nous passons le sentier de ronde.

Nous traversons un vaste marais, nous contournons de petits lacs. Nous approchons d'une longue bande d'arbustes qui s'enfoncent comme un cap dans le marais. Puis nous retrouvons un sol ferme.

Et le chien aboie toujours.

Nous gravissons longuement la pente d'une colline. Nous voilà à son sommet. Je vois sur la droite, au pied de la colline, une longue rangée de lumières. C'est un village. Et c'est de là que vient l'aboiement du chien.

Brusquement, j'entends un bruit de roues, dans le noir devant moi. Des voix excitées résonnent. Suit un puissant éclat de rire. Un long cri fuse:

— Hééé...

De loin, du côté du village, une chanson biélorusse nous parvient:

Il fait une nuit d'encre.
J'ai peur, moi,
Raccompagne-moi donc,
Maroussia!

Nous entamons la descente. Nous allons sans hâte. Nous contournons des dépressions. Nous dépassons un quartier de roc et continuons en terrain sablonneux parmi un fouillis de genévriers. La chanson flotte toujours dans l'air:

J'lai raccompagné
A la gare;
J'ai eu le cafard,
J'ai pleuré.

A présent, nous marchons assez vite. Nous passons des champs, des prés, des ravines. Je suis la direction de notre marche d'après les étoiles. Nous allons vers l'est, presque en ligne droite. Nous débouchons sur une route, que nous suivons longtemps. Elle nous mène dans une grande forêt. Je sens une odeur de goudron dans l'air.

Nous sommes partis depuis cinq heures et pas un de nous n'a dit un seul mot. Nous allons d'un pas régulier, ample. Nous marchons légèrement et sans bruit. Je suis sûr que personne ne nous surprendra sur notre route. Et si cela arrivait — tant pis pour lui!... Nous n'avons pas eu besoin de nous donner le mot, mais je comprends que nous ne nous rendrons jamais vivants. Je comprends aussi autre chose: qu'aucun d'entre nous n'abandonnera un camarade en danger ni ne le l'abandonnera blessé... Pendant le trajet, quelque chose chante dans mon âme. Je suis empli d'une grande joie, la joie de marcher avec ces hommes forts, débrouillards, ces fargueurs fameux sur toute la frontière, à qui l'on peut faire confiance en tout, à tout moment... Avec eux, aucun obstacle, aucun danger n'existe pour moi. Si je savais que mon refus de reculer et de les abandonner ne me laissait qu'une heure à vivre, je ne reculerais jamais!

Au bout de deux autres heures de marche, nous approchons d'un groupe d'habitations. Je sens dans l'air une odeur de fumée.

Nous nous arrêtons. Nous restons longtemps sur place, sans mouvement. Tout à coup, dans l'obscurité devant moi, part le long hurlement d'un loup. Je serre mon arme, mais je comprends aussitôt que c'est la Résine qui hurle. Cette voix qui monte puis descend produit un son sauvage, lugubre.

— Oh, la vache! jurai-je tout bas pour exprimer toute mon admiration devant l'art de mon camarade.

Le hurlement s'arrêta net. Alentour, tout fut plongé dans le silence. Plusieurs minutes passèrent ainsi, puis j'entendis deux sifflets: un léger, bref, auquel succéda un autre, fort, prolongé. Cela se répéta par trois fois. Alors nous avançâmes.

J'entends bientôt un pas feutré dans l'obscurité. Quelqu'un vient à nous. J'entends la voix de Saszka:

— Alors?

— Tout va bien!

Nous continuons. Au bout de quelques minutes, nous voilà dans une petite pièce. Les fenêtres en sont masquées par d'épais rideaux sombres. Une lampe brûle, suspendue au plafond par un fil de fer.

Je vois un homme court, râblé. Son visage semble taillé dans le roc, gris, massif, incolore. Sa tête énorme est recouverte par une tignasse épaisse. Ses yeux sont perçants, soupçonneux. Il parle très peu et à contrecœur.

Nous nous délestons de nos bâts. L'Ours (sobriquet du planqueur), Saszka et la Résine déballent la marchandise et la disposent sur la table. De la saccharine.

— Combien? demande l'Ours.

— Deux cents livres, dit Saszka.

L'Ours tire d'un coffre placé dans un coin de la pièce un gros sac solide et y fourre la marchandise. La Résine se charge sans effort de ce fardeau et quitte la pièce avec l'Ours. Je reste avec Saszka. Il tire de sa poche un paquet de cigarettes. Il m'en offre et en allume une lui-même. Nous nous taisons tous les deux. La Résine et l'Ours reviennent au bout d'un quart d'heure.

— Tu fais une «journée»? demande l'Ours.

— En forêt, dit Saszka.

— Vous mangerez quelque chose?

— On prendra ça avec nous. Apporte ça ici.

L'Ours quitte la pièce et revient au bout de quelques minutes portant une miche de mauvais pain noir et un bon morceau de lard. La Résine fourre ces provisions dans un sac vide. Saszka tire de sa poche une bouteille d'alcool. Il hoche la tête vers le planqueur et lui dit:

— Pour toi.

Saszka entama la bouteille. Il en essuya la goulot avec la main avant de la passer au planqueur, qui répéta la cérémonie en la tendant à la Résine; et la Résine but en mon honneur. Puis on compléta avec de l'eau et nous bûmes une deuxième tournée «au succès».

Puis nous quittâmes la maison pour nous diriger vers la forêt. Quand il commença à faire jour, nous nous trouvâmes dans une grande forêt touffue. Nous étions allongés sous un énorme chêne. En haut passait le bruissement des arbres.

Saszka découpa le pain et le lard avec son couteau. Nous mangeâmes. Nous enfournâmes la plus grosse part du pain et du lard que nous avions apportés. Puis nous allumâmes une cigarette.

— Il habite seul, par ici? demandai-je à Saszka en pensant à l'Ours.

— Sa femme s'est enfuie... Il est devenu sauvage... répondit mon camarade.

Quand nous eûmes fini de fumer, Saszka me dit:

— Réveille-moi dans trois heures. Si c'est trop dur, réveille-moi avant.

Mes camarades s'endormirent, et moi, je restai assis, adossé à un arbre, veillant à leur sécurité, revolver au poing. Je scrutais la forêt, je regardais les contrebandiers endormis, ma montre, mon magnifique Parabellum.

Je suis très content de veiller sur le sommeil de fargueurs fameux qui m'accordent une confiance sans réserves. J'ai compris que Saszka m'a donné la première garde parce qu'elle est plus facile: la deuxième coupe le sommeil...

Je regarde les aiguilles de ma montre tourner lentement et je pense à des tas de choses... Puis je contemple le visage ouvert de Saszka. Une profonde ride verticale apparaît sur son front. Il fait un mauvais rêve!

— Ce n'est rien... rien... Dors tranquille, dis-je doucement, avec émotion.

Et la forêt murmure alentour. Elle murmure, joyeuse. Joyeuse, bruissante, pleine d'allégresse... Elle salue le lever du soleil...

XII

C'était la mi-octobre. Les nuits étaient devenues longues, sombres. L'automne avait enveloppé la frontière et la zone frontière. Il les avait tapissées de feuilles d'or.

Nous avons déjà fait passer neuf lots de marchandise. Plusieurs fois, nous avons réussi en une nuit à porter la marchandise à la planque de l'autre côté et à revenir avant le jour. Nous continuons à transporter notre charretée de saccharine. Il n'en reste plus beaucoup. Je suppose qu'après avoir terminé la «douce affaire», nous commencerons à porter une autre marchandise. Ou bien Saszka fera-t-il une pause? Je ne le lui demande pas. D'ailleurs nous parlons peu, et seulement de choses essentielles, indispensables. Nous sommes devenus très proches. Nous communiquons souvent sans paroles, d'un seul geste, d'un seul regard.

Pendant trois jours de suite, nous ne sommes pas sortis. L'averse n'avait pas cessé. La pluie avait détrempé le terrain. Elle avait formé plein de nouveaux lacs. De petits ruisseaux s'étaient mués en torrents déchaînés. Dans la nuit d'hier, la pluie a cessé et le temps s'est dégagé. Le vent d'ouest a soufflé toute la nuit et toute la journée.

Après le déjeuner, Saszka sortit. Je regardai par la fenêtre et le vis partir vers la forêt sombre près de la ferme voisine. Il fut dehors plus de deux heures, et à son retour, il nous dit:

— On y va aujourd'hui... il faut en finir...

La Résine hocha la tête et continua à jouer aux cartes avec moi, au soixante-dix. Une partie sans enjeu.

Après trois voyages de l'autre côté, Saszka me donna soixante-quinze dollars.

— Ton fade, dit-il d'un ton bref.

Après les trois suivants, il m'en donna cent. Sans doute parce que je ne prenais plus des bâts de quarante livres, mais de cinquante. Quand nous fûmes rentrés du dernier voyage, il me donna cent autres dollars. J'ai maintenant deux cent soixante-quinze dollars. Je lui demandai si je devais quelque chose au planqueur pour la nourriture. Il dit:

— Ça ne te regarde pas! C'est moi qui m'en occupe.

Nous prîmes la piste très tôt, dès la tombée du crépuscule. Le vent avait viré et soufflait maintenant de l'est. Le ciel s'était ressuyé. La lune roulait vers le haut, grande, blême, grimaçante comme si elle avait pris de l'huile de ricin.

La marche était rendue difficile par la pluie qui avait changé les champs en fondrières. Nous avions peine à extraire nos pieds de la boue. Enfin nous atteignîmes la forêt. La marche y est plus aisée mais il y fait noir. Les rayons de la lune ne passent que par endroits entre les branches.

Nous prenons presque chaque fois un chemin différent pour aller de l'autre côté. La direction reste toujours la même, mais nous nous arrangeons pour passer la frontière et la zone attenante à un endroit différent à chaque fois. Saszka tient compte du fait que nous laissons toujours une trace de notre passage, ce qui peut inciter les verdets à dresser une embuscade sur notre piste dans l'espoir de nous voir reprendre un jour le même chemin. Sauf sur les arrières, où nous n'en changeons pas aussi souvent. Nous y sommes moins exposés.

Aujourd'hui, tout s'en est mêlé dès le début pour nous compliquer le voyage. Saszka l'avait prévu, c'est pourquoi nous sommes partis de si bonne heure... Nos jambes s'embourbent presque jusqu'aux genoux. Là où, quelques jours auparavant, il y avait des flaques, il y a aujourd'hui des lacs; à la place des ruisseaux grondent des torrents, à la place des torrents coulent des rivières. Un vent froid et cinglant nous blesse les yeux et nous coupe le souffle. Et le pis, c'est la chauve. Elle brille d'une lumière crue, forte, comme si elle avait partie liée avec les verdets. Comme un projecteur, elle nous inonde d'un déluge de rayons et nous sommes visibles à bonne distance.

Nous restons longtemps à l'orée de la forêt. Devant nous, c'est l'énorme espace découvert au milieu duquel court la frontière... Nous entrons dans les marais. Nous avançons avec lenteur en sautant de touffe en touffe.

Je suis mouillé et crotté presque jusqu'à la taille, mais je suis brûlant: le mouvement me réchauffe. Enfin nous franchissons la frontière et poursuivons notre marche. Tout à coup, Saszka accélère et va de plus en plus vite. Cela m'étonne, mais je suis la Résine sans regarder sur les côtés. Soudain un coup de carabine claque à l'arrière. Le bruit de la détonation me paraît venir de très loin car le fort vent d'est le rabat en arrière. On crie peut-être là-bas l'habituel: «Halte! Halte! Halte!», mais je n'entends pas les voix.

Les balles commencent à siffler de plus en plus dru autour de nous. Je tourne la tête et je vois des hommes courir à deux cents mètres. Ils sont une quinzaine, égaillés en tirailleurs.

«D'où sortent-ils, si nombreux?», pensé-je en suivant mes camarades.

Nous sommes en piteuse posture. Impossible de reculer. Et d'ici à la forêt la plus proche, à l'est, il y a cinq bons kilomètres. Il y a bien à proximité des bosquets et des groupes d'arbustes, mais ils ne sauraient nous cacher devant nos poursuivants.

Saszka vire au sud-est. Nous courons presque. Des tirs claquent sans arrêt. Par bonheur, aucun d'entre nous n'est atteint. Nous entrons au pas de course dans une oseraie touffue. Nous nous arrêtons. Saszka nous lance:

— Laissez approcher!... Puis canardez!...

Nous attendons, agenouillés dans le fourré épais. Nous tenons prêts nos Parabellum et nos chargeurs.

Nos poursuivants se rapprochent. Je vois nettement les formes grises qui s'avancent vers nous. Ils ont passé les pans de leurs longs manteaux dans leurs ceintures pour être plus libres de leurs mouvements. Leurs armes brillent dans les rayons de la lune.

— En éventail, par la droite!

«Ils veulent nous rabattre vers les marais», pensé-je en regardant attentivement devant moi.

Les voilà tout près. A cinquante pas de nous.

«Pourquoi il ne tire pas, Saszka?»

Je regarde de son côté et je le vois avec le long canon de son Parabellum appuyé sur le bras gauche... Il vise à droite. Je regarde la Résine... Il vise au centre de la chaîne. Alors je vise un soldat sur l'aile gauche.

La chaîne grise d'hommes armés semble voguer devant nous sur une mer de rayons de lune.

Soudain j'entends aboyer le revolver de Saszka sur la droite. En visant soigneusement les hommes qui glissent vers nous, je me mets à tirer. J'ai tiré les dix balles et j'engage un nouveau chargeur dans la crosse de mon Parabellum. Saszka et la Résine tirent sans arrêt. La chaîne se brise et s'arrête. Un ordre fuse au loin:

— Couché!

Les formes grises disparaissent. Les carabines tonnent toujours. Et nous, nous traversons le fourré pour entrer dans les marais. Nous foulons des plaques de mousse qui ploient sous nos pas. La fusillade continue à l'arrière.

Comme des spectres, pas à pas, lentement, nous avançons dans la mer laiteuse des rayons de lune. Le tonnerre des tirs s'éloigne de plus en plus.

«Ils ne nous suivent plus, maintenant. Ils ont pu voir que nous n'étions pas un gibier facile!»

Nous pataugeons toujours. Le marais ploie sous nos pieds. Chaque foulée fait sourdre de l'eau. Nous allongeons nos distances pour ne pas rompre la surface élastique des mousses et des herbes aquatiques qui tapissent le marais visqueux.

Au bout de deux heures, nous prenons pied sur un sol ferme. La paroi noire de la forêt se dresse tout près. L'œil brillant, Saszka désigne de la main les marais que nous venons de franchir:

— Qu'ils y viennent donc!

— Ils n'y arriveront pas! dit la Résine.

Nous repartons pour nous plonger bientôt dans les ténèbres mystérieuses de la forêt.

«Ici, le diable lui-même ne saurait nous arrêter!»

*

* *

Nous avons déjà passé douze lots de marchandise. Hier, pour les trois derniers voyages, Saszka m'a donné cent cinquante dollars. C'est une très grosse somme, mais j'avais des bâts de soixante-dix livres. J'ai maintenant quatre cent vingt-cinq dollars... Tout un capital, gagné sans chauffe.

J'ai remarqué que pendant les quinze mois de mon séjour au pays frontalier, je me suis beaucoup développé physiquement. J'ai moins de peine à présent à porter un bât de soixante-dix livres qu'un de trente autrefois. Et les pistes les plus difficiles, je les parcours aussi facilement que si c'étaient de simples promenades.

Pendant notre travail, nous avons eu des tas d'incidents de toutes sortes sur la frontière et dans la zone frontière, mais je n'en parle pas pour ne pas allonger inutilement mon récit.

A notre dernier retour, Saszka nous a fait faire un grand détour tout à fait nouveau. Nous passons maintenant très au large de la section où nous nous étions accrochés avec les verdets. Nous faisons à présent plusieurs kilomètres de mieux, mais le terrain est plus commode. Il n'y a pas de marais, mais de grandes forêts tout autour. Cette fois-là, en rentrant à la maison, nous avons aperçu dans la forêt, près de la frontière, un poste de garde. Saszka commença à se faufiler vers lui. Nous le suivîmes, l'arme au poing.

Saszka s'arrêta devant la fenêtre éclairée de l'intérieur. Je me plaçai tout contre lui. Je vis une grande pièce. Au fond, il y avait un châlit où reposaient plusieurs soldats de l'armée rouge. Ils dormaient sans doute. Devant la fenêtre, il y avait une table jonchée de papiers et éclairée par une lampe.

Au milieu de la pièce se tenait un soldat élancé qui racontait quelque chose aux autres, assis sur les bancs, en gesticulant avec animation... Nous voyons les visages joyeux et les yeux luisants d'intérêt. Soudain, c'est un éclat de rire général et tonitruant.

Là-dessus, je vois Saszka lever son Parabellum. Je pense d'abord qu'il s'apprête à tirer sur les soldats, mais je m'aperçois qu'il vise la lampe.

Le soldat poursuit son histoire: il grimace, hausse le sourcil, écarte les bras. Puis il fait un pas en avant et parle si fort que des paroles isolées me parviennent aux oreilles.

Suit un nouvel éclat de rire, encore plus fort. Au même instant, Saszka tire. On entend la détonation du coup de feu, un craquement, le tintement du verre brisé, et la pièce est plongée dans le noir...

Pendant un certain temps, c'est le silence complet dans la pièce, puis des voix et des cris affolés parviennent au dehors:

— Qu'est-ce qui se passe?

— Quel est le salaud qui a cassé la lampe?

Nous entendons un raclement de pieds à l'intérieur. Enfin une lampe de poche brille.

— On a tiré du dehors! crie quelqu'un dans la pièce.

Nous reculons lentement dans la forêt. Saszka rit doucement.

Nous ralliâmes notre planque sans encombre. C'était

notre dernière course avec la saccharine. Nous avions passé toute la charretée que nous avions amenée du bourg. Après le dernier voyage de l'autre côté, Saszka dit:

— Allez, vieux frères, demain, on se taille à Rubieżewicze! Il faut bien s'amuser un peu, et puis goupiller une autre affaire. L'hiver arrive.

*

* *

Nous voilà depuis trois jours à Rubieżewicze. Nous sommes descendus chez un camarade de Saszka qui habite à la sortie du bourg. Saszka passe ses journées à s'occuper d'affaires. Je l'ai vu plusieurs fois en ville avec des juifs. Ses commanditaires. Moi et la Résine, nous nous morfondons au logis à dormir, à boire de la vodka ou à jouer aux cartes.

Hier, nous nous sommes amusés toute la nuit. Staszek Udreń, le camarade de Saszka qui nous accueille, avait envoyé dormir ses deux jeunes frères chez une voisine pour disposer de toute la maison. Il savait quelle sorte de fête ce serait.

Je fus surpris par la venue d'Antoni, l'accordéoniste de Raków. Il avait été amené par Jankiel la Teigne, envoyé tout exprès là-bas avec sa voiture.

Dans la journée, Staszek et Saszka apportèrent en plusieurs fois un tas de paquets de toutes les tailles. Le logis de Staszek était assez spacieux mais très mal tenu. Moi et la Résine, nous y mîmes un peu d'ordre. Dans la partie sombre de la maison, à la cuisine, nous déballâmes les provisions apportées de la ville pour les étaler sur la table et sur les rayons. Il y avait plein d'excellentes choses. Nous rangeâmes le cognac, les liqueurs et les vodkas dans le placard.

En voyant cette abondance, j'avais envie de me remonter un peu le moral, mais la Résine me dit d'attendre, de garder de la place pour plus tard.

Antoni, l'accordéoniste, était resté dans la partie claire du logis, où il jouait des morceaux en sourdine.

A sept heures du soir, Staszek rentra en compagnie de trois filles. Il fit les présentations.

— Jula.

— Kazia.

— Jadzia.

Elles disaient leurs prénoms à tour de rôle en nous saluant. Leur tenue fut très correcte au début, mais les plaisanteries de Staszek, la musique d'Antoni et la perspective d'une joyeuse soirée eurent tôt fait de les dégeler.

Nous les fîmes asseoir à table et leur servîmes du thé et des gâteaux. J'essayai de leur verser du cognac dans le thé. Elles ne protestèrent pas.

Jula est une blonde pulpeuse. Elle a un gentil sourire et elle rit souvent en rejetant la tête en arrière, comme si on la chatouillait. Kazia est brune. Elle a de beaux yeux sombres et le visage allongé, le maintien grave: elle ne rit que du coin des lèvres. Jadzia a une opulente chevelure rousse et le teint laiteux. Son sourire, très gai, découvre des dents splendides. Elle a de jolies jambes et porte, sans doute pour cette raison, une robe très courte. Toutes trois sont jeunes: aucune n'a sans doute vingt ans révolus. Assises à table, elles forment trois touches de couleurs vives. Jula porte une robe crème, Kazia en a une vert foncé. Celle de Jadzia est jaune.

Saszka arrive au bout d'une heure environ. Il salue gaiement les filles et Antoni. La conversation s'anime. Staszek ne cesse de plaisanter. Les filles éclatent de rire à tout propos. Nous essayons de les griser, mais elles ne boivent pas volontiers. Il faut insister pour chaque petit verre.

Une heure plus tard, l'ambiance s'améliore. Les filles ont l'œil brillant et les joues en feu. Nous aussi, nous sommes éméchés. Antoni malmène son accordéon. Les filles sont assises côte à côte. Nous essayons de les séparer. Saszka se lève et s'approche de Kazia, qui est la moins grise de nous tous. Vite, il la saisit dans ses bras et, sans lui laisser le temps de protester, il l'emporte pour l'installer à ses côtés. Jula bat des mains en disant:

— C'est beau, ça!

— Puisque c'est beau, allons-y! dit la Résine.

Il va vers Jula et la soulève avec sa chaise.

La jeune fille piaille et se cramponne au dossier. Tout le monde rit. La Résine lui fait faire le tour de la pièce et la place à côté de lui avec sa chaise. Puis il se l'installe sur les genoux. La jeune fille cherche à se dégager, le contrebandier la retient d'une main légère mais ferme. Je m'installe près de Jadzia, dont les jolies jambes, le teint laiteux et la chevelure rousse flamboyante m'aguichent depuis longtemps.

— Voyez comme ils se sont mis, dit Staszek. Par couples. Et moi qui suis seul comme un clou dans une palissade.

Saszka lui dit:

— Va chercher Esterka. Elle est sans doute revenue de Baranowicze[1]. Dis-lui que c'est moi qui l'appelle. Qu'elle prenne sa guitare... Au trot!

— Au feu! crie Staszek en bondissant tête nue hors du logis.

Nous continuons à abreuver les filles de liqueurs et de cerise. Elles sont déjà un peu parties. Elles gesticulent avec animation. Elles éclatent souvent de rire au moindre prétexte. A l'exemple de la Résine, j'ai installé Jadzia sur mes genoux. Sans protester, elle me passe le bras autour du cou. Nous nous balançons au rythme d'une petite valse.

Staszek rentre au bout d'un quart d'heure.

— La voilà! crie-t-il dès le seuil. La merveilleuse, la toute belle Esterka en personne!

Une jeune fille mince de taille moyenne, une juive, entre dans la pièce d'un pas alerte. Elle sort une guitare de sous son manteau, la pose sur une chaise et dit d'une voix bien timbrée.

— Bon amusement!

— Sois la bienvenue! dit Saszka en lui indiquant une place libre. Assieds-toi par ici!

Esterka porte une robe rouge, très courte. Elle n'a pas de jolis traits, mais elle est très bien faite. Elle a les cheveux noirs coupés court, une grande bouche sensuelle et de très beaux yeux. Staszek se met vite à l'abreuver de cerise. La jeune fille mange et boit sans aucune gêne et lance elle-même de joyeuses plaisanteries.

— Mais notre Esterka a des mains mignonnes comme des bonbons! dit Staszek.

— C'est que j'ai aussi des pieds mignons comme des bonbons! répond-elle en posant sur la table sa jambe avec le pied tendu.

Cela provoque un éclat de rire général. Staszek ne se tient pas pour battu et allonge, lui aussi, sa jambe sur la table.

— Eh bien, voyons qui a le pied le plus joli. Soyez juges, mesdemoiselles.

Et les demoiselles rient de bon cœur.

1. Ville de garnison *(N.D.T.)*.

Ensuite Esterka s'élance au milieu de la pièce. Elle tient sa guitare. Elle pince un moment les cordes de l'instrument pour essayer différents accords, puis elle chante:

Regardez, tocassons,
Mes jolis ripatons:
N'est-ce pas mignon comme tout?
Un mollet fait au tour,
Joli sein, gueule d'amour,
Et dans le geste, un chic fou!

La chanteuse fait de petits pas sur la pointe de ses petits escarpins, se balance d'avant en arrière et tourne lestement sur place. Nous la regardons tous en silence, et elle se promène avec grâce dans la pièce, illustrant la chanson par sa mimique et des mouvements expressifs de son corps.

Enfin elle termine ses couplets:

La chauve a beau cafter,
C'est pas pour nous gêner:
Not' plus beau rêve, c'est la notche.
Quand la fête est finie,
On part gagner not' vie,
Des rossignols plein les poches.

Esterka frappe la guitare de ses jointures et lance un «O-oh!» strident en tournant sur un talon, si vite que le bas de sa robe s'envole. Les demoiselles s'esclaffent. Nous applaudissons.

On boit toujours. Personne ne se gêne. Esterka donne une tape sur le visage de Staszek qui tente de lui ôter sa robe. Ce n'est pas par pudeur qu'elle résiste, mais parce qu'elle juge le geste prématuré. Moi, je pelote les jambes de Jadzia. Je remarque que la Résine est passé dans la pièce voisine avec Jula. Ils reviennent au bout d'un quart d'heure. Jula a le visage rouge et la robe en désordre. Esterka rit et s'exclame, assise sur les genoux de Staszek:

— A la santé de mademoiselle Jula!

— A vous de même! répond la jeune fille.

Alors Esterka quitte d'un bond les genoux de Staszek pour le tirer vers l'autre pièce. Elle revient au bout d'un certain temps, vêtue de son seul linge. Elle se campe, les mains aux hanches, et dit à Antoni:

— Joue une marche!

Antoni entonne une marche fracassante, et Esterka danse et manœuvre à travers la pièce en jouant avec adresse de ses jambes élancées, gainées de longs bas de soie noirs. Elle prend à plusieurs reprises des poses très osées, mais n'en recueille que l'approbation générale.

Moi, je me penche vers Jadzia pour lui dire: «Viens!» Elle sourit. Nous passons dans la pièce latérale où une bougie brûle dans un grand bougeoir de laiton posé sur l'appui de la fenêtre et où il y a un grand lit. Esterka crie derrière nous:

— Bien du plaisir!

La fête continue. Il est minuit passé. Les filles sont ivres. Nous leur avons ôté leurs robes. Tout à coup, Esterka crie:

— Allez, on fait un concours: laquelle a les plus belles jambes?

Elle saute sur la table. Elle est sûre d'avoir les plus jolies jambes. Du reste, elle ne ressent aucune gêne et mène le train depuis le début.

— Bravo! crie Staszek. En avant pour le concours.

Nous perchons sur la table les filles, qui résistent mollement. Nous examinons leurs jambes. Il y a trois voix pour Jadzia. Une, celle de Staszek, pour Esterka. Jadzia, Jula et Kazia sautent à bas de la table avec notre aide. Esterka prend un air dépité, puis elle crie:

— Puisqu'on fait un concours, on le fait bien! Ce n'est pas le tout, les pieds! Le cochon en a aussi... Allez, on montre tout!

Elle se met à ôter des pièces de lingerie qu'elle jette sur le plancher. Puis elle se dresse nue au milieu de la table. Elle est élancée et bien faite, mais un peu trop mince. Elle promène ses mains sur sa poitrine, ses flancs, ses hanches, puis elle apostrophe les filles:

— Allons, laquelle s'y risque?... C'est le concours! Allez!

Mais les filles n'osent pas encore se déshabiller entièrement devant tout le monde. Alors elle saute sur le plancher et dit à Antoni:

— Allons, une valse!

Antoni joue une valse et Esterka tourne nue dans la pièce. Ses yeux étincellent. Elle découvre dans un sourire ses menues dents blanches. Elle se passe les bras derrière la tête.

Cela nous affole et nous excite. Ensuite nous dansons avec elle à tour de rôle. Puis Esterka chante et danse encore.

Vers la fin de la fête, Saszka tire un gros portefeuille de la poche intérieure de son veston et donne de l'argent aux filles. Cent dollars à chacune. Esterka fourre les billets dans son bas et dit:

— Ça, c'est pour l'amusement et la compagnie. Et pour les chansons?

Saszka lui jette vingt dollars.

— Et pour les danses?

Saszka lui redonne vingt dollars.

— Et pour le concours?

— C'est Jadzia qui l'a gagné, dit Saszka; et il donne vingt dollars à Jadzia.

Esterka ne s'avoue pas vaincue:

— Jadzia a gagné pour les jambes, et moi pour le tout!

— Allez, tiens! dit Saszka en lui jetant vingt autres dollars.

Antoni, l'accordéoniste, reçut cent dollars, lui aussi.

La bringue se termina au petit jour, alors que les filles étaient complètement ivres.

Aujourd'hui, deux marchands sont venus voir Saszka. L'un d'eux était le fameux richard Judka. Ils ont longuement discuté. Saszka inscrivait sur une feuille le nom des articles, les quantités et les prix. Ils marchandèrent et se consultèrent longtemps. Puis ils sortirent ensemble, Saszka rentra tard le soir et nous dit:

— Bon, les gars, tout est réglé. Demain, on rentre! Il faut labourer car l'hiver nous pend au nez!

La Résine frotta joyeusement l'une contre l'autre ses mains puissantes. La joie m'envahit.

On va faire du bon boulot!

XIII

La pluie bruine, ruisselle, dégouline. La nuit est d'un noir de poix.

La voiture est chargée à ras bords de teinture et de cuir à

semelles. Plusieurs dizaines de *pouds* de marchandise. Nous avons recouvert la voiture d'une grande bâche fixée par des tours de grosse corde. Elle verserait que rien n'en tomberait. Nous avons garni les roues de cordes plus minces enduites de poix, enroulées serré. Cela a plusieurs avantages: nous faisons moins de bruit en roulant, les roues de la voiture entaillent moins profondément le sol mou, elles ne dérapent pas sur les monticules ou sur l'herbe mouillée.

Tout est prêt. Un grand et puissant cheval noir fonce en avant. Nous sortons de la route. Le fermier nous salue près du portail:

— A la grâce de Dieu!

Nous plongeons dans le noir. La Résine tient les rênes de cuir et mène le cheval. Saszka est assis à ses côtés. Moi, je me suis installé à l'arrière. Nous roulons lentement. Je ne distingue absolument rien dans l'obscurité.

Au bout d'une heure, la Résine arrête le cheval. Moi et Saszka, nous descendons de voiture. Saszka me dit d'attendre et part lui-même en avant. Au bout d'un quart d'heure, il est de retour.

— Bon, allons-y!... Mais tout doux...

Maintenant, nous marchons devant, moi et Saszka, et la voiture nous suit. Nous avançons, revolvers et torches au poing. Je sens d'instinct que la frontière est toute proche, mais j'ignore le moment où nous la passons.

Nous roulons hors des chemins. Nous ne faisons presque aucun bruit. Il y a peut-être des verdets dans les parages, mais ils ne pourraient pas nous voir ni nous entendre.

Je marche en pensant à ce que Saszka m'a dit aujourd'hui: «Eh bien, mon vieux, on se met au boulot! Avant l'arrivée du sentier blanc, tu auras gagné plusieurs milliers de dollars. Alors on ira à Wilno. Tu vas t'y établir, parce qu'ici, tu y passeras... Tôt ou tard.»

La route est très longue. La pluie tombe de plus en plus dru. Nous zigzaguons longuement dans le noir, nous contournons longuement des obstacles naturels. Nous finissons par déboucher sur un chemin. Nous avançons vite, à présent. La voiture nous suit sans bruit. Le cheval me touche par moments la tête de ses naseaux; alors je sens son souffle chaud sur ma nuque.

Puis Saszka arrête le cheval. Nous montons en voiture et nous roulons assez vite. Le chemin est bordé de part et d'autre par la forêt, invisible dans l'obscurité. La voiture saute par moments sur des racines d'arbres. Des feuilles mouillées ou des aiguilles pointues de sapin m'effleurent le visage. Je garde tout le temps prêts ma torche et mon Parabellum. Nous pourrions rencontrer du monde sur notre route.

A un moment donné, nous quittons le chemin pour entrer dans la forêt. Nous y désencordons les roues. On ne doit pas laisser une telle trace entre la frontière et notre planque.

Nous tournons à présent sur toutes sortes de chemins. Nous les quittons, les reprenons en sens inverse. Nous brouillons nos traces.

A trois heures du matin, nous sommes rendus. Nous rentrons la marchandise dans une écurie. L'Ours la transportera de jour au dépôt suivant, près de Minsk. C'est la Résine et l'Ours qui emmènent le cheval et la charrette à l'écurie tandis que moi et Saszka, nous allons au logis.

Un bon feu brûle dans le poêle. Nous ôtons nos vêtements mouillés pour les étendre sur des ficelles autour du poêle brûlant. A son retour, la Résine met également à sécher ses vêtements trempés. L'Ours nous fait griller du lard.

Nous buvons de l'alcool en mangeant les cretons brûlants. Tout nous semble bon, le mauvais pain noir rassis, comme le lard ranci.

La pluie cesse au point du jour. L'Ours attelle le cheval. Aidé par la Résine, il charge la marchandise sur la charrette et part pour le dépôt suivant. Il a recouvert la marchandise de foin.

— Il ne va pas se faire harponner au passage?

— Lui? me répond Saszka. Le diable lui-même ne l'arrêterait pas! Il prendra des sentiers où il ne rencontrera pas âme qui vive. Et s'il en rencontrait une, je lui ai donné une chouette mécanique... Il pralinera jusqu'au bout! C'est un sacré numéro, mon vieux!

Nous grimpons sur le poêle pour dormir. Il y fait très chaud. Nous veillons tour à tour sur le sommeil de nos camarades.

A trois heures de l'après-midi, l'Ours est de retour. Il rapporte plusieurs ballots de soies de sanglier. C'est la marchandise que nous transporterons au retour. Elle ne nous encombrera pas car elle est légère; et puis on y gagne plus.

Le soir, nous chargeons les soies sur la voiture et nous

repartons. Nous roulons vite. Le cheval voudrait aller au grand trot, mais la Résine le retient.

Après trois heures de route, nous nous arrêtons. Nous regarnissons les roues de corde et nous repartons encore plus lentement. La pluie se met à tomber. Le vent souffle de l'est. Cela nous permet de garder la direction voulue quand nous roulons en terrain inégal.

En prenant toutes les précautions nécessaires, nous franchissons la frontière et, à une heure du matin, nous rentrons à la ferme.

*

* *

Nous avons fait passer trois charretées de marchandise. J'ai reçu de Saszka deux cent quarante dollars. Je possède à présent six cent soixante-cinq dollars. Saszka m'a dit qu'il m'en devait encore, mais qu'il me donnerait tout plus tard, quand le travail serait tout à fait terminé, car les gains étaient difficiles à calculer maintenant. Je n'ai jamais autant gagné.

La dernière fois que nous revenions de l'autre côté, il nous arriva une histoire qui faillit se terminer dans le sang. Nous avions l'intention de rentrer plus tôt. Nous faisions un grand détour. Nous transportions quatre grands ballots de soies.

A un moment donné, nous entrâmes dans un pré. Un village se profilait au loin, sur la gauche. Le crépuscule tombait lentement. Des «gueux» gris arrivaient de l'est et recouvraient largement le ciel. Le temps était à la pluie.

Le chemin était peu frayé, la voiture sautait sur des mottes. Je voyais le pré coupé au loin par une bande d'osiers, une petite rivière enjambée par un pont près duquel poussaient des saules. Il me sembla qu'il y avait du monde sur le pont. Quand nous en fûmes plus près, je vis plusieurs hommes appuyés au parapet qui nous regardaient venir.

— Il y a des types, là-bas! dis-je à Saszka.

— Qu'ils aillent se faire voir! jeta mon camarade.

Nous arrivâmes devant le pont. J'y vis sept hommes. Trois d'entre eux portaient des vêtements paysans, trois autres des habits de ville, et un autre avait une veste de cuir[1] et une casquette.

1. Pour les contemporains, signe évident d'appartenance à la Tchéka *(N.D.T.)*.

La Résine lâcha la bride au cheval et siffla légèrement. La voiture accéléra. Les mains dans les poches, je serrais les crosses de mes revolvers. Je me campai largement sur mes jambes pour avoir un meilleur appui. Je regardai Saszka. Un léger sourire errait sur ses lèvres; il tenait une main plongée dans sa poche.

— Ralentis! dit-il à la Résine.

Le Résine retint un peu le cheval. Nous nous engageâmes sur le pont.

— Vous êtes qui, vous?... Et d'où ça? cria d'une voix mauvaise, arrogante, l'homme à la veste de cuir qui essayait de saisir les rênes.

— Ben, de Minsk! dit gaiement Saszka d'une voix sonore.

— De Minsk? Et vous allez où?

— Où?... Je vous raconte ça tout de suite en détail. Ho!

La Résine arrête le cheval et Saszka saute à terre et aborde l'homme à la veste de cuir noir. Il le fixe un bon moment, puis il dit:

— Votre gueule, camarade, me paraît bien louche!... De quel droit vous arrêtez les passants sur les routes?

— Comment ça, de quel droit?

— Ben, comme ça: de quel droit! Papiers, s'il vous plaît!

— Je suis un agent du corps des gardes-frontière de Kojdanów!

Alors Saszka fait un pas en arrière et lui fait briller au nez le canon de son Parabellum en disant d'un ton froid et calme:

— Haut les pattes! Vite!...

L'homme à la veste de cuir blêmit et lève les bras. Alors j'arrache les deux revolvers de mes poches et, dressé sur la voiture, je crie aux hommes qui se trouvent sur le pont:

— Mains en l'air! En vitesse!

Tous lèvent les bras. La Résine tient les rênes d'une main et son Parabellum de l'autre. Il sourit et regarde avec intérêt les gens aux bras levés. Saszka fouille l'agent. Il sort de la poche de sa veste un Nagan chargé.

— Ça peut servir, dit-il en l'empochant.

Puis il tire de la poche intérieure de la veste de cuir un gros portefeuille qu'il empoche aussi.

— On verra ça plus tard!

Après avoir fouillé l'agent, il se tourne vers les hommes plantés sur le pont:

— Qui encore a des armes?... Hein?...

— On n'a rien, nous! disent plusieurs voix.

— Méfiez-vous!... Si j'en trouve, je vous casse la caboche! Allez, qui a des armes?

— On n'en a pas, camarade!

Saszka se tourne vers l'agent:

— Tu voulais savoir où on va?... Eh bien, on va de l'autre côté... Et tu veux savoir qui on est? On est de joyeux lurons! De ceux qui n'ont jamais «acheté la frontière» et qui ne graissent pas la patte à des «collaborateurs secrets» comme toi!... Te voilà renseigné... Et on transporte des soies!... Tu veux tâter?...

— Oh, camarade... Mais je ne...

— Je ne suis pas ton camarade! Ton camarade, il est couché dans sa niche et il s'épuce avec ses dents!

— Je ne pensais pas... Je voulais seulement...

— ... nous écorcher! termine Saszka, puis il lance:

— Saute à l'eau!

L'agent hésite. Saszka relève son Parabellum et fronce le sourcil.

— Allez!!

L'agent se rua sur le parapet et sauta à la rivière. On entendit un plouf sonore. La Résine éclata de rire.

— Allez, ouste! A l'eau! Allez noyer vos puces! cria Saszka aux hommes qui restaient sur le pont. Et que ça saute!

Tous se mirent à grimper vite sur le parapet et à sauter dans le vide. On entendait coup sur coup de gros éclaboussements.

— Ils se baignent, dit la Résine.

Saszka bondit sur la voiture. Le cheval repartit.

— Ça leur fera du bien. Ça les rafraîchira un peu, dit Saszka.

Nous traversâmes le pont et entrâmes dans le pré. Nous entendîmes derrière nous les cris des hommes qui sortaient de l'eau.

La nuit tombait. Je réfléchissais à ce qui venait d'arriver. J'admirais Saszka... Personne n'aurait agi comme lui... Nous aurions pu pousser le cheval et forcer les hommes postés sur le pont à nous laisser passer, mais ensuite, ils auraient pu nous tirer dans le dos. Nous aurions pu aussi tirer tout de suite, et même les tuer tous, mais nous aurions inutilement versé du sang humain et fait du tapage. Et Saszka avait su éviter tout cela... Je regarde son visage calme, pensif. Une étroite ride verticale apparaît sur son front.

«A quoi pense-t-il?»

XIV

C'est bientôt la mi-novembre. Nous avons passé sept charretées de marchandise. Saszka m'a donné encore deux cent quarante dollars. J'ai déjà neuf cent cinq dollars.

Nous sentons venir l'hiver et nous travaillons avec hâte. Saszka a l'intention de liquider le travail avant la fin novembre. Dans les jours qui viennent, les commanditaires de Rubieżewicze nous livreront des articles de prix sur lesquels nous gagnerons gros. Le succès de notre travail, jusqu'ici, les a enhardis.

La première neige est tombée voilà deux jours, mais elle a aussitôt disparu. Le sentier noir est toujours là. Pourvu qu'il tienne encore.

Et quelques jours plus tard, il arriva une chose terrible qui anéantit tous nos plans. Nous aurions mieux fait de ne pas entamer ce travail puisqu'il devait avoir un tel épilogue! Mais je n'anticiperai pas; je vais tout raconter dans l'ordre.

Nous revenions du travail. Nous avions livré la marchandise à l'Ours et nous ramenions plusieurs ballots de laine brute. Nous étions arrivés sans encombre au pré frontalier.

Il était minuit passé. Nous laissâmes reposer le cheval, puis nous repartîmes. La voiture roulait sans bruit dans l'herbe humide. Saszka sauta à terre et partit en avant. Je voulus le suivre, mais il m'arrêta d'un geste de la main. Je restai dans la voiture.

Je vois Saszka marcher dans le pré, à quarante pas devant nous. Je m'efforce de ne pas le perdre de vue... Il atteint la traînée sombre de l'épais fourré tout proche de la frontière... Il le dépasse... Soudain, un coup de feu. Puis plusieurs à la suite. Ensuite seulement, j'entends hurler:

— Halte! Halte! Halte!

Bruit de revolver. C'est Saszka qui tire. Je le vois reculer vers nous. Et dans le fourré proche de la frontière, les décharges des carabines allument une succession d'éclairs.

La Résine a arrêté le cheval. Je tire des coups de Parabellum vers le fourré. J'estime la distance à cent vingt pas. Je vide un chargeur. Je recharge et je continue à tirer. Les tirs de carabines cessent.

Soudain j'entends la voix de la Résine, bizarre, chevrotante :

— Tiens voir le cheval ! Vite !

J'empoigne les rênes et je vois la Résine courir en avant. J'aperçois Saszka qui gît sur le pré, à trente pas de nous, sans tirer ni bouger de place. Jusque-là, occupé à tirer, je l'avais perdu de vue.

Soudain la lune se cache derrière les nuages. Tout s'assombrit. Je ne vois plus la Résine ni Saszka ni le fourré.

J'entends à nouveau les voix :

— Halte ! Halte ! Halte !

Je tremble de tout mon corps. « Qu'est-ce qui s'est passé, là-bas ? » Le cheval tire sur les rênes, mais je le retiens ferme. Puis j'entends un pas précipité. La Résine court à la voiture en portant Saszka dans ses bras. Il l'étend sur les ballots de laine, saute dans la charrette et me dit d'une drôle de voix :

— Surveille-le !... Attention aux cahots !... Ah, la vache !...

Il saisit les rênes et fait virer le cheval. J'entends tout près les pas des hommes qui courent vers nous. J'arrache mon Parabellum de ma poche et je me mets debout dans la voiture.

La lune émerge de derrière les nuages et éclaire le pré comme un projecteur. Je vois quatre soldats à trente pas. Je les arrose avec mon revolver. Ils reculent en hâte. La Résine fouette le cheval. Je manque de tomber. A genoux dans la voiture, je me remets à tirer. Les coups de carabine me répondent. Les balles sifflent tout près... Je tire comme un possédé... La lune se recache derrière les nuages... Je ne vois plus nos poursuivants. Ils sont loin. La voiture roule vite. Je me penche au-dessus de Saszka. Je vois son visage blême et ses yeux brillants... il se mord les lèvres...

— Qu'est-ce que tu as ?... Je peux faire quelque chose ? dis-je avec désespoir.

Il ne répond pas.

Nous reculons toujours. Par bonheur, les nuages cachent la lune.

Nous nous arrêtons à l'orée d'une cépée. La Résine prend Saszka dans ses bras et l'allonge sur le pré. Je suis agenouillé à côté de lui. Je ne sais que faire. Je lui demande sans cesse:

— Je peux faire quelque chose?

Il ne répond rien.

La Résine jette hors de la voiture les ballots de laine et éventre fébrilement l'emballage avec son couteau. Puis il jette dans la voiture d'énormes paquets de laine: il prépare une litière molle pour Saszka. Il tapisse à demi la voiture et recouvre la laine avec le drap des ballots éventrés. Puis il dépose le blessé sur la litière. Les jambes, les bras et la tête de Saszka pendent mollement.

Puis la Résine saute sur le siège et me dit d'une voix sourde:

— Surveille-le!

La voiture s'ébranle. Nous roulons lentement sans nous rapprocher de la frontière que nous avons laissée à trois kilomètres. Nous passons sans bruit dans des prés et des champs. Je tiens dans les mains mes deux revolvers.

Je m'agenouille à côté de Saszka. Je vois qu'il a soulevé les paupières. Il dit quelque chose. Je me penche sur lui.

— Prends le sachet... à mon cou... sous ma chemise...

J'ouvre fébrilement son paletot, sa veste et sa chemise. Je lui ôte de la poitrine un sachet de daim. Il est assez gros.

— Pour Fela... Prends mon portefeuille... chuchote-t-il.

Je prends le portefeuille dans la poche intérieure de son paletot.

— Cinq cents dollars pour toi... cinq cents pour la Résine... le reste pour Fela...

— Bien, dis-je.

— Les marchands et l'Ours... dis à la Résine... il s'en occupera...

— Tu t'en tireras, dis-je. Tu feras tout ça toi-même.

— Non... moi, c'est fini... Fais comme je t'ai dit...

Il se tait.

— Qu'est-ce que je peux faire pour toi? dis-je.

— Rien... laisse tout ça... Pars d'ici...

Il se tait. Je lui glisse de la laine sous la tête. Il se remet à parler tout bas.

— Władek.

— Je suis là.
— Mon flingue.
Il remue les doigts de la main droite. Je lui glisse dans la paume la crosse de son Parabellum. Il la serre. Je ne sais pas ce qu'il veut faire.
La lune ressort de derrière les nuages.
Je vois nettement les yeux enfoncés de Saszka et son visage tout blanc où j'aperçois une grimace de douleur. Son front est coupé par une profonde ride verticale. Des larmes me montent aux yeux.
Soudain un sourire étrange apparaît sur son visage blême.
Je me tourne vers la Résine:
— Arrête le cheval! Il s'en va!
— Qu'est-ce que tu dis? Oh, la vache! répond la Résine dans un gémissement.
Nous nous penchons au-dessus de Saszka. Il chuchote:
— Canarde à gauche... Allez, encore... Encore...
Nous nous taisons.
— En avant, les gars! Envoyez toute la sauce! dit Saszka à haute voix, puis il retomba sur sa litière.
Ce furent ses dernières paroles.
Ainsi tomba Saszka Weblin, le roi de la frontière. Il tomba dans la zone frontière soviétique, à la mi-novembre, à la saison d'or, par une nuit de lune. Il mourut à deux heures du matin. Il y eut deux témoins de sa mort: moi et la Résine. Dans les derniers instants de sa vie, il fut éclairé par le «soleil bohème». Un silence solennel régnait alentour... Il laissa sa sœur, Fela, et nous, ses amis dévoués de toute leur âme: moi et la Résine. Il laissa derrière lui un bon souvenir parmi tous les gars de la zone frontalière.
Nous restons agenouillés dans un silence lugubre au-dessus du corps de notre cher camarade. Des larmes de la Résine me tombent sur les mains. Cela me torture encore davantage: lui et les larmes!... Je me penche au-dessus du corps de Saszka. Tout à coup, la Résine se redresse d'un bond et dit avec un sourire de travers, les yeux égarés:
— Hé... Qu'est-ce qu'on a à rester comme ça... sur place?... Hé?...
Il saisit les rênes et les tire sauvagement à lui, au point que le cheval s'accroupit sur ses jambes de derrière. Puis il crie très fort:
— Huue!... En avaaant!...

Nous partons à toute vitesse. La voiture martèle sourdement le pré. Elle saute sur le sol. Et le cheval tire de plus en plus sur les rênes.

— Huue!.. En avaaant!... crie la Résine, qu'on doit entendre sur toute la frontière.

«Bon sang, il est devenu fou!»

— Hé hé hé hé! crie la Résine.

Et le cheval fonce de plus en plus vite. C'est un cheval de contrebandier. Il nous connaît bien. Il sait que nous nous comportons bizarrement et qu'il est arrivé quelque chose d'inhabituel. Il s'étonne peut-être de ne pas entendre tonner les carabines.

— Vas-y!

La Résine siffle sur ses doigts à vous percer le tympan. Je suis assis sur des paquets de laine. Je ne sais plus où sont mes armes. Je ne comprends plus rien... La lune tournoie au-dessus de nous. Mes yeux se brouillent de larmes.

— Hé hé hé hé!... Vas-y! résonne le cri terrible que la Résine lance par toute la frontière.

«Pourquoi fait-il cela?» me dis-je en commençant à me mordre les lèvres.

Qu'arriva-t-il encore cette nuit-là?... Il ne pouvait rien arriver de plus!... Rien... Le pire était déjà arrivé!...

Les coups de carabines tonnaient sur le côté. Les salves d'honneur que les verdets tiraient pour Saszka. La voiture rebondissait comme une balle. Le cheval fonçait en avant comme l'orage. La lune dansait dans le ciel tout entier et l'air résonnait toujours du «Hé hé hé hé!... En avaaant!...».

Il ne pouvait rien arriver de plus! Rien!

La neige tomba au matin et elle resta. Ce fut d'un seul coup le «sentier blanc». Pour nous, c'est terminé. Nous n'avons plus besoin du sentier noir... puisque Saszka Weblin n'est plus....

Et c'est pour cela, justement, que l'hiver fut précoce en 1923.

XV

J'atteignis Raków dès la tombée de la nuit. Je me faufilai jusqu'au logis de l'horloger Mużański par des rues écartées et des passages. Je trouvai Pietrek le Philosophe à la maison. (J'ignore pourquoi j'allai le voir en premier.) Le garçon était assis près du lit où était couché Julek le Dingue et il lui lisait un livre.

— Où est le Rat? demandai-je.

— Je ne sais pas... Ça fait longtemps que je ne l'ai pas vu. Il allait avec les sauvages.

— Et le Lord?

— Il est parti avec les siens. Il n'est pas encore rentré.

— Qu'est-ce que tu as? demandai-je à Julek en lui voyant très mauvaise mine.

— Un coup de froid... Mais ce n'est rien...

Le garçon se mit à tousser. Une quinte longue et opiniâtre. Je lisais de l'inquiétude dans le regard de Pietrek.

— Tu sais pas? dis-je à Pietrek. Tu veux bien me garder mon fric?... Parce que, tu comprends, je vais de l'autre côté... Si ça se trouve, je me ferai descendre là-bas, et le fric sera perdu... Vous n'y allez pas, maintenant, vous?

— Non... Je peux te le garder, ton argent.

Je tire vite une liasse de billets de ma poche. Je compte douze cents dollars et je les donne à Pietrek.

— Il y en a une pincée!

Je salue les garçons et je vais pour sortir. Je m'arrête devant la porte.

— Vous savez que... Saszka n'est plus là?

— Comment ça, plus dans la ville?

— Non... plus du tout!

Je fais le signe de croix en l'air. Je vois leurs yeux ébahis.

Je sors dans la cour et je regarde en l'air. La lune est descendue bas et elle rit, l'effrontée.

Je prends les rues qui mènent au logis de Fela. Pas de lumière aux fenêtres de la maison. Je frappe fort à la vitre... comme l'autre fois... J'entends un pas rapide...

— Qui est-ce?

— Władysław.

— Quel Władysław?

— Władek, quoi.
— Ah!
Je suis bientôt dans la maison. Une lampe brûle sur la table. Fela me regarde avec des yeux étonnés. Je me tais longuement, puis je dis:
— Bonsoir.
— Bonsoir.
Nous nous taisons encore.
Je mets la main dans la poche intérieure de mon paletot et j'en tire le sachet de daim. Je le tends à Fela en disant:
— De la part de Saszka.
Elle le prend dans ses mains. Je sors le portefeuille de Saszka et le donne également à Fela.
— Et ça aussi... J'y ai pris cinq cents dollars pour moi et cinq cents pour la Résine. C'est lui qui l'a dit. Et ça, il m'a chargé de vous le donner.
— Qu'est-ce qu'il y a là-dedans? dit-elle en désignant le sachet d'un mouvement de tête.
— Je ne sais pas. Je n'ai pas regardé.
Soudain le front de Fela est entaillé d'une profonde ride verticale, comme celle de son frère. Ses yeux s'assombrissent. Ses sourcils se froncent.
— Et lui, où il est?
— Il n'est plus là.
— Il n'est plus?
— Non... Les bolcheviks l'ont tué près de la frontière.
Je lui fais le récit, bref mais détaillé, des circonstances dans lesquelles Saszka a disparu. Elle m'écoute attentivement. Sans m'interrompre par des questions... Je vois son visage pâli... qui pâlit encore... Elle va vers une chaise et s'assoit... Elle se tait longtemps. Je la regarde, et dans mon âme, c'est le vide complet.
Elle relève la tête.
— Je pourrais peut-être faire quelque chose pour vous? dis-je.
— Vous êtes «au vert»?
— Oui.
— Je n'ai besoin de rien. Je m'occuperai de tout moi-même. Vous avez où vous cacher?
— Oui.
— Bon. Je vais tout de suite le rejoindre. La Résine y est?

— Oui.

Elle passe dans l'autre chambre et commence à s'habiller. Elle revient bientôt.

— Vous pouvez partir. Je ne vous retiens pas.

— Au revoir.

— Au revoir.

Je quitte la maison. Je traîne longuement dans les rues. J'ai relevé le col de mon paletot. Personne ne me reconnaîtra.

Je regarde en l'air. La lune rit toujours.

Je rencontre de rares passants. Je marche vite dans les rues. Il fait froid. Une bise glacée d'est se lève. Elle m'arrache des larmes.

Je vais chez Ginta. Je dois faire quelque chose. Mais quoi? Me soûler, sans doute.

Je ne trouve pas de copains au salon. Une lampe à pétrole brûle sous le plafond, suspendue à un fil de fer. Elle éclaire chichement la grande salle.

La table centrale est vide. A une petite table sur le côté, je vois quatre «bleus».

J'appelle Ginta.

— Il y a longtemps que je ne vous ai pas vu, monsieur Władysław, dit la juive.

— Et alors?

— Rien, que voulez-vous?

— Une bouteille de raide, des concombres et du saucisson.

Je bois en solitaire. Les bleus ne me prêtent pas attention. J'ignore pourquoi je suis si pressé, puisque je ne sais pas où aller. Et j'ai réglé toutes mes affaires.

Je bois encore une demi-bouteille de vodka. Je suis un peu réchauffé mais de plus en plus triste.

Je règle tout et je sors dans la rue. J'erre à nouveau dans le bourg.

Il neige. De petits flocons tournoient gaiement dans l'air. Ils escaladent les rayons de lune, ils descendent en glissant dessus.

J'ai sommeil. Je n'ai pas dormi depuis si longtemps. Je suis très las.

Tard le soir, je frappe à la fenêtre de chez les demoiselles Kalisz. Zuzia m'ouvre la porte. Elle bat des mains et exprime son ravissement à grand bruit:

— Ah!... Mais c'est monsieur Władysław! Enfin! Bonsoir, monsieur! Bonsoir!

— Bonsoir! Bonsoir! redis-je, sombre.

— Continuez d'entrer. Je vous en prie.

Elle sourit. Ses yeux louchons m'étudient, me tâtent.

— Quelque chose à manger, à boire?

— Donne de la vodka.

— Tout de suite. Tout de suite. Tout ce que vous voudrez. Asseyez-vous là. C'est plus confortable.

Je bois encore de la vodka. Zuzia a un sourire servile. Elle ne cesse de tourner dans la pièce. Elle quitte la table, puis se rassoit. Sa poitrine sautille comme des baudruches de caoutchouc remplies d'eau.

— Tosia nous parle souvent de vous... Et vous êtes drôlement pas en train. Je parle, je parle et vous ne dites rien!

— J'ai la langue gelée. Il faut que je la réchauffe.

Zuzia émet un rire coassant et se claque les cuisses de ses mains potelées.

Je continue à boire. Puis je fume cigarette sur cigarette. La femme louche vers moi:

— Vous voulez peut-être coucouche? Au dodo avec la petite Tosia? Après un froid pareil, des petits petons bien chauds!... Hé hé hé!

Elle tremblote dans un rire muet.

Je vois qu'elle a deux nez et plein d'yeux, et qu'elle continue à osciller, à trembloter comme du caoutchouc, de la pâte crue.

Je passe dans la chambre voisine. Derrière moi, Zuzia traîne la savate, une lampe à la main.

— Dis un joli bonjour à monsieur Władysław, ma petite Tosia!

— Vous me parlez comme une idiote, maman, répond la jeune fille ensommeillée.

Je me déshabille. Il y a si longtemps que je n'ai pas dormi. Zuzia me retire mes bottes. Puis je plonge de tout mon corps dans le lit souple et chaud. Zuzia dit quelque chose, ricane, puis quitte la chambre avec sa lampe. Il fait noir. Tosia serre contre moi son corps lisse et chaud.

«Il est arrivé quelque chose de très important! Très important!... Mais quoi?»

Je dégringole dans un gouffre brûlant, étouffant.

*

* *

— Allez, debout! m'intime une voix sévère à travers mon sommeil.

On me secoue l'épaule.

J'ouvre les yeux. Je suis aveuglé par la coulée de lumière d'une lampe de poche. Au bout d'un moment, j'aperçois dans la pièce plusieurs policiers. Ils ont des revolvers au poing.

Je reprends aussitôt conscience. «Mon arme est dans la poche intérieure de mon paletot. Et le paletot, où est-il? Au fait, je n'ai pas le droit de résister!»

— Vos nom et prénom? me demanda la même voix, très service-service.

— Antoni Piotrowski.

Zuzia s'esclaffe:

— Quel coquin, ce monsieur Władek! Il n'a pas encore dessoûlé, monsieur le Principal. Il a un peu fait la fête, le cher garçon... Hé, hé, hé!

Elle me répugne. Je comprends que c'est elle qui m'a fourgué.

— Habille-toi!

Je m'extirpe du lit et commence lentement à m'habiller. Je suis toujours dans la lumière de la torche, mais cela ne me gêne pas du tout. Tout m'est égal.

— Il s'est amusé, le jeune homme, dit une voix de basse rauque qui semble venir de très loin.

Quelqu'un rit. Zuzia pouffe d'un rire servile.

Puis je sens à mes poignets les maillons froids des menottes.

«Il est arrivé quelque chose de très important! Mais quoi? quoi?»

Nous passons dans l'entrée. Les canons des revolvers m'épient, vigilants. Les rayons des torches me caressent.

— Je suis toujours en règle, monsieur le Principal, chuchote Zuzia dans mon dos.

Nous marchons dans les rues. La lune pouffe de rire. Les flocons de neige se jouent gaiement dans l'air.

Nous croisons deux hommes armés de bâtons. La garde de nuit.

On m'amène au commissariat.

Le lendemain, interrogatoire. Procès-verbal.

On amène Alfred, Alfons et Albin Alińczuk pour la confrontation.

— Tu le connais? demandent-ils à Alfred.

— Oui. Et comment! dit le contrebandier avec un sourire fielleux.

— C'est lui qui t'a tiré dessus?

— C'est bien lui. Il nous a barré la route et il s'est mis à tirer. Il voulait nous détrousser!

Les frères d'Alfred s'empressent de confirmer ses dires. Je ne les interromps pas. Qu'ils racontent ce qu'ils voudront! Tout cela n'est qu'une bêtise en comparaison de l'autre chose...

Puis c'est moi qu'on interroge. Je répète ma déposition précédente. Je raconte exactement tout l'incident. Je me rappelle de nouveaux détails. Mais je vois les regards et les sourires entendus. Ils ne me croient pas. Alors je cesse de fournir la moindre réponse.

Le quatrième jour après mon arrestation, à cinq heures de l'après-midi, nous allons de Raków à Iwieniec, chez le juge d'instruction. Nous voyageons en traîneau. Je me suis installé au milieu, à l'arrière du traîneau. Deux policiers m'encadrent.

De la grand-place, nous partons vers Słobódka. Nous dépassons la maison des Trofida. Je regarde les fenêtres de leur logis. Je crois voir un visage derrière la vitre. C'est peut-être Janinka.

Nous arrivons sur le pont. Combien de fois me suis-je glissé par ici, seul ou avec les gars! Et maintenant...

La nuit tombe lentement. Il gèle fort. Les menottes me glacent les poignets, alors je rentre mes mains loin dans mes manches. De menus flocons de neige tournoient dans l'air et forment un rideau mouvant, luisant, derrière lequel le terrain gagne un charme particulier.

La route est plantée d'arbres. Ils portent sur leurs branches de grosses housses de neige. Des poteaux télégraphiques courent au loin le long de la grand-route. J'entends leur ronron monotone aux vibrations basses.

Les policiers sortent des cigarettes, les allument et m'en offrent une. Je les remercie.

— Vous ne fumez pas? me demande l'un d'eux.

— Si... mais les miennes.

— Il a raison, dit l'autre.

Le conducteur encourage le cheval, mais la brave rosse marche lentement et ne force le pas qu'en entendant le fouet siffler dans l'air.

Une bise mordante souffle de l'est. Elle me gèle la joue et l'oreille gauches. Je sors les mains de mes manches et je dresse péniblement le col de mon paletot.

La neige tombe de moins en moins fort, puis s'arrête tout à fait. Les étoiles se montrent dans le ciel. La lune grimpe laborieusement, grave, pensive, sans nous prêter attention.

Des tas de pensées me trottent par la cervelle... Elles disparaissent, ne se relient pas entre elles dans leur course désordonnée. J'ai un accès de découragement.

Les policiers bavardent. Ils parlent de suppléments familiaux, de frais de route. Ils laissent souvent languir la conversation. Tout à coup, l'un d'eux dit à l'autre:

— Tu connais Saszka Weblin?

— Je l'ai connu. C'est le frère de l'autre jolie brune. Comment déjà?

— Fela.

— Voilà. Et alors, lui?...

— Il s'est fait tuer dans la zone frontière.

— Qui lui a tiré dessus?

— On ne sait pas. La Résine a déposé comme quoi il le conduisait de Rubieżewicze à Raków et que, près de Wołma, un coup de feu parti de la forêt a atteint Weblin.

Je tends une oreille attentive, mais je ne montre pas le moindre signe d'intérêt pour leur conversation.

— Ils avaient peut-être des comptes à régler?

— Va savoir, avec eux... Pourtant Saszka Weblin était aimé de tous, mais il pouvait quand même avoir des ennemis... Il me semble que la Résine n'était pas bien clair sur ce coup de feu... Il s'est brûlé la cervelle, hier.

— Qui? La Résine?

— Oui.

— Qu'est-ce qui lui a pris?

— En état d'ivresse: ça lui a pris d'un seul coup... Hier, c'était l'enterrement de Weblin, puis sa sœur a donné un repas d'adieu. Eh bien, il n'a pas laissé perdre l'occasion: il s'est soûlé, et le soir, en rentrant chez lui, sur la grand-place, il s'est envoyé un coup de Parabellum dans la bouche.

A ces mots, je me figeai littéralement d'horreur.

— Et s'il avait trempé dans l'autre... coup de feu, et qu'il avait pris peur des conséquences? Non?

— Ça se pourrait... Louche, comme affaire. Le diable lui-même ne s'y retrouverait pas. Celui-là, c'est aussi pour usage d'armes qu'il est arrêté, dit le policier en hochant la tête de mon côté.

Le début de leur conversation m'a appris que le second policier vient de rentrer d'un congé le jour même et qu'il n'est pas au fait des nouvelles du bourg. Le voilà qui me touche de sa manche et me demande:

— Hé... monsieur!... Pourquoi vous lui avez tiré dessus?

— Qui?

— Eh bien, ce...

— Alińczuk, complète l'autre policier.

— Parce que c'est un salopard!

Les policiers échangent un clin d'œil entendu: joli coco! Puis ils allument une autre cigarette.

«Alors la Résine est mort! Il s'est brûlé la cervelle!» Voilà ce qui me tourne sans cesse dans la tête.

Soudain je suis saisi par l'envie impérieuse de savoir exactement. Je n'arrive pas à croire que la Résine se soit suicidé. Mon cerveau refuse la nouvelle. Il y a là quelque chose qui cloche... Peut-être y a-t-il un autre la Résine?

D'un seul coup, une ferme résolution naît en moi: je dois m'enfuir pour y aller voir. Je le dois!...

A présent, j'épie attentivement les policiers. Ils sont sûrs de me tenir. Ils sont avachis. Ils fument. Ils serrent leurs carabines entre les genoux.

Je ne pourrai pas sauter du traîneau par le côté. Ils me retiendront. Et si, en prenant appel sur le fond du traîneau, je me jetais en arrière?... De cette façon, je pourrai facilement m'éjecter du traîneau avant qu'ils ne lèvent les bras. Mais il ne faudrait pas tomber sur la tête...

Mine de rien, j'étudie soigneusement le terrain. Le traîneau saute si haut sur les bosses de la route qu'il est facile de sauter dehors. Les policiers ont les jambes recouvertes de foin et enveloppées dans leurs manteaux. Avant qu'ils puissent se soulever et sauter à terre, j'aurai eu le temps de me relever et de commencer à fuir. Je suis vêtu légèrement et je peux courir très vite; si leurs premières balles ne m'atteignent pas, je leur échapperai sans peine.

— C'est encore loin, Iwieniec? demande l'un des policiers à son collègue.

— Trois kilomètres.

Cela hâte ma décision. Je cherche des yeux un terrain favorable et j'attends le moment propice. Je ramène mes pieds sous moi et je les cale fortement contre le fond du traîneau. Je sors les mains de mes manches. Si seulement je n'avais pas les menottes!

Les policiers allument une nouvelle cigarette.

Le traîneau atteint lentement le sommet de la colline. Je vois au clair de lune le long versant abrupt que dégringole la route. J'aperçois sur la gauche une longue bande de buissons, et derrière, l'espace ouvert des champs.

Je jette un dernier coup d'œil à droite et à gauche, sur mon escorte et sur le terrain. Le traîneau dévale la pente à toute vitesse. Son élan nous rejette contre le dossier bas. Alors je fais une puissante détente en arrière et je repousse des pieds le fond du traîneau.

Je suis projeté en l'air et je retombe sur la route. Je saute sur mes pieds et je fonce vers le sommet en suivant la route que le traîneau vient de dévaler. Tout en courant, je tourne la tête en arrière.

— Arrête le cheval! Arrêêête!

Le traîneau dégringole encore.

— Ho! crie le conducteur.

Je cours toujours dans la montée. Je tourne à nouveau la tête. Je vois de loin un policier qui court sur la route. Il s'arrête, vise. Je me jette de côté, dans les buissons. Un coup de feu résonne. Je débouche dans le champ et je remonte toujours, le long des buissons.

Nouveau coup de feu, puis plusieurs, rapprochés. Ils tirent au jugé, sans me voir, puisque je ne les vois pas non plus.

J'atteins la crête de la colline. Puis je cours, rapide et léger, vers le bas. Je ne suis pas du tout fatigué, juste réchauffé par la course rapide. Je me retourne plusieurs fois. Sur la blancheur neigeuse de la route et des champs, il n'y a personne.

Je suis déjà à un kilomètre du sommet de la colline quand j'aperçois, à la lumière de la lune, le traîneau qui revient. Je vois un bois tout proche. J'y entre en courant. Je le traverse de part en part... Je prends vite par les champs. J'entre dans un autre bois... Ils peuvent toujours me poursuivre, maintenant!

Autre bois et autre champ. Je regarde autour de moi. C'est le vide. La blancheur neigeuse des champs reluit dans les rayons de lune. Je regarde les étoiles, je cherche à m'orienter. La Grande Ourse m'indique la route de l'ouest.

«Non, non, ma chère... Ma route va à l'est... A l'ouest, il n'y a plus de place pour moi!»

TROISIÈME PARTIE

LES FANTÔMES DE LA FRONTIÈRE

Ne va pas, mon ami,
Ne va pas dans la nuit
Sur le bord du tombeau,
La camarde sur le dos.

(Complainte des contrebandiers)

I

C'est l'hiver. La froidure. Le soleil se couche. Il étale dans le ciel des kilims ramagés, multicolores. Il les change à chaque instant. Il n'est pas chiche de couleurs. Il est riche, généreux et inventif.

Je me tiens, tête nue, sur un chemin étroit damé par les traîneaux. Le froid me saisit. Je m'élance vers la maison, traverse une cour enneigée, puis j'entre dans une grande salle bien chaude.

La mi-décembre approche. C'est la troisième semaine que j'habite à la ferme des Dowrylczuk, située à trois kilomètres de la frontière entre Duszkowo et Wołma. Il y a onze kilomètres d'ici à Raków. C'est le Lord qui m'a casé chez eux. Les Dowrylczuk sont des parents éloignés à lui.

La ferme est isolée. Le village le plus proche est à deux kilomètres. Il n'y a pas d'autres fermes dans les environs. C'est une planque sûre. Je pourrais m'y cacher des années sans que personne ne me trouve.

Près de la ferme, il y a une grande forêt. Une aile se rapproche de la ferme, et l'autre s'en va là-bas, vers la frontière, et s'étend au loin vers l'est.

Les Dowrylczuk sont des nobliaux appauvris, ravalés au rang de paysans. Ils ont vingt-cinq déciatines de terre et un peu de forêt. Ils vivent dans l'abondance. Au lieu d'épargner sou à sou, ils soignent leur table et leur mise. Ils ne se commettent pas avec les paysans des environs. Ils vivent isolés. La famille s'entend à merveille. Ils ne se querellent pas pour des vétilles. Ils sont gais et sereins. Ils travaillent de bon cœur. A la maison, on ne manque de rien.

Le chef de famille, Maciej Dowrylczuk, a soixante ans et en paraît cinquante. Il est fort et bien portant, et il abat autant de travail que ses fils. Il a pas mal voyagé dans son jeune temps et il est assez intelligent, bien qu'il sache à peine signer son nom. Il a des épaules et des bras puissants et se tient légèrement voûté. Ses yeux luisent toujours de gaieté et un léger sourire reste figé sur ses lèvres. Il aime beaucoup conter, ses propos sont jolis, imagés, mais un peu décousus. Je le sens gêné pour s'exprimer par l'excès de mots et de pensées qu'il a en tête.

La femme de Maciej, Hanna, a cinquante-cinq ans. Elle se tient droite. C'est une grande travailleuse. Je ne l'ai jamais vue sans ouvrage. Elle parle peu et à contrecœur.

Les Dowrylczuk ont trois fils et quatre filles. Les fils sont solides comme des chênes, et les filles, comme de jeunes tilleuls pleins de sève. Tout le monde est sain, gai, fort et travailleur. Les nerfs, ils ne connaissent pas. Ils sont toujours équilibrés, sereins. Ils travaillent beaucoup et de bon cœur. Les paroles de leurs parents sont sacrées et ceux-ci n'ont jamais besoin de recourir aux menaces, prières, encouragements ou promesses.

La famille est dévote et observe les usages consacrés par la tradition. J'ai plus d'une fois observé au cours des repas les commensaux «actifs» que sont les membres de cette famille. Les fils et les filles se ressemblent tous. Les différences de taille, d'âge ou de sexe sont minimes. Ils ont des visages sains, fermes, d'épais cheveux bruns, que les filles portent tressés en grosses nattes, des yeux noisette dont le blanc a des reflets bleutés. Mais les visages des filles sont dépourvus des signes d'entêtement que j'observe chez les garçons. Quand je regarde les Dowrylczuk attablés lors des repas, je pense à ce jouet populaire russe, *Vanka vstanka*. C'est une famille de figurines de bois tourné, d'une taille allant de dix à deux centimètres. Les figurines sont peintes de couleurs identiques et ne diffèrent que par la taille. Elles vont d'ordinaire par sept. Elles ont la tête, le visage et le corps ronds, pas de jambes. Chaque figurine se relève aussitôt qu'on la couche car elle a un bout de plomb à la base. D'où le nom de *Vanka vstanka*, Vania-la-Relève.

Le fils aîné, Bazyli, a trente ans; le puîné, Ignacy, a deux ans de moins; et Szymon a vingt-cinq ans. Bazyli a l'air pataud: ce semblant de lourdeur et de maladresse dissimule en fait beaucoup de finesse et une grande force physique. Ignacy est plus leste, mais également bâti en athlète. Szymon est plus mince que ses frères et plus *délicat*. C'est peut-être pour cela qu'il est le préféré de sa mère.

Les sœurs sont quatre: Kasia, Olena, Magda et Nastka. Elles ont de dix-huit à vingt-quatre ans. Elles se ressemblent toutes et portent les mêmes vêtements. J'ai parfois du mal à les distinguer. Elles sont toutes grandes, bien en chair, avec la frimousse ronde, les yeux noisette, les cheveux bruns.

En m'accompagnant chez les Dowrylczuk, le Lord m'avait dit qu'ils faisaient aussi de la contrebande. Qu'ils avaient de la famille, des frontaliers du côté soviétique, à qui ils portaient de temps à autre de la marchandise. Mais depuis le temps que j'étais chez eux, ils n'étaient pas allés de l'autre côté. J'en avais parlé à Szymon, avec qui j'arrivais le mieux à m'expliquer. Il m'avait dit que ce n'était pas le moment. Je m'ennuie un peu sans travail, mais je l'attends patiemment... Quand j'arrivai à la ferme avec le Lord, mon camarade salua chacun, puis, après le déjeuner, il s'adressa à Maciej pour lui demander un entretien en particulier.

— Allons, les enfants, allez voir si tout va bien à la ferme.

Ses fils et ses filles quittèrent aussitôt la salle.

— Eh bien, mon oncle, dit le Lord. Je voudrais vous demander de recevoir ce garçon pour l'hiver. C'est mon ami. Il ne peut pas vivre à la ville car la police cherche à l'épingler... pour contrebande... C'est chez vous qu'il serait le mieux protégé.

— Eh bien, qu'il reste donc. Seulement il n'y a pas de confort, chez nous. On vit comme des paysans.

— Il est habitué à tout. Ce que vous mangerez, il le mangera aussi. Et quand les gars iront porter la marchandise, il vous sera utile. Ça le connaît, ce travail... c'est un vieux contrebandier...

— Qu'il reste. Ce n'est pas la place qui manque, le pain non plus, et la police ne vient pas chez moi. Je n'ai pas de voisins non plus... ils ne moucharderont pas...

Alors je me mêlai à la conversation:

— Je peux vous payer pour le couvert. J'ai de l'argent.

Je m'aperçus aussitôt que j'avais manqué de tact. Maciej me fixa et dit avec un léger sourire:

— Je ne suis pas âpre au gain. J'en ai eu et je peux en

avoir assez, mais je ne cours pas après. Serre-le pour toi, mon garçon. Il pourra te servir car tu es jeune!

— Excusez-moi. Je ne voulais pas vous offenser.

— De rien... Il n'y a pas d'offense: je ne m'offense pas si vite. Pour un homme bon, je ferais tout, même pour rien, et un mauvais, il aurait beau être tout en or que je voudrais même pas le voir!

Le soir, le Lord nous dit au revoir et repartit pour le bourg avec Bazyli. Il avait promis de venir de temps en temps, ou d'envoyer le Rat. J'allai les raccompagner. Sans y prendre garde, nous atteignîmes Duszkowo. Je quittai le Lord en le priant de me rendre visite le plus souvent possible et je rentrai à la maison en courant sur la route.

Bazyli revint le lendemain. Il m'apporta un gros colis et une lettre du Lord. Je déposai le colis et me mis à lire la lettre:

Salut, dingue!

Je sais bien que tu t'ennuies, seul chez les Dowrylczuk, mais patience. On trouvera peut-être quelque chose avant le printemps. Ne viens pas à la ville, sinon ils te refourgueront. Reste chez les Dowrylczuk, c'est une planque en béton. Et si tu as besoin de quelque chose, envoie-moi Bazyli.

Alfred demande après toi aux bleus, mais personne ne sait où tu es. Hier l'Ange lui a mis une frottée chez Ginta parce qu'il lui a soufflé Zosia Kalbowska. Maintenant l'Ange est monté contre lui comme un diable. Il dit qu'il va lui mettre la doublure à l'air. Et Belka, Alfred l'a laissé quimper. Du coup, tout le monde se moque d'elle, on l'appelle la soldate.

C'est triste pour toi là-bas, mais ici, ce n'est pas gai pour nous non plus. On ne fait pas la piste. Les gars font du suif et des bagarres chaque jour. J'ai parlé avec le Rat. Il a dit qu'il viendrait te voir dimanche.

J'ai acheté quelques babioles pour toi. Les fichus, donne-les aux bonnes femmes, et pour le reste, à toi de voir.

Pietrek le Philosophe a demandé après toi. J'ai dit que tu étais en forme et que tu vivais dans un bon endroit. Pour Julek le Dingue, ça va mal. C'est la poitrine. Il n'ira sans doute pas jusqu'au printemps. Il va claboter. Ça me fait mal au cœur pour lui.

A part ça, rien de neuf. S'il y a autre chose, je t'écrirai.

Allez, tiens le coup.

Bolek

Dans le colis, il y avait cinq grands fichus de laine, neuf bouteilles d'alcool, plusieurs kilos de bonbons, une pipe anglaise, pas mal de tabac et des cigarettes.

Je donnai un fichu à mon hôtesse et les autres aux jeunes filles. Au début, elles ne voulaient pas prendre ces présents. Nastka, la cadette, dit:

— Si papa le veut.

Alors Maciej dit:

— Tu voudrais que je porte un fichu de bonne femme?

Tout le monde rit, et les filles acceptèrent les cadeaux.

La pipe, je la donnai en souvenir à Maciej. Il l'examina et déclara:

— Une vieille pipe, c'est comme une vieille épouse, fidèle et sûre, mais une jeune, ça peut être utile, quelquefois!

Et il fit un clin d'œil à ses fils.

Nouveau rire.

Le soir, au dîner, nous vidâmes deux bouteilles d'alcool allongé d'eau. Tout se passa dans le calme, sans tapage. J'offrais la vodka aux hommes, et aux filles, les bonbons, car elles avaient refusé fermement la vodka.

Voilà comment j'entamai mon séjour chez les Dowrylczuk.

Au bout d'une semaine, le dimanche, j'eus la visite du Rat. Je ne m'attendais pas à sa venue. Il entra dans la salle pendant le déjeuner. Il apportait un gros paquet. Il le déposa sur un banc près de l'entrée, puis il se découvrit et commença à parler en se frottant les mains:

— Je me suis drôlement dépêché, drôlement! Je me disais: j'y arriverai-t'y à temps pour déjeuner ou non?... Pour la gamelle et l'écuelle, je suis unique, moi! Moi, vous savez, pour le travail, je mets une grosse pelisse, mais pour la mangeaille, j'ôte ma chemise!

Je vois sourire la tablée: d'où sort ce farfelu? Et le Rat nous salue en commençant par l'hôte. Tout le monde a compris que c'est un camarade à moi. L'hôte l'invite à table. Le Rat s'assoit à côté de moi et poursuit:

— Moi, la mangeaille, ça me chante drôlement: pour ça, j'ai de l'oreille comme pas un. Qu'on me donne ce qu'on veut, j'enfourne tout. J'ai une descente de première: du chou, pourquoi pas? pourvu qu'il soit gras! Des haricots, tenez, je m'en ferais crever!

Tout le monde sourit. Maciej dit à sa fille:

— Nastka, apporte donc une écuelle et une cuiller pour notre invité.

Le Rat se tourne vers Nastka qui se lève de table:

— Mademoiselle Nastka, voyez bien à ce que l'écuelle et la cuiller soient de belle taille! Moi, vous savez, l'hôte, j'aime autant manger du bon, mais... beaucoup! Et votre chou, je l'ai reniflé depuis Duszkowo. J'ai tellement couru que j'ai failli en perdre mes bottes.

Pendant les repas chez les Dowrylczuk, la salle était d'ordinaire plongée dans le silence. A présent, il y avait une animation inhabituelle, due au Rat seul. Il mangeait et bavardait, mangeait et bavardait. Il s'inclinait à droite et à gauche, lançait des œillades, riait, plaisantait. Il dégela tout le monde... Je vois les visages amusés. Les éclats de rire se font de plus en plus forts. J'observe le Rat sans le reconnaître. Il est taciturne, d'ordinaire. Mordant et provocant avec ses camarades. Avec moi, il déborde de vie et de faux entrain. Il veut nous amuser et il y arrive parfaitement.

Il y avait à la maison une balalaïka dont les garçons et les filles jouaient un peu quelquefois. Le soir, quand la famille se retrouva au complet, la besogne la plus importante terminée, le Rat l'accorda et se mit à jouer. Il jouait bien et tout le monde l'écouta avec surprise. Personne n'imaginait qu'on pût jouer si joliment d'une telle casserole. Le Rat envoyait morceau sur morceau. Ce qu'il n'arrivait pas à tirer de l'instrument, il l'exprimait par la mimique, des gestes ou des mouvements du corps. Il se mit à chanter en biélorusse en s'accompagnant à la balalaïka:

Jolie fillette, mon cœur, ma douce,
Quel plaisir de voir ta frimousse.
Jolie tu es d'la tête aux pieds,
Une vraie image sur du papier.

Le Rat continuait à chanter en faisant les yeux doux aux filles:

Quand je m'assois tout près de toi,
C'est bien au ciel que je me crois.
Et quand je viens de t'embrasser,
J'me sens trois jours le bec sucré!

Les filles pouffent de rire et s'envoient des coups de coude; le Rat continue à chanter avec entrain. Il chante chanson sur chanson, joue des polkas, des valses, des marches et des improvisations de son cru. Je ne l'imaginais pas aussi artiste. Il nous amusa tout au long de la journée, et le soir, après dîner, s'apprêta à partir.

Maciej invita le Rat à venir chaque fois qu'il en aurait le temps. J'allai le raccompagner. En route, il me raconta les nouvelles du bourg. Il s'arrêta près de la forêt. Nous parlâmes une bonne demi-heure en fumant. A un moment donné, le Rat me fit un clin d'œil:

— Tu as de chouettes gonzesses, là-bas! De vrais fourneaux, ces filles!

— Eh oui...

— Baratines-en donc une. Tu te sentiras plus gai.

— Je ne sais pas si ça se fait...

— Ben, débrouille-toi pour que ça se fasse... Les filles en couinent. Elles en meurent d'envie. Elles se frottent les jambes l'une contre l'autre, et toi, tu bayes. Elles vont te prendre pour un invalide!

Nous nous quittâmes bientôt; le Rat partit vite sur le chemin menant à la grand-route, et moi, je rentrai à la ferme. Je trouvai tout le monde à table. On parla encore longtemps et on rit en rappelant les plaisanteries et les histoires du Rat.

L'un des frères prit la balalaïka et se mit à en jouer. Mais entre ses mains, l'instrument était redevenu la casserole ordinaire.

Ce que le Rat m'a dit des filles a éveillé mon intérêt pour elles. J'ai commencé à mieux les observer, d'un autre œil qu'avant. Elles me plaisent de plus en plus. Elles ont de jolis yeux noisette dont le blanc a des reflets bleutés, ombrés de longs cils épais. Elles ont de petites bouches bien dessinées, des lèvres roses, des dents superbes. Et elles doivent être magnifiquement faites. Je les regarde avec un intérêt croissant. Elles le sentent. Je décèle chez elles un brin de coquetterie: elles veulent me plaire. Mais comme elles se ressemblent! Même les différences d'âge s'estompent.

Ce soir-là, nous allâmes dormir assez tard.

Je rêvai de poussahs. Ils avaient des yeux noisette avec le blanc bleuté. Ils s'inclinaient avec drôlerie et remuaient les lèvres.

II

Peu avant Noël, les frères Dowrylczuk ont commencé à préparer un voyage de l'autre côté. Maciej et Bazyli ont amené du bourg, en traîneau, un tas de marchandise. Il y en aura pour une quinzaine de bâts. C'est du bon marché: tricots pour hommes et femmes, écharpes, bas, buffle, cuir à semelles. Mais on gagne bien sur ces articles car ils sont très demandés chez les Soviets.

Nous triâmes la marchandise et confectionnâmes cinq bâts. Au départ: les trois frères, moi et Kasia. On ne voulait pas l'emmener, mais elle a beaucoup insisté pour venir, puisqu'elle avait plus d'une fois porté de la contrebande de l'autre côté avec ses frères. Maciej a fini par l'y autoriser. A présent, nous n'attendons plus qu'un temps favorable.

Quelques jours après l'arrivage de la marchandise, un léger vent de neige se leva.

— Si le chasse-neige ne tombe pas d'ici ce soir, on part aujourd'hui, me dit Bazyli.

— Il ne tombera sûrement pas! répondis-je vivement.

Et en effet, la tempête de neige, loin de s'apaiser, se renforça. Quand, peu avant la tombée du jour, je courus devant le portail, je me trouvai dans un nuage de neige trouble et ondoyant où se perdaient les détails du terrain. Et la forêt, qui se trouvait à deux cents pas de là, était complètement invisible. Je rentrai dans la salle, transi. On nous y préparait à dîner.

Une atmosphère grave, presque solennelle, régna au dîner. La famille était au complet. Nous bûmes chacun un grand verre de vodka: pour nous réchauffer, et à notre succès. Puis nous commençâmes à nous habiller pour partir. Les frères et Kasia enfilèrent des culottes blanches de grosse toile faites à la maison, des pelisses de mouton apprêtées en blanc et des bonnets blancs de faux astrakan, de ceux qu'avaient portés en hiver les soldats de l'armée du tsar. Maciej me rapporta de la resserre une pelisse et un bonnet semblables. C'était un vêtement pratique; léger, chaud, se confondant avec la blancheur immaculée du terrain.

Les frères et Kasia firent leurs adieux au reste de la famille. Je suivis leur exemple. Je donnai une forte poignée de main à Maciej, Hanna et leurs filles.

— A la grâce de Dieu! me disaient-ils tous.

Près de la grange, nous sortîmes en plein champ pour nous plonger dans la poussière de neige. Bazyli allait en tête, suivi de Szymon; Kasia était la troisième, puis moi; Ignacy fermait la marche. Tout en avançant, je tenais la main droite dans ma pelisse, sur la crosse d'un Parabellum chargé que le Rat m'avait procuré, car mes anciennes armes avaient été saisies par la police lors de mon arrestation chez les demoiselles Kalisz. Dans la poche gauche de ma pelisse, j'avais cinq chargeurs de réserve et une lampe de poche.

Nous marchâmes assez longtemps dans les champs, à quelques dizaines de pas de la forêt. Puis nous y entrâmes et poursuivîmes entre les hauts fûts des pins. Le comportement de Bazyli, sa prudence, me fit comprendre que nous abordions la frontière. Nous allions de plus en plus lentement et, de temps à autre, nous nous arrêtions.

Le chasse-neige continuait. Je distinguais tout juste Kasia, qui marchait à quelques pas devant moi. Le blanc de sa pelisse et de son bonnet se confondait avec celui de la neige, et je ne voyais devant moi, en bas, que la tache sombre et dansante de sa jupe... Nous avions aux pieds de hautes bottes de feutre blanc, qui ne se détachaient pas non plus du fond général.

Nous voilà à l'orée de la forêt. Devant nous ondoie le nuage flottant de la neige... Nous sommes au bord de la percée, à la frontière. Kasia dégrafe sa pelisse et fourre sa jupe dans la culotte blanche qu'elle portait en dessous. A présent, notre parti ne se distingue plus en rien du tout du fond blanc. Quand nous nous tenons ainsi, immobiles, il est difficile de nous apercevoir, même à très faible distance.

Nous repartons. Maintenant, je dois rester tout près de la jeune fille qui me précède. Le tourbillon de neige est coupé par des fils embrouillés et mobiles, me semble-t-il. Ce sont les barbelés. «Comment les franchirons-nous?» me dis-je, sachant que nous n'avons ni nattes, ni perches, ni cisailles. Bazyli avance sans hésiter et dépasse le long obstacle, qui reste à notre droite.

Nous pénétrons à présent dans la forêt de l'autre côté de la percée. Avec un soin diligent, le chasse-neige balaie les traces que nous avons laissées dans la neige: deux longs et profonds sillons. Dans une heure, tout sera égalisé.

L'air est calme dans la forêt. Nous nous glissons comme

des fantômes, sans bruit, entre les énormes fûts, le long d'arbustes enneigés. Nous nous frayons un chemin dans des congères, nous tombons dans des trous masqués par la neige.

Nous ressortons dans les champs. Je ne distingue rien du terrain devant moi. Seuls mes pieds sentent les montées et les descentes des collines... La somnolence me gagne. La monotonie des mouvements m'endort comme un bercement. Je surveille machinalement la silhouette de la jeune fille qui me précède. Je ne la distingue dans la blancheur de la neige que parce qu'elle forme une tache blanche qui oscille en cadence devant mes yeux. Sur le fond de cette tache, je vois le rectangle plus sombre de son bât qui glisse constamment en avant. Toutes sortes d'images se forment dans mon esprit, je vois des tas de personnages, je leur parle, et j'avance cahin-caha sans m'en apercevoir.

Je me sens en parfaite sécurité. Nous marchons très prudemment et ne risquons quasiment rien. Nous sommes protégés par le chasse-neige, masqués par la blancheur de nos vêtements; notre guide est sûr, il connaît parfaitement le terrain et nous conduit sans hésiter; le secteur est calme. Et, en cas d'alerte, il suffit de se jeter à quelques pas de côté pour échapper à jamais à nos poursuivants. De plus, j'ai au poing la crosse d'un Parabellum, un flingue sûr, qui ne peut s'enrayer.

A minuit, nous atteignons une construction. Nous nous abritons tout contre elle. C'est une vaste grange. Un chien aboie quelque part sur la gauche: il nous a sentis car le vent souffle par là-bas. Les frères chuchotent entre eux. Kasia ôte son bât, remet sa jupe à l'extérieur de la culotte et part le long de la grange. Elle disparaît au coin de la construction. Elle revient au bout d'un quart d'heure.

— Ils ont dit d'aller dans la grange. Tout est calme chez eux. L'oncle arrive tout de suite.

Nous contournons la grange pour nous arrêter devant la grande porte. Kasia ouvre le gros cadenas avec la clé qu'elle a rapportée de la maison et tire lentement la barre. Nous entrons dans la grange. Le silence, la tiédeur, l'obscurité nous enveloppent. Nous déposons nos sacs. Les frères restent en bas; je monte très haut sur le tas. Je fais un grand trou dans le foin sec et odorant, et je m'y glisse. Je m'emmitoufle dans ma pelisse. J'ai un lit moelleux et chaud. Mes yeux se ferment tout seuls.

J'entends quelqu'un entrer dans la grange. On parle longuement à voix basse. Puis la porte de la grange se referme à nouveau. Les frères montent également sur le tas et commencent à s'installer. Ils ne font pas de trous. Bazyli s'est placé près de moi.

— Et Kasia, où est-elle?

— Elle est allée dormir à la maison, me répond-il.

— C'est une ferme isolée?

— Non... un hameau... deux, trois maisons.

— Pourvu qu'on ne nous moucharde pas!

— Qu'est-ce que tu racontes?... C'est des gens sûrs... Et puis personne ne sait qu'on est là.

Je me contente de ces réponses et ne tarde pas à m'endormir.

Le lendemain, je me réveille tard. Les frères ne dormaient plus et parlaient doucement, assis sur le foin.

Au bout d'une heure, je vois entrer un grand paysan carré en longue pelisse jaune. Son allure fait penser à Maciej: grave, réfléchi, lent, il parle sans hâte; il répète souvent: «Voyez, je vous dirai par exemple.» Il se prénomme Andrzej. Il nous raconte un tas de choses, et des nouvelles, qui me sont indifférentes mais qui intéressent beaucoup les Dowrylczuk.

Kasia arrive à son tour. Elle porte un grand panier bien couvert d'un linge multicolore, un *riadno*. Elle grimpe lentement à l'échelle, le panier à la main. Je m'avance au bord du foin pour l'en débarrasser.

— Bonjour Kasia! lui dis-je.

Elle me répond avec un joyeux sourire:

— A vous de même!

Je dépose le panier sur le foin, près des frères, et je reviens vite. Je veux aider Kasia à monter. Je la prends par le bras. La jeune fille saute de l'échelle dans le foin et manque de tomber. Je la saisis par la taille et je la relève en la serrant fort avec mon bras. Elle rougit et dit:

— Oh, quelle empotée je fais!

— C'est ma faute. Je vous ai gênée.

La jeune fille me sourit et ses jolis yeux noisette lancent un éclair.

Nous prenons le petit déjeuner: œufs brouillés au lard, blinis. Bazyli tire deux bouteilles de vodka des poches de sa pelisse. Nous buvons en nous passant l'unique verre. A un moment donné, l'oncle Andrzej me désigne d'un hochement de tête en montrant Kasia de la main:

— Et lui, c'est-y par exemple son promis?

La jeune fille rougit et se cache les yeux. Les frères rient.

— Non, c'est notre invité, dit Bazyli.

Oncle Andrzej médite un instant cette réponse, puis il dit:

— Invité, c'est vite dit... Invité aujourd'hui, mais demain par exemple, beau-frère. Hein?

Les frères rient. Je ris, moi aussi, pour masquer ma gêne.

— Et pourquoi, par exemple, tu ne te maries pas? dit oncle Andrzej à Kasia. Regardez moi comme elle a forci! Tu vas te brûler, ma fille! C'est le sang qui va te brûler!

Alors Bazyli intervient:

— Et pourquoi elle irait chercher des misères chez des étrangers?... Il y a du pain et du travail en suffisance pour tous, à la maison. On ne la force pas: c'est comme elle veut. On est venu la demander bien des fois et elle a refusé...

Puis oncle Andrzej s'apprête à sortir. Il doit transporter la marchandise au bourg voisin, chez un acheteur qui lui prend sa contrebande depuis longtemps. Il le fait à l'occasion, sans en faire son métier. Kasia quitte la grange avec lui.

Le soir, oncle Andrzej et Kasia reviennent à la grange. La jeune fille apporte un panier plein de nourriture et l'oncle porte un gros sac sur le dos. Ils montent sur le tas de foin.

Nous dînons longuement. Nous vidons les deux bouteilles de tord-boyau que l'oncle a apportées. Puis les frères Dowrylczuk et l'oncle Andrzej commencent à calculer la valeur de la marchandise que nous avons apportée. Cela prend du temps. Enfin ils terminent leurs comptes. Oncle Andrzej sort du gros sac quatre-vingt-cinq peaux de renards et les donne à Bazyli. Puis il lui remet plusieurs dizaines de pièces d'or en disant:

— Chez nous, par exemple, tout se fait sans offenser le Bon Dieu. On est des parents. Vous y gagnerez, et il m'en tombera bien une petite lichette. On s'en sortira, allez. Du moment qu'on a la santé!

Nous nous apprêtons à partir. Les frères empaquettent les peaux de renards dans deux bâts que prennent Bazyli et Ignacy. Je proteste. Je dis que la marchandise, nous devons la porter tous, sauf Kasia. Bazyli me répond:

— Il y a déjà à peine de quoi pour deux!

Puis nous quittons la grange. L'oncle nous salue à tour de rôle et dit à Kasia:

— Et toi, ma fille, tu ferais mieux de ne pas faire la piste, et encore, par exemple, avec une culotte. C'est offenser le Bon Dieu!

— Mais c'est plus commode! dit gaiement Szymon.

Nous prenons le chemin du retour.

*

* *

Le lendemain, Bazyli vient me dire:

— Qu'est-ce que tu veux pour la course: deux renards ou vingt-cinq roubles?

— Je ne veux rien du tout. Garde-les... pour mon entretien.

Bazyli protesta avec énergie et je dus accepter vingt-cinq roubles.

Nous réussîmes à retourner de l'autre côté avant Noël, mais Kasia resta à la maison. Les paroles de l'oncle lui avaient peut-être fait honte. Ou peut-être voulait-elle aider ses sœurs à l'ouvrage, qui ne manquait pas avant les fêtes.

Nous revînmes sans encombre et je reçus encore vingt-cinq roubles de Bazyli. Le lendemain, Maciej, Hanna et Bazyli allèrent au bourg pour la dernière kermesse avant les fêtes. Je donnai à Bazyli la liste des emplettes qu'il devait faire pour moi et une lettre pour le Lord. Quand ils eurent quitté la cour, j'allai donner un coup de main à Szymon et Ignacy. Ils sciaient de grosses bûches, et moi, je les fendais. Je courus ensuite dans une pièce de la «partie sombre» pour imposer mon aide à Nastka, qui tissait au métier un grand *riadno* ramagé. Je la dérangeais plus que je ne l'aidais, et j'en fus vite payé d'une bourrade; j'allai donc faire le joli cœur auprès de Kasia, qui faisait frire les beignets de pommes de terre râpées additionnées de farine. Pendant un moment, nous travaillâmes en harmonie. Elle faisait frire les beignets, les faisait glisser de la poêle dans un grand plat, et moi, je les mangeais tout chauds. Kasia ne tarda pas à remarquer que le contenu du plat n'augmentait pas, aussi notre harmonie vola en éclats. Je dus m'éloigner du plat sous la menace d'une grosse cuiller de bois qui lui servait à verser la pâte dans la poêle. Alors j'allai voir Magda, aux bras musculeux et luisants, qui lavait du linge dans un grand baquet de bois, environnée d'un nuage de vapeur. Utilisant ce nuage comme un écran de fumée, j'allais éprouver la dureté de ses muscles. Mais cette épreuve eut pour moi une fin déplorable. Magda me fit claquer sur le dos une pièce bien tordue de linge mouillé et je dus filer au plus vite devant une preuve aussi tangible de sa force musculaire. Pour finir, j'allai me frotter à Olena qui, dans la moitié claire de la maison, récurait la table, les bancs et le plancher au sable et à l'eau chaude. J'organisai plusieurs fausses collisions avec elle tandis qu'elle ramassait l'eau du plancher à la serpillière. La troisième collision me força à une fuite précipitée. Olena m'avait expédié tout un seau d'eau, et si je n'avais pas esquivé à temps la gerbe d'eau, elle m'aurait mouillé tout entier. Je dus retourner près de Szymon et Ignacy qui, sur ces entrefaites, avaient déjà fendu toute une montagne de bois. J'empoignai donc une cognée et me mis à l'ouvrage.

A présent, je me sens comme un membre de la famille, chez les Dowrylczuk. Je suis devenu ami avec les garçons et les filles, qui ne se gênent plus du tout avec moi. Nous passons ensemble notre temps libre. Le vieux Maciej aime raconter divers épisodes de sa vie, du temps de sa jeunesse. Il conte de façon intéressante et imagée, et je l'écoute volontiers. Il fume la pipe, moi des cigarettes, et nous passons souvent de longues heures ensemble.

Le surlendemain de notre premier retour de l'autre côté, je m'étais couché. Le soir, on étend pour moi une grande paillasse sur deux bancs rassemblés. On me donne un oreiller énorme, une couverture de coton piqué dont le dessus est fait de chutes de différents tissus. Les filles dorment dans deux lits derrière une cloison, et les garçons dans une grande soupente derrière le poêle. Les lits de l'hôte et de l'hôtesse se trouvent à l'autre bout de la pièce, près de la porte, derrière une cloison qui forme une sorte d'alcôve.

Ce soir-là, je ne trouvais pas le sommeil. Je prenais des cigarettes sur l'appui de la fenêtre et je fumais. Je pensais à bien des choses. Le ronflement sonore des frères s'entendait derrière le poêle. Cela m'avait agacé au début, puis je m'y étais fait... Deux bonnes heures passèrent ainsi, et je ne trouvais toujours pas le sommeil. Je me levai pour aller dans un coin de la pièce où, sur un petit tabouret, il y avait une baratte de kwas de pain fermenté. J'en bus et retournai au lit. Je n'avais pas sommeil du tout. Je serais volontiers allé m'amuser quelque part ou porter de la marchandise de l'autre côté.

A un moment donné, j'entendis un chuchotement assourdi derrière la cloison des filles. Je les avais souvent entendues parler ou chuchoter entre elles, mais jamais aussi doucement ni aussi tard. Puis tout se calma. Quelques minutes après, je distinguai le pas léger de pieds nus. Je regardai du côté de la cloison, mais je ne pus rien voir du tout car les volets étaient clos et la pièce plongée dans le noir complet. Le pas s'approche de mon lit. Il s'arrête tout contre les bancs. J'entends le frôlement d'une main qui tâte le rayon fixé au-dessus de moi. Elle y cherche quelque chose, longtemps sans le trouver. Alors je pense: «Et si ce n'était qu'un prétexte?» Je dis tout bas: «Qui est-ce?» Pas de réponse, mais la main continue à frôler la planche. Alors je m'assois sur mon lit et j'étends les bras du côté où je sens une présence. Mes doigts rencontrent le corps d'une fille en chemise de lin grossier. Je feins de vouloir reculer, mais je la saisis fermement par la taille et je la fais asseoir sur le lit. Je me mets à l'embrasser. Je veux parler, mais elle me pose aussitôt la main sur la bouche. Alors je la fais basculer en silence sur le lit.

Au bout d'une heure, la jeune fille veut me quitter. J'essaie de la retenir encore, mais elle repousse fermement mes bras et repart doucement derrière la cloison... Je reste allongé dans le silence. Au bout de quelques minutes, j'entends chuchoter doucement derrière la cloison, et même rire, je crois bien.

Le lendemain, j'étais mal à l'aise. Au petit déjeuner, nous étions assis comme d'habitude: l'hôte et l'hôtesse au «haut bout», moi à côté des frères, et les sœurs en face de nous. Comme d'habitude, le repas se fait en silence. Tout le monde mange lentement. Je guigne constamment les filles. Par moments je saisis leurs regards sur moi, les regards habituels. Je ne remarque aucun changement dans leur comportement. Je regarde les visages fermes, les têtes brunes à la raie bien nette au milieu et aux tresses tombant dans le dos, les beaux yeux noisette, et je pense: «Laquelle est-ce?...» Dans la journée, je ne vois aucun changement dans leur attitude envers moi.

La journée se passe ainsi; le soir, après une journée laborieuse, nous retournons nous coucher. La lampe s'éteint. La pièce est plongée dans le noir. Je tends une oreille avide à chaque bruit, à chaque son... Silence... Les frères se mettent à ronfler. J'entends tousser Maciej au fond de la pièce. J'allume une cigarette. Je me retourne sans arrêt dans mon lit. Au moment où j'avais perdu tout espoir d'une visite et où j'allais m'endormir, j'entendis chuchoter derrière la cloison, puis je distinguai le pas léger de pieds nus. Quand, plus tard, la jeune fille resta allongée dans mon lit, je me mis à lui tâter le front, les joues, le menton, le nez, les oreilles, les lèvres. Elle ne m'en empêchait pas car elle prenait sans doute cela pour des caresses. Et moi, j'essayais ainsi de retenir ses traits. Mais cela ne mena à rien: toutes les sœurs avaient le visage semblable. J'aurais voulu la faire parler pour la reconnaître à la voix, mais elle gardait un silence obstiné et ne dit pas un mot pour se trahir. Et quand je me mis à lui susurrer quelque chose à l'oreille, elle me posa aussitôt la main sur la bouche.

Le lendemain, je recommençai à examiner les filles avec attention, mais je ne pus rien en tirer de concluant. Cela se répéta plusieurs nuits d'affilée. Un soir, je mis une lampe de poche sous mon oreiller. Quand la fille fut avec moi, je voulus l'éclairer. Je glissai la main sous l'oreiller. Mais elle avait sans doute deviné mon intention car elle m'ôta vite la lampe de la main pour la déposer sur le rayon en s'agenouillant sur le lit. Quand elle revenait me voir maintenant, elle commençait par s'assurer que je n'avais pas de lampe à portée de la main. J'abandonnai du reste ces tentatives, de crainte qu'elle ne cesse de me rendre visite... Réflexion faite, j'avais décidé de ne plus chercher à savoir laquelle des sœurs venait à moi la nuit. J'aurais bien pu l'éclairer au moment où elle s'approchait de mon lit, ou lui faire au cou, avec un crayon-encre, une marque que j'aurais pu voir le matin avant qu'elle ne l'aperçoive elle-même. Mais puisqu'elle tenait tant à ne pas être reconnue, je ne ferais plus rien en ce sens.

Une de ses sœurs doit bien être au courant de ses visites car je les entends souvent parler après son retour. Elles doivent croire que je ne les entends pas.

Je continue à plaisanter comme avant avec les filles, je reçois toujours, de toutes les sœurs sans exception, des claques ou des bourrades en réponse à mes avances, et je reçois toujours les visites nocturnes de ma mystérieuse maîtresse.

Et dans la maison, le travail intensif des préparatifs aux fêtes ne nous laisse pas un instant de loisir. Je travaille à présent autant que les autres. Cela me rend le temps moins long et fait que, comme dirait le Rat, la mangeaille me chante drôlement... Et chaque jour, j'attends impatiemment la venue du soir et... de mon étrange amante. Je me sens plus gai maintenant et je pense plus rarement aux gars ou à la ville. Il y a encore des moments où je reprendrais volontiers le travail, où je suis visité par le souvenir de Fela; mais son image s'estompe de plus en plus dans ma mémoire. Je ne pense plus à elle comme à une femme réelle mais comme à un personnage de jeune fille rencontré en rêve ou dans un livre, qui n'existe pas vraiment... Au début, je pensais beaucoup à Saszka et à la Résine, mais à présent, je fais mon possible pour chasser leur souvenir car je sens que cela me fait du mal. A ces moments-là, je n'ai qu'une envie: partir dans la forêt, dans des coins sauvages... là où brille le soleil bohème, où le ciel étincelle d'étoiles, où règne la Grande Ourse.

III

Noël arriva. On célébra la veille de Noël avec solennité, selon l'antique tradition. Il y avait du foin sous la nappe, de la *koutia* [1] au «haut bout» et douze plats maigres. Tout était délicieux; je dus prendre un peu de tout et je me goinfrai si bien que j'eus peine à sortir de table après le dîner. Cette nuit-là, j'eus beau entendre de longs chuchotements derrière la cloison, la jeune fille ne vint pas me voir. Il y avait peut-être un empêchement, ou alors elle ne voulait pas le faire par égards pour la solennité de la fête.

Le lendemain, tout le monde, sauf moi et Szymon (qui avait pris un fort refroidissement pendant le bain traditionnel d'avant les fêtes et qui se soignait maintenant sur le poêle), alla en traîneau à la messe, non à l'église paroissiale

1. Entremets traditionnel, servant également à augurer de la prospérité pour l'année à venir *(N.D.T.)*.

de Wołma, mais à Raków. Ils rentrèrent à deux heures de l'après-midi. Ils me racontèrent un tas de nouvelles et me donnèrent le bonjour du Lord et du Rat, qui avaient promis de venir me voir le lendemain.

Le soir, on fit un dîner abondant. On n'épargna pas la vodka, et tout le monde but largement... même les filles. Les voilà alignées sur leur banc, elles croquent des noix et bavardent gaiement avec moi et le reste de la famille. La vodka leur a coloré les joues, elle a allumé un éclat nouveau dans leurs yeux et les pousse à de joyeuses explosions de rire. Je prends la balalaïka et je me mets à en jouer. Je suis grisé par l'alcool et par les œillades discrètes des filles, qui n'ont pas leur air habituel. Puis, dès que la lampe s'éteint, j'attends impatiemment la venue de ma maîtresse. Dommage que je ne puisse pas aller la voir! Je n'attendrais pas aussi longtemps. Tout le monde est long à s'endormir. Les frères bavardent dans leur soupente. Par moments, Szymon, le malade, leur parle depuis le poêle. Maciej tousse à l'autre bout de la pièce, derrière la cloison. Et les filles parlent longtemps à voix basse. J'entends leurs exclamations et leurs rires joyeux. Enfin tout se calme. Les frères ronflent. La toux de Maciej s'arrête. Les filles cessent de bavarder. Une heure plus tard, j'entends à nouveau un faible chuchotement. Puis je distingue le pas furtif de pieds nus... J'entoure de mes bras et je serre fort contre moi les formes superbes du corps ferme de la jeune fille. J'embrasse passionnément sa bouche, son visage, son cou.

— Tu es merveilleuse! lui dis-je tout bas à l'oreille.

Elle me pose les doigts sur les lèvres, et il me semble qu'elle rit doucement. Puis, avec une force et une fougue inattendues, elle répond passionnément à mes caresses.

Le lendemain, à dix heures du matin, on vit arriver le Lord et le Rat. Ils nous racontèrent un tas de nouvelles et apportèrent deux paquets pleins de bonnes choses pour tout le monde. Ils amenèrent avec eux une grande animation.

Le Lord salua tout le monde, en commençant par les aînés. Le Rat présenta à tous des vœux humoristiques. En saluant les filles, il feignait de leur faire le baise-main alors qu'il embrassait en fait sa propre main. Il souhaita à l'une un joyeux assoupissement, à l'autre un gros ronflement, à la troisième un léger halètement, à la quatrième, de forts éternuements.

Les filles sourient gaiement et répondent parfois avec esprit à ses piques. Aujourd'hui, elles ont apporté un soin particulier à leur toilette: nouvelles robes de couleur, corsets brodés, souliers à talons hauts, bas blancs. Elles ont tressé des rubans multicolores dans leurs nattes, elles ont au cou de nombreux rangs de corail. Elles embaument le parfum et la pommade. Le Rat s'approche de Nastka, renifle, éternue et dit:

— Si j'avais une petite femme comme ça... je n'aurais pas besoin de priser!

Le Lord cause avec Maciej et les frères, puis il se joint à nous et se met à amuser les filles par sa conversation et ses plaisanteries.

A un moment donné, le Rat s'approche de Kasia et demande en lui pinçant la cuisse:

— Et combien vous avez payé cette marchandise, mademoiselle Kasia?

La jeune fille lui donne une telle bourrade qu'il s'envole jusqu'au milieu de la pièce.

— Pas bête! déclare le Lord.

Et le Rat prend un air terrorisé en disant:

— Si je n'avais pas vu de mes propres yeux la main frêle de Mademoiselle Kasia m'envoyer ce ramponneau, j'aurais parié que c'était une ruade de cheval. Eh bien! Vous avez de la pression dans les bras. Je me demande ce qu'il en est des jambes!

— Mademoiselle Kasia n'en manque pas dans les jambes non plus! Tu veux t'en rendre compte? dit le Lord.

Le Rat répond en reculant:

— J'aime autant ne pas m'y risquer!

Après le déjeuner, nous prenons trois luges et nous allons sur la colline voisine. Nous commençons à glisser. Le froid est intense. La neige étincelle au soleil et crisse sous les pieds.

Les luges dévalent la pente à toute vitesse. Le vent nous siffle aux oreilles. Parfois une luge se retourne et nous tombons dans des congères.

Les filles ont une luge pour elles et elles descendent à deux ou trois. Nous essayons à plusieurs reprises de les rattraper, mais elles nous échappent. Tout à coup, au moment où les filles venaient de s'asseoir et allaient s'élancer sur la pente, le Rat se fourra entre elles et s'assit entre Olena et Magda. Les filles lui fourrèrent plein de neige derrière le col et renversèrent la luge. Le Rat dut prendre la fuite.

Le jeu dura jusqu'au soir. A un moment donné, alors que Kasia s'apprêtait à descendre, je lui arrachai sa luge et voulus monter dessus. Kasia voulut me la reprendre. Nous nous mîmes à lutter. Par plaisanterie au début, puis pour de bon. Tous les autres firent cercle pour nous encourager.

— Allez, allez... Ne te laisse pas faire, Kasia! criait le Lord.

— Méfie-toi, Władek, elle pourrait t'expédier tout en bas! disait le Rat.

Et nous luttons avec rage, mais sans résultat. Kasia était bien plus forte et bien plus lourde que moi. Moi, en revanche, j'étais plus agile, mais elle échappa plusieurs fois à mes prises. Nous finîmes par nous écrouler tous les deux dans une congère. Tout le monde éclata de rire. Je me relevai d'un bond pour courir vers la luge que nous nous étions disputée. Je sautai dessus et m'élançai dans la pente. Au dernier moment, Kasia réussit à sauter à l'arrière. Nous fonçons sur la pente. Le vent rafraîchit nos visages en feu. Je demande à la jeune fille:

— Kasia, c'est toi?

— Quoi? demande-t-elle.

— Allons, tu ne vois pas quoi?

Son visage est enflammé. Ses yeux rient gaiement.

— Non...

Je cesse de la questionner, de crainte de me tromper.

Nous sommes en bas. Le Lord, Bazyli et le Rat descendent derrière nous, et derrière eux, Magda et Nastka.

Tard dans la soirée, nous retournons joyeusement à la maison. Nous rions sans arrêt. Le Rat s'approche pour me tâter les côtes.

— Qu'est-ce que tu veux?

— Je veux voir si tes os sont entiers, me répond-il. Avec Kasia, mon vieux, ce n'est pas de la rigolade!

On sert un abondant dîner de fête. Nous mangeons beaucoup, d'un appétit vorace. La vodka ne manque pas. Et le dîner fini, on recommence à s'amuser.

Le Rat joue de la balalaïka et chante en biélorusse:

Mets deux chevaux à l'attelage,
Ta belle ceinture, l'ami;

On va parler mariage
A mad'moiselle la Pie.

Puis le Rat me demande de jouer une valse. Je prends la balalaïka et j'en joue une. Avec des grâces comiques, le Rat va inviter les filles l'une après l'autre, mais aucune d'entre elles ne sait danser la valse. Alors il danse avec le Lord. Il prend des attitudes comiques, fait des mines et provoque le rire général. Puis je leur joue une polka et ils dansent d'une manière encore plus drôle, qui éveille la gaieté générale. Enfin le Rat va chercher un balai dans l'entrée et danse avec lui. Au début, il traite sa dame avec beaucoup d'égards, mais lorsque le rythme de la polka s'accélère, sa dame et lui exécutent des contorsions folles. La pièce est secouée coup sur coup par des salves de rire sonores.

A un moment donné, Maciej dit au Rat:

— Et si tu jouais la *Lavonikha*, mon garçon?

Le Rat se donne un coup de poing sur le front pour montrer qu'il avait oublié cette danse et il saisit la balalaïka. Bientôt la pièce résonne des accords joyeux et entraînants. Le Lord invite Olena à danser. Je danse avec Magda. Kasia et Nastka dansent avec leurs frères. Nous formons plusieurs couples.

Puis le Rat nous joue la *Miatiélitsa*, une autre danse populaire biélorusse. La cadence augmente sans cesse et la salle tourbillonne devant mes yeux. Les robes bariolées des filles ronflent dans l'air. Nous sommes emportés par la *Miatiélitsa*, joyeuse et entraînante... Les yeux brillent, les visages luisent, les pieds ont peine à suivre le rythme endiablé de la danse. Les cris du Rat et du Lord fusent dans l'air. La danse transporte tout le monde. Même le Rat, emporté par l'air qu'il joue avec entrain, frappe du pied en dansant sur place avec sa balalaïka dont il joue avec une fougue redoublée. La *Miatiélitsa* nous possède, elle tourne et vire et tourbillonne comme une vraie tempête de neige [1].

La fête dura longtemps et nous n'allâmes nous coucher que tard le soir. Le Rat et le Lord restèrent chez nous pour la nuit. On rapprocha deux bancs et on prépara une large couchette pour les invités.

Le silence fut long à s'établir dans la salle. J'entendis

1. *Miatiélitsa* signifie «tempête», «tourmente» en biélorusse *(N.D.A.)*.

longtemps bavarder et rire dans différents coins. Je dormis seul cette nuit-là. Ma maîtresse ne me rendit pas visite. Elle craignait sans doute de se trahir devant mes camarades.

Le lendemain, le Lord et le Rat prirent le chemin du retour juste après le petit déjeuner. Les Dowrylczuk insistèrent pour les garder un jour de plus, mais les garçons déclarèrent qu'ils devaient absolument rentrer le jour même car ils devaient se préparer à prendre la piste.

J'allai les reconduire. J'appris plein de nouvelles. Jurlin avait arrêté de faire la piste. Il avait gagné pas mal d'argent pendant la saison d'or et il ne tenait pas à prendre de risques pour l'instant. Il préférait attendre des temps meilleurs. Le Lord avait pris sa place de chauffeur et menait le parti au dépôt de Jurlin. Avant Noël, la bourgade avait vu revenir le Clou, qui avait chuté avec son parti chez les Soviets en automne 1922; il avait fui son lieu de déportation et, malade, épuisé, à moitié mort, il était revenu. L'Ange était tombé aux mains des gardes polonais et il était maintenant détenu à Nowogródek. Les sauvages étaient à présent conduits par le Poisson-Chat. Leur parti avait diminué: ils étaient maintenant entre dix et quinze. Au début de l'hiver, ils avaient fait deux chauffes au Centaure, mais ensuite ils lui avaient passé plusieurs lots proprement. Les frères Alińczuk ne faisaient pas la piste, ils redoutaient quelque chose. Pietrek le Philosophe voulait envoyer Julek le Dingue à l'hôpital, où on le guérirait peut-être. Les gars s'étaient cotisés et avaient recueilli plus de quatre cents roubles. A cette nouvelle, j'écrivis un billet à Pietrek pour lui demander de prendre cent dollars sur mes douze cents pour le traitement de Julek, et de m'avertir s'il en fallait encore. Bolek la Comète buvait comme avant. Le Mammouth, l'Alégant et Felek la Lanterne passaient la frontière avec le parti du Lord. Wańka le Bolchevik y allait avec eux, lui aussi. Le Rat me dit que Jurlin aurait cessé de travailler à cause de ses soupçons sur Sonia, qui se serait dévergondée avec Wańka; or en route, ils avaient beaucoup d'occasions qu'ils ne laissaient jamais passer. Belka, avec son parti féminin (fendu, disait le Lord), avait gagné pas mal d'argent pendant la saison d'or et ne faisait pas la piste pour le moment.

Mes camarades me racontèrent encore bien des choses sur la frontière, sur les «bleus», sur la vie au bourg, mais sans souffler mot de Fela. Je finis par en demander des nouvelles au Lord.

— Fela héberge maintenant des parents des environs de Dubrowa, dit-il. Alfred a encore envoyé demander sa main, mais une fois de plus, il s'est fait rebouler. C'est une demoiselle bien dotée, maintenant, Fela. Elle pèse ses trente mille dollars, rien qu'en espèces. Tout le monde en pince pour elle, mais elle fait la fine bouche. Elle doit attendre le prince charmant!

Je raccompagnai les gars presque jusqu'à Duszkowo. Au moment de nous séparer, le Lord me demanda:

— Alors, tu t'es un peu habitué?... Tu ne t'ennuies pas?

Le Rat répondit à ma place:

— Pourquoi il s'ennuierait? Il a assez de bouffe et de picole, et des gonzesses comme des biches! De quoi réveiller un mort!

— Oh, vous savez, je ne cours pas après, répliquai-je avec une feinte indifférence. Ce n'est pas folichon, par ici. Vous nous avez un peu amusés, voilà tout... J'y reste parce qu'il le faut bien!

— Allons, n'en parlons plus, dit le Lord. Ne lâche pas cette planque pour l'instant, et d'ici le printemps, on trouvera bien une idée. Tu ne peux pas vivre à la ville... tu te referais fourguer. Alfred renifle partout comme un limier. Il suffirait qu'il apprenne quelque chose, il filerait aussitôt à la police.

Mes camarades continuèrent sur la route de Duszkowo, et moi, je rentrai à la ferme des Dowrylczuk. Le silence y retomba, encore plus profond après le départ du Lord et du Rat.

*

*   *

Noël est passé. Le Nouvel An est arrivé. J'habite toujours chez les Dowrylczuk. Je les aide dans leur travail et je m'ennuie de plus belle. J'ai demandé plusieurs fois à Bazyli quand nous irions de l'autre côté. Il m'a répondu qu'ils n'étaient pas pressés.

La veille des Rois, les jeunes filles se mirent à interroger l'avenir. Elles firent fondre du plomb sur le feu et le versèrent tour à tour sur de l'eau. Avec un sifflement, le métal brûlant prenait sur l'eau des formes bizarres que les jeunes filles examinaient et commentaient avec intérêt. Je me joignis à elles malgré leur peu d'empressement à m'accepter parmi elles. Elles me permirent de verser un peu de plomb sur l'eau, mais comme j'y versai tout le contenu du creuset, je récoltai quelques claques. On retira le métal figé du récipient. On se mit à l'examiner. Puis Nastka pouffa de rire:

— Mais, c'est une ourse.

— Quoi? demandai-je, éberlué.

— Eh bien, oui... une ourse! confirmèrent les autres. Elle porte quelque chose dans ses pattes. Tu vas sans doute épouser une ourse dans l'année! Tu as toi-même fondu ta fiancée!

— Et tu auras un loup comme garçon d'honneur! dit Magda.

— Et c'est un renard qui vous mariera! ajouta Kasia.

Puis les filles firent brûler du papier pour tirer augure de ses formes tarabiscotées. Elles versèrent ensuite des graines de pavot sur un linge. Plus tard, elles placèrent deux bougies devant un miroir pour plonger le regard dans la longue perspective du couloir qui s'y enfonçait, bordé de deux rangées de bougies allumées. Elles firent cela dans la partie sombre de la maison, chacune en particulier. Chacune y voyait des choses extraordinaires qu'elle racontait longuement. J'y allai, moi aussi, pour finir. Je m'assis devant le miroir et je regardai longtemps, en m'efforçant de ne pas ciller, au fin fond du long couloir mystérieux. Pendant un bon moment, je n'y vis rien, puis je vis bouger au loin une petite tache dorée. Elle blanchit, se rapprocha rapidement en grossissant... J'eus bientôt devant moi le visage de Fela... joyeux, rieur... Il pâlit, et une longue ride verticale apparaît sur son front. Soudain je vois que ce n'est plus le visage de Fela, mais celui, pâle et froid, de Saszka. Il est sans cesse sillonné par des traits de couleur changeante, comme des éclairs. Et le visage recule sans cesse pour aller se fondre enfin dans les profondeurs sombres que je ne quitte pas des yeux; soudain j'aperçois juste devant moi une figure pâle, mince, à l'expression étrangement concentrée, aux sourcils et aux yeux noirs... Où l'ai-je déjà vue? C'est le visage d'une femme!... Je cherche, je cherche... Ah, c'est le fantôme qui m'a visité sur le Tombeau du Capitaine, alors que la fièvre m'y avait terrassé après ma fuite des Soviets... Le visage disparaît à son tour. Il est aussitôt remplacé par un visage d'homme qui se forme nettement devant mes yeux, un visage laid, repoussant... Je vois une barbe rousse, une balafre à la joue gauche, un regard mauvais, un sourire sardonique... Mais oui, c'est le confident Makarov... Je quitte ma chaise d'un bond et tout disparaît... Lueur des bougies. La pièce s'estompe dans la pénombre. Des ombres épaisses sont tapies dans les coins.

Je retourne vite dans la partie claire de la maison. Je rencontre les regards des filles.

— Pourquoi tu es si pâle?... Qu'est-ce que tu as vu? me demande Kasia.

— J'ai eu froid, dis-je en me frottant les mains.

— Non... tu as vu quelque chose! insiste Kasia. Allez, raconte!

Alors je lui dis avec le plus grand sérieux:

— Au début, c'est toi que j'ai vue. Puis elle, dis-je en désignant Olena. Puis elle, dis-je en me tournant vers Magda. Ensuite elle, dis-je en montrant Nastka.

Magda pouffe de rire. Et moi de poursuivre:

— A la fin, j'ai vu une ourse... Une grande, grande... grande ourse.

Les filles de rire.

— Tu épouseras une ourse dans l'année, dit Kasia.

— Une grande ourse! ajoute Nastka.

IV

En janvier, nous ne passâmes la frontière qu'une seule fois. Du reste le temps ne s'y prêtait pas. Et en février, les frères achetèrent d'occasion, par l'intermédiaire du Lord, un important lot de marchandise. Je suppose qu'elle provenait d'une chauffe. Il y avait pas mal de batiste, de drap, bretelles, gants, jarretelles et bas. Puis nous attendîmes un temps (mauvais temps) propice à notre travail. Nous répartîmes le lot en douze bâts. Il y avait de quoi faire trois voyages de l'autre côté.

A la mi-février, il y eut enfin une bonne tempête. Nous

mîmes cette circonstance à profit pour partir le soir. Nous ralliâmes notre planque sans encombre pour rentrer la nuit suivante, porteurs d'un bon paquet de peaux de renards et de plusieurs centaines de roubles-or. Le surlendemain, nous fîmes passer la seconde partie du lot. A notre retour, le temps s'était amélioré, mais sans en tenir compte, nous tassâmes le reste de notre marchandise dans quatre grands bâts de près de soixante-dix livres chacun. Par crainte d'une accalmie complète, nous nous reposâmes dans la journée pour reprendre la piste le soir même.

La nuit était claire. La pleine lune plongeait derrière les nuages pour reparaître dans l'espace dégagé du ciel. Le vent était irrégulier. Il sautait sans cesse. Il se renforçait par moments et soulevait la neige par nuages entiers, puis il fuyait au loin et la neige revenait emmitoufler les champs d'un voile douillet, brillant et poudreux.

Le chemin était peu commode. Nous avancions lentement, franchissant péniblement les obstacles du terrain. Bazyli nous menait surtout à travers bois. Nous étions une fois de plus sur un chemin nouveau. Au bout d'une heure, nous arrivions seulement à la frontière. Il n'y avait pas de barbelés à cet endroit et nous franchîmes la percée à toute allure pour nous plonger dans un bosquet du côté soviétique. Nous quittâmes bientôt le bois pour continuer à travers champs. Le terrain était plissé, montueux. Nous suivions généralement des vallons ou des ravins, garnis par endroits de broussailles. Au bout de deux heures de marche, nous arrivâmes en terrain plat et nous vîmes devant nous une grande forêt. A partir de là, le chemin était pratiquement sûr et nous prîmes par la forêt pour rallier notre planque.

Oncle Andrzej nous dit:

— Vous vous y prenez mal, par exemple, les gars! On y voit mieux qu'en plein jour et la tempête est tombée...

— Tant pis. On se débrouillera, répliqua Ignacy.

— Ça vous regarde. Mais méfiez-vous!

Pour la marchandise, tout fut réglé dans la journée. L'oncle donna plusieurs centaines de roubles-or à Bazyli et quelques dizaines de peaux de renards. Et le soir, nous repartîmes.

Le terrain avait l'air d'une feuille de papier froissée sous les rayons d'une torche électrique. Aucun point mobile dans la campagne n'aurait pu échapper aux regards. Par bonheur, nous étions vêtus de blanc, si bien qu'on ne pouvait nous repérer qu'à faible distance.

Il était facile de marcher sans charge et nous allions vite... à l'ouest. Je reconnus le chemin suivi, celui que j'avais pris la première fois avec les frères et Kasia. Je compris que Bazyli comptait contourner les barbelés par le nord.

Nous passons une forêt, nous sortons dans les champs. Nouvelle forêt, nouveaux champs... Nous finissons par arriver dans un bosquet qui borde la percée de la frontière. Il forme sur la blancheur neigeuse des champs un îlot sombre et allongé qui vogue sur une mer de rayons de lune. Nous le traversons pour nous arrêter dans les broussailles. A cent pas sur la gauche, je vois filer au loin la ligne de barbelés. A droite, je distingue un vaste espace découvert entre la fin des barbelés et une touffe sombre d'arbustes. De l'autre côté de la percée, une bande de forêt sombre et morose baignée dans le clair de lune. Là-bas, c'est la Pologne.

Nous restons longtemps sur place, à étudier le terrain. Rien de suspect en vue.

Bazyli démarre d'un pas décidé. Nous le suivons. Dans la main droite, je serre mon Parabellum, chargé et verrouillé, rentré dans la manche de ma pelisse. Dans la gauche, je tiens un chargeur supplémentaire. Nous allons vers l'intervalle entre les barbelés et le fourré. Soudain j'eus la vague impression de voir bouger quelque chose dans les buissons alors que Bazyli fonçait d'un pas large et balancé.

Nous allions atteindre la frontière. Brusquement, plusieurs coups de feu claquèrent et des soldats soviétiques armés de carabines jaillirent des fourrés. Ils nous coupèrent l'accès de la frontière.

— Halte! Haut les mains! résonna une voix.

Nous nous jetâmes en arrière. Dans l'espace dégagé de la percée, les verdets n'auraient pas eu de peine à nous poursuivre et à nous tirer comme des lapins... J'en avais bien conscience; aussi dès les premiers coups de feu, dès que les soldats de l'armée rouge eurent jailli des buissons, je déchargeai mon Parabellum sur eux. Je tirai neuf coups avant de suivre les frères dans la forêt. J'enfonçai un autre chargeur dans la crosse de mon revolver. Je courais fortement courbé en faisant de temps à autre des écarts à droite et à gauche pour fausser leur tir.

Le silence dura une quinzaine de secondes. Puis les soldats, que mon tir avait fait refluer précipitamment vers le fourré, se remirent à nous tirer dessus. Nous entrâmes en courant dans la forêt. Je me retournai. Les soldats avançaient sur nos traces. Les frères Dowrylczuk fonçaient à toute allure entre les arbres. Je m'agenouillai derrière le tronc épais d'un bouleau cassé. Les balles sifflaient dans l'air. Les soldats couraient en paquet. Certains s'arrêtaient un instant et tiraient vers la forêt pour «pressionner l'ennemi». Je les entendais crier:

— En avant, camarades!

— Attrapez-les!

Ils étaient sûrs que nous filions par le bois. Leur certitude était confortée par le bruit que faisaient les frères Dowrylczuk en courant vers la lisière opposée.

Quand les soldats furent à trente pas de moi, je me mis à tirer rapidement en visant au centre de leur groupe. Certains d'entre eux se jetèrent dans la neige, d'autres refluèrent vers la frontière. Alors je m'élançai sur les traces des frères Dowrylczuk. Je m'efforçais de ne pas faire de bruit pour que les soldats ne se rendent pas compte de mon départ et qu'ils n'osent pas avancer.

Je traversai rapidement le petit bois et vis, à quelques centaines de pas devant moi, trois formes humaines. C'étaient les frères Dowrylczuk qui se dirigeaient vivement vers une grande forêt distante de trois kilomètres. Malgré leurs vêtements blancs, ils étaient parfaitement visibles sur la neige; j'arrivais même à reconnaître chacun d'eux à sa silhouette.

Je courus derrière eux. Je les rattrapai à mi-distance de la forêt. Nous continuâmes ensemble. Loin derrière nous, près de la frontière, on entendait des tirs de carabines... Tout à coup, j'aperçus des taches sombres sur la neige. Je me penchai. C'étaient des traces de sang... Je bondis en avant et rejoignis Szymon, le dernier de la file.

— Qui est blessé? lui demandai-je.

— Ignacy... Ils l'ont touché au bras.

Nous avions couvert les deux tiers du chemin nous séparant de la forêt quand de nouveaux coups de feu se firent entendre... plus proches, plus nets. Je me retournai. Je vis les soldats émerger à la lisière nord du bosquet. Peu désireux de s'y risquer, ils l'avaient contourné et nous avaient vus fuir par les champs. Ils se mirent à notre poursuite en tirant de temps en temps. Mais la distance était trop considérable et leurs tirs ne nous firent aucun mal.

Nous atteignîmes la forêt. Je marchais vite à côté de Szymon.

— D'où ils sortent, si nombreux? demandai-je, voyant que nos poursuivants étaient plus d'une dizaine.

— Ils ont un poste de garde, par là-bas, répondit Szymon.

Nous entrâmes dans la forêt et nous nous reposâmes un moment. Ignacy avait ôté son bât et sa pelisse, et Bazyli le pansa rapidement.

— Tu as bien fait de les retenir là-bas, me dit Szymon. On ne s'en serait pas tirés... Ils sont tout frais, et nous, on a un sacré bout de chemin dans les jambes!

A quelques dizaines de pas à l'intérieur, j'aperçus un gros tas recouvert de neige. Cela me donna une idée. J'allai à ce tas et en rejetai la couche supérieure de branches enneigées. C'était du bois mort réuni en tas. Je tirai des allumettes de ma poche et enflammai le tas par le bas. Le feu courut joyeusement sur les branches résineuses bien sèches pour former bientôt un brasier qui grandissait.

Je revins vers les frères Dowrylczuk. On avait fini de panser Ignacy. On le rhabilla. On lui suspendit le bras blessé à une grande écharpe de laine nouée au cou. Bazyli lui prit son bât, qui contenait plusieurs dizaines de peaux de renards.

— Pourquoi tu as fait ça? me demanda Szymon en désignant le brasier de la main.

— Ils vont penser qu'on reste là et ils n'oseront pas entrer dans la forêt.

— C'est vrai, ça, dit Szymon.

Nos poursuivants étaient déjà à mi-distance de la forêt et continuaient à avancer rapidement en tirant de temps en temps. Nous commençâmes par nous enfoncer dans la forêt, puis, obliquant au sud, nous fîmes un large demi-cercle pour ressortir à cinq cents mètres de l'endroit où nous avions laissé le tas de bois en feu. Je vis nettement les soldats qui marchaient dans les champs. Ils s'étaient maintenant déployés en chaîne et avançaient lentement. Ils étaient déroutés par le brasier. Ils ne savaient qu'en penser... Ils s'arrêtèrent et se mirent à décharger leurs armes vers la forêt. Bazyli se mit à rire:

— Ils vont s'amuser comme ça jusqu'au matin... Pourvu qu'ils ne manquent pas de munitions!...

Nous suivîmes l'orée de la forêt vers le sud, puis le sud-ouest. Les salves de carabines nous parvenaient, de plus en plus éloignées. J'étais très content de mon invention.

Au bout de deux heures de marche au sud, puis au sud-ouest, Bazyli nous mena par un ravin, droit à l'ouest. A présent que les frères Dowrylczuk me savaient armé, je ne cachais plus aussi soigneusement mon revolver dans la manche de ma pelisse.

A quatre heures du matin, nous passâmes la frontière, loin au sud-ouest de Wołma. Le jour commençait à poindre alors que nous approchions de la ferme. Nous avions marché treize heures durant. Ignacy était à bout en arrivant à la maison. Sa blessure n'était pas très douloureuse et elle avait peu saigné, mais il n'en pouvait plus.

Ce fut l'activité intense dans la maison. On fit du feu dans le poêle. On mit de l'eau à bouillir. Puis Maciej entreprit de soigner lui-même la blessure d'Ignacy. L'os n'avait pas souffert. La balle n'avait fait que traverser les muscles.

Au bout d'une heure, nous avions tout remis en ordre. La marchandise était serrée. Les vêtements débarrassés de la neige séchaient suspendus autour du poêle.

On servit le petit déjeuner. Nous avalâmes un verre de vodka et nous commençâmes à manger. Quand nous eûmes fini, les frères se mirent à raconter notre aventure. Ils la commentèrent sur toutes les faces. Ils racontaient par le menu, en exagérant mon «mérite», comment j'avais par deux fois arrêté les troufions... La gaieté monte dans la pièce. Le récit de la mise à feu du grand brasier provoque des rires. Seul Maciej écoute avec gravité, puis il dit d'un ton solennel:

— Allez, mes petits, remerciez Władek de vous avoir arrachés aux rouges, parce que, si ça se trouve, je n'aurais pas revu un seul d'entre vous.

Il s'arrêta un moment, puis reprit, encore plus grave:

— Et maintenant, écoutez quelle est ma volonté!

Tous le fixaient avec attention.

— Vous ne passerez plus la frontière!... Plus jamais!... Je ne veux pas la perdition de mes fils pour de l'or!... N'allez plus chercher de peaux de renards, surveillez plutôt les vôtres!... Voilà ma volonté.

Personne ne protesta.

Depuis ce jour, les frères ne parlèrent plus de passer la frontière, malgré le temps, redevenu propice à de tels voyages.

*

* *

Les jours passent. Les semaines se suivent. J'habite toujours la ferme des Dowrylczuk. Je continue à les aider dans leur travail. Ils ne me le demandent pas, mais je m'efforce de me rendre utile à cette famille qui me témoigne tant de bienveillance. Du reste le travail me permet de tuer l'ennui qui me ronge de plus en plus. Ma situation me paraît très pénible. J'ai le sentiment d'être ici prisonnier à vie. Et la possibilité d'abandonner à tout moment cette retraite m'agace encore plus. Je suis constamment tenté de quitter la ferme pour rentrer au bourg, où je pourrais tout aussi bien me cacher, et suivre le parti du Lord de l'autre côté... Et puis je pourrais peut-être, de temps en temps, voir Fela et lui parler un peu. Je suppose qu'elle a passé l'éponge sur l'autre incident.

Les visites de ma maîtresse se poursuivent et, chaque soir, j'attends sa venue avec impatience. C'est la seule chose qui m'adoucit le séjour à la ferme, sinon je me serais enfui depuis longtemps. Du reste, je ne suis pas entièrement satisfait... Pourquoi garde-t-elle ce silence obstiné? Depuis trois mois que cela dure! Cependant je n'essaie plus de la reconnaître. Si elle ne le souhaite pas, que les choses continuent ainsi. C'est peut-être mieux comme ça!...

Dans la deuxième quinzaine de mars, des vents chauds se mirent à souffler de l'ouest. On sentait dans l'air l'haleine du printemps. Ma nostalgie grandissait. J'allais, distrait, à travers la ferme et le logis. L'envie de travailler m'empoignait. J'allais alors errer hors des sentiers dans la forêt voisine. Je me faufilais parfois tout près de la frontière et j'épiais les allées et venues des gardes-frontière sur la percée. Puis je rentrais à la ferme.

Je me mis en cachette à boire de la vodka que Szymon achetait à l'insu de tous à un paysan des environs qui en faisait un commerce illégal.

Un jour, je partis dans la forêt, une bouteille de vodka en

poche. J'allai très loin de la ferme. Je rentrai peu avant la tombée de la nuit. Quelle ne fut pas ma joie en voyant le Lord dans la salle. Je fis un accueil joyeux à mon camarade et me mis à lui demander les dernières nouvelles. Nous parlâmes très longtemps. Tout à coup, il me demanda:

— Tu ne t'ennuies pas, ici?

— Oh, si, et comment! dis-je vivement.

— Bon, si tu veux, il y a du travail. Juste ce qu'il te faut. Un peu, hm... risqué, mais ça paie bien.

— Quel travail? demandai-je.

— Amener des «figurines»...

Le Lord me dit que le Corbelet cherchait un compère, un garçon hardi et sûr qui voudrait l'aider à faire passer en Pologne des gens qui fuyaient les Soviets. Son collaborateur précédent s'était fait coincer à Minsk, où il allait voir des parents: on l'avait collé à la Tchéka. Il a déjà été question du Corbelet. C'est lui qui, à la soirée de Saszka, avait cassé la tête d'Alfred pour lui apprendre à jouer avec des brêmes quillées.

J'acceptai bien volontiers la proposition du Lord. J'étais alléché, moins par la perspective d'un bon salaire que par un travail nouveau et intéressant. Et puis le Corbelet était connu parmi les contrebandiers comme un gars qui avait «du caractère»; il était traité de pair à compagnon par les plus fameuses flèches et les «vieux forbans» du bourg.

Ce soir-là, le Lord ne rentra pas; il resta pour la nuit chez les Dowrylczuk. Au dîner, il annonça à la tablée que je partais pour la ville le lendemain.

— Pour longtemps? demanda Szymon.

— On ne sait pas... Peut-être pour de bon...

— On n'aura pas bien pris soin de vous? dit Maciej.

Je protestai avec énergie:

— Vous ne m'avez jamais lésé. Et je garderai toujours un bon souvenir de vous tous!

— Allons, c'est comme vous voudrez, dit Maciej. Et s'il le faut, revenez-nous. Il n'y a pas de confort ici, mais le pain ne manquera pas.

Sans tenir compte du risque, alors que le Lord se trouvait dans la même pièce que moi, ma maîtresse silencieuse vint me rendre cette nuit-là une dernière visite. Elle resta longtemps avec moi, mais cette fois non plus, elle ne prononça pas un mot.

Le lendemain matin, je fis des adieux chaleureux aux Dowrylczuk et je partis avec le Lord. Je me retournai bien des fois sur les bâtiments de la ferme qui s'estompaient au loin, et je me sentais de plus en plus triste. Le cœur humain est étrangement fait: la monotonie le fatigue, il se lasse de la présence des mêmes personnes. Mais dès qu'il les quitte, il se met à les regretter.

Le soleil était haut dans le ciel. La neige fondait sur la route. Dans le souffle tiède du vent, on sentait de plus en plus l'approche du printemps. Nous marchions d'un bon pas en parlant avec animation de différentes choses. Le Lord me dit qu'en ce moment, les gars passaient bien rarement la frontière. La plupart avaient arrêté de travailler jusqu'à l'automne. Sonia avait fui le bourg avec Wańka le Bolchevik. On les avait vus, à Olechnowicze, prendre le train de Wilno. Jurlin les avait suivis: il disait qu'il allait tuer la chienne et le saligaud. Plusieurs gars du parti des sauvages avaient plongé chez les Soviets.

Je remarquai que nous restions sur la route de Raków. Le Lord m'expliqua que la ferme où le Corbelet habitait avec sa mère se trouvait à trois kilomètres du bourg, mais dans un endroit très commode, et que ce serait pour moi une planque «en béton».

Je demandai à mon camarade si le Corbelet était prévenu de ce que j'allais travailler avec lui. Il me dit qu'il lui en avait parlé la veille et qu'il lui avait promis, si j'acceptais sa proposition, de m'amener aujourd'hui à la ferme.

A deux kilomètres de Raków, le Lord tourna à droite, vers la forêt. Nous marchâmes longuement hors des sentiers. Nous arrivâmes enfin à l'orée d'une vaste clairière. Dans un recoin, derrière un écran de sapins, il y avait une petite bicoque au chaume noirci. Des appentis et des soues se blottissaient contre elle.

Un gros chien noir s'élança vers nous. Il nous sauta aux jambes avec des aboiements furieux.

— Ici, Karo! Ici!

Le Corbelet jaillit de la maison et chassa le chien. Nous nous saluâmes. Le Corbelet avait l'air très jeune. Personne ne l'aurait pris pour un vieux contrebandier émérite ou pour un fameux passeur de figurines. Ses yeux bleus d'enfant riaient et tout son visage n'était que rire. Il poursuivait le chien en bondissant à travers la cour et faisait l'effet d'un gamin polisson. En le voyant, nous étions forcés de rire, nous aussi. Le Lord dit:

— Il s'amuse partout et tout le temps, celui-là!

Nous entrâmes au logis du Corbelet. La pièce faite de troncs équarris à la diable avait un air morose. Un grand poêle se dressait près de l'entrée. La partie gauche de la pièce était séparée par une longue cloison. Le sol était de terre glaise, les murs étaient nus, le plafond sombre, enfumé. Mais la gaieté du Corbelet éclairait l'air morose de la pièce.

— Hela, maman! cria le garçon. On a du monde! Apprêtez la mangeaille! Beaucoup et vite fait.

Je vis une femme d'un certain âge, toute petite, toute dodue, aux yeux aussi joyeux que ceux de son fils. A côté d'elle venait une jeune fille d'une quinzaine d'années qui ressemblait beaucoup à son frère. Elles se mirent à nous faire à manger.

— On sort du petit déjeuner! s'excusait le Lord.

— C'est de la blague, le petit déjeuner! On fera à déjeuner, nous. Une bouffe ex-tra!

Le contrebandier se mit à aider, ou plutôt à gêner sa mère et sa sœur qui s'activaient près du poêle. Puis il courut dehors pour revenir au bout de quelques minutes avec quatre bouteilles de vodka.

— Un flacon pour chacun, et pour Helcia et maminette, un demi-flacon, parce qu'elles n'ont pas de moustaches!

— Parce que toi, tu en as! répliqua sa sœur. Dessine-t'en donc au charbon.

— Mais j'en aurai, moi! Et toi, tu peux toujours courir!

Bientôt les amuse-gueule étaient prêts et nous commençâmes à boire la vodka. Je me sentis tout de suite réchauffé et joyeux en cette compagnie. Il n'y manquait que le Rat... Je sentais qu'un travail nouveau et intéressant allait commencer pour moi.

V

La soirée était sombre. Un vent chaud soufflait de l'ouest. Le ciel était semé dru d'étoiles. L'œil distinguait deux fonds dans l'obscurité: le fond noir du ciel parsemé d'étincelles des étoiles, et le fond blanc de la neige piqueté çà et là de contours noirs d'arbres et de buissons.

Les champs étaient tapissés d'un clair brouet grisâtre de neige fondante où les pieds entraient profondément et dérapaient sur les côtés. Cela gênait beaucoup notre marche. La neige fondue dans la journée formait par endroits de grosses flaques. Le gel de la nuit les recouvrait de glace, offrant de nombreuses patinoires au vent doux de l'ouest qui s'y amusait au matin. Quand il était lassé de ce jeu, il faisait fondre la glace de son souffle tiède pour recouvrir les flaques d'une écaille de petites vagues.

Le soir, j'avais quitté le logis avec le Corbelet pour aller dans la forêt. Nous portions sous nos paletots des «bandages» qui formaient des sortes d'énormes camisoles doubles de toile dans lesquelles nous transportions notre marchandise. Le travail principal du Corbelet consistait à faire passer des figurines, mais il pratiquait aussi la contrebande à son compte. Il n'emportait pas beaucoup de marchandise pour ne pas trop s'embarrasser... Nos bandages étaient bourrés d'aiguilles à coudre, à la main et à la machine, d'aiguilles de phono, d'alènes de cordonnier et de bourrelier. Nous portions en outre plusieurs dizaines de rasoirs chacun.

Nous marchions vers la forêt qui bordait la maison du Corbelet. Le chien Karo nous précédait. A un moment donné, le Corbelet grimpa dans les branches d'un énorme tilleul et y prit un revolver dans le creux du tronc. C'était un revolver d'ordonnance russe, un Nagan à armement automatique. Je lui montrai alors mon Parabellum.

Puis nous tirâmes vers l'est à travers la forêt. Karo courait devant nous.

— Tu y vas avec ton chien? demandai-je.

— Oui. Karo connaît la frontière mieux que moi. On peut lui faire confiance. C'est la troisième année qu'on marche ensemble.

Au son de son nom, le chien accourut et fixa le Corbelet.

— Avance! lui dit le contrebandier.

Le chien repartit en courant, à une quinzaine de pas en avant. Nous arrivâmes à l'orée de la forêt. Je vis un vaste espace dégagé. La frontière était à trois kilomètres, et à deux cents pas de là passait la route menant de Wołma à Raków.

Nous nous assîmes sur un tronc écroulé pour attendre la

tombée de la nuit. Nous vidâmes une bouteille de vodka et allumâmes des cigarettes. Puis, au crépuscule, nous partîmes lentement à travers champs vers la frontière. Nos bottes, généreusement imprégnées d'huile de ricin, ne prenaient pas l'eau.

Près de la frontière, nous nous reposâmes un petit quart d'heure, l'oreille aux aguets… Karo s'élança en avant. Nous le suivîmes. La neige que nous foulions crissait sourdement sous nos pas. Nous nous appliquions à ne pas poser le pied par en haut mais à l'enfoncer en le glissant à l'oblique. Alors la couche de neige était plus mince et moins humide sous le pied, et nous faisions ainsi moins de bruit en avançant.

Nous fûmes bientôt sur la frontière. Nous la reconnûmes tout de suite aux nombreuses traces qui sillonnaient la blancheur de la neige du sud au nord et inversement.

Le chemin était très rude. Nous nous épuisions à extraire sans cesse nos pieds qui enfonçaient à chaque pas dans la soupe épaisse. Tout à coup, le Corbelet s'arrêta. Je le rejoignis.

— Qu'est-ce qui se passe?

— Tu veux prendre des risques? me questionna-t-il en guise de réponse.

— Dis toujours.

— Si tu veux, on peut se risquer sur la route. Ça m'arrive souvent de suivre les routes.

— D'accord, répondis-je. On prend la route.

— Et si on tombe sur un diable quelconque, eh bien… ajouta-t-il en brandissant son Nagan.

Nous débouchâmes bientôt sur une route. Elle était toute bosselée par les sabots des chevaux, souvent coupée par de profondes flaques d'eau. Mais il était plus facile d'y marcher que dans les champs. Au moins nos pieds n'y enfonçaient pas dans la neige. Elle était en revanche très glissante.

Nous aperçûmes au loin les feux d'un village. Les aboiements des chiens nous parvenaient. Le Corbelet s'arrêta sur la route.

— On traverse le village? ou on fait le tour?

— Il y a des troufions là-bas?

— Non… Il n'y en avait pas, les autres fois…

— Alors on traverse.

Nous passâmes bientôt une petite rivière sur un pont pour entrer dans un gros village bâti des deux côtés d'une rue très étroite qui décrivait un grand arc. Elle était recouverte d'une neige grise, presque noire, mêlée de boue en bien des endroits.

Nous marchions assez vite. On voyait luire de part et d'autre de misérables lumignons jaunâtres aux fenêtres des chaumières basses tapies près de la route. Tous les dix pas, la rue était coupée par des rectangles informes de lumière projetée par les fenêtres des maisons. Par endroits, on entendait des voix humaines dans les cours. Elles étaient toutes rogues, mauvaises. Elles lançaient surtout des jurons.

Soudain le Corbelet alla arracher un pieu à une palissade. Son geste était sans doute motivé par les aboiements des chiens devant nous. Karo ne partait plus en avant, il nous serrait de près. Nous longeâmes encore quelques chaumières. Puis nous fûmes entourés par plusieurs chiens qui se mirent à japper en nous sautant aux jambes. Le Corbelet les chassa à coups de bâton et ils continuèrent à aboyer en nous suivant à distance. Karo avançait tranquillement devant nous. Tout à coup, deux hommes franchirent le portail d'une cour. Quand nous fûmes plus près d'eux, ils nous éclairèrent avec une lampe de poche. Une voix résonna:

— Vous allez où, vous?

— Ça te regarde? réplique le Corbelet.

— Je suis secrétaire du *Volispolkom*.

— Tant mieux pour toi. Ton *Volispolkom*, va donc y cuver, parce que tu es soûl...

— De quoi?

— De rien. Ôte-toi de là.

Le Corbelet voulut passer, mais le secrétaire du *Volispolkom* le saisit par le bras gauche. Alors le Corbelet lui flanqua un coup de bâton sur la tête. Au même instant, Karo sauta à la gorge du secrétaire. L'autre homme voulut fuir, mais je lui fis un croc-en-jambe et il s'étala dans la boue. Le Corbelet, lui, continuait à lui assener des coups de bâton. La rue s'anima de cris. Des feux brillèrent çà et là dans le noir. Nous entendîmes des voix au loin. Nous laissâmes les deux hommes étendus sur la route et repartîmes en vitesse. Alors ils se mirent à pousser des cris perçants:

— Attrapez-les!

— Au voleur! Au bandit! Attrapez-les!

L'obscurité résonna de pas d'hommes qui couraient vers nous. J'éclairai nos arrières avec ma torche et nous vîmes une quinzaine d'hommes armés de bâtons lancés à nos trousses.

— Envoie-leur la musique! dit le Corbelet.

Je les régalai d'une série. J'entendis une galopade encore plus forte, mais cette fois-ci, au lieu de se rapprocher, elle s'éloignait à toute vitesse.

— Ils font la course! dit le Corbelet.

Nous repartîmes vite. Au bout du village, nous quittâmes la route pour continuer à travers champs. Le Corbelet pensait que le secrétaire du *Volispolkom* allait téléphoner au village suivant, sur la même route, où stationnait un «détachement de barrage». Nous pouvions donc craindre une embuscade ou une battue.

Nous reprîmes le cheminement lent et harassant en pleins champs. Il était particulièrement pénible de marcher sur la terre gelée recouverte d'une carapace de glace où le pied ne trouvait aucun appui sûr. Après un bon bout de temps, nous remontâmes sur la route pour la suivre sur cinq kilomètres environ. Puis nous tournâmes à droite, dans les champs, pour rejoindre une forêt.

A quatre heures du matin, nous arrivâmes à une ferme isolée. Le Corbelet laissa aller son chien et nous nous rapprochâmes lentement des constructions. Rien ne trahissait une présence étrangère. Nos revolvers au poing, nous allâmes à une fenêtre aux volets ouverts qui donnait sur la route. Le Corbelet l'éclaira de sa torche. Entre le montant de la fenêtre et le rideau blanc, je vis un pot de géranium, signe que tout allait bien à la ferme et qu'il n'y avait pas d'étrangers.

Le Corbelet frappa au carreau. Pendant un bon bout de temps, personne ne répondit. Et quand, au bout de quelques minutes, il se remit à frapper avec plus d'insistance, une voix de femme résonna à l'intérieur:

— Qu'est-ce que c'est?

— Ouvre, Stasia, répondit le Corbelet.

— Attends! J'arrive!

— Pas la peine de t'habiller, je te reconnaîtrai quand même!

— Gros malin, va! dit la voix derrière la vitre.

Bientôt le rideau fut tiré et le pot de fleur ôté. Le Corbelet sauta lestement sur l'appui de la fenêtre et entra au logis. Je suivis son exemple. Le garçon appela son chien et Karo sauta à son tour à l'intérieur. C'était une cuisine. Nous restâmes un moment dans le noir. Stasia courut au dehors pour fermer les volets. On pouvait au besoin les ouvrir de l'intérieur. Planté dans le noir, j'entends chuchoter quelque part sur ma gauche:

— Elle ne dort pas, Genia? dit le Corbelet. Elle voudra peut-être m'inviter sur le poêle, me chauffer à ses petits petons...

— Espèce de vaurien! Viens-y donc, que je te chauffe les oreilles! Non, mais! il en voudrait, des choses!... Du lait, oui!

J'entends rire. Stasia rentre et allume la lampe posée sur la table. Le côté gauche de la cuisine est occupé par un grand poêle. Une partie en est masquée, en haut, par un grand rideau à ramages derrière lequel des yeux nous guignent avec curiosité.

Nous ôtons nos paletots, puis nos bandages. Nous tirons quatre bouteilles de vodka de nos poches. La porte s'ouvre et une grande femme de quarante-cinq ans, bien en chair, entre dans la cuisine en clignant des yeux à la lumière et en se grattant le postérieur. Elle porte une robe de chambre rose, vague et délavée, et des chaussures sur des pieds nus. C'est la fermière, Marianna Zych, mère de six filles.

Il n'y avait pas d'hommes à la ferme, exception faite du valet simplet, Onufry, de l'âge de la patronne, qui vivait à la ferme depuis une quinzaine d'années. On l'employait à soigner les chevaux et à charrier le bois de la forêt. Le reste du travail de la ferme était accompli par les seules forces de la «brigade fumelle», comme disait le Corbelet. Du reste, l'exploitation était petite, et les femmes s'en tiraient sans peine... La mère du Corbelet était une parente éloignée de Marianna; elle disait de cette parenté: «C'est la septième eau de rinçage.»

Marianna Zych tenait un dépôt situé entre Nowy Dwór et Piotrowszczyzna, au sud-ouest de Minsk. Dans la ville, des intermédiaires spéciaux recherchaient des personnes désireuses de passer illégalement des Soviets en Pologne; contre un prix fort salé, ils les amenaient au dépôt de Marianna; et à partir de là, le Corbelet leur faisait passer la ligne. Il pratiquait cette industrie avec bonheur depuis trois ans, tout en portant de la contrebande.

Nous vidâmes nos bandages de leur contenu, puis Marianna, aidée par Stasia, sa fille aînée, tria et enregistra les articles. Puis elle se mit à faire les comptes avec le Corbelet: ils réglaient ces choses-là séance tenante. Le Corbelet toucha trois cent soixante-dix dollars pour le tout. Il me donna vingt dollars pour cette course.

Puis Stasia et Marianna nous préparèrent le petit déjeuner. Et quand nous eûmes déjeuné, l'hôtesse nous dit:

— Bon, les gars, allez dormir au grenier.

— Et puis quoi encore? s'écria le Corbelet. Au grenier? Mais je préfère le poêle, moi!

Il sauta dans la soupente et, de là, plongea derrière le rideau, sur le poêle. On entendit des cris, des piaillements et des rires.

— Allez, ouste!

— Espèce d'effronté!

— Flanquez-lui une raclée!

Le Corbelet dut vite sauter à bas du poêle, reconduit par des horions. Puis nous prîmes deux longues pelisses et, précédés par Marianna et Stasia, qui portait une lampe, nous passâmes dans l'entrée, d'où on montait par une échelle. Le Corbelet monta, puis appela son chien. Karo se mit à grimper aux barreaux avec agilité. Quand nous fûmes au grenier, Marianna nous dit:

— Pas de lampes de poche, là-haut, et ne mettez pas le feu!

— Bon, bon, répondit le Corbelet.

La moitié du grenier était occupée par un monceau de bottes de paille. Le Corbelet en écarta quelques-unes et me fit entrer dans ce tunnel. Karo m'y suivit. Alors le Corbelet masqua cette ouverture en tirant les bottes de paille pour les remettre en place. Il y fut aidé de l'extérieur par Stasia, qui était montée avec nous. Nous rampâmes ensuite dans le boyau étroit jusqu'au bout du grenier. Il y avait là un espace libre assez important où on aurait pu cacher jusqu'à dix personnes. La chatière menant sur le toit était couverte par un lambeau de fichu de laine noir. C'est par là qu'on pouvait fuir en cas d'alerte.

Nous nous fîmes une litière confortable et ne fûmes pas longs à nous endormir.

*

*   *

Le soir venait. Moi et le Corbelet, en compagnie de Marianna, qui portait une longue pelisse jaune et de hautes bottes de gros cuir, nous nous dirigions vers la forêt voisine. Marianna tenait un long bâton sur lequel elle s'appuyait en marchant. Karo nous précédait.

— Il y en a combien? demanda le Corbelet.

— Cinq, répondit Marianna.

— Quel genre?

— Je n'en sais rien... Je ne demande pas les papiers, moi. Mais ils ne sont pas sûrs. Méfie-toi!

— Pourquoi, pas sûrs?

— Ben, ils sont polis. C'est des s'il vous plaît par-ci, s'il vous plaît par-là... Ça doit être des nihilistes, ou d'autres types de l'intelligentsia...

Nous marchions dans la forêt. A un moment donné, une pauvre petite chaumine apparut entre les arbres serrés. Il en sortit un petit vieux aux cheveux poivre et sel. Malgré son grand âge, il était alerte et il gesticulait avec vivacité en parlant avec le Corbelet et Marianna.

— Alors, Grzybek, quoi de neuf chez toi, tout va bien?

— Ma foi oui, oui... Comme toujours...

— Tu leur as porté à manger?

— Bien sûr! Bien sûr!

— Eh bien, allons-y!

Nous nous enfonçâmes dans la forêt épaisse. Au bout de quelques minutes, j'aperçus le toit d'une cave creusée dans la terre. Sur le devant, je vis une petite porte fermée par un cadenas rouillé en forme de concombre. Grzybek n'alla pas à cette porte: il contourna le toit et ôta quelques planches à l'arrière. Puis il se courba et lança vers le bas:

— Sortez! On y va!

Les hommes commencèrent à remonter. Ils portaient des vêtements hétéroclites, mais en regardant leurs visages, j'y remarquai la même expression que j'aurais peine à définir mais que viennent composer: l'attention de l'examinateur, le regard froid du boxeur, la naïveté de l'enfant, la curiosité face à des gens sortant de l'ordinaire à qui on confie son sort, enfin une sorte de douce mélancolie tapie dans des visages sereins, résignés. Ils portaient de vieux paletots plus ou moins longs. Deux d'entre eux étaient chaussés de bottes, trois autres de souliers. L'un d'entre eux portait une coiffure de soldat dite «gruau de seigle», un autre un gros bonnet de fourrure à oreilles; deux étaient coiffés à la Kerenski; le cinquième avait un énorme bonnet d'astrakan noir. Ces tenues n'étaient pas les leurs. Je le sentis tout de suite. Ils avaient l'air de militaires ou d'athlètes vêtus de guenilles. Leurs mouvements étaient précis, coulés. Leurs épaules bien effacées. Dès qu'ils eurent quitté la cave, l'un d'entre eux salua Marianna:

— Nos hommages, madame. C'est aujourd'hui que nous partons?

— Oui. Ces deux-là (la femme nous désigna de la main) vous feront passer la frontière et vous mèneront à votre dépôt.

Ils nous regardèrent avec curiosité. Leurs yeux exprimaient la joie et la crainte. Ils s'étonnaient sans doute de voir devant eux deux jeunes garçons. Ils imaginaient sûrement leurs guides sous des espèces d'affreux gaillards patibulaires.

La nuit tomba. Nous suivions lentement une sente de la forêt. Le Corbelet allait en tête, les «figurines» suivaient, je fermais la marche. La neige se conservait mieux en forêt qu'en plein champ, et quand nous nous écartions du sentier, elle s'effondrait à grand bruit sous nos pieds. Alors nous reprenions le sentier. Il ne tarda pas à nous mener à l'orée de la forêt que longeait à perte de vue une large route damée par les traîneaux.

La soirée était sombre et plutôt tiède. On sentait dans l'air des bouffées annonciatrices de printemps. Des froissements bizarres venaient de la forêt. On entendait tour à tour des rameaux qui craquaient, des plaques de neige glacée qui glissaient des grosses branches, la pellicule de glace sur les congères qui se fendait en se contractant dans le froid nocturne.

Le Corbelet s'arrêta. Il tira de sa poche une bouteille d'alcool. D'un coup appliqué sur le fond, il fit sauter le bouchon et, la tête rejetée en arrière, il se mit à boire au goulot. Je vis de légers sourires errer sur les visages des hommes. Ils s'étonnaient de voir boire un tel loupiot. Le Corbelet cessa de boire et me tendit la bouteille:

— Tiens... Tète un coup et passe à ton voisin!

Je bus à mon tour un peu d'alcool, puis je passai la bouteille aux figurines en disant:

— Chacun son tour... Pour vous réchauffer!...

Ils se mirent à boire en avalant l'alcool avec maladresse. Presque tous s'étranglaient et toussaient. A eux cinq, ils vidèrent à peine la moitié de la bouteille. Le Corbelet et moi, nous bûmes le reste de l'alcool. Puis mon camarade dit:

— On peut fumer si on veut... Après, on n'a plus le droit.

Tout le monde fuma.

— C'est loin, la frontière? me demanda l'un des hommes convoyés.

— Oui, c'est loin.

— Elle est fortement gardée?

— Non... enfin, ça dépend de ce qu'on entend par là... On arrive toujours à passer.

Le Corbelet eut, lui aussi, à répondre à différentes questions, ce qu'il faisait à contrecœur car il est toujours difficile de donner des réponses précises à des gens qui ne sont pas au fait des choses et qui ne posent pas les bonnes questions.

Après un bref repos, nous reprîmes notre chemin. Nous avançâmes longtemps à travers champs, entièrement libres de neige par endroits. Nous fûmes bientôt sur la rive du Ptycz. Les bords de la rivière étaient couverts de glace, et au milieu, le courant était très rapide. Nous en suivîmes la rive gauche en direction de Nowy Dwór. La marche était pénible. Nos pieds s'embarrassaient dans une neige figée, imbibée d'eau. Enfin nous aperçûmes devant nous les contours vagues d'un pont. Le Corbelet s'arrêta pour tendre longuement l'oreille. Puis il repartit. Nous le suivîmes.

Nous nous engageâmes à bonne allure sur le pont. Les planches gelées résonnaient sourdement sous nos pas. Le courant bruissait en contrebas. Je marchais lentement à l'arrière, sans penser à mal. Tout à coup, dans les ténèbres devant nous, il y eut l'éclair puis la détonation d'un coup de carabine. Les figurines se figèrent. Je bondis en avant. Tout en courant, j'arrachai mon Parabellum de ma poche et l'armai. J'actionnai ma torche. Je vis le Corbelet cramponné de la main gauche au canon d'une carabine; son Nagan dans la droite, il visait la poitrine d'un soldat de l'armée rouge. J'eus du mal à les distinguer du premier coup car le soldat gisait au sol, maintenu par la gueule et les pattes du chien. J'entendis la voix du Corbelet:

— Tout beau, Karo! Lâche-le!

Le chien s'écarta d'un bond et se tint immobile, prêt à se jeter sur l'ennemi à tout instant. Le soldat lâcha la crosse de sa carabine, que le Corbelet lança à la rivière. On entendit un gros plouf.

— Debout! dit le Corbelet au soldat.

Et quand l'autre se fut redressé, il lâcha un vilain juron, puis il dit:

— Dis donc, c'est ça qu'on vous apprend: on tire d'abord et on crie halte après?

— C'est le chien, camarade, qui m'a fait peur. Je l'ai pris pour un loup!

— Loup toi-même, et un beau, encore!... Tu connais Dulicze?

— Oui.

— C'est loin d'ici?

— Huit verstes.

— Tu connais bien le chemin?

— Bien sûr!

— Alors guide-nous. Mais méfie-toi: un pas de travers pour te sauver et je te casse la caboche! Et puis le chien te rattrapera bien...

— Je ne vais pas me sauver... Je vous amène où vous voudrez.

Nous repartîmes. Le soldat marchait en tête, puis venaient les figurines, et enfin moi. Nous suivions des sentiers et des chemins entre les champs, à peine visibles sous la neige. Le soldat nous conduisait apparemment de façon à nous éviter des rencontres indésirables. Il redoutait, en pareil cas, de se faire descendre.

Au bout d'une heure et demie de marche, nous vîmes une forêt sur la gauche, et sur la droite, des lumières aux fenêtres de maisons. C'était la localité de Dulicze. Alors le Corbelet ordonna au soldat de marcher devant moi et il reprit sa place de guide. Je surveillais étroitement la silhouette grise du soldat qui me précédait. Au bout d'une heure de marche hors des sentiers, nous débouchâmes sur un chemin forestier bien marqué.

Alors le Corbelet nous fit arrêter et rejoignit le soldat. Il lui montra le sentier en disant:

— Tu mériterais d'en prendre une dans le crâne pour nous avoir tiré dessus sans sommation, mais je ne veux pas me poisser les mains. Retourne vite d'où tu viens. Tu diras que tu as été attaqué par cent bandits et dix tigres! Tu auras la médaille des braves. Allez, ouste!

Le soldat s'élança sur le sentier et ne tarda pas à se fondre dans les ténèbres, entre les arbres. Et nous, nous repartîmes.

«Manque de veine», pensais-je sur le chemin du retour.

«A l'aller, on nous barre la route! On revient, ça remet ça!»

Les figurines s'essoufflaient: tous les quelques kilomètres, ils demandaient une halte. Le Corbelet consulta sa montre et leur dit:

— Vous vous reposez trop souvent, voilà ce qui vous fatigue. Je vais vous laisser un long repos maintenant, mais après, on se remue jusqu'à la frontière... On n'a pas de temps à perdre... Là, il est deux heures... Si on nous fait cavaler à la frontière, il nous faudra du temps pour la sauter à un autre endroit. Compris?

— D'accord.

— On essaiera.

— C'est le chemin qui est mauvais... résonnèrent les voix des figurines.

Après un repos prolongé, nous repartîmes d'un bon pas. Le Corbelet nous faisait suivre un chemin charretier qui courait à travers champs et bois. Je le prenais pour la première fois, mais je connaissais bien le terrain sur une grande étendue, à droite et à gauche de la route.

Nous arrivâmes au bord d'une petite rivière. C'était la deuxième ligne. Nous prîmes à droite. Je vis un long fût d'arbre jeté par-dessus l'eau. Karo courut de l'autre côté et tourna en reniflant dans un bouquet d'osiers. Il revint bientôt vers nous. Le Corbelet traversa en premier. Il passa assez vite sur le fût. Puis les figurines se mirent dessus à califourchon et avancèrent lentement en s'aidant de leurs mains.

J'attends que tout le monde soit passé et, Parabellum au poing, je scrute le vaste espace découvert entre la rivière et la forêt. J'ai l'impression tenace d'une présence là-bas, à l'orée du bois... Je me demande pourquoi cette idée s'est formée en moi. Peut-être y a-t-il en effet un parti de contrebandiers en train d'attendre l'instant propice pour passer la deuxième ligne et la rivière.

Le passage est terminé. Nous marchons lentement dans la forêt. Je me rends compte du grand énervement des gens que nous convoyons. Nous nous appliquons à marcher le plus doucement possible. Le Corbelet a laissé partir son chien en avant.

Nous finissons par atteindre la frontière. Le Corbelet s'arrête et nous restons longtemps immobiles... Sur la gauche, j'entends des froissements. Ils me parviennent de plus en plus nets. Le Corbelet repart lentement vers un groupe serré de sapins. Nous restons longtemps en paquet, à tendre l'oreille. Et les froissements sur la gauche s'intensifient puis s'arrêtent, à plusieurs reprises. «C'est soit des contrebandiers, soit des verdets», me dis-je sans bouger de ma cachette.

Il me semble que les bruits nous contournent de loin et se déplacent vers la frontière. «Ou alors ce sont les sauvages?» Brusquement, sur la gauche devant nous, éclatent, l'un après l'autre, plusieurs coups de feu dont l'écho multiple se propage dans la forêt. Puis ce sont des voix d'hommes:

— Halte! Halte!...

— Couchés! Haut les mains!

«Ils commencent par vous tuer, et ensuite, ils font les sommations!» me dis-je en tendant l'oreille vers le tapage à ma gauche.

Le Corbelet quitte notre cachette et chuchote:

— Ne restez pas là... Avancez sans bruit...

Il part en avant. Nous le suivons. Je tiens mon arme prête à faire feu. Et le tapage se poursuit sur la gauche. J'entends des coups de feu, des cris, des galopades. J'estime que tout se passe à quelques centaines de pas.

Nous débouchons sur la percée de la frontière. Dans la neige, nous voyons un fouillis de traces dirigées en tous sens. Des traces d'hommes et d'animaux. Elles composent le curieux livre de la frontière où ceux qui savent le déchiffrer peuvent apprendre bien des choses intéressantes. Nous y ajoutons nos propres traces pour pénétrer dans la forêt du côté polonais.

Vers la fin de la nuit, nous amenâmes nos figurines dans une grange à l'entrée du bourg. Je restai à la porte de la grange tandis que le Corbelet se rendait au logis de la juive qui tenait le dépôt. Au bout d'un quart d'heure, il était de retour. Un juif d'un certain âge l'accompagnait. Nous entrâmes ensemble dans la grange. Le Corbelet dit aux hommes qui s'y trouvaient:

— Vous voilà en Pologne. Ici, c'est le dépôt. On vous y donnera toute explication utile et on vous aidera suivant vos besoins... Continuez à régler vos affaires comme vous l'entendrez. Je vous souhaite bonne chance.

Les figurines vinrent à nous. L'un d'entre eux, le plus âgé, voulut nous remettre, au Corbelet puis à moi, plusieurs pièces d'or. Le Corbelet refusa, moi de même. Le garçon leur dit:

— Nous avons déjà été payés... Vous avez entièrement réglé votre voyage au dépôt de Minsk... On ne veut pas vous écorcher. Ce qu'on gagne nous suffit.

— Mais ce n'est pas un salaire! Nous apprécions votre travail... Nous vous sommes reconnaissants... Et puis nous en avons les moyens!...

— Alors c'est différent! dit le Corbelet. Si c'est comme ça, amenez le pognon.

Il accepta les soixante roubles-or qu'on lui tendait et m'en passa trente. Puis nous quittâmes la grange et partîmes vite, par des ruelles écartées, vers Słobódka.

Au moment où nous arrivions à la maison du Corbelet, le jour était levé. Le ciel rougissait de plus en plus à l'est... Il annonçait le lever du soleil.

VI

Le printemps arriva. Le sentier blanc disparut, remplacé par le noir. Mais les contrebandiers allaient peu de l'autre côté. Les nuits étaient brèves, les chemins très ardus, la frontière et la zone frontière bien gardées. Par rapport à la saison d'or, il n'y avait à présent que dix pour cent de contrebandiers actifs. On expédiait la marchandise par à-coups, on choisissait les meilleures nuits. Les partis anciens avaient presque tous arrêté leur travail pour longtemps. Il y avait en revanche les «bleus», des contrebandiers jeunes, sans expérience, qui travaillaient en dépit du bon sens et qui partaient au petit bonheur. Ils plongeaient souvent, mais leurs places étaient prises par d'autres bleus à qui il prenait envie de gagner quelques roubles pour boire.

Et moi, je fis cinq passages avec le Corbelet. Nous passions toujours des figurines en Pologne. Le Corbelet me dit que les cinq que nous avions passées lors de mon premier voyage étaient des officiers.

— Comment tu le sais? lui demandai-je.

— J'ai du pif, moi!... J'en ai fait passer des centaines, de toutes sortes. J'ai vite fait de repérer le genre de chacun.

Au cours de notre travail, nous amenâmes au dépôt deux femmes et deux enfants, avec un homme âgé qui les accompagnait. Ils nous causèrent bien des ennuis. Les femmes étaient épuisées, les enfants pleuraient: nous dûmes faire une journée en forêt pour ne passer la frontière que la nuit suivante. La troisième fois, nous amenâmes en Pologne un pope avec sa femme et sa fille. Ils avaient très peur. Le pope répétait sans cesse:

— Pourvu, mes très chers, pourvu que tout se passe bien!

En plus des figurines, nous passions de la contrebande. A chaque voyage, nos gains allaient de soixante à cent cinquante roubles-or. A notre retour de l'autre côté, nous prenions d'ordinaire deux à quatre jours de repos avant de reprendre la piste. Le Corbelet réglait nos affaires au dépôt. Il achetait la marchandise. Et moi, je restais au logis à attendre son retour, ou bien j'errais dans les forêts, qui s'étaient maintenant couvertes d'une verte livrée printanière et qui étaient superbes.

Au retour de notre cinquième voyage, le Corbelet alla comme d'habitude au bourg, et moi, j'allai me coucher. Mon camarade ne rentra pas de la journée ni de la nuit. Cela m'inquiéta car il avait promis de rentrer le jour même, dans l'après-midi. Il ne reparut pas non plus le lendemain et je m'apprêtais déjà à aller au dépôt dans la soirée pour essayer de savoir ce qui lui arrivait. Mais peu avant la tombée de la nuit, je vis arriver le Rat. Il était bouleversé. Je ne l'avais jamais vu aussi agité.

— Qu'est-ce que tu as?... Où est le Corbelet? le questionnai-je.

— Ça va mal pour lui! Je ne sais pas s'il s'en tirera! Ils l'ont transporté à l'hôpital... Ils ont arrêtés le Lord...

— Pourquoi?!

— Il a défendu le Corbelet. Ah, les bouseux! Les vermines! Les peigne-cul! jurait le Rat.

Ses explications chaotiques m'apprirent les choses suivantes. La veille, à midi, le Corbelet et le Lord étaient allés boire au restaurant de Ginta. Il n'y avait là aucun de nos gars. Le salon était plein de bleus... Ils étaient ivres et faisaient du scandale. Alfred Alińczuk buvait avec eux. Ils faisaient je ne sais quelles affaires ensemble. Quand le Lord et le Corbelet se furent attablés à l'écart, les bleus se mirent à chercher noise au Corbelet. Ils y étaient poussés par Alfred, qui n'avait pas oublié le coup de bouteille à la soirée chez Saszka. L'un des bleus, complètement ivre, avait jeté un bout de hareng à la tête du Corbelet. Le Corbelet avait bondi vers lui et lui avait flanqué un coup de poing. D'autres bleus avaient fait corps avec leur camarade. Ce fut la bagarre. On se battit à coups de poings, de bouteilles, de chaises. Les bleus tirèrent leurs couteaux. Le Corbelet fut envoyé au plancher. Alors le Lord prit son revolver. Il tira plusieurs coups en l'air pour les intimider, et quand ce fut la panique, il assena des coups de chaise aux bleus qui s'enfuyaient. Il en avait grièvement blessé deux. On l'avait arrêté. Le Corbelet avait reçu plusieurs blessures graves au couteau. Alfred s'était enfui dès le début de la bagarre.

Je fus très impressionné par ce récit.

— Qu'est-ce qui va se passer maintenant? demandai-je au Rat.

— Je n'en sais rien. Le Corbelet est grièvement blessé. Il va peut-être y passer. Et le Lord en a pour un moment, pour port d'arme, et pour dommages corporels graves!

— Ça va mal! dis-je.

— Oui, ça va mal, mon vieux! confirma le Rat.

— Maintenant, d'un seul coup, on se retrouve sans travail, toi comme moi. Parce que le parti du Lord, c'est fichu.

Le Rat ne répondit pas, il réfléchissait longuement. Puis il dit:

— On va bien voir!

— Quoi? dis-je, surpris par sa réponse.

Le Rat frappa du pied. Il serrait les poings.

— Je ne les lâcherai pas! Jamais!... Et Alfred non plus! disait mon camarade avec une fureur rentrée.

Il se tut et resta longtemps à regarder droit devant lui.

— Tu as de la vodka? me demanda-t-il un peu plus tard.

— Oui.

— Amène!... Ah, les sales teignes! Les peigne-cul! Les vermines! reprit-il.

J'apportai une bouteille de vodka. Il but d'un seul trait presque la moitié de la bouteille, puis il alluma une cigarette et dit en crachant à droite et à gauche:

— Bon. Ne t'en fais pas. On se débrouillera, et on aidera même le Lord. Et le Corbelet, il faut lui envoyer sa mère. Allez, on va la voir.

Nous entrâmes au logis. Le Rat raconta brièvement à la

mère du Corbelet ce qui était arrivé à son fils. La vieille femme s'habilla en hâte et quitta le logis en compagnie du Rat. Le Rat me dit en me saluant:

— Ne t'éloigne pas trop. Dès que j'aurai tout réglé en ville, je reviens te voir.

Il revint le lendemain soir. Il était déjà ivre. Il me salua cordialement et dit:

— Oui, mon vieux, on va s'y mettre, au travail! On va les étriller!

— Qui?... Quel travail?...

— Les bleus. Je ne laisserai pas passer un seul parti, à ces saligauds. Je les alignerai tous! On n'a qu'à tenir bon!

Nous étions au logis du Corbelet. Sa sœur faisait quelque chose dans la cour.

— Où est le Corbelet? demandai-je au Rat.

— On l'a transporté à l'hôpital de Wilno. Il va falloir l'opérer. Sa mère est partie avec lui.

— Et le Lord?

— On l'a envoyé à Iwieniec. Chez le juge d'instruction.

— De quel travail tu m'as parlé?

— Stop! C'est trop long à raconter. Il faut boire un coup!... Après je t'explique tout en détail.

Nous vidâmes une bouteille de vodka, puis le Rat se mit à parler:

— Tant que c'étaient nos fargueurs qui travaillaient sur la frontière, tout allait impeccable. Les bleus sont arrivés. Ils y vont pour quelques sous. Ils se piquent le travail. Ils se mouchardent entre eux. On peut le dire: ce n'est pas des fargueurs, mais des bouseux. Leurs chauffeurs, des vermines aussi. Même les sauvages ne veulent pas en entendre parler. Ils ont appelé le Poisson-Chat pour être leur chauffeur, eh bien il leur a répondu qu'il aimait mieux rester sans manger, ou se faire porteur d'eau chez les juifs, plutôt que de faire des affaires avec des peigne-cul! Et le Bouledogue aussi, il leur a dit pareil... Avant, un contrebandier, c'était un vrai gars, et là, c'est un Alphonse, un voyou ou un demi-sel. Maintenant, pour une bouteille de raide, le meilleur des gars, un bleu lui foutra un coup de surin dans les côtes! Comme ils ont fait au Corbelet, à cause d'Alfred! Et tu sais l'idée que je viens d'avoir?

J'étais plein de curiosité après ce discours étonnamment long du Rat, aussi je lui dis:

— Justement, je voudrais savoir un peu plus vite où tu veux en venir.

— Je veux casser les partis des bleus et leur piquer leur marchandise. Si on fait ça longtemps, les marchands arrêteront de leur donner la camelote. Tu as compris?

— Et comment tu sauras par où ils passent?

— Je saurai tout, ou par les chauffeurs, ou par des gars de leurs partis, ou alors je les pisterai moi-même. Je me débrouillerai!... On va les coincer ici, dans la zone frontière, ou encore mieux, chez les Soviets!

Le Rat se mit à me raconter, de plus en plus enthousiaste, comment il comptait mener l'ouvrage. J'opinais et je glissais des remarques. Peu avant de partir, mon camarade me dit:

— Les salauds, ils nous ont enlevé de bons copains et notre travail. Mais on va leur en faire voir, nous, des vertes et des pas mûres!

Quelques jours plus tard, la mère du Corbelet revint de Wilno. Son fils était mort à l'hôpital; la mère et la fille en pleuraient toutes les larmes de leur corps. En voyant leur désespoir, je sentais grandir sans cesse ma haine des bleus. J'attendais le Rat avec impatience, mais il avait disparu quelque part et je commençais à me faire du souci pour lui. Il finit par arriver au bout de quelques jours. Il me salua gaiement:

— Ça aurait démarré depuis longtemps, le travail, mais je n'avais pas le gars qu'il fallait pour être le troisième... Il faut que les bleus ne le connaissent pas.

— Tu l'as trouvé?

— Oui. J'ai dû aller le chercher jusqu'à Radoszkowicze.

— Qui est-ce?

— Janek le Fossoyeux. Tu ne le connais pas. Un type épatant! Sûr et fonceur! Bon pour n'importe quel travail. Et pas un rapiat... Tu sais où je l'ai laissé pour l'instant?...

— Où?

— Chez Pietrek le Philosophe. Ce soir, on amènera ici plein de choses. Moi, je logerai en ville, pour me renseigner sur tout, et vous, ici... Il faut qu'on en parle à la mère du Corbelet.

Nous appelâmes la petite vieille pour lui demander si elle voulait bien nous loger, parce que nous voulions ouvrir un dépôt chez elle. Elle y consentit avec joie. Le Rat lui dit que nous la paierions bien.

— Mais je le ferais tout aussi bien pour rien! dit la vieille femme. Vous étiez ses camarades... Vivez comme chez vous!

Et elle se mit à pleurer.

— Allons, maman, ne pleurez pas! lui dit le Rat. On a encore de beaux jours devant nous... Il ne faut pas désespérer. On n'y peut rien! Et pour le dépôt, vous aurez un pourcentage. Si on travaille sans ennuis pendant un certain temps, vous monterez le trousseau de Helcia!

J'oubliais d'écrire que Karo, le chien du Corbelet, y était passé pendant la bagarre avec les bleus. Il leur avait sauté dessus pour défendre son maître. Il leur avait lacéré bras, jambes et visages. Mais l'un des bleus, étendu sur le plancher, l'avait éventré par en dessous avec son couteau. J'ai également oublié d'écrire que Julek le Dingue était mort de tuberculose à l'hôpital. C'est Pietrek le Philosophe qui me l'avait fait savoir par le Rat.

Le soir, le Rat vint me voir en compagnie de Janek le Fossoyeux. C'était un homme de taille moyenne, assez corpulent et très dégourdi. Il avait les cheveux blonds qui, en tombant sur le devant, lui avaient laissé le crâne plutôt dégarni. Il souriait tout le temps et clignait de ses yeux gris et perçants. Il pouvait avoir autour de quarante ans. Il se frottait souvent les mains en disant: «C'est parti!... Première catégorie!»

Mes camarades avaient apporté deux gros paquets. Nous les déballâmes au grenier, où se trouvait notre cachette et où il était facile de monter par le toit de l'appentis sans réveiller la mère du Corbelet ou Hela. En cas d'alerte, on pouvait le fuir de tous côtés par des ouvertures dans le toit faites exprès dans ce but. Et tout autour, c'était la forêt à deux pas. Les paquets contenaient plein de coiffures et d'habits de toutes sortes. J'y trouvai en outre un matériel sommaire de grimage. Après avoir rangé toutes les affaires, nous tînmes conseil.

— On a peu d'armes, dit le Rat. Deux flingues pour trois. Mais demain on en aura plus!

— D'où ça?

— D'où? dit le Rat avec un sourire. Tu verras bien toi-même. Demain, on se cogne notre premier travail!

Le Fossoyeux se frotta les mains:

— Allez, c'est parti! Première catégorie!

— On aligne qui? demandai-je au Rat.
— Les Alińczuk! annonça-t-il d'un ton solennel.
— Arrête de blaguer! dis-je, incrédule.
— Que je tombe raide!...
— On les aligne où?
— Sous le petit pont, en face de Wielkie Sioło. Ils y passeront avec leur camelote...
— Comment tu le sais?
— Je le sais, là. Ils y vont toutes les quatre ou cinq fois... Ils devraient y passer, ce coup-ci. Et pour leur départ de demain, je l'ai su par un gars à la page. Un type du tonnerre!
— Josek la Volaille, peut-être?
— Tu le connais?
— Oui.
— C'est bien par lui que je l'ai su.
— Mais enfin, les Alińczuk marchent tous armés, et nous, on n'a que deux flingues pour trois.
— C'est bien pour ça qu'on se les fera en premier! Il faut bien qu'on trouve des armes. Ne t'occupe pas, j'ai bien travaillé des méninges! dit le Rat.

Nous nous mîmes à discuter les détails de notre expédition du lendemain. Puis le Rat nous salua et rentra au bourg, tandis que moi et le Fossoyeux, nous nous couchâmes au grenier en parlant de toutes sortes de choses.

La soirée était sombre et calme, comme celle où j'allais pour la première fois de l'autre côté avec Józef Trofida. Je me trouvais à l'endroit même où je m'étais tenu alors, mais je n'étais pas dans le canal avec un parti de contrebandiers, et je ne portais pas de bât sur le dos.

Comme je l'ai écrit au début de ce récit, la route passait à cet endroit sur un haut remblai, au pied duquel, un peu plus bas, il y avait une canalisation longue de quelques mètres qui servait à évacuer les eaux lors des crues de printemps. Les Alińczuk devraient y entrer et s'y cacher pendant un certain temps pour se reposer. Presque tous les partis dont les chauffeurs menaient leurs gars par ce chemin en faisaient autant. Nous le savions parfaitement.

En arrivant sur place au tout début de la soirée, nous commençâmes par examiner soigneusement le terrain. Une terre noire, labourée à gros sillons, s'étendait du côté de Pomorszczyzna. De ce côté, près de l'entrée du canal, il était impossible de se dissimuler. De l'autre côté du remblai, côté frontière, s'étendait le long coin d'un pré qui s'enfonçait dans les champs et filait à l'est, vers la frontière. Là non plus, on ne pouvait pas se cacher commodément pour garder constamment sous les yeux l'entrée du canal. Alors nous nous arrangeâmes ainsi : sur les versants du remblai, au-dessus du canal, nous creusâmes deux cavités allongées, profondes de vingt-cinq centimètres. Moi et le Fossoyeux, nous nous couchâmes dans le creux du côté de Pomorszczyno. Le Rat s'installa dans l'autre, côté frontière. Le canal se trouvait en contrebas, si bien qu'en relevant légèrement la tête, nous pouvions apercevoir la tache noire de l'entrée sur le versant raide. Nous vérifiâmes si nous étions bien cachés. Mais en nous dirigeant vers le canal, nous ne pûmes rien voir sur le remblai. Puis nous entrâmes dans le canal, nous y fumâmes plusieurs cigarettes, et c'est alors seulement que nous allâmes prendre nos places. Nous avions largement discuté à l'avance tout ce que nous aurions à faire.

Le temps se traînait lentement. J'eus bien des fois l'impression d'entendre des pas d'hommes venant du côté de Pomorszczyzna, et même de voir leurs silhouettes sombres se profiler dans le noir, mais je me rendais compte par la suite que ç'avait été une illusion... Dans la main droite, je tenais mon Parabellum, et dans la gauche, la ficelle dont l'autre bout était tenu par le Rat, couché sur l'autre versant du remblai. Je devais signaler l'apparition d'hommes près du canal en tirant un coup sec sur la ficelle, et trois coups si je les voyais s'y engager. Alors le Rat devait sauter en bas et allumer sa torche à la sortie du canal pour en éclairer l'intérieur ; et au même moment, le Fossoyeux devait se précipiter de notre côté pour éclairer, lui aussi, le canal. La suite de notre action, nous en avions discuté le moindre détail, et chacun savait parfaitement ce qu'il aurait à faire... Moi et le Rat, nous devions nous taire ; si, par exception, nous étions amenés à parler, ce serait d'une voix brève et déguisée. C'était particulièrement important pour le Rat, qui n'avait pas jusqu'ici attiré l'attention de la police et que rien n'empêchait de vivre au bourg, où il récoltait pour nous toutes les informations utiles. Il portait un paletot au col relevé et une casquette de cycliste à longue visière très rabattue. Il s'était orné le visage d'une grosse moustache d'un effet très comique. Quand je le regardais, j'avais envie de rire. Je m'étais moi-même collé une petite moustache noire.

Le temps me dure. Je reste caché, allongé à côté du Fossoyeux, et, le visage tourné vers Pomorszczyzna, je pense à des tas de choses... Non loin d'ici, presque à la frontière, il y a le Tombeau du Capitaine. Je lève la tête pour regarder vers la frontière par-dessus le remblai. Mais je n'arrive pas à voir quoi que ce soit dans l'obscurité qui enveloppe le reste du terrain.

Un chien aboie quelque part. J'essaie de trouver où. «On marche, par là-bas.» Des lumières brillent à Pomorszczyzna. Il y en a plusieurs. A force de les fixer un certain temps, j'ai l'impression qu'elles se déplacent. Je m'efforce de ne plus les regarder car, ensuite, l'obscurité paraît plus épaisse et on a du mal à voir quoi que ce soit dans le terrain.

Des minutes passent, des quarts d'heure, des heures. Personne. Je consulte mes aiguilles lumineuses. Bientôt onze heures. Tout à coup, j'entends un son assourdi, comme un coup de talon sur une pierre. Je regarde à droite en tendant l'oreille. Je crois entendre marcher. Puis tout redevient silencieux... Encore une illusion... «Ils ne partiront peut-être pas ce soir, ou alors par un autre chemin?»

Soudain j'entends un léger bruit de pas, de plus en plus net. «Les voilà! me dis-je avec joie. Les voilà pour de bon!»

Je me plaque au sol, je relève la tête et j'essaie de percer du regard les ténèbres sur ma droite. Mais l'ouïe, par une nuit aussi noire, est mon meilleur serviteur; et je distingue de mieux en mieux les pas des hommes qui marchent dans le noir. Je donne un coup de coude dans les côtes du Fossoyeux et je lui désigne du canon de mon Parabellum l'obscurité où j'entends marcher. Il tend l'oreille un bon moment, puis opine de la tête. Je l'entends préparer sa torche et son couteau: c'est un couteau à la main qu'il devra fouiller les Alińczuk dans le canal.

Je perçois maintenant le bruit très net des pas qui se rapprochent. Alors je tire un coup sec sur la ficelle. Le Rat me répond d'une traction légère... Il veille...

Et les pas sont de plus en plus proches. Je sais que ce ne sont pas des verdets car nous sommes à bonne distance de la frontière; un groupe qui marcherait aussi loin de la frontière ne serait pas aussi discret. Ce sont bien les Alińczuk, ou alors d'autres contrebandiers.

Tout à coup, je vois nettement une silhouette émerger à

dix pas dans l'obscurité. Une autre la suit. Je baisse la tête pour cacher mon visage aux contrebandiers.

Ils sont cinq. Ils arrivent au remblai. Ils s'arrêtent près du canal. Ils restent un bon bout de temps immobiles, puis l'un d'entre eux s'élance sur la pente raide et passe de l'autre côté du remblai. Je ne m'y attendais pas. «Qu'est-ce que c'est? Ils n'entreront peut-être pas du tout dans le canal?» J'épie tour à tour les quatre hommes restés au bas du remblai, puis l'entrée du canal. C'est le silence alentour. «Ou alors ils veulent reconnaître l'autre versant du remblai et le canal?» me dis-je. Et j'étais dans le vrai. Au bout d'un moment, je vois surgir du canal, à quelques pas de moi, une forme sombre avec le rectangle gris d'un bât sur le dos. J'entends un léger «Tst! tst!» et les quatre formes sombres partent le long du remblai, vers le canal. Les voilà réunis. Mon cœur bat une joyeuse chamade dans ma poitrine: tout va parfaitement, comme nous l'avions prévu!

Fortement courbés, les Alińczuk entrent l'un après l'autre dans le canal. Alors je donne trois fortes secousses à la ficelle et le Rat bondit sur ses pieds. En quelques sauts, il disparaît derrière le remblai. Le Fossoyeux s'est précipité de notre côté. Je l'ai suivi en courant.

Presque au même instant, les torches électriques brillèrent aux deux bouts du canal. Elles l'inondèrent d'une lumière crue. Au même instant, j'entends la voix du Fossoyeux, froide, calme, assurée:

— Les manettes en l'air!... Une, deux!... Et pas un mot! Première catégorie!

«Tiens donc, me dis-je, voilà comment tu es!»

J'allumai ma torche, tandis que le Fossoyeux, le couteau luisant à la main, s'avançait, plié en deux. Moi et le Rat, nous continuions à éclairer l'intérieur du canal. Nous tenions nos paletots largement ouverts pour masquer les entrées. Il s'agissait de ne pas laisser filtrer au loin la lumière de nos torches.

Le Fossoyeux fouille le premier rencontré. Je reconnais Albin. Le Fossoyeux lui tire de la poche revolver, chargeur et autre chose que je n'arrive pas à voir de loin. Il empoche le tout. Puis il fouille le contrebandier suivant, Adolf, il le tâte de la même manière, lui retourne les poches, lui prend son arme. Puis c'est Alfons. Ensuite Ambroży. Et enfin Alfred. Le contrebandier dit quelque chose au Fossoyeux. Je n'entendis pas ses paroles. La voix du Fossoyeux répliqua:

— De quel droit?... Eh bien, de celui que ça me plaît! Compris?... Et si ça me plaît, je te déglingue dans les côtes! Pigé?

Le Fossoyeux avait fini de fouiller les Alińczuk. Alors il leur dit:

— On tombe les bâts! Vite fait, ou je vous aide!

A présent, le Fossoyeux avait sa torche dans la main gauche et dans la droite, le Parabellum chargé qu'il venait de prendre à Alfred. Les frères se débarrassèrent vivement de leurs bâts.

Alors le Fossoyeux dit d'une voix forte:

— Et maintenant, en avant vers la frontière! A la queue leu leu... L'un après l'autre... Je reste derrière, moi... Celui qui se retourne se prend une pilule... pour se purger la conscience... On sort!... C'est parti!... Première catégorie!

Le Rat éteignit sa torche et dégagea l'entrée. L'un après l'autre, les Alińczuk sortirent du canal et partirent dans les champs. Le Fossoyeux les suivait. Le Rat entra dans le canal et nous commençâmes à lancer les bâts au dehors. Ils étaient assez lourds. Je me mis à les lier par deux. Deux pour le Fossoyeux, deux pour moi, et pour le Rat, qui était moins fort que nous, j'en laissai un.

Nous attendîmes le retour du Fossoyeux.

— Il les a fabriqués de première! murmurai-je au Rat.

— C'est une maison solide! Un dur à cuire! Je sais qui embaucher, moi!... Des comme lui, il n'y en a pas des masses sur la frontière!

J'entendis bientôt un pas léger, puis le Fossoyeux dévala le remblai.

— Tu les as laissés où? demanda le Rat.

— Je les ai menés sur cinq cents mètres. Jusqu'à la frontière, si ça se trouve... Je ne connais pas le coin, moi... Et puis, tout doux, tout doux, en arrière... Ils ont les jetons. De ce train, ils ne s'arrêteront pas avant Moscou: ils me croient dans leur dos...

Nous rentrâmes à la planque. Au grenier, à la lumière d'une torche, le Fossoyeux commença à étaler les objets pris aux Alińczuk. Il y avait cinq revolvers, trois Parabellum et deux Nagan, cinq torches, pas mal de cartouches et de chargeurs. A part cela, il y avait plusieurs portefeuilles. Ils contenaient pas mal d'argent polonais et soviétique, des dollars et des livres sterling. On ne trouva aucune pièce d'identité. Les contrebandiers ne partent pas en course avec leurs papiers.

— Tu sais? dit le Rat. La moitié de l'argent, on va le donner à la mère du Corbelet, et l'autre, on va l'envoyer au Lord, à sa prison. C'est leurs victimes. Alors, qu'ils récupèrent au moins ça.

— Une brebis galeuse, ça peut toujours donner une mèche de bonne laine, dit le Fossoyeux.

— Et pour nous, il y aura la camelote et les flingues.

Nous commençâmes à déballer les bâts. C'étaient des articles chers: cuir verni, chevreau, boutons de nacre français, batiste, bas de soie. Le tout de première qualité.

— Eh bien! On a décroché une fière timbale! dit le Rat.

— Où tu vas fourguer ça? lui demanda le Fossoyeux.

— C'est le hic! Je sais où vendre ça, mais en y perdant beaucoup.

J'eus soudain une idée.

— Tu sais? dis-je au Rat. On pourrait essayer de porter la camelote chez la Bombina. Elle est libre depuis longtemps et elle s'est achetée une conduite.

— Bon conseil! dit le Rat. Ici, il faudrait donner ça pour presque rien. Et là-bas, on fera un bénéfice de cent pour cent. On en tirera huit à dix fois plus qu'ici... Et puis, hein... (Il me cligna de l'œil.) Tu verras ta petite Bombina. Tu as bien fait de t'en souvenir!

Nous décidâmes de profiter des nuits sombres et de passer le lendemain la marchandise prise aux Alińczuk. Le Rat rentra au bourg, et moi et le Fossoyeux, nous restâmes à la planque.

VII

Nous sommes bien armés. J'ai deux Parabellum: le mien et celui pris aux Alińczuk. Le Rat a, lui aussi, deux Parabellum, et le Fossoyeux, deux Nagan: il se défie des armes automatiques. Nous portons la marchandise des Alińczuk répartie en trois bâts, très lourds... Elle était destinée aux

Soviets, et elle va chez les Soviets. Avec juste un jour de retard, et vers un autre dépôt.

La nuit est très sombre. Nous allons surtout à travers bois. Lentement, prudemment, pas à pas, même si nous ne craignons personne, car aux balles parties d'une embuscade, de derrière un buisson, nous pouvons répliquer par des dizaines de balles. Notre prudence nous est dictée par le désir de surprendre les gens qui nous traquent. Nous sommes prudents à l'excès, mais au besoin, nous lutterons jusqu'au bout. Nous n'en avons pas parlé, mais nous le savons tous.

Près de la frontière, nous nous arrêtâmes pour nous asseoir et ôter nos bottes. Puis nous les glissâmes dans nos ceintures, la tige en bas. Nous continuâmes en chaussettes. Nous avancions sans un froissement, comme des fantômes. Les pieds épousent doucement les branches mortes, les pommes de pin, et ne produisent aucun bruit.

C'est le Rat qui nous mène. Moi qui connais bien ce secteur, je marche en dernier. Le Fossoyeux suit le Rat: ce secteur lui est totalement inconnu, c'est pourquoi nous l'emmenons entre nous. J'ai deux revolvers dans les mains. Les chargeurs supplémentaires m'étirent la poche gauche. Pas à pas, doucement, lentement, nous poursuivons notre avance. Nous dépassons des buissons, des arbres, des tas de bois mort. Nos yeux s'accoutument progressivement à l'obscurité et distinguent de mieux en mieux le terrain sur une distance considérable.

Nous coupons des sentiers de ronde des soldats bolcheviks dans la zone limitrophe. Nous abordons chaque sentier avec lenteur. Très concentrés, nous tendons l'oreille un bon moment, puis nous passons l'endroit dangereux. Nouvelle marche, nouvelle forêt et nouveau sentier...

A un moment donné, le Rat s'arrête à deux pas du sentier. Soudain il s'agenouille. Nous l'imitons. Au début, je n'entends rien, mais bientôt de vagues froissements me parviennent aux oreilles. Je n'arrive pas tout de suite à comprendre ce que c'est. Puis c'est le bruit net de pieds raclant le sol... Des verdets viennent. De temps à autre, ils s'arrêtent; alors c'est le silence, étrange, inquiétant... Nouveau bruit de pieds raclant le sol... Plus près, plus près... Tout à coup, j'aperçois sur le sentier des formes sombres qui progressent lentement vers nous... Nous nous taisons... Je relève légèrement mes revolvers et je vise droit devant moi... «Je peux en faire ce que je veux!... J'ai dix-huit balles prêtes... Je peux les tirer en quelques secondes. Je peux transformer ces deux gardes en viande déchiquetée par les balles!»

Leur marche est lente, paresseuse... Ils s'arrêtent en face de nous. L'un d'eux toussote. Le Rat est tout près d'eux; s'il le voulait, il pourrait les saisir par les manteaux. Ils restent un moment à écouter... Ils ne remarquent rien alentour et, traînant lourdement les pieds, ils repartent. Je ressens pour eux une sorte de pitié méprisante.

Le bruit des pas s'éloigne de plus en plus. Le Rat se relève et part en avant. Nous le suivons. Nous nous déplaçons sans un bruit, comme des ombres, comme des spectres. Nous sommes malins, pleins d'expérience, rusés, audacieux, bien armés, sûrs de nous-mêmes... Quel plaisir de travailler dans de telles conditions, avec de tels camarades...

J'admire ce dingue de Rat. Je le croyais tout juste bon à provoquer des rixes, et le voilà qui nous fait marcher avec tant de précautions et dans un tel silence que je ne trouve pas de mots pour exprimer mon admiration. Et en même temps, il fait preuve d'une audace téméraire. A preuve: nous avons passé la deuxième ligne sur un pont. Il n'était pas gardé. Mais s'il y avait eu quelqu'un, il ne nous aurait aperçus qu'au dernier moment. Et alors... Faut-il écrire ce qui serait arrivé alors?

Nous entendons une charrette rouler sur la route. Nous nous écartons de la voie pour nous arrêter près d'un groupe de sapins... Ce n'est pas une voiture isolée, c'est tout un convoi. Ils vont quelque part du côté de la frontière, peut-être pour des travaux forestiers dans son voisinage.

A quelques kilomètres de la frontière, nous renfilons nos bottes et continuons à avancer par les chemins des champs pour trouver des raccourcis. Vers la fin de la nuit, nous approchons de la ferme de Lonia. Enfin, je vais la revoir. J'ai si souvent pensé à elle en me promettant d'aller la voir un jour. Nous faisons halte dans la forêt proche de la ferme. Nous attendons le lever du soleil.

Il fait de plus en plus jour. A présent, nous voyons parfaitement la route qui mène à la ferme et la cour. Nous voyons le valet harnacher le cheval et partir aux champs. Puis j'aperçois la fille de ferme, un lourd baquet dans les mains, qui se dirige vers la soue. Pas trace d'étrangers non plus aux abords de la ferme.

— J'y vais... jeter un coup d'œil... dis-je au Rat.
— Bon... Et s'il y a quelque chose, canarde des deux feux et filoche vers nous. On te soutiendra.
— D'ac.
Je marche vite, sans mon bât, sur le chemin de la ferme. J'arrive dans la cour, puis sur les marches et dans l'entrée. Je garde les mains aux poches. J'y serre mes revolvers chargés et armés. Dans l'entrée, je jette un coup d'œil par la porte entrebâillée dans la partie sombre de la maison. J'y vois Lonia. Me tournant le dos, elle se lave dans une grande cuvette posée sur un tabouret au milieu de la pièce. De ses mains savonneuses, elle se frotte le visage, le cou. Je m'approche à pas de loup. Lonia se rince le visage. Au moment où elle se redresse, je la saisis par la taille et la soulève du sol. Elle pousse un cri et se dégage brutalement. La cuvette bascule sur le plancher. L'eau se renverse.
— C'est moi, Lonia!
Elle porte les mains à son cœur et dit:
— Ce que tu m'as fait peur! D'où tu sors?
— De Pologne... J'ai eu une occasion de marchandise. J'ai voulu te voir, et je suis venu avec des camarades.
— Combien ils sont?
— Deux.
Lonia s'essuie à la hâte avec une serviette et répond à mes questions avec des sourires joyeux et des éclairs de gaieté dans les yeux.
— C'est calme, chez toi?
— Tout à fait calme... Ils me laissent tranquille, maintenant... Ils doivent savoir que j'ai fermé mon dépôt.
— Et pour moi, tu la vendras, la marchandise?
— Qu'est-ce que je ne ferais pas pour toi! Tu ne m'as pas oubliée?... Viens, on va se dire bonjour!
Elle jette la serviette sur un banc et me passe les bras autour du cou. Elle sent le savon et la menthe. Elle me tire par le bras vers l'autre partie de la maison.
— Mais les gars qui attendent, là-bas! lui dis-je.
— Qu'ils attendent un peu. Je t'ai attendu plus longtemps que ça, moi.
Ensuite, je retourne en forêt et je ramène les gars à la ferme. Lonia est déjà complètement habillée. Elle nous invite dans la petite pièce derrière la cloison, où nous confectionnions d'ordinaire les bandages. A présent, nous tirons la

marchandise de nos bâts, nous la trions sur la table et nous comptons les articles.

— Elle pourra nous les fourguer quand, ces frusques, notre chère Bombina? demande le Rat.

— Tu es pressé?

— Oui, et on a besoin d'argent.

— Comment vous voulez vendre ça: pour de l'or ou des dollars?... Ou alors l'échanger contre des fourrures?

— Vends-les pour des dollars.

— Si c'est comme ça, j'aurai tout réglé pour demain soir. Aujourd'hui, c'est trop juste. Il faudra que vous passiez la nuit chez moi.

— Pourvu qu'on se fasse pas pincer, ici!

— Ils ne vous pinceront pas. Comment ils pourraient savoir?

— Et l'autre coup, pour Władek?

— L'autre coup?... Ce coup-là, ils vous attendaient. C'est quelqu'un qui vous a balancés, des gars de chez vous, et Makarov a fait une souricière... Quatre jours, ils vous ont attendus.

Nous fîmes une journée au grenier, parce qu'on y voyait bien la route de tous côtés et qu'il était facile de fuir au besoin. Lonia alla en voiture à Minsk, et le soir, cinq porteuses transportèrent la marchandise à destination. Je passai mon temps au logis, et mes camarades, au grenier.

— On peut repartir aujourd'hui, dis-je à Lonia. La marchandise est livrée et tu as sûrement du fric pour nous.

Lonia se mit en colère.

— Tu es si pressé que ça? Ça fait plus d'un an qu'on ne s'est pas vus et te voilà pressé! Tu as bien le temps!... Tu as une affaire urgente, chez toi? Dis?

— Non.

— Alors tu iras demain! Et puis je n'ai pas reçu tout l'argent. Je toucherai le reste demain. Avec les juifs, ça dépend, mais vous, il vous faut la monnaie rubis sur l'ongle!

— C'est vrai.

— Tu vois bien. Je sais, moi, comment faire pour le mieux.

Les gars dormirent au grenier, et moi, je passai la nuit avec Lonia. Le lendemain matin, elle retourna en ville. Elle rentra l'après-midi. Elle calcula la valeur exacte de nos articles et nous paya deux mille neuf cent cinquante dollars.

J'en prélevai deux cent cinquante que je lui tendis en disant:

— Tiens, pour ton travail et pour la planque.

Elle partir d'un rire joyeux.

— Comme tu es bon avec moi!... Donne-moi donc ça sur ton argent, sur ta part, pas sur le tout.

— D'accord, dis-je. Je vais te donner la moitié de ce qui me revient, et même tout, si tu veux! J'en ai, de l'argent.

Lonia hocha la tête avec une feinte admiration.

— Voyez-vous ça, quel richard! Mais ne t'en fais pas pour moi. Mon pourcentage, je le reçois des juifs. Et ça, c'est du net pour vous. Si vous voulez prendre des peaux pour vos dollars, vous y gagnerez encore.

— Ça nous suffit bien, ce qu'on vient de gagner, dit le Rat. On n'a pas envie de se décarcasser.

Nous partageâmes l'argent reçu.

Le soir, après un dîner abondant, nous fîmes nos adieux à Lonia et prîmes le chemin du retour.

— S'il y a d'autres marchandises, viens me voir, me dit Lonia. Je ne tiens plus de dépôt, mais pour toi, je vendrai toujours.

La nuit était douce. C'était un plaisir d'aller par les champs et les bois sans charge sur le dos. C'était la veille de je ne sais quelle fête. Dans les villages, les filles chantaient des chants biélorusses monotones. Nous allions par champs, prés et forêts, sur des sentiers, des mousses, des routes... Toujours à l'ouest. Là où fonce en biais, de haut en bas, le Grand Chariot.

Nous sommes bien assortis. Nous avons des armes excellentes. Nous avons pas mal d'argent et l'espoir de récolter encore beaucoup, beaucoup d'argent... Pour quoi faire? Est-ce que je sais? Au fond, je n'ai pas du tout besoin d'argent. Je me contente de n'importe quoi.

C'est la mi-mai; le Rat s'occupe de nos affaires au bourg, il s'applique avec astuce à jouer le limier pour savoir si un parti quelconque de bleus ne s'apprête pas à passer la frontière. Le Fossoyeux passe ses journées à dormir au grenier, à notre planque chez la mère du Corbelet. Et moi, mes deux Parabellum dans les poches, je musarde par les routes et les forêts. Il m'arrive d'aller très loin. J'ignore ce qui me pousse. Je n'y comprends rien... La nostalgie, peut-être? Mais la nostalgie de quoi? J'ai la mangeaille et la vodka, et des camarades dévoués...

Le printemps est en son plein. Le soleil darde la terre de ses rayons brûlants. La forêt frémit, murmure et chante... La terre se pâme, haletante.

Je tourne sans cesse dans les bois, loin du bourg. Le Fossoyeux se joint quelquefois à moi (mais le soir seulement: mon camarade n'aime pas le soleil) et nous allons dans les villages voisins. Nous y connaissons plein de garçons et de filles. Nous nous faisons des amis avec de la vodka et des bonbons. Le Fossoyeux n'est pas difficile, il se contente du tout-venant, du moment que c'est une femme. Et le jour, il raille avec cynisme les filles qu'il pelote le soir avec constance et application dans les appentis et les granges. Il dit par exemple ceci:

— La pécore, pour moi, ça commence bien au-dessus des genoux et ça se termine par le nombril. De la première catégorie, ça! Il n'y a pas de différence. Et le reste, ça ne compte pas!...

Le Fossoyeux sait parler aux filles et, malgré sa laideur et son cynisme, il a un grand succès auprès d'elles. Dans chaque village des environs, il a plusieurs bonnes amies... Je l'ai plus d'une fois entendu raconter aux filles des blagues si corsées, si grasses, si baveuses, qu'on a envie de cracher par terre; et elles, elles l'agonisent, le bourrent de coups de poings, se bouchent les oreilles à deux mains, mais elles l'écoutent et le collent.

Quand nos nuits sont libres, le Fossoyeux ne dort pas à la planque. Il ne revient qu'au matin, avale n'importe quoi et va dormir jusqu'au soir, puis il retourne inspecter les villages. Je suis donc seul dans la journée car je ne peux pas dormir longtemps. Je musarde alors, solitaire, dans les bois. Je passe des heures, douillettement allongé sur la mousse, à contempler le fond du ciel d'une nuance profonde, turquoise, où filent de petits moutons légers ou bien glissent d'énormes amas de gros nuages.

Un jour, j'avais passé un bon bout de temps dans la forêt proche de Duszkowo. J'avais l'intention de contourner le village de Wygonicze pour rentrer à la planque. Arrivé à l'orée du bois, j'aperçus brusquement un jeune couple sur la route venant du bourg. L'allure du garçon me semblait familière. Je me retirai dans la forêt pour me dissimuler dans un fourré.

Quand les promeneurs furent plus près de moi, je vis Pietrek le Philosophe qui donnait le bras à une jeune fille inconnue. Je ne l'avais jamais vue au bourg. Sa mise était modeste. Elle avait les cheveux et les sourcils noirs, et le teint pâle. Elle était très jeune, plus jeune peut-être que Pietrek. Il me semblait avoir vu ce visage quelque part. J'avais d'abord pensé aller les rejoindre, mais en me rendant compte que la jeune fille me rappelait une connaissance du passé, je m'arrêtai. Ils me dépassèrent, continuèrent en parlant bas. Et moi, je les suivais des yeux et je cherchais, je cherchais... Je me rappelai enfin le Tombeau du Capitaine et le fantôme... le visage était le même... ou très semblable... Je l'avais vu dans un accès de fièvre, il m'était apparu dans la pénombre, mais j'en avais gardé le souvenir.

Je les épie de loin. Je n'ose pas les aborder. Quelque chose me retient.

Ils sont allés jusqu'au domaine de Duszkowo et ils reviennent. Je les accompagne de loin. Puis je les devance en courant dans la forêt pour me cacher dans les buissons qui bordent la route. Ils arrivent à ma hauteur. J'entends la voix de la jeune fille:

— Ecrivez donc à Varsovie! Vous y trouverez peut-être des renseignements?

— Non, mademoiselle Irka!... Tout cela ne mène à rien. Maintenant, je veux contacter l'émigration par l'intermédiaire des journaux... Ils ont pu partir pour l'Allemagne ou la France. Ils ont pu y avoir des amis, qui connaissent leur sort actuel...

Je n'entendis pas la suite de l'entretien. Ces bribes m'avaient appris que Pietrek essayait de retrouver sa famille, qu'il en parlait à une jeune fille prénommée Irena. Mais qui était-elle?... J'avais conscience de me trouver face à une énigme que je ne saurais résoudre sans l'aide de Pietrek.

Ils continuèrent à s'éloigner de moi pour disparaître au détour d'une colline. Et moi, je regardai longtemps de ce côté.

Je vais par les champs vers la forêt qui abrite notre cachette. Au logis, Hela nous prépare à dîner. Nous pourrions manger dans la salle, mais on se sent plus libre au grenier où on n'a pas à se gêner. Je prends donc le repas dans un panier, je quitte la pièce pour grimper au grenier. A mon entrée, le Fossoyeux me regarda entre ses paupières mi-closes et fit mine de dormir.

— Mais bon sang, est-ce que tu auras assez dormi, un jour? dis-je, étonné.

— Et pourquoi donc?... Qu'est-ce que j'ai d'autre à faire?... La nuit, c'est fait pour bousculer la fumelle, et le jour, pour roupiller.

— Viens manger!

Nous mangeons des œufs brouillés appétissants, frits avec des tranches de poitrine, des blinis tout chauds, de la viande braisée aux choux. Nous vidons une bouteille de vodka. Puis nous allumons des cigarettes. Le soleil est encore haut dans le ciel.

— Le Rat est venu, dit le Fossoyeux.

— Eh bien?...

— Il a amené dix bouteilles de gnôle et deux mille cigarettes.

— Qu'est-ce qu'il a dit?

— Les bleus se tiennent tranquilles. Ils ne font pas la piste. Et les Alińczuk, ils ont été rapporter à la police comme quoi tu les as détroussés sur la route entre Raków et Olechnowicze.

— Arrête! Ce n'est pas possible!

— C'est le Rat qui l'a dit! Il râlait aussi. Première catégorie!

— Mais enfin, ils n'ont pas pu me reconnaître. Je n'ai pas ouvert la bouche et ils ne m'ont même pas vu!

— Le Rat a dit qu'ils y sont allés au flan, au chiqué. Ils ne savent pas eux-mêmes qui les a refaits, et toi, ils t'ont dénoncé par vacherie. C'est le travail d'Alfred... Et alors, ça te tracasse? Tu penses bien que personne n'ira croire qu'on leur a pris leur camelote sur le chemin de la gare.

— Je m'en fiche, moi! dis-je furieux. Ils peuvent toujours me dénoncer! Je vais demander au Rat qu'il se renseigne sans faute pour savoir quand ils retourneront de l'autre côté et je les piquerai à visage découvert.

— Voilà ce qui s'appelle parler! Là, je te suis! dit le Fossoyeux.

— Qu'est-ce qu'il a dit, le Rat? Il y en aura, du travail?

— Rien pour l'instant. Le Rat a dit: Patience, attendez seulement des nuits sombres. Alors là, ça va y aller, le travail! Première catégorie!

— Je m'ennuie à attendre.

— Tu n'as qu'à aller voir les fumelles. Je connais de ces

bonnes femmes, dans un village par là, à te faire devenir enragé! Première catégorie!

Le soleil se coucha. Nous fîmes une sortie dans l'un des villages voisins. Nous nous asseyons sur une grosse pierre près de la dernière bicoque du pays et nous observons de loin l'agitation du soir. Au pas de course, les pâtres ramènent un troupeau de vaches du pâturage dans un nuage de poussière. Un paysan nous dépasse. Il a un crâne énorme, hirsute, et de gros pieds noircis, déformés.

— Dieu vous aide, Walenty! lui lance le Fossoyeux.

— Hein?... Merci!

Il est passé.

— Tu as vu un peu ce fusil mitrailleur? dit le Fossoyeux.

— Où ça, un fusil mitrailleur?

— Ben, il le porte sur l'épaule.

— Mais c'est une fourche.

— Justement... Le fusil mitrailleur biélorusse: ça fait cinq trous d'un seul coup.

— Alors un canon biélorusse, c'est comment?

— C'est la hache, dit le Fossoyeux. Un coup sur le crâne, ça t'assomme un cheval!

Un groupe de filles rentre des prés avec des rateaux dans les mains. Elles ont les jupes haut troussées, les corsages marqués de sueur. Elles paradent devant nous le poitrail brimbalant, puis laissent derrière elles une traînée épaisse d'odeurs fortes: sueur, fromage, oignon et fumier. Elles nous ont jeté un regard attentif de leurs yeux bovins, sans expression, puis elles ont continué dans un balancement outré des hanches.

— Hanka, regarde ta natte! crie le Fossoyeux.

L'une des filles se tâte la nuque.

— Mais non, pas derrière... devant! lui lance le Fossoyeux.

— Que la male fièvre t'emporte! crie-t-elle en biélorusse.

D'autres filles découvrent dans de larges sourires des gencives roses et des escouades de dents blanches, saines.

— Venez donc chez Akulina, les celles qui veulent. On prendra du bon temps! leur crie encore le Fossoyeux.

— Bon, répond de loin l'une d'entre elles.

Nous sommes toujours assis sur notre pierre. Une soirée douce de printemps approche. C'est le crépuscule. Le Fossoyeux se lève et, les poings serrés, il s'étire à faire craquer les os.

— Allez, viens! On va s'amuser, première catégorie!

Nous nous enfonçons dans le village par la rue étroite et tortueuse. Tout y est naturel: puanteur, saleté, pauvreté... Les femmes aussi: belles quand elles sont belles, laides quand elles sont laides. Dans tout le village, on chercherait en vain une perruque, un corset, un dentier. Juste un peu de rouge, de poudre ou de pommade. Et encore, dans une chaumière sur deux parmi les plus aisées, ou qui ont des liens plus étroits avec le bourg.

VIII

La nuit est douce et sereine. Le ciel est noir, moucheté d'étoiles, qui permettent d'y voir à bonne distance. Je suis assis au bord d'un talus de quelques mètres au bas duquel passe la grand-route qui mène de Raków à Minsk. Je laisse pendre mes jambes. De la main gauche, je tiens ma torche, et de la droite, mon Parabellum chargé.

Je regarde attentivement du côté du pont qui se trouve à cent pas. J'entends murmurer l'eau mais je n'aperçois ni le pont ni la petite rivière. A gauche du pont, l'eau court sur des pierres. Nous attendons un parti de bleus qui va prendre ce chemin pour rentrer des Soviets avec des fourrures. Ils devraient, comme nous le supposons d'après certaines informations et notre examen du terrain, passer la rivière sur les pierres, prendre ensuite la route ouverte dans la longue colline pour déboucher forcément dans une vaste clairière. Cette route forme une sorte de couloir de quelques dizaines de pas, large de quatre à cinq mètres.

Je suis d'un côté, et le Rat en face de moi, à l'entrée du défilé artificiel. C'est une souricière commode pour ce parti que nous pistons depuis quinze jours et qui, par trois fois déjà, nous a glissé entre les mains. Ils ont une chance étrange! Cela nous enrage et nous restons obstinément à leurs trousses. C'est la troisième nuit déjà que nous sommes embusqués dans ce défilé.

C'est la mi-août. L'été s'achève. Cela fait quatre mois que nous pourchassons les bleus. Nous avons coincé une quinzaine de partis. Davantage sans doute que les gardes des deux côtés de la frontière en toute une année. Nous négligeons les petits partis de bleus qui passent la frontière pour leur propre compte: c'est un trop maigre fretin pour nous. Nous traquons les grands, qui passent une marchandise de prix. Nous en avons complètement défait plusieurs, car les marchands, au vu des chutes continuelles, ont cessé de les commanditer. Nous travaillons maintenant de mèche avec des chauffeurs de ces partis, ou avec d'autres membres qui s'entendent avec le Rat en grand secret devant leurs camarades. Ce sont eux justement qui nous indiquent avec précision leurs chemins et leurs dépôts, et nous, nous organisons contre eux des traquenards chez les Soviets. Nous jouons les confidents, les tchékistes ou leurs agents secrets, et nous les cueillons «sur pied», avant qu'ils aient pu comprendre ce qui leur arrive et qui nous sommes.

Je porte une veste de cuir noir et un bonnet orné de l'étoile rouge. J'ai en outre un pantalon marine de velours côtelé gansé de cuir et de hautes bottes. Le Fossoyeux est vêtu de même. Le Rat porte le long manteau et la coiffure militaires, sans distinctions.

Il est une heure du matin. J'ai très sommeil mais je lutte contre la somnolence, le regard braqué du côté du pont. Soudain j'entends un bruit léger derrière moi. Je me plaque au sol en dégageant mes revolvers. Un sifflement léger se fait entendre. Deux fois. J'y réponds. Le Rat émerge d'entre les arbres, sur le côté. Il s'assoit près de moi et murmure:

— Ils ne viendront sûrement plus.

— Sûrement... Il est une heure bien tassée.

— On en fume une?

— Allez.

Je m'enfonce dans la forêt. J'ôte ma veste. Je m'étends par terre. Je me couvre la tête et le haut du corps avec ma veste. J'allume une cigarette. Je la cache dans ma manche et je reviens auprès du Rat. Lui aussi en allume une.

Nous restons longtemps à fumer en silence, l'oreille à l'affût des bruits environnants et l'œil vigilant.

Nous sommes assis au bord du talus, les jambes pendantes. La surface grise de la route s'étend à nos pieds pour aller se perdre dans les ténèbres grises.

Le Fossoyeux n'est pas avec nous. Il se tient embusqué de l'autre côté de la rivière, dans un groupe de buissons, près du pont. Nous tenons compte du fait que le parti pourrait prendre un autre chemin, car il y a un autre gué à gauche du pont. Si le Fossoyeux voit le parti passer par là, il doit nous en avertir pour que nous allions lui barrer la route plus en avant, à quelques kilomètres de là.

Tandis que nous restons assis au bord du talus, je vois brusquement bouger en contrebas. C'est comme si une partie de la route s'était mise à ramper sans bruit vers le haut... Je me penche vite en avant. Je perçois un tintement léger, comme un bruit de métal entrechoqué. Encore ce tintement... Celui d'une arme, on dirait bien... J'écarte mon Parabellum de mes genoux pour me coucher au bord du talus. Le Rat est agenouillé près de moi, le revolver braqué. Quelques secondes s'écoulent et nous voyons passer en bas, juste en-dessous de nous, deux soldats de l'armée rouge en armes. Leurs manteaux gris se confondent avec le gris de la route, et sans le mouvement, il nous serait impossible de les distinguer, même à si faible distance. Le tintement léger de leurs armes continue à se faire entendre à chacun de leurs pas. Nous ne les entendons pas marcher car leurs pieds s'enfoncent dans la poussière fine qui tapisse la route...

Nous regardons toujours vers le bas. Nous les perdons de vue. Le tintement léger des armes s'estompe au loin.

— Ils sont partis, dis-je tout bas au Rat.

Il reste longtemps sans répondre, puis il murmure:

— Non... Ils sont arrêtés...

— Je vais voir.

Je me relève, je fais à pas de loup un grand demi-cercle entre les sapins qui bordent le talus, et je parviens au bord de la grande clairière traversée au centre par la route qui va vers la frontière. Je n'aperçois ni l'autre bord de la clairière ni le pont sur la route, je crois en revanche entendre s'éloigner le tintement des armes. Je m'étends au sol et je scrute la route en biais, de manière à faire porter mon regard sur le fond sombre du ciel. Cela élargit nettement le champ de vision. Je crois distinguer des formes humaines qui s'éloignent sur la route. Je reste là un certain temps. Je retourne, par la forêt, vers le bord du talus. C'est par là que j'ai laissé, entre les racines dénudées d'un sapin, un sac de bâche qui contenait six bouteilles d'alcool, un litre de liqueur et douze tablettes de chocolat.

Je cherche l'endroit. Je marche lentement, courbé, entre

les arbres. J'ai ma torche dans la main gauche, mon Parabellum dans la droite. Tout à coup, au bord de la tranchée, près du tronc du vieux sapin, j'aperçois une tache grise. Persuadé que c'est mon sac, je me penche pour le prendre. Brusquement la tache recule devant mon bras tendu et j'entends crier en russe :

— Qui va là ? Haut les mains !

Je fais un grand bond en arrière et en biais. Je m'agenouille et je projette vers la gauche le faisceau de lumière de ma torche tenue à bout de bras. Je vois deux têtes coiffées de bonnets à la Boudienny avec l'étoile rouge. Deux canons de carabines sont pointés vers l'endroit que j'occupais à l'instant.

Au même moment, une autre torche brilla à ma droite, au bord du talus, et la voix du Rat intima en russe :

— Haut les mains !

J'éteignis ma torche et sautai dans la tranchée, peu profonde à cet endroit, entre les soldats qui s'y tenaient prêts à faire feu. Le Rat nous éclairait d'en haut.

— Qui c'est, ces abrutis ? lançai-je avec force jurons russes.

— On est de l'armée rouge.

— Et qu'est-ce que vous foutez là, bon sang ?

— On revient de Krasne. On y était en planque.

— Vous êtes d'où ? De la frontière ?

— Ben, oui.

— Et qui vous a permis de vous baguenauder sur les arrières et d'y faire des embuscades ?

— Le *politrouk*[1].

— Vous avez vos livrets militaires ?

— Non.

— Alors comment foutre je peux savoir si vous êtes vraiment de l'armée rouge ?

— Ne jurez pas comme ça, camarade. Vous n'avez pas le droit.

— Et vous, qu'est-ce que vous avez à vous trimballer par là et nous faire fuir les contrebandiers ?

— On marchait sur la route, nous autres... on ne faisait pas de bruit...

Tout en gardant sa torche allumée, le Rat sauta en bas, lui

1. Officier politique instructeur, dans l'armée *(N.D.T.)*.

aussi. Puis il l'éteignit, et pendant un moment, le temps pour nos yeux de s'accoutumer, nous fûmes dans le noir complet.

— Vous avez le temps? demanda-t-il aux soldats.

— Oui.

— Alors vous allez nous aider... Mais pas de bruit... Ils pourraient nous entendre. Il est une heure et demie, maintenant. On peut encore guetter jusqu'à trois heures...

L'un des soldats me dit:

— Dites, camarade, il y a quelqu'un de l'autre côté de la rivière, dans les buissons.

— Comment vous le savez?

— On a vu allumer une cigarette. L'allumette qu'on craquait.

Je compris que le Fossoyeux avait été aperçu et je dis:

— C'est un homme à nous... Makarov, vous connaissez?

— On en a entendu parler...

— C'est lui.

— On pensait que c'était des contrebandiers, nous. On a attendu qu'ils sortent dans les champs, mais ils n'ont pas bougé. Alors on a continué, parce que les buissons, allez savoir qui peut s'y planquer.

— Vous avez bien fait, leur dis-je. Parce que si vous lui étiez tombés dessus au débotté, il aurait pu vous tirer dessus.

Le Rat emmène un soldat, et moi l'autre. Nous reprenons nos postes et continuons le guet. Je bavarde tout bas avec le soldat. Il est de Borysów. Il me raconte plein de détails sur lui-même et son service. Il dit qu'à un certain endroit, des confidents transportent des charrettées de marchandises vers Minsk. Il me promet de nous aider à leur dresser une embuscade. Il me demande la marque de mon revolver. C'est la première fois de sa vie qu'il voit une telle arme.

A trois heures du matin, nous levons le guet. Le Rat lance deux sifflements légers et redescend le talus avec son compagnon. Nous aussi, nous dévalons la pente jusqu'à la route. Puis nous prenons rendez-vous avec les soldats pour le dimanche à neuf heures du soir, près du groupe de buissons à droite de la route, de l'autre côté de la petite rivière. Nous fîmes nos adieux aux soldats, qui repartirent vers la frontière. Puis nous allâmes chercher le Fossoyeux. Il sortit des buissons et s'avança vers nous.

— Quoi de neuf? lui demandai-je.

— Il est venu des troufions, par ici... Deux... Ils ont

reniflé, reniflé, puis ils sont partis... Je leur aurais bien envoyé un coup de soufflant, mais je n'ai pas voulu faire du suif.

— Ils t'avaient vu fumer! dit le Rat. Méfie-toi. Ce n'est pas des choses à faire!

Nous nous enfonçâmes dans la forêt par de petits sentiers tortueux. Le chemin fut long. Nous changeâmes bien des fois de direction. Nous franchîmes un gros marais. Enfin, au petit jour, nous nous arrêtâmes dans un endroit bien caché. Nous y fîmes une journée.

Avant toute chose, nous prîmes le petit déjeuner. Une petite portion de pain, un gros morceau de lard, une demi-tablette de chocolat et quelques rasades d'alcool chacun.

Réchauffés par le mouvement et l'alcool, nous allons dormir. Je fais le guet en premier. C'est ce que nous faisons toujours: nous veillons sur la sécurité des camarades endormis, deux heures chacun. Interdit de s'endormir. J'essaie de ne pas me coucher par terre. Je m'assois, je reste debout, je marche doucement autour de notre cachette, mais je ne m'allonge pas car je pourrais m'endormir sans m'en apercevoir.

*

* *

L'alcool et le lard se terminent. Nous n'avons plus de pain depuis plusieurs jours. Nous avons beaucoup de peaux de martres, de renard et de petit-gris, mais rien à manger.

Nous faisons une journée. Je suis de guet. J'entretiens le feu. Je fais griller dans la cendre des pommes de terre que j'ai récoltées dans un champ, près de la goudronnerie. Un gros chat roux est posé sur mes genoux. Il a une grosse tête et les oreilles déchiquetées dans de nombreuses batailles. Il doit être trimardeur dans l'âme. Un conquistador félin, en somme. Je débarrasse de leur sel de minces tranches de lard que je lui tends. Il les mange sans entrain.

Ce chat est venu à moi hier, alors que j'étais en embuscade. J'étais posté dans un fossé peu profond juste à côté d'un pont. Le Rat était dans un fourré de l'autre côté de la route. Le Fossoyeux se trouvait à l'autre bout de la clairière. Il devait y passer un fort parti de contrebandiers dont le chauffeur et le convoyeur porteraient une forte somme d'argent. Notre plan d'action était simple: quand le parti sortirait du bois, le Fossoyeux devait l'accompagner dans la clairière en le suivant discrètement. Quand ils se seraient engagés sur le pont, je devais les éclairer avec ma torche en criant: «Haut les mains!» Puis le Rat, posté de l'autre côté de la route, devait faire de même. Il fallait s'attacher à reconnaître le chauffeur et le convoyeur, et les poursuivre au cas où le parti aurait pris la fuite, car c'était sur eux qu'étaient cachés les dollars.

Le temps me durait. Il faisait très noir. J'étais assis dans un fourré d'arbustes, au bord de la forêt, au fond d'un fossé qui n'avait pas été écuré depuis longtemps. Je tenais ma torche dans la main gauche et mon revolver dans la droite. J'étais las de tendre sans cesse l'oreille et de fixer les ténèbres de la nuit. Je fermai les yeux. J'étais sûr d'entendre de toute façon les pas du parti de contrebandiers qui viendrait. Soudain, sur ma gauche, dans le fossé, j'entendis un frôlement. Je faillis sauter sur mes pieds. J'eus d'abord envie d'éclairer l'endroit, mais on ne peut le faire sans nécessité absolue. Je restai agenouillé au fond du fossé. Je pointai le canon de mon arme vers la gauche, prêt à tirer. Tout à coup, je sentis quelque chose me toucher le genou. De la main où je tenais la torche, je touchai une fourrure douce et chaude. C'était un chat. Il avait la queue coupée court. Je fus étonné de le trouver dans un coin aussi désert, en pleine forêt. Je restai avec lui jusqu'au matin dans mon fossé. Puis je l'emportai à notre planque de jour... A présent, nous veillons ensemble sur le sommeil du Rat et du Fossoyeux.

Peu avant la tombée de la nuit, nous commençâmes à nettoyer nos armes à tour de rôle, pour ne pas avoir plusieurs revolvers démontés à la fois. Je me mis à raconter mon rêve à mes camarades. J'avais rêvé que j'étais au fin fond d'une forêt. Je suis entre les fûts d'énormes sapins et je regarde autour de moi. Brusquement, je remarque que les arbres commencent à bouger. C'est l'horreur. Je ne sais pourquoi, il me semble que les arbres veulent me broyer. Je veux me défendre. Je comprends que c'est la seule chose qui puisse me sauver. Et voilà que j'aperçois par terre un gros revolver. Je le ramasse. Il est chargé. Je le serre dans ma main en regardant autour de moi. Et les arbres resserrent de plus en plus leur cercle. Un tonnerre court dans les cimes. Ce sont les arbres qui se moquent de moi... ils triomphent... Me voilà dans un cercle étroit qui se resserre toujours. Alors je lève haut le revolver et je tire sur les fûts rouge sang des arbres. Les balles en arrachent l'écorce et découvrent la chair blanche, pulpeuse des fûts. Alors les arbres resserrent encore plus vite leurs cercles. Je suis pris dans l'étreinte rude, impitoyable des géants recouverts d'écorce rugueuse qui me broient les os. J'ai les bras tendus en l'air. Dans la main droite, je tiens le revolver. Je me sens mourir. Je manque d'air et l'étreinte ne fait que se renforcer. Je vois au-dessus de moi, tout là-haut, une petite tache d'azur... C'est le ciel. Pour la dernière fois, je donne une secousse à la détente et je tire en l'air. La détonation me réveille. J'aperçois mes camarades et je respire, soulagé. Le Fossoyeux est en train de sacrer: pendant son sommeil, le feu a pris à son bonnet et lui a grillé les cheveux, déjà clairsemés. Le Rat, qui était en faction, n'a pas vu l'escarbille partie du brasier tomber sur le bonnet du Fossoyeux.

— Vous savez de quoi j'ai rêvé? dit le Fossoyeux en éteignant le feu à son bonnet et en se tâtant le crâne.

— De quoi? dis-je avec curiosité.

— De la forêt qui me saluait.

— Comment ça?

— Elle me faisait la révérence jusqu'à terre, les petits arbres comme les grands...

Le Rat émit un bref reniflement. Je ne sais pas s'il admirait le rêve du Fossoyeux, s'il y voyait une signification ou s'il le trouvait sans intérêt. Mais quand, plus tard, je racontai le mien, le Rat déclara d'un ton grave:

— Il va y avoir du grabuge! Attention!

Le soir, nous allons, comme d'habitude, nous mettre à l'affût. Je m'installe dans le fossé. Je prends le chat sur mes genoux. Il ronronne doucement. Je repense à la maison, à ma famille, au feu qui brûlait dans le poêle... Mes pensées dérivent au loin, les heures s'écoulent avec elles. Tout à coup, je sursaute. J'entends nettement, tout près de moi, un bruit de pas. Je peste tout bas, inquiet de m'être presque endormi. Je chasse le chat de mes genoux. Contrarié, il souffle dans le noir. Prêt à bondir, je serre ma torche dans la main gauche et mon Parabellum dans la droite. Je sais qu'il faut poursuivre le chauffeur, un grand, ou le convoyeur, un petit qui marche à l'arrière. Du reste c'est au Fossoyeux de l'attraper, lui qui suit le parti.

J'essaie de percer la nuit du regard. J'ai calé mon pied gauche sur le bord du fossé. Je vois venir une silhouette sombre. Je la laisse continuer. Bruit de pas sur le pont. J'ai eu raison de supposer que c'était un contrebandier envoyé «en appât». Le reste du parti suit à une vingtaine de pas. Ils marchent sans précaution, traînent les pieds, font beaucoup de bruit. C'est bien parce qu'ils ne savent pas marcher doucement que nous appelons les bleus «les éléphants».

Ils arrivent à ma hauteur. J'aperçois à l'avant la forme sombre d'un homme élancé. Je pense: «Le chauffeur!» et je projette dans l'obscurité un faisceau de lumière crue. Et je crie:

— Halte! Haut les mains!

Il arriva une drôle de chose. Des cris d'effroi fusèrent et la masse sombre des corps se précipita dans les buissons de l'autre côté de la route, où une torche brilla aussitôt tandis que résonnait la voix du Rat:

— Halte! Couché!

Cet ordre est répété à l'arrière par le Fossoyeux. Mais les bleus sont pris de panique. Ils courent, tombent, se cognent aux arbres, rampent. Nous tirons des coups de revolver, en criant des «Halte!», qui ne font qu'accroître la panique.

Je fouille les environs de ma torche à la recherche du chauffeur. Soudain j'aperçois à une quinzaine de pas un homme grand, carré, qui se faufile entre les arbres. Je m'élance derrière lui. Afin de le désorienter, je dirige ma torche de côté pour le faire foncer dans un arbre. Mais il s'en tire sans accroc. Je le rattrape. J'incline ma torche, j'éclaire ses pieds. Je choisis le moment favorable pour lui sauter sur le talon. Il s'écroule.

— Debout! lui dis-je.

Il se redresse.

— Haut les mains! dis-je en braquant contre sa poitrine le canon de mon arme que j'éclaire avec ma torche.

Soudain le contrebandier a un geste fulgurant. J'ai tout juste le temps de reculer: il a voulu m'arracher le revolver de la main. Je lui décoche un coup de pied dans le ventre. Alors il prend la fuite. Je repars derrière lui. J'admire son audace. Si je n'avais pas pris la ferme résolution de ne pas tuer sans nécessité absolue, je l'aurais descendu depuis longtemps. Et un vrai tchékiste, ou un agent secret, lui aurait déjà tiré dessus sans même le poursuivre s'il ne s'était pas arrêté à la première sommation.

Je poursuis le fugitif. Je le fauche à nouveau. Je lui ordonne de se relever. Le contrebandier tente, une fois de plus, de m'arracher le revolver de la main et, son coup raté, il se remet à fuir.

Cela m'étonne. Je n'arrive pas à comprendre son obstination à fuir alors qu'il risque la mort. Je le fauche une fois de plus. Alors je prends ma torche avec les dents et, de la main gauche, je le soulève en l'empoignant par le col de son paletot. J'ai mon Parabellum dans la main droite. Je le ramène sur la route et nous allons vers le pont. J'y vois briller de loin les torches de mes camarades. Soudain mon prisonnier m'assène un coup de poing dans les côtes et bondit à droite de la route. J'ai laissé tomber ma torche à mes pieds. Heureusement elle n'est pas cassée. Je la ramasse et, les côtes encore endolories, je m'élance derrière le fugitif. Je sens la rage me gagner. Je crie tout en courant:

— Halte! Halte ou je te tue!

Il continue à fuir. Alors, le canon de mon Parabellum à deux doigts de son bras, sans cesser de courir, je presse la détente. Le coup n'est pas parti. C'est la première fois qu'une telle chose m'arrive, car j'ai toujours considéré le Parabellum comme une arme qui ne peut s'enrayer. Je le remets vivement dans ma poche et, tout courant, j'en tire le Nagan que j'ai, cette fois-ci, emporté avec moi. Celui-ci ne s'enraye jamais. Je crie:

— Halte!... Pour la dernière fois!... Ou je te descends!...

Il ne s'est pas arrêté. Je tire en visant son bras droit au-dessus du coude. Il roule au sol dès que le coup est parti et se met à hurler d'une voix perçante:

— Hou hou hou hou!...

Je me dis que cela ressemble plus à une explosion de joie ou à un appel qu'à un cri de détresse. Et lui continue à bramer. Il crie d'une voix terrible, reprise par l'écho qui la propage dans les bois:

— Hou hou hou hou!...

Je me sens blêmir. J'ai envie de lui tirer une balle dans la tête pour trancher ce cri horrible. «Pourquoi hurle-t-il comme ça? Pas de douleur, en tout cas!» Je sais par expérience qu'on ne sent pas la douleur tout de suite. Et puis sa blessure est légère. «Peut-être est-il désespéré de ne plus pouvoir fuir?» Je lui crie:

— Debout!

Il ne bouge pas d'un pouce et hurle encore plus fort:

— Hou hou hou hou hou!...

Une torche brille entre les arbres. Elle se rapproche. C'est le Fossoyeux. Il se penche au-dessus du blessé:

— Qu'est-ce qu'il a? me demande-t-il.

— Il n'a pas voulu s'arrêter! Il s'est remis à fuir plusieurs fois! Il m'a frappé. Il a essayé d'attraper mon revolver... Je lui ai tiré dans le bras.

— Pourquoi tu ne lui as pas tout de suite collé une pilule? Tu parles d'un petit jeu! Il ne se serait pas amusé avec toi, lui!

Le Fossoyeux se tourne vers le blessé:

— Allez, debout! Et vite! Ou je t'en colle une et je fouillerai ton cadavre!

Le blessé se releva et, incliné sur la gauche, il marcha vers la route. Nous arrivâmes au petit pont près de la clairière. J'y vis deux hommes allongés par terre. C'étaient des bleus que le Rat avait pris sous un arbuste où ils avaient espéré échapper à leurs poursuivants. On les fouilla. Ils n'avaient rien sur eux. Nous nous mîmes à fouiller minutieusement mon prisonnier. Nous ne trouvâmes sur lui que dix roubles-or et quelques roubles en argent. Cela nous laissa ébahis.

— Mais pourquoi tu foutais le camp, bon sang! sacrait le Fossoyeux. Tu voulais ramasser une balle?

Puis nous demandâmes aux éléphants s'ils voulaient bien emmener le blessé et nous les relâchâmes. Ils en furent tout réjouis. Et, soutenant le blessé par le bras, ils s'éloignèrent sur la route qui menait à la frontière.

Durant cet incident, le Rat avait caché son visage dans l'ombre et n'avait rien dit. Malgré son grimage (il s'était collé une moustache rousse), il craignait d'être reconnu.

Ensuite je pris le temps d'examiner mon Parabellum: je voulais savoir pourquoi il n'avait pas fonctionné. La cause était inattendue. Le revolver était en parfait état, simplement, lors de mon empoignade avec l'éléphant, j'avais par hasard bloqué le cran de sûreté. Le coup ne pouvait pas partir.

Cette fois-ci, nous avions manqué notre coup. Nous n'avions rien fait, nous n'avions pas cassé le parti, et nous avions en plus blessé un homme. Tandis que je le fouillais, j'avais pu voir que son bras était indemne et que la balle avait traversé les muscles sur le côté gauche du thorax.

Et le chat, je le retrouvai un peu plus tard dans le fossé. Rien ne l'avait affolé, ni les cris ni les coups de feu, ni la cavalcade ni les éclairs des torches. Ce doit être un vieux matou plein d'expérience, qui en a vu bien d'autres et qui ne s'étonne ni ne s'affole pour si peu.

IX

Voilà cinq jours que je suis seul à la planque de la forêt de Krasne Sioło. Le Rat et le Fossoyeux ont emporté les peaux (nous en avons plein) pour les vendre de l'autre côté. Et moi, je suis resté dans la forêt pour épier le parti de Kazik l'Araignée, qui mène un parti important de bleus. Nous avons pu savoir que son parti rentre en général deux fois à vide pour rapporter une grosse quantité de peaux la troisième fois. Il s'agit de les attraper justement la fois où ils porteront les peaux, qui valent trois lots de marchandise. Ils traversent la forêt de Krasne Sioło (où nous avons l'intention de les refaire) par quatre chemins différents. En observant leurs passages pour déterminer l'ordre de leurs itinéraires, on peut déduire à peu près par quel chemin ils rentreront des Soviets, chargés de peaux.

Je suis là à noter les passages du parti de l'Araignée. Pas un seul ne m'a échappé jusqu'ici. Chaque soir et chaque matin, j'inspecte les traces sur les quatre chemins qu'il a coutume d'emprunter dans la forêt de Krasne Sioło. Puis j'efface ces traces, laissées dans la boue, le sable, sur le bord de la petite rivière et sur la route, pour pouvoir déceler leur prochaine apparition. Partant de là, je suis en mesure de prédire presque à coup sûr le chemin que les éléphants prendront la prochaine fois.

Le Rat et le Fossoyeux m'ont promis de revenir dans huit jours au plus tard. Ils auront vendu les peaux et acheté de la nourriture, du tabac et de l'alcool. En partant, les gars m'ont laissé un peu de lard, une bouteille entamée d'alcool et quelques tablettes de chocolat. Je dois m'en arranger jusqu'à leur retour.

Peu après le départ de mes camarades, une forte pluie se déclencha. Il plut une nuit et un jour sans répit. J'étais complètement trempé. Le lendemain, je me mis à construire une hutte, mais elle était fragile, exiguë et peu étanche. J'arrachai alors une bonne quantité d'écorce et me mis à faire un grand toit. J'y travaillai longtemps, en combinant chaque détail, et ainsi je tuais l'ennui. Quand il fut enfin terminé, je le fixai sur quatre pieux au-dessus de mon feu que la pluie noyait constamment. Ensuite, protégé de la pluie par en haut, j'ajoutai quatre parois pour empêcher la pluie, poussée par le vent, de pénétrer sous le toit.

Le bois de mon feu était mouillé et fumait. C'était désagréable et dangereux, car la fumée pouvait trahir de loin ma présence dans la forêt. A un kilomètre de ma cachette, je trouvai du bois sec de bouleau rangé en piles. J'ôtai d'une pile la couche supérieure de bois et je me mis à transporter à ma cachette des rondins de bouleau secs. Je les empilais sous mon toit de façon à les protéger de la pluie. J'avais à présent pas mal de bois pour mon feu et j'étais bien protégé du mauvais temps.

Le chat était toujours avec moi. Quand la pluie cessait, il partait dans la forêt. Il rentrait trempé, s'essuyait contre moi, se chauffait près du feu et me fredonnait sa chanson monotone. Sa présence me rendait plus gai. Je lui parlais, je partageais avec lui le reste de mes provisions, et lui recevait tout cela avec une étonnante gravité. Mais malgré sa mine grave, mon compagnon à la queue coupée et aux oreilles déchiquetées avait plutôt l'air d'un trimardeur sans logis que d'un paisible pourfendeur domestique de souris.

Le soir, je partais dans la forêt. Je barrais par des fils des pistes forestières que je connaissais bien. Je bouchais des passages avec des branches à peine fixées. Au bord des rivières et des ruisseaux, à l'endroit des gués, j'effaçais les traces anciennes pour pouvoir en trouver de fraîches après le passage des partis. Puis je rentrais à ma cachette. J'attisais mon feu, qui brûlait dans un trou profond que j'avais creusé. Je protégeais l'entrée de ma hutte et je disposais des obstacles tout autour pour obliger à faire du bruit ceux qui auraient approché de ma cachette. Je faisais ensuite griller des pommes de terre. Je les mangeais avec du lard. J'avalais un peu d'alcool, puis, sans alimenter le feu pour éviter les reflets, je me couchais sur des rameaux de sapin résineux réchauffés par le brasier.

La pluie tambourine sur le toit et murmure en dégoulinant de l'auvent. Le brasier remplit de chaleur l'intérieur exigu de ma cachette. Le chat murmure sa chanson, blotti contre moi. Je tiens mes armes prêtes, mais je me sens ici en parfaite sécurité... Qui pourrait venir jusqu'ici dans le noir?... La nuit, mère des hommes malheureux, forcés de se cacher devant d'autres hommes, m'a couvert de son voile.

Le matin, je vais examiner les traces de la nuit sur les sentiers et les passages secrets. J'en déduis différentes choses que je note avec soin dans ma mémoire.

Le lendemain du départ de mes camarades pour le bourg, j'avais constaté au matin que le parti de l'Araignée était rentré en Pologne. Depuis ce jour, ils n'avaient plus repassé la frontière. C'était peut-être ce déluge qui les en avait empêchés. Je ne peux pas manquer leur passage. Même si je manquais leur entrée aux Soviets, je suis forcé d'apercevoir leur retour. Puisque rien ne m'a échappé! Je sais combien de petits partis sont chez les Soviets et combien en sont revenus. Je le déduis de leurs traces et d'autres circonstances qui, mises bout à bout, forment le tableau de la vie nocturne dans la zone frontière.

Mon sixième jour dans la forêt de Krasne Sioło s'achève. Je n'ai plus d'alcool. Le chocolat est terminé, lui aussi. Il me reste encore un peu de lard. Je l'économise et j'ai constamment faim. Les pommes de terre grillées, sans sel, j'en suis dégoûté. Le parti de l'Araignée n'a toujours pas passé la frontière, rien ne m'oblige donc à continuer mon guet. Il est plus facile d'en avoir des nouvelles au bourg. Tout cela bien considéré, je décide de repasser la frontière cette nuit.

Pendant un jour et une nuit, il n'a pas plu du tout et voilà que des masses de nuages noirs commencent à envahir le ciel. Ils le couvrent entièrement et le jour baisse. Une grosse pluie se prépare. Le chat est inquiet. Il ne fait que s'agiter, il veut courir quelque part, il miaule. Je le calme.

Le soir approche. Il fait tout à fait sombre dans la forêt. Tout est figé et seuls les nuages, dans un roulement sourd, semblent courir dans le ciel. Je lance tous mes rondins dans le brasier et je fais un grand feu. Je me chauffe et je fais griller des pommes de terre. Je les tire du feu. Je tire de mon sac le dernier morceau de lard. J'en donne le tiers au chat et je mange ma part avec les pommes de terre.

Il fait de plus en plus sombre. Je me lève. Après une dernière caresse au chat, je quitte ma cachette. Le chat miaule derrière moi. Il sent peut-être que je le quitte pour toujours.

Je vais au plus court à travers la forêt, vers la route qui mène à Zatyczna. J'entends au loin les soupirs sourds, pesants du tonnerre. Ils se rapprochent peu à peu. Le vent se lève, déferle en haut, dans les cimes des arbres, et remplit la forêt d'un mugissement craintif.

La nuit tombe. J'ai peine à trouver mon chemin entre les arbres. Soudain, comme une lance sur le pré, un long éclair vert tombe sur la forêt. Le grondement sourd du tonnerre semble venir du sous-sol; il roule ses lourdes vagues dans les ténèbres... Un autre éclair, un jaune, fend les airs... Un troisième, rouge, explose comme une fusée... Un quatrième, d'or, trace une longue couture sur l'obscurité... Un cinquième, blanc, arrache les ténèbres de la terre; et pendant un instant, je vois très nettement chaque fût, chaque branche, chaque feuille... Puis les éclairs tombent sans discontinuer. Ils s'entremêlent. S'évitent. Se succèdent à toute allure. Déversent entre les arbres des torrents de lumière...

L'air est traversé par une vibration étrange... un grondement pesant... Les arbres tremblent...

C'est la tempête... Le vent casse les branches et renverse les arbres... La foudre fait voler en éclats les plus puissants sapins, épicéas ou bouleaux. La forêt est secouée...

J'avance toujours. Des branches fracassées me dégringolent sur la tête. Des arbres cassés tombent quelque part sur ma droite, sur ma gauche. Les éclairs clignent en hauteur. Le hurlement éperdu de la forêt se confond avec le sifflement du vent et le grondement du tonnerre.

J'ai ma torche en main, mais je n'ai pas besoin de l'allumer. Je vois constamment mon chemin à la lumière des éclairs.

J'arrive enfin à la lisière de la forêt. Je marche en plein champ, à quelques dizaines de pas des arbres. Il y a moins de danger ici. Je ne serai pas écrasé par un arbre cassé, je ne serai pas frappé par une branche cassée qui dégringole.

Puis c'est la pluie battante. Des torrents d'eau dévalent les champs. Je ne tarde pas à être complètement trempé. J'essaie ma torche. Elle est hors d'usage. Alors je tire le

Nagan de ma poche et je poursuis avec un revolver dans chaque main. J'essaie d'arriver à la grand-route. Autrement, par un temps pareil, je ne pourrai pas retrouver la bonne direction.

Je finis par trouver la route. Je l'examine longuement avant de me décider à avancer. Je crains de ne pas être sur le bon chemin.

Je pars en avant. Je tiens mes armes prêtes. J'avance sous un déluge de pluie en pataugeant dans des flaques sans fin. Sur les bas-côtés, des torrents d'eau roulent dans les fossés. «Que fait le chat maintenant?... Toute ma cachette de la forêt, la hutte et le feu, il n'en reste sûrement pas la moindre trace.»

Je continue à avancer sur la route. Je passe plusieurs ponts, l'un après l'autre. Je les compte. Celui de la deuxième ligne doit se trouver dans les parages. Je m'arrête pour tendre l'oreille, mais je repars aussitôt. «Est-ce qu'on peut distinguer quoi que ce soit dans cet ouragan de sons?»

Je m'engage sur un pont. J'avance lentement, très concentré, les deux index sur la détente de mes revolvers armés. «Il y a peut-être quelqu'un juste à côté de moi?» Soudain je manque de tomber. J'ai failli tirer. Je m'arrête et je tâte du pied un objet mou. C'est un sac de foin tombé d'une charrette.

Je repars. La route escalade la pente glissante d'une colline. Je suis à un kilomètre de la frontière. Je progresse péniblement, pas à pas. A un moment donné, près de la frontière sans doute, je jette un coup d'œil sur les aiguilles phosphorescentes de ma montre. Il est dix heures. Dans une heure, en allant vite, j'aurai regagné ma planque.

Je sens que la frontière est là. Je quitte la route par la gauche et je traverse bientôt, immergé jusqu'à la taille, un ruisseau peu profond d'ordinaire mais qui ne cesse de gonfler. Dans quelques heures, il sera devenu rivière.

Je finis par atteindre le bourg. Je prends la rue de Minsk, puis, par la grand-place, je me rends à Słobódka. Au bout d'une autre demi-heure, j'arrive à notre planque. Je grimpe sur le toit de l'appentis et je frappe à la petite porte du grenier. J'entends bientôt la voix du Fossoyeux:

— Qui est-ce?

— C'est moi, Władek.

La porte s'ouvre vivement. J'entre au grenier. Une

bougie y brûle sur un coffre retourné. Le Rat est assis tout près sur un coffre plus petit... Il a devant lui des bouteilles et des amuse-gueule. Il m'accueille avec joie.

— Tu tombes à pic. On parlait de toi. Je voulais aller te chercher aujourd'hui, mais j'ai eu une affaire urgente en ville, alors j'avais remis ça à demain...

— Donnez-moi à boire et à manger, dis-je à mes camarades; j'ai une de ces faims!

Je vide rapidement un grand verre de vodka en mangeant de grosses tranches de jambon. Ensuite, quand j'ai un peu calmé ma faim, j'ôte mes vêtements, mon linge et mes bottes trempés pour me changer.

Le Rat m'explique qu'après l'autre fois, l'Araignée fait une pause parce que les marchands n'ont rien à lui donner et qu'ils attendent une livraison de Wilno.

— Alors j'y suis resté pour rien, là-bas, lui dis-je.

— Non... ça servira plus tard... Tu sais mieux, maintenant, comment ils se déplacent, les éléphants!...

Puis le Rat tire de son portefeuille mille neuf cent soixante dollars qu'il me tend. Mon fade pour nos derniers travaux. J'ai maintenant, en comptant ce que j'ai gagné auparavant et que j'ai confié à Pietrek, plus de quatre mille dollars. C'est pour moi une grosse somme. Je pourrais faire ce que Saszka me conseillait autrefois: arrêter le travail et aller m'établir dans une grande ville. J'y réfléchis, mais le Rat interrompt mes pensées. Il nous expose avec animation les projets de nos futurs travaux. Il s'enflamme, menace les bleus du poing et nous excite par sa fougue.

Nous bûmes un dernier verre de gnôle, à notre succès, et nous nous couchâmes. A cause du déluge, le Rat resta dormir avec nous au lieu de rentrer au bourg. Il m'expliqua que le bleu que j'avais blessé se faisait soigner discrètement sur place et que son parti rentrait ce jour-là sans argent ni convoyeur.

Nous causâmes longuement à voix basse en fumant des cigarettes. Au-dessus de nous, la tempête faisait rage...

Je m'endormis. Cette nuit-là, je rêvai d'éléphants... pas des africains, ni des indiens, mais de nos éléphants frontaliers, que les vieux fargueurs traitaient avec mépris de «bleus». Je les épiais, les traquais, les attrapais. J'étais secondé par un gros matou roux à la queue coupée et aux oreilles déchiquetées.

X

Un jour, le Rat vint à la planque plus tôt que nous ne l'attendions. Il grimpa au grenier, ferma la petite porte derrière lui et déclara d'un ton solennel:

— Vous savez, les gars?

— Allez, allez, dis vite! l'encouragea le Fossoyeux.

— Pietrek le Philosophe fait ses adieux à la frontière. Il prend aujourd'hui le train pour Wilno. Il veut te voir, me dit le Rat. Il a retrouvé sa famille. Il était comme ivre. Aujourd'hui, il a commencé à faire ses paquets. Mużański, son logeur, c'est tout juste s'il ne pleure pas. Il s'est habitué à lui, le brave vieux. Il a fini par l'aimer comme son propre fils.

Le Rat se tut. Il réfléchit longtemps, puis déclara:

— Vous savez, les gars? Et si, nous aussi, on se barrait à Wilno pour quelques jours? Hein... On en a tellement, des peaux. Faut bien les fourguer. Et puis on s'amusera un peu. Qu'est-ce que tu en dis?

— C'est parti! Première catégorie! Tout de suite, si vous voulez! dit le Fossoyeux.

Alors je dis:

— Moi aussi, je suis d'accord. Et puis il faut vraiment faire quelque chose de ces peaux. Ça finit par faire un drôle de tas!

Le Rat alla en ville pour parler à Pietrek de notre voyage à Wilno. Il rentra le soir avec deux grandes valises neuves. Nous y fourrâmes toutes les peaux et commençâmes à arranger nos vêtements pour avoir l'air à peu près présentable.

— Il prend aussi le train de nuit, Pietrek? demandai-je au Rat.

— Oui.

— Il sait qu'on y va aussi?

— Oui. Il part tout seul. On se retrouvera dans le train, en route.

Le soir, nous dîmes au revoir à Hela et à sa mère et leur laissâmes une grosse somme d'argent. Elles ne voulaient pas l'accepter et disaient que c'était trop. Mais le Rat leur dit que c'était leur pourcentage sur nos travaux. Nous leur promîmes de rentrer dans huit jours. Puis, à la nuit tombée, nous partîmes vers le bourg, les valises à la main.

Par des sentiers de traverse, contournant le bourg par les

prés et les jardins, nous allâmes prendre la route de la gare.

Nous nous arrêtâmes à la sortie du bourg, presque au débouché de la route de Wilno.

— Qu'est-ce qu'on attend là? demandai-je au Rat.

— Le cocher.

— Comment il nous retrouvera là?

— Il nous trouvera bien... On a rendez-vous... C'est Jankiel la Teigne...

— Ah, alors c'est différent!

Quelques minutes plus tard, j'entends le grondement des roues d'une voiture qui fonce dans la rue de Wilno. Il se rapproche de nous. J'entends la voix du roulier:

— Allez, loupiots!... Alleeez!

Le Rat allume sa torche et décrit un grand cercle en l'air. La voiture s'arrête. Nous montons dans le chariot spacieux, solide, fait pour ces routes difficiles. D'une étrange façon, Jankiel la Teigne me reconnaît. Peut-être voit-il dans le noir, comme un chat, puisque je ne lui ai pas dit un seul mot.

— Mes respects, Władek!

— Bonsoir, Jankiel.

Le chariot s'ébranle et roule à toute allure dans l'obscurité épaisse.

Nous n'avons pas pris la route habituelle d'Olechnowicze, assez commode, qui longe la frontière entre Raków, Kuczkuny et Dubrowy, mais celle de Buzuny et Wołkowszczyzna. C'est une bien mauvaise route. Il me semble à tout instant que nous allons verser... Le chariot tangue, saute en l'air, et les chevaux filent toujours à travers champs, prés et forêts, le long des villages et des fermes isolées.

— Allez, loupiots!... Alleeez!

Je me rappelle les voyages avec Saszka et la Résine, et le regret me serre le cœur.

Nous passons Dubrowy et continuons à foncer sur la route ordinaire en dépassant les voitures de nombreux voyageurs.

Sur la place de la gare, Jankiel arrête ses chevaux. Le Rat et le Fossoyeux restent dans le chariot, et moi, je vais prendre les billets. Je voulais acheter des billets de seconde classe, mais le Rat m'a fait remarquer que cela attirerait l'attention car nous n'étions pas vêtus en conséquence.

J'entre dans la gare. Je prends la file devant la caisse et j'achète trois billets. Puis je ressors sur la place de la gare. Le chariot stationne près du buffet... Mes camarades se tiennent à côté, ils boivent de la vodka et en offrent au roulier.

— Il part bientôt, le train? me demande le Rat.

— Dans un quart d'heure.

— Alors allons-y!

Le Rat paie largement le roulier. De mon côté, je lui donne vingt dollars en disant:

— Pour te porter chance!

— A la grâce de Dieu! répond le roulier.

Nous prenons nos valises et contournons la gare. Nous ne voulons pas traverser la salle d'attente, où il y a de la police et où nous pourrions rencontrer des connaissances du bourg. Nous montons dans un des wagons de troisième classe par l'autre côté du train. Nous occupons un compartiment libre.

Le train s'ébranle. Le Rat quitte le wagon. Il va à la recherche de Pietrek. Il revient bientôt avec lui. Je salue mon camarade. Je l'aide à placer ses affaires sur le rayon. Nous parlons de choses et d'autres. On ne voit pas le temps passer. Le Rat et le Fossoyeux sont couchés, et nous, nous parlons toujours. Pietrek veut me rendre l'argent que je lui ai confié, mais je lui propose de me garder encore deux mille neuf cents dollars, pour arrondir à quatre mille. Il accepte à contrecœur.

Au matin, nous arrivâmes à Wilno. Le Rat dit que nous descendrions dans différents hôtels pour ne pas attirer l'attention des indicateurs de la police. Pietrek me donna l'adresse de sa mère, dans le quartier de Zwierzyniec, en me demandant d'aller le voir le soir.

Le Rat s'installa dans un hôtel de second ordre près de la gare. Nous y portâmes toutes nos affaires. Je descendis dans un hôtel de la rue Wielka. Quant au Fossoyeux, d'un geste auguste, il appela un fiacre:

— A l'hôtel, mon bon!

— Lequel?

— Première catégorie!

— Il y a le Bristol, l'Hôtel du Commerce, le Palas...

— Mène-moi au meilleur!

La grande ville me fit d'abord une impression extraordinaire. J'étais tout bonnement étourdi. La circulation me portait sur les nerfs. Le bruit m'assourdissait... Presque deux années d'une vie de loup n'étaient pas passées sans laisser leur marque. Une foule de nuits sans sommeil, l'effort constant pour fouiller les ténèbres du regard, la marche continuelle sous les balles, la tension de chaque instant, avaient fait de moi un autre homme. J'avais même changé au physique.

Cela faisait longtemps que je ne m'étais pas vu dans une grande glace. Maintenant, vêtu de neuf de pied en cap, quand je me regardai dans une grande glace, je fus stupéfait. J'avais vu un étranger. Ce qui était particulièrement étrange, c'était mon visage, et mes yeux... froids, égarés, où étaient tapis des gouffres extraordinaires que je n'y avais jamais vus... C'est depuis ce temps que je n'aime plus regarder les gens au fond des yeux et que je m'efforce de rendre mon regard calme, doux... Je me regardai longtemps au fond des yeux pour essayer de comprendre ce que c'était. Mais je n'arrivais pas à le saisir!... Il y avait là quelques chose des ténèbres de la nuit, des reflets de l'acier, des éclairs de coups de feu, des dents constamment serrées, de l'attente continuelle d'une agression et de l'envie de la devancer... Il y avait là le reflet figé de la nuit et de la frontière...

Les gens m'épatent. Ils sont nerveux sans raison. Ils font tant de mouvements injustifiés, inutiles. Ils sont très distraits et inattentifs. Pour un rien, ils commencent à s'énerver, à enrager, à crier. Ils sont tous très cupides et lâches. A chaque pas, à chaque instant, ils essaient de me voler... sur les centimes. Je me laisse voler et j'en ris en moi-même.

Je m'amuse jour et nuit. J'ai à peine le temps de dormir un peu. Je m'amuse, c'est-à-dire que je mange et bois dans toutes sortes de restaurants, je hante les cinémas et les théâtres, j'achète les femmes vénales. C'est un article bon marché et les entremetteurs sont légion! Ils vous proposent de faire la connaissance de cocottes, de jeunes filles, de fillettes, d'enfants presque. Les femmes, on les estime ici comme des pouliches: à la course, à l'heure... On m'a fait plusieurs fois des propositions qui m'ont fait tourner le dos de dégoût. Toutes sortes de rabatteurs me tournent autour. Ils ont reniflé l'argent. J'apprends maintenant à connaître la ville d'un côté que j'ignorais tout à fait auparavant. Et je vois que les gens y mènent une existence horrible... bien pire que celle des frontaliers... Qu'une lutte constante, sans merci, y fait rage à chaque pas; et malheur au faible ou au moins dégourdi.

La nuit dernière, vers une heure du matin, je rentrais à

mon hôtel... Je m'étais amusé avec le Rat et le Fossoyeux dans un des lupanars clandestins et coûteux. J'en avais eu assez de tout ça: des femmes ivres, déchaînées, éhontées, de l'air irrespirable des pièces, de l'odeur de l'alcool. J'étais sorti un moment dans la cour. La nuit était enchanteresse. La clarté des étoiles était aussi belle que là-bas... sur la frontière. La Grande Ourse s'étirait sur le fond sombre du ciel. Tout était aussi beau que là-bas... Il ne manquait que le murmure de la forêt et ce n'étaient pas des champs, pas des arbres qui m'entouraient, mais des immeubles sombres, moroses, froids, habités par des gens sombres, moroses et froids, eux aussi...

Je reviens à l'intérieur. Je dis au revoir à mes camarades et aux femmes.

— Où tu vas, si tôt?

— Il commençait tout juste à s'amuser, et puis voilà!...

— Reste, mon chou!

— Tu ne vas pas terminer comme ça, en queue de poisson?

Je vois les yeux ivres, troubles de mes camarades, et leurs sourires bovins. Je vois les visages gras, emperlés des femmes. La poudre leur dégouline sur la figure.

— J'ai mal à la tête, dis-je, et je quitte le logis.

J'erre lentement par la ville. Les rues sont vides. Les passants rares. Les silhouettes d'agents de police se profilent aux carrefours.

«C'est la frontière, me dis-je, avec ses verdets... Ici aussi, il y a des percées, des barbelés, des postes de garde, des embuscades. Mais ici, la contrebande se pratique dans le cadre des lois. Ici, sous des apparences et des formes diverses, on fait passer le mensonge, l'exploitation, la duplicité, les maladies, le sadisme, l'orgueil, l'escroquerie... Tous des contrebandiers, ici!... De la bleusaille!...»

Je marche lentement dans les rues. Je suis bien mis, aussi les policiers ne me prêtent pas attention. Près de mon hôtel, une jeune fille sortie d'une ruelle adjacente vient à ma rencontre. Elle m'observe un moment, puis dit avec un sourire aguicheur:

— Tu viens?...

Je vois un visage jeune et un sourire professionnel qui y semble collé. Je lui demande:

— Pourquoi tu es dans la rue, à ces heures?

— Je n'ai pas gagné ma nuit!... C'est dur, en ce moment... avant le premier du mois...

— Alors viens.

Je la fais monter dans ma chambre d'hôtel.

— Tu veux manger?

— Oui.

Je commande au garçon ensommeillé une carafe de vodka, de la bière et une assiette froide. La fille mange goulûment et cela me fait plaisir: elle avait vraiment faim! Je vide un grand verre de vodka. Quand la fille a fini de manger, je lui dis de se coucher du côté du mur. Je vais tourner la clé dans la porte et je la cache à son insu. Je place mon portefeuille, avec une partie de mon argent, dans le tiroir de la table de nuit. Le reste, une grosse somme, est caché dans la poche secrète de mon veston.

Je me mets au lit. Je fume une cigarette. Puis je m'endors. Dans la nuit, je suis réveillé par des mouvements feutrés de la fille. Je m'éveille vite, pas comme les citadins, qui ont besoin d'un certain effort et d'un certain temps pour se réveiller tout à fait. En un seul instant, me voilà conscient et vigilant, mais je fais mine de continuer à dormir. Mon instinct a senti d'emblée la ruse. Je pense: «Tu ne m'auras pas par surprise, moi, ma fille.» Je sais qu'elle veut quitter le lit, alors, sans cesser de faire le dormeur, je me tourne sur le côté gauche de manière à voir toute la chambre et, le visage caché par mon bras, j'attends la suite...

Elle est sortie du lit. Elle est allée à la table, s'est versé doucement un verre d'eau de la carafe, et elle boit en m'observant. Puis elle revient vers le lit et se penche au-dessus de moi. Mon souffle est profond, régulier. Elle écoute longuement, puis elle ouvre doucement le tiroir de la table de nuit et en sort mon portefeuille. Sur la liasse épaisse de banknotes, elle prélève quelques billets de dix zlotys. Elle remet le portefeuille fermé dans le tiroir qu'elle repousse. Puis elle prend son soulier sur le plancher. Elle plie les billets plusieurs fois et les enfonce bien au bout du soulier. Après quoi elle le repose par terre et se glisse avec précaution à sa place. Elle se coule sans bruit sous la courtepointe et tend l'oreille pour s'assurer que je dors. Mais moi, je dors!... Je dors et je ris en moi-même.

Le matin, je fis ma toilette et m'habillai avec soin. Lola (c'est le nom qu'elle m'avait dit) s'habilla, elle aussi. Je commandai un petit déjeuner copieux et l'invitai à table. Je la traitais avec une grande politesse. Je la servais. Je lui demandais à tout bout de champ:

— Vous désirez peut-être autre chose, Lola?

La fille mangeait goulûment, avec hâte. Puis elle dit:

— Là, c'est assez.

— Bien vrai?

— Oui.

— Alors je vous souhaite le bonjour.

Je lui tends la main. Alors elle dit d'une voix hostile et haut perchée:

— Et pour la nuit?

Cela m'agace.

— Pour la nuit? dis-je.

— Parfaitement... pour la nuit!... Qu'est-ce que tu t'imagines?...

Je la fixe longuement, avec attention. Je ne dis rien. Elle se met à reculer vers la porte. Je m'approche d'elle. Je me penche et lui arrache le soulier du pied. Je dois forcer pour ôter les billets enfoncés dans la pointe. Je les déplie. Il y a soixante-dix zlotys. Je lui tends un billet de dix zlotys et j'empoche le reste.

— Voilà pour ta nuit!

Elle veut répliquer, mais je lui montre la porte. Elle se précipite dans le couloir.

Un peu plus tard, le Fossoyeux vint me prendre pour aller à l'hôtel du Rat.

Des peaux sur le lit. Des peaux sur la table. Un tas de peaux étalées sur les chaises, le plancher, les appuis des fenêtres. Il y a là des renards jaunes, blancs et bleus. Il y a des martres, des loutres, des agneaux caracul, des marmottes. Les plus nombreuses sont les martres et les marmottes. Il s'y est même égaré trois cents peaux de chats de Hongrie, quinze paquets de vingt peaux chacun. «Egaré», parce que les chats «vont» d'habitude de chez nous vers les Soviets. Ce sont les seules peaux que les contrebandiers passent en Russie.

A part nous trois, il y a trois juifs dans la chambre. Ce sont les acheteurs. Ils trient la marchandise par sortes et examinent chaque peau avec soin. Ils soufflent sur le poil, tâtent les deux côtés, mirent les peaux.

Enfin tout le lot a été trié. Commence le marchandage

entre le Rat et les acheteurs. J'apprends avec étonnement que les peaux traitées sont moins chères que les peaux brutes. Le Rat m'expliquera plus tard qu'on n'apprécie guère en Europe la manière russe de traiter les peaux, ce qui rend les peaux traitées moins chères que les brutes.

Nous avons vendu les martres à un dollar vingt-cinq en moyenne, et les marmottes à vingt dollars le paquet (vingt peaux). C'est l'article le plus nombreux. Puis nous fixons les prix pour les chats de Hongrie: vingt dollars le paquet... Les acheteurs marchandent ferme. Ils nous jurent: «Que je ne revoie plus mes enfants si je ne perds pas dans cette affaire!» Ils finissent par payer pour le tout la somme ronde de sept mille cinq cents dollars.

Les acheteurs emballent la marchandise dans des sacs et quittent la chambre du Rat. Nous nous partageons l'argent, deux mille cinq cents dollars chacun. Puis nous allons en ville pour arroser l'affaire.

Je vais déjeuner chez Pietrek. Je le trouve chez lui. Un changement extraordinaire s'est opéré en lui. Le garçon rayonne tout simplement de bonheur. Il ne fait que rire, plaisanter. La frontière, il n'en souffle pas un mot... Au logis de sa mère, je me sens étrangement balourd. J'ai peur de remuer pour ne pas renverser, briser quelque chose. Tout le monde est très poli et prévenant avec moi, mais je lis dans leur regard une curiosité constante que rien ne parvient à masquer... Et c'est précisément ce qui m'intimide le plus, qui m'agace et me met de mauvaise humeur.

Je trouvai un moment opportun pour dire à Pietrek:

— J'ai à te parler.

— Bon... Attends...

Quand nous nous retrouvâmes seuls dans sa chambre, je lui confiai deux mille dollars sur mon dernier fade. J'avais maintenant chez lui six mille dollars. Tout à coup, Pietrek me dit:

— Et si cet argent disparaissait?... Si on me le volait?...

Je le fixai et dis avec sérieux:

— Je ne le regretterai même pas. Si j'avais besoin d'argent, je pourrais en gagner plein!... Et si toi, tu en avais besoin, tu n'aurais qu'à me le dire.

— Qu'est-ce que tu vas chercher! répliqua Pietrek. Je plaisante. Personne n'est au courant, pour cet argent, et personne n'ira me voler!

Au déjeuner, je me sens emprunté. La table est d'une blancheur éblouissante. La pièce est ornée de fleurs. Il y a à table des jeunes filles élégantes, des amies de Zosia, la sœur de Pietrek, et de jeunes messieurs bien léchés, je n'arrive pas à me mettre au diapason de cette société. Je le sens et mon humeur s'assombrit.

Je respire mieux quand je peux quitter la salle, le déjeuner terminé. Je vais au verger avec Pietrek. Nous causons en marchant dans les allées. Puis nous nous asseyons sur un banc, dans le coin le plus retiré du petit verger. Nous allumons des cigarettes. Nous nous taisons longtemps... Puis je demande à Pietrek:

— Tu es heureux?

Il tarde à répondre, surpris par cette question, puis il dit:

— Heureux?... Oui!

— Vraiment?

— Oui.

— Et tu ne regrettes pas nos gars, la frontière?... Pense donc: c'est la saison d'or, maintenant! Les nuits sont longues, calmes et noires!... L'or coule à travers la frontière. Les gars se faufilent par les champs et les bois... Ils font des journées dans des granges, au fond des forêts... Ils boivent, s'amusent... Il y a du nouveau chaque jour! Un incident chaque nuit!...

Je lui parle longuement, mais je finis par voir son regard étonné et je me tais. Je comprends qu'il ne m'écoutait même pas. Et lui me dit:

— Tu sais?... J'avais complètement oublié tout ça!

— Complètement?!

— Oui... Je n'y pense plus... Quel intérêt, après tout?

Alors je me lève en disant:

— Bon! Il faut que j'y aille... On m'attend!

Je lui dis au revoir. Il me serre la main et demande:

— Tu reviens quand?

— Je ne sais pas.

— Viens demain. Sans faute.

— Peut-être.

Il me reconduit dans la rue. Puis il rentre. En suivant le trottoir qui longe la maison, j'entends par les fenêtres ouvertes son rire joyeux. Ce n'est plus son rire ordinaire, c'est un rire plein, franc, qui respire la chaleur et la vie!...

«Non, il n'est plus des nôtres!»

Je marche dans la rue. J'ai la tête pleine d'idées décousues. Je suis plein de regret. J'ai l'âme en peine comme si je venais de perdre quelque chose sans retour! Je vais retrouver mes camarades, puis nous allons au restaurant: nous nous enivrons et finissons la soirée chez les filles.

Tout cela commence à m'ennuyer. Je suis las des beuveries, des gens qui mentent, de cette ville où la vérité se passe en fraude, à travers bien des lignes, comme nous passons notre marchandise. Tout est artificiel ici, clinquant et très compliqué, mais tout cela dissimule la simple saleté et un contenu creux... Je vivais plus pleinement, là-bas. Là-bas, les gens sont sincères, et sous la pauvre couche de paroles, ils cachent des pensées en or, et dans leurs poitrines, ils ont des sentiments et des cœurs ardents. Ici, pas la moindre pensée franche, pas la moindre parole sincère. Ici, à chaque pas, à chaque instant, tout le monde feint... tout le monde joue son rôle dans une farce, une énorme comédie... Tout n'est que théâtre, dans les maisons et dans les rues... Ici, avec leurs jolies toilettes et leur lingerie fine, souvent sale, les femmes masquent la misère de leurs corps contrefaits. Là-bas, sous un vêtement de quatre sous et un modeste linge de lin, il y a des corps fougueux, puissants, qui aiment sans faux-semblants, par besoin et non par appât du gain ou par curiosité...

Quelque chose commence à me manquer... je ne sais pas quoi... J'ai envie d'avancer mon retour au pays frontalier. J'ai un bon prétexte: il faut tirer parti de la saison d'or pour régler leur compte aux bleus. Demain j'en parlerai aux copains.

XI

Un jour, j'entrai avec un ami de rencontre qui connaissait bien les «joyeux» dessous de la ville dans une «boîte» où il y avait plusieurs femmes assez belles. J'y vis avec étonnement Sonia Jurlin. Je crus d'abord m'être trompé, mais je ne tardai pas à me convaincre que c'était bien elle. Elle portait une robe de soie verte au décolleté profond. Ses bras étaient complètement nus. Elle avait l'air jeune et affriolant. Elle était gaie. Elle ne me reconnut pas.

— Vous avez une chambre à vous? lui demandai-je.

— Oui.

— Alors on monte.

Quand je me retrouvai dans une chambrette en tête-à-tête avec Sonia, je la vis froncer le sourcil tandis qu'elle me dévisageait avec attention.

Je lui demandai:

— Quel est votre prénom?

— Laura.

Alors je dis en la tutoyant:

— Très bien, tu seras Laura pour les autres, mais pour moi, tu es Sonia.

— Et toi, qui es-tu?

— Je suis de Raków. Je suis allé de l'autre côté avec toi et Jurlin. Puis on ne m'a plus pris quand j'ai tiré sur des paysans près de Gorań.

— Ça y est, j'y suis!... C'est Władek!

— Oui, c'est moi.

— Je ne pouvais pas te reconnaître!... Tu as tellement changé!...

— Tu t'es sauvée avec Wańka le Bolchevik?

— Oui.

— Où est-il?

Des larmes montèrent aux yeux de Sonia.

— Il m'a quittée, le salaud! Il a pris tout ce que j'avais et il a filé je ne sais pas où!...

— Eh bien, va retrouver ton mari. Il t'aime tellement, lui! Il te reprendra.

— Ah oui, pour rester encore sous clé ou pour traîner dans les bois... J'en ai assez, de la frontière, moi, elle me sort par les yeux!

— Alors tu préfères rester ici?

— Ben, oui... Est-ce que je suis mal, ici?... L'hôtesse est gentille. On a à manger tant qu'on veut. On n'a pas besoin de travailler. Je m'habille comme ça me plaît. Les clients m'aiment bien...

Je l'écoutais, ébahi, vanter son nouveau métier. Ensuite Sonia me demanda:

— Tu y retournes, au bourg?

— Oui.

— Alors sois gentil, ne dis à personne que tu m'as vue ici. Tu ne diras rien, hein?

— Si tu ne veux pas, je ne dirai rien. Ce n'est pas mon affaire.

Quand, plus tard, je lui fais mes adieux, elle me redemande en me faisant les yeux doux de ne parler d'elle à personne. L'inquiétude perce dans sa voix.

— Tu ne diras rien, mon chou?

— Si je te dis que non, c'est non! Un point, c'est tout!

— Allez, ne te fâche pas.

Je lui dis au revoir. Elle me demande de venir la voir de temps en temps... Je vais chez le Fossoyeux. Mon camarade passe en revue une nouvelle série d'emplettes et le Rat, assis dans un fauteuil, fume une cigarette en se moquant de lui. Le Fossoyeux se tourne vers moi:

— Regarde-le, tiens! dit-il en me désignant le Rat de la main. Il est là sur mon dos comme Kasper sur sa chienne. Tout est mal! Rien ne lui plaît!

— Mais qu'est-ce que tu vas en fiche, de tout ça? dit le Rat. Où tu vas le mettre?

— J'emmènerai ça à Radoszkowicze... Pour ma mère...

— Le baise-en-ville aussi? demande le Rat.

— Tout.

— Qu'est-ce qu'elle va en faire?

— Ça lui servira à la maison. Première catégorie!

— Un baise-en-ville au lieu d'une mesure à patates.

— Tu regrettes donc mon argent?

— Tu peux aussi bien le jeter ou le brûler!... Je ne regrette pas le mien non plus! dit le Rat. Mais à quoi diable ça te sert, tout ça! Que tu fasses travailler les fiacres, les serveurs, les garçons d'étage, les filles, ça je comprends... Mais pourquoi tu achètes tout ça, je me le demanderai toujours!

— Faut bien faire travailler les fabricants aussi, dit le Fossoyeux en éclatant d'un rire sonore.

— Il rit comme un étalon devant une jument! dit le Rat en quittant son fauteuil pour aller à la fenêtre.

Le soir tombe. La chambre s'assombrit. Nous n'allumons pas la lumière. Nous nous taisons. Tout à coup, le Rat profère:

— Vous savez, les gars?... Ça suffit, non?... C'est la saison d'or, maintenant, il y a plein de travail et on est là à traîner, à mater les poils sous les bras des femmes!...

— Ça suffit! Demain on rentre! dis-je d'un ton décidé.

Le Fossoyeux se tait.

— Moi aussi, je rentre! dit le Rat.

— Alors je vous suis! réplique le Fossoyeux. Mais il faut qu'on s'amuse une dernière fois! ajoute-t-il avec animation. Que ce soit le bouquet! Première catégorie!

*

* *

Nous nous arrêtâmes à l'entrée du bourg et libérâmes le paysan qui nous y avait amenés depuis la gare d'Olechnowicze.

— Vous, les gars, attendez ici, et moi, je vais voir Josek. Je vais lui demander des nouvelles de par ici, dit le Rat.

— Mais reviens vite fait! dit le Fossoyeux.

— C'est bon.

Le Rat se fondit dans l'obscurité.

Il fut absent plus d'une heure. Et quand il finit par nous rejoindre, il déclara:

— Eh bien, les gars, on a bien fait de ne pas aller directement à la planque. Ça fait le deuxième jour qu'on nous y attend... Ils ont fait une perquisition... Quelqu'un est allé leur dire que tu te cachais chez le Corbelet... Ils pointent le doigt au pif, flûte, et ils tombent pile! Ils ne savent encore rien sur moi... C'est toi qu'ils cherchent!... Et puis lui, ajouta-t-il en désignant le Fossoyeux d'un signe de tête. Mais il ne savent pas qui c'est.

— Qu'est-ce qu'on fait, du coup? demandai-je au Rat.

— Je connais un endroit, moi... C'est une planque en béton et un excellent dépôt... Mais là-bas, il faut y aller mollo...

— Alors mène-nous-y!

En contournant le bourg du côté de la rivière, nous sortîmes en pleins champs. Puis, sans trop nous éloigner de l'Isłocza, nous peinâmes longuement sur des sentiers étroits. Ensuite, en prenant par les champs, nous atteignîmes un grand édifice de brique dégagé.

— Qu'est-ce que c'est? demandai-je au Rat.

— Une distillerie... On est tout près de Pomorszczyzna. Et la frontière est quasiment à portée de la main. J'ai plus d'une fois planqué de la marchandise ici, j'y ai même pioncé.

Le Rat alla à l'une des fenêtres, sur l'arrière de la distillerie actuellement désaffectée, et tira sans effort de l'encadrement un gros crochet de fer qui avait été descellé et arraché à la barre de fer. Puis il écarta les volets et nous fit entrer. Nous nous trouvâmes dans un petit local dont la porte ouvrait sur d'autres salles et la distillerie proprement dite. Je vis dans un angle une énorme chaudière, et dans un autre, une cuve énorme où deux couples auraient pu danser sans trop de peine. Nous regardâmes à l'intérieur de cette cuve. Il y avait là un tas de lard, un seau et quelques bouteilles de vodka vides: des reliefs de l'ancien ménage du Rat.

Nous plaçâmes dans la cuve les affaires que nous avions apportées. Puis le Rat nous rapporta un seau d'eau de la petite rivière voisine. Nous nous rendîmes ensuite dans la forêt qui cernait la ferme de la mère du Corbelet. Je retrouvai le tilleul où nous avions caché nos armes, je tirai d'un creux du tronc revolvers, munitions, couteaux, ceintures, sacs et lampes de poche. Nous emportâmes les armes et les autres objets.

— Dommage qu'on n'ait pas nos vêtements, dit le Rat.

— Oui. Tout est resté au grenier.

— Et si on y allait, à la planque? dit le Fossoyeux. Ils ne doivent pas la garder tout le temps... On est trois. On a des armes. On se débrouillera, s'il le faut.

— Je pense autrement, moi, dit le Rat. Les gens ne doivent même pas se douter qu'on est rentrés. Une planque sauvage, c'est le mieux. Et puis qu'est-ce qu'on a à faire d'une planque fixe? C'est le moment de travailler, maintenant. Et dans la forêt, chaque sapin nous cachera, chaque petit buisson nous couvrira.

Il s'interrompit. Il garda longtemps le silence, puis il déclara d'un ton solennel:

— Et maintenant, les gars, on va y aller à fond!... Que la frontière se souvienne des fargueurs qu'elle a eus!

— C'est parti! Première catégorie! dit le Fossoyeux en se frottant les mains.

Moi aussi, je me sentis plus joyeux.

Nous revînmes à notre nouvelle planque. Le Rat nous dit de ne jamais la quitter dans la journée car nous risquions d'être aperçus, puis il se rendit au bourg pour acheter les choses dont nous aurions besoin et pour aller aux nouvelles.

Je vidai une bouteille de vodka avec le Fossoyeux, puis nous nous couchâmes dans l'énorme cuve. C'est de la planque en fonte massive, ici. Nous nous y sentons en parfaite sécurité. Nous fumons en parlant à voix basse de notre futur travail. Je dévide toutes sortes de fantaisies sur le sujet et le Fossoyeux opine :

— C'est parti ! Première catégorie !

XII

La saison d'or et les ors de l'automne ont pris possession de la frontière. La contrebande passe sans trêve. Il n'y a presque plus de vieux fargueurs... ce sont les bleus qui travaillent. Ils intriguent, cancanent, se mouchardent mutuellement des deux côtés de la frontière, ils cassent les prix et gâchent le métier.

Le Rat resta deux jours en ville. Il y apprit tous les détails : les partis qui allaient de l'autre côté, les dépôts qu'ils avaient, les chemins qu'ils prenaient dans la bande frontalière... Il nous rapporta plein de renseignements intéressants et très utiles.

Il restait peu de vieux contrebandiers au bourg. Cela grouillait en revanche de bleus sans esprit de suite, méprisés par les très rares fargueurs. La frontière semblait maintenant vide, incolore. Je repensais souvent à mes anciens camarades et je les regrettais beaucoup... Józef Trofida ne va plus de l'autre côté. Saszka Weblin a été abattu. La Résine s'est mis en l'air. Julek le Dingue est décédé. Pietrek le Philosophe est parti. Bolek le Lord est en prison. Le Corbelet a été tué par les bleus. Jurlin, après la fugue de Sonia, a cessé de travailler. Le Chinois est tombé chez les Soviets. Le Clou s'est ouvert la gorge avec son rasoir peu après sa fuite de déportation. Felek la Lanterne s'est fait coiffer de l'autre côté au début de l'automne. Le Bouledogue a été condamné à la déportation par sentence du Tribunal révolutionnaire. Wańka le Bolchevik n'a plus reparu au bourg depuis sa fuite avec Sonia. Bolek la Comète mène en ce moment les sauvages. Après l'assassinat du Poisson-Chat, il est leur onzième chauffeur... et le onzième dingue (sinon il n'aurait pas accédé à une aussi haute dignité). Le Mammouth s'est cassé la jambe sur la deuxième ligne, en sautant de la rive escarpée d'une petite rivière sur des pierres, et il en est resté boiteux. Les Alińczuk passent très rarement. Ils craignent d'être liquidés de l'autre côté, car ils se savent de très nombreux ennemis. Les sauvages travaillent toujours et leur composition change constamment. Plusieurs d'entre eux se sont fait coiffer en Pologne, plusieurs autres chez les Soviets, quelques-uns ont été abattus ou blessés, et le reste n'en travaille qu'avec plus de fracas et de gaieté sous la direction de ce fameux dingue de Bolesław la Comète... Nous ne leur avons jamais dressé d'embuscade, alors que ç'aurait été très facile. C'est actuellement le seul parti qui nous soit sympathique.

Nous fondîmes sur la frontière sans crier gare. Nous commençâmes aussitôt à aligner parti sur parti. Il nous arrivait d'en expédier deux dans la même nuit. Et quelquefois, on coinçait le même parti plusieurs fois d'affilée... Ce fut la panique au pays frontalier. Les éléphants tremblaient comme des feuilles. Les marchands en perdaient la tête. Personne n'arrivait à comprendre qui les alignait. Nous les coincions aussi bien en Pologne que chez les Soviets, dans la bande frontalière comme sur la frontière même. Quand nous n'arrivions pas à les épingler en route, nous les coincions à leur planque. Si nous avions pu travailler à six de la même manière, trois ici et trois là-bas, tous les marchands auraient dû plier boutique.

Nous avions amassé beaucoup de marchandise. Nous la planquions dans les bois, les granges, dans d'anciennes tranchées, dans la distillerie désaffectée. Le Rat revendait de temps à autre d'énormes lots de contrebande aux receleurs de Rubieżewicze ou de Stołpce.

Nous combinions si adroitement nos embuscades qu'à nous trois, nous arrêtions les partis les plus nombreux. Nous comptions pour cela avec le terrain, le moment de la journée, la force du parti, le temps qu'il faisait, la nature de la marchandise, le «caractère» du parti, ses habitudes, et avec bien d'autres circonstances.

Les bleus ne tardèrent pas à savoir que c'était moi qui alignais leurs partis et qui confisquais la contrebande, car j'avais été vu par le Rossignol et l'Alégant, qui marchaient maintenant avec les bleus. On m'avait vu en compagnie du Fossoyeux, inconnu au bourg; et du Rat, que personne n'avait reconnu sous son grimage. On fit courir le bruit à la ville qu'après mon évasion, je m'étais fait confident des rouges pour me venger des Alińczuk. Et depuis, chaque fois qu'un parti se faisait prendre quelque part, on mettait cela sur mon compte. Quant aux Alińczuk, ils cessèrent complètement de passer la frontière; ils craignaient même de se montrer le soir dans les rues du bourg. La seule chose qui restait un mystère pour les bleus, c'était de voir que je les alignais aussi bien chez les Soviets qu'en Pologne.

Par l'effet de notre travail, plusieurs partis de bleus cessèrent d'exister et plusieurs marchands cessèrent de commanditer la contrebande. Quand à nous, nous poursuivions notre travail, et plus il était difficile, plus nous y mettions de fougue et d'acharnement.

Notre jeu n'était pas facile. Il demandait beaucoup de finesse et de persévérance. Par moments, nous nous épuisions littéralement. Pour faire ce travail, nous devions prévoir et prendre en compte bien des choses. Tout cela pris ensemble formait un intéressant jeu de hasard où nous misions souvent nos propres têtes sur une carte, où nous n'avions pas le droit de perdre... et nous ne perdions pas. Nous commettions parfois des erreurs légères, vite rectifiées. Et comme nous utilisions l'expérience acquise et les services des informateurs du bourg, largement rétribués par le Rat, nous travaillions presque à coup sûr.

*

* *

Il y avait au bourg un parti que nous n'avions toujours pas réussi à coincer malgré plusieurs embuscades que nous lui avions tendues. Il nous avait toujours échappé. Cela nous agaçait, et nous décidâmes de l'aligner à tout prix. Comme il ne voulait pas les pourchasser à l'aveuglette, le Rat allait aux renseignements au bourg. Nous nous remettions à traquer ce parti, et il nous échappait encore.

Il était composé de dix contrebandiers, des bleus, conduits par le chauffeur Wicek le Hetman, camarade et ami d'Alfred Alińczuk. Ce point ne faisait que nous exciter davantage... Ils portaient des articles de grande valeur et ne se mouchardaient jamais entre eux. Du reste, le parti s'était formé récemment. Le Rat nous avait dit qu'Alfred était de mèche avec le juif qui commanditait le parti du Hetman.

La dernière fois, renseignés sur leur itinéraire, nous avions dressé une embuscade à trois kilomètres de la frontière. Nous étions décidés à les coiffer sur le chemin du retour. Nous les attendions fatigués après une marche de presque trente kilomètres (ils avaient leur planque près de Minsk). Nous savions en outre qu'ils porteraient au retour une grosse quantité de marchandise légère et coûteuse: des peaux. Nous savions que le parti du Hetman passait au lieu de notre embuscade à l'approche du jour. Ils avaient en général «frontière achetée» des deux côtés, ils y allaient donc sans hésiter. Après avoir étudié le terrain, nous plaçâmes notre embuscade en champ découvert. Derrière nous, c'était la forêt de Krasne Sioło. A droite, passé le marais et quelques collines, il y avait le village de Gorań. Loin devant nous, la bande noire de la forêt allait du côté de Smolarnia. C'est de là justement que devait sortir le parti du Hetman, qui prendrait ensuite le raccourci d'un pré, longerait une petite rivière en restant un bon moment à découvert avant de s'enfoncer dans la forêt de Krasne Sioło pour gagner la frontière.

Le Fossoyeux s'était logé, au milieu du petit pré, dans un creux que nous avions agrandi derrière une grosse touffe d'herbes. Le Rat était tapi au bord d'un champ, dans une meule confectionnée avec une quinzaine de bottes de foin. Et moi, je m'étais posté dans un fourré sur la rive droite du petit cours d'eau. Nous formions ainsi un triangle d'une cinquantaine de pas de côté. On devait y laisser entrer le parti du Hetman comme dans une nasse et le prendre à ce moment-là.

Nous nous étions mis en faction à trois heures du matin. On ne pouvait les attendre de si bonne heure. Nous bûmes de l'alcool, fumâmes deux cigarettes chacun, puis nous allâmes à nos postes. Je préparai mon revolver et une grenade. Nous avions maintenant cinq grenades chacun (c'était le Rat qui les avait dénichées en ville). Le jour se levait lentement. Je distinguais de plus en plus de détails devant moi. Je pus enfin apercevoir au loin le vallon et l'aile de la forêt d'où sortirait le parti du Hetman.

Tout est désert alentour. Le bruissement des arbres nous parvient de la forêt voisine. La petite rivière murmure doucement en se faufilant dans le sol marécageux. Je scrute longuement la forêt, puis je cherche des yeux mes camarades. Ils sont parfaitement dissimulés; je ne peux que supposer où ils sont. Et au moment opportun, ils surgiront d'un seul coup. Ma cachette est tout aussi invisible, même à une distance de quelques pas.

Tout à coup, je crois voir bouger au loin. Je prends d'abord cela pour une illusion, puis je vois qu'il y a bien un mouvement en haut du vallon, près de la forêt. Un peu plus tard, je vois des hommes qui viennent vers nous. Ils vont d'un bon pas, pressés de franchir au plus vite l'espace découvert.

Je jette un coup d'œil aux endroits où se cachent le Rat et le Fossoyeux. Je les vois se préparer discrètement à bondir en avant. J'ai, moi aussi, préparé mes armes et pris une position commode pour pouvoir me dresser d'un seul coup... Et les hommes qui descendent le vallon à travers le pré se rapprochent. Je les vois déjà tout à fait nettement, mais pas tous, car ils marchent en file. En tête, le Hetman avance d'un pas décidé. Je peux déjà distinguer ses traits... Les éléphants sont de plus en plus près... J'attends patiemment qu'ils arrivent à notre portée.

Brusquement le Hetman oblique à gauche. Il saute le petit cours d'eau à cent pas de notre piège et remonte vers la forêt par une petite colline. Il suit un chemin peu commode, en plein champ. Les autres bleus peinent derrière lui. Ils ne sont pas dix, comme d'habitude, mais onze: le parti s'est agrandi!

J'en reste bouche bée. Puis je regarde vers mes camarades. Je vois la tête du Rat sortir des bottes de foin, puis le Fossoyeux qui émerge des herbes... Nous suivons d'un regard désappointé le parti du Hetman qui s'éloigne. Inutile de leur courir après. Cela ne ferait que les affoler et ils pourraient s'égailler dans toutes les directions. Or nous tenons à prendre le parti au complet, et pas quelques hommes seulement.

Le Rat et le Fossoyeux me rejoignent. Le Rat menace du poing le parti du Hetman qui disparaît dans la forêt.

— Ah, vous y avez coupé, bon sang! Mais ça ne fait rien. Maintenant, on va danser autrement!

A cet instant, le Fossoyeux nous désigna sans un mot le haut du vallon. Nous regardâmes. Je vis nettement bouger du côté de la forêt.

— En place, les gars! dit le Rat, puis il rampa vite à travers le pré pour se couler dans la meule.

Le Fossoyeux alla vivement se cacher derrière les ajoncs.

Au bout d'un moment, je vis au loin un parti d'éléphants qui venait à nous. Ils marchaient sans ordre, sans surveiller le terrain. Des bleus! C'était évident du premier coup d'œil.

Ils sont tout près. Je suis accroupi dans mon fourré, prêt à bondir en avant. Nous avons vu juste: ce vallon, ce pré et ce sentier près du ruisseau font un chemin idéal pour des contrebandiers. Voilà les éléphants qui prennent le sentier. Ils longent le fourré où je me cache. Je vois leurs jambes. Je les compte: un, deux... Tout à coup, je vois une jupe courte et des jambes de femmes en bas noirs. J'en suis ébahi. Les éléphants sont passés. Je me glisse hors du fourré et je les suis discrètement. J'ai mon Parabellum dans une main et une grenade dans l'autre. Ils ne se retournent pas et ne me remarquent pas. Ils continuent vers la touffe d'herbe... comme prévu... Ils l'atteignent. Soudain le Fossoyeux surgit devant eux. J'entends le son calme, froid et tranchant de sa voix:

— Halte! Haut les mains!

Les éléphants se rejettent en arrière. J'entends leurs voix affolées. Sur le flanc, le Rat jaillit de sa meule. J'entends sa voix déguisée:

— On ne bouge plus!

Je vois reculer plusieurs bleus. Alors je crie à mon tour:

— A genoux, ou je lance ma bombe!

— Pas la bombe, camarade! crie quelqu'un parmi les bleus.

Pour ne pas être aperçus de loin, nous menons nos prisonniers vers la forêt, où nous les plaçons dos aux buissons. Le Rat et le Fossoyeux se postent aux deux bouts de la file des contrebandiers, un peu en retrait pour leur barrer l'accès de la forêt.

Je remets revolver et grenade dans ma poche pour prendre à ma ceinture, au dos, un stylet à deux tranchants. Une précaution contre un fou qui, pendant la fouille, tenterait le geste désespéré de m'arracher mon revolver. Les éléphants sont sept: six hommes et une femme. Je m'approche et leur demande:

— Qui est armé?

Tous se taisent. Alors je répète:

— Celui qui est armé le dit tout de suite! Après, ça ira mal!...

Ils se taisent, alignés les mains en l'air. Soudain j'aperçois un visage familier. Je remets aussitôt le contrebandier que j'avais blessé au côté alors qu'il fuyait dans la forêt de Krasne Sioło. Mais cette nuit-là, il marchait avec un autre parti. Sur l'aile gauche se tient un juif. C'est le convoyeur.

Je commence par lui. Je m'assure d'abord rapidement qu'il n'est pas armé, puis je le fouille à fond. Je trouve sur lui deux renards bleus. Je les confisque.

— Camarades, laissez-nous partir, dit le juif. Je vous donnerai trente roubles!

— Rien ne presse. Et ton argent, je me passerai bien de ta permission pour le prendre!

Je fends les tiges de ses bottes avec mon stylet et je sors de l'une d'elles cinq billets de cent dollars. Puis j'arrache la visière de sa casquette et j'y trouve deux cents autres dollars.

— Gros malin, va! dis-je au juif, qui sourit jaune de ses lèvres blêmes.

Le convoyeur fouillé, je le fais allonger par terre, les bras en croix. Je lance de côté le sac de peaux qu'il a sur le dos. Je ne trouve rien d'autre sur lui. Il a une drôle d'expression.

— Ouvre la bouche, lui dis-je.

Alors le contrebandier me crache sur la main plusieurs pièces d'or. Je lui dis avec un clin d'œil:

— A qui, ce fric? Au marchand?

— C'est à moi, camarade, à moi!

Je lui mets l'argent dans la poche de son paletot. Au même instant, j'entends galoper dans les buissons qui craquent. Le contrebandier qui, l'autre fois, avait tenté de fuir à plusieurs reprises a recommencé. Le Fossoyeux bondit derrière lui. Il le rattrapa dans la forêt et le ramena. Il le fit mettre à genoux et dit, rageur:

— Remets ça et je te casse la caboche! Tu es prévenu!

Je m'approche du contrebandier et je lui dis:

— Ça s'est arrangé, ta blessure, on dirait?

Le bleu me fixe d'un œil médusé. Alors je lui dis:

— Méfie-toi, mon coco, ou tu vas y passer!

Je le fouille avec soin, mais je ne trouve qu'une quinzaine de roubles en argent. Je ne lui enlève pas ces pièces. Je laisse aussi à plusieurs éléphants les peaux cachées sous leurs vestes. Ce sera leur gain après notre fauche... Quant aux bâts, je les jette en tas. Cela fait pas mal de marchandise.

J'en arrive à la femme. Je suis un peu gêné de la fouiller. Elle n'en mène pas large, mais elle essaie de sourire de ses lèvres blanchies. Je la vois trembler de tout son corps. Je la fouille vite, superficiellement. Je remarque les clins d'œil du Fossoyeux et son sourire égrillard. Alors je me mets à la fouiller avec sérieux et calme. Je ne trouve rien. Cela m'a l'air louche, car j'ai idée qu'elle ne tremble pas seulement de peur, mais aussi de crainte que je ne trouve ce qu'elle cache. Si je ne craignais d'être mal compris par mes camarades, je la fouillerais bien à fond. Tout à coup, je remarque que ses cheveux sont ramassés en un gros nœud derrière la tête. J'en retire les peignes et les épingles. Un objet tombe par terre. Ce sont plusieurs centaines de dollars, pliés serrés et enveloppés dans un lambeau de bas noir.

— Pas bête! lui dis-je, et je repense au Lord car c'était son expression favorite.

Les convoyeurs n'ont pas l'habitude de porter tout l'argent sur eux: ils en confient une partie à des membres sûrs du groupe.

La fouille terminée, je dis aux hommes étendus par terre:

— Debout!

Tous se relevèrent vivement et me fixèrent avec attention. Alors je leur dis:

— Allez, on va se promener! Et au plaisir, avec d'autres marchandises!

Les visages des contrebandiers se déridèrent. Celui que j'avais blessé autrefois me demanda:

— Vous me permettez, camarade, d'aller chercher ma casquette dans la forêt? Je l'ai perdue en me sauvant.

— Tu iras bien sans ta casquette! Tu y tiens drôlement, on dirait. Allez, en route!

Les éléphants partirent vite dans la direction indiquée pour disparaître bientôt dans la forêt. Et nous, nous fîmes deux gros bâts avec la marchandise. Il y avait là quarante-deux martres et cinq doublures de petit-gris. Dans un des sacs, nous trouvâmes quelques victuailles et de la lingerie féminine sale. Le Fossoyeux riait:

— Voyez-moi cette élégante: même pour aller au travail, elle prend du linge de rechange!... Pour si elle avait peur!

Puis il me dit:

— Tu n'as pas su la fouiller correctement. Il fallait la faire mettre à poil!

— Il ne l'a pas déshabillée, lui, et il a tout trouvé, dit le Rat. Et toi, tu l'aurais déshabillée, et à part les poils, tu n'aurais rien vu!

Nous gagnâmes beaucoup sur ce parti qui nous était tombé entre les mains par hasard. Plus tard, le Fossoyeux retrouva dans la forêt la casquette perdue par le bleu. Nous en défîmes les coutures, mais nous ne trouvâmes rien... Bizarrement obstiné, ce type! Qu'avait-il besoin de cette casquette de quatre sous! J'avais été sûr qu'elle contenait de l'argent.

Nous rallions notre planque de la forêt. Nous y allumons un feu. Nous mangeons, fumons, buvons de l'alcool, mais nous ne sommes pas satisfaits. Le fait que le parti du Hetman nous ait glissé entre les mains nous met de mauvaise humeur.

— Ça ne fait rien... On va bien voir! dit le Rat avec un éclair dans les yeux.

Sans rien demander, nous savons ce qu'il veut dire. Nous nous comprenons à demi-mot, d'un seul geste, d'un regard.

Les pluies arrivèrent. Les nuits étaient sombres. Nous nous y plongions comme dans de la suie. Nous traquions toujours le parti du Hetman. Après avoir vendu à vil prix le reste de la marchandise qui s'était accumulée, le Rat nous dit:

— Allez, les gars, maintenant, on va s'en occuper, du Hetman! Faudra bien qu'il craque, bon sang!

— Et il va craquer! dit le Fossoyeux d'un ton solennel.

— Maintenant, on va s'y prendre autrement avec lui! dit le Rat.

— Comment? demandai-je.

— Comment? répéta le Rat. Comme ça: à sa planque... Dès qu'ils partent, on part aussi! Ils vont à leur planque, nous aussi! Ils repartent, crac! et nous, toc! on leur saute sur le râble! Aboulez le pèze, salauds, ou la camelote!

— Impec! opina le Fossoyeux en se claquant le genou.

Le Rat rentre au bourg; moi et le Fossoyeux, nous continuons à nous planquer dans la forêt. Nous avons découvert un endroit parfait. En cas de fumée, on peut se tailler de tous côtés. Le soir, le Rat arriva en courant:

— Allez, les gars, en avant!... On y va...

En trouvant d'instinct notre chemin dans l'obscurité, nous allons du côté de Minsk où se trouve la planque du Hetman. Nous sommes partis dès la tombée de la nuit. Nous avons marché très vite, sans nous reposer, et, sur le coup de minuit, nous arrivons près de la planque du Hetman. Le Rat franchit sans bruit la palissade et se faufile jusqu'à la grange. Il est vite de retour:

— Allez, ouste, les gars! Tout va bien!

Nous allâmes à la grange. Nous nous glissâmes à l'intérieur par un trou sous la grande porte. Il y régnait le silence et l'obscurité. Sur la gauche, il y avait le tas de foin où les bleus avaient coutume de dormir. A droite, il y avait un hache-paille et un amas de gerbes. Dans un coin, j'aperçus plusieurs dizaines de sacs de blé. Entre la paroi de la grange et les sacs, il y avait un étroit passage. Nous nous y cachâmes. Le Rat nous dit:

— Ils vont arriver aujourd'hui et repartir aujourd'hui même. J'ai un tuyau increvable!... Vous comprenez... Ils en apporteront pour cher, et ils en remporteront pour encore plus cher: des peaux pour trois lots de camelote. Pigé? Ça va être un bon petit boulot!... Mais méfiez-vous, parce que le Hetman a un flingue... Le Fossoyeux se mettra près de la porte, et toi, tu les feras coucher et tu les fouilleras. Tu prendras le feu du Hetman... Ne cherche pas le fric, ils n'ont pas grand-chose, et la camelote sera dans des sacs... Ils ne devraient plus tarder. Ils sont partis avant nous, et il va être minuit...

Au bout d'un quart d'heure, nous entendîmes un léger bruit de pas le long de la grange. Puis le silence retomba.

— Ils sont partis chez le fermier, dit doucement le Rat.

Nous entendîmes bientôt du bruit devant la porte. Le verrou cria. La porte grinça. Nous entendîmes traîner les pieds sur le sol battu. Le planqueur tira de sous sa pelisse une lanterne allumée qu'il posa près de la porte. Nous vîmes les contrebandiers s'activer dans la grange. Ils étaient onze. Ils tapissaient de foin le sol battu et s'y installaient pour se reposer. Le planqueur, le Hetman et deux autres contrebandiers ramassèrent les bâts et quittèrent la grange. Ils revinrent au bout de quelques minutes avec cinq grands bâts. Les bâts contenaient de l'astrakan blanc et noir, que les bleus allaient emporter en Pologne. Cela faisait un bât pour deux et ils devaient se relayer pour les porter.

Les éléphants fument des cigarettes couchés sur le foin.

— Vous allez manger? demande le planqueur au Hetman.

— Non. On repart tout de suite. On doit passer la frontière avant le jour. On boit un coup et... en route! dit le contrebandier.

— Comme vous voulez, dit le paysan.

— Vous pourriez apporter quelques pommes. Vous avez de bonnes saint-antoine, dit la voix d'un contrebandier.

— Elles sont excellentes, mes pommes! dit le planqueur, puis il cache la lanterne sous sa pelisse et quitte la grange.

Nous restons dans le noir. Les feux des cigarettes brasillent dans le noir. On entend fuser de rares paroles. Chacun tient à se reposer. Certains somnolent. Alors le Rat nous lance tout bas:

— Le Fossoyeux à la porte! Toi, à l'intérieur!...

— C'est parti!... Première catégorie! chuchote le Fossoyeux.

Nous quittons notre abri et nous avançons dans le noir. Je tiens ma torche dans la main gauche, et dans la droite mon Parabellum armé. Je m'approche des bleus qui causent à voix basse... J'attends...

— Il y a quelqu'un, dit une voix dans l'obscurité.

Alors j'allume ma torche et je pointe mon Parabellum en avant. Les torches de mes camarades brillent du côté de la porte et du tas de foin.

— Haut les mains! Une, deux... Ou je vous mouche!

— Couchés sur le dos! crie le Fossoyeux.

Tout le monde s'est tu. Je vois le Hetman baisser subrepticement le bras. Je sais qu'il veut jeter son revolver dans un coin. Le Rat va vers la porte. Il l'ouvre. Il jette au dehors les ballots de peaux. Moi, je fouille les bleus un à un. Je commence par le Hetman, que je déleste d'un Nagan chargé.

— Jolies griffes que tu as! lui dis-je.

J'ai tôt fait de fouiller tous les bleus. J'ai trouvé environ mille roubles-or sur le convoyeur.

— Viens! me crie le Fossoyeux.

Je vais vers la porte ouverte. Puis je me retourne et je dis:

— Que personne n'ose sortir jusqu'au matin! Si on en coince un derrière la grange, on le plombe.

Arrivés dans la cour, nous vîmes venir de loin le planqueur, sa lanterne à la main. Cachée sous un pan de sa pelisse, elle faisait danser sur le sol une tache de lumière. Je bondis vers lui. Je lui ôtai de la main le panier de pommes que je déposai par terre. Puis je l'éblouis avec ma torche en disant:

— Tu es arrêté. Ne bouge pas de la grange, sinon tu te prends une bille!

J'ouvris la porte et poussai le paysan figé de peur dans la grange. Puis je verrouillai la porte.

Moi et le Fossoyeux, nous prîmes deux bâts chacun, et le Rat, un seul. Nous partîmes lentement. Les ténèbres épaisses nous enveloppèrent. Nous étions chargés d'importance et nous devions nous reposer souvent. Nous eûmes du mal à rejoindre notre planque de la forêt de Krasne Sioło avant le jour. Le soir même, nous transportâmes la marchandise au bourg, puis le Rat la fourgua en y perdant beaucoup.

Et le surlendemain, nous alignâmes à nouveau le parti du Hetman. Le Rat avait appris au bourg qu'ils iraient à une autre planque. Il accourut dans la journée:

— Allez, les gars, dit-il avec une lueur mauvaise dans l'œil. Ce soir, le Hetman remet ça avec les siens... On va les sonner ici... sur place. Ça fera un sacré boucan!... Ils partent de la grange chez Malcysiak, rue Zagumienna... Le tout, c'est d'y aller en fanfare! On leur en donnera pour leurs vers!

Le soir, nous nous embusquâmes près de la grange où devaient se rassembler les bleus du parti du Hetman. Quand il fit tout à fait sombre, nous franchîmes la clôture pour nous allonger dans un sillon, à dix pas de l'entrée de la grange. Nous entendîmes arriver tout près un chariot dont on déchargea la marchandise. Puis la voiture repartit et les contrebandiers commencèrent à arriver à la grange. Ils venaient seuls ou par deux. Nous les entendions parler à voix basse.

— Tout le monde est là? résonna la voix du Hetman.

— Il manque Janek le Goujon, répondit-on.

— Il arrive! Il est allé nous chercher de la raide, dit un autre bleu.

Au bout de quelques minutes, nous entendîmes un pas rapide qui se rapprochait. L'arrivant tourna vers la grange, ouvrit la porte et pénétra à l'intérieur. Nous nous dressâmes d'un bond et fîmes irruption à sa suite. Presque en même temps, nous allumâmes nos torches et ordonnâmes en avançant, nos revolvers dans les faisceaux de lumière:

— Haut les mains!

— Assis!

Je fouillai à nouveau les éléphants. Je commençai, là aussi, par le Hetman, et je lui pris un autre Nagan. Je lui dis:

— La troisième fois que je retrouve sur toi un joujou pareil, je te souffle la cervelle avec! Compris?

Je fouillai tous les éléphants. Je faisais exprès d'aller lentement. Pendant ce temps, le Fossoyeux jeta les bâts hors de la grange et le Rat les emporta, par deux à la fois, loin dans les champs. Puis j'intimai aux contrebandiers de ne pas quitter la grange avant le lever du jour et je refermai la porte. Bien sûr, ils ne nous obéiraient pas et sortiraient plus tôt, mais cela nous était bien égal.

Nous portâmes la marchandise à un receleur que le Rat avait prévenu dans la journée. Dans la demi-heure qui avait suivi la fauche, la marchandise était fourguée. Nous reçûmes à peine le tiers de sa valeur.

Le Rat riait, joyeux:

— Ça va en faire des grenouillages! Du bouzin! Mais on a fait notre boulot. Et si l'occasion se représente, on les alignera tout aussi bien une troisième fois!

Nous avons perdu plusieurs jours à rassembler dans une seule planque la marchandise saisie en différents endroits, puis à la transporter chez le receleur. Tout est vendu et nous avons les mains libres. Nous avons décidé de prendre quelques jours de repos.

Moi et le Fossoyeux, nous passons nos journées à dormir dans la distillerie, et nos soirées à traîner aux alentours de Raków. Nous hantons les bois, les champs, les routes et nous nous aventurons même parfois jusqu'au bourg. Pendant ce temps, le Rat prépare le travail à venir. Nous nous rencontrons la nuit.

J'ai actuellement, à part les six mille dollars que j'ai confiés à Pietrek, huit mille cinq cents autres dollars et plus de deux mille roubles-or. J'en ai caché la plus grosse partie dans la cache du Corbelet. Le Fossoyeux y a, lui aussi, déposé son argent. Cette cache, un trou dans le vieux tilleul, nous l'appelons notre banque.

Un soir, avec le Rat et le Fossoyeux, j'allai voir le Mammouth dont la boiterie était si désastreuse qu'il avait dû cesser tout travail de contrebande. Mon ami nous reçut avec joie. Il tira tous les rideaux et ferma les volets. Nous nous mîmes à boire de la vodka. Le Mammouth me dévisagea un bon bout de temps, puis il dit lentement, avec un effort visible pour assembler les mots en phrases:

— C'est donc... vrai... que tu es... enfin, bref?...

— Quoi donc? demandai-je.

— Con-fi-dent?...

Le Rat pouffa de rire, puis il dit:

— Il ne fait pas bien jour dans ta tête, Mammouth... On aligne les bleus à nous trois. Tu comprends?... On les coince des deux côtés... Il y en a qui l'ont vu pendant qu'il les tondait, alors ils bavassent!

Le Mammouth hocha la tête et une lueur de gaieté passa dans ses yeux.

— Là, mon vieux, ils trinquent pour tout. Pour le Corbelet, et pour le Lord, et pour leurs gueules de ploucs, de bouseux, de pignoufs!...

Il vida un grand verre de vodka et frappa du poing sur la table:

— Si on veut, on ne laissera plus passer un seul parti de l'autre côté. Elle est à nous, la frontière, pas à eux! A nous, là!... On est trois, et eux, ils sont treize, mais il n'en passera pas un! Pas un seul... A nous, qu'elle est, la frontière!...

Le Mammouth buvait en hochant la tête. Son visage semblait taillé dans le roc; seuls les yeux du géant, enfantins, gentils, nous lançaient des éclairs de gaieté; on y voyait le reflet de sentiments et de pensées qu'il n'arrivait jamais à mettre en paroles.

Au moment où nous nous apprêtions à partir, le Rat appela la femme du Mammouth et lui dit:

— Vous n'êtes pas gâtée, maintenant, avec votre mari... Hein?

— On n'y peut rien... Je ne me plains pas...

— Vous aimeriez ouvrir une boutique ou un autre commerce?

Les yeux de la femme lancèrent un éclair de joie.

— Oui, mais avec quoi?

— Je vais vous donner mille roubles, dit le Rat.

— Moi aussi, j'en donnerai mille, dis-je aussitôt.

— J'en donnerai mille aussi, dit le Fossoyeux.

— Comment je vous rendrai ça? dit la femme.

— Ce n'est pas la peine! C'est pour lui, dit le Rat en désignant le Mammouth du doigt. Seulement prenez-en soin, de... ce mammouth, parce qu'il se laisserait avoir par un enfant. Et par les temps qui courent, un homme faible, bon, modeste se fera bouffer à pleines dents.

Nous laissâmes trois mille roubles à la femme du Mammouth, puis nous quittâmes le logis.

Le lendemain, le Rat m'apporte un courrier qui lui était adressé mais qui m'était destiné à moi. C'était un envoi de Wilno, de Pietrek. Il contenait une lettre et un petit écrin. J'y trouvai une excellente boussole Bezard dans un étui de cuir. Je n'avais jamais songé à acheter une boussole, qui était pourtant un objet très pratique et utile dans mon cas. Je pourrais à présent, même par la nuit la plus noire en terrain complètement inconnu, retrouver la direction souhaitée.

Le soir, je contemplai longuement l'aiguille lumineuse de ma boussole en pensant à Pietrek avec émotion:

«Comment cette idée lui est-elle venue?... Il a tout de même pensé à moi... C'est pour moi qu'il a acheté ça!...»

XIII

Au cœur de la forêt de Krasne Sioło, à trois kilomètres de la frontière, s'étend une très vaste clairière, coupée en biais par la route. Au sud de cette clairière, il y a un grand ravin sombre plein de broussailles. C'est par là que se faufilent souvent les bleus qui, pour aller au plus court, traversent rapidement la clairière pour disparaître dans les broussailles qui bordent le ravin.

A cent pas du coin gauche de la clairière, un petit arbuste a poussé en une nuit et derrière lui s'est creusé un trou invisible de loin. A une quinzaine de pas à gauche, au bord du ravin, une meule de foin est apparue... J'étais tapi derrière l'arbuste et le Rat était caché dans la meule. Le Fossoyeux guettait dans un fourré, à une quinzaine de pas de l'endroit où la forêt rejoignait le ravin. Nous avions ainsi formé une nasse semblable à celle des environs de Gorań, où nous avions pris par hasard, au lieu du parti du Hetman, six contrebandiers et une contrebandière.

Une heure après le point du jour, je vis des hommes émerger de la forêt, à l'autre bout de la clairière. Ils allaient vite, pressés de traverser l'espace découvert... Ils ont tous de courts paletots noirs et de hautes bottes... Ils viennent sur moi. Ils passent à quelques pas de ma cachette et vont vers le fourré dans le recoin de la clairière. Je vois le Fossoyeux s'élancer à leur rencontre, pour les empêcher de trop s'avancer vers la forêt. Les bleus ne le voient pas tout de suite. Puis ils s'arrêtent, médusés. On entend la voix du Fossoyeux:

— Haut les mains!

Comme un seul homme, les bleus s'élancèrent à gauche, vers l'orée du bois. Le Rat jaillit de la meule de foin. Il les braquait avec deux revolvers. Il leur cria au nez:

— Couchés, ou j'envoie une grenade!

Ils se précipitèrent au sol.

— Les bras en croix! cria le Fossoyeux.

Je les palpai rapidement: je cherchais des armes. Puis je les fis se relever pour fouiller chacun avec soin. Je jetais en tas les ballots de peaux qu'ils transportaient. Ce parti était composé d'hommes grands et forts.

— Ça ferait de bonnes recrues pour l'armée rouge! dis-je en les fouillant.

Les bleus me répondirent par un rire servile. Soudain j'entendis, à l'autre bout du groupe, la voix de l'Alégant (chose étrange, je ne l'avais pas encore remarqué):

— Hé, les gars!... Mais c'est le Rat!...

Il désignait du doigt le Rat posté à quelques pas de la meule. Sa moustache mal fixée était tombée et il fut reconnu aussitôt. Je bondis vers l'Alégant:

— Ferme ta gueule, ou je te montre un chat, pas un rat.

L'Alégant se mit à reculer en disant d'une voix pleurarde:

— Monsieur... camarade... Władek...

Je fouillai les bleus et les relâchai. Mais avant, je leur déclarai:

— Annoncez à vos marioles de Raków que la frontière est fermée! Que je ne laisserai plus passer un seul parti! Dites-leur que c'est pour le Corbelet et pour le Lord, et pour leurs fricotages avec les Alińczuk! Compris?

— Oui, opinèrent les voix des bleus.

Ils avaient compris.

— Alors cassez-vous! Et au trot, ou je vous praline!

Les éléphants de détaler. Je tirai plusieurs coups dans leur direction (de façon à ne toucher personne). Et le Fossoyeux bramait :

— Hou hou hou !... Au fargueur, au truqueur, au mariole, à l'affranchi, au pendard, au dégourdi !...

Plus tard, quand nous eûmes rapporté la marchandise à notre planque, le Rat nous dit :

— Bon, pour moi aussi, maintenant, c'est cuit. Toute la ville va être au courant. Maintenant, je n'ai plus qu'à me mettre au vert, moi aussi.

— Tant pis, on se débrouillera ! dit le Fossoyeux.

Et quelques jours plus tard, ce fut la chasse à courre. Nous étions aux environs de Minsk, pour affaires. La pluie se mit à tomber dans la nuit. Nous passâmes avant le jour des bois Archijerejskie à ceux de Stare Sioło.

Nous fîmes une journée dans la forêt, près de la grand-route, à la dix-septième verste de Minsk. Nous étions trempés jusqu'à l'os. La pluie cessa sur le coup de midi et nous fîmes un feu pour nous chauffer et pour faire sécher nos affaires. La fumée du brasier pouvait nous trahir, mais nous nous en moquions.

Nous faisions le guet à tour de rôle, un à la fois, et nous étendions nos affaires près du feu où nous jetions de grosses bûches prises sur une pile du voisinage. A un moment donné, deux petits pâtres passèrent près de notre cachette. Les garçons s'arrêtèrent un moment pour nous lorgner avec curiosité.

— Hé, qu'est-ce que vous voulez, là-bas ! leur cria le Fossoyeux. Décanillez voir !

Les pâtres disparurent aussitôt dans les fourrés. Et au bout d'une heure (à ce moment les vêtements étaient déjà secs, je montais la garde), j'entendis un bruit suspect dans la forêt. Je tournai la tête à gauche et, tout à coup, mon regard croisa celui de deux yeux braqués sur moi depuis un fourré. J'avais aussi remarqué un bonnet de cuir noir avec l'étoile rouge émaillée à cinq branches. Comme je me savais observé, je ne montrai aucune inquiétude, j'abaissai seulement le cran de mon revolver et mis le pied dans le brasier. Mes camarades me regardèrent avec étonnement. Je leur fis signe par gestes de se rhabiller vite. Ils le firent sans perdre un instant, sans quitter leur cachette. Je leur désignai de la main les fourrés voisins. Des frôlements de plus en plus nets et des chuchotements en émanaient. J'en entendais à droite et à gauche. Brusquement, un chien lança tout près un bref jappement. Alors je me penchai pour murmurer aux gars:

— Les grenades! Vite!

Mes camarades dégoupillèrent six grenades défensives françaises et m'en passèrent deux. Alors j'en lançai une droit devant moi, dans le groupe de buissons, et l'autre un peu plus loin. A l'instant même, le Rat et le Fossoyeux lancèrent les leurs à droite et à gauche. Au bout de quelques secondes, elles se mirent à exploser. La forêt trembla. Des fontaines de terre jaillissaient en l'air. Les branches des arbres craquaient. On entendit des cris et la galopade d'une fuite. Et nous, nous partîmes aussitôt vers l'ouest. Nous nous efforcions de marcher sans bruit.

Il y eut un silence prolongé, puis le claquement d'un coup de carabine. Puis un feu nourri se déclencha. Sans tirer un seul coup en réponse, nous poursuivions notre marche. Au bout d'un moment, nous entendîmes le chien aboyer derrière nous.

— Ça va mal! dit le Rat. Ils nous font pister par un cabot, et le soir est encore loin...

— On aurait de la térébenthine ou de l'ammoniaque, on pourrait en verser par terre. Le cabot ne nous suivrait pas loin. Et là, c'est mal parti! dit le Fossoyeux.

Nous arrivions au bout de la forêt. Devant nous, des champs ouverts s'étendaient au loin. Il y avait douze verstes jusqu'à la frontière, et plus de quatre jusqu'à la forêt qui y menait, et la nuit ne tomberait pas avant trois bonnes heures: il y avait donc trop de risques à quitter la forêt pour les champs.

Nous virâmes au sud en restant à couvert. Nous réussîmes à traverser la grand-route et reprîmes vers l'est par le milieu de la forêt. A présent, nous avions mis la route entre nous et nos poursuivants. Ils allaient en ce moment vers l'ouest, tandis que nous nous dirigions vers l'est. Ils progressaient très lentement, craignant un piège, alors que nous marchions vite. De temps à autre, nous entendions le chien aboyer sur notre gauche.

Je marchais en tête. Pour ne pas perdre la direction et ne pas allonger le chemin, je menais mes camarades à la boussole. Nous arrivâmes au bout de la forêt. On voyait de là le village de Stare Sioło et les charrettes sur la grand-route. Je virai au nord. Nous attendîmes le bon moment, quand il n'y aurait personne dans les parages, pour retraverser la grand-route et retrouver la partie de la forêt d'où nous nous étions retirés une heure plus tôt. Nous étions maintenant sur les arrières de la battue, qui avançait lentement à deux kilomètres devant nous.

Nous dépassons notre feu presque éteint. Nous voyons les entonnoirs que nos grenades ont creusés dans le sol. A partir de là, nous prenons au nord, puis nous repartons vers l'ouest, derrière la battue. Les aboiements du chien et le bruit fait par les hommes qui marchent devant nous se font de plus en plus nets. Nous les entendons s'éloigner vers le sud: ils passent la grand-route. Nous allons au bout de la forêt et nous y arrêtons. Nous retrouvons les champs devant nous... Et deux heures encore à attendre la nuit.

Nous ne refaisons pas un second tour dans la forêt car nous savons qu'ils auront compris notre manœuvre et qu'ils nous tendront un piège ou feront demi-tour; or, à en juger par les tirs de tout à l'heure et par le bruit qu'ils font, ils sont en force. Nous allons nous tapir dans un fourré près des derniers arbres, et nous attendons. Nous tenons prêts nos revolvers et nos grenades... Le temps se traîne, interminable... Le soir est encore loin...

Au bout d'une heure, la battue a fait le tour de la forêt et revient sur nous. De temps en temps, on entend aboyer le chien.

— Je vais le rétamer, ce cabot! dit le Fossoyeux avec rage. Attendez-moi là.

Il glisse ses revolvers dans sa poche et dégoupille deux grenades. Puis il part entre les arbres à la rencontre des hommes qui avancent vers nous.

Pendant un quart d'heure, c'est le silence. La battue se rapproche sans cesse. Tout à coup, c'est la détonation d'une grenade qui se propage au loin dans la forêt... Autre explosion... Le chien s'est tu... Silence complet... Puis c'est le grondement des carabines... Quelques minutes plus tard, le Fossoyeux nous rejoint.

— Tu l'as eu, le cabot! lui demande le Rat.

— J'en sais rien. Mais eux, je suis tranquille qu'ils n'insisteront plus.

Encore plus d'une heure avant la tombée de la nuit.

Nous sortons dans les champs. Nous allons vite vers la bande noire de la forêt qui se dessine à quatre verstes devant nous. Nous avions franchi le tiers du chemin quand des coups de feu éclatèrent à l'arrière. Je me retournai. Des soldats armés de carabines nous poursuivaient à travers champs en s'arrêtant de temps à autre pour nous tirer dessus. Nous forçâmes encore l'allure.

A mi-chemin, il y avait un village. Pour prendre au plus court et pouvoir faire jeu égal avec nos poursuivants, qui passeraient sûrement par le village, nous entrâmes dans la rue étroite noyée dans la boue. Nous ne cachions pas nos armes. Nous avions nos grenades et nos revolvers au poing.

Au milieu du village, il y avait un attroupement. Une réunion quelconque. La foule entourait une charrette où se dressait un homme qui les haranguait en gesticulant avec fougue. Soudain quelqu'un dans la foule nous aperçut. Tous les regards se tournèrent vers nous. Sans nous en occuper, nous continuions à marcher vite, Tout à coup, l'homme qui parlait aux gens assemblés dans la rue sauta à bas de la voiture et bondit dans la cour voisine. Le Rat cria d'une voix perçante:

— Attrapez-le!

Le Fossoyeux siffla plusieurs fois sur ses doigts.

La foule fondit vite. Les gens fuyaient de tous côtés. En continuant dans la rue vide, nous apercevions seulement par endroits des gens qui nous guignaient à la dérobée derrière les vitres ou les coins des maisons.

Nous arrivâmes au pas de charge à l'autre bout du village et continuâmes tout droit dans les champs. Au loin, on entendait le feu roulant des armes des soldats lancés à nos trousses, qui espéraient inciter ainsi la population du village à nous poursuivre; mais ils ne firent que renforcer la panique, et le seul résultat obtenu fut que les paysans s'étaient tous cachés de leur mieux.

Nous finîmes par rallier la forêt, déjà envahie par les ombres du soir.

— On peut les attendre ici, dit le Fossoyeux en s'asseyant sur le tronc coupé d'un bouleau. Je vois qu'ils sont bien pressés d'aller en enfer...

*

* *

A présent, aucun d'entre nous ne peut plus se montrer librement au bourg. La plupart du temps, nous y allons tous en bloc, et seulement le soir. Le Rat se faufile jusqu'au logis de ses informateurs et recueille des renseignements sur le travail des bleus, sur les incidents qui surviennent à la frontière, dans la zone frontalière ou au bourg. Puis nous allons ensemble dans les boutiques pour acheter ce dont nous avons besoin. On nous a reconnus plusieurs fois, mais personne n'a eu l'audace de se mettre en travers ou de courir nous dénoncer à la police. Après quoi nous quittons discrètement le bourg pour rentrer à notre planque dans la distillerie de Pomorszczyzna ou dans les forêts des environs. Surtout dans les forêts, où nous sommes le plus en sécurité.

Nous perdîmes encore plusieurs jours à rassembler et à porter au receleur la marchandise prise et cachée en différents endroits. Nous gagnâmes pas mal d'argent. L'argent ne nous amuse plus. Quelle différence cela fait-il d'avoir telle ou telle somme, si je ne peux pas la dépenser à mon gré? J'en dépose la majeure partie, principalement l'or et les moindres coupures, à notre banque, le tronc du vieux tilleul.

Hier, le Rat est allé au bourg. Nous l'attendions au cimetière.

Il rapporta plusieurs bouteilles d'alcool, un tas de provisions, puis il me dit:

— J'ai une nouvelle pour toi.

— Laquelle?

— Je te le dirai à la planque.

Comme il pleuvait et que nous voulions nous reposer correctement, nous allâmes nous planquer à la distillerie.

— Alors, cette nouvelle? demandai-je au Rat.

— Je me demande si je dois te le dire...

— Allez, parle!

— Bon. Mais ne te frappe pas pour ça... Demain, dimanche, il va y avoir les fiançailles de Fela.

— Pas possible!... Avec qui ça?...

— Devine.

— Aucune idée.

Le Rat sourit de travers et déclama, les dents serrées:

— Avec mon-sieur Al-fred A-liń-czuk...

J'en restai coi. Voyant l'impression que cela m'avait produite, le Rat me dit:

— Moi aussi, mon vieux, ça m'a fichu un coup. J'y ai réfléchi longtemps... Très longtemps... Je me disais comme ça: C'est donc possible, ça, qu'un tel pignouf prenne la sœur de Saszka et profite de la dot que Saszka lui a amassée au prix de sa vie?... Voilà ce que j'ai pensé. Et je me suis dit: Je vais le descendre!... Et puis j'ai mieux réfléchi et je me suis dit autre chose: On ne doit pas et on ne peut pas!... Comprends ça, toi aussi... Et tu sais pourquoi?

— Dis?

Le Rat arrangea la bougie qui brûlait sur une bouteille, puis il leva deux doigts en l'air et cligna des yeux. Je vis un sourire tordu éclore sur son visage.

— Eh bien, parce qu'ils se valent!... Tu comprends?... Si elle accepte de le prendre tout en sachant le joli coco que c'est, eh bien... c'est qu'elle le vaut... Et lui, il la vaut, elle... Et qu'ils aillent se faire voir! Et toi, laisse tomber et ne te casse plus la tête pour ça!... La sœur de Saszka n'aurait pas dû faire ça, et si elle le fait, alors c'est une simple... serpillière... Et voilà... C'est peut-être mieux comme ça...

Je gardai longtemps le silence. Des tas de pensées se bousculaient dans ma tête. Puis je serrai fort la main du Rat et lui dis:

— Tu as raison!

Le Rat hocha la tête et une lueur de gaieté passa dans ses yeux. Un peu plus tard, il dit:

— Tu sais l'idée que je viens d'avoir?

Je l'interrogeai du regard.

— Demain, on ira tous les trois aux fiançailles de Fela... Hé?... Ils ne s'attendent pas à une telle visite. Il y aura tout le gratin. Et voilà qu'on arrive, et on présente nos vœux de joyeux alléluia à la demoiselle et au larbin!... Qu'est-ce que vous en dites?

— On y va! dit joyeusement le Fossoyeux. Première catégorie!

— On y va! criai-je à mon tour.

J'étais furieux. J'étais prêt à n'importe quel esclandre, même le plus fumant. Je bus énormément. Plus tard, quand mes camarades se furent endormis, je restai longtemps sans pouvoir fermer l'œil.

Le lendemain, tard dans la soirée, nous nous rendîmes au bourg. Le logis des Weblin était d'accès commode de tous les côtés. Nous franchîmes plusieurs palissades pour nous retrouver dans leur jardin. On pouvait y observer commodément le mouvement dans la maison et dans la cour.

La pluie se mit à tomber et la cour se vida. Par les fenêtres ouvertes fortement éclairées, nous entendions jouer le phono. J'allai doucement à la fenêtre et jetai un coup d'œil à l'intérieur. Je vis une quinzaine de personnes assises à la table dressée pour le dîner. Fela était assise à côté d'Alfred, qui lui parlait en la couvant d'un regard enjôleur. Il ne cessait de sourire, de se passer les doigts sur la moustache, mais le visage de la jeune fille restait calme et sévère.

A part eux, je vis dans la pièce tous les frères Alińczuk, les Fabiński, Karol et Zygmunt, l'Alégant, le Rossignol avec une guitare sur les genoux. Il y avait encore plusieurs hommes que je ne connaissais pas, jeunes et plus âgés, sans doute des parents des Alińczuk et de Fela. Comme filles, il y avait Belka, qui avait fait la paix avec Alfred, Andzia le Troupier, Zosia, la cousine de Fela, et encore plusieurs autres femmes que je connaissais seulement de vue.

Il y avait nombre de bouteilles vides sur la table. La compagnie était pompette mais gardait un maintien digne. Le Rat et le Fossoyeux vinrent me rejoindre. Ils se mirent à regarder avec moi. Le phono se tut. Je vis Lutka Żubik parler au Rossignol. Elle lui demandait sans doute de jouer ou de chanter. D'autres filles se joignirent à elle. Je vis le Rossignol rougir. Il se redressa sur sa chaise, plaqua quelques accords sur sa guitare et se mit à chanter. Il ne chanta pas notre chanson de contrebandiers, composée par toute la frontière, mais une autre... triste, émouvante:

Steppe, ma steppe sans fiiin,
J'ai le cœur serrééé!
Comme une triste plainte
Du pauvre condamné,
Comme une triste plainte
Mon chant vooole au loiiin.

Je ne peux pas m'arracher de la fenêtre. La chanson me ravit. Elle prend possession de tout mon être. Je l'absorbe avec l'âme, le cœur, les nerfs... Soudain le Rat me pose la main sur l'épaule.

— Viens!

Je les suis dans l'entrée. La chanson s'achève. Le silence règne un instant dans la maison. A cet instant, le Rat ouvre la porte en grand et fait son entrée dans la salle. Nous le suivons. Tout le monde tourne vers nous des yeux étonnés. Là-dessus, j'aperçois du mouvement parmi les Alińczuk. Alfred porte la main à sa poche. Au même instant, le Rat fit briller ses deux Parabellum en les pointant sur l'assistance. Nous tirâmes également nos armes. Le Rat s'adressa à tout le monde:

— Nous sommes venus ici au nom de Saszka, le frère de Fela. Saszka était mon camarade et il est mort dans ses bras! dit-il en me désignant de la tête. Alors s'il avait vécu, il nous aurait invités, nous, aux fiançailles de sa sœur, avant plus d'un d'entre vous. Et vous, jeune homme (le Rat s'adressait à Alfred), calmez-vous et tenez vos manettes comme il faut, sinon, au lieu de fiançailles, on va faire quelques enterrements.

Le Rat s'attable entre Lutka Żubik et Zosia, qui s'écartent, en face d'Alfred. Tout le monde se tait. Tout à coup, on entend la voix de Fela qui dit en me fixant:

— C'est du beau, monsieur Władysław, de venir en visite avec des armes!...

— Je n'avais pas d'arme au poing, répliquai-je d'un air sombre. Je n'ai sorti mon arme qu'au moment où Alfred allait sortir la sienne, parce que je sais qu'il ne se serait pas gêné pour tirer, comme il sait le faire caché derrière les clôtures!

— C'est offensant pour moi! dit Fela tandis qu'une longue ride verticale se creuse sur son front.

— Tiens?... On peut donc vous offenser, mademoiselle Fela?... Je l'ignorais. Je pensais autrement en voyant que celui qui, l'année dernière, vous traitait de p..., ce que vous savez parfaitement, mademoiselle, est maintenant votre fiancé.

— Ça te regarde, toi? gronda Alfred entre ses dents.

Le Rat répliqua:

— Ça le regarde énormément! Enormément, parce qu'il est ton compère!

— Un chat gris qu'il a tenu sur les fonts! glissa le Fossoyeux.

— Non, poursuivit le Rat, c'est parce qu'il t'a ferré la gueule et troué la gambette!

— Et qui vous a invités ici? dit Fela.

Alors je dis:

— C'est vous qui m'avez invité, un jour. Je suis venu éméché... vous vous êtes moquée de moi. Maintenant j'arrive à jeun, avec des copains — vous n'êtes pas contente non plus.

— Avec des bandits! lança Alfred.

— Pas avec des pignoufs comme toi, qui tirent en traître sur les gars, qui mouchardent au chiqué à la police, qui copinent avec les confidents chez les Soviets et leur balancent nos gars! lui dis-je.

— Et vous-mêmes, vous ne laissez travailler personne! répondit Alfred.

— On ne laisse pas travailler des pignoufs comme toi! Et on va continuer! C'est fini, pour vous, le gouffre d'or! Vous êtes tout juste bons à fendre du bois, à porter de l'eau ou à laver des couches, pas à farguer! dit le Rat. C'est à cause de toi qu'est mort le Corbelet, qu'est mort le Clou! C'est toi qui montais les bleus contre nous! C'est toi qui tuyautais les tchékistes! Alors rappelle-toi bien: pour vous, la frontière est fermée; et si, à partir d'aujourd'hui, je prends n'importe lequel de vous cinq de l'autre côté (le Rat pointait tour à tour le doigt sur la poitrine de chaque Alińczuk), je lui souffle la cervelle! Parce que vous salopez la frontière. Et si je coince n'importe quel bleu, et j'en coincerai, je lui pile les os aussi. Vous pouvez leur dire. Et maintenant, assez causé. On est venus ici pour lever notre verre et souhaiter beaucoup de bonheur à Fela. Et nos affaires, on les réglera ailleurs!

Le Rat prit une grande carafe sur la table et servit la vodka dans trois grands verres: pour lui-même, pour moi et pour le Fossoyeux.

— Allez, les gars, cul sec! dit-il d'un ton joyeux. Buvons à la santé de Felicja, la sœur de Saszka Weblin, le roi de la frontière!

Nous bûmes d'un seul trait.

— Et maintenant, les gars, flanquez vos verres par terre: pour que personne ne boive dedans à la santé de Felicja Alińczuk, l'épouse d'Alfred!

Les visages de l'assistance exprimaient toute une gamme de sentiments. Les uns retenaient leur envie de rire, d'autres réprimaient leur rage impuissante. Certains étaient effrayés, pourtant ils voyaient bien à notre attitude que nous n'avions pas la moindre intention de faire du mal aux personnes présentes. Je surpris une expression de sympathie sur les visages de l'Alégant et du Rossignol. Quant au Rat, il s'approcha du Rossignol, lui prit la guitare des mains et dit:

— J'ai chanté bien des fois pour Saszka. Je vais chanter pour sa sœur, une dernière fois.

Il plaqua un accord rageur et se mit à chanter. La chanson était très frivole et comique. Elle glorifiait plaisamment les peines et les risques de l'état de contrebandier. J'aperçus sur plus d'un visage, en particulier sur ceux des filles, des sourires joyeux. Le Rat acheva sa chanson et dit:

— Et maintenant, ma chère Fela...

— Pas chère et pas à toi! gronda Alfred par-dessus la table.

Le Rat cligna des yeux et répondit:

— Pas à moi, là, tu as raison; mais qu'elle est chère, c'est moi qui ai raison, parce qu'elle a une dot que tu guignes encore plus qu'elle-même.

— Chien sent le saindoux, ponctua le Fossoyeux.

— Il a raison aussi. Mais celui qui a la plus grosse «ration», c'est le bœuf... comme lui, dit le Rat sur le mode badin en désignant Alfred du doigt.

Fela se dressa d'un bond.

— Ces messieurs ont-ils l'intention de rester longtemps ici? dit-elle d'une voix laide, stridente. Si oui, c'est moi qui sors!

— Non, dit le Rat, nous partons... Et pour finir, j'aimerais remettre un présent nuptial à mademoiselle Felicja, car je n'espère pas qu'elle nous invite à ses noces... Du reste on ne viendrait pas, ajouta-t-il après une pause. Eh bien, vous n'avez pas besoin d'or puisque Saszka en a assez gagné... pour Alfred, je ne vous donnerai donc pas d'or. Je vous ferai un autre présent, que Saszka lui-même aurait volontiers accepté.

Le Rat se pencha au-dessus de la table et déposa une grenade sur la nappe devant Fela. Le Fossoyeux suivit son exemple. Alors je dis:

— Et moi, je vais vous présenter autre chose: un souvenir qu'Alfred m'a jadis envoyé. Je n'ai pas couru avec ça à la police; je l'ai juste montré à Saszka, et maintenant, je vous l'offre.

A côté des grenades, je déposai la balle de Browning qu'à l'automne 1922, j'avais extraite de la porte chez Trofida, après avoir échappé à l'attentat.

Tout le monde se taisait. Fela contemplait d'un œil ébahi la balle et les grenades posées devant elle. Certains invités s'écartaient de la table avec leurs chaises. Et le Rat nous dit:

— Allez, les gars, en route! Laissons-les ici faire des vents et des enfants, et nous, nous partons pour la nuit noire, le sentier noir, la forêt verte et la frontière verte!

Nous quittâmes la salle. De l'entrée, j'entendis la voix d'Alfred:

— Il faut aller à la police!... Non, mais! c'est tout bonnement une agression!... On a des témoins!

Aussitôt la voix de Fela s'éleva, calme, bien posée, métallique:

— Rassieds-toi donc, espèce de... de...

Elle n'acheva pas.

Nous sortîmes dans la rue et nous plongeâmes dans l'obscurité d'une nuit de novembre. Je marchais sans cesser de penser: «Quel mot Fela avait-elle au bout de la langue en parlant à Alfred?» J'aurais donné cher pour l'apprendre! Très cher!...

XIV

Notre planque est très exposée. Nous sommes entourés d'ennemis. Tout autour, par les routes, les sentiers, les forêts, les champs, les prés, on voit traîner des verdets, des confidents, des douaniers, des tchékistes et leurs agents secrets. Et nous, nous sommes blottis, comme dans un nid, dans une planque parfaitement camouflée au cœur de la forêt de Krasne Sioło, et nous attendons la tombée de la nuit. La moindre imprudence pourrait nous trahir et une lutte en plein jour, contre des forces écrasantes, ne nous sourit pas du tout: nous sommes donc très discrets et nous ne faisons même pas de feu.

Nous nous accrochons à cet endroit exposé car nous avons l'intention d'y coincer plusieurs partis de bleus. C'est un endroit parfait que nous connaissons à fond.

Une petite pluie lancinante s'est mise à tomber dans la journée. Les nuages masquèrent le ciel. Il était deux heures. Nous ne dormions plus. Le Rat alluma un petit feu dans un grand trou, que nous avions fait en unissant nos forces pour déloger un quartier de roc fiché en terre. Nous ne faisons brûler que du bois bien sec.

Notre planque était entourée sur trois côtés, mais elle se trouvait sur une hauteur sèche. Tout autour, il y avait des sapins songeurs, moroses, blanchis par l'âge. Ils montaient haut en colonnes noires. L'accès était défendu, en plus des marais, par d'énormes ravines, d'épais fourrés et des tas de bois mort.

A un moment donné, le Fossoyeux se leva et dit:

— Je vais faire un tour... Je rapporte de l'eau.

Le Rat hocha la tête. Le Fossoyeux prit une gamelle et disparut entre les arbres. Une heure plus tard, il n'était toujours pas revenu. Tout à coup, nous entendîmes au sud, à faible distance, deux coups de revolver. Le Rat se dressa d'un bond.

— Nagan, dit-il simplement.

Soudain plusieurs autres coups de feu claquèrent.

— Parabellum! me lança le Rat. C'est le Fossoyeux!

Nous nous élançâmes à travers bois du côté où nous avions entendu les coups de feu. Au bout d'un quart d'heure, nous étions parvenus à l'orée. On apercevait au loin le toit d'une ferme. Sur la gauche, à quelques centaines de pas, je distinguai une tache noire sur l'herbe. Je m'y précipitai, mes deux revolvers dans les mains. Je m'approchai. Je vis une barbe rousse pointée en l'air, une balafre sur la joue gauche et un mauvais sourire en biais, figé à jamais sur des lèvres blêmies, mortes.

— Mais... c'est Makarov! m'écriai-je.

Le Rat se pencha sur le corps du confident.

— Gros malin, va!... En paysan, il s'est déguisé! gronda-t-il d'une voix rauque.

— Mais où est le Fossoyeux? demandai-je.

Nous regardâmes autour de nous. L'orée du bois et le pré étaient déserts. Le Rat appela:

— Fossoyeux! Fossoyeux!

Pas de réponse. Le Rat s'approcha du cadavre et ramassa le Nagan tombé près de lui. Il examina le revolver et dit:

— Le Fossoyeux doit être dans le coin. Il est sans doute blessé, sinon il lui aurait pris son flingue.

Nous commençâmes à battre la lisière du bois. Je ne tardai pas à voir des bottes qui passaient sous un buisson. J'appelai le Rat:

— Par ici... Le voilà!...

Mon camarade accourut. Nous dégageâmes du buisson le corps qui refroidissait déjà. Le Rat le retourna sur le dos. Le Fossoyeux avait expiré. Le Rat contempla longuement le cadavre de son camarade, puis il dit:

— Il rampait vers nous et il est mort.

Le Fossoyeux avait reçu deux balles dans la poitrine. Il n'était pas difficile de comprendre ce qui s'était passé. Le Fossoyeux était sorti du bois, il avait aperçu un paysan qui traversait le pré et il était allé vers lui sans se douter que c'était un confident. Au moment de leur rencontre, Makarov avait sans doute tiré son revolver de sa poche pour intimer au Fossoyeux, en qui il avait tout de suite reconnu un contrebandier, de lever les bras. Alors le Fossoyeux avait sorti son arme. Makarov lui avait tiré deux balles en pleine poitrine et s'était mis à fuir. Et le Fossoyeux, dans un dernier sursaut, avait tiré sur lui plusieurs coups de son Parabellum et l'avait touché à la hanche, au dos et à la tête. La dernière balle avait été mortelle. Alors le Fossoyeux s'était mis à ramper vers notre planque. Il avait atteint le fourré, où il avait expiré à cause du sang perdu.

— Et voilà, voilà, voilà!... Ça biche! disait le Rat en contemplant le corps de son camarade.

Je lui lançai un regard étonné et dis:

— On va le porter à la planque.

Je saisis le corps du Fossoyeux sous les bras et le Rat le prit par les pieds. Nous le portâmes lentement vers la planque. Enfin nous arrivâmes à notre cachette. Nous déposâmes le cadavre sur des rameaux de sapin.

Du trou où brûlait notre feu, le Rat se mit à rejeter brandons, charbon, cendres et terre. Ses mouvements étaient saccadés, fébriles.

— C'est pour quoi faire? lui demandai-je.

Mon camarade leva la tête, couverte de sueur et de cendre, où les yeux brillaient d'une lueur sauvage.

— Une tombe pour lui... Qu'est-ce qu'on peut faire d'autre?... Laisse donc... ils vont le trimbaler, le charcuter. Pour ça, il a été servi de son vivant. Qu'il ait la paix, maintenant au moins! Ça va faire une tombe du tonnerre!

Je crus l'entendre rire, mais c'était impossible. Il avait dû gémir... Il continuait à creuser. Il rejetait des mottes de terre à la surface. Il travaillait en toute hâte, à mains nues ou avec un pieu dont le bout avait été durci au feu. Il finit par creuser un trou profond d'un mètre et demi. Alors il remonta, essuya la sueur de son visage avec la manche de sa veste et dit:

— Regarde-le. Prends-lui son argent et ses armes. L'argent, tu l'enverras à sa mère, à Rubieżewicze. Je te donnerai l'adresse... Je reviens tout de suite.

Il partit dans la forêt, et moi, j'ôtai tous les objets des poches du Fossoyeux. J'y trouvai deux revolvers (un Nagan et un Parabellum), neuf chargeurs de Parabellum, bon nombre de cartouches, quatre grenades, une torche, un portefeuille bourré d'argent et des tas de babioles. Je déposai le tout sur un grand mouchoir.

Le Rat ne tarda pas à revenir. Il rapportait un monceau de grands rameaux de sapin. Il se mit à en tapisser le fond de la tombe. Puis il remonta à la surface et dit d'une voix enrouée:

— Allez... il faut en finir!

Nous descendîmes le corps du Fossoyeux dans la tombe. Le Rat entra dans le trou et l'y arrangea. Il lui disposa les bras le long du corps et me dit:

— Passe un flingue... le Nagan... Allez, tiens, mon gars!

Il plaça le Nagan chargé près de la main droite du Fossoyeux et se mit à recouvrir rapidement le corps de son camarade avec les rameaux de sapin. Puis il remonta et dit, penché au-dessus de la tombe.

— Allez, adieu Janek!

Il se mit à lancer vite de la terre dans le trou. Il la faisait glisser de ses mains et de ses pieds. Le trou fut bientôt comblé. Le Rat dama la terre avec ses pieds.

— Si on mettait une pierre sur la tombe? demandai-je au Rat.

Il réfléchit un moment, puis il fit la grimace, un geste résigné de la main et dit:

— Pas la peine... Il en a déjà eu lourd sur la patate... de son vivant... Tu ne sais pas, toi...

Il se tut.

Je ranimai le feu. La pluie reprit. En haut, le vent sifflait, pleurait, hurlait. Il arrachait aux arbres des feuilles jaunies qu'il déposait sur la tombe du Fossoyeux.

Le Fossoyeux, notre fidèle camarade, était tombé vers la fin de la saison d'or (tout comme Saszka Weblin). Et tout, alentour, était paré d'or. Des tapis d'or jonchaient la forêt, de l'or pendait aux branches des arbres et de l'or avait tapissé sa tombe.

Le soir venait. Je fis un plus grand feu. Le Rat sortit de sa prostration. Il tira une bouteille de son sac. Il se mit à laver à l'alcool sa figure et ses mains barbouillées du sang de son camarade. Il s'essuya avec un mouchoir. Puis il alluma une cigarette, s'assit près du feu et contempla longuement les flammes, songeur. Il tirait des bouffées, crachait sur les charbons et pensait, pensait, pensait...

La nuit tomba. L'obscurité recouvrit les bois. Les ténèbres enveloppèrent tout d'un crêpe noir.

Le vent forcit. La pluie ne cessait pas. Et d'en haut, des arbres, l'or continuait à pleuvoir sur la terre.

*

* *

Maintenant, nous travaillions sans aucun système. Le Rat ne se grimait plus. Nous coincions les éléphants à visage découvert. Nous travaillions avec rage et acharnement. Nous n'avions pratiquement plus le temps de nous reposer. Les bleus sortaient de plus en plus rarement. Bien des partis abandonnèrent complètement le travail, et ceux qui travaillaient encore prenaient des chemins éloignés, détournés. Mais nous allions quand même les y cueillir. Nous sentions leurs pistes d'instinct.

Il n'y avait qu'un seul parti que nous n'avions jamais inquiété, alors qu'il aurait été très facile de le prendre! Les sauvages. C'était Dysiek le Foulon qui le menait maintenant: le douzième chauffeur et le douzième dingue. Bolek la Comète, les bolcheviks l'avaient abattu dans une embuscade. Il était allé, en pleine nuit, se fourrer au bout de leurs carabines, et il avait été tué de plusieurs balles... Il avait disparu du pays frontalier, la Comète. Il était tombé, le premier des soiffards.

Un beau jour, je découvris que le Rat n'avait plus toute sa tête. Je me mis à l'observer de près et je pus me convaincre qu'il déraillait. Peu après la mort du Fossoyeux, nous avions attrapé cinq éléphants. Nous leur avions pris leur marchandise qu'ils portaient chez les Soviets. Le Rat avait jeté en tas le contenu de tous leurs bâts. Puis il s'était mis à accrocher aux sapins des objets aux couleurs vives, écharpes, bas, tricots, bretelles, gants, ceintures vernies. Il avait déjà orné plusieurs sapins de cette manière. Je regardais travailler mon camarade sans le déranger. Et lui, il fit une quinzaine de pas en arrière et admira son ouvrage en marmonnant dans sa barbe. Il se frotta les mains et dit:

— Alors... c'est chouette, hein?

— Comme ci, comme ça... Ça peut aller...

Le Rat prit le reste de la marchandise pour aller le jeter dans le ruisseau voisin. Plus tard, à la planque, il me dit:

— Tu sais ce qu'a fait un paysan des environs de Kurduny?

— Non?

— C'était un rapiat. Toute sa vie, il avait amassé des sous. Et quand, sur ses vieux jours, il est tombé malade, il les a gardés dans une petite poche de cuir sous son oreiller. Il avait peur de se faire gruger par un parent. Un peu avant sa mort, il s'est mis à avaler ses pièces d'or. Il les gobait, l'une après l'autre, comme des bonbons. Puis l'or a commencé à l'étouffer. Son fils, ses filles et sa femme sont accourus. Ils ont voulu l'empêcher de faire ça. Il s'est mis à les griffer, à les mordre, à les maudire. Et là-dessus, il est mort.

Je me demandais pourquoi il me racontait tout ça et à quoi ça pouvait bien rimer. Et lui, il me disait de temps en temps, à un moment particulièrement mal choisi en général: «Et tu sais ce qui est arrivé à Giewerle, à Usza, à Dubrowo?» Et il me racontait des histoires étranges.

Je compris que le Rat déménageait. Mais je n'arrivais pas à saisir la nature de sa folie. Je ne le quittais pas d'une semelle. Nous nous planquions la plupart du temps à la belle étoile. Nous poursuivions toujours les éléphants, mais nous abandonnions bien des fois la marchandise dans les bois, où elle se gâtait et se perdait. Nous allâmes plusieurs fois au bourg, le soir. Nous y achetions de quoi manger et fumer. Le Rat allait voir ses informateurs pour leur demander qui allait encore de l'autre côté. Le travail s'était étriqué, car les éléphants avaient presque entièrement abandonné la contrebande. Certains craignaient même de sortir seuls dans les rues. Nous les faisions tous trembler.

Le Rat apprit au bourg qu'un parti de bleus qui passait la frontière ne partait pas directement de Raków mais de Wołma. Ils portaient des articles chers pour revenir à vide dans notre secteur. En revanche, leur convoyeur, Berek le Mille-Pattes, rapportait tout seul les dollars qu'on lui avait remis pour deux ou trois lots de marchandises. Il transportait des sommes importantes, de cinq à dix mille dollars, selon la quantité et la valeur des articles passés au noir. On nous communiqua en gros le trajet que Berek le Mille-Pattes effectuait au retour des Soviets. C'était dans les environs de Tekli Pole.

Nous pûmes établir au bout d'un certain temps que, passé la frontière, Berek le Mille-Pattes suivait six chemins différents. Il passait à côté de la chênaie sur le domaine des Nowicki en prenant le ravin vers la grange du régisseur Karabanowicz; près du cabaret sur la route de Wołma à Raków; ou enfin par la forêt voisine du cabaret. De là, il continuait de trois façons: par le pré proche du village, l'aile gauche de la forêt ou le sentier qui coupait la forêt. Compte tenu de diverses circonstances, nous nous embusquions sur l'un ou l'autre de ces chemins. Toujours en vain. Après quoi le Rat apprenait au bourg que Berek le Mille-Pattes venait une fois de plus de rentrer par le tronçon où nous l'avions guetté. Le Rat enrageait.

Il y eut des nuits claires. Quand le ciel était dégagé, il était commode d'organiser des embuscades. Un soir, nous nous étions, comme d'habitude, mis à l'affût en deux endroits: moi sur le chemin traversier, et le Rat dans l'aile gauche de la forêt. Nous pensions que le Mille-Pattes rentrerait par l'un de ces chemins.

Il était deux heures du matin. Les lieux de nos embuscades étaient à bonne distance de la frontière. Je scrutais le terrain devant moi avec la hantise de laisser passer le juif qui rentrait. Dès que je croyais voir le moindre mouvement, je me levais pour inspecter soigneusement les environs. Je m'apercevais que ç'avait été une illusion et je me rasseyais sur une souche de sapin.

Tout à coup, j'entendis du bruit sur ma gauche. J'y courus en restant à couvert. Je m'approchai de l'endroit où guettait le Rat. Je le vis fouiller un paysan qui le suppliait bruyamment de le relâcher et lui proposait dix roubles-or. Le paysan portait dans un sac une quinzaine de kilos de laine brute et disait aller dans sa famille qui demeurait près de Wołma.

Soudain il me vint une idée. Quand le Rat eut relâché le

paysan, je lui dis qu'à mon avis, Berek le Mille-Pattes ne revenait jamais seul des Soviets, mais qu'il allait de compagnie avec un paysan et une paysanne, qui marchaient devant, à quelques dizaines de pas l'un de l'autre, suivis de loin par Berek. Je lui rappelai la paysanne que nous avions arrêtée quelques jours auparavant près de la grange de Karabanowicz. Sans rien dire, le Rat s'élança sur le chemin par où était venu le paysan. Il revint au bout d'un quart d'heure et dit:

— Tu as raison: une paysanne le suivait nu-pieds, et plus loin encore, quelqu'un qui portait des bottes. C'était sûrement Berek le Mille-Pattes. Ils nous ont eus.

Il s'assit sur le tronc d'un bouleau renversé par le vent et resta longtemps immobile. J'allumai une cigarette et la lui tendis. Il la fuma jusqu'au bout sans m'adresser un seul mot.

— On y va? lui demandai-je.

Il releva la tête. Je vis au clair de lune son visage mince et blême, et ses yeux luisants, mi-clos:

— On y va, tu as dit?

— Oui. Pas la peine de s'éterniser ici.

— Non... On n'y va pas... J'irai tout seul... Tu n'iras pas, toi...

— Où donc? lui demandai-je, éberlué.

— Au sud, j'irai. Là où sont allés les oiseaux... J'y ai les miens... Je connais Kiev, Kharkov, Rostov-sur-le-Don, Odessa, Tiflis... Je vais y aller... Qu'est-ce que je fais ici?... Je n'ai personne... Mon frère demeure à Rostov... Mon frère, ma mère et ma sœur... Ma mère est vieille, mon frère est plus âgé que moi et ma sœur a quatorze ans... Ils sont peut-être malheureux... Je vais voir... Au diable, tout ça!...

Il se leva et se dirigea vers la grand-route. Il tenait son revolver en évidence. Il avait oublié de le cacher. Je le suivis. Je savais qu'une nouvelle lubie s'était fichée dans sa cervelle et que je serais impuissant à l'en déloger.

Le soir suivant, nous passâmes la frontière à Olszynka. J'avais sectionné les barbelés avec des cisailles que je portais maintenant en permanence. Nous allâmes par la forêt vers la deuxième ligne. Nous suivions des chemins familiers, qui avaient vu transporter de l'est à l'ouest et inversement, des millions en espèces et en marchandises. Nous y connaissions chaque ravin, chaque ruisseau et, pour ainsi dire, chaque arbre et chaque buisson. Nous visitâmes bien des endroits qui nous rappelaient des souvenirs. Nous ne disions rien. Nous marchions sans bruit dans la clarté des rayons de lune ou dans les ténèbres qui régnaient au cœur des forêts. Nous avions nos revolvers au poing.

Nous atteignîmes la forêt de Stare Sioło. Nous nous engageâmes sur la grand-route. Elle nous mena, en terrain découvert, au carrefour de quatre routes. Plusieurs panneaux indicateurs y étendaient les bras aux quatre vents. On était à mi-chemin entre Raków et Minsk. Le Rat s'arrêta près des panneaux. Il s'assit sur un petit tertre herbu et tira une grande bouteille de sa poche. Il la mira au clair de lune et dit:

— Ça fait un bout de temps qu'on n'a pas bu de liqueur, hein?

— Eh, oui.

— Alors on boit... pour nos adieux... Parce qu'on ne se reverra sûrement jamais.

Il racla la cire du goulot contre un poteau indicateur et fit sauter le bouchon d'un coup de paume. Puis il dit:

— Allez, reste heureux, bien portant, et ne te laisse jamais avoir par les ploucs!

Il se mit à boire. Il vida à demi la bouteille et me la tendit .

— A ton succès en tout! lui dis-je.

Je vidai le reste de la liqueur et balançai la bouteille au loin, dans un champ. Nous allumâmes des cigarettes.

— Dis? commença le Rat.

— Je t'écoute.

— Il faut que tu coinces Berek le Mille-Pattes... Une fois au moins... Je ne peux pas rester, moi... il faut que j'y aille... Mais fais-le, toi!... Tu le feras?...

— D'accord.

— Sûr? Parole?

— Sûrement, s'il continue à y aller!...

— Impec!

Nous fumâmes encore... Puis le Rat se leva. Il jeta un coup d'œil aux champs alentour, puis il me dit:

— Tu sais? Il y avait un paysan aux environs de Kamień. Il était en affaire avec le hobereau du coin. Un jour, le hobereau l'a lésé. Le paysan s'est juré de se venger. Un beau jour, le chien du hobereau est entré dans sa cour. Le paysan avait une faux à la main. Il a pris son élan et il a coupé une patte au chien. Voilà comment ça s'est passé. Tu comprends?

J'ignorais ce qu'il voulait dire par là et à quoi cela pouvait bien s'appliquer, mais je dis:

— Je comprends, oui.

— Bon, adieu donc!... Il faut que j'y aille, là!...

Il me donna une forte poignée de main et partit vite du côté de Stare Sioło. Je le suivis des yeux en me demandant s'il se retournerait. Il ne se retourna pas... Il se noya bientôt dans la clarté des rayons de lune, à l'entrée de Stare Sioło. Je pensai qu'il pouvait lui arriver quelque mésaventure. Stare Sioło était un nid de confidents, de collaborateurs secrets et de tchékistes, permanents ou de passage. Nous l'avions toujours contourné de loin... J'attendis longtemps: peut-être y aurait-il des coups de feu?... peut-être devrais-je me précipiter à son secours?... Mais tout resta calme...

Je fis demi-tour et repris lentement vers l'ouest. J'étais seul... complètement seul dans tout le pays frontalier. Mon chemin fut triste. J'aurais volontiers bu de la vodka, mais je n'en avais pas. J'avais laissé plusieurs bouteilles d'alcool dans la cuve de la distillerie, mais c'était loin après la frontière.

Au point du jour, je me retrouvai aux abords de la frontière. A Olszynka, je me couchai dans le marais, dans un creux entre deux mottes de terre. Une grande sapinière bruissait derrière moi et j'entendais murmurer un ruisseau qui coulait dans les parages. Devant moi, cachée par une longue traînée d'aulnes, il y avait la percée de la frontière séparée au milieu par les alignées de barbelés, où devait se trouver, à très faible distance, la brèche que j'y avais faite à la cisaille la veille au soir.

Je ne peux pas m'engager dans la percée. S'il y a un piège quelque part (et c'est sûrement le cas), leurs balles peuvent m'atteindre même à grande distance. Je dois donc les apercevoir le premier.

Je suis allongé dans le creux humide. J'ai dans chaque main un Parabellum armé. Je scrute la frontière entre les arbres. Je vois les barbelés et, légèrement sur ma droite, la brèche. Tout à coup, j'entends un léger frôlement derrière moi. Je me retourne. Je vois jaillir d'un groupe de sapins un gros «mastodonte» de loup, même plus gris, mais roussi par l'âge. En quelques bonds, il franchit la moitié du marais et se tapit sur une grosse motte, la tête tournée vers la frontière... Il est à vingt pas de moi.

«Il doit être enrhumé, me surprends-je à penser, sinon il m'aurait déjà éventé.»

A l'instant même, le loup tourne brusquement la tête vers la gauche. Les gros bourrelets de peau se hérissent sur sa nuque. Je le fixe droit dans les yeux. Il ne s'enfuit pas. Ses dents claquent un coup sec.

Sur ma droite, dans la percée, j'entends des pas... d'abord à peine audibles, puis de plus en plus nets. Sous les branches basses des aulnes, comme sous un rideau de théâtre, je vois les bottes et les manteaux gris de trois soldats de l'armée rouge. Ils avancent à contrecœur, traînent la semelle. Ils s'arrêtent. Ils aspirent la fumée du tabac... Je serre ferme mes armes.

Ils sont passés, ils s'éloignent.

Le loup s'élança en avant et, en une quinzaine de bonds, il atteignit la percée. Je me précipitai dans sa foulée. Le large espace dégagé de la percée encadré par deux parois noires de la forêt se présenta à ma vue... Le loup fonçait vers les barbelés. Il s'engouffra dans l'intervalle que j'avais découpé la nuit précédente et disparut dans la forêt, de l'autre côté de la percée.

«Il a une affaire urgente, par là-bas !»

Je m'élançai derrière lui dans la percée pour me retrouver dans la forêt. Puis je me dirigeai vers l'ouest.

XV

J'erre, solitaire, dans les bois, les champs, les prés. Je traîne des nuits entières dans le pays frontalier. La solitude et la paix mystérieuse des forêts et des champs m'ont appris bien des choses. Elles m'ont appris à mieux comprendre les hommes, même ceux que je ne vois pas, même ceux qui appartiennent au passé... La solitude m'a appris à penser et à aimer... Et j'aime la forêt, comme un lynx, comme un loup. J'aime les armes comme des amis sincères, et j'aime passionnément la nuit, ma plus fidèle amante. J'accueille chaque nuit avec joie, avec transport... Quand les nuits sont noires, quand le ciel s'enveloppe de légers nuages, je suspends ma boussole sur ma poitrine et, guidé par la lumière douce et vivante de l'aiguille aimantée, je musarde autour de la frontière.

Chaque soir, je quitte mes cachettes de la journée et je m'avance vers les ténèbres. J'attache des lambeaux blancs de mouchoir au bout des canons de mes revolvers pour m'aider à viser dans l'obscurité. Les nuits sont parfois si noires que ces taches sur les canons deviennent elles-mêmes invisibles. Alors je prends ma torche de la main gauche et je colle mon index droit le long du canon. On peut tirer ainsi dans le noir complet, en se fiant uniquement à son ouïe, avec une grande précision. Je l'ai éprouvé: l'index sent les choses par lui-même. Les nerfs auditifs et le cerveau lui indiquent mieux la direction d'où est venu n'importe quel froissement qu'à la main entière. Et on peut toujours presser la détente avec le majeur.

Chaque jour, ou presque, je franchis la frontière en douce. Pour moi, elle n'existe pas. Je suis silencieux comme un chat. Les nuits sans vent, je vais nu-pieds... Il m'est arrivé de passer inaperçu près d'une embuscade. J'ai appris à franchir très vite les barbelés et j'ai pour cela bien des moyens. Un pieu dans les mains, je les franchis par les airs, comme au saut à la perche. Avec deux pieux pour appui, je passe directement sur les barbelés. Et parfois je les franchis en marchant à quatre pattes sur mes pieux. Je sectionne les barbelés à la cisaille. Enfin je rampe par-dessous. Pour cela, je coupe d'ordinaire un tas de courtes branches fourchues, qui me servent à soulever les barbelés pour passer de l'autre côté.

Une nuit, la ligne de barbelés franchie, j'allais dans le noir complet vers un petit fourré bordant la percée. J'effleurai une branche du canon de mon Parabellum. Une embuscade m'attendait dans le fourré. Ils veillaient bien car, sans avoir entendu mon pas léger, ils avaient été alertés par ce faible frôlement. Un coup de feu m'éclata presque à la figure. Je tirai plusieurs coups de Parabellum au jugé, droit devant moi, puis je m'écartai d'un bond. Il y eut un tonnerre de décharges, mais je ne leur répondis plus. Si je l'avais voulu, j'aurais pu les prendre à revers et leur lancer une grenade ou les truffer de balles de mon revolver, mais je n'en voyais pas l'utilité.

Une autre fois, j'allais à la frontière par la grand-route. Le sable étouffait mes pas. Brusquement, j'entendis un léger bruit, juste devant moi. Je m'accroupis. Au bout de quelques secondes, des pans de manteaux m'effleurèrent à droite et à gauche. Des soldats de l'armée rouge m'avaient croisé sans se douter que j'étais accroupi entre eux. Ils continuèrent. Cela m'amusa beaucoup.

J'entrai plusieurs fois au bourg, le soir. Je traînais dans les rues, où personne ne me reconnaissait. J'allais voir le Mammouth et je buvais en silence avec lui. Je lui donnai une petite boîte qui contenait l'argent du Fossoyeux (retiré de notre «banque»). Il y avait là autour de mille dollars et plus de six mille roubles-or. Nous cousîmes la boîte dans de la toile. Sur le colis, j'inscrivis l'adresse de la mère du Fossoyeux et je demandai au Mammouth de l'expédier le lendemain en valeur déclarée. Ce qu'il fit.

Un soir, j'allai rendre visite à Josek la Volaille. Je dînai avec lui et bus de la prune. Nous causâmes de choses et d'autres. Brusquement Josek me dit:

— Pourquoi tu fais ça?

— Quoi?

— Tu empêches les gens de passer.

— Parce que ça me plaît. Parce que ce sont des fargueurs à la gomme.

— J'en ai parlé avec nos gars... et puis les marchands... Tu sais? disait-il en gesticulant avec animation. Ils feraient tout! Ils régleraient les choses avec la police, et avec les Alińczuk... Ils retireraient leurs dépositions... Ils ont peur de sortir dans la rue!... Et toi, tu peux gagner des millions!... Si tu veux, tu peux monter un parti et le mener tout seul, à la part avec les marchands... au pourcentage... Tu vois ce que c'est?... Tu connais si bien la frontière et des tas de chemins... Chaque lot est sûr de passer, et sur chaque lot, aller et retour, tu gagneras au bas mot deux mille dollars... Tu vois ce que ça fera en un an?...

— Bon, le coupai-je. Mais pour quoi faire, tout ça?

— Comment, pour quoi faire?

— Ben, ces milliers de dollars?

— Pour quoi faire, des milliers? dit le juif éberlué en agitant les doigts en l'air. Tout le monde aime ça!

— Mais pas moi, alors ça ne vaut pas le coup d'en parler.

Je ne tardai pas à prendre congé de Josek. Son esprit pratique n'arrivait pas à me suivre. Il me prenait sans doute pour un fou, et j'en pensais autant de lui...

Chaque nuit, j'allais guetter Berek le Mille-Pattes. J'allais du côté de Wołma, à dix kilomètres de Raków, sur l'un des six chemins qu'il prenait. Faute d'informateur qui m'aurait renseigné sur lui, je le poursuivais au jugé... pour tenir la promesse donnée au Rat.

Je réussis enfin à le prendre. A minuit, le ciel s'était dégagé pour laisser paraître la pleine lune. J'étais embusqué juste derrière la grand-route qui relie Wołma à Raków. Je m'étais posté au bord de la chênaie. Elle était superbe. Les chênes dressaient leurs fûts minces et élancés. Les branches commençaient bien au-dessus du sol.

J'étais seul. Le soleil bohème m'éclairait. Le vent chantait. La forêt murmurait. A trois heures du matin, je vis une silhouette grise venir dans ma direction en coupant le champ. Je me cachai mieux. L'homme — je le voyais nettement à présent — marchait vite dans le champ et se dirigeait vers la forêt... C'était un simple paysan en souquenille et espadrilles d'écorce. Il portait un sac sur le dos... Il s'arrêta à l'orée du bois, regarda bien de tous côtés, toussa plusieurs fois et repartit. Il me dépassa. Bientôt, je vis venir par le champ, du côté de la route, une femme couverte d'une pelisse et d'un grand fichu de laine qui lui enveloppait la tête et les épaules. Elle allait nu-pieds. Sa jupe était haut troussée. Elle marchait assez vite en regardant constamment sur les côtés. Elle portait un paquet sous le bras. Je la laissai poursuivre, elle aussi. Elle passa en frôlant de sa pelisse le buisson où j'étais tapi.

Je continuais à regarder vers la frontière. Au bout d'un certain temps, j'aperçus un troisième personnage qui se dirigeait par le champ vers la forêt. C'était un homme en paletot noir et hautes bottes. Mon cœur battit à un rythme accéléré. La joie me gonflait la poitrine. «Les autres venaient en appât, et celui-ci, c'est sûrement le Mille-Pattes.»

L'inconnu venait vers moi. Il marchait en s'appuyant sur un bâton. Quand il fut juste devant les buissons, je bondis sur le sentier qu'il suivait et me retrouvai en face de lui.

— Haut les mains!

Il leva vivement les bras. Le bâton lui échappa de la main et roula sur le sol.

— Passe ton argent. Et vite!

Le Mille-Pattes se hâta de retourner ses poches pour en faire tomber des pièces d'or et d'argent. Il me les donnait.

— Tenez, monsieur... tenez...

— C'est tout?

— C'est tout, monsieur.

— Et si j'en trouve encore, moi?

Je jouais avec lui. Cela m'ennuyait d'en finir vite avec l'homme que j'avais si patiemment attendu pendant bien des nuits, seul ou avec le Rat. Personne n'avait sûrement guetté avec autant d'impatience la venue de sa maîtresse que moi la venue de ce juif.

— Qu'est-ce que vous trouverez? Je n'ai rien, moi.

— Si je trouve encore quelque chose... Un simple centime, un seul dollar, tu sais ce que je vais faire de toi?

Le Mille-Pattes ouvre de grands yeux et se lèche les lèvres. Il a chaud.

— Je n'ai plus... non... murmura-t-il d'un ton geignard.

— Non?... Bon. Déshabille-toi!

Je cessai de lui parler doucement et tirai le bord de son paletot d'un coup sec qui fit pleuvoir ses boutons.

— Et que ça saute! Une, deux! Ou je t'aide.

Le juif se mit à trembler. Il rejeta en hâte son paletot et sa veste.

— Mais monsieur! Qu'est-ce que vous voulez?

— Voir si tu es beau.

Il se déshabilla entièrement. Alors je lui dis:

— Dis, Berek?

En entendant son prénom, il sursauta et me fixa avec des yeux étonnés.

— Oui?

— Tu peux me jurer sur ta propre tête et sur la tête de tes parents que tu n'as plus d'autre argent sur toi?

— Que la fièvre m'étouffe et que je ne revoie plus mes parents si j'ai sur moi un seul centime!

Et il se frappa la poitrine nue.

— Maintenant, Berek, je te crois.

Le juif se ragaillardit et se pencha vers ses vêtements.

— Je peux me rhabiller?

— Hein? Te rhabiller?... Filou, va! Ah, tu as juré que tu n'avais rien sur toi parce que tu étais tout nu. Les dollars sont dans tes vêtements.

Je me mis à examiner ses effets avec soin, pièce par pièce.

Il n'y avait rien dans le linge. Je ne découvris rien non plus dans la veste, le pantalon ou le gilet. Mais dans les tiges de ses bottes, je trouvai près de mille dollars. Du col de son paletot, je tirai cinq cents autres dollars. Dans la visière de sa casquette, je ne trouvai rien. Cela faisait trop peu. Je savais qu'il transportait au moins cinq mille dollars pour deux, pour trois lots de marchandise. Je repris la fouille de ses bottes, que je mis en pièces. Elles ne contenaient rien. Rien non plus dans son paletot, dont j'avais arraché toute la ouate. J'aurais pu frapper le Mille-Pattes et le forcer, par des coups ou la menace de coups, à me dire où était le reste de son argent. Mais ce moyen me répugnait. Soudain il me vint une idée. «Au fait! le bâton sur lequel il s'appuyait!... Voilà où est l'argent!» Alors je fis mine d'arrêter mes recherches.

— Rhabille-toi, Berek!

Le Mille-Pattes se hâta de se rhabiller. Je fis quelques pas du côté de la route, puis je me retournai pour lui dire:

— Pourquoi tu restes planté là? Tu peux t'en aller!

Berek ramassa son bâton et voulut repartir. «Oui, l'argent est bien dans le bâton: il ne l'a pas oublié!» Alors je lui dis:

— Attends!

— Qu'est-ce que vous voulez?

Je revins vers lui et dis:

— Quelle heure est-il, maintenant?

— Je ne sais pas... Quatre heures peut-être...

— Quatre heures? Si tard!... Alors donne-moi ce bâton. J'ai mal à la jambe... Tu peux t'en aller.

Je lui ôtai le bâton de la main et, le plantant là, je pris le chemin de Duszkowo. Berek resta longtemps à l'orée du bois, à me regarder partir. A quoi pensait-il?... Il était persuadé que je n'avais aucune idée de la forte somme contenue dans ce bâton et il supposait que j'allais l'abandonner n'importe où. Je n'avais rien fait pour le détromper. C'était ma vengeance pour tant de nuits passées à l'attendre.

Je regrettais de ne pas avoir le Rat avec moi, ni aucun moyen de l'avertir simplement que c'était réglé pour le Mille-Pattes...

Son absence me serra le cœur... Où était-il maintenant? Que faisait mon pauvre ami détraqué qui avait parfois un cœur si merveilleux?

Quand, plus tard, dans ma planque de la distillerie, je fendis prudemment le bâton avec un couteau, je trouvai soixante billets de cent dollars dans son intérieur évidé. En tout, j'avais pris sept mille cinq cents dollars au Mille-Pattes. Cet accroissement de mon capital ne me procura pas le moindre plaisir.

J'aurais donné de bon cœur tout cet argent pour pouvoir me retrouver, l'espace de quelques minutes, en compagnie du Rat.

Je sillonne sans cesse le pays frontalier. Je suis abandonné de tous. Je n'ai pas un seul ami. Un jour, je suis allé à la planque de la forêt de Krasne Sioło où je m'étais autrefois caché avec le Fossoyeux et le Rat. Tout y était nu, vide et froid. Tout était recouvert d'une couche épaisse de feuilles jaunies. Il n'y avait personne... même pas mon ancien ami... le chat roux à la queue coupée.

J'erre sans cesse par le pays frontalier. La nostalgie me consume. L'angoisse me ronge.

Je m'engage sur la grand-route. Le vent y chasse les feuilles jaunies, mouillées. Les poteaux télégraphiques se dressent là, tristes, trempés, sombres...

L'hiver approche. Je sens son haleine dans l'air. Bientôt, ce sera la piste blanche!...

Cette nuit-là, je la passai au cœur de la forêt, près de la deuxième ligne. Je soulevai les branches énormes d'un sapin, grises de vieillesse, longues de quatre mètres, et j'entrai en dessous... Il y régnait le silence. Cela sentait la résine et le moisi. J'avais une litière sèche d'aiguilles accumulées depuis des années. On y est au chaud et au sec, même par les hivers les plus rudes.

Je ne dormis presque pas de la nuit. Je fus la proie de toutes sortes de visions. Je voyais des choses extraordinaires. J'entendais des voix d'hommes vivants et morts... Cette nuit-là, je compris et méditai bien des choses que je ne saurais exprimer en paroles, mais qui vivent en moi et qui ne viennent jamais visiter les gens couchés dans leurs lits.

Cette nuit-là, je décidai de quitter à jamais le pays frontalier. C'est le lendemain que tombait l'anniversaire de la mort de Saszka Weblin. Le lever du soleil fut, ce jour-là, d'une beauté incomparable. Je le contemplais depuis une haute colline, sur la deuxième ligne.

Le lendemain, j'allai au bourg. Je voulais faire mes adieux à Józef Trofida et à Janinka. Mais je ne les trouvai plus à la maison. C'étaient des inconnus qui y logeaient. On me dit que Józef Trofida l'avait vendue pour aller vivre chez des parents qui demeuraient près d'Iwieniec.

Alors j'allai chez le Mammouth. Je ne le trouvai pas chez lui. Il était allé à la gare réceptionner de la marchandise pour la boutique qu'il avait ouverte au bourg.

Je me retrouvai aux abords du restaurant de Ginta. J'entendis le son de l'accordéon, des cris joyeux, des éclats de rire s'échapper de notre salon. J'y entrai.

Quand je me plantai au milieu, les mains dans les poches, serrées sur les crosses de mes deux revolvers, j'y vis une quinzaine de bleus ivres. J'en connaissais certains personnellement. J'avais plus d'une fois arrêté quelques-uns d'entre eux avec leur marchandise. Soudain quelqu'un cria:

— Hé, les gars, c'est lui!... L'autre...

Tous les visages se tournèrent vers moi. Antoni arrêta net la marche qu'il jouait. Ginta accourut au salon, étonnée et déconcertée par ce brusque silence. Elle m'aperçut et se mit à reculer vers la porte.

— Ah... c'est monsieur Władek!

— Oui, c'est moi. Amène vite fait un verre de raide et un casse-graine!

— Tout... de suite...

Elle revint bientôt du buffet avec de la vodka et des amuse-gueule. Elle déposa le tout à un bout de la grande table occupée par les bleus. L'un d'entre eux tenta de se faufiler au dehors. Je tirai mon Parabellum et, du canon, je lui désignai un coin.

— Par là-bas!... Et vous, dis-je à tous les autres, assis et motus!

Je vidai le verre de vodka. Je mangeai, puis j'allai vers Antoni et lui tendis un billet de cent dollars.

— Joue la *Petite Pomme* !

Antoni joua la *Petite Pomme* avec brio. Je finis la vodka et j'allumai une cigarette. Puis je saluai Antoni de la tête et je quittai le petit salon, qui me laissait une impression pénible. Je n'y avais pas trouvé un seul de mes anciens amis ou camarades, avec qui j'y avais si souvent passé de joyeux moments.

Tard dans la soirée, je pris la route de Pomorszczyzna. Je retirai de la distillerie le reste des armes que j'y avais cachées. Puis je me dirigeai vers la frontière. Le soleil bohème qui passait entre les nuages projetait sur la terre des rayons embrumés.

Je m'arrêtai au pied d'un petit tertre. C'était le Tombeau du Capitaine. Je montai à son sommet. Je voyais d'ici les feux aux fenêtres des chaumières de Wielkie Sioło, côté soviétique. Derrière moi, c'était le village de Pomorszczyzna. Près de là passait la route reliant Raków à la frontière. J'eus envie de voir à quoi ressemblait le canal sous le remblai... Quand j'allais pour la première fois de l'autre côté, je m'y étais arrêté avec Józef Trofida et d'autres camarades. C'était dans ce canal, justement, avec le Rat et le Fossoyeux, que j'avais délesté les Alińczuk de leur marchandise.

J'arrivai au remblai. J'éclairai l'intérieur du canal avec ma torche. Il était vide et silencieux. Je le traversai, puis je revins sur mes pas. Je m'assis près de la sortie pour regarder vers la frontière.

J'allumai une cigarette. Je n'en cachais pas le bout. «De qui aurais-je peur? Je possède quatre revolvers chargés et onze grenades... Tout un arsenal!»

Brusquement, dans le petit pré coupé en son milieu par le lit d'un ruisseau à présent desséché, j'aperçus une forme sombre. Je me levai d'un bond. La forme avançait d'un mouvement rapide. A plusieurs reprises, j'aperçus tout près d'elle une tache blanche.

«Le fantôme!» pensai-je.

Je m'élançai sans bruit à la suite de l'apparition. Je la perdis de vue aux abords du Tombeau du Capitaine... J'avançais en courant presque, attentif à ne pas faire de bruit.

Je gravis la pente par le côté en rampant avec lenteur. Au sommet, je vis, sombre et solitaire, un personnage agenouillé. Son visage était caché dans ses mains. Je le fixais, immobile.

«Qu'est-ce qu'il fait? Il prie, peut-être?»

Je m'avançai lentement. Je vis une jeune fille vêtue d'un manteau sombre. Elle sentit sans doute ma présence tout près d'elle car elle bondit sur ses pieds. Elle commença à s'écarter à reculons. Alors je lui dis:

— N'ayez pas peur.

Elle s'arrêta. La lune sortit de derrière les nuages et, comme un projecteur, illumina son visage d'un torrent de rayons.

Je reconnus la jeune fille que j'avais vue se promener avec

Pietrek, sur la route de Duszkowo, et dont j'avais autrefois entrevu le visage sur cette colline quand, après ma fuite des Soviets, j'y avais perdu connaissance. Je compris que c'était elle qui avait alors renseigné Pietrek et Julek sur ma présence en ce lieu. Et je compris aussi autre chose: qu'elle avait un lien avec le «fantôme» et le récit qu'on m'avait fait autrefois sur le Tombeau du Capitaine. Alors je lui dis:

— Je suis un ami de Pietrek. Vous m'avez sauvé un jour que j'étais couché ici, malade... J'ai gardé le souvenir de votre visage... Vous êtes Irena, je crois?

— Oui.

— C'est étrange de vous rencontrer ici, justement aujourd'hui.

— Je suis venue dire adieu à mon père... Il est tombé ici...

— Et moi, je suis venu dire adieu... à la frontière... Je voudrais vous demander quelque chose qui se rapporte à cet endroit, justement...

— Je vous en prie.

— J'ai entendu la légende du fantôme qui apparaît près de cet endroit... Je l'ai vu de mes propres yeux...

— Qu'avez-vous vu?

— Une tache blanche, informe qui ne cessait de se déplacer en tous sens... Elle se soulevait et retombait tour à tour.

Un léger sourire apparut sur les lèvres de la jeune fille.

— Ce n'était pas un fantôme. C'était Muszka. Le chien du fermier qui me loge. Je le prenais avec moi pour ne pas m'égarer par les nuits sombres et pour qu'il me prévienne en cas de danger... Aujourd'hui, je suis venue seule...

La jeune fille se tut. Elle resta songeuse un moment, puis elle dit:

— Adieu, monsieur... Aujourd'hui, je prends le train pour aller à Wilno... chez Pietrek. Lui et sa famille m'ont invitée chez eux.

— Vous retournez à Wygonicze?

— Oui... Aujourd'hui même, je partirai pour Olechnowicze.

— Voulez-vous que je vous raccompagne au village?

— Non.... Je n'ai peur de rien, moi... Je suis souvent passée par ici. Je connais chaque pas... Au revoir!...

— Bon voyage!

Elle courut au bas de la pente, rapide et légère. Elle se retourna encore une fois, me fit un signe de la main et se dirigea vers l'ouest... Je la regardai longtemps s'éloigner... Elle se fondit dans le clair de lune...

Je repartis lentement du côté de Wielkie Sioło. Je me retrouvai bientôt près des poteaux-frontière. Ils se dressaient là, moroses... Ils se défiaient du regard, comme des lutteurs qui se concentrent pour jauger les forces de l'autre...

Un coup de carabine éclata quelque part sur la gauche. Puis une quinzaine de coups de feu résonnèrent, réveillant des échos dans les forêts et les ravins des environs.

«Les sauvages, sans doute, qui passent la frontière!»

Je regardai autour de moi... Le silence... Le vide...

La lune déverse sur le pays frontalier ses rayons pâles et froids. Les étoiles luisent d'un éclat embrumé. Les nuages furtifs passent en haut. Ils se faufilent en douce à travers des frontières inconnues des hommes. Et au nord-ouest, la superbe Grande Ourse fait briller d'un éclat merveilleux les joyaux de ses jolies étoiles. De légers nuages duveteux, blancs comme neige, l'enveloppent avec douceur.

C'était l'anniversaire de la mort de Saszka Weblin, le roi non couronné de la frontière.

C'était la fin de ma troisième saison d'or.

C'était ma dernière nuit au pays frontalier.

14 octobre 1935 — 29 novembre 1935
prison de Sainte-Croix.

TABLE DES MATIÈRES

A paraître en 1992
aux Éditions Noir sur Blanc

Andrzej Bart	*Rien ne va plus*, roman
Aleksander Fredro	*Sans queue ni tête*, mémoires
Zygmunt Haupt	*L'Anneau de papier*, nouvelles
Stanislaw Markowski	*Le Monde de Michal Greim*, album de photographies
Adam Mickiewicz	*Pan Tadeusz*, poésie, épopée
Slawomir Mrozek	*Théâtre 2*, Œuvres complètes III

Achevé d'imprimer en juin 1992
sur les presses de l'imprimerie Jacques et Demontrond
à Thise (Doubs)